Winkler Weltliteratur

RAINER MARIA RILKE

LYRIK UND PROSA

Herausgegeben
und mit einem Nachwort versehen
von Dieter Lamping

Mit Anmerkungen und einer Zeittafel
von Frank Zipfel

Artemis & Winkler

Diese Ausgabe entspricht dem Band
Rainer Maria Rilke, »Lyrik und Prosa«
in der Winkler Weltliteratur
Dünndruckausgabe.

Die Deutsche Bibliothek verzeichnet diese
Publikation in der Deutschen Nationalbibliographie;
detaillierte bibliographische Daten
sind im Internet unter http://dnb.ddb.de/ abrufbar.

Druck und Bindung: Friedrich Pustet, Regensburg
ISBN 3-538-06964-6
www.patmos.de

DIE WEISE VON LIEBE UND TOD DES CORNETS CHRISTOPH RILKE

»... den 24. November 1663 wurde Otto von Rilke | auf Langenau | Gränitz und Ziegra | zu Linda mit seines in Ungarn gefallenen Bruders Christoph hinterlassenem Antheile am Gute Linda beliehen; doch mußte er einen Revers ausstellen | nach welchem die Lehensreichung null und nichtig sein sollte | im Falle sein Bruder Christoph (der nach beigebrachtem Totenschein als Cornet in der Compagnie des Freiherrn von Pirovano des kaiserl. oesterr. Heysterschen Regiments zu Roß ... verstorben war) zurückkehrt ...«

Reiten, reiten, reiten, durch den Tag, durch die Nacht, durch den Tag. Reiten, reiten, reiten.

Und der Mut ist so müde geworden und die Sehnsucht so groß. Es gibt keine Berge mehr, kaum einen Baum. Nichts wagt aufzustehen. Fremde Hütten hocken durstig an versumpften Brunnen. Nirgends ein Turm. Und immer das gleiche Bild. Man hat zwei Augen zuviel. Nur in der Nacht manchmal glaubt man den Weg zu kennen. Vielleicht kehren wir nächtens immer wieder das Stück zurück, das wir in der fremden Sonne mühsam gewonnen haben? Es kann sein. Die Sonne ist schwer, wie bei uns tief im Sommer. Aber wir haben im Sommer Abschied genommen. Die Kleider der Frauen leuchteten lang aus dem Grün. Und nun reiten wir lang. Es muß also Herbst sein. Wenigstens dort, wo traurige Frauen von uns wissen.

Der von Langenau rückt im Sattel und sagt: »Herr Marquis ...«

Sein Nachbar, der kleine feine Franzose, hat erst drei Tage lang gesprochen und gelacht. Jetzt weiß er nichts mehr. Er ist wie ein Kind, das schlafen möchte. Staub bleibt auf seinem feinen weißen Spitzenkragen liegen; er merkt es nicht. Er wird langsam welk in seinem samtenen Sattel.

Aber der von Langenau lächelt und sagt: »Ihr habt seltsame Augen, Herr Marquis. Gewiß seht Ihr Eurer Mutter ähnlich –«

Da blüht der Kleine noch einmal auf und stäubt seinen Kragen ab und ist wie neu.

Jemand erzählt von seiner Mutter. Ein Deutscher offenbar. Laut und langsam setzt er seine Worte. Wie ein Mädchen, das Blumen bindet, nachdenklich Blume um Blume probt und noch nicht weiß, was aus dem Ganzen wird –: so fügt er seine Worte. Zu Lust? Zu Leide? Alle lauschen. Sogar das Spucken hört auf. Denn es sind lauter Herren, die wissen, was sich gehört. Und wer das Deutsche nicht kann in dem Haufen, der versteht es auf einmal, fühlt einzelne Worte: »Abends« … »Klein war …«

Da sind sie alle einander nah, diese Herren, die aus Frankreich kommen und aus Burgund, aus den Niederlanden, aus Kärntens Tälern, von den böhmischen Burgen und vom Kaiser Leopold. Denn was der Eine erzählt, das haben auch sie erfahren und gerade so. Als ob es nur *eine* Mutter gäbe …

So reitet man in den Abend hinein, in irgend einen Abend. Man schweigt wieder, aber man hat die lichten Worte mit. Da hebt der Marquis den Helm ab. Seine dunklen Haare sind weich und, wie er das Haupt senkt, dehnen sie sich frauenhaft auf seinem Nacken. Jetzt erkennt auch der von Langenau: Fern ragt etwas in den Glanz hinein, etwas Schlankes, Dunkles. Eine einsame Säule, halbverfallen. Und wie sie lange vorüber sind, später, fällt ihm ein, daß das eine Madonna war.

Wachtfeuer. Man sitzt rundumher und wartet. Wartet, daß einer singt. Aber man ist so müd. Das rote Licht ist schwer. Es liegt auf den staubigen Schuhn. Es kriecht bis an die Kniee, es schaut in die gefalteten Hände hinein. Es hat keine Flügel. Die Gesichter sind dunkel. Dennoch leuchten eine Weile die Augen des kleinen Franzosen mit eigenem Licht. Er hat eine kleine Rose geküßt, und nun darf sie weiterwelken an seiner Brust. Der von Langenau hat es gesehen, weil er nicht schlafen kann. Er denkt: Ich habe keine Rose, keine.

Dann singt er. Und das ist ein altes trauriges Lied, das zu Hause die Mädchen auf den Feldern singen, im Herbst, wenn die Ernten zu Ende gehen.

Sagt der kleine Marquis: »Ihr seid sehr jung, Herr?«

Und der von Langenau, in Trauer halb und halb in Trotz: »Achtzehn.«

Dann schweigen sie.

Später fragt der Franzose: »Habt Ihr auch eine Braut daheim, Herr Junker?«

»Ihr?« gibt der von Langenau zurück.

»Sie ist blond wie Ihr.«

Und sie schweigen wieder, bis der Deutsche ruft: »Aber zum Teufel, warum sitzt Ihr denn dann im Sattel und reitet durch dieses giftige Land den türkischen Hunden entgegen?«

Der Marquis lächelt. »Um wiederzukehren.«

Und der von Langenau wird traurig. Er denkt an ein blondes Mädchen, mit dem er spielte. Wilde Spiele. Und er möchte nach Hause, für einen Augenblick nur, nur für so lange, als es braucht, um die Worte zu sagen: »Magdalena, – daß ich immer *so war*, verzeih!«

Wie – war? denkt der junge Herr. – Und sie sind weit.

Einmal, am Morgen, ist ein Reiter da, und dann ein zweiter, vier, zehn. Ganz in Eisen, groß. Dann tausend dahinter: Das Heer.

Man muß sich trennen.

»Kehrt glücklich heim, Herr Marquis. –«

»Die Maria schützt Euch, Herr Junker.«

Und sie können nicht voneinander. Sie sind Freunde auf

einmal, Brüder. Haben einander mehr zu vertrauen; denn sie wissen schon so viel Einer vom Andern. Sie zögern. Und ist Hast und Hufschlag um sie. Da streift der Marquis den großen rechten Handschuh ab. Er holt die kleine Rose hervor, nimmt ihr ein Blatt. Als ob man eine Hostie bricht.

»Das wird Euch beschirmen. Lebt wohl.«

Der von Langenau staunt. Lange schaut er dem Franzosen nach. Dann schiebt er das fremde Blatt unter den Waffenrock. Und es treibt auf und ab auf den Wellen seines Herzens. Hornruf. Er reitet zum Heer, der Junker. Er lächelt traurig: ihn schützt eine fremde Frau.

Ein Tag durch den Troß. Flüche, Farben, Lachen –: davon blendet das Land. Kommen bunte Buben gelaufen. Raufen und Rufen. Kommen Dirnen mit purpurnen Hüten im flutenden Haar. Winken. Kommen Knechte, schwarzeisern wie wandernde Nacht. Packen die Dirnen heiß, daß ihnen die Kleider zerreißen. Drücken sie an den Trommelrand. Und von der wilderen Gegenwehr hastiger Hände werden die Trommeln wach, wie im Traum poltern sie, poltern –. Und Abends halten sie ihm Laternen her, seltsame: Wein, leuchtend in eisernen Hauben. Wein? Oder Blut? – Wer kanns unterscheiden?

Endlich vor Spork. Neben seinem Schimmel ragt der Graf. Sein langes Haar hat den Glanz des Eisens.

Der von Langenau hat nicht gefragt. Er erkennt den General, schwingt sich vom Roß und verneigt sich in einer Wolke Staub. Er bringt ein Schreiben mit, das ihn empfehlen soll beim Grafen. Der aber befiehlt: »Lies mir den Wisch.« Und seine Lippen haben sich nicht bewegt. Er braucht sie nicht dazu; sind zum Fluchen gerade gut genug. Was drüber hinaus ist, redet die Rechte. Punktum. Und man sieht es ihr an. Der junge Herr ist längst zu Ende. Er weiß nicht mehr, wo er steht. Der Spork ist vor Allem. Sogar der Himmel ist fort. Da sagt Spork, der große General:

»Cornet.«
Und das ist viel.

Die Kompagnie liegt jenseits der Raab. Der von Langenau reitet hin, allein. Ebene. Abend. Der Beschlag vorn am Sattel glänzt durch den Staub. Und dann steigt der Mond. Er sieht es an seinen Händen.

Er träumt.
Aber da schreit es ihn an.
Schreit, schreit,
zerreißt ihm den Traum.
Das ist keine Eule. Barmherzigkeit:
der einzige Baum
schreit ihn an:
Mann!
Und er schaut: es bäumt sich. Es bäumt sich ein Leib
den Baum entlang, und ein junges Weib,
blutig und bloß,
fällt ihn an: Mach mich los!

Und er springt hinab in das schwarze Grün
und durchhaut die heißen Stricke;
und er sieht ihre Blicke glühn
und ihre Zähne beißen.

Lacht sie?

Ihn graust.
Und er sitzt schon zu Roß
und jagt in die Nacht. Blutige Schnüre fest in der Faust.

Der von Langenau schreibt einen Brief, ganz in Gedanken. Langsam malt er mit großen, ernsten, aufrechten Lettern:

»Meine gute Mutter,
»seid stolz: Ich trage die Fahne,

»seid ohne Sorge: Ich trage die Fahne,
»habt mich lieb: Ich trage die Fahne–«

Dann steckt er den Brief zu sich in den Waffenrock, an die heimlichste Stelle, neben das Rosenblatt. Und denkt: er wird bald duften davon. Und denkt: vielleicht findet ihn einmal Einer ... Und denkt: .....; denn der Feind ist nah.

Sie reiten über einen erschlagenen Bauer. Er hat die Augen weit offen und Etwas spiegelt sich drin; kein Himmel. Später heulen Hunde. Es kommt also ein Dorf, endlich. Und über den Hütten steigt steinern ein Schloß. Breit hält sich ihnen die Brücke hin. Groß wird das Tor. Hoch willkommt das Horn. Horch: Poltern, Klirren und Hundegebell! Wiehern im Hof, Hufschlag und Ruf.

Rast! Gast sein einmal. Nicht immer selbst seine Wünsche bewirten mit kärglicher Kost. Nicht immer *feindlich* nach allem fassen; einmal sich alles geschehen lassen und wissen: was geschieht, ist gut. Auch der Mut muß einmal sich strecken und sich am Saume seidener Decken in sich selber überschlagen. Nicht immer Soldat sein. Einmal die Locken offen tragen und den weiten offenen Kragen und in seidenen Sesseln sitzen und bis in die Fingerspitzen *so*: nach dem Bad sein. Und wieder erst lernen, was Frauen sind. Und wie die weißen tun und wie die blauen sind; was für Hände sie haben, wie sie ihr Lachen singen, wenn blonde Knaben die schönen Schalen bringen, von saftigen Früchten schwer.

Als Mahl beganns. Und ist ein Fest geworden, kaum weiß man wie. Die hohen Flammen flackten, die Stimmen schwirrten, wirre Lieder klirrten aus Glas und Glanz, und endlich aus den reifgewordnen Takten: entsprang der Tanz. Und alle riß er hin. Das war ein Wellenschlagen in den

Sälen, ein Sich-Begegnen und ein Sich-Erwählen, ein Abschiednehmen und ein Wiederfinden, ein Glanzgenießen und ein Lichterblinden und ein Sich-Wiegen in den Sommerwinden, die in den Kleidern warmer Frauen sind.

Aus dunklem Wein und tausend Rosen rinnt die Stunde rauschend in den Traum der Nacht.

Und Einer steht und staunt in diese Pracht. Und er ist so geartet, daß er wartet, ob er erwacht. Denn nur im Schlafe schaut man solchen Staat und solche Feste solcher Frauen: ihre kleinste Geste ist eine Falte, fallend in Brokat. Sie bauen Stunden auf aus silbernen Gesprächen, und manchmal heben sie die Hände so –, und du mußt meinen, daß sie irgendwo, wo du nicht hinreichst, sanfte Rosen brächen, die du nicht siehst. Und da träumst du: Geschmückt sein mit ihnen und anders beglückt sein und dir eine Krone verdienen für deine Stirne, die leer ist.

Einer, der weiße Seide trägt, erkennt, daß er nicht erwachen kann; denn er ist wach und verwirrt von Wirklichkeit. So flieht er bange in den Traum und steht im Park, einsam im schwarzen Park. Und das Fest ist fern. Und das Licht lügt. Und die Nacht ist nahe um ihn und kühl. Und er fragt eine Frau, die sich zu ihm neigt:

»Bist Du die Nacht?«

Sie lächelt.

Und da schämt er sich für sein weißes Kleid.

Und möchte weit und allein und in Waffen sein.

Ganz in Waffen.

»Hast Du vergessen, daß Du mein Page bist für diesen Tag? Verlässest Du mich? Wo gehst Du hin? Dein weißes Kleid gibt mir Dein Recht –.«

- -

»Sehnt es Dich nach Deinem rauhen Rock?«

- -

»Frierst Du? – Hast Du Heimweh?«

Die Gräfin lächelt.

Nein. Aber das ist nur, weil das Kindsein ihm von den Schultern gefallen ist, dieses sanfte dunkle Kleid. Wer hat es fortgenommen? »Du?« fragt er mit einer Stimme, die er noch nicht gehört hat. »Du!«

Und nun ist nichts an ihm. Und er ist nackt wie ein Heiliger. Hell und schlank.

Langsam lischt das Schloß aus. Alle sind schwer: müde oder verliebt oder trunken. Nach so vielen leeren, langen Feldnächten: Betten. Breite eichene Betten. Da betet sichs anders als in der lumpigen Furche unterwegs, die, wenn man einschlafen will, wie ein Grab wird.

»Herrgott, wie Du willst!«

Kürzer sind die Gebete im Bett.

Aber inniger.

Die Turmstube ist dunkel.

Aber sie leuchten sich ins Gesicht mit ihrem Lächeln. Sie tasten vor sich her wie Blinde und finden den Andern wie eine Tür. Fast wie Kinder, die sich vor der Nacht ängstigen, drängen sie sich in einander ein. Und doch fürchten sie sich nicht. Da ist nichts, was gegen sie wäre: kein Gestern, kein Morgen; denn die Zeit ist eingestürzt. Und sie blühen aus ihren Trümmern.

Er fragt nicht: »Dein Gemahl?«

Sie fragt nicht: »Dein Namen?«

Sie haben sich ja gefunden, um einander ein neues Geschlecht zu sein.

Sie werden sich hundert neue Namen geben und einander alle wieder abnehmen, leise, wie man einen Ohrring abnimmt.

Im Vorsaal über einem Sessel hangt der Waffenrock, das Bandelier und der Mantel von dem von Langenau. Seine Handschuhe liegen auf dem Fußboden. Seine Fahne steht steil, gelehnt an das Fensterkreuz. Sie ist schwarz und schlank. Draußen jagt ein Sturm über den Himmel hin und macht Stücke aus der Nacht, weiße und schwarze. Der Mondschein geht wie ein langer Blitz vorbei, und die reglose Fahne hat unruhige Schatten. Sie träumt.

War ein Fenster offen? Ist der Sturm im Haus? Wer schlägt die Türen zu? Wer geht durch die Zimmer? – Laß. Wer es auch sei. Ins Turmgemach findet er nicht. Wie hinter hundert Türen ist dieser große Schlaf, den zwei Menschen gemeinsam haben; so gemeinsam wie *eine* Mutter oder *einen* Tod.

Ist das der Morgen? Welche Sonne geht auf? Wie groß ist die Sonne. Sind das Vögel? Ihre Stimmen sind überall.

Alles ist hell, aber es ist kein Tag.

Alles ist laut, aber es sind nicht Vogelstimmen.

Das sind die Balken, die leuchten. Das sind die Fenster, die schrein. Und sie schrein, rot, in die Feinde hinein, die draußen stehn im flackernden Land, schrein: Brand.

Und mit zerrissenem Schlaf im Gesicht drängen sich alle, halb Eisen, halb nackt, von Zimmer zu Zimmer, von Trakt zu Trakt und suchen die Treppe.

Und mit verschlagenem Atem stammeln Hörner im Hof:

Sammeln, sammeln!

Und bebende Trommeln.

Aber die Fahne ist nicht dabei.

Rufe: Cornet!

Rasende Pferde, Gebete, Geschrei,

Flüche: Cornet!

Eisen an Eisen, Befehl und Signal;
Stille: Cornet!
Und noch ein Mal: Cornet!
Und heraus mit der brausenden Reiterei.

Aber die Fahne ist nicht dabei.

Er läuft um die Wette mit brennenden Gängen, durch Türen, die ihn glühend umdrängen, über Treppen, die ihn versengen, bricht er aus aus dem rasenden Bau. Auf seinen Armen trägt er die Fahne wie eine weiße, bewußtlose Frau. Und er findet ein Pferd, und es ist wie ein Schrei: über alles dahin und an allem vorbei, auch an den Seinen. Und da kommt auch die Fahne wieder zu sich und niemals war sie so königlich; und jetzt sehn sie sie alle, fern voran, und erkennen den hellen, helmlosen Mann und erkennen die Fahne …

Aber da fängt sie zu scheinen an, wirft sich hinaus und wird groß und rot …

Da brennt ihre Fahne mitten im Feind, und sie jagen ihr nach.

Der von Langenau ist tief im Feind, aber ganz allein. Der Schrecken hat um ihn einen runden Raum gemacht, und er hält, mitten drin, unter seiner langsam verlodernden Fahne.

Langsam, fast nachdenklich, schaut er um sich. Es ist viel Fremdes, Buntes vor ihm. Gärten – denkt er und lächelt. Aber da fühlt er, daß Augen ihn halten und erkennt Männer und weiß, daß es die heidnischen Hunde sind –: und wirft sein Pferd mitten hinein.

Aber, als es jetzt hinter ihm zusammenschlägt, sind es doch wieder Gärten, und die sechzehn runden Säbel, die auf ihn zuspringen, Strahl um Strahl, sind ein Fest. Eine lachende Wasserkunst.

Der Waffenrock ist im Schlosse verbrannt, der Brief und das Rosenblatt einer fremden Frau. –

Im nächsten Frühjahr (es kam traurig und kalt) ritt ein Kurier des Freiherrn von Pirovano langsam in Langenau ein. Dort hat er eine alte Frau weinen sehen.

FRÜHE LYRIK

AUS: DAS STUNDEN-BUCH

Ich lebe mein Leben in wachsenden Ringen,
die sich über die Dinge ziehn.
Ich werde den letzten vielleicht nicht vollbringen,
aber versuchen will ich ihn.

Ich kreise um Gott, um den uralten Turm,
und ich kreise jahrtausendelang;
und ich weiß noch nicht: bin ich ein Falke, ein Sturm
oder ein großer Gesang.

Lösch mir die Augen aus: ich kann dich sehn,
wirf mir die Ohren zu: ich kann dich hören,
und ohne Füße kann ich zu dir gehn,
und ohne Mund noch kann ich dich beschwören.
Brich mir die Arme ab, ich fasse dich
mit meinem Herzen wie mit einer Hand,
halt mir das Herz zu, und mein Hirn wird schlagen,
und wirfst du in mein Hirn den Brand,
so werd ich dich auf meinem Blute tragen.

Denn, Herr, die großen Städte sind
verlorene und aufgelöste;
wie Flucht vor Flammen ist die größte, –
und ist kein Trost, daß er sie tröste,
und ihre kleine Zeit verrinnt.

Da leben Menschen, leben schlecht und schwer,
in tiefen Zimmern, bange von Gebärde,

geängsteter denn eine Erstlingsherde;
und draußen wacht und atmet deine Erde,
sie aber sind und wissen es nicht mehr.

Da wachsen Kinder auf an Fensterstufen,
die immer in demselben Schatten sind,
und wissen nicht, daß draußen Blumen rufen
zu einem Tag voll Weite, Glück und Wind, –
und müssen Kind sein und sind traurig Kind.

Da blühen Jungfraun auf zum Unbekannten
und sehnen sich nach ihrer Kindheit Ruh;
das aber ist nicht da, wofür sie brannten,
und zitternd schließen sie sich wieder zu.
Und haben in verhüllten Hinterzimmern
die Tage der enttäuschten Mutterschaft,
der langen Nächte willenloses Wimmern
und kalte Jahre ohne Kampf und Kraft.
Und ganz im Dunkel stehn die Sterbebetten,
und langsam sehnen sie sich dazu hin;
und sterben lange, sterben wie in Ketten
und gehen aus wie eine Bettlerin.

Herr: Wir sind ärmer denn die armen Tiere,
die ihres Todes enden, wennauch blind,
weil wir noch alle ungestorben sind.
Den gieb uns, der die Wissenschaft gewinnt,
das Leben aufzubinden in Spaliere,
um welche zeitiger der Mai beginnt.

Denn dieses macht das Sterben fremd und schwer,
daß es nicht *unser* Tod ist; einer der
uns endlich nimmt, nur weil wir keinen reifen.
Drum geht ein Sturm, uns alle abzustreifen.

Wir stehn in deinem Garten Jahr und Jahr
und sind die Bäume, süßen Tod zu tragen;
aber wir altern in den Erntetagen,

und so wie Frauen, welche du geschlagen,
sind wir verschlossen, schlecht und unfruchtbar.

Oder ist meine Hoffahrt ungerecht:
sind Bäume besser? Sind wir nur Geschlecht
und Schoß von Frauen, welche viel gewähren? –
Wir haben mit der Ewigkeit gehurt,
und wenn das Kreißbett da ist, so gebären
wir unsres Todes tote Fehlgeburt;
den krummen, kummervollen Embryo,
der sich (als ob ihn Schreckliches erschreckte)
die Augenkeime mit den Händen deckte
und dem schon auf der ausgebauten Stirne
die Angst von allem steht, was er nicht litt, –
und alle schließen so wie eine Dirne
in Kindbettkrämpfen und am Kaiserschnitt.

Die Städte aber wollen nur das Ihre
und reißen alles mit in ihren Lauf.
Wie hohles Holz zerbrechen sie die Tiere
und brauchen viele Völker brennend auf.

Und ihre Menschen dienen in Kulturen
und fallen tief aus Gleichgewicht und Maß,
und nennen Fortschritt ihre Schneckenspuren
und fahren rascher, wo sie langsam fuhren,
und fühlen sich und funkeln wie die Huren
und lärmen lauter mit Metall und Glas.

Es ist, als ob ein Trug sie täglich äffte,
sie können gar nicht mehr sie selber sein;
das Geld wächst an, hat alle ihre Kräfte
und ist wie Ostwind groß, und sie sind klein
und ausgeholt und warten, daß der Wein
und alles Gift der Tier- und Menschensäfte
sie reize zu vergänglichem Geschäfte.

AUS: DAS BUCH DER BILDER

Das Abendmahl

Sie sind versammelt, staunende Verstörte,
um ihn, der wie ein Weiser sich beschließt
und der sich fortnimmt denen er gehörte
und der an ihnen fremd vorüberfließt.
Die alte Einsamkeit kommt über ihn,
die ihn erzog zu seinem tiefen Handeln;
nun wird er wieder durch den Ölwald wandeln,
und die ihn lieben werden vor ihm fliehn.

Er hat sie zu dem letzten Tisch entboten
und (wie ein Schuß die Vögel aus den Schoten
scheucht) scheucht er ihre Hände aus den Broten
mit seinem Wort: sie fliegen zu ihm her;
sie flattern bange durch die Tafelrunde
und suchen einen Ausgang. Aber *er*
ist überall wie eine Dämmerstunde.

Der Einsame

Wie einer, der auf fremden Meeren fuhr,
so bin ich bei den ewig Einheimischen;
die vollen Tage stehn auf ihren Tischen,
mir aber ist die Ferne voll Figur.

In mein Gesicht reicht eine Welt herein,
die vielleicht unbewohnt ist wie ein Mond,
sie aber lassen kein Gefühl allein,
und alle ihre Worte sind bewohnt.

Die Dinge, die ich weither mit mir nahm,
sehn selten aus, gehalten an das Ihre –:
in ihrer großen Heimat sind sie Tiere,
hier halten sie den Atem an vor Scham.

Einsamkeit

Die Einsamkeit ist wie ein Regen.
Sie steigt vom Meer den Abenden entgegen;
von Ebenen, die fern sind und entlegen,
geht sie zum Himmel, der sie immer hat.
Und erst vom Himmel fällt sie auf die Stadt.

Regnet hernieder in den Zwitterstunden,
wenn sich nach Morgen wenden alle Gassen
und wenn die Leiber, welche nichts gefunden,
enttäuscht und traurig von einander lassen;
und wenn die Menschen, die einander hassen,
in *einem* Bett zusammen schlafen müssen:

dann geht die Einsamkeit mit den Flüssen …

Herbsttag

Herr: es ist Zeit. Der Sommer war sehr groß.
Leg deinen Schatten auf die Sonnenuhren,
und auf den Fluren laß die Winde los.

Befiehl den letzten Früchten voll zu sein;
gieb ihnen noch zwei südlichere Tage,
dränge sie zur Vollendung hin und jage
die letzte Süße in den schweren Wein.

Wer jetzt kein Haus hat, baut sich keines mehr.
Wer jetzt allein ist, wird es lange bleiben,
wird wachen, lesen, lange Briefe schreiben

und wird in den Alleen hin und her
unruhig wandern, wenn die Blätter treiben.

Abend in Skåne

Der Park ist hoch. Und wie aus einem Haus
tret ich aus seiner Dämmerung heraus
in Ebene und Abend. In den Wind,
denselben Wind, den auch die Wolken fühlen,
die hellen Flüsse und die Flügelmühlen,
die langsam mahlend stehn am Himmelsrand.
Jetzt bin auch ich ein Ding in seiner Hand,
das kleinste unter diesen Himmeln. – Schau:

Ist das Ein Himmel?:
Selig lichtes Blau,
in das sich immer reinere Wolken drängen,
und drunter alle Weiß in Übergängen,
und drüber jenes dünne, große Grau,
warmwallend wie auf roter Untermalung,
und über allem diese stille Strahlung
sinkender Sonne.

Wunderlicher Bau,
in sich bewegt und von sich selbst gehalten,
Gestalten bildend, Riesenflügel, Falten
und Hochgebirge vor den ersten Sternen
und plötzlich, da: ein Tor in solche Fernen,
wie sie vielleicht nur Vögel kennen …

Die aus dem Hause Colonna

Ihr fremden Männer, die ihr jetzt so still
in Bildern steht, ihr saßet gut zu Pferde
und ungeduldig gingt ihr durch das Haus;

wie ein schöner Hund, mit derselben Gebärde
ruhn eure Hände jetzt bei euch aus.

Euer Gesicht ist so voll von Schauen,
denn die Welt war euch Bild und Bild;
aus Waffen, Fahnen, Früchten und Frauen
quillt euch dieses große Vertrauen,
daß alles *ist* und daß alles *gilt*.

Aber damals, als ihr noch zu jung
wart, die großen Schlachten zu schlagen,
zu jung, um den päpstlichen Purpur zu tragen,
nicht immer glücklich bei Reiten und Jagen,
Knaben noch, die sich den Frauen versagen,
habt ihr aus jenen Knabentagen
keine, nicht eine Erinnerung?

Wißt ihr nicht mehr, was damals war?

Damals war der Altar
mit dem Bilde, auf dem Maria gebar,
in dem einsamen Seitenschiff.
Euch ergriff
eine Blumenranke;
der Gedanke,
daß die Fontäne allein
draußen im Garten in Mondenschein
ihre Wasser warf,
war wie eine Welt.

Das Fenster ging bis zu den Füßen auf wie eine Tür;
und es war Park mit Wiesen und Wegen:
seltsam nah und doch so entlegen,
seltsam hell und doch wie verborgen,
und die Brunnen rauschten wie Regen,
und es war, als käme kein Morgen
dieser langen Nacht entgegen,
die mit allen Sternen stand.

Damals wuchs euch, Knaben, die Hand,
die warm war. (Ihr aber wußtet es nicht.)
Damals breitete euer Gesicht sich aus.

Der Lesende

Ich las schon lang. Seit dieser Nachmittag,
mit Regen rauschend, an den Fenstern lag.
Vom Winde draußen hörte ich nichts mehr:
mein Buch war schwer.
Ich sah ihm in die Blätter wie in Mienen,
die dunkel werden von Nachdenklichkeit,
und um mein Lesen staute sich die Zeit. –
Auf einmal sind die Seiten überschienen,
und statt der bangen Wortverworrenheit
steht: Abend, Abend … überall auf ihnen.
Ich schau noch nicht hinaus, und doch zerreißen
die langen Zeilen, und die Worte rollen
von ihren Fäden fort, wohin sie wollen …
Da weiß ich es: über den übervollen
glänzenden Gärten sind die Himmel weit;
die Sonne hat noch einmal kommen sollen. –
Und jetzt wird Sommernacht, soweit man sieht:
zu wenig Gruppen stellt sich das Verstreute,
dunkel, auf langen Wegen, gehn die Leute,
und seltsam weit, als ob es mehr bedeute,
hört man das Wenige, das noch geschieht.

Und wenn ich jetzt vom Buch die Augen hebe,
wird nichts befremdlich sein und alles groß.
Dort draußen ist, was ich hier drinnen lebe,
und hier und dort ist alles grenzenlos;
nur daß ich mich noch mehr damit verwebe,
wenn meine Blicke an die Dinge passen
und an die ernste Einfachheit der Massen, –
da wächst die Erde über sich hinaus.
Den ganzen Himmel scheint sie zu umfassen:
der erste Stern ist wie das letzte Haus.

PROSA 1906 BIS 1908

⟨EWALD TRAGY⟩

I

Ewald Tragy geht neben seinem Vater am ›Graben‹. Man muß wissen, daß es Sonntagmittag ist und Korso. Die Kleider verraten die Jahreszeit: so Anfang September, abgetragener, mühseliger Sommer. Für manche Toiletten war es nichteinmal der erste. Zum Beispiel für die modegrüne der Frau von Ronay und dann für die von Frau Wanka, blau Foulard; wenn die ein wenig überarbeitet und aufgefrischt wird, denkt der junge Tragy, hält sie gewiß noch ein Jahr aus. Dann kommt ein junges Mädchen und lächelt. Sie trägt blaßrosa Crêpe de Chine, – aber geputzte Handschuhe. Die Herren hinter ihr schwimmen alle durch lauter Benzin. Und Tragy verachtet sie. Er verachtet überhaupt alle diese Leute. Aber er grüßt sehr höflich mit etwas altmodisch betonter Artigkeit.

Nur wenn sein Vater dankt oder grüßt – allerdings. Er hat keine Bekannten für sich. Umso öfter muß er den Hut mitabnehmen; denn sein Vater ist vornehm, geachtet, eine sogenannte Persönlichkeit. Er sieht sehr aristokratisch aus, und junge Offiziere und Beamte sind fast stolz, wenn sie ihn begrüßen dürfen. Der alte Herr sagt dann mitten aus einer langen Schweigsamkeit heraus: »Ja« und dankt großmütig. Dieses laute ›Ja‹ hat den Irrtum verbreiten helfen, daß der Herr Inspektor mit seinem Sohn mitten im Durcheinander des Sonntagskorso tiefe und bedeutsame Gespräche hätte und daß eine seltene Übereinstimmung zwischen den beiden bestünde. Mit den Gesprächen aber ist es so:

»Ja«, sagt Herr von Tragy und belohnt damit gleichsam die ideale Frage, welche in einem ergebenen Gruß sich ausprägt und etwa lautet: ›Bin ich nicht artig?‹ »Ja«, sagt der Herr Inspektor, und das ist wie eine Absolution.

Manchmal nimmt Tragy, der Sohn, dieses ›Ja‹ wirklich fest und hängt rasch die Frage daran: »Wer war das, Papa?« Und dann steht das arme ›Ja‹ mit der Frage dahinter, wie eine Lokomotive mit vier Waggons auf falschem Geleise, und kann nicht vor und nicht zurück.

Herr von Tragy, der Ältere, sieht sich um nach dem letzten Gruß, hat gar keine Ahnung, wer das gewesen sein könnte, denkt aber doch drei Schritte lang nach und sagt dann zum Erbarmen hilflos: »Jaaa?«.

Gelegentlich fügt er hinzu: »Dein Hut ist wirklich ganz staubig«.

»So«, meint der junge Mensch, gottergeben.

Und sie sind beide einen Augenblick traurig.

Nach zehn Schritten ist die Vorstellung des staubigen Hutes in den Gedanken von Vater und Sohn abnorm gewachsen.

›Alle Leute schauen her, es ist ein Skandal‹, denkt der Ältere, und der junge Mensch strengt sich an, sich zu erinnern, wie denn der unglückselige Hut etwa aussieht und wo der Staub sitzen mag. An der Krempe, fällt ihm ein, und er denkt: ›Man kann ja nie dazu. Es müßte eine Bürste erfunden werden.‹

Da sieht er seinen Hut körperhaft vor sich. Er ist entsetzt: Herr von Tragy hat ihm den Hut einfach vom Kopf gehoben und knipst aufmerksam mit den rotbehandschuhten Fingern drüber hin. Ewald sieht eine Weile barhaupt zu. Dann reißt er mit einem empörten Griff das schmachvolle Ding aus den behutsamen Händen des alten Herrn und stülpt den Filz wild und ungestüm über. Als ob seine Haare in Flammen stünden: »Aber Papa« – und er will noch sagen:

›Ich bin achtzehn Jahre alt geworden, – dazu also. Daß du mir hier den Hut vom Kopf nimmst, – am Sonntag, Mittag unter allen Leuten.‹

Aber er bringt nicht ein Wort heraus und würgt etwas. Gedemütigt ist er, klein, wie in ausgewachsenen Kleidern.

Und der Herr Inspektor geht aufeinmal fern drüben am anderen Rande des Bürgersteigs, steif und feierlich. Er kennt keinen Sohn. Und der ganze Sonntag flutet zwischen ihnen. Allein es ist nicht einer in der Menge, der nicht wüßte, daß die beiden zusammengehören, und jeder bedauert den rücksichtslosen und brutalen Zufall, der sie so weit voneinanderschob. Man weicht einander voll Teilnahme und Verständnis aus und ist erst befriedigt, als man den Vater und den Sohn wieder nebeneinander sieht. Man konstatiert gelegentlich eine gewisse zunehmende Ähnlichkeit im Gang und in den Gesten der beiden und freut sich darüber. Früher war der junge Mensch nämlich außerhalb des Hauses, man sagt, in der Militärerziehung. Von dort kam er eines Tages – wer weiß weshalb – sehr entfremdet zurück. Jetzt aber: »Bitte, sehen Sie«, sagt ein gutmütiger alter Herr, der von dem Inspektor eben ein ›Ja‹ geschenkt bekommen hat, »er trägt schon den Kopf ein wenig nach links – wie der Vater –«, und der alte Herr strahlt vor Vergnügen über diese Entdeckung.

Auch ältere Damen nehmen Interesse an dem jungen Herrn. Sie legen ihn im Vorübergehn eine Weile auf ihre breiten Blicke, wägen ihn ab; sie urteilen: Sein Vater war ein schöner Mann. Er ist es noch. Das wird Ewald nicht. Nein. Weiß Gott wem er ähnlich sieht. Vielleicht seiner Mutter – (wo die übrigens stecken mag). Aber er hat Gestalt, wenn er ein guter Tänzer wird … und die ältere Dame sagt zu der Tochter in Rosa: »Hast du Herrn Tragy auch freundlich gedankt, Elly?«

Aber eigentlich ist das alles überflüssig, – die Freude des alten Herrn und die kluge Fürsorge von Ellys Mutter. Denn als die Männer von dem Korso in die leere enge Herrengasse einbiegen, atmet der junge auf:

»Der letzte Sonntag.«

Er hat ziemlich laut Atem geholt. Trotzdem hat der alte Herr nicht vor, etwas zu antworten. ›Diese Schweigsamkeit‹, denkt Ewald. Wie eine Zelle für Tobsüchtige ist sie, taub und so unerbittlich gepolstert auf allen Seiten.

So gehen sie bis zum Deutschen Theater.

Dort fragt Tragy, der Vater, unvermittelt: »Was?«

Und Tragy, der Sohn, wiederholt geduldig: »Der letzte Sonntag.«

»Ja«, entgegnet der Inspektor kurz, »wem nicht zu raten ist ...« Pause. Dann fügt er an: »Geh dir nur die Flügel verbrennen, du wirst schon sehn, was das heißt, sich auf die eigenen Füße stellen. Gut, mach deine Erfahrungen. Ich hab nichts dagegen.«

»Aber Papa«, sagt der junge Mensch etwas heftig, »ich glaube, wir haben doch das alles schon oft genug besprochen.«

»Aber ich weiß immer noch nicht, was du eigentlich willst. Man geht doch nicht so fort, ins Blaue hinein. Sag mir nur mal, was wirst du denn in München tun?«

»Arbeiten –«, hat Ewald rasch bereit.

»Sooo – als ob du hier nicht arbeiten könntest!«

»Hier«, und der junge Herr lächelt überlegen.

Herr von Tragy bleibt ganz ruhig: »Was fehlt dir denn hier? Du hast dein Zimmer, dein Essen, alle wollen dir wohl. Und schließlich man ist bekannt hier, und wenn du die Leute richtig behandelst, stehen dir die ersten Häuser offen –«

»Immer die Leute, die Leute«, fährt der Sohn in demselben spöttischen Ton fort, »als ob das Alles wäre. Ich kümmer mich den Teufel um die Leute –« (bei dieser stolzen Phrase fällt ihm die Geschichte mit dem Hut ein, und er fühlt, daß er lügt), deshalb betont er nochmals: »sollen mich gern haben – die Leute. Was sind sie denn, bitte? Menschen – vielleicht?«

Jetzt ist es an dem alten Herrn, zu lächeln, so ganz eigentümlich lächelt es irgendwo in seinem feinen Gesicht, man kann nicht sagen, ob es um seine Lippen unter dem weißen Schnurrbart oder bei den Augen war.

Es ist auch gleich wieder vorbei. Aber der Achtzehnjährige kann es nicht vergessen; er schämt sich und stellt lauter große Worte vor seine Scham. »Überhaupt«, sagt er endlich und macht einen ungeduldigen Schnörkel mit der Hand durch die Luft, »du scheisnt nur zwei Dinge zu kennen, die Leute und das Geld. Um die dreht sich Alles bei dir. Man liegt vor den Leuten auf dem Bauch, das ist der Weg. Und man kriecht auf dem Bauch zum Geld, das ist das Ziel. Nicht?«

»Du wirst beides noch brauchen, mein Kind«, sagt der alte Herr geduldig, »und man muß nicht zum Geld kriechen, wenn mans nur immer hat.«

»Und wenn mans auch nicht hat, dann –«, der junge Tragy zögert ein wenig.

»Dann?« fragt der Vater und wartet.

»Ooh«, macht der andere sorglos und winkt ab. Es scheint ihm gut, einen neuen Satz zu beginnen. Aber der alte Herr beharrt: »dann« – beendet er rücksichtslos – »wird man ein Lump und macht dem guten, ehrlichen Namen Schande.«

»O ihr habt Begriffe –«, der junge Herr tut ganz entrüstet.

»Wir sind eben nicht von heute«, sagte der alte Herr, »basta.«

»Das ist es ja gerade –«, triumphiert Tragy, der Sohn, »von irgendwann, von anno olim seid ihr, verstaubt, vertrocknet, überhaupt –«

»Schrei nicht«, kommandiert der Inspektor, und man merkt ihm den alten Offizier an.

»Ich habe doch wohl das Recht …«

»Ruhig!«

»Ich darf reden –«

»Red du –«, wirft Herr von Tragy verächtlich hin. Wie ein Schlag ins Gesicht ist dieses kurze: ›Red du!‹ Und dann geht der Vater Tragy steif und feierlich hinüber auf die andere Seite der Straße. Weil die Straße ganz leer ist, kommen die beiden nicht sobald wieder zusammen, und es ist, als würde die heiße sonnige Fahrbahn immer breiter zwischen ihnen. Sie sehen einander gar nicht mehr ähnlich. Der alte Herr wird immer tadelloser in Gang und Haltung, und seine Stiefel schleudern Glanzlichter vor sich her. Der drüben verändert sich auch. Alles an ihm kräuselt und sträubt sich wie verkohlendes Papier. Sein Anzug hat aufeinmal eine Menge Falten, seine Krawatte schwillt an, und seinem Hut scheint die Krempe zu wachsen. Den knappen Modeüberzieher hat er wie einen Wettermantel gepackt und trägt ihn gegen irgend einen Sturm. Seine Schritte kämpfen. Er ist wie ein altes Bild mit der lithographierten Unterschrift: ›1848‹ oder: ›*Der Revolutionär*‹.

Gleichwohl sieht er vorsichtig von Zeit zu Zeit hinüber. Es hat etwas Beunruhigendes für ihn, den alten Mann so ganz verlassen auf dem endlos öden Bürgersteig zu sehen. Wie allein er ist, denkt er –, und: wenn ihm etwas geschieht …

Seine Augen lassen den Vater nichtmehr los, begleiten ihn und werden fast wund vor Anstrengung.

Endlich stehen die beiden Menschen vor demselben Haus. Als sie in den Flur treten, bittet Ewald: »Papa!« Er ist eine Weile verwirrt und überstürzt sich dann: »Den Kragen mußt du aufschlagen, Papa – es ist immer so kalt jetzt im Treppenhaus.«

Seine Stimme ist zaghaft und fragt zum Schluß, obwohl das doch gar keine Frage ist.

Und der Vater antwortet auch nicht, er befiehlt: »Richt dir deine Krawatte.«

»Ja«, bestätigt Ewald pedantisch und richtet die Krawatte.

Dann steigen sie hinauf, bedächtig, wie es sich gehört vom hygienischen Standpunkt aus.

Eine Treppe rechts wohnt Frau von Wallbach, genannt Tante Karoline, und bei ihr speist an jedem Sonntag die Familie – Stunde halb zwei.

Die Herren Tragy, Vater und Sohn, sind pünktlich. Trotzdem ist Alles schon da. Denn das Wort ›pünktlich‹ läßt sich steigern, wie man weiß.

Ewald zögert einen Augenblick im Vorzimmer vor dem Spiegel. Er setzt das Gesicht ›der letzte Sonntag‹ auf und tritt so hinter dem Vater in den gelben Salon.

»Ah –«

Die Gesellschaft ist maßlos erstaunt, einer immer über das Erstaunen des anderen. Der Eintritt der beiden Tragys wird so auf billige Weise Ereignis. Man muß eben verstehen, sich das Leben reich zu machen – irgendwie. Große Begrüßung. Die Übung eines Setzers gehört dazu, aus diesen verschiedenen Schoßen die richtigen Hände zu holen und sie ohne Druckfehler loszulassen. Ewald leistet heute mit dem Gesicht ›der letzte Sonntag‹ Großartiges. Während der alte Herr erst bei seiner Schwester Johanna angekommen ist, hat der Jüngling drei Tanten, vier Kusinen, den kleinen Egon und ›das Fräulein‹ überwältigt, ohne daß man die geringste Müdigkeit an ihm bemerkt.

Endlich ist auch Herr von Tragy, der Ältere, am Ziel, und nun sitzt man einander gegenüber und hungert sich an. Die vier Kusinen finden allerdings, man müsse etwas reden. Sie versuchen auch da und dort an ein Ding – zum Beispiel an das Barometer, an die Azaleen, die im Fenster stehen, an die Kupferdruckprämie über dem Kanapee ein Wort zu heften. Aber alle diese Gegenstände sind von unglaublicher Glätte, und die Worte fallen von ihnen wie satte Blutegel. Ein Schweigen bricht herein. Es legt sich um Alle wie lange, lange Fäden gebleichten Garnes. Und die Älteste der Familie, die verwitwete Majorin Eleonore Richter, regt ihre harten Finger sachte im Schoße, als wickelte sie die endlose Langeweile sorgsam zu einem Knäuel auf. Man sieht: sie stammt noch aus jener trefflichen Zeit, da die Frauen nicht müßig sein konnten.

Doch auch das Geschlecht, welches die verwitwete Majorin ›jung‹ nennt, erweist sich in diesem Augenblick nicht als träge. Die vier Fräulein sagen fast gleichzeitig: »Lora?«

Hinter diesem Wohlklang lächeln Alle wie beschenkt. Und Tante Karoline, die Hausfrau, eröffnet die Diskussion: »Wie macht der Hund?«

»Wau, Wau« – bellen die vier Fräulein.

Und der kleine Egon kommt aus irgend einem Winkel gekrochen und beteiligt sich lebhaft an dem Gespräche.

Aber die Hausfrau glaubt dieses Thema erschöpft und schlägt vor: »und die Katze?«

Und nun ist man allgemein beschäftigt zu miauen, zu

krähen, zu meckern und zu brüllen, je nach Verdienst und Neigung. Es ist schwer zu sagen, wer das tiefste Talent bewies, denn über diesem Gewühle von rollenden und kreischenden und gleitenden Lauten bleibt nur das gackernde Organ der verwitweten Majorin, und sie wird ordentlich jung dabei.

»Die Tante gackert«, sagt jemand ehrfurchtsvoll.

Doch man hält sich nicht lange dabei auf. Man ist hingerissen von der Fülle der Möglichkeiten, macht immer kühnere Versuche, gibt immer mehr Eigenes in den seltsam stilisierten Klangsilben. Und es ist rührend, zu erwähnen, daß bei allem Individualisieren doch eine feine Familienähnlichkeit in den Stimmen blieb, der gemeinsame Grundton der Herzen, auf dem allein echte, sorglose Fröhlichkeit entstehen kann.

Plötzlich beginnt ein graugrüner Sittich hinter seinen gelben Gitterstäben sich zu rühren und, man kann sagen, es ist eine gewisse, vornehme Anerkennung in dem stummen, bedächtigen Neigen seines Kopfes. Alle empfinden es so, werden leiser und lächeln dankbar.

Und der Papagei hat die Miene eines jüdischen Musiklehrers und verneigt sich noch ein paarmal gegen seine Schüler; Tatsache ist: seit Lora Hausgenosse wurde, haben Alle in der Familie eine Anzahl klangvoller Worte, von denen sie sich früher nie träumen ließen, zugelernt und so ihren Sprachschatz bedeutend vermehrt. Bei dem schweigsamen Lob des Vogels kommt dieser Umstand einem jeden zum Bewußtsein und macht ihn stolz und froh. Man geht also in bester Stimmung zu Tisch.

Jeden Sonntag wartet Ewald, bis die dritte der Tanten, Fräulein Auguste, lächelt: »Das Essen ist doch kein leerer Wahn« – worauf jemand in guter Gewohnheit bestätigen muß: »nein, es ist nicht ohne.«

Das kommt gewöhnlich nach dem zweiten Gang. Und Ewald weiß ganz genau, was nach dem dritten kommt, und so fort. Während aufgetragen wird, spricht man wenig, einmal der ›Dienstleute‹ wegen, dann weil das Zwiegespräch mit dem eigenen Teller einen jeden genügend beansprucht.

Man verhindert höchstens den kleinen Egon, der nur reden darf, wenn er gefragt wurde, durch eine zärtliche Teilnahme daran, satt zu werden oder auch nur seine Bissen fertigzukauen. So kommt es, daß der Kleine immer zuerst das unbehagliche Gefühl des Übervollseins bekommt und ›das Fräulein‹, das langsam rot wird, zur Vertrauten seiner intimsten Empfindungen macht. Die andern sind lange nicht so diskret. Niemand füllt seinen Teller, ohne leise zu stöhnen, und als das Mädchen mit einer süßen Crême eintritt, seufzen alle laut und schmerzlich auf. Die eisgekühlte Sünde drängt sich an jeden heran, und wer kann widerstehen? Der Herr Inspektor denkt: ›wenn ich nachher Soda nehme ...‹, und Fräulein Auguste wendet sich an die Hausfrau: »Ist Magenbitter zuhaus, Karoline?« Mit schelmischem Lächeln zieht Frau von Wallbach ein kleines Tischchen heran, darauf viele Schachteln und Büchsen neben seltsam geformten Flaschen bereitstehen. Man lächelt, es beginnt nach Apotheke zu riechen, und die Crême kann nocheinmal herumgehen.

Plötzlich geschieht eine unerwartete Störung. Die Älteste steht wie eine Ahnfrau und ruft warnend: »Und du, Ewald?«

Ewalds Teller ist rein.

›Und du?‹ fragen alle Augen, und die Hausfrau denkt: ›wie immer, dieses Absondern von der Familie. Wir sind morgen Alle elend und – er? Schickt sich das?‹

»Danke –« sagt der junge Mensch kurz und stößt den Teller einwenig fort. Das will heißen: damit ist diese Sache abgetan – bitte.

Allein niemand versteht das. Man ist froh ein Thema zu haben und bemüht sich um weitere Aufklärung.

»Du weißt nicht, was gut ist –« sagt jemand.

»Danke.«

Dann strecken die vier Kusinen, alle zugleich, ihre Löffelchen her: »Kost mal.«

»Danke –« wiederholt Ewald und bringt es zustande, vier junge Mädchen zugleich unglücklich zu machen. Die Stimmung wird bang. Bis Tante Auguste zitiert: »Die

Großmutter hat immer gesagt: ›Was man essen … nein – wie man leiden …‹«

»Nein«, bessert Tante Karoline aus: »Leiden was man –.«

Aber auch so stimmt es nicht.

Die vier Kusinen sind ratlos.

Herr von Tragy nickt seinem Sohn zu: ›Zeig dich jetzt, imponier ihnen – vorwärts.‹

Tragy, der Jüngere, schweigt. Er weiß: Alle erwarten Hilfe von ihm, und weil der letzte Sonntag ist, entschließt er sich endlich:

»Essen was man mag und leiden was man kann«, wirft er voll Verachtung vor sich hin.

Da sind Alle Bewunderung. Man reicht sich das Wort weiter, betrachtet, erwägt es – nimmt es in den Mund wie zu besserer Verdauung und nützt es so ab, daß es schon wieder ganz dunkel ist, als es zu Ewald, die Tischrunde entlang, zurückkehrt.

Er läßt es im Munde ›des Fräuleins‹, einer bleichsüchtigen Französin, die es als Sprachübung betrachtet und zu dem kleinen Egon geneigt wiederholt: »Was man mack essen …«

Eine Weile bleibt Ewald der geistige Mittelpunkt der Familie. Man staunt sein bereites Gedächtnis an, bis Tante Karoline geringschätzig die Lippen kräuselt: »Hm – wenn man so jung ist.«

Freilich, denken die vier Kusinen: ›wenn man so jung ist …‹

Und sogar auf dem blassen Gesichtchen des kleinen Egon ist diese verächtliche Ahnung: wenn man so jung ist, – so daß der Achtzehnjährige fühlt: Was ist denn nun wieder los? Sie erwarten hier demnächst meine Geburt, wahrscheinlich.

Er ist ohnehin gereizt, und es scheint ihm gelegen, daß Tante Auguste zwischen zwei Bissen die Geschichte ihrer Zähne – Glück und Ende – erzählt; er sagt an der spannendsten Stelle in den weitoffenen Mund der Tante hinein: »Ich denke, bei Tisch …« und hofft, man wird ihm erwidern: ›Du mußts ja nicht lange mehr mitmachen, du kannst ja gehen, wenn es dir nicht recht ist.‹ Aber Alle bleiben gekränkt und stumm. –

Später, als man mit ›Cantenac‹ verschiedene Hoch ausbringt, denkt der junge Mensch: Jetzt wird doch jemand sein Glas heben: ›Also Ewald ...‹ Doch man trinkt einander zu, der Reihe nach, ohne daß irgendwem einfällt zu beginnen: ›Also Ewald –‹.

Dann entsteht eine lange Pause, und Ewald hat Zeit zu bangen Gedanken; er empfindet plötzlich, wie die Blicke Aller in Gleichgültigkeit oder Bosheit an ihm haften, und müht sich mit scheuen Gesten sie abzustreifen. Aber mit jeder Bewegung verwirrt er nur noch mehr diese unsichtbaren Netze, wird erst heftig, dann hilflos, und denkt beständig im Kreise; denn durch Unmut und Ungeduld kommt er immer wieder bei diesem an: man müßte euch etwas Ungeheures, Unerhörtes sagen, mit einem breiten Wort euch die Augen totschlagen, damit sie loslassen, das müßte man. Aber das bleibt Wunsch; denn er liebt selbst Vieles aus dieser bequemen, armseligen Alltäglichkeit, in der sie ihn haben aufwachsen lassen, und ist wie das Kind von Dieben, das das Handwerk seiner Eltern verachtet und doch langsam stehlen lernt.

Mitten in seine Sorgen hinein sagt Tante Auguste harmlos: »Wenn dem jungen Herrn da drüben keines von unseren Gesprächen paßt, sollte er doch wenigstens für eine Unterhaltung nach seinem Geschmack aufkommen. Da würde man ja gleich sehen ..... nun, Ewald, du kommst ja wohl viel herum?«

Ewald, der kaum hingehört hat, sieht auf und lächelt traurig: Oh ich .....

Er vernimmt auch nur wie von fern, daß die vier Kusinen ihn erinnern: »Du hast vor vier oder fünf Wochen einmal eine Geschichte zu erzählen begonnen –« und er will sich schnell besinnen, was für eine Geschichte das gewesen sein mag. Aufmerksam erkundigt er sich: »Was war das doch, bitte?«

Die vier Kusinen denken nach.

Indessen wendet sich die Hausfrau an ihn: »Dichtest du noch?–«

Ewald wird blaß und sagt zu den Kusinen: »Also wißt ihr nicht..?« Und er hört, wie die verwitwete Majorin staunt: »Waaas, er dichtet?« und sie schüttelt den Kopf: »Zu meiner Zeit...«

Aber trotzalledem will er sich seiner Geschichte, die er vor fünf oder sechs Wochen begonnen hat, entsinnen. Er hofft: es wird sich irgendwo anbringen lassen, daß heute der letzte Sonntag ist, und dann kann man aufatmen. Allein plötzlich unterbricht ihn Frau von Wallbach:

»Dichter sind immer zerstreut. Ich denke, wir sind Alle fertig in den Salon zu gehen«, und zu Ewald: »Das mit der Geschichte hat ja wohl Zeit am nächsten Sonntag, nichtwahr?«

Sie lächelt geistreich und erhebt sich. Der junge Mann ist wie ein Verurteilter. Er fühlt: Es wird also immer wieder ein ›nächster‹ Sonntag sein und Alles ist umsonst. »Umsonst«, stöhnt etwas aus ihm.

Allein das hört schon niemand mehr. Man rückt die Stühle, streckt sich, sagt sich mit fetter, zufriedener Stimme, die über vieles Schlucken wie über schlechtes Pflaster rollt, »Mahlzeit« – und zieht sich an den schweißigen Händen in den Salon. Dort ist es wie vorher. Nur sitzt man jetzt weiter voneinander, und das Gefühl der Zusammengehörigkeit ist nichtmehr so lebhaft wie vor Tisch.

Die verwitwete Majorin wandert vor dem Klavier auf und ab und knackt sich die Gichtfinger gerade. Die Hausfrau sagt: »Tante spielt Alles nach dem Gehör – es ist staunenswert.«

»Wirklich« – staunt Tante Auguste – »auswendig?«

»Auswendig«, beteuern die vier Kusinen und wenden sich an die Majorin: »bitte, spiel.«

Lange läßt sich die verwitwete Richter bitten, ehe sie großmütig fragt: »Was wollt ihr denn?«

»Mascagni«, träumen die vier Kusinen – denn das ist gerade modern.

»Ja«, sagt Frau Eleonore Richter und probt die Tasten. »Cavalleria?«

»Ja«, sagen einige.

»Ja«, nickt die alte Dame und denkt nach.

»Die Tante spielt Alles nach dem Gehör –« sagt Tante Auguste, die leise eingeschlafen war, und jemand fügt mit tiefem Atemholen an:

»Ja, es ist staunenswert –«

»Ja –«, zögert die Majorin und probt die Tasten: »es muß mirs einer pfeifen.«

Der Herr Inspektor pfeift: »So such ich den Humor –« – Mikado.

»Richtig« – lächelt die Tante: »Cavalleria«, und lächelt, als ob das ihre ›Jugend‹ wäre.

Sie beginnt also mit ›Mikado‹ und spielt dann, wundersam versöhnt: ›Der Bettelstudent‹ und ›Die Glocken von Corneville‹.

Die andern schlafen darüber dankbar ein, und die Majorin selbst kommt ihnen nach.

Da hält es Ewald nicht länger aus, er muß es aussprechen um jeden Preis, und als ob das die selbstverständliche Folge der ›Glocken von Corneville‹ wäre, sagt er: »Der letzte Sonntag.«

Niemand hat das gehört als Fräulein Jeanne. Sie geht lautlos über den tiefen Teppich und setzt sich dem jungen Mann gegenüber ans Fenster.

Eine Weile betrachten sich die beiden.

Dann fragt die Französin leise: »Est-ce que vous partirez, monsieur?«

»Ja«, gibt ihr Ewald deutsch, »ich reise fort, Fräulein. Ich reise – fort«, wiederholt er gedehnt und freut sich an der Breite seiner Worte. Er spricht eigentlich zum erstenmal mit Jeanne und ist erstaunt. Er fühlt unvermittelt, daß sie nicht einfach ›das Fräulein‹ ist, wie die andern meinen, und denkt: ›Merkwürdig, daß ich das nie erkannt habe. Sie ist eine, vor der man sich neigen muß – eine Fremde.‹ Und obwohl er still und beobachtend bleibt, verneigt sich etwas in ihm vor der Fremden – tief – so übertrieben tief, daß sie lächeln muß. Das ist ein graziöses Lächeln, welches sich mit Barockschnörkel um die feinen Lippen schreibt und nicht bis an die Traurigkeit ihrer schattigen Augen reicht, die immer wie nach einem Weinen sind. Also irgendwo lächelt man so – erfährt Tragy, der Jüngere.

Und gleich danach hat er das Bedürfnis, ihr etwas Dankbares zu sagen, das ihr Freude machen muß. Ihm ist, als sollte er sie an etwas erinnern, was ihnen gemeinsam war, zum Beispiel sagen: ›Gestern‹ und verständig aussehen dabei. Aber es gibt ja in aller Welt nichts Gemeinschaftliches für sie. Da fragt sie ihn mitten in diese Verwirrung hinein in ihrem filigranen Deutsch:

»Warum? Warum reisen Sie fort?«

Ewald stemmt die Ellbogen auf die Kniee und legt das Kinn in die hohlen Hände.

»Sie sind ja auch fortgegangen von Hause«, antwortet er. Und Jeanne warnt schnell:

»Sie werden Heimweh haben.«

»Ich habe Sehnsucht«, gesteht Ewald, und so reden sie eine Weile aneinander vorbei.

Dann kehren beide um und kommen sich entgegen; denn Jeanne beichtet leise: »Ich habe weg müssen, wir sind acht Geschwister zuhaus, da können Sie sich vorstellen – aber mir ist sehr bang. Freilich, – Alle sind ja gut hier –«, fügt sie ängstlich an – und dann bittet das Mädchen: »Und Sie?«

»Ich?«, der junge Mensch ist zerstreut, »ich? – nein, ich muß nicht fort, weiß Gott, im Gegenteil. Sie sehen ja: ein jeder hier weiß, daß ich den letzten Sonntag hier bin, und tut jemand was dergleichen? Aber trotzdem – Warum lächeln Sie?« unterbricht er sich.

Sie zögert, und dann:

»Sind Sie ein Dichter, bitte?« Ganz rot ist sie und erschrocken wie ein Kind.

»Das ist es eben, Fräulein«, erklärt er – »ich weiß nicht. Und einmal muß man es doch wissen, nicht? So oder so. *Hier* kommt man zu keiner Klarheit darüber. Man kann nicht forttreten von sich, es fehlt die Ruhe, der Raum fehlt, die Perspektive.

Verstehen Sie das, Fräulein?«

»Vielleicht« – nickt die Französin, »aber – ich meine – Ihr Herr Vater muß doch Freude haben und dann Ihre – –«

»Meine Mutter, wollen Sie sagen. Hm. Ja, das hat schon so mancher behauptet. Wissen Sie, meine Mutter ist krank. Sie werden ja wohl gehört haben – obwohl man vermeidet, hier ihren Namen zu brauchen. Sie hat meinen Vater verlassen. Sie reist. Sie hat immer nur soviel mit, als sie unterwegs braucht, auch von Liebe – Ich weiß lange nichts von ihr, denn wir schreiben uns seit einem Jahr nichtmehr. Aber gewiß erzählt sie zwischen zwei Stationen im Coupé: ›Mein Sohn ist ein Dichter –‹.«

Pause. –

»Ja, und dann mein Vater. Er ist ein trefflicher Mensch. Ich hab ihn lieb. Er ist so vornehm und hat ein goldechtes Herz. Aber die Leute fragen ihn: ›Was ist Ihr Sohn?‹ Und da schämt er sich und wird verlegen. Was soll man sagen? *Nur* Dichter? Das ist einfach lächerlich. Selbst wenn es möglich wäre – das ist ja kein Stand. Er trägt nichts, man gehört in keine Rangsklasse, hat keine Pensionsberechtigung, kurz: man steht in keinem Zusammenhang mit dem Leben.

Deshalb darf man das nicht unterstützen und zu nichts ›Gut‹ und ›Amen‹ sagen. Begreifen Sie jetzt, daß ich meinem Vater nie etwas zeige – überhaupt niemandem hier; denn man beurteilt meine Versuche nicht, man haßt sie von vornherein, und man haßt mich in ihnen. Und ich habe selbst soviel Zweifel. Wirklich: ganze Nächte lieg ich mit gefalteten Händen wach und quäle mich: ›Bin ich würdig?‹«

Ewald bleibt traurig und still.

Die anderen sind indessen wach geworden und gehen zwei und zwei in die Nebenzimmer, wo die Whisttische bereit stehen.

Der Inspektor ist guter Laune. Er klopft seinem Sohn leise auf die Schulter: »Na, Alter?«

Und Ewald versucht zu lächeln und küßt ihm die Hand.

Er wird *doch* bleiben, – denkt der Inspektor: das ist vernünftig. Und so geht er den anderen nach.

Der junge Tragy vergißt sofort sein Lächeln und klagt: »Sehen Sie, so hält er mich. So leise, nicht mit Gewalt oder Einfluß, fast nur mit einer Erinnerung, als ob er sagte: ›Du warst einmal klein, und ich habe dir einen Christbaum angezündet jedes Jahr – bedenke –‹ Er macht mich ganz schwach damit. Aus seiner Güte ist kein Ausgang, und hinter seinem Zorn ist ein Abgrund. Zu diesem Sprung hab ich nicht Mut genug.

Ich bin wahrscheinlich überhaupt feige, Sie können mir glauben, feige und unbedeutend. Es wäre mir ganz gut hier zu bleiben, so wie alle es sich denken, brav und bescheiden zu sein und einen und denselben armseligen Tag so hinzuleben immer und immer wieder ...«

»Nein«, sagte Jeanne entschieden – »jetzt lügen Sie ...«

»Oh ja, vielleicht. Sie müssen nämlich wissen: ich lüge sehr oft. Je nach Bedürfnis, einmal nach oben, einmal nach unten; in der Mitte sollte *ich* sein, aber manchmal mein ich, es ist gar nichts dazwischen. Ich komme zum Beispiel zu Besuch zu Tante Auguste. Es ist licht, und die urväterliche Wohnstube ist gerade so recht heimlich. Und ich setze mich ohneweiters in den besten Stuhl, lege die Beine übereinander und sage: ›Liebe Tante‹, sag ich ungefähr –, ›ich bin müde, und deshalb werde ich meine staubigen Füße auf dein Kanapee, gerade auf die netten Schutzdecken legen – erlaube.‹ Und damit die gute Tante durch ihre Freude über diesen Schmerz mich nicht unnötig aufhält, tue ich also ohneweiters; denn ich habe noch viel zu erzählen, zum Beispiel dieses: ›Das ist ja alles recht schön und gut; ich weiß, es gibt Gesetze und Sitten, und die Menschen pflegen sich mehr oder minder daran zu halten. Aber mich darfst du nicht zu diesen ehrsamen Staatsbürgern zählen, beste Tante. Ich bin mein eigener Gesetzgeber und König, über mir ist niemand, nicht einmal Gott –‹ Ja, Fräulein, so ungefähr sag ich zu meiner Tante, und sie ist rot vor Entrüstung. Sie zittert: ›Es haben schon andere sich fügen gelernt .....‹ ›Mag sein‹, antworte ich gleichgültig. ›Du bist nicht der Erste, und für Leute von diesen Ansichten gibt es Narrenhäuser und Zuchthäuser, Gott sei Dank –‹, meine Tante weint schon – ›von der Art gibt es Hunderte.‹ Aber da bin ich empört: ›Nein‹, schrei ich sie an, ›es gibt keinen wie ich, hat nie einen Solchen gegeben ....‹ Schrei und schrei, denn ich muß mich selbst überschreien mit dieser Phrase. Bis ich plötzlich bemerke, daß ich in einer fremden Stube vor einer hilflosen alten Dame stehe und irgendeine Rolle spiele. Dann schleiche ich scheu davon, laufe die Gasse entlang und tret in meine Stube im letzten Augenblick eh mir die Tränen aus den Augen brechen. Und dann –« Ewald Tragy schüttelt heftig mit dem Kopf, als wollte er die Gedanken, die sich immer weiter bauen, zum Einsturz bringen. Er weiß: ich weine dann, freilich, weil ich mich verraten habe. Aber wie soll ich das erklären und wozu? Das ist ja wieder ein Verrat.

Und er versichert hastig: »Unsinn, Fräulein – Sie dürfen nicht glauben, daß ich wirklich weine –«

Und schon tut ihm die Lüge weh.

Es hat so wohlgetan sich anzuvertrauen und nun ist wieder Alles verdorben. Man muß nicht immer wieder anfangen, denkt Tragy und bleibt verstimmt und stumm.

Das Fräulein schweigt auch.

Sie horchen: die Karten fallen auf die Spieltische, wie Tropfen von Bäumen, die jemand schüttelt. Und von Zeit zu Zeit mit großer Wichtigkeit:

»Die Tante gibt«

oder: »wer meliert?«

oder: »Treff ist atout«,

und: das Kichern der vier Kusinen.

Jeanne denkt nach. Sie will etwas Liebes sagen, also für ihn: etwas Deutsches. Aber sie weiß nicht, wie sie die fremden Worte erwärmen soll, darum bittet sie endlich: »Sei nicht traurig.« Und schämt sich.

Der junge Mensch blickt auf und sieht ihr ernst und sinnend ins Gesicht, solange bis sie aufgehört hat, zu glauben: ich habe sicher Unsinn gesagt. Dann nickt er ein wenig und nimmt ganz ernst ihre Hand, die er vorsichtig zwischen seine beiden legt. Es ist wie ein Versuch, und er weiß nicht, was tun mit dieser Mädchenhand, denn er gibt sie frei, läßt sie einfach fallen, der junge Mensch.

Indessen hat Jeanne einen zweiten deutschen Satz gefunden, auf den sie sehr stolz ist: »Sie haben doch noch nichts verloren?«

Da faltet Ewald die Hände im Schoß und sieht zum Fenster hinaus.

Pause.

»Sie sind so jung–«, tröstet ihn das Mädchen zaghaft.

»Oh«, macht er. Er ist wirklich überzeugt, daß das Leben für ihn eigentlich abgetan ist; nicht, daß er mittendurch gegangen wäre, aber ein für allemal vorbei. Er lügt also jetzt nicht und ist wahrhaft traurig: »Jung? Ist es *das*, bitte? Ich habe Alles verloren ...«

Pause.

»... auch Gott«, und er bemüht sich, jedes Pathos zu vermeiden. Da lächelt sie; sie ist fromm.

Er versteht dieses Lächeln nicht, gerade jetzt stört es ihn, und er ist einwenig verletzt. Allein sie kommt um Verzeihung bitten, steht auf und sagt:

»Ewald«, sie spricht es aus mit falscher Betonung auf dem *a* und mit einem dunkeln stummen *e* am Ende, das geheimnisvoll und wie eine Verheißung klingt, »ich glaube, Sie werden Alles erst finden–«

Und dabei steht sie so hoch und feierlich vor ihm.

Er senkt die Stirne tiefer und will prahlen: ›Kind‹ – so recht wehmütig überlegen, und ist doch so leise dankbar gleich darauf und möchte jubeln dürfen: ›Ich weiß.‹ Und er tut weder das eine, noch das andere.

Da bemerkt jemand im Spielzimmer, daß es so schweigsam geworden sei nebenan. Frau von Wallbach runzelt die Stirn und befiehlt gleich: »Jeanne!«

Jeanne zögert.

Die Hausfrau ist wirklich besorgt, und die vier Kusinen helfen ihr: »Fräulein!«

Da neigt sich die Französin und man weiß nicht, ist das Frage oder Befehl: »Und – Sie reisen?!«

»Ja«, flüstert Ewald rasch. Er fühlt dabei eine Sekunde lang ihre Hand im Haar und verspricht einem fremden jungen Mädchen, in die Welt zu gehen, und weiß gar nicht, wie seltsam das alles ist.

II

Man wird es kaum glauben: Ewald Tragy schläft volle vierzehn Stunden. Und das ist ein fremdes elendes Hotelbett, und auf dem Bahnhofplatz gibt es Lärm und Sonne seit fünf Uhr früh. Er hat sogar vergessen zu träumen, trotzdem er weiß, daß ›erste‹ Träume besondere Bedeutung haben. Er tröstet sich damit, daß sich jetzt Alles erfüllen könne, gleichviel, ob man es träume oder nicht, und zieht diesen leeren Schlaf hinter allem Gestrigen aus wie einen langen, langen Gedankenstrich. Fertig. So, und jetzt? Und jetzt kann es beginnen – das Leben, oder das, was eben zu beginnen hat der Reihe nach.

Der junge Mensch streckt sich behaglich in den Kissen aus. Vielleicht will er so, in dieser wohligen Wärme, die Ereignisse empfangen? Er wartet noch eine halbe Stunde, aber das Leben kommt nicht. Da steht er denn auf und beschließt, ihm entgegenzugehen. Und daß man dies müsse, ist die Erkenntnis des ersten Morgens.

Sie befriedigt ihn, gibt ihm Bewegung und Zweck und treibt ihn hinaus in die neue lichte Stadt. Er weiß zunächst nur, daß die Gassen unendlich lang und die Trambahnen lächerlich klein sind, und ist ohneweiters geneigt, jede dieser beiden Erscheinungen durch die andere zu erklären, was ihn ungemein beruhigt. Alle Dinge interessieren ihn, die großen und bedeutenden nicht zuletzt. Aber je tiefer in den Tag hinein, desto mehr verliert alles an Wert den Regenrinnen gegenüber, vor welchen Tragy immer nachdenklicher stehen bleibt. Er lächelt nichtmehr über die darangeklebten kleinen Zettel und ihre Versprechungen und hat keine Zeit mehr, sich über die seltsame Sprache zu wundern, in der sie abgefaßt sind. Er übersetzt sie mit krampfhafter Geschäftigkeit und schreibt viele Namen und Nummern in sein Taschenbuch.

Endlich macht er den ersten Versuch. Im Flur schiebt er seine Krawatte zurecht und nimmt sich vor: Ich werde sehr höflich sagen: ›Verzeihen Sie, hier ist wohl ein Zimmer für einen Herrn, nichtwahr?‹ Er läutet, wartet und sagt es höflich, hochdeutsch und mit bescheidener Betonung. Eine große breite Frau drängt ihn gleich links in eine Tür, ehe er mit seiner Frage zuende ist.

»Wissen S' ich sags gleich wie es is. Sauber is's. Und wenn S' sonst noch was brauchen …« Und damit erwartet sie, die Hände in die Hüften gestemmt, seine Entscheidung.

Das ist eine kleine Stube, zweifensterig mit alten umständlichen Möbeln und schon ganz voll Dämmerung, so daß man das Gefühl hat, eine Menge Dinge mit zu mieten, von denen man sich nicht träumen läßt.

Und wie nun der junge Mann so gar nichts sagt und sich kaum umsieht in dem dunklen Zimmer, fügt die Frau zögernd an: »Und 's macht halt zwanzig Mark im Monat samt Frühstück, soviel haben wir halt immer bekommen –« Tragy nickt ein paar Mal. Dann tritt er näher an den alten Sekretär heran, der in einer Ecke steht, prüft die breite aufgeklappte Schreibplatte und lächelt, zieht zwei oder drei von den kleinen Schubläden im Hintergrund auf und lächelt wieder: »Der bleibt doch hier stehn, der Schreibtisch?« erkundigt er sich und ist ganz entschlossen: ich bleibe auch. Aber dann fällt ihm die lange Reihe von Nummern in seinem Taschenbuch ein, wie eine Pflicht, und er meint schnell: »Das heißt, bis morgen darf ich mirs wohl überlegen?«

»Ja wegen meiner –«

Und Tragy merkt sich gut das Haus und schreibt in sein Taschenbuch: ›Frau Schuster, Finkenstraße 17 Hinterhaus, parterre, Schreibtisch.‹ Hinter ›Schreibtisch‹ drei Rufzeichen. Dann ist er sehr zufrieden mit sich und versucht nichts mehr an diesem Tage.

Aber am nächsten Morgen beginnt er ganz früh seinem Taschenbuch nachzugehen. Und das ist keine Kleinigkeit. Vormittags, solang die Leute noch ausgeschlafen und die Stuben gut gelüftet sind, freut ihn seine Wanderung noch einigermaßen. Er notiert pünktlich alle Vorzüge – dort einen Erker mit Aussicht, gegenüber ein Kanapee, und ein Badezimmer in Nummer 23, zwei Treppen, nirgends mehr ein Schreibtisch, allerdings. Dafür bringt er da und dort kleine Warnungen an, zum Beispiel: ›kleine Kinder‹ oder: ›Klavier‹ oder: ›Wirtshaus‹. Dann werden die Notizen immer karger und hastiger; seine Eindrücke verändern sich ganz seltsam. In gleichem Maße mit der Unfähigkeit seiner Augen wächst die Empfindlichkeit seiner Geruchsnerven, und um Mittag hat er diesen vernachlässigten Sinn soweit ausgebildet, daß ihm die Außenwelt einzig durch ihn mehr zum Bewußtsein kommt. Er denkt: Aha, Linsen, oder: Sauerkohl, und wendet sich schon auf der Schwelle um, wenn ihm irgendwo ein Wäschetag entgegenqualmt. Er vergißt ganz den Zweck seiner Besuche und beschränkt sich, einfach die Eigenart der einzelnen Atmosphären festzustellen, welche ihm aus den lächerlich kleinen Küchen, gleich losgelassenen Hunden, entgegenstürzen. Dabei rennt er heulende kleine Kinder um, lächelt den erzürnten Müttern dankbar ins Gesicht und versichert stumme Greise, die er irgendwo in einem Stubenwinkel aufstört, seiner besonderen Hochachtung.

Schließlich dunkeln alle Flure, und da kommt ihm in jeder Tür, wo immer er läuten mag, immer dieselbe breite Frau entgegen, dieselben Kinder heulen ihn überall an, und im Hintergrund ist immer wieder dieser gestörte alte Herr mit den erschreckten verständnislosen Augen.

Da flieht Ewald Tragy, atemlos. Als er sich erholt, findet er sich vor dem uralten Schreibtisch mit den vielen Schubladen und hat just begonnen zu schreiben:

›Lieber Papa, meine Wohnung ist also: Finkenstraße 17 bei Frau Schuster.‹ Dann denkt er lange nach und beschließt endlich, den Brief erst morgen weiterzuschreiben.

Und später braucht er den Sekretär selten. Er lebt die

ersten Wochen so hin, den ganzen Tag außer Haus, ohne rechten Plan, stets in dem Gefühl: Ja, was wollt ich denn eigentlich? Er geht in die Galerien, und die Bilder enttäuschen ihn. Er kauft sich einen ›Führer durch München‹ und wird müde dabei. Endlich sucht er sich so zu benehmen, als ob er jahrelang hier leben würde, und das ist nicht leicht. Er sitzt am Sonntag mitten unter den Philistern in einem Brauhausgarten und wandert hinaus auf die Oktoberwiese, wo die Buden und Ringelspiele aufgeschlagen sind, und fährt nachmittags in einer Droschke in den ›Englischen Garten‹. Da gibt es manchmal eine Stunde, die er nicht vergessen möchte. So zwischen fünf und sechs, wenn die Wolken auf dem hohen Himmel so phantastisch werden in Form und Farbe und sich plötzlich wie Berge hinter den flachen Wiesen des ›Englischen Gartens‹ aufbauen, so daß man denken muß: Morgen will ich auf diese Gipfel steigen. Und morgen ist dann ein Regentag und der Nebel liegt dicht und schwer über den endlosen Gassen. Immer wieder kommt so ein Morgen, das einem die Dinge aus den Händen nimmt, und der junge Mensch wartet, bis es anders wird. Er hat niemanden, den er fragen könnte, was man tut in seinem Fall. Mit der Hausfrau spricht er, wenn sie ihm das Frühstück bringt, zehn Worte, und an jedem Abend begegnet er ihrem Mann, dem gräflichen Herrschaftskutscher, und grüßt ihn sehr höflich. Er weiß, daß die beiden eine Tochter haben, und hört oft, wenn das Haus ganz stille geworden ist, durch die Wand: »Mama –« und eine feine Mädchenstimme. Sie liest etwas vor, und man kann manchmal meinen, daß es Verse sind.

Das macht, daß Ewald jetzt früher nachhause kommt, seinen Tee trinkt und über einer Arbeit oder einem Buch wachbleibt weit in die Nacht hinein. Jedesmal, wenn die Stimme nebenan beginnt, lächelt er, und so wird ihm seine Stube langsam lieb. Er beschäftigt sich mehr mit ihr, bringt Blumen nachhause und spricht tagsüber oft laut, als hätte er kein Geheimnis mehr vor diesen vier Wänden.

Aber so sehr er sich darum bemüht, es bleibt etwas Kaltes, Ablehnendes an den Dingen, und er hat oft am Abend das Gefühl, als wohnte jemand hier neben ihm, der alle Gegenstände, unbeschadet seiner Anwesenheit, gebraucht und dem sie auch willig zu Gebote sind. Das wird noch verstärkt in ihm durch folgenden Vorfall.

»Merkwürdig«, sagt Ewald eines Morgens, gerade als Frau Schuster den Kaffee hinstellt, »sehen Sie mal, bitte, diese beiden Schubladen des Schreibtisches wollen nicht aufgehen. Haben Sie vielleicht einen Schlüssel? Sonst könnte man ja einen machen lassen –?« Und er rüttelt an den beiden heimlichsten Laden des Schrankes.

»Sie müssen schon verzeihen –«, zögert Frau Schuster, und sie spricht hochdeutsch in ihrer Verlegenheit, »aber ich darf diese beiden Laden nicht aufmachen, nämlich –«

Tragy blickt erstaunt auf.

»Sie müssen nämlich wissen, Herr, das is so: mal haben wir ein' Herrn ghabt, dems sehr schlecht gangen is. Und weil er uns nicht hat zahlen können, hat er uns die Kommode dagelassen und hat gsagt: da in den zwei Laden laß ich Ihnen wichtige Papiere zum Pfand, – hat er gsagt und hat den Schlüssel mitg'nommen ...«

»So, so«, macht Tragy und sieht gleichgültig aus. »Das ist schon lang?«

»Mna«, überlegt die Frau, »so sieben Jahr oder Jahr acht könntens schon sein, wohl, wohl – daß wir nichts mehr von ihm ghört haben; aber leicht kommt er doch mal und holts. Nicht? Man kann nicht wissen ...«

»Freilich, freilich –«, sagt Tragy obenhin, nimmt den Hut und geht fort. Er hat ganz vergessen zu frühstücken.

Seither arbeitet Tragy an dem ovalen Sofatisch, den er quer vor das andere Fenster geschoben hat; denn der Oktober macht Fortschritte, und der Sekretär steht viel zu nah an den Scheiben. So erklärt sich diese Veränderung auf die allernatürlichste Weise.

Und der junge Mensch findet noch manches zugunsten des neuen Platzes, zum Beispiel: daß man so geradezu ins Fenster sieht. Wie ein Bild ist es. Dieser Hof, in dem so langsam die Kastanien welk werden. (Es sind doch Kastanien?) Ein alter Steinbrunnen, ganz im Hintergrund, rinnt und rinnt wie ein Lied, wie eine Begleitung zu Allem. Und es ist sogar etwas wie ein Relief auf dem Sockel. Ja, wenn man nur sehen könnte, was es darstellt. Ach, wie bald es doch dunkel wird, man wird gleich die Lampe anzünden müssen. Übrigens: wenn draußen gar kein Wind ist, wie jetzt, wie dann die Blätter langsam fallen, lächerlich langsam. Da bleibt eines fast stehen in der dicken feuchten Luft und schaut herein und schaut herein – wie Gesichter, wie Gesichter, wie Gesichter ... denkt Tragy und sitzt ruhig und reglos und läßt es geschehen, daß jemand sich ans Fenster lehnt und hereinstiert, so nah, daß die Nase sich an den Scheiben eindrückt und die Züge etwas Breites, Vampyrhaftes, Gieriges bekommen. Ewalds Blicke folgen, ganz verloren, den Linien dieses Gesichtes, bis sie plötzlich in die lauernden fremden Augen stürzen, wie in Abgründe. Das bringt ihn zum Bewußtsein. Er springt auf und ist schon am Fenster. Die Riegel geben seinen zitternden Händen nicht gleich nach, und der draußen ist schon weit, als Tragy sich in den Nebel hinauslehnt.

Offenbar hat die kühle Luft ihn beruhigt; denn er tut gar nichts Außergewöhnliches weiter. Er zündet die Lampe an, bereitet seinen Tee wie an jedem anderen Tage und man kann meinen, daß das Buch vor ihm ihn interessiere.

Nur das Eine ist seltsam: er geht nicht schlafen. Er wartet bis die Lampe verlischt; das ist etwa um halb zwei. Da brennt er die Kerze an und sieht geduldig zu, bis sie, ganz im Leuchter, schmilzt. Und da ist auch schon ein scheues Licht hinter den Scheiben. Eine kurze Nacht, nicht? Ewald denkt nicht etwa darüber nach, ob er ausziehen soll. Das ist natürlich. Er überlegt nur, wie er das sagen wird: ›Es tut mir leid, Frau Schuster‹, oder: ›Ich bin wirklich zufrieden gewesen bei Ihnen, aber .....‹ Und er baut und baut an diesem armseligen Satz.

Und mit Morgen ist er überzeugt, daß man nicht daran denken kann, zu kündigen, weil sich das überhaupt in keiner Art ausdrücken läßt. Man bleibt also. Man muß sich eben einrichten. Es ist eben so mit diesen Stuben; die, welche vorher hier gewohnt haben, sind noch nicht ganz draußen, und die, welche nach Ewald Tragy kommen, warten schon. Was bleibt da übrig, als verträglich sein. Und an diesem Sonntag beschließt Ewald, sich so klein wie möglich zu machen, um keinen von seinen unbekannten Zimmergenossen zu stören, und einfach so mitzuleben als der Geringste in diesem Massenquartier in der Finkenstraße.

Und sieh: das geht. Es gibt ein paar ganz erträgliche Wochen und man kommt so sachte in den November hinein und erhält für den kurzen, traurigen Tag eine lange Nacht geschenkt, in der alles mögliche Raum hat.

Gleich mal zunächst: ›Das Luitpold‹. Das ist doch etwas. Man setzt sich zu einem der kleinen Marmortischchen und legt einen Stoß Zeitungen neben sich und sieht gleich furchtbar beschäftigt aus. Dann kommt das Fräulein in Schwarz und gießt so im Vorübergehen die Tasse mit dem dünnen Kaffee voll, o Gott, so voll, daß man sich gar nicht traut, auch noch den Zucker hineinzuwerfen. Dabei sagt man: »Mittel« oder »Schwarz«, und es wird ganz nach Wunsch und Wink: ›mittel‹ oder ›schwarz‹. Zum Überfluß sagt man doch noch etwas Scherzhaftes, wenn man es gerade bei der Hand hat, und dann lächelt die Minna oder Bertha etwas müde ins Unbestimmte hinein und schwenkt die Nickelkannen in der Rechten her und hin.

Tragy sieht das nur an anderen Tischen. Er beschränkt sich auf ein Danke, denn ihm sind diese schwarzen Damen, die am Tage so welk aussehen, sehr unsympathisch; nur die kleine Betty; die ihm das Wasser bringt, bedauert er. Weiß der Himmel warum er ihr etwas Liebes tun möchte, aber, es ist Tatsache, er drückt ihr einmal außer dem Trinkgeld ein klein zusammengefaltetes Papier in die Hand und freut sich, daß ihr die Augen glänzen. Das ist ein Los irgendeiner Wohltätigkeitslotterie und man kann 50 000 Mark gewinnen damit. Aber die kleine Betty sieht sehr enttäuscht aus, als sie nach einer Weile hinter der Säule hervorkommt, und sagt gar nicht: Danke.

Das sind so kleine Zufälle, die den jungen Menschen tiefer berühren, als er selber meint. Sie geben ihm das Gefühl, ausgeschlossen zu sein, gleichsam die Sitten eines fernen Landes fortzuleben unter allen diesen Menschen, die sich mit einem Lächeln und im Vorübergehen verstehen. Er möchte so gern einer von ihnen sein, irgendeiner im Strome, und dann und wann glaubt er es fast. Bis eine Kleinigkeit geschieht, welche beweist, daß sich nichts an dem Verhältnis geändert hat: er auf der einen Seite und alle Welt drüben. Und da lebe nun einer.

Gerade zu dieser Zeit, da Tragy das Bedürfnis hat, jemanden kennen zu lernen, empfängt er einen Brief. Der lautet:

»Ich höre durch Zufall, daß Sie in München sind. Ich habe manches von Ihnen gelesen und stelle es mir schön vor, wenn wir uns sehen würden, bei Ihnen, bei mir oder an einem dritten Ort, wie Sie wollen und – *wenn* Sie wollen.«

Und Tragy will nicht. Er kennt den Namen, welcher unter dem Brief steht, längst aus Zeitschriften und Gedichtanthologieen und hat gar nichts gegen Wilhelm von Kranz, durchaus nicht. Aber im Augenblick, da dieser Herr ihn anrührt, kriecht er wie eine Schnecke in sich zusammen. Was er noch gestern gewünscht hat, wird eine Gefahr im Moment, da es sich erfüllen kann, und es scheint ihm unerhört, daß da jemand ist, der so ohneweiters, mit den staubigen Schuhen sozusagen, in seine Einsamkeit will, darin er selber nur ganz leise aufzutreten wagt. So gibt er nichtnur keine Antwort, sondern meidet sogar vorsichtig jeden ›dritten Ort‹, ist oft zuhause und bekommt so gelegentlich auch die Haustochter zu Gesicht, von der er bislang nur die Stimme kannte.

Er sagt ihr einmal, als sie ihm den Kaffee bringt: »Und was lesen Sie immer abends, Fräulein Sophie?«

»Oh, was wir gerade haben. Viel Bücher haben wir nicht – aber, hört man es denn hier?«

»Wort für Wort«, übertreibt Ewald.

»Stört es Sie sehr?«

Und Tragy sagt nur: »Nein, es stört mich nicht. Aber wenn Sie gern lesen, will ich Ihnen geben, was ich mithabe. Es ist nicht vieles, aber viel.« Und er reicht ihr einen Band Goethe.

Das ist ein ganz kleiner Verkehr zwischen ihnen, aber er füllt bei Tragy etwas aus, wird ein steter Gedanke mitten in dem Vielen, das durch seine Seele strömt, und er ruht gerne aus darin. Jemandem solche Bücher leihen ist schließlich dasselbe wie ihm ein Los schenken. Aber diesmal erhält Tragy einen sympathischen Dank dafür. Das macht ihn froh.

Er war guter Laune auch an dem Nachmittag, da er so unerwartet nachhause kommt und in seiner Stube Stimmen hört. Er zögert und horcht. Rasche, halblaute Worte, die vor seinen Schritten zu flüchten scheinen, und dann steht ein junger Mensch mit einem breiten dicken Gesicht vor der Tür und pfeift, pfeift so in den Tag hinein, mir nichts und dir nichts. Und eben da Ewald ihn zu Rede stellen will, tritt Sophie aus seiner Tür, sehr blaß, und tut als ob das alles selbstverständlich wäre. Dann sagt sie unsicher: »Es ist der Herr hier, – der ... er wollte das Zimmer sehen, Herr Tragy.«

Die beiden jungen Leute sehen sich ins Gesicht. Der Fremde hört auf zu pfeifen und grüßt. Und da er höflich lächelt dabei, wird das Gesicht breit und verschwommen, und Tragy muß an etwas Häßliches denken. Trotzdem dankt er flüchtig, so mit der Hand an der Krempe, und tritt in seine Stube.

Er bemerkt erst nach einer Weile, daß Sophie hinten an der Tür steht, hat plötzlich fürchterlich viel zu tun, trägt Dinge ganz überflüssiger Weise von einem Tisch zum andern und bückt sich gelegentlich, um etwas aufzuheben. Aber endlich ist er doch fertig mit diesem unseligen Aufräumen und er muß nun wahrscheinlich das Mädchen fragen: Was wollen Sie? Denn so kann sie doch nicht stehen bleiben wollen ohne Grund.

Plötzlich fällt ihm etwas ein und er spricht nach der andern Seite hin, irgendwohin in eine Ecke: »Sie können beruhigt sein, ich werde nichts sagen. Das wollen Sie ja doch hören, nichtwahr? Also gut. Aber ich ziehe aus im nächsten Monat; ich habe ohnehin die Absicht gehabt –«

Und da sitzt er schon am Tisch und schreibt, tief, als ob

er seit zwei Stunden schriebe. Es wird aber nur ein ganz kurzer Brief an Herrn von Kranz, darin er ihn bittet, morgen um vier im ›Luitpold‹ zu sein, wenn es ihm passe. Erst nachdem er die Adresse beendet hat, sieht er sich vorsichtig um. Es ist niemand mehr da, und Ewald wechselt Schuhe und Anzug, denn er hat vor, auswärts zur Nacht zu essen.

Herrn von Kranz paßt die Stunde, wie ihm eine jede Stunde gepaßt haben würde. Er ist nicht übermäßig beschäftigt, nämlich. Er schreibt etwas Großes, ein Epos oder etwas über das Epos hinaus, jedenfalls etwas ganz Neues, etwas ›in Höhepunkten‹, so hat er dem neuen Bekannten versichert in der ersten halben Stunde. Eine solche Arbeit hängt aber, wie man weiß, einzig von der Inspiration ab, von der tiefen Begeisterung, welche (nach Herrn von Kranz) »den Traum des dunklen Mittelalters erfüllt und es versteht, aus allen Dingen Gold zu machen«. So etwas geschieht freilich mitten in der Nacht oder sonst unglaublich wann, nicht um vier Uhr nachmittags, zu einer Zeit, da sich bekanntlich die allergewöhnlichsten Dinge ereignen können. Und deshalb ist Herr von Kranz frei und sitzt im ›Luitpold‹, Tragy gegenüber. Er ist sehr beredt, denn Ewald schweigt viel, und Kranz liebt das Schweigen nicht, scheint es. Er hält das für das Vorrecht der Einsamen, wo aber zwei oder drei beisammen sind, da hat es tatsächlich keinen Sinn, wenigstens keinen, den man auf den ersten Blick begreift. Und nur nichts Dunkles und Unverständliches, im Leben wenigstens. In der Kunst? Ah das ist etwas anderes, da hat man ja das Symbol, nichtwahr? Dunkle Umrisse vor lichtem Hintergrund, nichtwahr? Verschleierte Bilder – nicht? Aber im Leben – Symbole, oh – lächerlich.

Manchmal sagt Ewald: »Ja« und wundert sich, woher in aller Welt er diese Unmenge unverbrauchter ›Ja‹ in sich hat. Und wundert sich über die großen Worte und über das kleine Leben irgendwo tief unten. Denn er lernt in diesem Nachmittag die ganze Weltanschauung des Herrn von Kranz, diese Weltanschauung aus der Vogelperspektive, kennen und – und wundert sich eben. Er ist jung, nimmt die Dinge wie Tatsachen und die Sensationen für Schicksale hin und hat dann und wann das Bedürfnis, etwas von diesen glänzenden Konfessionen aufzuschreiben, weil ihr ganzer Zusammenhang, weithin, ihm unübersehbar scheint. Was ihn aber am meisten überrascht, das ist das Fertige aller dieser Überzeugungen, die sorglose Leichtigkeit, womit Kranz eine Erkenntnis neben die andere setzt, lauter Eier des Kolumbus: wenn eines nicht gleich aufrecht bleiben will, ein Schlag auf die Tischplatte und – es steht.

Ob das Geschicklichkeit ist oder Kraft – wer mag das entscheiden? Herr von Kranz ist aufrichtig bei der Sache. Er spricht sehr laut und hat offenbar den Ort der Handlung ganz vergessen. Wie ein Sturm, der fremden Stuben die Fenster aufreißt, bricht seine Rede in alle Gespräche, so daß man endlich nachgibt und allenthalben die Fenster offen läßt. Und da ist eben der Sturm obenauf. Sogar die schöne Minna vergißt einzuschenken, bleibt an einer Säule lehnen und hört zu. Nur leider mit ganz impertinenten Augen. Und plötzlich fängt sie mit diesen großen, grünen Augen die blitzenden Blicke des Dichters auf und bändigt sie, macht sie klein, unbedeutend, nichtswürdig und läßt sie mit einem infamen Lächeln einfach fallen.

Herr von Kranz verliert einen Moment die Fassung. Er wankt im Sattel, tut aber gleich, als sei das eine beabsichtigte Schwenkung gewesen und wirft der Schönen ein Wort zu, so ein klebriges, mehr Frosch als Blume. Dann ist er gleich wieder bei der Sache und ist sogar an einem Höhepunkt, an der Stelle nämlich: »Wie ich Nietzsche überwand.«

Aber Ewald Tragy hört aufeinmal nichtmehr zu. Er entdeckt das erst viel später, als Kranz an irgendeinem Ende ist und wartet. Dieses Warten bedeutet: Und Sie? Sie haben doch auch so etwas wie eine Meinung von Alledem, hoffentlich. Weltanschauung um Weltanschauung, bitte?

Tragy begreift das nicht gleich, und als er es schließlich versteht, gerät er in unbeschreibliche Verwirrung. Er steht so mitten in allem, wie tief im Wald, und sieht nichts als

Stämme, Stämme, Stämme und weiß kaum, ob Tag oder Nacht ist über ihnen. Und doch soll er genau die Stunde nennen, auf die Minute genau, so daß gar kein Zweifel möglich ist. Er fürchtet durch sein Schweigen Herrn von Kranz zu verletzen; aber der wird immer milder, teilnahmsvoller, väterlich fast. Und er befiehlt rasch: »zahlen!« So feinfühlig ist er.

In den nächsten Tagen aber empfindet Tragy immer deutlicher, daß er dem neuen Bekannten etwas geben müsse von sich, nicht aus Sympathie, sondern weil er doch nach jenem freimütigen Nachmittag sein Schuldner geworden ist im Vertrauen. Und als die beiden einmal im ›Englischen Garten‹ gehen – es ist wieder so eine Dämmerung mit Wolkenbergen am Horizont –, sagt er unvermittelt: »Immer war ich so ganz allein. Mit zehn Jahren kam ich aus dem Haus in die Militärerziehung unter fünfhundert Kameraden und – trotzdem ... Ich war sehr unglücklich dort – fünf Jahre. Und dann steckten sie mich wieder in eine Schule, und dann wieder in eine, und so fort. Ich war immer allein, wissen Sie ...«

›Wenn es weiter nichts ist‹, denkt Herr von Kranz, ›dem läßt sich abhelfen.‹ Und seither ist er jeden Augenblick bei Ewald, früh, Vormittag, oft bis weit in die Nacht. Und er tut das so selbstverständlich, daß Tragy nichtmehr wagt, seine Einsamkeit zu verriegeln; er lebt bei offenen Türen, sozusagen. Und Herr von Kranz kommt und geht und kommt und geht. Er hat ein Recht dazu, denn: »Wir haben ganz das gleiche Los, lieber Freund Tragy –«, behauptet er. »Auch mich verstehn sie nicht zuhaus, natürlich. Sie nennen mich überspannt, verrückt, als ob –«; er vergißt bei diesem Anlaß nie anzufügen, daß sein Vater Hofmarschall ist an einem kleinen deutschen Hofe und daß man in diesen Kreisen – er schätzt sie offenbar sehr gering – die bekannten konservativ vornehmen Ansichten habe. Eben diesen Ansichten hat er es ja auch zu danken, daß er Lieutenant, man bedenke, Lieutenant bei der Garde werden mußte, und er versichert, daß es arge Mühe kostete nach einem Jahr in die Reserve zurückzutreten, gleichsam über die Sympathieen der Vorgesetzten und der Untergebenen weg. Und vollends, daß man zuhause auf Schloß Seewies-Kranz mit seiner neuen Berufswahl nicht, aber ganz und gar nicht einverstanden sei und ihm die Prügel nur so vor die Füße werfe, das brauche er wohl kaum noch zu versichern. Aber trotzalledem gebe er den Kampf nicht auf. Im Gegenteil. Er habe sich verlobt, ja, ganz regelrecht verlobt, mit gedruckten Anzeigen verlobt. Sie ist aus den besten Familien, natürlich, vornehm, gut erzogen, nicht reich, aber beinahe adelig. (Ihre Mutter ist eine Gräfin Soundso.) Nun und dieser Schritt, den er ohneweiters unternahm, ist doch ein Beweis seiner Freiheit, gewissermaßen. Auch soll es nicht zu lange dauern bis zur Hochzeit, und dahinter kommt erst der Haupterfolg, nämlich: »Mein Austritt aus der Kirche –« Kranz zwirbelt seinen blonden Schnurrbart auf und lächelt.

»Ja –«, sagt er, ungemein zufrieden mit sich und mit Tragys Erstaunen, »das ist ein Schlag, was? Ich entsage dabei meiner Offiziers-charge, natürlich – ich opfere sie auf für meine Überzeugung. Einer Gemeinschaft anzugehören, deren Gesetze man nicht erfüllt, ist eine Untreue gegen sich selbst …«

›Untreue gegen sich selbst‹, fällt Tragy einmal mitten in der Nacht ein, wie fertig das wieder ist, wie klar, wie überwunden. Und er erinnert sich seither fast jede Nacht an irgend eine Stelle aus seinen Gesprächen mit Kranz, und sie scheinen ihm alle gleich trefflich und bezeichnend. Die Folgen bleiben nicht aus.

Eines Morgens, im November noch, erwacht Tragy und hat eine Weltanschauung. Wirklich. Sie läßt sich gar nicht leugnen, sie ist da, alle Anzeichen sprechen dafür. Er weiß nicht recht, wem sie gehört, aber da er sie doch nun mal bei sich gefunden hat, nimmt er an, daß es die seine sei. Selbstverständlich bringt er sie nächstens mit ins ›Luitpold‹. Und kaum hat er sie gezeigt, besitzt er schon eine Menge Bekannte, die fast wie Freunde sind, ihm von seinen Gedichten erzählen, die sie Alle kennen, und ihm alle fünf Minuten Zigarren anbieten: »Aber nehmen Sie doch.« Fehlt nur noch, daß sie ihn auf die Schulter klopfen und

Du sagen. Aber Tragy raucht nicht, obwohl er fühlt, daß dies zu seiner Weltanschauung gehört, so gut wie der Sherry, den er vor sich stehen hat, und die Absicht, den Abend in den Blumensälen zuzubringen, wo die berühmte Branicka singt.

Und da behauptet gerade jemand, Kranz kenne sie wohl sehr genau, die Branicka. »Wie?«

Kranz hebt die Achseln hoch und dreht den Schnurrbart; er ist auf einmal ganz Lieutenant, ist ›von‹ Kranz. Und es witzelt einer: »Ja nach den Stunden, die er bei seiner Braut verbringt, braucht er doch – eine Ableitung.« Und großes Gelächter; denn das finden alle treffend, ›fein‹, wie der technische Ausdruck lautet, und Kranz selber nennt es so.

Er fühlt sich überhaupt herzlich wohl unter diesen jungen Leuten, die zum Überfluß auch Namen haben, obgleich es genügt hätte, sie zur Unterscheidung zu numerieren. Eine hohe Meinung hat Kranz allerdings nicht von seinen täglichen Genossen, sie sind ihm so eine Art Hintergrund für die eigene Persönlichkeit, und wenn Tragy mal nach einem von ihnen fragt, gibt er obenhin: »Der? Na man kann noch nicht wissen, ob er Talent hat, vielleicht –« und wählt das zum Anlaß eines längeren Gespräches über die ›Aufgaben der Kunst‹, über die ›technischen Forderungen des Dramas‹ oder das ›Epos der Zukunft‹.

Auch hier fühlt sich Tragy ganz unerfahren, und es kann zu keiner gerechten Erörterung kommen, weil er nur selten etwas zu entgegnen weiß. Aber wenn ihn seine Unwissenheit in den anderen Fällen beunruhigt, diesen Dingen gegenüber empfindet er sie wie einen Schild, hinter dem er irgendwas Liebes, Tiefes – er vermag nicht zu denken was – bergen kann, vor irgendeiner fremden Gefahr, und er weiß nicht zu sagen – vor welcher. Er scheut sich auch manches, was ihm in einer leisen Stunde gelingt, dem Genossen zu zeigen und liest ihm nur ganz selten mit halber, unbewußt klagender Stimme ein paar blasse Verse vor und bereut es gleich darauf und schämt sich vor dem bereiten Beifall des anderen, der so laut und rücksichtslos ist.

Seine Verse sind eben krank, und man soll nicht laut sprechen in ihrer Gegenwart.

Im übrigen bleibt Tragy nicht viel Zeit für solche Heimlichkeiten. Es stehen mit einem Male soviel Dinge in seinen Tagen, und trotzdem kommt er jetzt leichter durch als früher, da sie leer waren und man sich nirgends halten konnte. Es gibt eine Menge kleiner Pflichten, tägliche Verabredungen mit Kranz und seinem Kreis, ein stetes Beschäftigtsein ohne eigentlichen Sinn und Gespräche, die man überall enden konnte, an jeder beliebigen Stelle. Dafür fehlt jede Erregung und Unruhe; es ist ein immerwährendes Mitgehen, und der eigene Wille hat nichts zu tun. Eine einzige wirkliche Gefahr besteht noch: das Alleinsein – und davor weiß jeder den andern zu behüten.

So ist Alles bis zu jenem Nachmittag, da Herr von Kranz, bedeutender als je, im ›Luitpold‹ sitzt und Tragy erklärt:

»Solange wir das nicht erreichen, – ist nichts. Wir brauchen eine Höhenkunst, lieber Freund, so etwas über Tausende hin. Zeichen, die auf allen Bergen flammen von Land zu Land – eine Kunst wie ein Aufruf, eine Signalkunst –«

»Quatsch«, sagt jemand hinter ihm, und das fällt wie nasser Mörtel auf die glänzende Beredsamkeit des Dichters und deckt sie zu.

Dieses ›Quatsch‹ gehört einem kleinen schwarzen Mann, der einen langen Zug tut aus einem unglaublich verbrauchten Zigarettenrest, und zugleich mit der Asche glimmen seine großen schwarzen Augen auf und verlöschen mit ihr. Dann geht er ruhig weiter, und Herr von Kranz ruft geärgert hinter ihm her: »Natürlich, Thalmann –«

Und fügt für Ewald hinzu: »Er ist ein Flegel. Man müßte ihn einmal zu Rede stellen. Aber er hat ja keine Art. Er zählt überhaupt nicht mit. Ihn nicht beachten, das ist das beste –«, und er hat gute Lust, seine Erörterungen über die Höhenkunst wieder aufzunehmen. Allein Tragy wehrt sich mit ungewohnter Energie dagegen und fragt unbeirrt: »Wer ist das?«

»Ein Jude aus irgendeinem kleinen Nest, schreibt Romane, glaub ich. Eine von den zweifelhaften Existenzen, wie es hier Dutzende gibt, Dutzende. Das kommt heute man weiß nicht woher und geht übermorgen und man weiß nicht wohin, und es bleibt nichts zurück als einwenig Schmutz. Sie dürfen sich nicht täuschen lassen durch diese Gesten, lieber Tragy …«

Seine Stimme wird ungeduldig und das heißt: ein für alle Mal und genug davon. Und Tragy ist auch ganz einverstanden und bereit, sich nicht täuschen zu lassen.

Aber es ist doch ein Abschnitt, dieser Nachmittag. Er kann dieses lächerliche ›Quatsch‹ nicht vergessen, das so schwer und breit auf die Begeisterung des Propheten fiel und, was das Schlimmere ist, er hört es noch immer fallen – hinter jedem großen Geständnis des Herrn von Kranz klatscht es herunter, und er sieht irgendwo in der Erinnerung den kleinen schwarzen Mann mit den breiten Schultern und dem schäbigen Rock stehen und lächeln.

Und ganz so findet er ihn eine Woche später abends in den Blumensälen. Es ist ihm natürlich, auf ihn zuzugehen und ihn zu begrüßen. Gott weiß warum. Der andere ist auch nicht erstaunt darüber, er fragt nur: »Sind Sie mit Kranz hier?«

»Kranz wollte nachkommen.«

Pause, und dann: »Ist Ihnen Kranz nicht sympathisch?«

Thalmann nickt jemandem im Parterre zu und antwortet nebenbei: »Sympathisch, machen Sie doch nicht solche Worte. Er langweilt mich.«

»Und sonst langweilen Sie sich nie?–« Tragy ist gereizt durch die geringschätzige Art des andern.

»Nein, ich habe nicht Zeit dazu.«

»Merkwürdig, daß man Sie dann hier findet?«

»Wieso?«

»Hier geht man doch nur aus Langweile her?«

»Vielleicht andere, ich nicht.«

Tragy staunt über seine eigene Hartnäckigkeit. Er gibt nicht nach:

»Dann haben Sie also Interesse.«

»Nein«, macht der Schwarze und geht weiter. Tragy hinter ihm: »Sondern?«

Thalmann wendet sich kurz: »Mitleid.«

»Mit wem?«

»Mit Ihnen zunächst.« So läßt er Tragy zurück und geht, wie damals im ›Luitpold‹, ruhig weiter. Und Ewald ist schon um elf zuhaus und schläft schlecht in dieser Nacht.

Am nächsten Tag ist Schnee gefallen. Alle Welt ist froh über das Ereignis, und die einander in den weißen Straßen begegnen, lächeln sich zu: »Er bleibt liegen«, und freuen sich. Ewald findet Thalmann an der Ecke der Theresienstraße, und sie gehen ein Stück weit zusammen. Lange still, bis Ewald beginnt: »Sie schreiben, nichtwahr?«

»Ja, auch das, gelegentlich.«

»Auch? So ist das nicht Ihre eigentliche Beschäftigung?«

»Nein –«

Pause.

»Was tun Sie denn also, bitte?«

»Schauen.«

»Wie?«

»Schauen und das andere – Essen, Trinken, Schlafen, dann und wann, nichts Besonderes.«

»Man sollte meinen, daß Sie sich in einem fort lustig machen.«

»So, worüber?«

»Über Alles, über Gott und die Welt.«

Da antwortet Thalmann nicht, sondern lächelt so: »Und Sie, Sie machen wohl viele Gedichte?«

Tragy wird ganz rot und schweigt. Er kann kein Wort hervorbringen.

Und Thalmann lächelt nur.

»Halten Sie das für eine Schande?« zwingt Tragy endlich heraus und friert.

»Nein. Ich halte überhaupt nichts für – etwas. Es ist nur – überflüssig. Doch, ich muß da hinauf.« Und im Tor: »Adieu, und Sie können recht haben mit dem Lustigmachen.«

Und nun ist Tragy wieder allein. Er muß an die Zeit

denken, da er zehnjährig und verzärtelt aus dem Haus kam, unter lauter Roheit und Gleichgültigkeit, und er fühlt sich ganz so wie damals, erschrocken, hilflos, unfähig. Es ist immer dasselbe. Als ob ihm etwas fehlte zum Leben, irgend ein wichtiges Organ, ohne welches man eben nicht vorwärts kommt. Wozu immer wieder diese Versuche?

Er kommt müde nachhause wie von einem weiten Weg und weiß nicht, was er mit sich beginnen soll. Er stöbert in alten Briefen und Erinnerungen und liest auch die Gedichte durch, jene letzten, leisesten, welche selbst Herr von Kranz nicht kennt. Und da findet er sich und erkennt sich wieder, langsam Zug für Zug, als ob er lange fern gewesen wäre. Und in der ersten Freude schreibt er einen Brief an Thalmann und strömt über von Dankbarkeit:

»Sie haben ganz recht«, heißt es darin, »ich war ja so falsch und phrasenhaft geworden. Jetzt sehe ich Alles ein und begreife Alles. Sie haben mich geweckt aus einem bösen Traum. Wie soll ich Ihnen danken dafür? Ich kann nicht anders, als indem ich Ihnen diese Lieder, das Teuerste und Heimlichste, was ich besitze, übersende –«

Und dann trägt Tragy Brief und Gedichte selber an die Adresse, weil die Post ihm plötzlich unsicher scheint. Es ist spät, und er muß im Dunkel vier Treppen aufwärts tasten bis zu dem Atelier in der Giselastraße, welches Thalmann bewohnt. Er trifft ihn in dem lächerlich kleinen Loch, das eigentlich nur wie ein Rahmen ist um das schräge ungeheure Nordfenster, schreibend. Eine alte verbogene Lampe brennt hier, hoch in der Nacht, und hat nicht die Kraft, die vielen Dinge, die ohne Sinn durcheinander liegen, zu unterscheiden.

Thalmann hält sie dem Eintretenden vors Gesicht: »Ach, Sie sinds?« Und er schiebt ihm den eigenen Sessel hin. »Rauchen Sie?«

»Nein, danke.«

»Kaffee kann ich Ihnen keinen mehr machen. Ich hab keinen Spiritus mehr. Aber wenn Sie wollen, können Sie mittrinken.« Und er stellt einen alten henkellosen Topf zwischen sie beide.

Er steht mit verschränkten Armen da, rauchend, ruhig beobachtend, vollkommen gleichgültig.

Tragy kann sich nicht entschließen.

»Sie wollen mir etwas sagen?« Thalmann trinkt einen Schluck Kaffee und wischt sich mit dem Handrücken den Mund.

»Ich habe Ihnen etwas gebracht–«, traut sich Ewald.

Der andere rührt sich nicht: »So? Legen Sie's nur daher. Ich werds gelegentlich mal durchsehn. Was ist es denn?«

»Ein Brief–«, zögert Tragy–, »und – – aber vielleicht lesen Sie ihn gleich, bitte.«

Thalmann hat das Kuvert schon aufgerissen, so, nachlässig mit einem Griff. Er behält die Zigarette zwischen den Zähnen und liest flüchtig, blinzelnd durch den Rauch durch. Ewald ist aufgestanden vor Erregung und wartet. Aber nichts verändert sich in dem blassen Gesicht des Schwarzen, nur der Rauch scheint ihn heftig zu stören. Am Ende nickt er: »Naja, und so weiter.« Und zu Tragy: »Ich will Ihnen mal gelegentlich schreiben, was ich von den Dingen halte, reden mag ich nicht über sowas.« Und er trinkt den Kaffee aus auf einen Zug.

Tragy fällt auf den Sessel zurück und sitzt und will den Tränen nicht nachgeben. Er fühlt auf seiner Stirne den Sturm, der sich breit durch die Riesenscheiben hereinpreßt aus der Nacht.

Schweigen.

Dann fragt Thalmann: »Ist Ihnen kalt, Sie frösteln so?«

Ewald schüttelt den Kopf.

Und wieder Schweigen.

Dann und wann krachen die Scheiben leise, heimlich, wenn der Wind sich anlehnt, wie Schollen vor dem Eisgang. Und endlich sagt Tragy: »Warum behandeln Sie mich so?« Er sieht ungewöhnlich krank und traurig aus.

Thalmann raucht eifrig: »Behandeln? Nennen Sie das behandeln? Sie sind wirklich bescheiden. Ich zeige Ihnen doch deutlich genug, daß ich gar nicht vorhabe, Sie irgendwie zu behandeln. Wenn Sie wollen, daß ich mich zu Ihnen stelle, so oder so, müssen Sie sich erst mal die Worte abgewöhnen, die großen Worte; die will ich nicht.«

»Aber wer sind Sie denn?« schreit Tragy und springt an den Schwarzen heran, nah, als ob er ihm ins Gesicht schlagen wollte. Er zittert vor Wut. »Wer gibt Ihnen denn das Recht mir Alles zu zertreten?«

Aber da rütteln schon die Tränen an seiner Stimme und überwältigen sie und machen ihn blind, schwach, lösen ihm die Fäuste.

Der andere drängt ihn sanft zu dem Stuhl zurück und wartet. In einer Weile sieht er auf die Uhr und sagt: »Lassen Sie das jetzt. Sie müssen nachhause, und ich muß schreiben; es ist Mitternacht. Sie fragen wer ich bin: Ein Arbeiter bin ich, sehen Sie, einer mit wunden Händen, ein Eindringling, einer, der die Schönheit liebt und viel zu arm ist dazu. Einer, der fühlen muß, daß man ihn haßt, um zu wissen, daß man ihn nicht bemitleidet… Unsinn übrigens.«

Und Tragy hebt die Augen, die heiß und trocken sind, und starrt in die Lampe. Sie wird gleich auslöschen, denkt er und steht auf und geht.

Thalmann leuchtet ihm die enge Treppe hinunter. Und es will Tragy scheinen, daß sie kein Ende nimmt.

Tragy ist krank. Er kann nicht ausziehen deshalb und behält bis zum ersten Januar seine Stube in der Finkenstraße. Er liegt auf dem unbequemen Sofa und denkt an diesen Garten mit den weiten blassen Wiesen und den Hügeln, zu denen still und schlicht die Birken hinansteigen. Wohin? In den Himmel. Und plötzlich kommt es ihm unerhört komisch vor, sich eine Birke, eine junge, dünne Birke anderswo zu denken, als im Himmel. Gewiß, es gibt nur im Himmel Birken, gewiß. Was sollten die denn unten? Man denke nur neben diesen breiten braunen Stämmen – ebensogut könnte es Sterne geben an der Zimmerdecke. Aber plötzlich fragt er: »Was pflücken Sie, Jeanne?« »Sterne.« Er überlegt einen Augenblick und sagt dann: »Das ist gut, Jeanne, das ist sehr gut.« Und er fühlt ein Wohlbehagen im ganzen Körper, bis ein heftiger Schmerz im Kreuz es zerstört. Ich hab mich zu sehr angestrengt, ich habe ja den ganzen Vormittag Blumen gepflückt: Wie kann man auch? Vormittag? Lächerlich: zwei Tage, vierzehn Tage, ooh überhaupt. Aber da kommt ja Jeanne durch die Allee, durch diese lange Allee von Pappeln. Endlich ist sie nahe. Mohn! sagt Ewald enttäuscht. Mohn! wer wird denn Mohn holen? Ein Sturm, und alles ist fort. Sie werden sehen. Und was dann? ja, was dann? …

Auf einmal setzt sich Tragy auf, hat ein dunkles Gefühl von einem Garten und will sich besinnen: Wann war das doch, gestern? Und er quält sich: vor einem Jahr? Und allmählich fällt ihm ein, daß es ein Traum war, bloß ein Traum, also überhaupt nicht. Das gibt ihm keine Ruhe. »Wann sind Träume?« fragt er sich ganz laut. Und er erzählt Herrn von Kranz, der ihn in der Dämmerung besucht, dieses: »Das Leben ist so weit und es stehen doch nur ganz wenig Dinge drin, alle Ewigkeit eines. Das macht bang und müd, diese Übergänge. Als Kind war ich einmal in Italien. Ich weiß nicht viel davon. Aber wenn man dort auf dem Lande einen Bauer fragt unterwegs: ›Wie weit ist es bis ins Dorf?‹ – ›un' mezz' ora‹, sagt er. Und der Nächste dasselbe und der Dritte auch, wie auf Verabredung. Und man geht den ganzen Tag und ist immer noch nicht im Dorf. So ist es im Leben. Aber im Traum ist Alles ganz nah. Da hat man gar keine Angst. Wir sind eigentlich für den Traum gemacht, wir haben gar nicht die Organe für das Leben, aber wir sind eben Fische, die durchaus fliegen wollen. Was ist da zu machen?«

Herr von Kranz sieht das ganz genau ein und stimmt zu: »Famos«, lacht er, »wirklich ganz famos. Das müssen Sie in Versen sagen, es verlohnt sich. Das ist ganz Ihre Eigenart –.« Dann geht er bald; er fühlt sich nicht behaglich bei solchen Gesprächen und kommt immer seltener. Tragy ist ihm dankbar dafür. Er lebt jetzt wirklich im Traum und wird nicht gerne gestört; denn dann muß er den traurigen grauen Tag draußen anschauen und die fremde, feuchte Stube, die nicht warm werden will, und ist doch so verwöhnt jetzt durch Farben und Feste. Nur die Nächte sind schlecht und schrecklich. Da kommen ganz alte Qualen, die aus den vielen Fiebernächten der Kindheit stammen, über ihn und machen ihn matt: Stein ist unter seinen Gliedern, und in seine tastenden Hände drängt sich grauer Granit, kalt, hart, rücksichtslos. Sein armer heißer Körper bohrt sich in diesen Felsen, und seine Füße sind Wurzeln und saugen den Frost auf, der langsam durch die erstarrenden Adern steigt... Oder: das mit dem Fenster. Ein kleines Fenster hoch hinter dem Ofen. Hoch hinter dem Ofen ein kleines Fenster. Oh, wie man es auch sagt, es kann keiner begreifen, wie furchtbar dieses Fenster ist. Hinter dem Ofen ein Fenster, ich bitte. Ist es nicht entsetzlich zu denken, daß dahinter noch etwas ist. Eine Kammer? Ein Saal? Ein Garten? Wer weiß das? – »Wenn *das* nur nicht wiederkommt, Herr Doktor.«

»Wir sind nervös –«, lächelt der Arzt und ist im allgemeinen ganz zufrieden. »Wir dürfen uns nicht unnütz aufregen. Es ist ein kleines Fieber, mit dem werden wir schon fertig werden; und dann kräftig essen –«

Ewald lächelt hinter dem alten Herrn her. Er fühlt sich so krank, so von ganzem Herzen krank, und es paßt Alles so gut dazu. Diese trüben Traumtage, die sich so schwer an die Scheiben lehnen, und diese Stube, in der die Dämmerung wie alter Staub auf allen Dingen bleibt, und dieser feine welke Duft, der aus den Möbeln und aus den Dielen strömt, immer und immer.

Und manchmal läuten große Glocken irgendwo, die er früher nie gehört hat, und dann faltet er die Hände über der Brust und schließt die Augen und träumt, daß Kerzen brennen zu seinen Häupten, sieben hohe Kerzen mit ruhigen, roten Flammen, die wie Blüten stehn in dieser festlichen Traurigkeit.

Aber der alte Herr hat recht: Das Fieber vergeht, und Tragy trifft auf einmal das Träumen nicht mehr. Die ausgeruhte neue Kraft rührt sich ungeduldig in seinen Gliedern und treibt ihn aus dem Bett, fast gegen seinen Willen. Er spielt noch eine Weile Kranksein, aber gelegentlich findet er sich lächelnd, und aus keinem andern Grund, als weil ein

Zufall den Wintertag einen Augenblick in die Sonne hält, so daß er glitzert und flimmert auf allen Seiten. Und das ist ein Symptom, dieses Lächeln.

Er soll noch nicht an die Luft, und so sitzt er denn in der Stube und wartet. Jetzt ist Alles geeignet, ihm Freude zu machen; jeder Laut, der von draußen kommt, wird wie ein fahrender Sänger empfangen und muß erzählen. Und einen Brief erhofft Tragy, irgendeinen Brief. Und daß Herr von Kranz einmal anpocht. Aber Tage gehen hin. Es schneit draußen ein, und der Lärm verliert sich im tiefen Schnee. Kein Brief, kein Besuch. Und die Abende sind ohne Ende. Tragy kommt sich vor wie einer, den man vergessen hat, und er beginnt unwillkürlich sich zu rühren, zu rufen, sich bemerkbar zu machen. Er schreibt: nachhause, an Herrn von Kranz, an alle, die ihm zufällig bekannt sind, ja er sendet sogar ein paar aus der Heimat mitgebrachte Anempfehlungsbriefe aus, die er bislang nicht benutzt hat, und erwartet, man werde mit Einladungen erwidern. Umsonst. Er bleibt vergessen. Er mag rufen und Zeichen geben. Seine Stimme reicht nirgends hin.

Und gerade in diesen Tagen ist sein Bedürfnis nach Teilnahme so groß; es wächst in ihm fort und wird ein ungestümer trockener Durst, der ihn nicht demütigt, sondern ihn bitter und trotzig macht. Er überlegt plötzlich, ob er nicht das, was er umsonst erbittet von aller Welt, fordern kann von irgendwem, wie ein Recht, wie eine alte Schuld, die man einzieht mit allen Mitteln, rücksichtslos. Und er verlangt von seiner Mutter: »Komm, gib mir, was mir gehört.«

Das wird ein langer, langer Brief, und Ewald schreibt weit in die Nacht hinein, immer rascher und mit immer heißeren Wangen. Er hat damit begonnen, eine Pflicht zu fordern und, ehe er es weiß, bittet er um eine Gnade, um ein Geschenk, um Wärme und Zärtlichkeit. »Noch ist es Zeit–«, schreibt er, »noch bin ich weich und kann wie Wachs sein in Deinen Händen. Nimm mich, gib mir eine Form, mach mich fertig ...«

Es ist ein Schrei nach Mütterlichkeit, der weit über ein

Weib hinausreicht, bis zu jener ersten Liebe hin, in welcher der Frühling froh und sorglos wird. Diese Worte gehen niemandem mehr entgegen, mit ausgebreiteten Armen stürmen sie in die Sonne hinein. – Und so ist es gar nicht erstaunlich, wenn Tragy zum Schluß erkennt, daß es niemanden gibt, dem er diesen Brief schicken kann, und daß niemand ihn verstünde, am wenigsten diese schlanke nervöse Dame. Sie ist ja stolz, daß man sie ›Fräulein‹ nennt in der Fremde, denkt Ewald und weiß: Man muß den Brief rasch verbrennen.

Er wartet.

Aber der Brief verbrennt ganz langsam in lauter kleinen zitternden Flammen.

DIE TURNSTUNDE
⟨Endgültige Fassung⟩

In der Militärschule zu Sankt Severin. Turnsaal. Der Jahrgang steht in den hellen Zwillichblusen, in zwei Reihen geordnet, unter den großen Gaskronen. Der Turnlehrer, ein junger Offizier mit hartem braunen Gesicht und höhnischen Augen, hat Freiübungen kommandiert und verteilt nun die Riegen. »Erste Riege Reck, zweite Riege Barren, dritte Riege Bock, vierte Riege Klettern! Abtreten!« Und rasch, auf den leichten, mit Kolophonium isolierten Schuhen, zerstreuen sich die Knaben. Einige bleiben mitten im Saale stehen, zögernd, gleichsam unwillig. Es ist die vierte Riege, die schlechten Turner, die keine Freude haben an der Bewegung bei den Geräten und schon müde sind von den zwanzig Kniebeugen und ein wenig verwirrt und atemlos.

Nur Einer, der sonst der Allerletzte blieb bei solchen Anlässen, Karl Gruber, steht schon an den Kletterstangen, die in einer etwas dämmerigen Ecke des Saales, hart vor den Nischen, in denen die abgelegten Uniformröcke hängen, angebracht sind. Er hat die nächste Stange erfaßt und zieht sie mit ungewöhnlicher Kraft nach vorn, so daß sie frei an dem zur Übung geeigneten Platze schwankt. Gruber läßt nicht einmal die Hände von ihr, er springt auf und bleibt, ziemlich hoch, die Beine ganz unwillkürlich im Kletterschluß verschränkt, den er sonst niemals begreifen konnte, an der Stange hängen. So erwartet er die Riege und betrachtet – wie es scheint – mit besonderem Vergnügen den erstaunten Ärger des kleinen polnischen Unteroffiziers, der ihm zuruft, abzuspringen. Aber Gruber ist diesmal sogar ungehorsam und Jastersky, der blonde Unteroffizier, schreit endlich: »Also, entweder Sie kommen herunter oder Sie klettern hinauf, Gruber! Sonst melde ich dem Herrn Oberlieutenant …« Und da beginnt Gruber, zu klettern, erst heftig mit Überstürzung, die Beine wenig aufziehend und die Blicke aufwärts gerichtet, mit einer gewissen Angst das unermeßliche Stück Stange abschätzend, das noch bevorsteht. Dann verlangsamt sich seine Bewegung; und als ob er jeden Griff genösse, wie etwas Neues, Angenehmes, zieht er sich höher, als man gewöhnlich zu klettern pflegt. Er beachtet nicht die Aufregung des ohnehin gereizten Unteroffiziers, klettert und klettert, die Blicke immerfort aufwärts gerichtet, als hätte er einen Ausweg in der Decke des Saales entdeckt und strebte danach, ihn zu erreichen. Die ganze Riege folgt ihm mit den Augen. Und auch aus den anderen Riegen richtet man schon da und dort die Aufmerksamkeit auf den Kletterer, der sonst kaum das erste Dritteil der Stange keuchend, mit rotem Gesicht und bösen Augen erklomm. »Bravo, Gruber!« ruft jemand aus der ersten Riege herüber. Da wenden viele ihre Blicke aufwärts, und es wird eine Weile still im Saal, – aber gerade in diesem Augenblick, da alle Blicke an der Gestalt Grubers hängen, macht er hoch oben unter der Decke eine Bewegung, als wollte er sie abschütteln; und da ihm Das offenbar nicht gelingt, bindet er alle diese Blicke oben an den nackten eisernen Haken und saust die glatte Stange herunter, so daß alle immer noch hinaufsehen, als er schon längst, schwindelnd und heiß, unten steht und mit seltsam glanzlosen Augen in seine glühenden Handflächen schaut. Da fragt ihn der eine oder der andere der ihm zunächst stehenden Kameraden, was denn heute in ihn gefahren sei. »Willst wohl in die erste Riege kommen?« Gruber lacht und scheint etwas antworten zu wollen, aber er überlegt es sich und senkt schnell die Augen. Und dann, als das Geräusch und Getöse wieder seinen Fortgang hat, zieht er sich leise in die Nische zurück, setzt sich nieder, schaut ängstlich um sich und holt Atem, zweimal rasch, und lacht wieder und will was sagen … aber schon achtet niemand mehr seiner. Nur Jerome, der auch in der vierten Riege ist, sieht, daß er wieder seine Hände betrachtet, ganz darüber gebückt wie einer, der bei wenig Licht einen Brief entziffern will. Und er tritt nach einer Weile zu ihm hin und fragt: »Hast du dir weh getan?« Gruber erschrickt. »Was?« macht er mit seiner gewöhnlichen, in Speichel watenden Stimme. »Zeig mal!« Jerome nimmt die eine Hand Grubers und neigt sie gegen das Licht. Sie ist am Ballen ein wenig abgeschürft. »Weißt du, ich habe etwas dafür«, sagt Jerome, der immer Englisches Pflaster von zu Hause geschickt bekommt, »komm dann nachher zu mir.« Aber es ist, als hätte Gruber nicht gehört; er schaut geradeaus in den Saal hinein, aber so, als sähe er etwas Unbestimmtes, vielleicht nicht im Saal, draußen vielleicht, vor den Fenstern, obwohl es dunkel ist, spät und Herbst.

In diesem Augenblick schreit der Unteroffizier in seiner hochfahrenden Art: »Gruber!« Gruber bleibt unverändert, nur seine Füße, die vor ihm ausgestreckt sind, gleiten, steif und ungeschickt, ein wenig auf dem glatten Parkett vorwärts. »Gruber!« brüllt der Unteroffizier und die Stimme schlägt ihm über. Dann wartet er eine Weile und sagt rasch und heiser, ohne den Gerufenen anzusehen: »Sie melden sich nach der Stunde. Ich werde Ihnen schon …« Und die Stunde geht weiter. »Gruber«, sagt Jerome und neigt sich zu dem Kameraden, der sich immer tiefer in die Nische zurücklehnt, »es war schon wieder an dir, zu klettern, auf dem Strick, geh mal, versuchs, sonst macht dir der Jastersky irgend eine Geschichte, weißt du …« Gruber nickt. Aber statt aufzustehen, schließt er plötzlich die Augen und gleitet unter den Worten Jeromes durch, als ob eine Welle ihn trüge, fort, gleitet langsam und lautlos tiefer, tiefer, gleitet vom Sitz, und Jerome weiß erst, was geschieht, als er hört, wie der Kopf Grubers hart an das Holz des Sitzes prallt und dann vornüberfällt … »Gruber!« ruft er heiser. Erst merkt es niemand. Und Jerome steht ratlos mit hängenden Händen und ruft: »Gruber, Gruber!« Es fällt ihm nicht ein, den anderen aufzurichten. Da erhält er einen Stoß, jemand sagt ihm: »Schaf«, ein anderer schiebt ihn fort, und er sieht, wie sie den Reglosen aufheben. Sie tragen ihn vorbei, irgend wohin, wahrscheinlich in die Kammer nebenan. Der Oberlieutenant springt herzu. Er giebt mit harter, lauter Stimme sehr kurze Befehle. Sein Kommando schneidet das Summen der vielen schwatzenden Knaben scharf ab. Stille. Man sieht nur da und dort noch Bewegungen, ein Ausschwingen am Gerät, einen leisen Absprung, ein verspätetes Lachen von einem, der nicht weiß, um was es sich handelt. Dann hastige Fragen: »Was? Was? Wer? Der Gruber? Wo?« Und immer mehr Fragen. Dann sagt jemand laut: »Ohnmächtig.« Und der Zugführer Jastersky läuft mit rotem Kopf hinter dem Oberlieutenant her und schreit mit seiner boshaften Stimme, zitternd vor Wut: »Ein Simulant, Herr Oberlieutenant, ein Simulant!« Der Oberlieutenant beachtet ihn gar nicht. Er sieht geradeaus, nagt an seinem Schnurrbart, wodurch das harte Kinn noch eckiger und energischer vortritt, und giebt von Zeit zu Zeit eine knappe Weisung. Vier Zöglinge, die Gruber tragen, und der Oberlieutenant verschwinden in der Kammer. Gleich darauf kommen die vier Zöglinge zurück. Ein Diener läuft durch den Saal. Die vier werden groß angeschaut und mit Fragen bedrängt: »Wie sieht er aus? Was ist mit ihm? Ist er schon zu sich gekommen?« Keiner von ihnen weiß eigentlich was. Und da ruft auch schon der Oberlieutenant herein, das Turnen möge weitergehen, und übergiebt dem Feldwebel Goldstein das Kommando. Also wird wieder geturnt, beim Barren, beim Reck, und die kleinen dicken Leute der dritten Riege kriechen mit weitgekretschten Beinen über den hohen Bock. Aber doch sind alle Bewegungen anders als vorher; als hätte ein Horchen sich über sie gelegt. Die Schwingungen am Reck brechen so plötzlich ab und am Barren werden nur lauter kleine Übungen gemacht. Die Stimmen sind weniger verworren und ihre Summe summt feiner, als ob alle immer nur ein Wort sagten: »*Ess, Ess, Ess* …« Der kleine schlaue Krix horcht inzwischen an der Kammertür. Der Unteroffizier der zweiten Riege jagt ihn davon, indem er zu einem Schlage auf seinen Hintern ausholt. Krix springt zurück, katzenhaft, mit hinterlistig blitzenden Augen. Er weiß schon genug. Und nach einer Weile, als ihn niemand betrachtet, giebt er dem Pawlowitsch weiter: »Der Regimentsarzt ist gekommen.« Nun, man kennt ja den Pawlowitsch; mit seiner ganzen Frechheit geht er, als hätte ihm irgendwer einen Befehl gegeben, quer durch den Saal von Riege zu Riege und sagt ziemlich laut: »Der Regimentsarzt ist drin.« Und es scheint, auch die Unteroffiziere interessieren sich für diese Nachricht. Immer häufiger wenden sich die Blicke nach der Tür, immer langsamer werden die Übungen; und ein Kleiner mit schwarzen Augen ist oben auf dem Bock hocken geblieben und starrt mit offenem Mund nach der Kammer. Etwas Lähmendes scheint in der Luft zu liegen. Die Stärksten bei der ersten Riege machen zwar noch einige Anstrengungen, gehen dagegen an, kreisen mit den Beinen; und Pombert, der kräftige Tiroler, biegt seinen Arm und betrachtet seine Muskeln, die sich durch den Zwillich hindurch breit und straff ausprägen. Ja, der kleine, gelenkige Baum schlägt sogar noch einige Armwellen, – und plötzlich ist diese heftige Bewegung die einzige im ganzen Saal, ein großer flimmernder Kreis, der etwas Unheimliches hat inmitten der allgemeinen Ruhe. Und mit einem Ruck bringt sich der kleine Mensch zum Stehen, läßt sich einfach unwillig in die Knie fallen und macht ein Gesicht, als ob er alle verachte. Aber auch seine kleinen stumpfen Augen bleiben schließlich an der Kammertür hängen.

Jetzt hört man das Singen der Gasflammen und das Gehen der Wanduhr. Und dann schnarrt die Glocke, die das Stundenzeichen giebt. Fremd und eigentümlich ist heute ihr Ton; sie hört auch ganz unvermittelt auf, unterbricht sich mitten im Wort. Feldwebel Goldstein aber kennt seine Pflicht. Er ruft: »Antreten!« Kein Mensch hört ihn. Keiner kann sich erinnern, welchen Sinn dieses Wort besaß, – vorher. Wann vorher? »Antreten!« krächzt der Feldwebel böse und gleich schreien jetzt die anderen Unteroffiziere ihm nach: »Antreten!« Und auch mancher von den Zöglingen sagt wie zu sich selbst, wie im Schlaf: »Antreten! Antreten!« Aber im Grunde wissen alle, daß sie noch etwas abwarten müssen. Und da geht auch schon die Kammertür auf; eine Weile nichts; dann tritt Oberlieutenant Wehl heraus und seine Augen sind groß und zornig und seine Schritte fest. Er marschiert wie beim Defilieren und sagt heiser: »Antreten!« Mit unbeschreiblicher Geschwindigkeit findet sich alles in Reihe und Glied. Keiner rührt sich. Als wenn ein Feldzeugmeister da wäre. Und jetzt das Kommando: »Achtung!« Pause und dann, trocken und hart: »Euer Kamerad Gruber ist soeben gestorben. Herzschlag. Abmarsch!« Pause.

Und erst nach einer Weile die Stimme des diensttuenden Zöglings, klein und leise: »Links um! Marschieren: Compagnie, Marsch!« Ohne Schritt und langsam wendet sich der Jahrgang zur Tür. Jerome als der letzte. Keiner sieht sich um. Die Luft aus dem Gang kommt, kalt und dumpfig, den Knaben entgegen. Einer meint, es rieche nach Karbol. Pombert macht laut einen gemeinen Witz in Bezug auf den Gestank.

Niemand lacht. Jerome fühlt sich plötzlich am Arm gefaßt, so angesprungen. Krix hängt daran. Seine Augen glänzen und seine Zähne schimmern, als ob er beißen wollte. »Ich hab ihn gesehen«, flüstert er atemlos und preßt Jeromes Arm und ein Lachen ist innen in ihm und rüttelt ihn hin und her. Er kann kaum weiter: »Ganz nackt ist er und eingefallen und ganz lang. Und an den Fußsohlen ist er versiegelt ...«

Und dann kichert er, spitz und kitzlich, kichert und beißt sich in den Ärmel Jeromes hinein.

AUGUST RODIN

Einer jungen Bildhauerin
Paris, im Dezember 1902

> *»Die Schriftsteller wirken durch Worte…*
> *die Bildhauer aber durch Taten«*
> *Pomponius Gauricus, in seiner Schrift »De sculptura.« (Um 1504.)*

> *The hero is he who is immovably centred.*
> *(Emerson)*

Rodin war einsam vor seinem Ruhme. Und der Ruhm, der kam, hat ihn vielleicht noch einsamer gemacht. Denn Ruhm ist schließlich nur der Inbegriff aller Mißverständnisse, die sich um einen neuen Namen sammeln.

Es sind ihrer sehr viele um Rodin, und es wäre eine lange und mühsame Aufgabe, sie aufzuklären. Es ist auch nicht nötig; sie stehen um den Namen, nicht um das Werk, das weit über dieses Namens Klang und Rand hinausgewachsen und namenlos geworden ist, wie eine Ebene namenlos ist, oder ein Meer, das nur auf der Karte einen Namen hat, in den Büchern und bei den Menschen, in Wirklichkeit aber nur Weite ist, Bewegung und Tiefe.

Dieses Werk, von dem hier zu reden ist, ist gewachsen seit Jahren und wächst an jedem Tage wie ein Wald und verliert keine Stunde. Man geht unter seinen tausend Dingen umher, überwältigt von der Fülle der Funde und Erfindungen, die es umfaßt, und man sieht sich unwillkürlich nach den zwei Händen um, aus denen diese Welt erwachsen ist. Man erinnert sich, wie klein Menschenhände sind, wie bald sie müde werden und wie wenig Zeit ihnen gegeben ist, sich zu regen. Und man verlangt die Hände zu sehen, die gelebt haben wie hundert Hände, wie ein Volk von Händen, das vor Sonnenaufgang sich erhob zum weiten Wege dieses Werkes. Man fragt nach dem, der diese Hände beherrscht. Wer ist dieser Mann?

Es ist ein Greis. Und sein Leben ist eines von denen, die sich nicht erzählen lassen. Dieses Leben hat begonnen und es geht, es geht tief in ein großes Alter hinein, und es ist für uns, als ob es vor vielen hundert Jahren vergangen wäre. Wir wissen nichts davon. Es wird eine Kindheit gehabt haben, irgendeine, eine Kindheit in Armut, dunkel, suchend und ungewiß. Und es hat diese Kindheit vielleicht noch, denn –, sagt der heilige Augustinus einmal, wohin sollte sie gegangen sein? Es hat vielleicht alle seine vergangenen Stunden, die Stunden der Erwartung und der Verlassenheit, die Stunden des Zweifels und die langen Stunden der Not, es ist ein Leben, das nichts verloren und vergessen hat, ein Leben, das sich versammelte, da es verging. Vielleicht, wir wissen nichts davon. Aber nur aus einem solchen Leben, glauben wir, kann eines solchen Wirkens Fülle und Überfluß entstanden sein, nur ein solches Leben, in dem alles gleichzeitig ist und wach und nichts vergangen, kann jung und stark bleiben und sich immer wieder zu hohen Werken erheben. Es wird vielleicht eine Zeit kommen, da man diesem Leben seine Geschichte erfinden wird, seine Verwickelungen, seine Episoden und Einzelheiten. Sie werden erfunden sein. Man wird von einem Kinde erzählen, das oft zu essen vergaß, weil es ihm wichtiger schien, mit einem schlechten Messer Dinge in geringes Holz zu schneiden, und man wird in die Tage des jungen Menschen irgend eine Begegnung setzen, die eine Verheißung zukünftiger Größe, eine von jenen nachträglichen Prophezeiungen enthält, die so volkstümlich und rührend sind. Es könnten ganz gut die Worte sein, die irgend ein Mönch vor fast fünfhundert Jahren dem jungen Michel Colombe gesagt haben soll, diese Worte: »Travaille, petit, regarde tout ton saoul et le clocher à jour de Saint-Pol, et les belles œuvres des compaignons, regarde, aime le bon Dieu, et tu auras la grâce des grandes choses.« – »Und du wirst die Gnade der großen Dinge haben.« Vielleicht hat ein inneres Gefühl so, nur unendlich viel leiser als der Mund des Mönches, zu dem jungen Menschen gesprochen an einem der Kreuzwege seines Anbeginns. Denn gerade das suchte er: die Gnade der großen Dinge. Da war das Louvre mit den vielen lichten Dingen der Antike, die an südliche Himmel erinnerten und an die Nähe des Meeres, und dahinter erhoben sich andere, schwere steinerne Dinge, aus undenklichen Kulturen hinüberdauernd in noch nicht gekommene Zeiten. Da waren Steine, die schliefen, und man fühlte, daß sie erwachen würden bei irgend einem Jüngsten Gericht, Steine, an denen nichts Sterbliches war, und andere, die eine Bewegung trugen, eine Gebärde, die so frisch geblieben war, als sollte sie hier nur aufbewahrt und eines Tages irgend einem Kinde gegeben werden, das vorüberkam. Und nicht allein in den berühmten Werken und den weithinsichtbaren war dieses Lebendigsein; das Unbeachtete, Kleine, das Namenlose und Überzählige war nicht weniger erfüllt von dieser tiefen, innerlichen Erregtheit, von dieser reichen und überraschenden Unruhe des Lebendigen. Auch die Stille, wo Stille war, bestand aus hundert und hundert Bewegungsmomenten, die sich im Gleichgewicht hielten. Es gab kleine Figuren da, Tiere besonders, die sich bewegten, streckten oder zusammenzogen, und wenn ein Vogel saß, so wußte man doch, daß es ein Vogel war, ein Himmel wuchs aus ihm heraus und blieb um ihn stehen, eine Weite war zusammengefaltet auf jede seiner Federn gelegt und man konnte sie aufspannen und ganz groß machen. Und ganz ähnlich war es mit den Tieren, die auf den Kathedralen standen und saßen oder unter den Konsolen kauerten, verkümmert und gekrümmt und zu träge zum Tragen. Da waren Hunde und Eichhörnchen, Spechte und Eidechsen, Schildkröten, Ratten und Schlangen. Wenigstens eines von jeder Art. Diese Tiere schienen draußen eingefangen worden zu sein in den Wäldern und auf den Wegen, und der Zwang, unter steinernen Ranken, Blumen und Blättern zu leben, mußte sie selbst langsam verwandelt haben zu dem was sie nun waren und immer bleiben sollten. Aber es fanden sich auch Tiere, die schon in dieser versteinten Umgebung geboren waren, ohne Erinnerung an ein anderes Dasein. Sie waren schon ganz die Bewohner dieser aufrechten, ragenden, steil steigenden Welt. Unter ihrer fanatischen Magerheit standen spitzbogige Skelette. Ihre Münder waren weit und schreiend wie bei Tauben, denn die Nähe der Glocken hatte ihr Gehör zerstört. Sie trugen nicht, sie streckten sich und halfen so den Steinen steigen. Die Vogelhaften hockten oben auf den Balustraden, als wären sie eigentlich unterwegs und wollten nur ein paar Jahrhunderte lang ausruhen und hinunterstarren auf die wachsende Stadt. Andere, die von Hunden abstammten, stemmten sich waagrecht vom Rand der Traufen in die Luft, bereit, das Wasser der Regen aus ihren vom Speien angeschwollenen Rachen zu werfen. Alle hatten sich umgebildet und angepaßt, aber sie hatten nichts an Leben verloren, im Gegenteil, sie lebten stärker und heftiger, lebten für ewig das inbrünstige und ungestüme Leben jener Zeit, die sie hatte erstehen lassen.

Und wer diese Gebilde sah, der empfand, daß sie nicht aus einer Laune geboren waren, nicht aus einem spielerischen Versuch, neue, unerhörte Formen zu finden. Die Not hatte sie geschaffen. Aus der Angst vor den unsichtbaren Gerichten eines schweren Glaubens hatte man sich zu diesem Sichtbaren gerettet, vor dem Ungewissen flüchtete man zu dieser Verwirklichung. Noch suchte man sie in Gott, nichtmehr indem man ihm Bilder erfand und versuchte, sich den Vielzufernen vorzustellen: indem man alle Angst und Armut, alles Bangsein und die Gebärden der Geringen in sein Haus trug, in seine Hand legte, auf sein Herz stellte, war man fromm. Das war besser als malen; denn die Malerei war auch eine Täuschung, ein schöner und geschickter Betrug; man sehnte sich nach Wirklicherem und Einfachem. So entstand die seltsame Skulptur der Kathedralen, dieser Kreuzzug der Beladenen und der Tiere.

Und wenn man von der Plastik des Mittelalters zurücksah zur Antike und wieder über die Antike hinaus in den

Anfang unsagbarer Vergangenheiten, schien es da nicht, als verlangte die menschliche Seele immer wieder an lichten oder bangen Wendepunkten nach dieser Kunst, die mehr giebt als Wort und Bild, mehr als Gleichnis und Schein: nach dieser schlichten Dingwerdung ihrer Sehnsüchte oder Ängste? Zuletzt in der Renaissance gab es eine große plastische Kunst; damals als das Leben sich erneut hatte, als man das Geheimnis der Gesichter fand und die große Gebärde, die im Wachsen war.

Und jetzt? War nicht wieder eine Zeit gekommen, die nach diesem Ausdruck drängte, nach dieser starken und eindringlichen Auslegung dessen, was in ihr unsagbar war, wirr und rätselhaft? Die Künste hatten sich irgendwie erneut, Eifer und Erwartung erfüllte und belebte sie; aber vielleicht sollte gerade diese Kunst, die Plastik, die noch in der Furcht einer großen Vergangenheit zögerte, berufen sein zu finden, wonach die andern tastend und sehnsüchtig suchten? Sie mußte einer Zeit helfen können, deren Qual es war, daß fast alle ihre Konflikte im Unsichtbaren lagen. Ihre Sprache war der Körper. Und diesen Körper, wann hatte man ihn zuletzt gesehen? Schichte um Schichte hatten sich die Trachten darüber gelegt, wie ein immer erneuter Anstrich, aber unter dem Schutz dieser Krusten hatte die wachsende Seele ihn verändert, während sie atemlos an den Gesichtern arbeitete. Er war ein anderer geworden. Wenn man ihn jetzt aufdeckte, vielleicht enthielt er tausend Ausdrücke für alles Namenlose und Neue, das inzwischen entstanden war, und für jene alten Geheimnisse, die, aufgestiegen aus dem Unbewußten, wie fremde Flußgötter ihre triefenden Gesichter aus dem Rauschen des Blutes hoben. Und dieser Körper konnte nicht weniger schön sein als der der Antike, er mußte von noch größerer Schönheit sein. Zwei Jahrtausende länger hatte das Leben ihn in den Händen behalten und hatte an ihm gearbeitet, gehorcht und gehämmert Tag und Nacht. Die Malerei träumte von diesem Körper, sie schmückte ihn mit Licht und durchdrang ihn mit Dämmerung, sie umgab ihn mit aller Zärtlichkeit und allem Entzücken, sie befühlte ihn wie ein Blumenblatt und ließ sich tragen von ihm wie von einer Welle, – aber die Plastik, der er gehörte, kannte ihn noch nicht.

Hier war eine Aufgabe, groß wie die Welt. Und der vor ihr stand und sie sah, war ein Unbekannter, dessen Hände nach Brot gingen, in Dunkelheit. Er war ganz allein, und wenn er ein richtiger Träumer gewesen wäre, so hätte er einen schönen und tiefen Traum träumen dürfen, einen Traum, den niemand verstanden hätte, einen von jenen langen, langen Träumen, über denen ein Leben hingehen kann wie ein Tag. Aber dieser junge Mensch, der in der Manufaktur von Sèvres seinen Verdienst hatte, war ein Träumer, dem der Traum in die Hände stieg, und er begann gleich mit seiner Verwirklichung. Er fühlte, wo man anfangen mußte; eine Ruhe, die in ihm war, zeigte ihm den weisen Weg. An dieser Stelle offenbart sich schon Rodins tiefe Übereinstimmung mit der Natur, von der der Dichter Georges Rodenbach, der ihn geradezu eine Naturkraft nennt, so schöne Worte zu sagen wußte. Und in der Tat, es ist eine dunkle Geduld in Rodin, die ihn beinahe namenlos macht, eine stille, überlegene Langmut, etwas von der großen Geduld und Güte der Natur, die mit einem Nichts beginnt, um still und ernst den weiten Weg zum Überfluß zu gehen. Auch Rodin vermaß sich nicht, Bäume machen zu wollen. Er fing mit dem Keim an, unter der Erde gleichsam. Und dieser Keim wuchs nach unten, senkte Wurzel um Wurzel abwärts, verankerte sich, ehe er anfing einen kleinen Trieb nach oben zu tun. Das brauchte Zeit und Zeit. »Man muß sich nicht eilen«, sagte Rodin den wenigen Freunden, die um ihn waren, wenn sie ihn drängten.

Damals kam der Krieg, und Rodin ging nach Brüssel und arbeitete, wie der Tag es befahl. Er führte einige Figuren an Privathäusern aus und mehrere von den Gruppen auf dem Börsengebäude und schuf die vier großen Eckfiguren bei dem Denkmal des Bürgermeisters Loos im Parc d'Anvers. Das waren Aufträge, die er gewissenhaft ausführte, ohne seine wachsende Persönlichkeit zu Worte kommen zu lassen. Seine eigentliche Entwicklung ging nebenher, zusammengedrängt in die Pausen, in die Abendstunden, ausgebreitet in der einsamen Stille der Nächte, vor sich, und er mußte diese Teilung seiner Energie jahrelang ertragen. Er besaß die Kraft derjenigen, auf die ein großes Werk wartet, die schweigsame Ausdauer derer, die notwendig sind.

Während er an der Börse von Brüssel beschäftigt war, mochte er fühlen, daß es keine Gebäude mehr gab, die die Werke der Skulptur um sich versammelten, wie es die Kathedralen getan hatten, diese großen Magnete der Plastik einer vergangenen Zeit. Das Bildwerk war allein, wie das Bild allein war, das Staffelei-Bild, aber es bedurfte ja auch keiner Wand wie dieses. Es brauchte nicht einmal ein Dach. Es war ein Ding, das für sich allein bestehen konnte, und es war gut, ihm ganz das Wesen eines Dinges zu geben, um das man herumgehen und das man von allen Seiten betrachten konnte.

Und doch mußte es sich irgendwie von den anderen Dingen unterscheiden, den gewöhnlichen Dingen, denen jeder ins Gesicht greifen konnte. Es mußte irgendwie unantastbar werden, sakrosankt, getrennt vom Zufall und von der Zeit, in der es einsam und wunderbar wie das Gesicht eines Hellsehers aufstand. Es mußte seinen eigenen, sicheren Platz erhalten, an den nicht Willkür es gestellt hatte, und es mußte eingeschaltet werden in die stille Dauer des Raumes und in seine großen Gesetze. In die Luft, die es umgab, mußte man es wie in eine Nische hineinpassen und ihm so eine Sicherheit geben, einen Halt und eine Hoheit, die aus seinem einfachen Dasein, nicht aus seiner Bedeutung kam.

Rodin wußte, daß es zunächst auf eine unfehlbare Kenntnis des menschlichen Körpers ankam. Langsam, forschend war er bis zu seiner Oberfläche vorgeschritten, und nun streckte sich von Außen eine Hand entgegen, welche diese Oberfläche von der anderen Seite ebenso genau bestimmte und begrenzte, wie sie es von Innen war. Je weiter er ging auf seinem entlegenen Wege, desto mehr blieb der Zufall zurück, und ein Gesetz führte ihn dem anderen zu. Und schließlich war es diese Oberfläche, auf die seine

Forschung sich wandte. Sie bestand aus unendlich vielen Begegnungen des Lichtes mit dem Dinge, und es zeigte sich, daß jede dieser Begegnungen anders war und jede merkwürdig. An dieser Stelle schienen sie einander aufzunehmen, an jener sich zögernd zu begrüßen, an einer dritten fremd an einander vorbeizugehen; und es gab Stellen ohne Ende und keine, auf der nicht etwas geschah. Es gab keine Leere.

In diesem Augenblick hatte Rodin das Grundelement seiner Kunst entdeckt, gleichsam die Zelle seiner Welt. Das war die Fläche, diese verschieden große, verschieden betonte, genau bestimmte Fläche, aus der alles gemacht werden mußte. Von da ab war sie der Stoff seiner Kunst, das, worum er sich mühte, wofür er wachte und litt. Seine Kunst baute sich nicht auf eine große Idee auf, sondern auf eine kleine gewissenhafte Verwirklichung, auf das Erreichbare, auf ein Können. Es war kein Hochmut in ihm. Er schloß sich an diese unscheinbare und schwere Schönheit an, an die, die er noch überschauen, rufen und richten konnte. Die andere, die große, mußte kommen, wenn alles fertig war, so wie die Tiere zur Tränke kommen, wenn die Nacht sich vollendet hat und nichts Fremdes mehr an dem Walde haftet.

Mit dieser Entdeckung begann Rodins eigenste Arbeit. Nun erst waren alle die herkömmlichen Begriffe der Plastik für ihn wertlos geworden. Es gab weder Pose, noch Gruppe, noch Komposition. Es gab nur unzählbar viele lebendige Flächen, es gab nur Leben, und das Ausdrucksmittel, das er sich gefunden hatte, ging gerade auf dieses Leben zu. Nun hieß es seiner und seiner Fülle mächtig zu werden. Rodin erfaßte das Leben, das überall war, wohin er sah. Er erfaßte es an den kleinsten Stellen, er beobachtete es, er ging ihm nach. Er erwartete es an den Übergängen, wo es zögerte, er holte es ein, wo es lief, und er fand es an allen Orten gleich groß, gleich mächtig und hinreißend. Da war kein Teil des Körpers unbedeutend oder gering: er lebte. Das Leben, das in den Gesichtern wie auf Zifferblättern stand, leicht ablesbar und voll Bezug auf die Zeit, – in den Körpern war es zerstreuter, größer, geheimnisvoller und ewiger. Hier verstellte es sich nicht, hier ging es nachlässig, wo es nachlässig war, und stolz bei den Stolzen; zurücktretend von der Bühne des Angesichtes, hatte es die Maske abgenommen und stand, wie es war, hinter den Kulissen der Kleider. Hier fand er die Welt seiner Zeit, wie er jene des Mittelalters an den Kathedralen erkannt hatte: versammelt um ein geheimnisvolles Dunkel, zusammengehalten von einem Organismus, an ihn angepaßt und ihm dienstbar gemacht. Der Mensch war zur Kirche geworden und es gab tausend und tausend Kirchen, keine der anderen gleich und jede lebendig. Aber es galt zu zeigen, daß sie alle eines Gottes waren.

Jahre und Jahre ging Rodin auf den Wegen dieses Lebens als ein Lernender und Demütiger, der sich als Anfänger fühlte. Niemand wußte von seinen Versuchen, er hatte keinen Vertrauten und wenig Freunde. Hinter der Arbeit, die ihn nährte, verbarg sich sein werdendes Werk und erwartete seine Zeit. Er las viel. Man war gewohnt, ihn in Brüssels Straßen immer mit einem Buche in der Hand zu sehen, aber vielleicht war dieses Buch oft nur ein Vorwand für das Vertieftsein in sich selbst, in die ungeheuere Aufgabe, die ihm bevorstand. Wie allen Tätigen war auch ihm das Gefühl, eine unabsehbare Arbeit vor sich zu haben, ein Antrieb, etwas was seine Kräfte vermehrte und versammelte. Und kamen Zweifel, kamen Ungewißheiten, kam die große Ungeduld der Werdenden zu ihm, die Furcht eines frühen Todes oder die Drohung der täglichen Not, so fand das alles in ihm schon einen stillen, aufrechten Widerstand, einen Trotz, eine Stärke und Zuversicht, alle die noch nicht entfalteten Fahnen eines großen Sieges. Vielleicht war es die Vergangenheit, die in solchen Momenten auf seine Seite trat, die Stimme der Kathedralen, die er immer wieder hören ging. Auch aus den Büchern kam vieles was ihm zustimmte. Er las zum ersten Male Dantes Divina Comedia. Es war eine Offenbarung. Er sah die leidenden Leiber eines anderen Geschlechtes vor sich, sah, über alle Tage fort, ein Jahrhundert, dem die Kleider abgerissen waren, sah das große und unvergeßliche Gericht eines Dichters über seine Zeit. Da waren Bilder, die ihm recht gaben, und wenn er von den weinenden Füßen Nikolaus des Dritten las, so wußte er schon, daß es weinende Füße gab, daß es ein Weinen gab, das überall war, über einem ganzen Menschen, und Tränen, die aus allen Poren traten. Und von Dante kam er zu Baudelaire. Hier war kein Gericht, kein Dichter, der an der Hand eines Schattens zu den Himmeln stieg, ein Mensch, einer von den Leidenden hatte seine Stimme erhoben und hielt sie hoch über die Häupter der anderen empor, wie um sie zu retten vor einem Untergang. Und in diesen Versen gab es Stellen, die heraustraten aus der Schrift, die nicht geschrieben, sondern geformt schienen, Worte und Gruppen von Worten, die geschmolzen waren in den heißen Händen des Dichters, Zeilen, die sich wie Reliefs anfühlten, und Sonette, die wie Säulen mit verworrenen Kapitälen die Last eines bangen Gedankens trugen. Er fühlte dunkel, daß diese Kunst, wo sie jäh aufhörte, an den Anfang einer anderen stieß, und daß sie sich nach dieser anderen gesehnt hatte; er fühlte in Baudelaire einen, der ihm vorangegangen war, einen, der sich nicht von den Gesichtern hatte beirren lassen und der nach den Leibern suchte, in denen das Leben größer war, grausamer und ruheloser.

Seit jenen Tagen blieben diese beiden Dichter ihm immer nah, er dachte über sie hinaus und kehrte zu ihnen zurück. In jener Zeit, wo seine Kunst sich formte und vorbereitete, wo alles Leben, das sie lernte, namenlos war und nichts bedeutete, gingen Rodins Gedanken in den Büchern der Dichter umher und holten sich dort eine Vergangenheit. Später, als er als Schaffender diese Stoffkreise wieder berührte, da stiegen ihre Gestalten wie Erinnerungen aus seinem eigenen Leben, weh und wirklich, in ihm auf und gingen in sein Werk wie in eine Heimat ein.

Endlich, nach Jahren einsamer Arbeit machte er den Versuch, mit einem Werke hervorzutreten. Es war eine Frage an die Öffentlichkeit. Die Öffentlichkeit antwortete verneinend. Und Rodin verschloß sich abermals für dreizehn Jahre. Es waren die Jahre, in denen er, immer noch als Unbekannter, zum Meister ausreifte, zum unumschränkten Beherrscher seiner eigenen Mittel, immerfort arbeitend, denkend, versuchend, unbeeinflußt von der Zeit, die an ihm nicht teilnahm. Vielleicht gab ihm der Umstand, daß seine ganze Entwickelung in dieser ungestörten Stille vor sich gegangen war, später, als man um ihn stritt, als man seinem Werk widersprach, jene gewaltige Sicherheit. Da, als man anfing an ihm zu zweifeln, hatte er keinen Zweifel mehr an sich selbst. Das alles lag hinter ihm. Nicht mehr von dem Zuruf und dem Urteil der Menge hing sein Schicksal ab, es war schon entschieden, als man meinte, es mit Spott und Feindseligkeit vernichten zu können. In der Zeit, als er wurde, klang keine fremde Stimme zu ihm, kein Lob, das ihn hätte irremachen, kein Tadel, der ihn hätte verwirren können. Wie Parzifal heranwächst, so wuchs sein Werk in Reinheit heran, allein mit sich und mit einer großen ewigen Natur. Nur seine Arbeit sprach zu ihm. Sie sprach zu ihm des Morgens beim Erwachen, und des Abends klang sie lange in seinen Händen nach wie in einem fortgelegten Instrumente. Darum war sein Werk so unüberwindlich: weil es erwachsen zur Welt kam; nicht mehr als werdendes erschien es, das um seine Berechtigung bat, sondern als Wirklichkeit, die sich durchgesetzt hat, die da ist, mit der man rechnen muß. Wie ein König, der hört, daß in seinem Reiche eine Stadt gebaut werden soll, überlegt, ob es gut sei, das Privileg zu gewähren, zögert und endlich aufbricht, die Stelle zu besehen; er kommt hin und findet eine große gewaltige Stadt, die fertig ist, steht, steht wie von Ewigkeit her mit Mauern, Türmen und Toren: so kam die Menge, als man sie schließlich rief, zu dem Werke Rodins, das fertig war.

Diese Periode des Reifwerdens ist begrenzt durch zwei Werke. An ihrem Anfang steht der Kopf des *Mannes mit der gebrochenen Nase*, an ihrem Ende die Gestalt des jungen Mannes, des *Mannes der ersten Zeiten*, wie Rodin ihn genannt hat. Der *Homme au nez cassé* wurde im Jahre 1864 vom ›Salon‹ zurückgewiesen. Man begreift das sehr gut, denn man fühlt, daß in diesem Werke Rodins Art schon ganz ausgereift war, ganz vollendet und sicher; mit der Rücksichtslosigkeit eines großen Bekenntnisses widersprach es den Anforderungen der akademischen Schönheit, die noch immer die allein herrschende war. Umsonst hatte Rude seiner Göttin des Aufruhrs auf dem Triumphtor der place de l'Étoile die wilde Gebärde gegeben und den weiten Schrei, umsonst hatte Barye seine geschmeidigen Tiere geschaffen, und den ›Tanz‹ Carpeaux' hatte man nur verhöhnt, um sich schließlich so weit an ihn zu gewöhnen, daß man ihn nichtmehr sah. Es war alles beim alten geblieben. Die Plastik, die betrieben wurde, war immer noch die der Modelle, der Posen und der Allegorieen, das leichte, billige und gemächliche Metier, das mit der mehr oder weniger geschickten Wiederholung von einigen sanktionierten Gebärden auskam. In dieser Umgebung hätte schon der Kopf des Mannes mit der gebrochenen Nase jenen Sturm erregen müssen, der erst bei späteren Werken Rodins losbrach. Aber wahrscheinlich hat man ihn, als die Arbeit eines Unbekannten, fast unbesehen wieder zurückgeschickt.

Man fühlt, was Rodin anregte, diesen Kopf zu formen, den Kopf eines alternden, häßlichen Mannes, dessen gebrochene Nase den gequälten Ausdruck des Gesichtes noch verstärken half; es war die Fülle von Leben, die in diesen Zügen versammelt war; es war der Umstand, daß es auf diesem Gesichte gar keine symmetrischen Flächen gab, daß nichts sich wiederholte, daß keine Stelle leer geblieben war, stumm oder gleichgültig. Dieses Gesicht war nicht vom Leben berührt worden, es war um und um davon angetan, als hätte eine unerbittliche Hand es in das Schicksal hineingehalten wie in die Wirbel eines waschenden, nagenden Wassers. Wenn man diese Maske in Händen hält und dreht, ist man überrascht über den fortwährenden Wechsel der Profile, von denen keines zufällig ist, ratend oder unbestimmt. Es giebt an diesem Kopf keine Linie, keine Überschneidung, keinen Kontur, den Rodin nicht gesehen und gewollt hat. Man glaubt zu fühlen, wie einige von diesen Furchen früher kamen, andere später, wie zwischen dem und jenem Riß, der durch die Züge geht, Jahre liegen, bange Jahre, man weiß, daß von den Zeichen dieses Gesichtes einige langsam eingeschrieben wurden, gleichsam zögernd, daß andere erst leise vorgezeichnet waren und von einer Gewohnheit oder einem Gedanken, der immer wiederkam, nachgezogen wurden, und man erkennt jene scharfen Scharten, die in einer Nacht entstanden sein mußten, wie vom Schnabel eines Vogels hineingehackt in die überwache Stirne eines Schlaflosen. Man muß sich mühsam erinnern, daß alles das auf dem Raume eines Gesichtes steht, so viel schweres, namenloses Leben erhebt sich aus diesem Werke. Legt man die Maske vor sich nieder, so meint man auf der Höhe eines Turmes zu stehen und auf ein unebenes Land herabzusehen, über dessen wirre Wege viele Völker gezogen sind. Und hebt man sie wieder auf, so hält man ein Ding, das man schön nennen muß um seiner Vollendung willen. Aber nicht aus der unvergleichlichen Durchbildung allein ergiebt sich diese Schönheit. Sie entsteht aus der Empfindung des Gleichgewichts, des Ausgleichs aller dieser bewegten Flächen untereinander, aus der Erkenntnis dessen, daß alle diese Erregungsmomente in dem Dinge selbst ausschwingen und zu Ende gehen. War man eben noch ergriffen von der vielstimmigen Qual dieses Angesichtes, so fühlt man gleich darauf, daß keine Anklage davon ausgeht. Es wendet sich nicht an die Welt; es scheint seine Gerechtigkeit in sich zu tragen, die Aussöhnung aller seiner Widersprüche und eine Geduld, groß genug für alle seine Schwere.

Als Rodin diese Maske schuf, hatte er einen ruhig sitzenden Menschen vor sich und ein ruhiges Gesicht. Aber es war das Gesicht eines Lebendigen und als er es durchforschte, da zeigte sich, daß es voll von Bewegung war, voll von Unruhe und Wellenschlag. In dem Verlauf der Linien war Bewegung, Bewegung war in der Neigung der Flächen, die Schatten rührten sich wie im Schlafe, und leise schien das Licht an der Stirne vorbeizugehen. Es gab also keine Ruhe, nicht einmal im Tode; denn mit dem Verfall, der auch Bewegung ist, war selbst das Tote dem Leben noch untergeordnet. Es gab nur Bewegung in der Natur; und eine Kunst, die eine gewissenhafte und gläubige Auslegung des Lebens geben wollte, durfte nicht jene Ruhe, die es nirgends gab, zu ihrem Ideale machen. In Wirklichkeit hat auch die Antike nichts von einem solchen Ideal gewußt. Man mußte nur an die *Nike* denken. Diese Skulptur hat uns nicht nur die Bewegung eines schönen Mädchens überliefert, das seinem Geliebten entgegengeht, sie ist zugleich ein ewiges Bildnis griechischen Windes, seiner Weite und Herrlichkeit. Und sogar die Steine älterer Kulturen waren nicht ruhig. In die hieratisch verhaltene Gebärde uralter Kulte war die Unruhe lebendiger Flächen eingeschlossen, wie Wasser in die Wände des Gefäßes. Es waren Strömungen in den verschlossenen Göttern, welche saßen, und in den stehenden war eine Gebärde, die wie eine Fontäne aus dem Steine stieg und wieder in denselben zurückfiel, ihn mit vielen Wellen erfüllend. Nicht die Bewegung war es, die dem Sinne der Skulptur (und das heißt einfach dem Wesen des Dinges) widerstrebte; es war nur die Bewegung, die nicht zu Ende geht, die nicht von anderen im Gleichgewicht gehalten wird, die hinausweist über die Grenzen des Dinges. Das plastische Ding gleicht jenen Städten der alten Zeit, die ganz in ihren Mauern lebten: die Bewohner hielten deshalb nicht ihren Atem an und die Gebärden ihres Lebens brachen nicht ab. Aber nichts drang über die Grenzen des Kreises, der sie umgab, nichts war jenseits davon, nichts zeigte aus den Toren hinaus und keine Erwartung war offen nach außen. Wie groß auch die Bewegung eines Bildwerkes sein mag, sie muß, und sei es aus unendlichen Weiten, sei es aus der Tiefe des Himmels, sie muß zu ihm zurückkehren, der große Kreis muß sich schließen, der Kreis der Einsamkeit, in der ein Kunst-Ding seine Tage verbringt. Das war das Gesetz, welches, ungeschrieben, lebte in den Skulpturen vergangener Zeiten. Rodin erkannte es. Was die Dinge auszeichnet, dieses Ganz-mit-sich-Beschäftigtsein, das war es, was einer Plastik ihre Ruhe gab; sie durfte nichts von außen verlangen oder erwarten, sich auf nichts beziehen, was draußen lag, nichts sehen, was nicht in ihr war. Ihre Umgebung mußte *in* ihr liegen. Es war der *Bildhauer* Lionardo, der der Gioconda die Unnahbarkeit gegeben hat, diese Bewegung, die nach innen geht, dieses Schauen, dem man nicht begegnen kann. Wahrscheinlich wird sein Francesco Sforza ebenso gewesen sein, von einer Gebärde bewegt, die, gleich einem stolzen Gesandten seines Staates nach vollbrachtem Auftrag, zu ihm zurückkehrte.

In den langen Jahren, die zwischen der Maske des *Homme au nez cassé* und jener Figur des *Mannes der ersten Zeiten* vergingen, vollzogen sich viele stille Entwickelungen in Rodin. Neue Beziehungen verbanden ihn fester mit der Vergangenheit seiner Kunst. Diese Vergangenheit und ihre Größe, an der so viele wie an einer Last getragen hatten, ihm wurde sie der Flügel, der ihn trug. Denn wenn er in jener Zeit je eine Zustimmung empfangen hat, eine Bestärkung dessen, was er wollte und suchte, so kam sie von den Dingen der Antike und aus dem faltigen Dunkel der Kathedralen. Menschen redeten nicht zu ihm. Steine sprachen.

Der *Homme au nez cassé* hatte geoffenbart, wie Rodin den Weg durch ein Gesicht zu gehen wußte, der *Mann der ersten Zeiten* bewies seine unumschränkte Herrschaft über den Körper. ›Souverain tailleur d'ymaiges‹, dieser Titel, den die Meister des Mittelalters einander in neidloser ernster Wertung gaben, kam ihm zu. Hier war ein lebensgroßer Akt, auf dessen allen Stellen das Leben nicht nur gleich mächtig war, es schien auch überall zur Höhe desselben Ausdrucks erhoben zu sein. Was im Gesichte stand, dieselbe Schmerzhaftigkeit eines schweren Erwachens und zugleich diese Sehnsucht nach dem Schweren, war auf dem kleinsten Teil dieses Körpers geschrieben; jede Stelle war ein Mund, der es sagte, in seiner Art. Das strengste Auge konnte an dieser Figur keinen Platz entdecken, der weniger lebendig, weniger bestimmt und klar gewesen wäre. Es war, als stiege in die Adern dieses Mannes Kraft aus den Tiefen der Erde. Das war die Silhouette eines Baumes, der die Märzstürme noch vor sich hat und bange ist, weil die Frucht und Fülle seines Sommers nicht mehr in den Wurzeln wohnt, sondern schon, langsam steigend, im Stamme steht, um den die großen Winde jagen werden.

Diese Gestalt ist auch noch in anderem Sinne bedeutsam. Sie bezeichnet im Werke Rodins die Geburt der Gebärde. Jene Gebärde, die wuchs und sich allmählich zu solcher Größe und Gewalt entwickelte, hier entsprang sie wie eine Quelle, welche leise an diesem Leibe niederrann. Sie erwachte im Dunkel der ersten Zeiten und sie scheint, in ihrem Wachsen, durch die Weite dieses Werkes wie durch alle Jahrtausende zu gehen, weit über uns hinaus zu denen, die kommen werden. Zögernd entfaltet sie sich in den erhobenen Armen; und diese Arme sind noch so schwer, daß die Hand des einen schon wieder ausruht auf der Höhe des Hauptes. Aber sie schläft nichtmehr, sie sammelt sich; ganz hoch oben auf dem Gipfel des Gehirnes, wo es einsam ist, bereitet sie sich vor auf die Arbeit, auf die Arbeit der Jahrhunderte, die nicht Absehn noch Ende hat. Und in dem rechten Fuße steht wartend ein erster Schritt.

Man könnte von dieser Gebärde sagen, daß sie wie in einer harten Knospe eingeschlossen ruht. Eines Gedankens Glut und ein Sturm im Willen: sie öffnet sich und es entsteht jener *Johannes* mit den redenden, erregten Armen, mit dem großen Gehen dessen, der einen Anderen hinter sich kommen fühlt. Der Körper dieses Mannes ist nichtmehr unerprobt: die Wüsten haben ihn durchglüht, der Hunger hat ihm weh getan, und alle Dürste haben ihn geprüft. Er hat bestanden und ist hart geworden. Sein hagerer Asketenleib ist wie ein Holzgriff, in dem die weite Gabel seines Schrittes steckt. Er geht. Er geht, als wären alle Weiten der Welt in ihm und als teilte er sie aus mit seinem Gehen. Er geht. Seine Arme sagen von diesem Gang und seine Finger spreizen sich und scheinen in der Luft das Zeichen des Schreitens zu machen.

Dieser *Johannes* ist der erste Gehende im Werke Rodins.

Es kommen viele nach. Es kommen die *Bürger von Calais*, die ihren schweren Gang beginnen, und alles Gehen scheint vorzubereiten auf den großen herausfordernden Schritt des *Balzac*.

Aber auch die Gebärde des Stehenden entwickelt sich weiter, sie schließt sich, sie rollt sich zusammen wie brennendes Papier, sie wird stärker, geschlossener, erregter. So ist jene Figur der *Eva*, die ursprünglich bestimmt war, über dem *Höllentor* zu stehen. Der Kopf senkt sich tief in das Dunkel der Arme, die sich über der Brust zusammenziehen wie bei einer Frierenden. Der Rücken ist gerundet, der Nacken fast horizontal, die Haltung vorgebogen wie zu einem Lauschen über dem eigenen Leibe, in dem eine fremde Zukunft sich zu rühren beginnt. Und es ist, als wirkte die Schwerkraft dieser Zukunft auf die Sinne des Weibes und zöge sie herab aus dem zerstreuten Leben in den tiefen demütigenden Knechtdienst der Mutterschaft.

Immer und immer wieder kam Rodin bei seinen Akten auf dieses Sich-nach-innen-Biegen zurück, auf dieses angestrengte Horchen in die eigene Tiefe; so ist die wundervolle Gestalt, die er *La Méditation* genannt hat, so ist jene unvergeßliche *Voix intérieure*, die leiseste Stimme Victor Hugo'scher Gesänge, die auf dem Denkmal des Dichters fast verborgen unter der Stimme des Zornes steht. Niemals ist ein menschlicher Körper so um sein Inneres versammelt gewesen, so gebogen von seiner eigenen Seele und wieder zurückgehalten von seines Blutes elastischer Kraft. Und wie auf dem tief seitwärts gesenkten Leibe der Hals sich ein wenig aufrichtet und streckt und den horchenden Kopf über das ferne Rauschen des Lebens hält, das ist so eindringlich und groß empfunden, daß man sich keiner ergreifenderen und verinnerlichteren Gebärde zu erinnern weiß. Es fällt auf, daß die Arme fehlen. Rodin empfand sie in diesem Fall als eine zu leichte Lösung seiner Aufgabe, als etwas, was nicht zu dem Körper gehört, der sich in sich selber hüllen wollte, ohne fremde Hülfe. Man kann an die Duse denken, wie sie in einem Drama d'Annunzio's, schmerzhaft verlassen, ohne Arme zu umarmen versucht und zu halten ohne Hände. Diese Szene, in der ihr Körper eine Liebkosung lernte, die weit über ihn hinausging, gehört zu den Unvergeßlichkeiten ihres Spieles. Es vermittelt den Eindruck, daß die Arme ein Überfluß waren, ein Schmuck, eine Sache der Reichen und der Unmäßigen, die man von sich werfen konnte, um ganz arm zu sein. Nicht als hätte sie Wichtiges eingebüßt, wirkte sie in diesem Augenblick; eher wie einer, der seinen Becher verschenkt, um aus dem Bache zu trinken, wie ein Mensch, der nackt ist und noch ein wenig hülflos in seiner tiefen Blöße. So ist es auch bei den armlosen Bildsäulen Rodins; es fehlt nichts Notwendiges. Man steht vor ihnen als vor etwas Ganzem, Vollendetem, das keine Ergänzung zuläßt. Nicht aus dem einfachen Schauen kommt das Gefühl des Unfertigen, sondern aus der umständlichen Überlegung, aus der kleinlichen Pedanterie, welche sagt, daß zu einem Körper Arme gehören und daß ein Körper ohne Arme nicht ganz sein könne, auf keinen Fall. Es ist nicht lange her, da lehnte man sich in derselben Weise gegen die vom Bildrande abgeschnittenen Bäume der Impressionisten auf; man hat sich sehr rasch an diesen Eindruck gewöhnt, man hat, für den Maler wenigstens, einsehen und glauben gelernt, daß ein künstlerisches Ganzes nicht notwendig mit dem gewöhnlichen Ding-Ganzen zusammenfallen muß, daß, unabhängig davon, innerhalb des Bildes neue Einheiten entstehen, neue Zusammenschlüsse, Verhältnisse und Gleichgewichte. Es ist in der Skulptur nicht anders. Dem Künstler steht es zu, aus vielen Dingen eines zu machen und aus dem kleinsten Teil eines Dinges eine Welt. Es giebt im Werke Rodins Hände, selbständige, kleine Hände, die, ohne zu irgend einem Körper zu gehören, lebendig sind. Hände, die sich aufrichten, gereizt und böse, Hände, deren fünf gesträubte Finger zu bellen scheinen wie die fünf Hälse eines Höllenhundes. Hände, die gehen, schlafende Hände, und Hände, welche erwachen; verbrecherische, erblich belastete Hände und solche, die müde sind, die nichts mehr wollen, die sich niedergelegt haben in irgend einen Winkel, wie kranke Tiere, welche wissen, daß ihnen niemand helfen kann. Aber Hände sind schon ein komplizierter Organismus, ein Delta, in dem viel fernherkommendes Leben zusammenfließt, um sich in den großen Strom der Tat zu ergießen. Es giebt eine Geschichte der Hände, sie haben tatsächlich ihre eigene Kultur, ihre besondere Schönheit; man gesteht ihnen das Recht zu, eine eigene Entwickelung zu haben, eigene Wünsche, Gefühle, Launen und Liebhabereien. Rodin aber, der durch die Erziehung, die er sich gegeben hat, weiß, daß der Körper aus lauter Schauplätzen des Lebens besteht, eines Lebens, das auf jeder Stelle individuell und groß werden kann, hat die Macht, irgendeinem Teil dieser weiten schwingenden Fläche die Selbständigkeit und Fülle eines Ganzen zu geben. Wie der menschliche Körper für Rodin nur so lange ein Ganzes ist, als eine gemeinsame (innere oder äußere) Aktion alle seine Glieder und Kräfte im Aufgebot hält, so ordnen sich ihm andererseits auch Teile verschiedener Leiber, die aus innerer Notwendigkeit aneinander haften, zu einem Organismus ein. Eine Hand, die sich auf eines anderen Schulter oder Schenkel legt, gehört nicht mehr ganz zu dem Körper, von dem sie kam: aus ihr und dem Gegenstand, den sie berührt oder packt, entsteht ein neues Ding, ein Ding mehr, das keinen Namen hat und niemandem gehört; und um dieses Ding, das seine bestimmten Grenzen hat, handelt es sich nun. Diese Erkenntnis ist die Grundlage für die Gruppierung der Gestalten bei Rodin; aus ihr kommt jenes unerhörte Aneinander-Gebunden-Sein der Figuren, jenes Zusammenhalten der Formen, jenes Sich-Nicht-Loslassen, um keinen Preis. Er geht nicht von den Figuren aus, die sich umfassen, er hat keine Modelle, die er anordnet und zusammenstellt. Er fängt bei den Stellen der stärksten Berührung als bei den Höhepunkten des Werkes an; dort, wo etwas Neues entsteht, setzt er ein und widmet alles Wissen seines Werkzeugs den geheimnisvollen Erscheinungen, die das Werden eines neuen Dinges begleiten. Er arbeitet gleichsam beim Schein der Blitze, die an diesen Punkten entstehen, und sieht nur diejenigen Teile der ganzen Körper, die beschienen sind. Der Zauber der großen

Gruppe des Mädchens und des Mannes, die *Der Kuß* genannt wird, liegt in dieser weisen und gerechten Verteilung des Lebens; man hat das Gefühl, als gingen hier von allen Berührungsflächen Wellen in die Körper hinein, Schauer von Schönheit, Ahnung und Kraft. Daher kommt es, daß man die Seligkeit dieses Kusses überall auf diesen Leibern zu schauen glaubt; er ist wie eine Sonne, die aufgeht, und sein Licht liegt überall. Aber noch wunderbarer ist jener andere Kuß, um den sich, wie die Mauer um einen Garten, jenes Werk erhebt, welches *Éternelle Idole* heißt. Eine der Wiederholungen dieses Marmors ist im Besitze Eugène Carrières, und in der stillen Dämmerung seines Hauses lebt dieser klare Stein wie ein Quell, in dem immer dieselbe Bewegung ist, derselbe Aufstieg und Niederfall verzauberter Kraft. Ein Mädchen kniet. Ihr schöner Leib hat sich sanft zurückgelehnt. Ihr rechter Arm hat sich nach hinten gestreckt, und ihre Hand hat tastend ihren Fuß gefunden. In diese drei Linien, aus denen kein Weg hinausführt in die Welt, schließt sich ihr Leben mit seinem Geheimnis ein. Der Stein unter ihr hebt sie empor, wie sie so kniet. Und man glaubt plötzlich in der Haltung, in die dieses junge Mädchen aus Trägheit, aus Träumerei oder aus Einsamkeit verfiel, eine uralte heilige Gebärde zu erkennen, in welche die Göttin ferner, grausamer Kulte versunken war. Der Kopf dieses Weibes neigt sich ein wenig vor; mit einem Ausdruck von Nachsicht, Hoheit und Geduld, sieht sie, wie aus der Höhe einer stillen Nacht, auf den Mann hinab, der sein Gesicht in ihre Brust versenkt wie in viele Blüten. Auch er kniet, aber tiefer, tief im Stein. Seine Hände liegen hinter ihm, wie wertlose und leere Dinge. Die Rechte ist offen; man sieht hinein. Von dieser Gruppe geht eine geheimnisvolle Größe aus. Man wagt (wie so oft bei Rodin) nicht, ihr eine Bedeutung zu geben. Sie hat tausende. Wie Schatten gehn die Gedanken über sie und hinter jedem steigt sie neu und rätselhaft auf in ihrer Klarheit und Namenlosigkeit.

Etwas von der Stimmung eines Purgatorio lebt in diesem Werke. Ein Himmel ist nah, aber er ist noch nicht erreicht; eine Hölle ist nah, aber sie ist noch nicht vergessen. Auch hier strahlt aller Glanz von der Berührung aus; von der Berührung der beiden Körper und von der Berührung des Weibes mit sich selbst.

Und nichts anderes als eine immer neue Ausgestaltung des Themas von der Berührung lebendiger und bewegter Flächen, ist jene gewaltige *Porte de l'Enfer*, an der Rodin seit zwanzig Jahren einsam gearbeitet hat und deren Guß nun bevorsteht. Gleichzeitig im Erforschen der Bewegung von Flächen und ihrer Vereinigung fortschreitend, kam Rodin dazu, Körper zu suchen, die sich mit vielen Stellen berührten, Körper, deren Berührungen heftiger waren, stärker, ungestümer. Je mehr Berührungspunkte zwei Körper einander boten, je ungeduldiger sie aufeinander zustürzten, gleich chemischen Stoffen von großer Verwandtschaft, desto fester und organischer hielt das neue Ganze, das sie bildeten, zusammen. Erinnerungen aus Dante tauchten auf. Ugolino, und die Wandernden selbst, Dante und Virgil aneinandergedrängt, das Gewühl der Wollüstigen, aus dem, wie ein verdorrter Baum, die greifende Gebärde des Geizigen ragte. Die Zentauren, die Riesen und Ungeheuer, Sirenen, Faune und Weiber von Faunen, alle die wilden und reißenden Gott-Tiere des vorchristlichen Waldes kamen auf ihn zu. Und er schuf. Er verwirklichte alle die Gestalten und Formen des Dantischen Traumes, hob sie empor, wie aus der bewegten Tiefe eigener Erinnerungen und gab ihnen, einem nach dem anderen, des Dingseins leise Erlösung. Hunderte von Figuren und Gruppen entstanden auf diese Art. Aber die Bewegungen, die er in den Worten des Dichters fand, gehörten einer anderen Zeit; sie erweckten in dem Schaffenden, der sie auferstehen ließ, das Wissen von tausend anderen Gebärden, Gebärden des Greifens, Verlierens, Leidens und Lassens, die inzwischen entstanden waren, und seine Hände, die keine Ermüdung kannten, gingen weiter und weiter, über die Welt des Florentiners hinaus zu immer neuen Gesten und Gestalten.

Dieser ernste, gesammelte Arbeiter, der nie nach Stoffen

gesucht hatte und keine andere Erfüllung wollte, als die, welche seinem immer reiferen Werkzeug erreichbar war, kam auf diesem Wege durch alle Dramen des Lebens: jetzt tat sich ihm die Tiefe der Liebesnächte auf, die dunkle lust- und kummervolle Weite, in der es, wie in einer noch immer heroischen Welt, keine Kleider gab, in der die Gesichter verlöscht waren und die Leiber galten. Er kam mit weißglühenden Sinnen, als ein Suchender des Lebens, in die große Wirrnis dieses Ringens und was er sah war: Leben. Es wurde nicht eng um ihn, klein und schwül. Es wurde weit. Die Atmosphäre der Alkoven war fern. Hier war das Leben, war tausendmal in jeder Minute, war in Sehnsucht und Weh, in Wahnsinn und Angst, in Verlust und Gewinn. Hier war ein Verlangen, das unermeßlich war, ein Durst so groß, daß alle Wasser der Welt in ihm wie ein Tropfen vertrockneten, hier war kein Lügen und Verleugnen, und die Gebärden von Geben und Nehmen, hier waren sie echt und groß. Hier waren die Laster und die Lästerungen, die Verdammnisse und die Seligkeiten, und man begriff auf einmal, daß eine Welt arm sein mußte, die das alles verbarg und vergrub und tat, als ob es nicht wäre. Es war. Neben der ganzen Geschichte der Menschheit ging diese andere Historie her, die keine Verkleidungen kannte, keine Konventionen, keine Unterschiede und Stände, – nur Kampf. Auch sie hatte ihre Entwickelung gehabt. Sie war aus einem Trieb eine Sehnsucht geworden, aus einer Begierde zwischen Mann und Weib ein Begehren von Mensch zu Mensch. Und so erscheint sie im Werke Rodins. Noch ist es die ewige Schlacht der Geschlechter, aber das Weib ist nichtmehr das überwältigte oder das willige Tier. Sie ist sehnsüchtig und wach wie der Mann, und es ist, als hätten sie sich zusammengetan, um beide nach ihrer Seele zu suchen. Der Mensch, der nachts aufsteht und leise zu einem anderen geht, ist wie ein Schatzgräber, der das große Glück, das so notwendig ist, ergraben will am Kreuzweg des Geschlechts. Und in allen Lastern, in allen Lüsten wider die Natur, in allen diesen verzweifelten und verlorenen Versuchen, dem Dasein einen unendlichen Sinn zu finden, ist etwas von jener Sehnsucht, die die großen Dichter macht. Hier hungert die Menschheit über sich hinaus. Hier strecken sich Hände aus nach der Ewigkeit. Hier öffnen sich Augen, schauen den Tod und fürchten ihn nicht; hier entfaltet sich ein hoffnungsloses Heldentum, dessen Ruhm wie ein Lächeln kommt und geht und wie eine Rose blüht und bricht. Hier sind die Stürme des Wunsches und die Windstillen der Erwartung; hier sind Träume, die zu Taten werden, und Taten, die in Träumen vergehen. Hier wird, wie in einer Riesenspielbank, ein Vermögen von Kraft gewonnen oder verloren. Das alles steht in dem Werke Rodins. Er, der schon durch soviel Leben gegangen war, hier fand er des Lebens Fülle und Überfluß. Die Körper, an denen jede Stelle Wille war, die Munde, die die Form von Schreien hatten, welche aus den Tiefen der Erde zu steigen schienen. Er fand die Gebärden der Urgötter, die Schönheit und Geschmeidigkeit der Tiere, den Taumel alter Tänze und die Bewegungen vergessener Gottesdienste seltsam verbunden mit den neuen Gebärden, die entstanden waren in der langen Zeit, während welcher die Kunst abgewendet war und allen diesen Offenbarungen blind. Diese neuen Gebärden waren ihm besonders interessant. Sie waren ungeduldig. Wie einer, der lange nach einem Gegenstand sucht, immer ratloser wird, zerstreuter und eiliger, und um sich herum eine Zerstörung schafft, eine Anhäufung von Dingen, die er aus ihrer Ordnung zieht, als wollte er sie zwingen mitzusuchen, so sind die Gebärden der Menschheit, die ihren Sinn nicht finden kann, ungeduldiger geworden, nervöser, rascher und hastiger. Und alle die durchwühlten Fragen des Daseins liegen um sie her. Aber ihre Bewegungen sind zugleich auch wieder zögernder geworden. Sie haben nichtmehr die gymnastische und entschlossene Gradheit, mit der frühere Menschen nach allem gegriffen haben. Sie gleichen nicht jenen Bewegungen, die in den alten Bildwerken aufbewahrt sind, den Gesten, bei denen nur der Ausgangspunkt und der Endpunkt wichtig war. Zwischen diese beiden einfachen Momente haben sich unzählige Übergänge eingeschoben, und es zeigte sich, daß gerade in diesen Zwischen-Zuständen das Leben des heutigen Menschen verging, sein Handeln und sein Nicht-handeln-Können. Das Ergreifen war anders geworden, das Winken, das Loslassen und das Halten. In allem war viel mehr Erfahrung und zugleich auch wieder mehr Unwissenheit; viel mehr Mutlosigkeit und ein fortwährendes Angehen gegen Widerstände; viel mehr Trauer um Verlorenes, viel mehr Abschätzung, Urteil, Erwägung und weniger Willkür. Rodin schuf diese Gebärden. Er machte sie aus einer oder aus mehreren Gestalten, formte sie zu Dingen in seiner Art. Er gab Hunderten und Hunderten von Figuren, die nur ein wenig größer waren als seine Hände, das Leben aller Leidenschaften zu tragen, das Blühen aller Lüste und aller Laster Last. Er schuf Körper, die sich überall berührten und zusammenhielten wie ineinander verbissene Tiere, die als ein Ding in die Tiefe fallen; Leiber, die horchten wie Gesichter und ausholten wie Arme; Ketten von Leibern, Gewinde und Ranken, und schwere Trauben von Gestalten, in welche der Sünde Süße stieg aus den Wurzeln des Schmerzes. Gleich machtvoll und überlegen hat nur Lionardo Menschen zusammengefügt in seiner grandiosen Beschreibung des Weltuntergangs. Wie dort, gab es auch hier solche, die sich in den Abgrund warfen, um das große Weh vergessen zu können, und solche, die ihren Kindern die Köpfe zerschlugen, damit sie nicht hineinwüchsen in das große Weh. – Das Heer dieser Figuren war viel zu zahlreich geworden, um in den Rahmen und die Türflügel des *Höllen-Tores* hineinzupassen. Rodin wählte und wählte. Er schied alles aus, was zu einsam war, um sich der großen Gesamtheit zu unterwerfen, alles was nicht ganz notwendig war in diesem Zusammenhang. Er ließ die Gestalten und Gruppen selbst sich ihren Platz finden; er beobachtete das Leben des Volkes, das er geschaffen hatte, belauschte es und tat jedem seinen Willen. So erwuchs allmählich die Welt dieses Tores. Seine Fläche, an welche die plastischen Formen angefügt wurden, begann sich zu beleben; mit immer leiser werdenden Reliefs verhallte die Erregung der Figuren in die Fläche hinein. Im

Rahmen ist von beiden Seiten ein Aufsteigen, ein Sich-empor-Ziehen und Hoch-Heben, in den Flügeln des Tores ein Fallen, Gleiten und Stürzen die herrschende Bewegung. Die Flügel treten ein wenig zurück, und ihr oberer Rand ist von dem vorspringenden Rand des Querrahmens noch durch eine ziemlich große Fläche getrennt. Vor diese, in den still geschlossenen Raum, ist die Gestalt des *Denkers* gesetzt, des Mannes, der die ganze Größe und alle Schrecken dieses Schauspieles sieht, weil er es denkt. Er sitzt versunken und stumm, schwer von Bildern und Gedanken, und alle seine Kraft (die die Kraft eines Handelnden ist) denkt. Sein ganzer Leib ist Schädel geworden und alles Blut in seinen Adern Gehirn. Er ist der Mittelpunkt des Tores, obwohl noch über ihm auf der Höhe des Rahmens drei Männer stehen. Die Tiefe wirkt auf sie und formt sie aus der Ferne. Sie haben ihre Köpfe zusammengebogen, ihre drei Arme sind vorgestreckt, laufen zusammen und zeigen hinunter auf dieselbe Stelle, in denselben Abgrund, welcher sie niederzieht mit seiner Schwere. Der Denker aber muß sie in sich tragen.

Unter den Gruppen und Bildwerken, die aus Anlaß dieses Tores entstanden sind, giebt es viele von großer Schönheit. Es ist unmöglich, sie alle aufzuzählen, wie es unmöglich ist, sie zu beschreiben. Rodin selbst hat einmal gesagt, er müßte ein Jahr reden, um eines seiner Werke mit Worten zu wiederholen. Man kann nur sagen, daß diese kleinen Bildwerke, welche in Gips, Bronze und Stein erhalten sind, ähnlich wie manche von den kleinen Tierfiguren der Antike den Eindruck ganz großer Dinge machen. Es giebt in Rodins Atelier den Abguß eines kaum handgroßen Panthers griechischer Arbeit (das Original befindet sich im Medaillen-Kabinett der Pariser National-Bibliothek); wenn man unter seinem Leibe durch von vorn in den Raum blickt, der von den vier geschmeidigstarken Tatzen gebildet wird, kann man glauben, in die Tiefe eines indischen Felsentempels zu sehen; so wächst dieses Werk und weitet sich zur Größe seiner Maße. Ähnlich ist es bei den kleinen Plastiken Rodins. Indem er ihnen viele Stellen giebt, unzählbar viele, vollkommene und bestimmte Flächen, macht er sie groß. Die Luft ist um sie wie um Felsen. Wenn in ihnen ein Aufstehn ist, dann scheint es, als hüben sie die Himmel empor, und die Flut ihres Falles reißt die Sterne mit.

Vielleicht ist damals auch die *Danaïde* entstanden, die sich aus dem Knieen niedergeworfen hat in ihr fließendes Haar. Es ist wunderbar, um diesen Marmor langsam herumzugehen: den langen, langen Weg um die reichentfaltete Rundung dieses Rückens, zu dem sich im Stein wie in einem großen Weinen verlierenden Gesicht, zu der Hand, die, wie eine letzte Blume, noch einmal leise vom Leben spricht, tief im ewigen Eise des Blockes. Und die *Illusion, die Tochter des Ikarus*, diese blendende Dingwerdung eines langen hülflosen Falles. Und die schöne Gruppe, die *L'homme et sa pensée* genannt worden ist. Die Darstellung eines Mannes der kniet und, mit seiner Stirne Berührung, aus dem Stein vor ihm die leisen Formen eines Weibes weckt, die an den Stein gebunden bleiben; wenn man hier auslegen will, so mag man sich freuen über den Ausdruck dieser Untrennbarkeit, mit der der Gedanke an des Mannes Stirne haftet: denn es ist immer nur sein Gedanke, der lebt und vor ihm steht; gleich dahinter ist Stein. Verwandt damit ist auch der Kopf, der sich sinnend und still bis zum Kinn aus einem großen Steine löst, der *Gedanke*, dieses Stück Klarheit, Sein und Gesicht, das sich langsam aus dem schweren Schlafe des dumpf Dauernden erhebt. Und dann die *Karyatide*. Nichtmehr die aufrechte Figur, die leicht oder schwer das Tragen eines Steines erträgt, unter den sie sich doch nur gestellt hat, als er schon hielt; ein weiblicher Akt, knieend, gebeugt, in sich hineingedrückt und ganz geformt von der Hand der Last, deren Schwere wie ein fortwährender Fall in alle Glieder sinkt. Auf jedem kleinsten Teile dieses Leibes liegt der ganze Stein wie ein Wille, der größer war, älter und mächtiger, und doch hat seines Tragens Schicksal nicht aufgehört. Er trägt, wie man im Traum das Unmögliche trägt, und findet keinen Ausweg.

Und sein Zusammengesunkensein und Versagen ist immer noch Tragen geblieben, und wenn die nächste Müdigkeit kommt und den Körper ganz niederzwingt ins Liegen, so wird auch das Liegen noch Tragen sein, Tragen ohne Ende. So ist die *Karyatide*.

Man kann, wenn man will, die meisten Werke Rodins mit Gedanken begleiten, erklären und umgeben. Für alle, denen das einfache Schauen ein zu ungewohnter und schwerer Weg zur Schönheit ist, giebt es andere Wege, Umwege über Bedeutungen, die edel sind, groß und voll Gestalt. Es ist, als ob das unendliche Gut- und Richtigsein dieser Akte, das vollkommene Gleichgewicht aller ihrer Bewegungen, die wunderbare innere Gerechtigkeit ihrer Verhältnisse, ihr Vom-Leben-Durchdrungensein, als ob alles das, was sie zu schönen Dingen macht, ihnen auch die Kraft verliehe, unübertreffliche Verwirklichungen der Stoffe zu sein, die der Meister in die Nähe rief, da er sie benannte. Nie ist ein Stoff bei Rodin an ein Kunst-Ding gebunden, wie ein Tier an einen Baum. Er lebt irgendwo in der Nähe des Dinges und lebt von ihm, etwa wie der Kustos einer Sammlung. Man erfährt manches, wenn man ihn ruft; wenn man es aber versteht, ohne ihn auszukommen, ist man mehr allein und ungestört und erfährt noch mehr.

Wo die erste Anregung vom Stofflichen ausging, wo eine antike Sage, die Stelle eines Gedichtes, eine historische Szene oder eine wirkliche Person Schaffens-Anlaß war, da übersetzt sich, wenn Rodin beginnt, während der Arbeit das Stoffliche immer mehr in Sachliches und Namenloses: in die Sprache der Hände übertragen, haben die Anforderungen, die sich ergeben, alle einen neuen, ganz auf die plastische Erfüllung bezüglichen Sinn.

In den Zeichnungen Rodins geht, vorbereitend, dieses Vergessen und Verwandeln der stofflichen Anregung vor sich. Er hat auch in dieser Kunst seine eigenen Ausdrucksmittel sich erzogen, und das macht diese Blätter (es sind viele Hunderte) zu einer selbständigen und originellen Offenbarung seiner Persönlichkeit.

Da sind zunächst, aus früherer Zeit, Tuschzeichnungen mit überraschend starken Licht- und Schattenwirkungen, wie der berühmte *Homme au Taureau*, bei dem man an Rembrandt denken möchte, wie der Kopf des jungen Saint Jean-Baptiste oder die schreiende Maske für den Genius des Krieges; lauter Notizen und Studien, welche dem Künstler das Leben der Flächen erkennen halfen und ihr Verhältnis zur Atmosphäre. Dann kommen Akte, die mit jagender Sicherheit gezeichnet sind, Formen, ausgefüllt von allen ihren Konturen, modelliert mit vielen schnellen Federstrichen, und andere, eingeschlossen in die Melodie eines einzigen vibrierenden Umrisses, aus dem sich mit unvergeßlicher Reinheit eine Gebärde erhebt. So sind die Zeichnungen, mit denen Rodin, auf den Wunsch eines feinsinnigen Sammlers hin, ein Exemplar der *›Fleur du Mal‹* begleitet hat. Man sagt nichts, wenn man da von einem sehr tiefen Verständnis Baudelaire'scher Verse spricht; man versucht mehr zu sagen, wenn man sich erinnert, wie diese Gedichte in ihrem Mit-sich-Gesättigtsein keine Ergänzung zulassen und keine Steigerung über sich hinaus: und daß man doch beides empfindet, Ergänzung und Steigerung, wo Rodin'sche Linien sich diesem Werke anschmiegen, das ist ein Maßstab für die hinreißende Schönheit dieser Blätter. Die Federzeichnung, die neben das Gedicht *La mort des pauvres* gestellt ist, reicht mit einer Gebärde von so einfacher, fortwährend wachsender Großheit über diese großen Verse hinaus, daß man meint, sie erfülle die Welt von Aufgang nach Untergang.

Und so sind auch die Radierungen mit der kalten Nadel, in denen der Lauf unendlich zarter Linien wie der äußerste Umriß eines schönen gläsernen Dinges erscheint, der, in jedem Augenblick genau bestimmt, hinfließt über das Wesen einer Wirklichkeit.

Endlich aber entstanden auch jene seltsamen Dokumente des Momentanen, des unmerklich Vorübergehenden. Rodin vermutete, daß unscheinbare Bewegungen, die das Modell tut, wenn es sich unbeobachtet glaubt, rasch zusammengefaßt, eine Stärke des Ausdrucks enthalten könnten, die wir nicht ahnen, weil wir nicht gewohnt sind, sie mit gespannter und tätiger Aufmerksamkeit zu begleiten. Indem er das Modell nicht aus dem Auge verlor und seiner erfahrenen und raschen Hand ganz das Papier überließ, zeichnete er eine Unmenge niegesehener, immer versäumter Gebärden auf, und es ergab sich, daß die Kraft des Ausdrucks, die von ihnen ausging, ungeheuer war. Bewegungszusammenhänge, die noch nie als Ganzes überschaut und erkannt worden waren, stellten sich dar, und sie enthielten alle Unmittelbarkeit, Wucht und Wärme eines geradezu animalischen Lebens. Ein Pinsel voll Ocker, schnell, mit wechselnder Betonung durch diesen Kontur geführt, modellierte so unglaublich stark die eingeschlossene Fläche, daß man meinte, plastische Figuren aus gebrannter Erde zu sehen. Und wieder war eine ganz neue Weite entdeckt, namenlosen Lebens voll; eine Tiefe, über die alle hallenden Schrittes gegangen waren, gab ihre Wasser dem, in dessen Händen die Weidenrute gewahrsagt hatte.

Auch wo es galt, Porträts zu geben, gehörte der zeichnerische Ausdruck des Themas zu den Vorbereitungen, über welche Rodin, langsam und sich sammelnd, zu dem fernen Werke geht. Denn, so unrecht man hat, in seiner plastischen Kunst eine Art von Impressionismus zu sehen, so ist doch die Menge präzis und kühn erfaßter Impressionen immer der große Reichtum, aus welchem er schließlich das Wichtige und Notwendige auswählt, um es in reifer Synthese zusammenzufassen. Wenn er von den Körpern, die er erforscht und bildet, zu den Gesichtern kommt, muß es ihm manchmal sein, als träte er aus einer windigen, bewegten Weite in eine Stube, in welcher viele beisammen sind: hier ist alles gedrängt und dunkel, und die Stimmung eines Interieurs herrscht unter den Bogen der Brauen und im Schatten des Mundes. Während über den Leibern immer Wechsel und Wellenschlag ist, Ebbe und Flut, steht in den Gesichtern die Luft. Es ist wie in Zimmern, in denen sich viel ereignet hat, Freudiges und Banges, Schweres und Erwartungsvolles. Und kein Ereignis ist ganz vergangen, keins hat das andere ersetzt; eines ist neben das andere gestellt worden und stehn geblieben und welk geworden wie eine Blume im Glase. Wer aber von draußen kommt, aus dem großen Wind, der bringt Weite herein in die Stuben.

Die Maske des *Mannes mit der gebrochenen Nase* war das erste Porträt, das Rodin geschaffen hat. In diesem Werke ist seine Art, durch ein Gesicht zu gehen, schon ganz ausgebildet, man fühlt seine unbegrenzte Hingabe an das Vorhandene, seine Ehrfurcht vor jeder Linie, die das Schicksal gezogen hat, sein Vertrauen zu dem Leben, das schafft, auch wo es entstellt. In einer Art von blindem Glauben hatte er den *Homme au nez cassé* geschaffen, ohne zu fragen, wer der Mann war, dessen Leben in seinen Händen noch einmal verging. Er hatte ihn gemacht, wie Gott den ersten Menschen gemacht hat, ohne die Absicht, etwas anderes zu wirken als das Leben selbst, namenloses Leben. Aber immer wissender, immer erfahrener und größer kam er zu den Gesichtern der Menschen zurück. Er konnte ihre Züge nichtmehr sehen, ohne an die Tage zu denken, die daran gearbeitet hatten, an dieses ganze Heer von Handwerkern, die fortwährend um ein Gesicht herumgehen, als könnte es niemals fertig werden. Aus einer stillen und gewissenhaften Wiederholung des Lebens wurde so in dem reifen Manne eine erst tastende und versuchende, immer sicherer und kühner werdende Auslegung der Schrift, mit der die Gesichter über und über bedeckt waren. Er gab seiner Phantasie nicht Raum; er erfand nicht. Er verachtete nicht einen Augenblick den schweren Gang seines Werkzeugs. Es wäre ja so leicht gewesen, es auf irgend welchen Flügeln zu überholen. Wie früher ging er neben ihm einher, ging die ganzen weiten Strecken, die gegangen sein mußten, ging wie der Pflüger hinter seinem Pflug. Aber während er seine Furchen zog, dachte er über sein Land nach und über die Tiefe seines Landes, über den Himmel, der darüber war, über den Gang der Winde und über der Regen Fall, über alles das, was war und wehe tat und verging und wiederkam und nicht aufhörte zu sein. Und er glaubte in alledem jetzt, besser und weniger verwirrt von dem Vielen, das Ewige zu erkennen, das, um dessenwillen auch das Leid gut und die Schwere Mutterschaft war und der Schmerz schön.

Diese Auslegung, die bei den Porträts begann, wuchs von da immer weiter in sein Werk hinein. Sie ist die letzte Stufe, der äußerste Kreis seiner weiten Entwickelung. Sie fing langsam an. Mit unendlicher Vorsicht betrat Rodin diesen neuen Weg. Wieder drang er von Fläche zu Fläche vor, ging der Natur nach und hörte auf sie. Sie selbst bezeichnete ihm gleichsam die Stellen, von denen er mehr wußte, als zu sehen war. Wenn er dort einsetzte und aus kleinen Verworrenheiten eine große Vereinfachung schuf, so tat er, was Christus den Leuten tat, wenn er die unklar Fragenden mit einem erhabenen Gleichnis reinigte von ihrer Schuld. Er erfüllte eine Intention der Natur. Er vollendete etwas, was im Werden hülflos war, er deckte die Zusammenhänge auf, wie der Abend eines Nebeltages die Berge aufdeckt, die in großen Wellen sich fortpflanzen in die Ferne.

Voll von seines ganzen Wissens lebendiger Last, sah er wie ein Zukünftiger in die Gesichter derer hinein, die um ihn lebten. Das giebt seinen Porträts die ungemein klare Bestimmtheit, aber auch jene prophetische Größe, die in den Bildern des *Victor Hugo* oder des *Balzac* sich zu einer unbeschreiblichen Vollendung erhob. Ein Bildnis schaffen hieß für ihn, in einem gegebenen Gesichte Ewigkeit suchen, jenes Stück Ewigkeit, mit dem es teilnahm an dem großen Gange ewiger Dinge. Er hat keinen gebildet, den er nicht ein wenig aus den Angeln gehoben hätte in die Zukunft hinein; wie man ein Ding vor den Himmel hält, um seine Formen reiner und einfacher zu verstehen. Das ist nicht, was man verschönern heißt, und auch charakteristisch machen ist kein passender Ausdruck dafür. Es ist mehr; es ist: das Dauernde vom Vergänglichen scheiden, Gericht halten, gerecht sein.

Sein Porträt-Werk umfaßt, auch wenn man von den Radierungen absieht, eine sehr große Zahl vollendeter und meisterhafter Bildnisse. Es giebt da Büsten in Gips, in Bronze, in Marmor und Sandstein, Köpfe in gebranntem Ton und Masken, die man einfach hat eintrocknen lassen. Frauenbildnisse kehren immer wieder zu allen Zeiten seines Werkes. Die berühmte Büste des Luxembourg-Museums ist eines der frühesten. Sie ist voll eigentümlichen Lebens, schön, von einem gewissen frauenhaften Zauber, aber sie wird von vielen späteren Werken an Einfachheit und Zusammenfassung der Flächen übertroffen. Sie ist vielleicht das einzige unter Rodins Werken, dem nicht nur die diesem Bildhauer eigentümlichen Tugenden seine Schönheit gegeben haben; dieses Porträt lebt zum Teil auch durch die Gnade jener Grazie, die in der französischen Plastik seit Jahrhunderten erblich ist. Es glänzt ein wenig mit der Eleganz, die auch die schlechte Skulptur französischer Tradition immer noch aufweist; es ist nicht ganz frei von jener galanten Auffassung der belle femme, über welche der Ernst und die tief einsetzende Arbeit Rodins so rasch hinauswuchs. Aber man tut gut, sich an dieser Stelle zu erinnern, daß er auch dieses angestammte Gefühl zu überwinden hatte; er mußte ein angeborenes Können unterdrücken, um ganz arm zu beginnen. Er mußte deshalb nicht aufhören, Franzose zu sein: auch die Meister der Kathedralen waren es.

Die späteren Frauen-Bildnisse haben eine andere, tiefer begründete und weniger geläufige Schönheit. Dabei ist vielleicht zu sagen, daß es meistens Ausländerinnen waren, Amerikanerinnen, deren Porträts Rodin ausgeführt hat. Es giebt darunter solche von wunderbarer Arbeit, Steine, die wie antike Kameen rein und unberührbar sind. Gesichter, deren Lächeln nirgends befestigt ist und so schleierleise über den Zügen spielt, daß es sich zu heben scheint bei jedem Atemholen. Rätselhaft verschlossene Lippen und Augen, die, über alles fort, in eine ewige Mondnacht schauen, traumhaft weit aufgetan. Und doch ist es, als empfände Rodin das Angesicht des Weibes am liebsten als einen Teil seines schönen Körpers, als wollte er, daß seine Augen Augen des Leibes seien und der Mund seines Leibes Mund.

Wo er es so im Ganzen erschafft und schaut, da erhält auch das Gesicht einen so starken und ergreifenden Ausdruck nieverkündeten Lebens, daß die Porträts von Frauen (obwohl sie scheinbar ›ausgeführter‹ sind) weit übertroffen werden.

Anders ist es bei den Männer-Bildnissen. Das Wesen eines Mannes kann man sich leichter im Raume seines Gesichtes versammelt denken. Man kann sich sogar vorstellen, daß es Augenblicke giebt (solche der Ruhe und solche der inneren Erregung), in welchen alles Leben in sein Gesicht eingetreten ist. Solche Augenblicke wählt Rodin, wo er ein männliches Porträt geben will; oder besser: er schafft sie. Er holt weit aus. Er giebt nicht dem ersten Eindruck recht und nicht dem zweiten und von allen nächsten keinem. Er beobachtet und notiert. Er notiert Bewegungen, die keines Wortes wert sind, Wendungen und Halb-Wendungen, vierzig Verkürzungen und achtzig Profile. Er überrascht sein Modell in seinen Gewohnheiten und Zufälligkeiten, bei Ausdrücken, die erst im Entstehen sind, bei Müdigkeiten und Anstrengungen. Er kennt alle Übergänge in seinen Zügen, weiß, woher das Lächeln kommt und wohin es zurückfällt. Er erlebt das Gesicht des Menschen wie eine Szene, an der er selbst teilnimmt, er steht mitten drin und nichts was passiert ist ihm gleichgültig oder entgeht ihm. Er läßt sich nichts von dem Betreffenden erzählen, er will nichts wissen als was er sieht. Aber er sieht alles.

So vergeht über jeder Büste viel Zeit. Das Material wächst, zum Teil in Zeichnungen, in ein paar Federstrichen und Tuschflecken festgehalten, zum Teil im Gedächtnisse angesammelt; denn dieses hat Rodin sich zu einem ebenso verläßlichen als bereiten Hülfsmittel ausgebildet. Sein Auge sieht während der Sitzungs-Stunden viel mehr, als er in dieser Zeit ausführen kann. Er vergißt nichts davon und oft, wenn das Modell ihn verlassen hat, beginnt für ihn das eigentliche Arbeiten aus der Fülle seiner Erinnerung. Seine Erinnerung ist weit und geräumig; die Eindrücke verändern sich nicht in ihr, aber sie gewöhnen sich an ihre

Wohnung, und wenn sie von da in seine Hände steigen, so ist es, als wären sie natürliche Gebärden dieser Hände.

Diese Arbeitsweise führt zu gewaltigen Zusammenfassungen von hundert und hundert Lebensmomenten: und so ist auch der Eindruck, den diese Büsten machen. Die vielen fernen Kontraste und die unerwarteten Übergänge, die einen Menschen bilden und eines Menschen fortwährende Entwickelung, treffen einander hier in glücklichen Begegnungen und halten aneinander mit einer inneren Adhäsionskraft fest. Aus allen Weiten ihres Wesens sind diese Menschen zusammengeholt, alle Klimaten ihres Temperamentes entfalten sich auf den Hemisphären ihres Hauptes. Da ist der Bildhauer *Dalou*, in dem neben einer ausdauernden und geizigen Energie eine nervöse Müdigkeit vibriert, da ist *Henri Rocheforts* abenteuernde Maske, da ist *Octave Mirbeau*, bei dem hinter einem Tatmenschen eines Dichters Traum und Sehnsucht dämmert, und *Puvis de Chavannes* und *Victor Hugo*, den Rodin so genau kennt, und da ist vor allem die unbeschreiblich schöne Bronze, das Bildnis des Malers *Jean-Paul Laurens*, von dem eine gute Abbildung diesem Buch beigegeben wurde. Diese Büste ist vielleicht die schönste Sache im Luxembourg-Museum. Sie ist von einer so tiefen und zugleich so groß empfundenen Durchbildung der Oberfläche, so geschlossen in der Haltung, so stark im Ausdruck, so bewegt und wach, daß man das Gefühl nicht verliert, die Natur selbst habe dieses Werk aus den Händen des Bildhauers genommen, um es zu halten wie eines ihrer liebsten Dinge. Die prachtvolle Patina, deren rauch-schwarzen Belag das Metall wie Feuer, flammend und sprühend, durchbricht, trägt viel dazu bei, die unheimliche Schönheit dieses Bildwerkes zu vollenden.

Auch eine Büste von *Bastien-Lepage* existiert, schön und melancholisch, mit dem Ausdruck des Leidenden, dessen Arbeit ein fortwährender Abschied von seinem Werke ist. Sie ist für Damvillers, das kleine Heimatdorf des Malers, gemacht worden und ist dort auf dem Kirchhofe aufgestellt. Sie ist also eigentlich ein Denkmal. Und die Büsten Rodins in ihrer Vollständigkeit und ihrer ins Große gehenden Zusammenfassung haben alle etwas vom Denkmal an sich. Es kommt bei diesem nur eine weitere Vereinfachung der Flächen, eine noch strengere Auswahl des Notwendigen und die Bedingung des Weithinsichtbaren dazu. Die Denkmäler, die Rodin geschaffen hat, näherten sich immer mehr diesen Ansprüchen. Er begann mit dem Denkmal des *Claude Gelée* für Nancy; und es ist ein steiler Aufstieg von diesem ersten, interessanten Versuch bis zu dem grandiosen Gelingen des Balzac.

Mehrere von den Denkmälern Rodins sind nach Amerika gegangen, und das reifste von diesen ist bei den Unruhen in Chile zerstört worden, noch ehe es an seinen Platz gebracht worden war. Es war das Reiter-Standbild des Generals *Lynch*. Gleich dem verlorenen Meisterwerke Lionardos, dem es sich vielleicht durch die Macht des Ausdrucks und durch die wundervoll beseelte Einheit von Mann und Roß näherte, sollte auch diese Statue nicht erhalten bleiben. Nach einem kleinen Gips-Modell im Musée Rodin in Meudon muß man schließen, daß sie das plastische Bild eines mageren Mannes war, der sich gebietend im Sattel aufrichtete, nicht in der brutalen Herren-Art eines Condottiere, sondern nervöser und erregter, mehr wie einer, der die Macht zu befehlen nur ausübt als Amt und sie nicht als Leben lebt. Hier schon erhob sich übrigens die vorwärtsweisende Hand des Generals aus der ganzen Masse des Standbildes, aus Mensch und Tier; und dieser Umstand ist es auch, welcher der Gebärde *Victor Hugo's* ihre unvergeßliche Hoheit, dieses Weit-Herkommende giebt, diese Macht, an die man glaubt auf den ersten Blick. Die große, lebendige Greisenhand, die mit dem Meere redet, kommt nicht aus dem Dichter allein; sie steigt herab von dem Gipfel der ganzen Gruppe wie von einem Berge, auf dem sie betete, ehe sie sprach. Victor Hugo ist hier der Verbannte, der Einsame von Guernesey, und es ist eines von den Wundern dieses Denkmales, daß die Musen, die ihn umgeben, nicht wie Gestalten wirken, die den Verlassenen heimsuchen: sie sind, im Gegenteil, seine sichtbar gewordene Einsamkeit. Durch die Verinnerlichung der einzelnen Figuren und ihre Konzentration, man möchte sagen: um das Innere des Dichters, hat Rodin diesen Eindruck erreicht; indem er auch hier wieder von einer Individualisierung der Berührungsstellen ausging, ist es ihm gelungen, die wundervoll bewegten Akte gleichsam zu Organen des sitzenden Mannes zu machen. Sie sind um ihn wie große Gebärden, die er einmal getan hat, Gebärden, die so schön und jung waren, daß ihnen eine Göttin die Gnade verlieh, nicht zu vergehen und in der Gestalt schöner Frauen immer zu dauern.

Für die Figur des Dichters selbst hat Rodin viele Studien gemacht. Während der Empfänge im Hôtel Lusignan beobachtete und notierte er, von einer Fensternische aus, hundert und hundert Bewegungen des Greises und alle Ausdrücke seines belebten Gesichtes. Aus diesen Vorbereitungen entstanden die Porträts Hugos, die Rodin geschaffen hat. Für das Denkmal bedurfte es einer noch weiteren Vertiefung. Er drängte alle die Einzeleindrücke zurück, faßte sie in der Ferne zusammen, und, wie man vielleicht aus einer Reihe von Rhapsoden eine Gestalt gebildet hat: Homer, so schuf er aus allen Bildern seiner Erinnerung dieses Eine. Und diesem einen, letzten Bilde gab er die Größe des Sagenhaften; als könnte das alles am Ende nur ein Mythos gewesen sein und zurückgehen auf einen phantastisch ragenden Felsen am Meer, in dessen seltsamen Formen entfernte Völker eine Gebärde schlafen sahen.

Diese Macht, Vergangenes zum Unvergänglichen zu erheben, offenbarte Rodin immer, wenn historische Stoffe oder Gestalten in seiner Kunst aufzuleben verlangten; am überlegensten vielleicht in den *Bürgern von Calais*. Was hier Stoff war, beschränkte sich auf einige Spalten in der Chronik des Froissart. Es war die Geschichte, wie die Stadt Calais von Eduard III., dem englischen Könige, belagert wird; wie der König der in der Furcht des Hungers verzagenden Stadt nicht Gnade geben will; wie derselbe König endlich einwilligt, von der Stadt abzulassen, wenn sechs ihrer vornehmsten Bürger sich in seine Hände geben, »damit er mit ihnen tue nach seinem Willen«. Und er verlangt, daß sie die Stadt verlassen sollen, barhaupt, nur mit dem Hemde bekleidet, einen Strick um den Hals und die Schlüssel von Stadt und Kastell in der Hand. Der Chronist erzählt nun die Szene in der Stadt; er berichtet, wie der Bürgermeister, Messire Jean de Vienne, die Glocken läuten läßt und wie die Bürger sich auf dem Marktplatz versammeln. Sie haben die bange Botschaft gehört und warten und schweigen. Aber schon stehen unter ihnen die Helden auf, die Auserwählten, die den Beruf in sich fühlen zu sterben. Hier drängt sich durch die Worte des Chronisten das Schreien und Weinen der Menge. Er selbst scheint eine Weile ergriffen zu sein und mit zitternder Feder zu schreiben. Aber er sammelt sich wieder. Er nennt vier von den Helden beim Namen, zwei vergißt er. Er sagt von dem einen, daß er der reichste Bürger der Stadt war, von dem zweiten, daß er Ansehen und Vermögen besaß und »zwei schöne Fräulein zu Töchtern hatte«, von dem dritten weiß er nur, daß er reich an Besitz und Erbschaft war, und von dem vierten, daß er des dritten Bruder gewesen ist. Er berichtet, daß sie sich bis auf das Hemde entkleideten, daß sie Stricke um ihren Hals banden und daß sie so aufbrachen, mit den Schlüsseln von Stadt und Kastell. Er erzählt, wie sie in das Lager des Königs kamen; er schildert, wie hart sie der König empfing und wie der Henker schon neben ihnen stand, als der Fürst, auf die Bitten der Königin hin, ihnen das Leben schenkte. »Er hörte auf seine Gemahlin« – sagt Froissart, »weil sie sehr schwanger war.« Mehr enthält die Chronik nicht.

Für Rodin aber war das Stoff genug. Er fühlte sofort, daß es in dieser Geschichte einen Augenblick gab, wo etwas Großes geschah, etwas, was von Zeit und Namen nicht wußte, etwas Unabhängiges und Einfaches. Er wandte alle Aufmerksamkeit dem Moment des Aufbruchs zu. Er sah, wie diese Männer ihren Gang begannen; er fühlte, wie in jedem noch einmal das ganze Leben war, das er gehabt hatte, wie jeder, beladen mit seiner Vergangenheit, dastand, bereit, sie hinauszutragen aus der alten Stadt. Sechs Männer tauchten vor ihm auf, von denen keiner dem anderen glich; nur zwei Brüder waren unter ihnen, zwischen denen vielleicht eine gewisse Ähnlichkeit bestand. Aber jeder einzelne hatte auf seine Art den Entschluß gefaßt und lebte diese letzte Stunde auf seine Weise, feierte sie mit seiner Seele und litt sie an seinem Leibe, der am Leben hing. Und dann sah er auch die Gestalten nicht mehr. In seiner Erinnerung stiegen Gebärden auf, Gebärden der Absage, des Abschiedes, des Verzichts. Gebärden über Gebärden. Er sammelte sie. Er bildete sie alle. Sie flossen ihm aus der Fülle seines Wissens zu. Es war, als stünden in seinem Gedächtnis hundert Helden auf und drängten sich zu dem Opfer. Und er nahm alle hundert an und machte aus ihnen sechs. Er bildete sie nackt, jeden für sich, in der ganzen Gesprächigkeit ihrer fröstelnden Leiber. Überlebensgroß: in der natürlichen Größe ihres Entschlusses.

Er schuf den alten Mann mit den hängenden Armen, die in den Gelenken gelockert sind; und er gab ihm den schweren, schleppenden Schritt, den abgenützten Gang der Greise, und einen Ausdruck von Müdigkeit, der über sein Gesicht fließt bis in den Bart.

Er schuf den Mann, welcher den Schlüssel trägt. In ihm ist Leben noch für viele Jahre und alles in die plötzliche letzte Stunde gedrängt. Er erträgt es kaum. Seine Lippen sind zusammengepreßt, seine Hände beißen in den Schlüssel. Er hat Feuer an seine Kraft gelegt und sie verbrennt in ihm, in seinem Trotze.

Er schuf den Mann, der den gesenkten Kopf mit beiden Händen hält, wie um sich zu sammeln, um noch einen Augenblick allein zu sein.

Er schuf die beiden Brüder, von denen der eine noch zurückschaut, während der andere mit einer Bewegung der Entschlossenheit und Ergebung das Haupt neigt, als hielte er's schon dem Henker hin.

Und er schuf die vage Gebärde jenes Mannes, der »durch das Leben geht«. *»La Passant«* hat Gustave Geffroy ihn genannt. Er geht schon, aber er wendet sich noch einmal zurück, nicht zu der Stadt, nicht zu den Weinenden und nicht zu denen, die mit ihm gehen. Er wendet sich zurück zu sich selbst. Sein rechter Arm hebt sich, biegt sich, schwankt; seine Hand tut sich auf in der Luft und läßt etwas los, etwa so wie man einem Vogel die Freiheit giebt. Es ist ein Abschied von allem Ungewissen, von einem Glück, das noch nicht war, von einem Leid, das nun umsonst warten wird, von Menschen, die irgendwo leben und denen man vielleicht einmal begegnet wäre, von allen Möglichkeiten aus Morgen und Übermorgen, und auch von jenem Tod, den man sich fern dachte, milde und still, und am Ende einer langen, langen Zeit.

Diese Gestalt, allein in einen alten, dunklen Garten gestellt, könnte ein Denkmal sein für alle Jungverstorbenen.

Und so hat Rodin jedem dieser Männer ein Leben gegeben in dieses Lebens letzter Gebärde.

Die einzelnen Figuren wirken erhaben in ihrer einfachen Größe. Man denkt an Donatello und vielleicht noch mehr an Claux Sluter und seine Propheten in der Chartreuse von Dijon.

Es scheint zunächst, als hätte Rodin nichts weiter getan, sie zusammenzufassen. Er hat ihnen die gemeinsame Tracht gegeben, das Hemd und den Strick, und hat sie nebeneinandergestellt in zwei Reihen; die drei, welche schon im Schreiten begriffen sind, in die erste Reihe, die anderen, mit einer Wendung nach rechts, dahinter, als ob sie sich anschlössen. Der Platz, für den das Denkmal bestimmt war, war der Markt von Calais, dieselbe Stelle, auf der einst der schwere Gang begonnen hatte. Dort sollten jetzt die stillen Bilder stehen, von einer niedrigen Stufe nur wenig emporgehoben über den Alltag, so als stünde der bange Aufbruch immer bevor, mitten in jeder Zeit.

Man weigerte sich aber in Calais, einen niedrigen Sockel zu nehmen, weil es der Gewohnheit widersprach. Und Rodin schlug eine andere Aufstellungsart vor. Man sollte, verlangte er, hart am Meer einen Turm bauen, viereckig, im Umfange der Basis, mit schlichten, behauenen Wänden und zwei Stockwerke hoch, und dort oben sollte man die sechs Bürger aufstellen in der Einsamkeit des Windes und des Himmels. Es war vorauszusehen, daß auch dieser Vorschlag abgelehnt wurde. Und doch lag er im Wesen des Werkes. Hätte man den Versuch gemacht, man hätte eine unvergleichliche Gelegenheit gehabt, die Geschlossenheit dieser Gruppe zu bewundern, die aus sechs Einzelfiguren bestand und doch so fest zusammenhielt, als wäre sie nur ein einziges Ding. Und dabei berührten die einzelnen Gestalten einander nicht, sie standen nebeneinander wie die letzten Bäume eines gefällten Waldes, und was sie vereinte, war nur die Luft, die an ihnen teilnahm in einer besonderen Art. Ging man um diese Gruppe herum, so war man überrascht zu sehen, wie aus dem Wellenschlag der Konturen rein und groß die Gebärden stiegen, sich erhoben, standen und zurückfielen in die Masse, wie Fahnen, die man einzieht. Da war alles klar und bestimmt. Für einen Zufall schien nirgends Raum zu sein. Wie alle Gruppen des Rodin'schen Werkes, war auch diese in sich selbst verschlossen, eine eigene Welt, ein Ganzes, erfüllt von einem Leben, das kreiste und sich nirgends ausströmend verlor. An Stelle der Berührungen waren hier die Überschneidungen getreten, die ja auch eine Art von Berührung waren, unendlich abgeschwächt durch das Medium der Luft, die dazwischen lag, beeinflußt von ihr und verändert. Berührungen aus der Ferne waren entstanden, Begegnungen, ein Übereinander-Hinziehen der Formen, wie man es manchmal bei Wolkenmassen sieht oder bei Bergen, wo auch die dazwischen gelagerte Luft kein Abgrund ist, der trennt, vielmehr eine Leitung, ein leise abgestufter Übergang.

Für Rodin war immer schon die Teilnahme der Luft von großer Bedeutung. Er hatte alle seine Dinge, Fläche für Fläche, in den Raum gepaßt, und das gab ihnen diese Größe und Selbständigkeit, dieses unbeschreibliche Erwachsensein, das sie von allen Dingen unterschied. Nun aber, da er, die Natur auslegend, allmählich dazu gekommen war, einen Ausdruck zu verstärken, zeigte es sich, daß er damit auch das Verhältnis der Atmosphäre zu seinem Werke steigerte, daß sie die zusammengefaßten Flächen bewegter, gleichsam leidenschaftlicher umgab. Hatten seine Dinge früher im Raume gestanden, so war es jetzt, als risse er sie zu sich her. Nur bei einzelnen Tieren auf den Kathedralen konnte man Ähnliches beobachten. Auch an ihnen nahm die Luft in eigentümlicher Weise teil: es schien als würde sie Stille oder Wind, jenachdem sie über betonte oder über leise Stellen ging. Und in der Tat, wenn Rodin die Oberfläche seiner Werke in Höhepunkten zusammenfaßte, wenn er Erhabenes erhöhte und einer Höhlung größere Tiefe gab, verfuhr er ähnlich mit seinem Werke, wie die Atmosphäre mit jenen Dingen verfahren war, die ihr preisgegeben waren seit Jahrhunderten. Auch sie hatte zusammengefaßt, vertieft und Staub abgesetzt, hatte mit Regen und Frost, mit Sonne und Sturm diese Dinge erzogen für ein Leben, das langsamer verging in Ragen, Dunkeln und Dauern.

Schon bei den *Bürgern von Calais* war Rodin auf seinem eigenen Wege zu dieser Wirkung gekommen; in ihr lag das monumentale Prinzip seiner Kunst. Mit solchen Mitteln konnte er weithinsichtbare Dinge schaffen, Dinge, die nicht nur von der allernächsten Luft umgeben waren, sondern von dem ganzen Himmel. Er konnte mit einer lebendigen Fläche, wie mit einem Spiegel, die Fernen fangen und bewegen, und er konnte eine Gebärde, die ihm groß schien, formen und den Raum zwingen, daran teilzunehmen.

So ist jener schmale Jüngling, der kniet und seine Arme empor wirft und zurück in einer Geste der Anrufung ohne Grenzen. Rodin hat diese Figur *Der verlorene Sohn* genannt, aber sie hat, man weiß nicht woher, auf einmal den Namen: *Prière.* Und sie wächst auch über diesen hinaus. Das ist nicht ein Sohn, der vor dem Vater kniet. Diese Gebärde macht einen Gott notwendig, und in dem, der sie tut, sind alle, die ihn brauchen. Diesem Stein gehören alle Weiten; er ist allein auf der Welt.

Und so ist auch der *Balzac.* Rodin hat ihm eine Größe gegeben, die vielleicht die Gestalt dieses Schriftstellers überragt. Er hat ihn im Grunde seines Wesens erfaßt, aber er hat an den Grenzen dieses Wesens nicht Halt gemacht; um seine äußersten und fernsten Möglichkeiten, um sein Unerreichtes hat er diesen mächtigen Kontur gezogen, der in den Grabsteinen fernvergangener Völker vorgebildet scheint. Jahre und Jahre hat er ganz in dieser Gestalt gelebt. Er hat Balzacs Heimat besucht, die Landschaften der Touraine, die in seinen Büchern immer wieder aufsteigen, er hat Briefe von ihm gelesen, er hat die Bilder studiert, die von Balzac existieren, und er ist durch sein Werk gegangen, wieder und wieder; auf allen den verzweigten und verschlungenen Wegen dieses Werkes begegneten ihm die Balzac'schen Menschen, ganze Familien und Generationen, eine Welt, die immer noch an das Dasein ihres Schöpfers zu glauben, aus ihm zu leben und ihn zu schauen schien. Er sah, daß alle diese tausend Figuren, mochten Sie tun was sie wollten, doch ganz mit dem Einen beschäftigt waren, der sie gemacht hatte. Und wie man vielleicht aus den vielen Mienen eines Zuschauerraumes das Drama erraten kann, das sich auf der Bühne vollzieht, so suchte er in allen diesen Gesichtern nach dem, der für sie noch nicht vergangen war. Er glaubte, wie Balzac, an die Wirklichkeit dieser Welt, und es gelang ihm eine Weile, sich ihr einzuordnen. Er lebte, als ob Balzac auch ihn geschaffen hätte, unauffällig gemischt unter die Menge seiner Existenzen. So kam er zu den besten Erfahrungen. Was sonst da war, schien bei weitem weniger beredt. Die Daguerreotypieen boten nur ganz allgemeine Anhaltspunkte und nichts Neues. Man kannte dieses Gesicht, das sie darstellten, schon von der Schulzeit her. Nur die eine, die im Besitze Stephan Mallarmé's gewesen war und Balzac ohne Rock mit Hosenträgern zeigte, war charakteristischer. Und dann mußten die Aufzeichnungen der Zeitgenossen helfen. Théophile Gautier's Worte, die Notizen der Goncourts und das schöne Porträt Balzac's, das Lamartine geschrieben hatte. Außerdem war nur noch die Büste von David da in der Comédie-Française und ein kleines Bildnis von Louis Boulanger. – Ganz vom Geiste Balzac's erfüllt, ging Rodin mit diesen Hülfsmitteln nun daran, seine äußere Erscheinung aufzurichten. Er benutzte lebende Modelle von ähnlichen Körperverhältnissen und bildete in verschiedenen Stellungen sieben, vollkommen ausgeführte Akte. Es waren dicke, gedrungene Männer mit schwerfälligen Gliedern und kurzen Armen, deren er sich bediente, und er schuf nach diesen Vorarbeiten einen Balzac, ungefähr in der Auffassung, wie die Nadar'sche Daguerreotypie ihn überlieferte. Aber er fühlte, daß damit noch nichts Endgültiges gegeben war. Er kehrte zu der Beschreibung Lamartine's zurück. Dort stand: »Er hatte das Gesicht eines Elementes« und: »Er besaß soviel Seele, daß sie seinen schweren Körper trug wie nichts.« Rodin fühlte, daß in diesen Sätzen ein großer Teil der Aufgabe lag. Er kam ihrer Lösung näher, indem er allen den sieben Akten Mönchskutten anzulegen versuchte, von der Art, wie Balzac sie bei der Arbeit zu tragen pflegte. Es entstand hierauf ein Balzac in Kapuze, viel zu intim, zu sehr zurückgezogen in die Stille seiner Verkleidung.

Aber langsam wuchs Rodin's Vision von Form zu Form. Und endlich sah er ihn. Er sah eine breite, ausschreitende Gestalt, die an des Mantels Fall alle ihre Schwere verlor. Auf den starken Nacken stemmte sich das Haar, und in das Haar zurückgelehnt lag ein Gesicht, schauend, im Rausche des Schauens, schäumend von Schaffen: das Gesicht eines Elementes. Das war Balzac in der Fruchtbarkeit seines Überflusses, der Gründer von Generationen, der Verschwender von Schicksalen. Das war der Mann, dessen Augen keiner Dinge bedurften; wäre die Welt leer gewesen: seine Blicke hätten sie eingerichtet. Das war der, der durch sagenhafte Silberminen reich werden wollte und glücklich durch eine Fremde. Das war das Schaffen selbst, das sich der Form Balzac's bediente, um zu erscheinen; des Schaffens Überhebung, Hochmut, Taumel und Trunkenheit. Der Kopf, der zurückgeworfen war, lebte auf dem Gipfel dieser Gestalt wie jene Kugeln, die auf den Strahlen von Fontänen tanzen. Alle Schwere war leicht geworden, stieg und fiel.

So hatte Rodin in einem Augenblick ungeheuerer Zusammenfassung und tragischer Übertreibung seinen Balzac gesehen, und so machte er ihn. Die Vision verging nicht; sie verwandelte sich.

Diese Entwickelung Rodin's, welche die großen und monumentalen Dinge seines Werkes mit Weite umgab, beschenkte auch die anderen mit einer neuen Schönheit. Sie gab ihnen eine eigene Nähe. Es giebt unter den neueren Werken kleine Gruppen, die durch ihre Geschlossenheit wirken und durch die wunderbar sanfte Behandlung des Marmors. Diese Steine behalten auch mitten im Tage jenes geheimnisvolle Schimmern, das weiße Dinge ausströmen, wenn es dämmert. Das kommt nicht allein von der Belebtheit der Berührungsstellen her; es zeigt sich, daß auch sonst zwischen den Figuren und zwischen ihren einzelnen Teilen hier und da flache Steinbänder stehen geblieben sind, Stege gleichsam, die in der Tiefe eine Form mit der anderen verbinden. Das ist kein Zufall. Diese Füllungen verhüten das Entstehen wertloser Durchblicke, die aus dem Dinge hinausführen in leere Luft; sie bewirken, daß die Ränder der Formen, die vor solchen Lücken immer scharf und abgeschliffen scheinen, ihre Rundung behalten, sie sammeln das Licht wie Schalen und fließen fortwährend leise über. Wenn Rodin das Bestreben hatte, die Luft so nahe als möglich an die Oberfläche seiner Dinge heranzuziehen, so ist es, als hätte er hier den Stein geradezu in ihr aufgelöst: der Marmor scheint nur der feste, fruchtbare Kern zu sein und sein letzter leisester Kontur schwingende Luft. Das Licht, welches zu diesem Steine kommt, verliert seinen Willen; es geht nicht über ihn hin zu anderen Dingen; es schmiegt sich ihm an, es zögert, es verweilt, es wohnt in ihm.

Dieses Verschlossenlassen unwesentlicher Durchblicke war eine Art von Annäherung an das Relief. Und in der Tat plant Rodin ein großes Relief-Werk, bei dem alle die Wirkungen des Lichtes, die er mit den kleinen Gruppen erreichte, zusammengefaßt werden sollen. Er denkt daran, eine hohe Säule zu schaffen, um die ein breites Relief-Band sich aufwärtswindet. Neben diesen Windungen wird eine gedeckte Treppe hergehen, die nach außen durch

Arkaden abgeschlossen ist. In diesem Gange werden die Gestalten an den Wänden, wie in ihrer eigenen Atmosphäre, leben; eine Plastik wird entstehen, die das Geheimnis des Helldunkels kennt, eine Skulptur der Dämmerung, verwandt jenen Bildwerken, die in den Vorhallen alter Kathedralen stehen.

So wird das *Denkmal der Arbeit* sein. Auf diesen langsam aufsteigenden Reliefs wird eine Geschichte der Arbeit sich entwickeln. In einer Krypta wird das lange Band beginnen, mit den Bildern derer, die in den Bergwerken altern, und es wird sich in seinem weiten Weg durch alle Gewerbe ziehen, von den lärmenden und bewegten zu den immer leiseren Werken, von den Hochöfen zu den Herzen, von den Hämmern zu den Gehirnen. Am Eingang sollen zwei Gestalten aufragen: Tag und Nacht, und auf dem Gipfel werden zwei geflügelte Genien stehen, die Segnungen, die sich aus hellen Höhen zu diesem Turme niederließen. Denn dieses Denkmal der Arbeit wird ein Turm sein. Nicht in einer großen Gestalt oder Gebärde versuchte Rodin die Arbeit darzustellen; sie ist nicht das Weithinsichtbare. Sie geht in den Werkstätten vor sich, in den Stuben, in den Köpfen; im Dunkel.

Er weiß es, denn auch seine Arbeit ist so; und er arbeitet unaufhörlich. Sein Leben geht wie ein einziger Arbeitstag.

Er hat mehrere Ateliers; bekanntere, in denen ihn Besuche und Briefe finden, und andere, entlegene, von denen niemand weiß. Das sind Zellen, kahle, ärmliche Räume voll Staub und Grau. Aber ihre Armut ist wie jene große graue Armut Gottes, in der im März die Bäume aufwachen. Etwas von einem Frühlingsanfang ist darin: eine leise Verheißung und ein tiefer Ernst.

Vielleicht wächst in einer dieser Werkstätten schon der Turm der Arbeit auf. Jetzt, da seine Verwirklichung noch bevorsteht, mußte man von seiner Bedeutung reden; und sie schien im Stofflichen zu liegen. Wenn dieses Denkmal aber einmal erstanden sein wird, wird man fühlen, daß Rodin auch mit diesem Werke nichts gewollt hat über seine Kunst hinaus. Der arbeitende Körper hat sich ihm gezeigt, wie früher der liebende. Es war eine neue Offenbarung des Lebens. Aber dieser Schaffende lebt so sehr unter seinen Dingen, ganz in der Tiefe seines Werkes, daß er Offenbarungen gar nicht anders empfangen kann, als nur mit den schlichten Mitteln seiner Kunst. Neues Leben heißt für ihn letzten Sinnes nur: neue Oberflächen, neue Gebärden. So ist es einfach um ihn geworden. Er kann nicht mehr irren.

Mit dieser Entwickelung hat Rodin allen Künsten ein Zeichen gegeben in dieser ratlosen Zeit.

Man wird einmal erkennen, was diesen großen Künstler so groß gemacht hat: Daß er ein Arbeiter war, der nichts ersehnte, als ganz, mit allen seinen Kräften, in das niedrige und harte Dasein seines Werkzeugs einzugehen. Darin lag eine Art von Verzicht auf das Leben; aber gerade mit dieser Geduld gewann er es: denn zu seinem Werkzeug kam die Welt.

AUS: BRIEFE ÜBER CÉZANNE

Paris VIe, 29, rue Cassette, Sonntag nachmittag
[6. Oktober 07]

… Regengeräusch und Stundenschlagen: daraus wird ein Muster, ein sonntägliches. Wüßte man's nicht: es muß Sonntag sein. So hört sich's in meiner stillen Straße an. Aber wie sehr war es Sonntag, in dem alten Adelsviertel, durch das ich heute morgen ging. Die alten verschlossenen Hotels im Faubourg Saint-Germain mit ihren weißgrauen Fensterläden, den diskreten Gärten und Höfen, den hinter den Stäben dichtgemachten Gittertoren und schweren gut schließenden Eingängen. Einige waren sehr hochmütig und anspruchsvoll und unzugänglich. Das mochten die Talleyrands gewesen sein, die de la Rochefoucaulds, unerreichbare Herrschaften. Aber dann kam eine ebenso stille Straße mit etwas kleineren Häusern, nicht weniger vornehm in ihrer Art und durchaus zurückhaltend. Das eine Tor war im Begriffe zuzugehen; ein Diener in Morgenlivrée wandte sich noch einmal zurück und sah mich aufmerksam und nachdenklich an. Und in demselben Augenblick war mir, als müßte nur eine Kleinigkeit irgendwann anders gewesen sein, damit er einen erkennte und zurückträte und die Tür offenhielte. Damit da oben eine alte Dame wäre, eine Grand'mère, die es möglich machte, ihren Lieblingsenkel selbst zu dieser frühen Stunde zu empfangen. Mit einem Lächeln, selber ein wenig zärtlich, richtete es die vertraute Kammerfrau aus und ginge vor einem her durch die verhangene Zimmerflucht, innerlich zurückgewendet und eilend aus Eifer und aus Beunruhigung, vorangehen zu müssen. Ein Fremder begriffe nichts bei solchem Durchgehen; aber man empfände die Gegenwart all der zusammenhangsvollen Dinge: den Blick der Bildnisse, die Zifferblätter der Spieluhren und den Inhalt der Spiegel, in denen die klare Essenz dieser Dämmerung aufbewahrt wird. Man hätte in einer Sekunde die lichten Salons wiedererkannt, die ganz hell sind innerhalb des Dunkels. Und den einen Raum, der dunkler scheint, weil das Familiensilber hinten alles Licht an sich genommen hat. Und die Feierlichkeit von alledem ginge auf einen über und bereitete einen vorsichtig vor auf die alte Dame in violettem Weiß, die man sich von einem Mal zum anderen nicht vorstellen kann, weil so vieles zu ihr gehört – – –

Ich ging so durch die stille Straße und war noch immer bei meinen Einbildungen, als ich im Schaufenster eines Konfiseurs in der rue de Bourgogne altes schönes Silber sah. Kannen mit etwas schiefgeneigten vollen Silberblumen auf den Deckeln und phantastischen Spiegelbildern in dem geschwungenen Bug.

Nun ist es kaum glaublich, daß dies der Weg war, der in den Salon d'Automne führte. Ich kam aber doch schließlich auf den bunten Bildermarkt, der, so sehr er sich zu Eindrücken anstrengt, meine innere Stimmung doch nicht verscheuchte. Die alte Dame *bestand*, und ich fühlte, wie sehr es unter ihrer Würde wäre, zu diesen Bildern zu kommen. Ich dachte, ob ich nicht doch etwas fände, wovon ich ihr erzählen könnte, und fand einen Saal mit Bildern der Berthe Morizot (Manets Schwägerin) und eine Wand mit Sachen der Eva Gonzalès (der Schülerin Manets). Cézanne ist für die alte Dame nicht mehr möglich; aber für uns gilt er und ist rührend und wichtig. Er hat auch (wie Goya) die Wände seines Ateliers in Aix mit Phantasien ausgemalt (wovon einige Druetsche Photographien da waren). Dies vom heutigen Sonntag zu Euch …

Paris VIe, 29, rue Cassette, am 7. Oktober 1907 (Montag)

… Ich war wieder im Salon d'Automne heute vormittag. Meier-Graefe war wieder bei den Cézannes anzutreffen … Graf Keßler war auch da und sagte mir viel schöne Aufrichtigkeiten über das neue Buch der Bilder, das er und

Hofmannsthal sich gegenseitig vorgelesen hätten. Das alles ging im Cézanne-Saal vor sich, der einen sofort wieder in Anspruch nimmt mit seinen starken Bildern. Du weißt, wie ich auf Ausstellungen immer die Menschen, die herumgehen, so viel merkwürdiger finde als die Malereien. Das ist auch in diesem Salon d'Automne so, mit Ausnahme des Cézanne-Raumes. Da ist alle Wirklichkeit auf seiner Seite: bei diesem dichten wattierten Blau, das er hat, bei seinem Rot und seinem schattenlosen Grün und dem rötlichen Schwarz seiner Weinflaschen. Von welcher Dürftigkeit sind auch bei ihm alle Gegenstände: die Äpfel sind alle Kochäpfel und die Weinflaschen gehören in rund ausgeweitete alte Rocktaschen. Leb wohl ...

Paris VIe, 29, rue Cassette. Am 8. Oktober 1907

... es ist merkwürdig, nach zwei Tagen Salon d'Automne einmal durch den Louvre zu gehen: man merkt zunächst zweierlei an: daß jede Einsicht ihre Parvenüs hat, die, wenn sie sie haben, laut werden, – und dann, daß es sich vielleicht gar nicht so sehr um Einsichten handelt, die eine zu große Bewußtheit heraufbringen. Als ob diese Meister im Louvre nicht gewußt hätten, daß es die Farbe ist, die die Malerei ausmacht. Ich habe mir die Venezianer angesehen: sie sind von einer unbeschreiblich konsequenten Farbigkeit; man fühlt, bis wohin es im Tintoretto geht. Fast noch weiter als bei Tizian. Und so bis ins achtzehnte Jahrhundert hinein, wo ihnen nur der Gebrauch des Schwarz abgeht, um zu einer Manetschen Skala zu kommen. Guardi hat es übrigens; es war unvermeidlich mitten im Hellen, seit die Gesetze gegen den Aufwand die schwarzen Gondeln anbefohlen hatten. Aber er gebraucht es noch mehr als dunkeln Spiegel denn als Farbe; erst Manet setzt es so gleichberechtigt unter alles andere, jedenfalls von den Japanern dazu ermutigt. Gleichzeitig mit Guardi und Tiepolo malte auch eine Frau, eine Venezianerin, die an alle Höfe kam und deren Ruhm zu den geläufigsten gehörte zu ihrer Zeit: Rosalba Carriera. Watteau wußte von ihr, und sie tauschten ein paar Pastelle gegeneinander aus, ihre eigenen Bildnisse vielleicht, und hielten sich gegenseitig in zärtlichen Ehren. Sie reiste viel, malte in Wien, und in Dresden bewahrt man noch anderthalbhundert Arbeiten von ihr. Im Louvre sind drei Bildnisse. Eine junge Dame, das Gesicht vom geraden Halse gehoben und dann naiv nach vorn gedreht, hält vor ihrem ausgeschnittenen Spitzenkleid einen kleinen kläräugigen Kapuzineraffen, der unten, am Rande des Brustbildes, ebenso eifrig heraussieht wie sie oben, ein klein wenig gleichgültiger nur. Mit seiner kleinen perfiden schwarzen Hand greift er nach der ihren und zieht an einem ihrer schlanken Finger die zarte, zerstreute Hand in das Bild herein. Das ist so voll einer Zeit, daß es für alle gilt. Und ist lieblich und leicht gemalt, aber wirklich gemalt. Ein blauer Umhang kommt ferner noch in dem Bild vor und ein ganzer weißlila Levkojenstengel, der seltsamerweise den Brustschmuck abgibt. Und bei dem Blau fiel mir auf, daß es jenes bestimmte Blau des 18. Jahrhunderts ist, das überall, bei La Tour, bei Peronnet, zu finden ist, und das noch bei Chardin nicht aufhört elegant zu sein, obwohl es da schon als Band seiner eigentümlichen Haube (auf dem Selbstbildnis mit dem Hornkneifer) recht rücksichtslos verwendet wird. (Es ließe sich denken, daß jemand eine Monographie des Blaus schriebe, von dem dichten wachsigen Blau der pompejanischen Wandbilder bis zu Chardin und weiter bis zu Cézanne: welche Lebensgeschichte!) Denn Cézannes sehr eigenes Blau hat diese Abstammung, kommt von dem Blau des 18. Jahrhunderts her, das Chardin seiner Prätention entkleidet hat und das nun bei Cézanne keine Nebenbedeutung mehr mitbringt. Chardin ist da überhaupt der Vermittler gewesen; schon seine Früchte denken nicht mehr an die Tafel, liegen auf Küchentischen herum und geben nichts darauf, schön gegessen zu sein. Bei Cézanne hört ihre Eßbarkeit überhaupt auf, so sehr dinghaft wirklich werden sie, so einfach unvertilgbar in ihrer eigensinnigen Vorhandenheit. Wenn man Chardins Bildnisse seiner eigenen Person sieht, denkt man, er müsse ein alter Sonderling gewesen sein. Wie sehr und in wie trauriger Weise Cézanne einer war, erzähl ich Dir vielleicht morgen. Ich weiß einiges aus seinen letzten Jahren, da er alt war und schäbig und täglich auf dem Weg zu seinem Atelier Kinder hinter sich hatte, die ihm nachwarfen wie einem schlechten Hund. Aber innen, ganz innen, war er wunderschön, und ab und zu schrie er einem der seltenen Besucher wütend etwas ganz Herrliches zu. Du kannst Dir vorstellen, wie das kam. Leb wohl …; das war heute …

Paris VIe, 29, rue Cassette, am 9. Okt. 1907

… heute wollte ich Dir ein wenig von Cézanne erzählen. Was die Arbeit angeht, so behauptete er, er hätte bis zu seinem vierzigsten Jahre als Bohémien gelebt. Da erst, in der Bekanntschaft mit Pissaro, wäre ihm der Geschmack an der Arbeit aufgegangen. Aber dann auch so sehr, daß er die späteren dreißig Jahre seines Lebens nur noch gearbeitet hat. Ohne Freude eigentlich, wie es scheint, in fortwährender Wut, im Zwiespalt mit jeder einzelnen seiner Arbeiten, deren keine ihm das zu erreichen schien, was er für das Unentbehrlichste hielt. La réalisation nannte er es, und er fand es bei den Venezianern, die er früher im Louvre gesehen und wieder gesehen und unbedingt anerkannt hatte. Das Überzeugende, die Dingwerdung, die durch sein eigenes Erlebnis an dem Gegenstand bis ins Unzerstörbare hinein gesteigerte Wirklichkeit, das war es, was ihm die Absicht seiner innersten Arbeit schien; alt, krank, von der gleichmäßigen täglichen Arbeit jeden Abend bis zur Ohnmacht verbraucht (so sehr, daß er oft um sechs beim Dunkelwerden nach einem sinnlos eingenommenen Abendbrot schlafen ging), böse, mißtrauisch, jedesmal auf dem Weg zu seinem Atelier verlacht, verspottet, mißhandelt, – den Sonntag aber feiernd, die Messe und Vesper hörend wie als Kind, und von Madame Brémond, seiner Haushälterin, sehr höflich ein etwas besseres Essen verlangend –: hoffte er von Tag zu Tag vielleicht doch noch das Gelingen zu erreichen, das er als das einzige wesentliche empfand. Dabei hatte er seine

Arbeit (wenn man dem Berichterstatter aller dieser Tatsachen, einem nicht sehr sympathischen Maler, der mit allen eine Weile gegangen war, – glauben darf) auf das eigensinnigste erschwert. Bei Landschaftlichem oder Nature morte gewissenhaft vor dem Gegenstand aushaltend, übernahm er ihn doch nur auf äußerst komplizierten Umwegen. Bei der dunkelsten Farbigkeit einsetzend, deckte er ihre Tiefe mit einer Farbenlage, die er ein wenig über sie hinausführte und immer so weiter, Farbe über Farbe hinaus erweiternd, kam er allmählich an ein anderes kontrastierendes Bildelement, bei dem er, von einem neuen Zentrum aus, dann ähnlich verfuhr. Ich denke mir, daß die beiden Vorgänge, des schauenden und sicheren Übernehmens und des Sich-Aneignens und persönlichen Gebrauchens des Übernommenen, sich bei ihm, vielleicht infolge einer Bewußtwerdung, gegeneinander stemmten, daß sie sozusagen zugleich zu sprechen anfingen, einander fortwährend ins Wort fielen, sich beständig entzweiten. Und der Alte ertrug ihren Unfrieden, lief in seinem Atelier auf und ab, das falsches Licht hatte, weil der Baumeister es nicht für nötig hielt, auf den alten Wunderling zu hören, den man in Aix nicht ernst zu nehmen übereingekommen war. Er lief hin und her in seinem Atelier, wo die grünen Äpfel herumlagen, oder er setzte sich verzweifelt in den Garten und saß. Und vor ihm lag die kleine Stadt, ahnungslos, mit ihrer Kathedrale; die Stadt für anständige und bescheidene Bürger, während er, wie sein Vater, der Hutmacher war, vorausgesehen hatte, anders geworden war; ein Bohémien, wie der Vater es sah und wie er selber es glaubte. Dieser Vater hatte, wissend, daß Bohémiens in Elend sind und sterben, sich vorgenommen, für den Sohn zu arbeiten, war eine Art kleiner Bankier geworden, dem die Leute (»weil er ehrlich war«, wie Cézanne sagte) ihr Geld brachten, und Cézanne verdankte es seiner Vorsorge, daß er später genug hatte, um ruhig malen zu können. Vielleicht ist er zum Begräbnis dieses Vaters gekommen; seine Mutter liebte er auch, aber als sie bestattet wurde, war er nicht da. Er befand sich »sur le motif«, wie er es nannte. Damals war die Arbeit schon so wichtig für ihn und vertrug keine Ausnahme, nicht einmal die, die seine Frömmigkeit und Schlichtheit ihm doch sicher anempfohlen haben mußte.

In Paris wurde er bekannt, allmählich noch mehr. Aber gegen solche Fortschritte, die er nicht machte (die die anderen machten und obendrein noch *wie* –), hatte er nur Mißtrauen; zu deutlich stand ihm in der Erinnerung, was für ein mißverstandenes Bild seines Schicksals und seines Wollens Zola (der sein Bekannter von der Jugend her und sein Landsmann war) im »Œuvre« von ihm entworfen hatte. Seither war er *zu* für alle Schreiberei: »Travailler sans le souci de personne et devenir fort –« schrie er seinen Besucher an. Aber mitten im Essen stand er auf, als dieser von Frenhofer erzählte, dem Maler, den Balzac, in unglaublicher Voraussicht kommender Entwicklungen, in seiner Novelle des Chef d'Œuvre inconnu (von der ich Dir mal erzählte), erfunden hat und den er durch die Entdeckung, daß es eigentlich keinen Kontur gibt, sondern lauter schwingende Übergänge – an einer unmöglichen Aufgabe zugrunde gehen läßt –, dies vernehmend steht der Alte bei Tische auf, trotz Madame Brémond, die solchen Unregelmäßigkeiten gewiß nicht günstig war, und, vor Erregung ohne Stimme, kommt er mit seinem Finger immer wieder deutlich auf sich zu und zeigt sich, sich, sich, so schmerzhaft das auch gewesen sein mag. Nicht Zola hatte begriffen, um was es sich handelte; Balzac hatte vorausgeahnt, daß es beim Malen plötzlich zu so etwas Übergroßem kommen kann, mit dem keiner fertig wird.

Aber den nächsten Tag fing er trotzdem wieder an mit seiner Bewältigung; schon um sechs Uhr stand er auf jeden Morgen, ging durch die Stadt in sein Atelier und blieb dort bis zehn; dann kam er auf demselben Weg zurück zum Essen, aß und war wieder unterwegs, oft noch eine halbe Stunde über das Atelier hinaus, »sur le motif« in ein Tal, vor dem das Gebirge der Sainte Victoire sich mit allen seinen tausend Aufgaben unbeschreiblich erhob. Dort saß er dann stundenlang, damit beschäftigt, die »plans« (von denen er sehr merkwürdigerweise genau mit denselben Worten wie

Rodin immer wieder spricht) zu finden und hereinzunehmen. Oft überhaupt erinnert er an Rodin in seinen Aussprüchen. So wenn er sich beklagt, wie sehr man täglich seine alte Stadt zerstört und entstellt. Nur daß, wo Rodins großes, selbstbewußtes Gleichgewicht zu einer sachlichen Feststellung führt, ihn, den kranken, vereinsamten Alten, die Wut überfällt. Abends ergrimmt er sich heimkehrend gegen irgendeine Veränderung, kommt in Zorn und verspricht sich schließlich, als er merkt, wie sehr der Ärger ihn erschöpft: zu Hause will ich bleiben; arbeiten, nur noch arbeiten.

Aus solchen Abänderungen zum Schlechten in dem kleinen Aix schließt er dann entsetzt, wie es erst anderwärts zugehen muß. Als einmal von dem gegenwärtigen Zustand, von Industrie und alledem die Rede war, brach er aus: »mit furchtbaren Augen«: Ça va mal … C'est effrayante la vie!

Draußen ein unbestimmtes Furchtbares im Zunehmen; ein wenig näher heran Gleichgültigkeit und Spott, und dann plötzlich dieser Alte in seiner Arbeit, der Akte nur noch nach alten Zeichnungen malt, die er vor vierzig Jahren in Paris gemacht hat, wissend, daß Aix ihm kein Modell erlauben würde. »In meinem Alter«, sagt er – »könnte ich höchstens eine Fünfzigjährige bekommen, und ich weiß, daß nicht einmal eine solche Person in Aix zu finden wäre.« So malt er nach seinen alten Zeichnungen. Und legt sich neue Äpfel hin auf Bettdecken, die Madame Brémond gewiß eines Tages vermißt, und stellt sich seine Weinflaschen dazwischen und was er grade findet. Und macht (wie Van Gogh) seine »Heiligen« aus solchen Dingen; und zwingt sie, *zwingt sie*, schön zu sein, die ganze Welt zu bedeuten und alles Glück und alle Herrlichkeit, und weiß nicht, ob er sie dazu gebracht hat, es für ihn zu tun. Und sitzt im Garten wie ein alter Hund, der Hund dieser Arbeit, die ihn wieder ruft und ihn schlägt und hungern läßt. Und hängt doch mit allem an diesem unbegreiflichen Herrn, der ihn nur am Sonntag zum lieben Gott, wie zu seinem ersten Besitzer, zurückkehren läßt, für eine Weile. – (Und draußen sagen die Leute: »Cézanne«, und die Herren in Paris schreiben seinen Namen mit Betonung und stolz darauf, gut unterrichtet zu sein –.)

Das wollte ich Dir alles erzählen; es hängt ja mit vielem um uns und mit uns selbst an hundert Stellen zusammen.

Draußen regnet es verschwenderisch, nach wie vor. Leb wohl ... morgen spreche ich wieder von mir. Aber Du wirst wissen, wie sehr ichs auch heute getan habe ...

Paris VIe, 29, rue Cassette, am 10. Okt. 1907

... Inzwischen geh ich noch in den Cézanne-Saal, den Du Dir ja, nach dem Gestrigen, vielleicht schon ein bißchen denken kannst. Ich war heute wieder zwei Stunden vor einzelnen Bildern; mir ist das irgendwie nützlich, fühl ich. Ob es für Dich aufschlußgebend wäre? Ich weiß es so in einem Atem nicht zu sagen. Eigentlich kann man ja an zwei oder drei gut gewählten Cézannes alle seine Bilder sehen, und gewiß hätten wir schon irgendwo, bei Cassirer etwa, so weit kommen können in Einsicht, wie ich mich jetzt vorrücken sehe. Aber man braucht lange, lange Zeit für alles. Wenn ich mich erinnere, wie befremdet und unsicher man die ersten Sachen sah, als sie mit dem neugehörten Namen zusammen vor einem waren. Und dann lange nichts, und plötzlich hat man die richtigen Augen ... Fast noch lieber möchte ich Dich, könntest Du eines Tages hier sein, vor das Déjeuner sur l'herbe führen, vor den im grünen Spiegeln des Laubwaldes sitzenden Frauenakt, der an jeder Stelle Manet ist, von einer unbeschreiblichen Ausdrucksmöglichkeit gebildet, die auf einmal, nach Versuchen und Vergeblichkeiten, eintrat, da war, gelang. Alle Mittel sind aufgegangen, aufgelöst im Gelingen: man meint, es seien überhaupt keine da. Gestern bin ich lange davor gewesen. Aber das gilt nur für einen, das Wunder, jedesmal; nur für den Heiligen, dems geschieht. Cézanne mußte trotz dem ganz unten wieder anfangen ... Leb wohl bis zum nächsten Mal ...

Paris VIe, 29, rue Cassette, am 12. Okt. 1907

... Das Wegemachen ist jetzt weniger schwer als vorige Woche. Was so ein kleiner Mond alles vermag. Da sind die Tage, wo alles um einen ist, licht, leicht, kaum angedeutet in der hellen Luft und doch deutlich; das Nächste schon hat die Töne der Ferne, ist weggenommen und nur *gezeigt*, nicht wie sonst hingestellt, und was Beziehung zur Weite hat: der Fluß, die Brücken, die langen Straßen und die verschwenderischen Plätze, das hat diese Weite zu sich genommen, hält sie an sich, ist auf ihr gemalt, wie auf Seide. Du fühlst, was dann ein lichtgrüner Wagen sein kann auf dem Pontneuf oder irgendein Rot, das sich nicht halten kann, oder ein Plakat einfach an der Feuermauer einer perlgrauen Häusergruppe. Alles ist vereinfacht, auf einige richtige helle Plans gebracht, wie das Gesicht in einem Manetschen Bildnis. Und nichts ist gering und überflüssig. Die Bouquinisten am Quai tun ihre Kästen auf, und das frische oder welke Gelb der Bücher, das violette Braun der Bände, das Grün einer Mappe: alles stimmt, gilt, nimmt teil und tönt in der Einheit der hellen Zusammenhänge.

Ich bat Mathilde Vollmoeller neulich, einmal mit mir durch den Salon zu gehen, um meinen Eindruck neben einem zu sehen, den ich für ruhig und nicht literarisch abgelenkt halte. Gestern waren wir zusammen da. Cézannen ließ uns zu nichts anderem kommen. Ich merke immer mehr, was das für ein Ereignis ist. Denk Dir aber mein Erstaunen, als Fräulein V., ganz malerisch geschult und schauend, sagte: »Wie ein Hund hat er davorgesessen und einfach geschaut, ohne alle Nervosität und Nebenabsicht.« Und sie sagte noch sehr Gutes in Bezug auf seine Arbeitsart (die man an einem unvollendeten Bilde absieht). »Hier«, sagte sie, auf eine Stelle zeigend, »dieses hat er gewußt, und nun sagt er es (eine Stelle an einem Apfel); nebenan ist es noch frei, weil er das noch nicht gewußt hat. Er machte nur, was er wußte, nichts anderes.« »Was muß er für ein gutes Gewissen gehabt haben«, sagte ich. »O ja: glücklich war er, ganz innen irgendwo ...« Und dann verglichen wir artistische Sachen, die er in Paris unter dem Umgang mit anderen gemacht haben mochte, mit seinen eigensten, in Bezug auf die Farbe. In den ersten war die Farbe etwas für sich; später nimmt er sie irgendwie, persönlich, wie kein Mensch noch Farbe genommen hat, nur um das Ding damit zu machen. Die Farbe geht völlig auf in dessen Verwirklichung; es bleibt kein Rest. Und Fräulein V. sagte sehr bezeichnend: »Es ist wie auf eine Waage gelegt: das Ding hier, und dort die Farbe; nie mehr, nie weniger, als das Gleichgewicht erfordert. Das kann viel oder wenig sein: je nachdem, aber es ist genau, was dem Gegenstand entspricht.« Auf das Letztere wäre ich nicht gekommen; aber es ist eminent richtig und aufklärend den Bildern gegenüber. Auch fiel mir gestern sehr auf, wie manierlos verschieden sie sind, wie sehr ohne Sorge um Originalität, sicher, in jeder Annäherung an die tausendartige Natur sich nicht zu verlieren, vielmehr an der Mannigfaltigkeit draußen die innere Unerschöpflichkeit ernst und gewissenhaft zu entdecken. Sehr schön ist das alles …

Paris VIe, 29, rue Cassette, am 13. Oktober 1907 (Sonntag)

… es ist doch wieder das gleiche Regnen, das ich Dir nun schon so oft beschrieben habe; als hätte der Himmel nur einen Augenblick hell aufgesehn, um gleich darauf wieder weiterzulesen in den gleichmäßigen Regenzeilen. Aber es vergißt sich nicht so leicht, daß unter der trüben Tünche dieses Licht und diese Tiefe ist, die man gestern sah: nun weiß man es wenigstens.

Gleich am Morgen hatte ich von Deinem Herbst gelesen, und all die Farben, die Du in den Brief hineingebracht hattest, verwandelten sich in meinem Gefühl zurück und erfüllten mein Bewußtsein bis an den Rand mit Stärke und Strahlung. Während ich hier gestern den aufgelösten lichten Herbst bewunderte, gingst Du durch jenen andern heimatlichen, der auf rotem Holz gemalt ist, so wie dieser hier auf Seide. Und das eine reicht an uns heran und das andere; so tief auf den Grund aller Verwandlung sind wir gestellt, wir Wandelbarsten, die mit einer Neigung, alles zu begreifen, herumgehen und die (indem wir es doch nicht fassen) das Übergroße zur Handlung unseres Herzens machen, damit es uns nicht zerstöre. Wenn ich hinaufkäme zu Euch, so würde ich gewiß auch den Prunk von Moor und Heide, das schwebend helle Grün der Wiesenstücke und die Birken neu und anders sehen; zwar hat diese Verwandlung, da ich sie einmal ganz erlebte und teilte, einen Teil des Stundenbuchs hervorgerufen; aber damals war mir die Natur noch ein allgemeiner Anlaß, eine Evokation, ein Instrument, in dessen Saiten sich meine Hände wiederfanden; ich saß noch nicht vor ihr; ich ließ mich hinreißen von der Seele, welche von ihr ausging; sie kam über mich mit ihrer Weite, mit ihrem großen übertriebenen Dasein, wie das Prophezeihen über Saul kam; genau so. Ich schritt einher und sah, sah nicht die Natur, sondern die Gesichte, die sie mir eingab. Wie wenig hätte ich damals vor Cézanne, vor Van Gogh zu lernen gewußt. Daran, wieviel Cézanne mir jetzt zu tun gibt, merk ich, wie sehr ich anders geworden bin. Ich bin auf dem Wege, ein Arbeiter zu werden, auf einem weiten Wege vielleicht und wahrscheinlich erst bei dem ersten Meilenstein; aber trotzdem, ich kann schon den Alten begreifen, der irgendwo weit vorne gegangen ist, allein, nur mit Kindern hinter sich, die Steine werfen (wie ich es einmal in dem Fragment von den Einsamen beschrieben habe). Ich war heute wieder bei seinen Bildern; es ist merkwürdig, was für eine Umgebung sie bilden. Ohne ein einzelnes zu betrachten, mitten zwischen den beiden Sälen stehend, fühlt man ihre Gegenwart sich zusammentun zu einer kolossalen Wirklichkeit. Als ob diese Farben einem die Unentschlossenheit abnähmen ein für allemal. Das gute Gewissen dieser Rots, dieser Blaus, ihre einfache Wahrhaftigkeit erzieht einen; und stellt man sich so bereit als möglich unter sie, so ist es, als täten sie etwas für einen. Man merkt auch, von Mal zu Mal besser, wie notwendig es war, auch noch über die Liebe hinauszukommen; es ist ja natürlich, daß man jedes dieser Dinge liebt, wenn man es macht: zeigt man das aber, so macht man es weniger gut; man *beurteilt* es, statt es zu *sagen*. Man hört auf, unparteiisch zu sein; und das Beste, die Liebe, bleibt außerhalb der Arbeit, geht nicht in sie ein, restiert unumgesetzt neben ihr: so entstand die Stimmungsmalerei (die um nichts besser ist als die stoffliche). Man malte: ich liebe dieses hier, statt zu malen: hier ist es. Wobei denn jeder selbst gut zusehen muß, ob ich es geliebt habe. Das ist durchaus nicht gezeigt, und manche werden sogar behaupten, da wäre von keiner Liebe die Rede. So ohne Rückstand ist sie aufgebraucht in der Aktion des Machens. Dieses Aufbrauchen der Liebe in anonymer Arbeit, woraus so reine Dinge entstehen, ist vielleicht noch keinem so völlig gelungen wie dem Alten; seine mißtrauisch und mürrisch gewordene innere Natur unterstützte ihn darin. Er hätte gewiß keinem Menschen mehr seine Liebe gezeigt, so er eine hätte fassen müssen; aber mit dieser Anlage, die durch seine abgesonderte Wunderlichkeit ganz ausentwickelt worden war, wandte er sich nun auch an die Natur und wußte seine Liebe zu jedem Apfel zu verbeißen und in dem gemalten Apfel unterzubringen für immer. Kannst Du Dir denken, wie das ist und wie man es an ihm erlebt? Ich habe die ersten Korrekturen von der Insel. In den Gedichten sind instinktive Ansätze zu ähnlicher Sachlichkeit. Die *»Gazelle«* lasse ich auch stehen: sie ist gut. Leb wohl …

Paris VIe, 29, rue Cassette, am 18. Okt. 1907 (Freitag)

… Du mußtest wissen, während Du schriebst, wie gut mir jene Einsicht tun würde, die dem Vergleich der blauen Blätter mit meinen Erfahrungen an Cézanne unwillkürlich entsprang. Was Du nun sagst und herzlich feststellst, das vermutete ich irgendwie, wenngleich ich nicht hätte angeben können, wie weit in mir jene Entwicklung schon verwirklicht ist, die dem immensen Fortschritt in den Cézanneschen Malereien entspricht. Ich war nur überzeugt, daß es persönliche innere Gründe sind, die mich schauender vor Bilder stellen, an denen ich vielleicht noch vor einer Weile mit momentaner Teilnahme vorbeigegangen wäre, ohne gespannter und erwartender zu ihnen zurückzukehren. Es ist gar nicht die Malerei, die ich studiere (denn ich bleibe trotz allem Bildern gegenüber ungewiß und lerne nur schlecht, gute von weniger guten unterscheiden, und verwechsle beständig frühe mit spät gemalten). Es ist die Wendung in dieser Malerei, die ich erkannte, weil ich sie selbst eben in meiner Arbeit erreicht hatte oder doch irgendwie nahe an sie herangekommen war, seit lange wahrscheinlich auf dieses Eine vorbereitet, von dem so vieles abhängt. Darum muß ich vorsichtig sein mit dem Versuch, über Cézanne zu schreiben, der nun natürlich viel Verlockung für mich hat. Nicht *der* (endlich muß ich es doch einsehen), der aus so privatem Gesichtspunkte Bilder begreift, ist berechtigt, über sie zu schreiben; wer sie ruhig in ihrem Vorhandensein zu bestätigen wüßte, ohne an ihnen mehr und anderes als Tatsachen zu erleben, würde ihnen sicher am gerechtesten sein. Aber innerhalb meines Lebens ist diese unerwartete Berührung, so wie sie kam und sich Platz schaffte, voller Bestätigung und Bezug. Wieder ein Armer. Und welcher Fortschritt in der Armut seit Verlaine (wenn Verlaine nicht schon ein Rückfall war), der unter »Mon Testament« schrieb: Je ne donne rien aux pauvres parce que je suis un pauvre moi-même, und in dessen fast ganzem Werk dieses Nichtgeben war, dieses verbitterte Herzeigen leerer Hände, zu dem Cézanne während der letzten dreißig Jahre keine Zeit hatte. Wann hätte er seine Hände zeigen sollen. Boshafte Blicke fanden sie ja wohl, so oft er unterwegs war, und deckten ihre Dürftigkeit unzüchtig auf; wir aber bekommen aus dem Werk nur zu wissen, wie massiv und echt die Arbeit in ihnen lag bis ans Ende. Diese Arbeit, die keine Vorlieben mehr hatte, keine Neigungen und keine wählerischen Verwöhntheiten, deren kleinster Bestandteil auf der Waage eines unendlich beweglichen Gewissens erprobt war und die so unbestechlich Seiendes auf seinen Farbeninhalt zusammenzog, daß es in einem Jenseits von Farbe eine neue Existenz, ohne frühere Erinnerungen, anfing. Es ist diese unbegrenzte, alle Einmischung in eine fremde Einheit ablehnende Sachlichkeit, die den Leuten die Porträts Cézannes so anstößig und komisch macht. Sie nehmen es hin, ohne sich klarzumachen, daß er Äpfel, Zwiebeln und Orangen mit der bloßen Farbe wiedergab (welche ihnen immer noch als ein untergeordnetes Mittel malerischer Ausübung erscheinen möchte), aber schon bei der Landschaft fehlt ihnen die Auslegung, das Urteil, die Überlegenheit, und gar, was das Bildnis betrifft, ist bis zu den Bourgeoisesten das Gerücht von geistiger Auffassung weitergegeben worden und mit so viel Erfolg, daß dergleichen sogar schon in photographischen Sonntagsaufnahmen von Verlobten und Familien zu bemerken ist. Und da scheint ihnen Cézanne natürlich ganz unzulänglich und gar nicht zu diskutieren. Er ist in diesem Salon eigentlich so allein, wie er es im Leben gewesen ist, und sogar die Maler, die jungen Maler, gehn schon rascher vorbei, weil sie die Händler auf seiner Seite sehen … Einen guten Sonntag Euch beiden …

Paris VIe, 29, rue Cassette, am 19. Okt. 1907

Du erinnerst sicher … aus den Aufzeichnungen des Malte Laurids, die Stelle, die von Baudelaire handelt und von seinem Gedichte: »Das Aas«. Ich mußte daran denken, daß ohne dieses Gedicht die ganze Entwicklung zum sachlichen Sagen, die wir jetzt in Cézanne zu erkennen glauben, nicht hätte anheben können; erst mußte es da sein in seiner Unerbittlichkeit. Erst mußte das künstlerische Anschauen sich so weit überwunden haben, auch im Schrecklichen und scheinbar nur Widerwärtigen das Seiende zu sehen, das, mit allem anderen Seienden, *gilt*. Sowenig eine Auswahl zugelassen ist, ebensowenig ist eine Abwendung von irgendwelcher Existenz dem Schaffenden erlaubt: ein einziges Ablehnen irgendwann, drängt ihn aus dem Zustande der Gnade, macht ihn ganz und gar sündig. Flaubert, als er die Legende von Saint-Julien-l'Hospitalier mit so viel Umsicht und Sorgfalt wiedererzählte, gab mir diese einfache Glaubwürdigkeit mitten im Wunderbaren, weil der Künstler in ihm die Entschlüsse des Heiligen mitbeschloß und ihnen glücklich zustimmte und zurief. Dies sich-zudem Aussätzigen-Legen und alle eigene Wärme bis zu der Herzwärme der Liebesnächte, mit ihm teilen: dies muß irgendwann im Dasein eines Künstlers gewesen sein, als Überwindung zu seiner neuen Seligkeit. Du kannst Dir denken, wie es mich berührt, zu lesen, daß Cézanne eben dieses Gedicht – Baudelaires Charogne – noch in seinen letzten Jahren ganz auswendig wußte und es Wort für Wort hersagte. Gewiß fände man unter seinen früheren Arbeiten solche, in denen er sich gewaltig überwand zu der äußersten Liebesmöglichkeit. Hinter dieser Hingabe beginnt, mit Kleinem zunächst, die Heiligkeit: das einfache Leben einer Liebe, die bestanden hat, die ohne sich dessen je zu rühmen, zu allem tritt, unbegleitet, unauffällig, wortlos. Die eigentliche Arbeit, die Fülle der Aufgaben, alles fängt erst hinter diesem Bestehen an, und wer bis dorthin nicht hat gelangen können, der wird im Himmel wohl die Jungfrau Maria zu sehen bekommen, einzelne Heilige und kleine Propheten, den König Saul und Charles le Téméraire –: aber von Hokusai und Lionardo, von Li Tai Pe und Villon, von Verhaeren, Rodin, Cézanne, – und gar vom lieben Gott wird man ihm auch dort nur erzählen können.

Und mit einem Mal (und zum ersten) begreife ich das Schicksal des Malte Laurids. Ist es nicht das, daß diese Prüfung ihn überstieg, daß er sie am Wirklichen nicht bestand, obwohl er in der Idee von ihrer Notwendigkeit überzeugt war, so sehr, daß er sie so lange instinktiv aufsuchte, bis sie sich an ihn hängte und ihn nicht mehr verließ? Das Buch von Malte Laurids, wenn es einmal geschrieben sein wird, wird nichts als das Buch dieser Einsicht sein, erwiesen an einem, für den sie zu ungeheuer war. Vielleicht *bestand* er ja auch: denn er schrieb den Tod des Kammerherrn; aber wie ein Raskolnikow blieb er, von seiner Tat aufgebraucht, zurück, nicht weiterhandelnd im Moment, wo das Handeln erst beginnen mußte, so daß die neue errungene Freiheit sich gegen ihn wandte und ihn, den Wehrlosen, zerriß.

Ach, wir rechnen die Jahre und machen Abschnitte da und dort und hören auf und fangen an und zögern zwischen beidem. Aber wie sehr ist, was uns begegnet, aus einem Stück, in welcher Verwandtschaft steht eines zum anderen, hat sich geboren und wächst heran und wird erzogen zu sich selbst, und wir haben im Grunde nur *dazusein*, aber schlicht, aber inständig wie die Erde da ist, den Jahreszeiten zustimmend, hell und dunkel und ganz im Raum, nicht verlangend, in anderem aufzuruhen als in dem Netz von Einflüssen und Kräften, in dem die Sterne sich sicher fühlen.

Nun muß auch eines Tages die Zeit und Gelassenheit und Geduld da sein, um an den Aufzeichnungen des Malte Laurids weiterzuschreiben; ich weiß jetzt viel mehr von ihm, oder doch: ich werde es wissen, wenn es nötig wird ...

Paris VIe, 29, rue Cassette. Am 21. Okt. 1907

... Ich wollte aber eigentlich noch von Cézanne sagen: daß es niemals noch so aufgezeigt worden ist, wie sehr das Malen unter den Farben vor sich geht, wie man sie ganz allein lassen muß, damit sie sich gegenseitig auseinandersetzen. Ihr Verkehr untereinander: das ist die ganze Malerei. Wer dazwischenspricht, wer anordnet, wer seine menschliche Überlegung, seinen Witz, seine Anwaltschaft, seine geistige Gelenkigkeit irgend mit agieren läßt, der stört und trübt schon ihre Handlung. Der Maler dürfte nicht zum Bewußtsein seiner Einsichten kommen (wie der Künstler überhaupt): ohne den Umweg durch seine Reflexion zu nehmen, müssen seine Fortschritte, ihm selber rätselhaft, so rasch in die Arbeit eintreten, daß er sie in dem Moment ihres Übertritts nicht zu erkennen vermag. Ach, wer sie dort belauert, beobachtet, aufhält, dem verwandeln sie sich wie das schöne Gold im Märchen, das nicht Gold bleiben kann, weil irgendeine Kleinigkeit nicht in Ordnung war. Daß man Van Goghs Briefe so gut lesen kann, daß sie so viel enthalten, spricht im Grunde gegen ihn, wie es ja auch gegen den Maler spricht (Cézanne danebengehalten), daß er das und das wollte, wußte, erfuhr; daß das Blau Orange aufrief und das Grün Rot: daß er solches, heimlich an dem Innern seines Auges horchend, hatte drinnen sagen hören, der Neugierige. So malte er Bilder auf einen einzigen Widerspruch hin, dabei auch noch an die japanische Vereinfachung der Farbe denkend, die eine Fläche auf den nächsthöheren oder nächsttieferen Ton setzt, unter einen Gesamtwert summiert; welches wieder zu dem gezogenen und ausgesprochenen (d.h. erfundenen) Kontur der Japaner führt als Einfassung der gleichgesetzten Flächen: zu lauter Absicht, zu lauter Eigenmächtigkeit, mit einem Wort zur Dekoration. Ein schreibender Maler, einer also, der keiner war, hat auch Cézanne durch seine Briefe veranlaßt, malerische Angelegenheiten antwortend auszusprechen; aber wie sehr ist es, wenn man die paar Briefe des Alten sieht, bei einem unbeholfenen, ihm selber äußerst widerwärtigen Ansatz zur Aussprache geblieben. Fast nichts konnte er sagen. Die Sätze, in denen er es versuchte, werden lang, verwickeln sich, sträuben sich, bekommen Knoten, und er läßt sie schließlich liegen, außer sich vor Wut. Hingegen gelingt es ihm ganz klar zu schreiben: »Ich glaube, das Beste ist die Arbeit.« Oder: »Ich mache täglich Fortschritte, wenn auch sehr langsam.« Oder: »Ich bin fast siebzig Jahre alt.« Oder: »Ich werde Ihnen durch Bilder antworten.« Oder: »L'humble et colossal Pissaro –« (der, der ihn arbeiten gelehrt hat), oder: nach einigem Herumschlagen (man fühlt, wie erleichtert und schön geschrieben): die Unterschrift, unverkürzt: Pictor Paul Cézanne. Und im letzten Briefe (vom 21. Sept. 1905), nach Beklagung seiner schlechten Gesundheit, einfach: Je continue donc mes études. Und der Wunsch, der ihm wörtlich in Erfüllung gegangen ist: Je me suis juré de mourir en peignant. Wie in einem alten Totentanzbild, so hat der Tod von hinten nach seiner Hand gegriffen, den letzten Strich selber malend, zitternd vor Vergnügen; sein Schatten hatte schon seit einer Weile über der Palette gelegen, und er hatte Zeit gehabt, in der offenen runden Folge der Farben sich *die* zu wählen, die ihm am besten gefiel; wenn die in den Pinsel kommen würde, so wollte er zugreifen und malen … da war sie schon; er griff zu und machte seinen Strich, den einzigen, den er konnte.

Ich sah (ohne von ihm erkannt zu sein) gestern Osthaus im Salon, der einiges schien kaufen zu wollen. Und Dr. Elias, den wir von Fischer her kennen (und der sich Dir sehr empfehlen läßt); im übrigen sprach er von und vor Cézanne: »Zwei Welt«. Und ich denke an meine Reise und die Menschen, die reden werden, in Prag, in Breslau, in Wien, – und die Mißverständnisse. Alles Gerede ist Mißverständnis. Einsicht ist nur innerhalb der Arbeit. Sicher. Es regnet, regnet, … und morgen schließen sie den Salon, der die letzte Zeit fast meine Wohnung war. Leb wohl für heute …

Paris VIe, 29, rue Cassette, am 22. Okt. 1907

… heute schließt der Salon. Und schon, da ich zum letzten Mal von dort nach Hause gehe, möchte ich ein Violett, ein Grün oder gewisse blaue Töne wieder aufsuchen, von denen mir scheint, daß ich sie hätte besser, unvergeßlicher sehen müssen. Schon, obwohl ich so oft aufmerksam und unnachgiebig davorgestanden habe, wird in meiner Erinnerung der große Farbenzusammenhang der Frau im roten Fauteuil so wenig wiederholbar wie eine sehr vielstellige Zahl. Und doch hab ich sie mir eingeprägt, Ziffer für Ziffer. In meinem Gefühl ist das Bewußtsein ihres Vorhandenseins zu einer Erhöhung geworden, die ich noch im Schlafe fühle; mein Blut beschreibt sie in mir, aber das Sagen geht irgendwo draußen vorbei und wird nicht hereingerufen. Schrieb ich von ihr? – Vor eine erdiggrüne Wand, in der ein kobaltblaues Muster (ein Kreuz mit ausgesparter Mitte: +) rar wiederkehrt, ist ein roter, ganz gepolsterter niedriger Sessel geschoben; die rund gewulstete Lehne rundet und senkt sich nach vorne zu zu Armlehnen (die wie der Rockärmelstumpf eines Armlosen geschlossen sind). Die linke Armlehne und die Quaste, die voller Zinnober von ihr herunterhängt, haben schon nicht mehr die Wand hinter sich, sondern einen breiten unteren Randstreifen aus grünem Blau, gegen den ihr Widerspruch laut anklingt. In diesen roten Fauteuil, der eine Persönlichkeit ist, ist eine

Frau gesetzt, die Hände im Schoß eines breit senkrecht gestreiften Kleides, das ganz leicht mit kleinen verteilten Stücken grüner Gelbs und gelber Grüns angegeben ist, bis an den Rand der blaugrauen Jacke, die eine blaue, mit grünen Reflexen spielende Seidenschleife vorne zusammenhält. In der Helligkeit des Gesichts ist die Nähe all dieser Farben zu einer einfachen Modellierung ausgenutzt; selbst das Braun des über den Scheiteln rund aufgelegten Haars und das glatte Braun in den Augen muß sich äußern gegen seine Umgebung. *Es ist, als wüßte jede Stelle von allen.* So sehr nimmt sie teil; so sehr geht auf ihr Anpassung und Ablehnung vor sich; so sehr sorgt jede in ihrer Weise für das Gleichgewicht und stellt es her: wie das ganze Bild schließlich die Wirklichkeit im Gleichgewicht hält. Denn sagt man, es ist ein roter Fauteuil (und es ist der erste und endgültigste rote Fauteuil aller Malerei): so ist er es doch nur, weil er eine erfahrene Farbensumme gebunden in sich hat, wie immer sie auch sein mag, ihn im Rot bestärkt und bestätigt. Er ist, um auf die Höhe seines Ausdrucks zu kommen, um das leichte Bildnis herum ganz stark gemalt, daß etwas wie eine Wachsschicht entsteht; und doch hat die Farbe kein Übergewicht über den Gegenstand, der so vollkommen in seine malerischen Äquivalente übersetzt erscheint, daß, so sehr er erreicht und gegeben ist, doch andererseits auch wieder seine bürgerliche Realität an ein endgültiges Bild-Dasein alle Schwere verliert. Alles ist, wie ich schon schrieb, zu einer Angelegenheit der Farben untereinander geworden: Eine nimmt sich gegen die andere zusammen, betont sich ihr gegenüber, besinnt sich auf sich selbst. Wie im Mund eines Hundes bei Annäherung verschiedener Dinge verschiedene Säfte sich bilden und bereit halten: zustimmende, die nur umsetzen, und korrigierende, die unschädlich machen wollen: so entstehen im Innern jeder Farbe Steigerungen oder Verdünnungen, mit deren Hilfe sie das Berührtwerden durch eine andere übersteht. Neben dieser Drüsenwirkung innerhalb der Farbenintensität spielen die Spiegelungen (deren Vorhandensein in der Natur mich immer so sehr überraschte:

das Abendrot des Wassers als dauernde Tönung im rauhen Grün von den Deckblättern der Nenuphars zu finden –) die größte Rolle: schwächere Lokalfarben geben sich ganz auf und begnügen sich damit, die stärkste vorhandene zu spiegeln. In diesem Hin und Wider von gegenseitigem vielartigen Einfluß schwingt das Bildinnere, steigt und fällt in sich selbst zurück und hat nicht eine stehende Stelle. Nur dies für heute … Du siehst, wie schwer es wird, wenn man ganz nah an die Tatsachen heran will …

Paris VIe, 29, rue Cassette. Am 23. Okt. 1907

… Ich mußte denken gestern abend, ob mein Versuch, die Frau im roten Polstersessel anzudeuten, Dich zu irgendeiner Vorstellung bestimmen konnte? Ich bin nicht sicher, auch nur das Verhältnis ihrer Valeurs getroffen zu haben; mehr als je schienen mir Worte ausgeschlossen, und doch müßte die Möglichkeit, sich ihrer zwingend zu bedienen, da sein, vermöchte man nur, ein solches Bild wie Natur anzuschauen: dann müßte es als ein Seiendes auch irgendwie ausgesagt werden können. Einen Augenblick schien es mir leichter, von dem Selbstbildnis zu reden; es ist früher offenbar, es reicht nicht durch die ganze aufgeschlagene Palette, es scheint sich in ihrer Mitte zwischen Gelbrot, Ocker, rotem Lack und violettem Purpur zu halten und im Rock und Haar bis auf den Grund eines feuchtvioletten Brauns zu gehen, das mit einer Wand in Grau und blassem Kupfer sich auseinandersetzt. Bei näherem Hinsehen aber ist auch in diesem Bilde ein innerliches Vorhandensein heller Grüns und saftiger Blaus festzustellen, die die rötlichen Töne heraustreiben und die Lichtheiten präzisieren. Indessen ist hier der Gegenstand für sich erfaßbar, und die Worte, die sich im Angeben malerischer Tatsachen so unglücklich fühlen, würden nur zu gerne an dem Dargestellten, mit welchem ihr eigenes Gebiet beginnt, zu sich selber kommen und beschreiben, was da ist. Da ist ein Mann aus dem rechten Profil um ein Viertel nach vorn gewendet, schauend. Das dichte, dunkle Haar ist auf dem Hinterkopf zusammengerutscht und hält sich über den Ohren, derartig, daß die ganze Schädelkontur bloßliegt; sie ist mit eminenter Sicherheit gezogen, hart und doch rund, die Stirne abwärts aus einem Stück, und ihre Festigkeit gilt noch, auch dort, wo sie, in Form und Fläche aufgelöst, nur der äußerste von tausend Umrissen wird. An den Kanten der Augenbogen kommt die starke Struktur dieses von innen getriebenen Schädels nochmals zur Geltung; von da ab aber hängt, nach unten hin vorgeschoben, an dem engbebarteten Kinn gleichsam vorgeschuht, das Gesicht, hängt, als ob jeder Zug einzeln eingehängt wäre, in unglaublicher Steigerung und zugleich auf das primitivste herabgesetzt jenen Ausdruck unbeherrschten Staunens ergebend, in dem Kinder und Leute vom Lande sich verlieren können, – nur daß die blicklose Blödigkeit ihres Versinkens durch eine animalische Aufmerksamkeit ersetzt worden ist, die in den, durch keinen Liderschlag unterbrochenen Augen eine ausdauernde, sachliche Wachheit unterhält. Und wie groß und unbestechlich diese Sachlichkeit seines Anschauens war, wird auf beinah rührende Weise durch den Umstand bestätigt, daß er sich selbst, ohne im entferntesten seinen Ausdruck auszulegen oder überlegen anzusehen, mit so viel demütiger Objektivität wiederholte, mit dem Glauben und der sachlich interessierten Teilnahme eines Hundes, der sich im Spiegel sieht und denkt: da ist noch ein Hund.

Leb wohl … für nun; vielleicht siehst Du ihn ein wenig aus allem, den Alten, auf den stimmt, was er selbst dem Pissaro zuschrieb: humble et colossal. Heute ist der Jahrestag seines Todes …

Paris VIe, rue Cassette. Am 24. Oktober 1907

… ich sagte: grau – gestern, als ich den Hintergrund des Selbstbildnisses angab, helles Kupfer von einem grauen Muster quer durchkreuzt; – ich hätte sagen müssen: ein besonderes metallenes Weiß, Aluminium oder ähnlich, denn Grau, wörtlich Grau, ist in den Cézanneschen Bildern nicht zu zeigen. Seinem immens malerischen Blick bestand es nicht als Farbe: er kam ihm auf den Grund und fand es dort violett oder blau oder rötlich oder grün. Besonders Violett (eine Farbe, die noch nie so ausführlich und abgewandelt aufgeschlagen worden ist) erkennt er gerne dort, wo wir nur Grau erwarten und uns damit befriedigen würden; da läßt er nicht nach und holt die gleichsam eingeschlagenen Violetts heraus, ganz wie manche Abende es tun, Herbstabende vor allem, die das Eingrauende der Façaden geradezu als Violett ansprechen, so daß es ihnen in allen Tönen antwortet, von leichtem schwebenden Lila bis zu dem schweren Violett des finnländischen Granits. Als ich diese Bemerkung machte, daß nichts eigentlich Graues in diesen Bildern wäre (in den Landschaften ist die Gegenwart von Ocker und der ungebrannten und gebrannten Erden zu fühlbar, als daß Grau entstehen könnte), wies mich Fräulein Vollmoeller darauf hin, wie sehr doch, wenn man mitten unter ihnen stand, ein weiches und mildes Grau als Atmosphäre von ihnen ausging, und wir einigten uns dahin, daß das innere Gleichgewicht von Cézannes Farben, die nirgends herausstehen und vordrängen, diese ruhige, gleichsam samtene Luft hervorrufe, die in der hohlen Unwirtlichkeit des Grand Palais gewiß nicht leicht entsteht. Obwohl es zu seinen Eigentümlichkeiten gehört, Chromgelb und brennende rote Lacke an seinen Zitronen und Äpfeln ganz schier zu gebrauchen, weiß er doch ihre Lautheit innerhalb des Bildes zu halten: völlig, wie in ein Ohr, tönt sie in ein horchendes Blau hinein und bekommt stumme Antwort von ihm, so daß niemand draußen sich angeredet oder angerufen fühlen muß. Seine Nature morte sind so wunderbar mit sich selbst beschäftigt. Das oft verwendete weiße Tuch zunächst, das sich wunderlich mit der überwiegenden Lokalfarbe tränkt, und die hineingestellten Dinge, die nun, jedes von ganzem Herzen, sich dazu äußern und auslassen. Der Gebrauch von Weiß als Farbe war ihm von Anfang an selbstverständlich: es bildete mit dem Schwarz die beiden Enden seiner weit offenen Palette, und in dem sehr schönen Ensemble einer steinernen, schwarzen Kaminplatte mit dazugehöriger Pendüle benehmen sich Schwarz und Weiß (letzteres an einem Tuch, das einen Teil der Platte bedeckt, herabhängend) ganz farbig neben den anderen Farben, gleichberechtigt und wie seit lange akklimatisiert. (Anders als bei Manet, wo das Schwarz wie eine Stromunterbrechung wirkt und den Farben doch noch, wie von anderswoher kommend, entgegensteht.) In dem weißen Tuch behaupten sich hell eine Kaffeetasse mit stark dunkelblauem Randstreifen, eine frische, ausgereifte Zitrone, ein geschliffenes, oben ausgezacktes Kelchglas, und, ganz links, eine große, barocke Tritonsmuschel, – sonderlinghaft und eigen im Aussehen, mit der glatten, roten Mündung nach vorn hingelegt. Ihr innerliches, ins Helle herausgewölbtes Karmin fordert die Wand dahinter zu einem gewitterigen Blau heraus, das der goldrahmige Kaminspiegel nebenan räumiger und vertiefter nochmals wiederholt; hier im Spiegelbild trifft es wiederum auf einen Widerspruch: auf das milchige Rosa einer Glasvase, die, auf der schwarzen Pendüle stehend, zweimal (wirklich und, etwas nachgiebiger, gespiegelt) ihren Gegensatz zur Geltung bringt. Raum und Spiegelraum sind durch diesen doppelten Anschlag endgültig bezeichnet und gleichsam musikalisch unterschieden, und das Bild enthält sie, wie ein Korb Früchte und Blätter enthält: als ob das alles ebenso einfach zu greifen und zu geben wäre. Aber es ist noch irgendein Gegenstand da, auf bloßer Platte, an das weiße Tuch herangeschoben; auf diesen hin möchte ich das Bild nochmals durchsehen. Doch der Salon besteht nicht mehr; in wenigen Tagen folgt ihm eine Ausstellung von Automobilen, die, jedes mit seiner fixen Idee von Schnelligkeit, lang und dumm dastehen werden. Leb wohl für heute …

GEDICHTE 1906 BIS 1908

An Karl von der Heydt

Meinem und meiner Arbeit liebem Freunde
dankbar zugeschrieben,
da ich seine Worte vom ›Stunden-Buch‹ gelesen hatte

So will ich gehen, schauender und schlichter,
einfältig in der Vielfalt dieses Scheins;
aus allen Dingen heben Angesichter
sich zu mir auf und bitten mich um eins:

um dieses unbeirrte Gehn und Sagen
und darum: nicht zu ruhn, ich fühlte denn
mein Herz in einem Turme gehn und schlagen:
so nah den Nächten, so vertraut den Tagen,
so einsam weit von jedem, den ich kenn;

und doch so wie die Stunde, welche schlägt,
an Tausendem, das lautlos sich verwandelt,
teilnehmend – und mit Tausendem, das trägt,
mittragend – und mit Einem, welcher handelt,
mithandelnd, leise von ihm miterwägt …

Unsäglich Schweres wird von mir verlangt.
Aber die Mächte, die mich so verpflichten,
sind auch bereit, mich langsam aufzurichten,
so oft mein Herz, behängt mit den Gewichten
der Demut, hoch in ihren Händen hangt.

I

Sinnend von Legende zu Legende
such ich deinen Namen, helle Frau.

Wie die Nächte um die Sonnenwende,
in die Sterne wachsen ohne Ende,
nimmst du alles in dich auf, Legende,
und umgiebst mich wie ein tiefes Blau.

Aber denen, die dich nicht erfahren,
kann ich, hülflos, nichts versprechen als:
dich aus allen Dingen auszusparen,
so wie man in deinen Mädchenjahren
zeichnete das Weiß des Wasserfalls.

Dies nur will ich ihnen lassen und
mich verbergen unter dem Geringen.
Unrecht tut an dir Kontur und Mund.
Du bist Himmel, tiefer Hintergrund,
sanft umrahmt von deinen liebsten Dingen.

II

Liebende und Leidende verwehten
wie ein Blätterfall im welken Park.
Aber wie in seidenen Tapeten
hält sich immer noch dein Gehn und Beten,
und die Farben bleiben still und stark.

Alles sieht man: deiner Augen Weide
(und ein Frühlingstag geht darauf vor),
deines Glücks geschontes Stirngeschmeide
und, allein, des Stolzes Vignentor
vor dem weiten Weg in deinem Leide.

Doch auf jedem Bild und nirgends alt
in dem weißen, immer in dem gleichen
Kleide steht, erkennbar ohne Zeichen,
deiner Liebe stillende Gestalt,
schlank geneigt, um etwas hinzureichen.

Der Anfänger

Du Freundlicher, der mich zu allem führte,
o geh mit mir bis an die schwere Schwelle.
Du Mächtiger, der mein Gesicht berührte
so daß es denkend dunkel wurde, stelle
mich an der Arbeit ängstlichen Beginn.
Bleib vor der Tür stehn in die ich trete,
damit du hören kannst sobald ich bete
und rufen kannst wenn ich nicht weiß wohin.
Ich brauche dich. Ich greife nach dem Horne
das du mir einstens gabst damit ich bliese
wenn ich in Not bin, wenn ein fremder Riese
mich halten will in seinem fremden Zorne
in einem Zorne, der nicht deinem gleicht.
Und nun versucht, zum ersten Mal vielleicht,
mein Horn den hellen Hilferuf, den Schrei.
Nun bet ich dich zum ersten Mal herbei,
nun will ich dich, nun hungert mich nach dir,
nun bin ich bange wie ein dürstend Tier
und wie ein Sterbender ganz ohne Zeit
voll Ungeduld und Leid und Einsamkeit.

Und meine Hände heben sich heraus
und wehn auf meines Herzens dunklem Haus
wie Fahnen, wartend. Komm und sei der Wind,
der Wind im Willen der du oft gewesen, –
daß alle ihre Linien zu lesen
und ihre Bilder offen sind.

… Und sagen sie das Leben sei ein Traum:
das nicht;
nicht Traum allein. Traum ist ein Stück vom Leben.
Ein wirres Stück, in welchem sich Gesicht
und Sein verbeißt und ineinanderflicht
wie goldne Tiere, Königen von Theben
aus ihrem Tod genommen (der zerbricht).

Traum ist Brokat der von dir niederfließt,
Traum ist ein Baum, ein Glanz der geht, ein Laut –;
ein Fühlen das in dir beginnt und schließt
ist Traum; ein Tier das dir ins Auge schaut
ist Traum; ein Engel welcher dich genießt
ist Traum. Traum ist das Wort, das sanften Falles
in dein Gefühl fällt wie ein Blütenblatt
das dir im Haar bleibt: licht, verwirrt und matt –,
hebst du die Hände auf: auch dann kommt Traum,
kommt in sie wie das Fallen eines Balles –;
fast alles träumt –,
du aber trägst das alles.

Du trägst das alles. Und wie trägst du's schön.
So wie mit deinem Haar damit beladen.
Und aus den Tiefen kommt es, von den Höhn
kommt es zu dir und wird von deinen Gnaden …

Da wo du bist hat nichts umsonst geharrt,
um dich die Dinge nehmen nirgend Schaden,
und mir ist so als hätt ich schon gesehn,
daß Tiere sich in deinen Blicken baden
und trinken deine klare Gegenwart.

Nur wer du bist: das weiß ich nicht. Ich weiß
nur deinen Preis zu singen: Sagenkreis
um eine Seele,
Garten um ein Haus,
in dessen Fenstern ich den Himmel sah –.

O so viel Himmel, ziehend, von so nah;
o so viel Himmel über so viel Ferne.

Und wenn es Nacht ist –: was für große Sterne
müssen sich nicht in diesen Fenstern spiegeln …

Fortgehn

Plötzliches Fortgehn; Draußensein im Grauen
mit Augen, eingeschmolzen, heiß und weich,
und nun in das was *ist* hinauszuschauen –:

O nein, das alles ist ja ein Vergleich.

Der Strom ist so, damit er dich bedeute,
und diese Stadt stand auf weil du erschienst;
die Brücken gehn mit Anstand der dich freute
gelassen her und hin in deinem Dienst.

Und weil das alles ausgedacht ist nur:
dich zu bedeuten –: ist es wie die Erde;
die Gärten stehn in dunkelnder Gebärde,
die Fernen sind voll deutsamer Figur –.

Und doch trotzdem, nun kommt es trotzdem wieder:
der Schmerz, der Schmerz des ersten Augenblicks.
Noch war es da –: auf einmal ging es nieder
oder flog auf oder war aus wie Lieder –:
das war so voll unsäglichen Geschicks –.

Wie wenn ...
(bin ichs zu sagen denn imstande?)
Sieh: diese Augen lagen da: Gewande,
ein Angesicht, ein Glanz ging in sie ein
als wären sie – – ja was? – –:
der Canal Grande
in seiner großen Zeit und vor dem Brande –
– – – – – – – – – – – – – – – – –

und plötzlich hört Venedig auf zu sein.

Der Engel

Wie ist der hülflos, der mit nichts als Worten
aussagen soll wie er dich fühlt und sieht;
dieweil dein Leben festlich sich vollzieht

wie aufgehoben, wie in Sopraporten
in welchen neben dir ein Engel kniet.

Ein Engel –: ein im Himmlischen Zerstreuter,
der um dich ist seitdem du hier erschienst;
kaum jemals trauriger, kaum je erfreuter,
doch immer strahlender in deinem Dienst:

so hingegeben wie an große Räume
an dich, du weite, unbekannte Welt,
und wie ein Kind in seine ersten Träume
so atemlos in dich hineingestellt.

Beschäftigt, dir dein Leben hinzureichen,
die Stunde, die du grade ihm bestimmst,
und schwindelnd von der Größe ohne gleichen
mit der du sie aus seinen Händen nimmst:

verbraucht er seine vielen Ewigkeiten
in deiner Zeit wie einen kurzen Tag.
Er wird nie wieder heimgekehrt zu seiten
der andern Engel im Areopag

des Himmels stehn; auch nicht im Weltgerichte.
Sein Platz wird leer sein auf der Engelsbank.
Doch man wird sagen von dem Angesichte
an dem ein Engel lebte und ertrank.

Vom verlorenen Sohn
Skizze zu einem zweiten Stück des Kreises

Ich habe, König, oft vor Dir gespielt.
Doch nichts war besser als wenn wir uns beide
beim Jagen fanden: jung ohne Geschmeide –
Man sieht es noch an meinem schönen Kleide
wie groß und herrlich Deine Hand mich hielt.
Jetzt aber laß mich, König, und geruh,
wie Du mich einstmals nahmst, mich fortzugeben.
Du fragst an wen? – An alles. An mein Leben. –

Da steigt Dein Zorn. Erzürnter: hör mir zu:
Du hobst mich unter Deine Tischgefährten
(nur königliche Hände heben so);
ich durfte im Palast sein, in den Gärten,
in Deinem Schlafgemach, auch dorten wo
geheime Schreiber Deine Briefe siegeln,
selbst zu den Zimmern, tief von Duft und Spiegeln,
zu welchen hin Dein Mißmut manchmal floh,
durft ich Dir folgen. Du hast nie geglaubt
wenn mich der Eifersucht Auswendig-Lerner
an Dich verrieten, und ich durfte ferner
eintreten bei Dir mit bedecktem Haupt.
Da hast mich, Herr (ich kann es nicht verstehn)
erwählt zu Dir; wie Kenner wohl im Stillen
aus einem großen Haufen von Berillen
den einen greifen und gerade den
(vielleicht um eines schönen Fehlers willen –)
und nun: zu Undank redet Dir mein Mund;
mir selber unbegreiflich. Dich verlieren
was macht mich, so wie das, verwirrt und wund.

Und doch: ich muß –. Du willst den Grund?
O frage, Herr, die Meere nach dem ihren.
Du wirst erfahren, daß aus Tang und Tieren
aus Algen, Muscheln und Korallen und
Unzähligen die sich zur Liebe zieren
und schön sein wollen, funkelnd oder bunt:
Geschicke sich ins Unermeßne weben,
phantastischer als dieses Schicksal hier –.
Sieh, so sind Leben unter unserm Leben.
Wir wissens kaum, doch manchmal sehen wir
wie etwas aufsteigt, irgend etwas Totes –;
(denn an die Oberfläche treibt nur dies.)
aber selbst tot ist es noch ein Durchlohtes,
Verschwenderisches, Königliches, Rotes –
oder bestickt mit lauter Silberkies.

Mir stieg eins auf. Und ich bin so vertieft
in dies Gesicht; ich würde nie mehr hören

wenn ihr hier zu mir redetet und rieft.

Ich muß allein sein.   Mich darf keiner stören.

Vergieb mir, königlicher Herr, in Gnaden:
Ich muß allein sein; zwar ich bin noch jung,
doch dieses hier hat die Erinnerung
von tausend Leben auf mir abgeladen.
Wie vielleicht Gärtner, wenn sie im August
die Früchte pflücken aus den langen Läufen
der trächtigen Spaliere, unbewußt
mit ihren Äpfeln etwas überhäufen,
und wie der Käfer oder das Insekt
– das eben was sich unten stemmt und sträubt –
sich schließlich stille hält, erschreckt, betäubt –:

So muß ich jetzt in diesem Labyrinth,
in dem mich unten Duft und Schwere binden,
aushalten bis sich der Geruch verdünnt
der mich verhindert einen Gang zu finden.

Da wechselt um die alten Inselränder
das winterliche Meer sein Farbenspiel
und tief im Winde liegen irgend Länder
und sind wie nichts. Ein Jenseits, ein Profil;

nicht wirklicher als diese rasche Wolke,
der sich das Eiland schwarz entgegenstemmt.
Und da geht einer unterm Insel-Volke
und schaut in Augen und ist nichts als fremd.

Und schaut, so fremd er ist, hinaus, hinüber,
den Sturm hinein; zwar manchen Tag ist Ruh;
dann blüht das Land und lächelt noch. Worüber?
Und die Orangen reifen noch. Wozu?

Was müht der Garten sich ihn zu erheitern
den Fremden, der nichts zu erwarten schien,

und wenn sich seine Augen auch erweitern
für einen Augenblick –: er sieht nicht ihn.

Wenn er vom Vorgebirge in Gedanken
des Meeres winterliches Farbenspiel
und in den Himmeln ferner Küsten Schwanken
manchmal zu sehen glaubt: das ist schon viel.

Täglich stehst du mir steil vor dem Herzen,
Gebirge, Gestein,
Wildnis, Un-weg: Gott, in dem ich allein
steige und falle und irre …, täglich in mein
gestern Gegangenes wieder hinein
kreisend.
Weisend greift mich manchmal am Kreuzweg der Wind,
wirft mich hin, wo ein Pfad beginnt,
oder es trinkt mich ein Weg im Stillen.
Aber dein unbewältigter Willen
zieht die Pfade zusammen wie Alaun,
bis sie, als alte haltlose Rillen,
sich verlieren ins Abgrundsgraun …

Laß mich, laß mich, die Augen geschlossen,
wie mit verschluckten Augen, laß
mich, den Rücken an den Kolossen,
warten, an deinem Rande, daß
dieser Schwindel, mit dem ich verrinne
meine hingerissenen Sinne
wieder an ihre Stelle legt.
Regt sich denn Alles in mir? Ist kein Festes,
das bestünde auf seines Gewichts
Anrecht? Mein Bangestes und mein Bestes …
Und der Wirbel nimmt es wie nichts
mit in die Tiefen …

Gesicht, mein Gesicht:
wessen bist du? für was für Dinge

bist du Gesicht?
Wie kannst du Gesicht sein für so ein Innen,
drin sich immerfort das Beginnen
mit dem Zerfließen zu etwas ballt.
Hat der Wald ein Gesicht?
Steht der Berge Basalt
gesichtlos nicht da?
Hebt sich das Meer
nicht ohne Gesicht
aus dem Meergrund her?
Spiegelt sich nicht der Himmel drin,
ohne Stirn, ohne Mund, ohne Kinn?

Kommen einem die Tiere nicht
manchmal, als bäten sie: nimm mein Gesicht?
Ihr Gesicht ist ihnen zu schwer,
und sie halten mit ihm ihr klein-
wenig Seele zu weit hinein
ins Leben. Und wir?
Tiere der Seele, verstört
von allem in uns, noch nicht
fertig zu nichts, wir weidenden
Seelen,
flehen wir zu dem Bescheidenden
nächtens nicht um das Nicht-Gesicht,
das zu unserem Dunkel gehört?

Mein Dunkel, mein Dunkel, da steh ich mit dir,
und alles geht draußen vorbei;
und ich wollte, mir wüchse, wie einem Tier,
eine Stimme, ein einziger Schrei
für alles –. Denn was soll mir die Zahl
der Worte, die kommen und fliehn,
wenn ein Vogellaut, vieltausendmal,
geschrien und wieder geschrien,

ein winziges Herz so weit macht und eins
mit dem Herzen der Luft, mit dem Herzen des Hains
und so hell und so hörbar für Ihn . . . :

der immer wieder, sooft es tagt,
aufsteigt: steilstes Gestein.
Und türm ich mein Herz auf mein Hirn und mein
Sehnen darauf und mein Einsamsein:
wie bleibt das klein,
weil *Er* es überragt.

So viele Dinge liegen aufgerissen
von raschen Händen, die sich auf der Suche
nach dir verspäteten: sie wollten wissen.

Und manchmal ist in einem alten Buche
ein unbegreiflich Dunkles angestrichen.
Da warst du einst. Wo bist du hin entwichen?

Hielt einer dich, so hast du ihn zerbrochen,
sein Herz blieb offen, und du warst nicht drin;
hat je ein Redender zu dir gesprochen,
so war es atemlos: Wo gehst du hin?

Auch mir geschahs. Nur, daß ich dich nicht frage.
Ich diene nur und dränge dich um nichts.
Ich halte, wartend, meines Angesichts
williges Schauen in den Wind der Tage
und klage den Nächten nicht . . . .
(da ich sie wissen seh)

Ein Frühlingswind

Mit diesem Wind kommt Schicksal; laß, o laß
es kommen, all das Drängende und Blinde,
von dem wir glühen werden –: alles das.
(Sei still und rühr dich nicht, daß es uns finde.)
O unser Schicksal kommt mit diesem Winde.

Von irgendwo bringt dieser neue Wind,
schwankend vom Tragen namenloser Dinge,
über das Meer her *was wir sind.*

… Wären wirs doch. So wären wir zuhaus.
(Die Himmel stiegen in uns auf und nieder.)
Aber mit diesem Wind geht immer wieder
das Schicksal riesig über uns hinaus.

Kore

Kore, wie sehnst du dich so
nach den wilden Gängen
in den Felsen die hängen
über dem Drängen des Meeres:
Kore, wie sehnst du dich so.
Dort, an der nahen Gefahr
gehst du sicher, du Blinde,
in die Winde gehüllt
als wär es dein Haar.
Blumen mit einem hellen
Blick der dem deinen gleicht
stehn wo sie keiner erreicht,
haben es leicht
an den schrecklichsten Stellen.
Kore, wer bist du.   Wer?
Sind das deine wirklichen Tage?
Was trägst du für eine Sage
zurück in die vage Wildnis
über dem schweren Meer.

An den Dichter: / Vita N:A

Du hast gewußt, erhaben – HERR – von ihr
zu reden –: alle ihre Gnade
kommt bis auf uns und rührt auch uns, gerade
wie sie DICH rührte –. Dürften wir

(wenn je in unsre Tage Solches tritt)
erlernen dann, sein Hingehn nicht zu stören.
Denn hingehn will es. Kann uns nicht gehören
es stürbe dann. – Doch wenn es uns entglitt

erwerben wirs vielleicht und tun nichts mehr
als seine Fülle sammeln allerwegen.
Noch immer kommen Mädchen so und legen

Schicksal auf uns. Weh aber jedem der
nach ihnen greift als wären sie sein Eigen.
DU lehr uns lieben, HERR, und Liebe zeigen.

Marionetten-Theater
(Furnes, Kermes.)

Hinter Stäben, wie Tiere,
türmen sie ihr Getu;
die Stimme ist nicht die ihre,
aber sie ziehn dazu
ihre Arme und Schwerter
ungemein und weit,
(findige Verwerter
dessen was grade schreit).

Sie haben keine Gelenke
und hängen ein wenig quer
und hölzern im Gehenke,
aber sie können sehr
töten oder tanzen
oder auch im Ganzen
sich verneigen und noch mehr.

Auch pflegen sie kein Erinnern;
sie machen sich nichts bewußt,
und von ihrem Innern
gebrauchen sie nur die Brust,
um manchmal darauf zu schlagen
als schlügen sie sie ein.

(Sie wissen, dieses Betragen
ist deutlich und allgemein.)

Ihre großen Gesichter
sind ein für alle Mal;
nicht wie die unsern: schlichter,
dringend und ideal;
offen wie beim Erwachen
mitten aus einem Traum.
Das giebt natürlich Lachen
draußen in dem Raum,
aus dem die von den Bänken
sehn
wie sich die Puppen kränken
und schrecken und an Schwänken
in Bündeln zu Grunde gehn.

Wenn einer es anders verstände
und säße und lachte nicht:
ihr einziges Stück verschwände
und sie spielten ihr jüngstes Gericht.
Sie rissen an ihren Schnüren
herein vor die kleinen Coulissen
die Hände von oben, die Hände,
die immer versteckten, entdeckten
häßlichen Hände in Rot:
und stürzten aus allen Türen
und stiegen über die Wände
und schlügen die Hände tot.

Sonnen-Untergang
(Capri)

Wie Blicke blendend, wie eine warme Arene,
vom Tage bevölkert, umgab dich das Land;
bis endlich strahlend, als goldene Pallas-Athene
auf dem Vorgebirg der Untergang stand,

verstreut von dem groß ihn vergeudenden Meer.
Da wurde Raum in den langsam sich leerenden Räumen;
über dir, über den Häusern, über den Bäumen,
über den Bergen wurde es leer.

Und dein Leben, von dem man die lichten Gewichte
gehoben,
stieg, soweit Raum war, über das Alles nach oben,
füllend die rasch sich verkühlende Leere der Welt.
Bis es, im Steigen, in kaum zu erfühlender Ferne
sanft an die Nacht stieß. Da wurden ihm einige Sterne,
als nächste Wirklichkeit, wehrend entgegengestellt.

Skizze zu einem Sankt Georg

Aus dem Besitze der Fürstin
Marie von Thurn und Taxis-Hohenlohe

Weil er weißglüht, weil ihn keiner ertrüge,
halten ihn die Himmel immer verborgen.
Denk: es bräche plötzlich das Vordergebüge
und die Roßstirn durch den wolkigen Morgen
über dem Schloßpark. Und zu der alten Allee
niederstiege, vorsichtig tretenden Tanzes,
im Panzer das Pferd, langsam, die Bahn seines Glanzes
mit der Rüstung pflügend wie Schnee.
Während, silberner über dem silbernen Tier,
unberührt von der Kühle und Trübe,
sich der Helm, vergittert und spiegelnd, hübe:
Früh-Wind in der schwingenden Zier.
Und im steileren Abstieg würde der ganze
Silberne sichtbar, klingend von lichtem Gerinn;
durch den erhobenen Henzen wüchse die Lanze,
ein einziges Glänzen, wer weiß bis wohin –
aus dem stummen, sich um ihn schließenden Park.

Der Duft

Wer bist du, Unbegreiflicher: du Geist,
wie weißt du mich von wo und wann zu finden,
der du das Innere (wie ein Erblinden)
so innig machst, daß es sich schließt und kreist.
Der Liebende, der eine an sich reißt,
hat sie nicht nah; nur du allein bist Nähe.
Wen hast du nicht durchtränkt als ob du jähe
die Farbe seiner Augen seist.

Ach, wer Musik in einem Spiegel sähe,
der sähe dich und wüßte, wie du heißst.

Ein junges Mädchen: das ist wie ein Stern:
die ganze Erde dunkelt ihm entgegen
und ist ihm aufgetan wie einem Regen,
und niemals trank sie einen seligern.

Ein junges Mädchen: das ist wie ein Schatz,
vergraben neben einer alten Linde;
da sollen Ringe sein und Goldgewinde,
doch keiner ist erwählt, daß er sie finde:
nur eine Sage geht und sagt den Platz.

Ein junges Mädchen: daß wir's niemals sind.
So wenig hat das Sein zu uns Vertrauen.
Am Anfang scheinen wir fast gleich, als Kind,
und später sind wir manchmal beinah Frauen
für einen Augenblick; doch wie verrinnt
das fern von uns, was Mädchen sind und schauen.

Mädchen gewesen sein: daß es das giebt.
Als sagte Eine: einmal war ich dies
und zeigte dir ein Halsband von Türkis
auf welkem Sammte; und man sieht noch, wie's
getragen war, verloren und geliebt.

Gedicht

Das war doch immer das: Geheul, Gehärm,
was sich ergreifen ließ, und das Gelächter;
das Leben überwältigt seine Wächter.
Die Seelen gehn und machen keinen Lärm.

Und deshalb sind wir da und wissen nicht
wovor uns flüchten und an was uns klammern.
Wir haben nichts als unsres Herzens Kammern
und wohnen drin und machen niemals Licht.

Wir stehen da: zu füllende Gefäße
und was wir halten selbst ist ungewiß;
doch manchmal nimmt uns diese Finsternis
als ob sie nichts als uns allein besäße.

Nächtlicher Gang

Nichts ist vergleichbar. Denn was ist nicht ganz
mit sich allein und was je auszusagen;
wir nennen nichts, wir dürfen nur ertragen
und uns verständigen, daß da ein Glanz
und dort ein Blick vielleicht uns so gestreift
als wäre grade *das* darin gelebt
was unser Leben ist. Wer widerstrebt
dem wird nicht Welt. Und wer zuviel begreift
dem geht das Ewige vorbei. Zuweilen
in solchen großen Nächten sind wir wie
außer Gefahr, in gleichen leichten Teilen
den Sternen ausgeteilt. Wie drängen sie.

Die Karyatiden

In dieser Luft, die glatt war von Gymnasten
und von dem Gehen junger Sieger bebend,
stehn sie noch immer, mit den eingefaßten
Stirnen das Kranzgesimse weitergebend

an ihre Haltung, die es lastlos trägt.
Der welke Marmor fällt schon ins Fossile,
doch, von dem Schatten der Gebälkprofile
durchsichtig schwebend überschrägt,

sind ihre Angesichter noch vom Saft
gefüllter Sinne süß. Die Wangen reifen
das Glänzen, das die Munde nicht begreifen.
Die Augen sind für Götter aufgegafft,
und von den ruhigen Schultern fließt in Streifen
der ewige Überfluß der Jungfrauschaft.

Der kranke Knabe

Durch eine leise Wendung in den Kissen
kam sein Gesicht der Stube zu und sah
die Gegenstände an: sie waren da.
Es schien ihm: dies ist alles was wir wissen.

Doch auch auf dies, sobald man lag und Tage
hinschaute ohne Sinn, war kein Verlaß:
eins ballte sich und eins gab nach. Das Vage
stieg aus den Spiegeln. Aber wo war das

bei dem man ruhig bleiben durfte immer?
Wenn manchmal selbst der eignen Hand Geruch
unfaßlich war oder im Nebenzimmer
die lieben Stimmen wertlos wie Besuch.

Die Liebenden

Sieh, wie sie zu einander erwachsen:
in ihren Adern wird alles Geist.
Ihre Gestalten beben wie Achsen,
um die es heiß und hinreißend kreist.
Dürstende, und sie bekommen zu trinken,
Wache und sieh: sie bekommen zu sehn.
Laß sie ineinander sinken,
um einander zu überstehn.

Requiem
für eine Freundin

Geschrieben am 31. Oktober,
1. und 2. November 1908 in Paris

Ich habe Tote, und ich ließ sie hin
und war erstaunt, sie so getrost zu sehn,
so rasch zuhaus im Totsein, so gerecht,
so anders als ihr Ruf. Nur du, du kehrst
zurück; du streifst mich, du gehst um, du willst
an etwas stoßen, daß es klingt von dir
und dich verrät. O nimm mir nicht, was ich
langsam erlern. Ich habe recht; du irrst
wenn du gerührt zu irgend einem Ding
ein Heimweh hast. Wir wandeln dieses um;
es ist nicht hier, wir spiegeln es herein
aus unserm Sein, sobald wir es erkennen.
    Ich glaubte dich viel weiter. Mich verwirrts,
daß *du* gerade irrst und kommst, die mehr
verwandelt hat als irgend eine Frau.
Daß wir erschraken, da du starbst, nein, daß
dein starker Tod uns dunkel unterbrach,
das Bisdahin abreißend vom Seither:
das geht uns an; das einzuordnen wird

die Arbeit sein, die wir mit allem tun.
Doch daß du selbst erschrakst und auch noch jetzt
den Schrecken hast, wo Schrecken nicht mehr gilt;
daß du von deiner Ewigkeit ein Stück
verlierst und hier hereintrittst, Freundin, hier,
wo alles noch nicht *ist*; daß du zerstreut,
zum ersten Mal im All zerstreut und halb,
den Aufgang der unendlichen Naturen
nicht so ergriffst wie hier ein jedes Ding;
daß aus dem Kreislauf, der dich schon empfing,
die stumme Schwerkraft irgend einer Unruh
dich niederzieht zur abgezählten Zeit –:
dies weckt mich nachts oft wie ein Dieb, der einbricht.
Und dürft ich sagen, daß du nur geruhst,
daß du aus Großmut kommst, aus Überfülle,
weil du so sicher bist, so in dir selbst,
daß du herumgehst wie ein Kind, nicht bange
vor Örtern, wo man einem etwas tut –:
doch nein: du bittest. Dieses geht mir so
bis ins Gebein und querrt wie eine Säge.
Ein Vorwurf, den du trügest als Gespenst,
nachtrügest mir, wenn ich mich nachts zurückzieh
in meine Lunge, in die Eingeweide,
in meines Herzens letzte ärmste Kammer, –
ein solcher Vorwurf wäre nicht so grausam,
wie dieses Bitten ist. Was bittest du?

Sag, soll ich reisen? Hast du irgendwo
ein Ding zurückgelassen, das sich quält
und das dir nachwill? Soll ich in ein Land,
das du nicht sahst, obwohl es dir verwandt
war wie die andre Hälfte deiner Sinne?

Ich will auf seinen Flüssen fahren, will
an Land gehn und nach alten Sitten fragen,
will mit den Frauen in den Türen sprechen
und zusehn, wenn sie ihre Kinder rufen.
Ich will mir merken, wie sie dort die Landschaft
umnehmen draußen bei der alten Arbeit
der Wiesen und der Felder; will begehren,

vor ihren König hingeführt zu sein,
und will die Priester durch Bestechung reizen,
daß sie mich legen vor das stärkste Standbild
und fortgehn und die Tempeltore schließen.
Dann aber will ich, wenn ich vieles weiß,
einfach die Tiere anschaun, daß ein Etwas
von ihrer Wendung mir in die Gelenke
herübergleitet; will ein kurzes Dasein
in ihren Augen haben, die mich halten
und langsam lassen, ruhig, ohne Urteil.
Ich will mir von den Gärtnern viele Blumen
hersagen lassen, daß ich in den Scherben
der schönen Eigennamen einen Rest
herüberbringe von den hundert Düften.
Und Früchte will ich kaufen, Früchte, drin
das Land noch einmal ist, bis an den Himmel.

Denn Das verstandest du: die vollen Früchte.
Die legtest du auf Schalen vor dich hin
und wogst mit Farben ihre Schwere auf.
Und so wie Früchte sahst du auch die Fraun
und sahst die Kinder so, von innen her
getrieben in die Formen ihres Daseins.
Und sahst dich selbst zuletzt wie eine Frucht,
nahmst dich heraus aus deinen Kleidern, trugst
dich vor den Spiegel, ließest dich hinein
bis auf dein Schauen; das blieb groß davor
und sagte nicht: das bin ich; nein: dies ist.
So ohne Neugier war zuletzt dein Schaun
und so besitzlos, von so wahrer Armut,
daß es dich selbst nicht mehr begehrte: heilig.

So will ich dich behalten, wie du dich
hinstelltest in den Spiegel, tief hinein
und fort von allem. Warum kommst du anders?
Was widerrufst du dich? Was willst du mir
einreden, daß in jenen Bernsteinkugeln
um deinen Hals noch etwas Schwere war
von jener Schwere, wie sie nie im Jenseits
beruhigter Bilder ist; was zeigst du mir

in deiner Haltung eine böse Ahnung;
was heißt dich die Konturen deines Leibes
auslegen wie die Linien einer Hand,
daß ich sie nicht mehr sehn kann ohne Schicksal?
  Komm her ins Kerzenlicht. Ich bin nicht bang,
die Toten anzuschauen. Wenn sie kommen,
so haben sie ein Recht, in unserm Blick
sich aufzuhalten, wie die andern Dinge.
  Komm her; wir wollen eine Weile still sein.
Sieh diese Rose an auf meinem Schreibtisch;
ist nicht das Licht um sie genau so zaghaft
wie über dir: sie dürfte auch nicht hier sein.
Im Garten draußen, unvermischt mit mir,
hätte sie bleiben müssen oder hingehn, –
nun währt sie so: was ist ihr mein Bewußtsein?

Erschrick nicht, wenn ich jetzt begreife, ach,
da steigt es in mir auf: ich kann nicht anders,
ich muß begreifen, und wenn ich dran stürbe.
Begreifen, daß du hier bist. Ich begreife.
Ganz wie ein Blinder rings ein Ding begreift,
fühl ich dein Los und weiß ihm keinen Namen.
Laß uns zusammen klagen, daß dich einer
aus deinem Spiegel nahm. Kannst du noch weinen?
Du kannst nicht. Deiner Tränen Kraft und Andrang
hast du verwandelt in dein reifes Anschaun
und warst dabei, jeglichen Saft in dir
so umzusetzen in ein starkes Dasein,
das steigt und kreist, im Gleichgewicht und blindlings.
Da riß ein Zufall dich, dein letzter Zufall
riß dich zurück aus deinem fernsten Fortschritt
in eine Welt zurück, wo Säfte *wollen*.
Riß dich nicht ganz; riß nur ein Stück zuerst,
doch als um dieses Stück von Tag zu Tag
die Wirklichkeit so zunahm, daß es schwer ward,
da brauchtest du dich ganz: da gingst du hin
und brachst in Brocken dich aus dem Gesetz
mühsam heraus, weil du dich brauchtest. Da

trugst du dich ab und grubst aus deines Herzens
nachtwarmem Erdreich die noch grünen Samen,
daraus dein Tod aufkeimen sollte: deiner,
dein eigner Tod zu deinem eignen Leben.
Und aßest sie, die Körner deines Todes,
wie alle andern, aßest seine Körner,
und hattest Nachgeschmack in dir von Süße,
die du nicht meintest, hattest süße Lippen,
du: die schon innen in den Sinnen süß war.

O laß uns klagen. Weißt du, wie dein Blut
aus einem Kreisen ohnegleichen zögernd
und ungern wiederkam, da du es abriefst?
Wie es verwirrt des Leibes kleinen Kreislauf
noch einmal aufnahm; wie es voller Mißtraun
und Staunen eintrat in den Mutterkuchen
und von dem weiten Rückweg plötzlich müd war.
Du triebst es an, du stießest es nach vorn,
du zerrtest es zur Feuerstelle, wie
man eine Herde Tiere zerrt zum Opfer;
und wolltest noch, es sollte dabei froh sein.
Und du erzwangst es schließlich: es war froh
und lief herbei und gab sich hin. Dir schien,
weil du gewohnt warst an die andern Maße,
es wäre nur für eine Weile; aber
nun warst du in der Zeit, und Zeit ist lang.
Und Zeit geht hin, und Zeit nimmt zu, und Zeit
ist wie ein Rückfall einer langen Krankheit.

Wie war dein Leben kurz, wenn du's vergleichst
mit jenen Stunden, da du saßest und
die vielen Kräfte deiner vielen Zukunft
schweigend herabbogst zu dem neuen Kindkeim,
der wieder Schicksal war. O wehe Arbeit.
O Arbeit über alle Kraft. Du tatest
sie Tag für Tag, du schlepptest dich zu ihr
und zogst den schönen Einschlag aus dem Webstuhl
und brauchtest alle deine Fäden anders.
Und endlich hattest du noch Mut zum Fest.

Denn da's getan war, wolltest du belohnt sein,

wie Kinder, wenn sie bittersüßen Tee
getrunken haben, der vielleicht gesund macht.
So lohntest du dich: denn von jedem andern
warst du zu weit, auch jetzt noch; keiner hätte
ausdenken können, welcher Lohn dir wohltut.
Du wußtest es. Du saßest auf im Kindbett,
und vor dir stand ein Spiegel, der dir alles
ganz wiedergab. Nun war das alles *Du*
und ganz *davor*, und drinnen war nur Täuschung,
die schöne Täuschung jeder Frau, die gern
Schmuck umnimmt und das Haar kämmt und verändert.
So starbst du, wie die Frauen früher starben,
altmodisch starbst du in dem warmen Hause
den Tod der Wöchnerinnen, welche wieder
sich schließen wollen und es nicht mehr können,
weil jenes Dunkel, das sie mitgebaren,
noch einmal wiederkommt und drängt und eintritt.

Ob man nicht dennoch hätte Klagefrauen
auftreiben müssen? Weiber, welche weinen
für Geld, und die man so bezahlen kann,
daß sie die Nacht durch heulen, wenn es still wird.
Gebräuche her! wir haben nicht genug
Gebräuche. Alles geht und wird verredet.
So mußt du kommen, tot, und hier mit mir
Klagen nachholen. Hörst du, daß ich klage?
Ich möchte meine Stimme wie ein Tuch
hinwerfen über deines Todes Scherben
und zerrn an ihr, bis sie in Fetzen geht,
und alles, was ich sage, müßte so
zerlumpt in dieser Stimme gehn und frieren;
blieb es beim Klagen. Doch jetzt klag ich an:
den Einen nicht, der dich aus dir zurückzog,
(ich find ihn nicht heraus, er ist wie alle)
doch alle klag ich in ihm an: den Mann.
Wenn irgendwo ein Kindgewesensein
tief in mir aufsteigt, das ich noch nicht kenne,
vielleicht das reinste Kindsein meiner Kindheit:

ich wills nicht wissen. Einen Engel will
ich daraus bilden ohne hinzusehn
und will ihn werfen in die erste Reihe
schreiender Engel, welche Gott erinnern.
  Denn dieses Leiden dauert schon zu lang,
und keiner kanns; es ist zu schwer für uns,
das wirre Leiden von der falschen Liebe,
die, bauend auf Verjährung wie Gewohnheit,
ein Recht sich nennt und wuchert aus dem Unrecht.
Wo ist ein Mann, der Recht hat auf Besitz?
Wer kann besitzen, was sich selbst nicht hält,
was sich von Zeit zu Zeit nur selig auffängt
und wieder hinwirft wie ein Kind den Ball.
Sowenig wie der Feldherr eine Nike
festhalten kann am Vorderbug des Schiffes,
wenn das geheime Leichtsein ihrer Gottheit
sie plötzlich weghebt in den hellen Meerwind:
so wenig kann einer von uns die Frau
anrufen, die uns nicht mehr sieht und die
auf einem schmalen Streifen ihres Daseins
wie durch ein Wunder fortgeht, ohne Unfall:
er hätte denn Beruf und Lust zur Schuld.
  Denn *das* ist Schuld, wenn irgendeines Schuld ist:
die Freiheit eines Lieben nicht vermehren
um alle Freiheit, die man in sich aufbringt.
Wir haben, wo wir lieben, ja nur dies:
einander lassen; denn daß wir uns halten,
das fällt uns leicht und ist nicht erst zu lernen.

Bist du noch da? In welcher Ecke bist du? –
Du hast so viel gewußt von alledem
und hast so viel gekonnt, da du so hingingst
für alles offen, wie ein Tag, der anbricht.
Die Frauen leiden: lieben heißt allein sein,
und Künstler ahnen manchmal in der Arbeit,
daß sie verwandeln müssen, wo sie lieben.
Beides begannst du; beides ist in Dem,
was jetzt ein Ruhm entstellt, der es dir fortnimmt.

Ach du warst weit von jedem Ruhm. Du warst
unscheinbar; hattest leise deine Schönheit
hineingenommen, wie man eine Fahne
einzieht am grauen Morgen eines Werktags,
und wolltest nichts, als eine lange Arbeit, –
die nicht getan ist: dennoch nicht getan.
Wenn du noch da bist, wenn in diesem Dunkel
noch eine Stelle ist, an der dein Geist
empfindlich mitschwingt auf den flachen Schallwelln,
die eine Stimme, einsam in der Nacht,
aufregt in eines hohen Zimmers Strömung:
So hör mich: Hilf mir. Sieh, wir gleiten so,
nicht wissend wann, zurück aus unserm Fortschritt
in irgendwas, was wir nicht meinen; drin
wir uns verfangen wie in einem Traum
und drin wir sterben, ohne zu erwachen.
Keiner ist weiter. Jedem, der sein Blut
hinaufhob in ein Werk, das lange wird,
kann es geschehen, daß ers nicht mehr hochhält
und daß es geht nach seiner Schwere, wertlos.
Denn irgendwo ist eine alte Feindschaft
zwischen dem Leben und der großen Arbeit.
Daß ich sie einseh und sie sage: hilf mir.
Komm nicht zurück. Wenn du's erträgst, so sei
tot bei den Toten. Tote sind beschäftigt.
Doch hilf mir so, daß es dich nicht zerstreut,
wie mir das Fernste manchmal hilft: in mir.

Requiem
für Wolf Graf von Kalckreuth

Geschrieben am 4. und 5. November 1908
in Paris

Sah ich dich wirklich nie? Mir ist das Herz
so schwer von dir wie von zu schwerem Anfang,
den man hinausschiebt. Daß ich dich begänne
zu sagen, Toter der du bist; du gerne,
du leidenschaftlich Toter. War das so
erleichternd wie du meintest, oder war
das Nichtmehrleben doch noch weit vom Totsein?
Du wähntest, besser zu besitzen dort,
wo keiner Wert legt auf Besitz. Dir schien,
dort drüben wärst du innen in der Landschaft,
die wie ein Bild hier immer vor dir zuging,
und kämst von innen her in die Geliebte
und gingest hin durch alles, stark und schwingend.
O daß du nun die Täuschung nicht zu lang
nachtrügest deinem knabenhaften Irrtum.
Daß du, gelöst in einer Strömung Wehmut
und hingerissen, halb nur bei Bewußtsein,
in der Bewegung um die fernen Sterne
die Freude fändest, die du von hier fort
verlegt hast in das Totsein deiner Träume.
Wie nahe warst du, Lieber, hier an ihr.
Wie war sie hier zuhaus, die, die du meintest,
die ernste Freude deiner strengen Sehnsucht.
Wenn du, enttäuscht von Glücklichsein und Unglück,
dich in dich wühltest und mit einer Einsicht
mühsam heraufkamst, unter dem Gewicht
beinah zerbrechend deines dunkeln Fundes:
da trugst du sie, sie, die du nicht erkannt hast,
die Freude trugst du, deines kleinen Heilands
Last trugst du durch dein Blut und holtest über.

Was hast du nicht gewartet, daß die Schwere
ganz unerträglich wird: da schlägt sie um

und ist so schwer, weil sie so echt ist. Siehst du,
dies war vielleicht dein nächster Augenblick;
er rückte sich vielleicht vor deiner Tür
den Kranz im Haar zurecht, da du sie zuwarfst.
O dieser Schlag, wie geht er durch das Weltall,
wenn irgendwo vom harten scharfen Zugwind
der Ungeduld ein Offenes ins Schloß fällt.
Wer kann beschwören, daß nicht in der Erde
ein Sprung sich hinzieht durch gesunde Samen;
wer hat erforscht, ob in gezähmten Tieren
nicht eine Lust zu töten geilig aufzuckt,
wenn dieser Ruck ein Blitzlicht in ihr Hirn wirft.
Wer kennt den Einfluß, der von unserm Handeln
hinüberspringt in eine nahe Spitze,
und wer begleitet ihn, wo alles leitet?
Daß du zerstört hast. Daß man dies von dir
wird sagen müssen bis in alle Zeiten.
Und wenn ein Held bevorsteht, der den Sinn,
den wir für das Gesicht der Dinge nehmen,
wie eine Maske abreißt und uns rasend
Gesichter aufdeckt, deren Augen längst
uns lautlos durch verstellte Löcher anschaun:
dies ist Gesicht und wird sich nicht verwandeln:
daß du zerstört hast. Blöcke lagen da,
und in der Luft um sie war schon der Rhythmus
von einem Bauwerk, kaum mehr zu verhalten;
du gingst herum und sahst nicht ihre Ordnung,
einer verdeckte dir den andern; jeder
schien dir zu wurzeln, wenn du im Vorbeigehn
an ihm versuchtest, ohne rechtes Zutraun,
daß du ihn hübest. Und du hobst sie alle
in der Verzweiflung, aber nur, um sie
zurückzuschleudern in den klaffen Steinbruch,
in den sie, ausgedehnt von deinem Herzen,
nicht mehr hineingehn. Hätte eine Frau
die leichte Hand gelegt auf dieses Zornes
noch zarten Anfang; wäre einer, der
beschäftigt war, im Innersten beschäftigt,

dir still begegnet, da du stumm hinausgingst,
die Tat zu tun –; ja hätte nur dein Weg
vorbeigeführt an einer wachen Werkstatt,
wo Männer hämmern, wo der Tag sich schlicht
verwirklicht; wär in deinem vollen Blick
nur so viel Raum gewesen, daß das Abbild
von einem Käfer, der sich müht, hineinging,
du hättest jäh bei einem hellen Einsehn
die Schrift gelesen, deren Zeichen du
seit deiner Kindheit langsam in dich eingrubst,
von Zeit zu Zeit versuchend, ob ein Satz
dabei sich bilde: ach, er schien dir sinnlos.
Ich weiß; ich weiß: du lagst davor und griffst
die Rillen ab, wie man auf einem Grabstein
die Inschrift abfühlt. Was dir irgend licht
zu brennen schien, das hieltest du als Leuchte
vor diese Zeile; doch die Flamme losch
eh du begriffst, vielleicht von deinem Atem,
vielleicht vom Zittern deiner Hand; vielleicht
auch ganz von selbst, wie Flammen manchmal ausgehn.
Du lasest's nie. Wir aber wagen nicht,
zu lesen durch den Schmerz und aus der Ferne.

Nur den Gedichten sehn wir zu, die noch
über die Neigung deines Fühlens abwärts
die Worte tragen, die du wähltest. Nein,
nicht alle wähltest du; oft ward ein Anfang
dir auferlegt als Ganzes, den du nachsprachst
wie einen Auftrag. Und er schien dir traurig.
Ach hättest du ihn nie von dir gehört.
Dein Engel lautet jetzt noch und betont
denselben Wortlaut anders, und mir bricht
der Jubel aus bei seiner Art zu sagen,
der Jubel über dich: denn dies war dein:
Daß jedes Liebe wieder von dir abfiel,
daß du im Sehendwerden den Verzicht
erkannt hast und im Tode deinen Fortschritt.
Dieses war dein, du, Künstler; diese drei

offenen Formen. Sieh, hier ist der Ausguß
der ersten: Raum um dein Gefühl; und da
aus jener zweiten schlag ich dir das Anschaun
das nichts begehrt, des großen Künstlers Anschaun;
und in der dritten, die du selbst zu früh
zerbrochen hast, da kaum der erste Schuß
bebender Speise aus des Herzens Weißglut
hineinfuhr –, war ein Tod von guter Arbeit
vertieft gebildet, jener eigne Tod,
der uns so nötig hat, weil wir ihn leben,
und dem wir nirgends näher sind als hier.
  Dies alles war dein Gut und deine Freundschaft;
du hast es oft geahnt; dann aber hat
das Hohle jener Formen dich geschreckt,
du griffst hinein und schöpftest Leere und
beklagtest dich. – O alter Fluch der Dichter,
die sich beklagen, wo sie sagen sollten,
die immer urteiln über ihr Gefühl
statt es zu bilden; die noch immer meinen,
was traurig ist in ihnen oder froh,
das wüßten sie und dürftens im Gedicht
bedauern oder rühmen. Wie die Kranken
gebrauchen sie die Sprache voller Wehleid,
um zu beschreiben, wo es ihnen wehtut,
statt hart sich in die Worte zu verwandeln,
wie sich der Steinmetz einer Kathedrale
verbissen umsetzt in des Steines Gleichmut.
  Dies war die Rettung. Hättest du nur *ein* Mal
gesehn, wie Schicksal in die Verse eingeht
und nicht zurückkommt, wie es drinnen Bild wird
und nichts als Bild, nicht anders als ein Ahnherr,
der dir im Rahmen, wenn du manchmal aufsiehst,
zu gleichen scheint und wieder nicht zu gleichen –:
du hättest ausgeharrt.
                                        Doch dies ist kleinlich,
zu denken, was nicht war. Auch ist ein Schein
von Vorwurf im Vergleich, der dich nicht trifft.

Das, was geschieht, hat einen solchen Vorsprung
vor unserm Meinen, daß wirs niemals einholn
und nie erfahren, wie es wirklich aussah.
　Sei nicht beschämt, wenn dich die Toten streifen,
die andern Toten, welche bis ans Ende
aushielten. (Was will Ende sagen?) Tausche
den Blick mit ihnen, ruhig, wie es Brauch ist,
und fürchte nicht, daß unser Trauern dich
seltsam belädt, so daß du ihnen auffällst.
Die großen Worte aus den Zeiten, da
Geschehn noch sichtbar war, sind nicht für uns.
Wer spricht von Siegen? Überstehn ist alles.

NEUE GEDICHTE

Karl und Elisabeth von der Heydt
in Freundschaft

Früher Apollo

Wie manches Mal durch das noch unbelaubte
Gezweig ein Morgen durchsieht, der schon ganz
im Frühling ist: so ist in seinem Haupte
nichts was verhindern könnte, daß der Glanz

aller Gedichte uns fast tödlich träfe;
denn noch kein Schatten ist in seinem Schaun,
zu kühl für Lorbeer sind noch seine Schläfe
und später erst wird aus den Augenbraun

hochstämmig sich der Rosengarten heben,
aus welchem Blätter, einzeln, ausgelöst
hintreiben werden auf des Mundes Beben,

der jetzt noch still ist, niegebraucht und blinkend
und nur mit seinem Lächeln etwas trinkend
als würde ihm sein Singen eingeflößt.

Mädchen-Klage

Diese Neigung, in den Jahren,
da wir alle Kinder waren,
viel allein zu sein, war mild;
andern ging die Zeit im Streite,
und man hatte seine Seite,
seine Nähe, seine Weite,
einen Weg, ein Tier, ein Bild.

Und ich dachte noch, das Leben
hörte niemals auf zu geben,
daß man sich in sich besinnt.
Bin ich in mir nicht im Größten?
Will mich Meines nicht mehr trösten
und verstehen wie als Kind?

Plötzlich bin ich wie verstoßen,
und zu einem Übergroßen
wird mir diese Einsamkeit,
wenn, auf meiner Brüste Hügeln
stehend, mein Gefühl nach Flügeln
oder einem Ende schreit.

Liebes-Lied

Wie soll ich meine Seele halten, daß
sie nicht an deine rührt? Wie soll ich sie
hinheben über dich zu andern Dingen?
Ach gerne möcht ich sie bei irgendwas
Verlorenem im Dunkel unterbringen
an einer fremden stillen Stelle, die
nicht weiterschwingt, wenn deine Tiefen schwingen.
Doch alles, was uns anrührt, dich und mich,
nimmt uns zusammen wie ein Bogenstrich,
der aus zwei Saiten *eine* Stimme zieht.
Auf welches Instrument sind wir gespannt?
Und welcher Spieler hat uns in der Hand?
O süßes Lied.

Eranna an Sappho

O du wilde weite Werferin:
Wie ein Speer bei andern Dingen
lag ich bei den Meinen. Dein Erklingen
warf mich weit. Ich weiß nicht *wo* ich bin.
Mich kann keiner wiederbringen.

Meine Schwestern denken mich und weben,
und das Haus ist voll vertrauter Schritte.
Ich allein bin fern und fortgegeben,
und ich zittere wie eine Bitte;

denn die schöne Göttin in der Mitte
ihrer Mythen glüht und lebt mein Leben.

Sappho an Eranna

Unruh will ich über dich bringen,
schwingen will ich dich, umrankter Stab.
Wie das Sterben will ich dich durchdringen
und dich weitergeben wie das Grab
an das Alles: allen diesen Dingen.

Sappho an Alkaïos
Fragment

Und was hättest du mir denn zu sagen,
und was gehst du meine Seele an,
wenn sich deine Augen niederschlagen
vor dem nahen Nichtgesagten? Mann,

sieh, uns hat das Sagen dieser Dinge
hingerissen und bis in den Ruhm.
Wenn ich denke: unter euch verginge
dürftig unser süßes Mädchentum,

welches wir, ich Wissende und jene
mit mir Wissenden, vom Gott bewacht,
trugen unberührt, daß Mytilene
wie ein Apfelgarten in der Nacht
duftete vom Wachsen unsrer Brüste –.

Ja, auch dieser Brüste, die du nicht
wähltest wie zu Fruchtgewinden, Freier
mit dem weggesenkten Angesicht.
Geh und laß mich, daß zu meiner Leier
komme, was du abhältst: alles steht.

Dieser Gott ist nicht der Beistand Zweier,
aber wenn er durch den Einen geht
- -

Grabmal
eines jungen Mädchens

Wir gedenkens noch. Das ist, als müßte
alles dieses einmal wieder sein.
Wie ein Baum an der Limonenküste
trugst du deine kleinen leichten Brüste
in das Rauschen seines Bluts hinein:

– jenes Gottes.
Und es war der schlanke
Flüchtling, der Verwöhnende der Fraun.
Süß und glühend, warm wie dein Gedanke,
überschattend deine frühe Flanke
und geneigt wie deine Augenbraun.

Opfer

O wie blüht mein Leib aus jeder Ader
duftender, seitdem ich dich erkenn;
sieh, ich gehe schlanker und gerader,
und du wartest nur –: wer bist du denn?

Sieh: ich fühle, wie ich mich entferne,
wie ich Altes, Blatt um Blatt, verlier.
Nur dein Lächeln steht wie lauter Sterne
über dir und bald auch über mir.

Alles was durch meine Kinderjahre
namenlos noch und wie Wasser glänzt,
will ich nach dir nennen am Altare,
der entzündet ist von deinem Haare
und mit deinen Brüsten leicht bekränzt.

Östliches Taglied

Ist dieses Bette nicht wie eine Küste,
ein Küstenstreifen nur, darauf wir liegen?
Nichts ist gewiß als deine hohen Brüste,
die mein Gefühl in Schwindeln überstiegen.

Denn diese Nacht, in der so vieles schrie,
in der sich Tiere rufen und zerreißen,
ist sie uns nicht entsetzlich fremd? Und wie:
was draußen langsam anhebt, Tag geheißen,
ist das uns denn verständlicher als sie?

Man müßte so sich ineinanderlegen
wie Blütenblätter um die Staubgefäße:
so sehr ist überall das Ungemäße
und häuft sich an und stürzt sich uns entgegen.

Doch während wir uns aneinander drücken,
um nicht zu sehen, wie es ringsum naht,
kann es aus dir, kann es aus mir sich zücken:
denn unsre Seelen leben von Verrat.

Abisag

I

Sie lag. Und ihre Kinderarme waren
von Dienern um den Welkenden gebunden,
auf dem sie lag die süßen langen Stunden,
ein wenig bang vor seinen vielen Jahren.

Und manchmal wandte sie in seinem Barte
ihr Angesicht, wenn eine Eule schrie;
und alles, was die Nacht war, kam und scharte
mit Bangen und Verlangen sich um sie.

Die Sterne zitterten wie ihresgleichen,
ein Duft ging suchend durch das Schlafgemach,

der Vorhang rührte sich und gab ein Zeichen,
und leise ging ihr Blick dem Zeichen nach –.

Aber sie hielt sich an dem dunkeln Alten
und, von der Nacht der Nächte nicht erreicht,
lag sie auf seinem fürstlichen Erkalten
jungfräulich und wie eine Seele leicht.

II

Der König saß und sann den leeren Tag
getaner Taten, ungefühlter Lüste
und seiner Lieblingshündin, der er pflag –.
Aber am Abend wölbte Abisag
sich über ihm. Sein wirres Leben lag
verlassen wie verrufne Meeresküste
unter dem Sternbild ihrer stillen Brüste.

Und manchmal, als ein Kundiger der Frauen,
erkannte er durch seine Augenbrauen
den unbewegten, küsselosen Mund;
und sah: ihres Gefühles grüne Rute
neigte sich nicht herab zu seinem Grund.
Ihn fröstelte. Er horchte wie ein Hund
und suchte sich in seinem letzten Blute.

David singt vor Saul

I

König, hörst du, wie mein Saitenspiel
Fernen wirft, durch die wir uns bewegen:
Sterne treiben uns verwirrt entgegen,
und wir fallen endlich wie ein Regen,
und es blüht, wo dieser Regen fiel.

Mädchen blühen, die du noch erkannt,
die jetzt Frauen sind und mich verführen;
den Geruch der Jungfraun kannst du spüren,
und die Knaben stehen, angespannt
schlank und atmend, an verschwiegnen Türen.

Daß mein Klang dir alles wiederbrächte.
Aber trunken taumelt mein Getön:
Deine Nächte, König, deine Nächte –,
und wie waren, die dein Schaffen schwächte,
o wie waren alle Leiber schön.

Dein Erinnern glaub ich zu begleiten,
weil ich ahne. Doch auf welchen Saiten
greif ich dir ihr dunkles Lustgestöhn? –

II

König, der du alles dieses hattest
und der du mit lauter Leben mich
überwältigest und überschattest:
komm aus deinem Throne und zerbrich
meine Harfe, die du so ermattest.

Sie ist wie ein abgenommner Baum:
durch die Zweige, die dir Frucht getragen,
schaut jetzt eine Tiefe wie von Tagen
welche kommen –, und ich kenn sie kaum.

Laß mich nicht mehr bei der Harfe schlafen;
sieh dir diese Knabenhand da an:
glaubst du, König, daß sie die Oktaven
eines Leibes noch nicht greifen kann?

III

König, birgst du dich in Finsternissen,
und ich hab dich doch in der Gewalt.
Sieh, mein festes Lied ist nicht gerissen,
und der Raum wird um uns beide kalt.
Mein verwaistes Herz und dein verworrnes
hängen in den Wolken deines Zornes,
wütend ineinander eingebissen
und zu einem einzigen verkrallt.

Fühlst du jetzt, wie wir uns umgestalten?
König, König, das Gewicht wird Geist.
Wenn wir uns nur aneinander halten,
du am Jungen, König, ich am Alten,
sind wir fast wie ein Gestirn das kreist.

Josuas Landtag

So wie der Strom am Ausgang seine Dämme
durchbricht mit seiner Mündung Übermaß,
so brach nun durch die Ältesten der Stämme
zum letzten Mal die Stimme Josuas.

Wie waren die geschlagen, welche lachten,
wie hielten alle Herz und Hände an,
als hübe sich der Lärm von dreißig Schlachten
in einem Mund; und dieser Mund begann.

Und wieder waren Tausende voll Staunen
wie an dem großen Tag vor Jericho,
nun aber waren in ihm die Posaunen,
und ihres Lebens Mauern schwankten so,

daß sie sich wälzten von Entsetzen trächtig
und wehrlos schon und überwältigt, eh
sie's noch gedachten, wie er eigenmächtig
zu Gibeon die Sonne anschrie: steh:

Und Gott ging hin, erschrocken wie ein Knecht,
und hielt die Sonne, bis ihm seine Hände
wehtaten, ob dem schlachtenden Geschlecht,
nur weil da einer wollte, daß sie stände.

Und das war dieser; dieser Alte wars,
von dem sie meinten, daß er nicht mehr gelte
inmitten seines hundertzehnten Jahrs.
Da stand er auf und brach in ihre Zelte.

Er ging wie Hagel nieder über Halmen:
Was wollt ihr Gott versprechen? Ungezählt
stehn um euch Götter, wartend daß ihr wählt.
Doch wenn ihr wählt, wird euch der Herr zermalmen.

Und dann, mit einem Hochmut ohnegleichen:
Ich und mein Haus, wir bleiben ihm vermählt.

Da schrien sie alle: Hilf uns, gieb ein Zeichen
und stärke uns zu unserer schweren Wahl.

Aber sie sahn ihn, wie seit Jahren schweigend,
zu seiner festen Stadt am Berge steigend;
und dann nicht mehr. Es war das letzte Mal.

Der Auszug des verlorenen Sohnes

Nun fortzugehn von alledem Verworrnen,
das unser ist und uns doch nicht gehört,
das, wie das Wasser in den alten Bornen,
uns zitternd spiegelt und das Bild zerstört;
von allem diesen, das sich wie mit Dornen
noch einmal an uns anhängt – fortzugehn
und Das und Den,
die man schon nicht mehr sah
(so täglich waren sie und so gewöhnlich),
auf einmal anzuschauen: sanft, versöhnlich

und wie an einem Anfang und von nah;
und ahnend einzusehn, wie unpersönlich,
wie über alle hin das Leid geschah,
von dem die Kindheit voll war bis zum Rand –:
Und dann doch fortzugehen, Hand aus Hand,
als ob man ein Geheiltes neu zerrisse,
und fortzugehn: wohin? Ins Ungewisse,
weit in ein unverwandtes warmes Land,
das hinter allem Handeln wie Kulisse
gleichgültig sein wird: Garten oder Wand;
und fortzugehn: warum? Aus Drang, aus Artung,
aus Ungeduld, aus dunkler Erwartung,
aus Unverständlichkeit und Unverstand:

Dies alles auf sich nehmen und vergebens
vielleicht Gehaltnes fallen lassen, um
allein zu sterben, wissend nicht warum –

Ist das der Eingang eines neuen Lebens?

Der Ölbaum-Garten

Er ging hinauf unter dem grauen Laub
ganz grau und aufgelöst im Ölgelände
und legte seine Stirne voller Staub
tief in das Staubigsein der heißen Hände.

Nach allem dies. Und dieses war der Schluß.
Jetzt soll ich gehen, während ich erblinde,
und warum willst Du, daß ich sagen muß
Du seist, wenn ich Dich selber nicht mehr finde.

Ich finde Dich nicht mehr. Nicht in mir, nein.
Nicht in den andern. Nicht in diesem Stein.
Ich finde Dich nicht mehr. Ich bin allein.

Ich bin allein mit aller Menschen Gram,
den ich durch Dich zu lindern unternahm,
der Du nicht bist. O namenlose Scham …

Später erzählte man: ein Engel kam –.

Warum ein Engel? Ach es kam die Nacht
und blätterte gleichgültig in den Bäumen.
Die Jünger rührten sich in ihren Träumen.
Warum ein Engel? Ach es kam die Nacht.

Die Nacht, die kam, war keine ungemeine;
so gehen hunderte vorbei.
Da schlafen Hunde und da liegen Steine.
Ach eine traurige, ach irgendeine,
die wartet, bis es wieder Morgen sei.

Denn Engel kommen nicht zu solchen Betern,
und Nächte werden nicht um solche groß.
Die Sich-Verlierenden läßt alles los,
und sie sind preisgegeben von den Vätern
und ausgeschlossen aus der Mütter Schoß.

Pietà

So seh ich, Jesus, deine Füße wieder,
die damals eines Jünglings Füße waren,
da ich sie bang entkleidete und wusch;
wie standen sie verwirrt in meinen Haaren
und wie ein weißes Wild im Dornenbusch.

So seh ich deine niegeliebten Glieder
zum erstenmal in dieser Liebesnacht.
Wir legten uns noch nie zusammen nieder,
und nun wird nur bewundert und gewacht.

Doch, siehe, deine Hände sind zerrissen –:
Geliebter, nicht von mir, von meinen Bissen.
Dein Herz steht offen und man kann hinein:
das hätte dürfen nur mein Eingang sein.

Nun bist du müde, und dein müder Mund
hat keine Lust zu meinem wehen Munde –.

O Jesus, Jesus, wann war unsre Stunde?
Wie gehn wir beide wunderlich zugrund.

Gesang der Frauen an den Dichter

Sieh, wie sich alles auftut: so sind wir;
denn wir sind nichts als solche Seligkeit.
Was Blut und Dunkel war in einem Tier,
das wuchs in uns zur Seele an und schreit

als Seele weiter. Und es schreit nach dir.
Du freilich nimmst es nur in dein Gesicht
als sei es Landschaft: sanft und ohne Gier.
Und darum meinen wir, du bist es nicht,

nach dem es schreit. Und doch, bist du nicht der,
an den wir uns ganz ohne Rest verlören?
Und werden wir in irgend einem *mehr*?

Mit uns geht das Unendliche *vorbei*.
Du aber sei, du Mund, daß wir es hören,
du aber, du Uns-Sagender: du sei.

Der Tod des Dichters

Er lag. Sein aufgestelltes Antlitz war
bleich und verweigernd in den steilen Kissen,
seitdem die Welt und dieses von-ihr-Wissen,
von seinen Sinnen abgerissen,
zurückfiel an das teilnahmslose Jahr.

Die, so ihn leben sahen, wußten nicht,
wie sehr er Eines war mit allem diesen;
denn Dieses: diese Tiefen, diese Wiesen
und diese Wasser *waren* sein Gesicht.

O sein Gesicht war diese ganze Weite,
die jetzt noch zu ihm will und um ihn wirbt;
und seine Maske, die nun bang verstirbt,
ist zart und offen wie die Innenseite
von einer Frucht, die an der Luft verdirbt.

Buddha

Als ob er horchte. Stille: eine Ferne …
Wir halten ein und hören sie nicht mehr.
Und er ist Stern. Und andre große Sterne,
die wir nicht sehen, stehen um ihn her.

O er ist Alles. Wirklich, warten wir,
daß er uns sähe? Sollte er bedürfen?
Und wenn wir hier uns vor ihm niederwürfen,
er bliebe tief und träge wie ein Tier.

Denn das, was uns zu seinen Füßen reißt,
das kreist in ihm seit Millionen Jahren.
Er, der vergißt was wir erfahren
und der erfährt was uns verweist.

L'Ange du Méridien

Chartres

Im Sturm, der um die starke Kathedrale
wie ein Verneiner stürzt der denkt und denkt,
fühlt man sich zärtlicher mit einem Male
von deinem Lächeln zu dir hingelenkt:

lächelnder Engel, fühlende Figur,
mit einem Mund, gemacht aus hundert Munden:
gewahrst du gar nicht, wie dir unsre Stunden
abgleiten von der vollen Sonnenuhr,

auf der des Tages ganze Zahl zugleich,
gleich wirklich, steht in tiefem Gleichgewichte,
als wären alle Stunden reif und reich.

Was weißt du, Steinerner, von unserm Sein?
und hältst du mit noch seligerm Gesichte
vielleicht die Tafel in die Nacht hinein?

Die Kathedrale

In jenen kleinen Städten, wo herum
die alten Häuser wie ein Jahrmarkt hocken,
der *sie* bemerkt hat plötzlich und, erschrocken,
die Buden zumacht und, ganz zu und stumm,

die Schreier still, die Trommeln angehalten,
zu ihr hinaufhorcht aufgeregten Ohrs –:
dieweil sie ruhig immer in dem alten
Faltenmantel ihrer Contreforts
dasteht und von den Häusern gar nicht weiß:

in jenen kleinen Städten kannst du sehn,
wie sehr entwachsen ihrem Umgangskreis
die Kathedralen waren. Ihr Erstehn
ging über alles fort, so wie den Blick
des eignen Lebens viel zu große Nähe
fortwährend übersteigt, und als geschähe
nichts anderes; als wäre Das Geschick,
was sich in ihnen aufhäuft ohne Maßen,
versteinert und zum Dauernden bestimmt,
nicht Das, was unten in den dunkeln Straßen
vom Zufall irgendwelche Namen nimmt
und darin geht, wie Kinder Grün und Rot
und was der Krämer hat als Schürze tragen.
Da war Geburt in diesen Unterlagen,
und Kraft und Andrang war in diesem Ragen
und Liebe überall wie Wein und Brot,

und die Portale voller Liebesklagen.
Das Leben zögerte im Stundenschlagen,
und in den Türmen, welche voll Entsagen
auf einmal nicht mehr stiegen, war der Tod.

Das Portal

I

Da blieben sie, als wäre jene Flut
zurückgetreten, deren großes Branden
an diesen Steinen wusch, bis sie entstanden;
sie nahm im Fallen manches Attribut

aus ihren Händen, welche viel zu gut
und gebend sind, um etwas festzuhalten.
Sie blieben, von den Formen in Basalten
durch einen Nimbus, einen Bischofshut,

bisweilen durch ein Lächeln unterschieden,
für das ein Antlitz seiner Stunden Frieden
bewahrt hat als ein stilles Zifferblatt;

jetzt fortgerückt ins Leere ihres Tores,
waren sie einst die Muschel eines Ohres
und fingen jedes Stöhnen dieser Stadt.

II

Sehr viele Weite ist gemeint damit:
so wie mit den Kulissen einer Szene
die Welt gemeint ist; und so wie durch jene
der Held im Mantel seiner Handlung tritt: –

so tritt das Dunkel dieses Tores handelnd
auf seiner Tiefe tragisches Theater,

so grenzenlos und wallend wie Gott-Vater
und so wie Er sich wunderlich verwandelnd

in einen Sohn, der aufgeteilt ist hier
auf viele kleine beinah stumme Rollen,
genommen aus des Elends Zubehör.

Denn nur noch so entsteht (das wissen wir)
aus Blinden, Fortgeworfenen und Tollen
der Heiland wie ein einziger Akteur.

III

So ragen sie, die Herzen angehalten
(sie stehn auf Ewigkeit und gingen nie);
nur selten tritt aus dem Gefäll der Falten
eine Gebärde, aufrecht, steil wie sie,

und bleibt nach einem halben Schritte stehn
wo die Jahrhunderte sie überholen.
Sie sind im Gleichgewicht auf den Konsolen,
in denen eine Welt, die sie nicht sehn,

die Welt der Wirrnis, die sie nicht zertraten,
Figur und Tier, wie um sie zu gefährden,
sich krümmt und schüttelt und sie dennoch hält:

weil die Gestalten dort wie Akrobaten
sich nur so zuckend und so wild gebärden,
damit der Stab auf ihrer Stirn nicht fällt.

Die Fensterrose

Da drin: das träge Treten ihrer Tatzen
macht eine Stille, die dich fast verwirrt;
und wie dann plötzlich eine von den Katzen
den Blick an ihr, der hin und wieder irrt,

gewaltsam in ihr großes Auge nimmt, –
den Blick, der, wie von eines Wirbels Kreis
ergriffen, eine kleine Weile schwimmt
und dann versinkt und nichts mehr von sich weiß,

wenn dieses Auge, welches scheinbar ruht,
sich auftut und zusammenschlägt mit Tosen
und ihn hineinreißt bis ins rote Blut –:

So griffen einstmals aus dem Dunkelsein
der Kathedralen große Fensterrosen
ein Herz und rissen es in Gott hinein.

Das Kapitäl

Wie sich aus eines Traumes Ausgeburten
aufsteigend aus verwirrendem Gequäl
der nächste Tag erhebt: so gehn die Gurten
der Wölbung aus dem wirren Kapitäl

und lassen drin, gedrängt und rätselhaft
verschlungen, flügelschlagende Geschöpfe:
ihr Zögern und das Plötzliche der Köpfe
und jene starken Blätter, deren Saft

wie Jähzorn steigt, sich schließlich überschlagend
in einer schnellen Geste, die sich ballt
und sich heraushält –: alles aufwärtsjagend,

was immer wieder mit dem Dunkel kalt
herunterfällt, wie Regen Sorge tragend
für dieses alten Wachstums Unterhalt.

Gott im Mittelalter

Und sie hatten Ihn in sich erspart
und sie wollten, daß er sei und richte,
und sie hängten schließlich wie Gewichte
(zu verhindern seine Himmelfahrt)

an ihn ihrer großen Kathedralen
Last und Masse. Und er sollte nur
über seine grenzenlosen Zahlen
zeigend kreisen und wie eine Uhr

Zeichen geben ihrem Tun und Tagwerk.
Aber plötzlich kam er ganz in Gang,
und die Leute der entsetzten Stadt

ließen ihn, vor seiner Stimme bang,
weitergehn mit ausgehängtem Schlagwerk
und entflohn vor seinem Zifferblatt.

Morgue

Da liegen sie bereit, als ob es gälte,
nachträglich eine Handlung zu erfinden,
die mit einander und mit dieser Kälte
sie zu versöhnen weiß und zu verbinden;

denn das ist alles noch wie ohne Schluß.
Was für ein Name hätte in den Taschen
sich finden sollen? An dem Überdruß
um ihren Mund hat man herumgewaschen:

er ging nicht ab; er wurde nur ganz rein.
Die Bärte stehen, noch ein wenig härter,
doch ordentlicher im Geschmack der Wärter,

nur um die Gaffenden nicht anzuwidern.
Die Augen haben hinter ihren Lidern
sich umgewandt und schauen jetzt hinein.

Der Gefangene

I

Meine Hand hat nur noch eine
Gebärde, mit der sie verscheucht;
auf die alten Steine
fällt es aus Felsen feucht.

Ich höre nur dieses Klopfen
und mein Herz hält Schritt
mit dem Gehen der Tropfen
und vergeht damit.

Tropften sie doch schneller,
käme doch wieder ein Tier.
Irgendwo war es heller –.
Aber was wissen wir.

II

Denk dir, das was jetzt Himmel ist und Wind,
Luft deinem Mund und deinem Auge Helle,
das würde Stein bis um die kleine Stelle
an der dein Herz und deine Hände sind.

Und was jetzt in dir morgen heißt und: dann
und: späterhin und nächstes Jahr und weiter –
das würde wund in dir und voller Eiter
und schwäre nur und bräche nicht mehr an.

Und das was war, das wäre irre und
raste in dir herum, den lieben Mund
der niemals lachte, schäumend von Gelächter.

Und das was Gott war, wäre nur dein Wächter
und stopfte boshaft in das letzte Loch
ein schmutziges Auge. Und du lebtest doch.

Der Panther

Im Jardin des Plantes, Paris

Sein Blick ist vom Vorübergehn der Stäbe
so müd geworden, daß er nichts mehr hält.
Ihm ist, als ob es tausend Stäbe gäbe
und hinter tausend Stäben keine Welt.

Der weiche Gang geschmeidig starker Schritte,
der sich im allerkleinsten Kreise dreht,
ist wie ein Tanz von Kraft um eine Mitte,
in der betäubt ein großer Wille steht.

Nur manchmal schiebt der Vorhang der Pupille
sich lautlos auf–. Dann geht ein Bild hinein,
geht durch der Glieder angespannte Stille –
und hört im Herzen auf zu sein.

Die Gazelle

Gazella Dorcas

Verzauberte: wie kann der Einklang zweier
erwählter Worte je den Reim erreichen,
der in dir kommt und geht, wie auf ein Zeichen.
Aus deiner Stirne steigen Laub und Leier,

und alles Deine geht schon im Vergleich
durch Liebeslieder, deren Worte, weich
wie Rosenblätter, dem, der nicht mehr liest,
sich auf die Augen legen, die er schließt:

um dich zu sehen: hingetragen, als
wäre mit Sprüngen jeder Lauf geladen
und schösse nur nicht ab, solang der Hals

das Haupt ins Horchen hält: wie wenn beim Baden
im Wald die Badende sich unterbricht:
den Waldsee im gewendeten Gesicht.

Das Einhorn

Der Heilige hob das Haupt, und das Gebet
fiel wie ein Helm zurück von seinem Haupte:
denn lautlos nahte sich das niegeglaubte,
das weiße Tier, das wie eine geraubte
hülflose Hindin mit den Augen fleht.

Der Beine elfenbeinernes Gestell
bewegt sich in leichten Gleichgewichten,
ein weißer Glanz glitt selig durch das Fell,
und auf der Tierstirn, auf der stillen, lichten,
stand, wie ein Turm im Mond, das Horn so hell,
und jeder Schritt geschah, es aufzurichten.

Das Maul mit seinem rosagrauen Flaum
war leicht gerafft, so daß ein wenig Weiß
(weißer als alles) von den Zähnen glänzte;
die Nüstern nahmen auf und lechzten leis.
Doch seine Blicke, die kein Ding begrenzte,
warfen sich Bilder in den Raum
und schlossen einen blauen Sagenkreis.

Sankt Sebastian

Wie ein Liegender so steht er; ganz
hingehalten von dem großen Willen.
Weitentrückt wie Mütter, wenn sie stillen,
und in sich gebunden wie ein Kranz.

Und die Pfeile kommen: jetzt und jetzt
und als sprängen sie aus seinen Lenden,
eisern bebend mit den freien Enden.
Doch er lächelt dunkel, unverletzt.

Einmal nur wird seine Trauer groß,
und die Augen liegen schmerzlich bloß,
bis sie etwas leugnen, wie Geringes,

und als ließen sie verächtlich los
die Vernichter eines schönen Dinges.

Der Stifter

Das war der Auftrag an die Malergilde.
Vielleicht daß ihm der Heiland nie erschien;
vielleicht trat auch kein heiliger Bischof milde
an seine Seite wie in diesem Bilde
und legte leise seine Hand auf ihn.

Vielleicht war dieses alles: *so* zu knien
(so wie es alles ist was wir erfuhren):
zu knien: daß man die eigenen Konturen,
die auswärtswollenden, ganz angespannt
im Herzen hält, wie Pferde in der Hand.

Daß wenn ein Ungeheueres geschähe,
das nicht versprochen ist und nieverbrieft,
wir hoffen könnten, daß es uns nicht sähe
und näher käme, ganz in unsre Nähe,
mit sich beschäftigt und in sich vertieft.

Der Engel

Mit einem Neigen seiner Stirne weist
er weit von sich was einschränkt und verpflichtet;
denn durch sein Herz geht riesig aufgerichtet
das ewig Kommende das kreist.

Die tiefen Himmel stehn ihm voll Gestalten,
und jede kann ihm rufen: komm, erkenn –.
Gieb seinen leichten Händen nichts zu halten
aus deinem Lastenden. Sie kämen denn

bei Nacht zu dir, dich ringender zu prüfen,

und gingen wie Erzürnte durch das Haus
und griffen dich als ob sie dich erschüfen
und brächen dich aus deiner Form heraus.

Römische Sarkophage

Was aber hindert uns zu glauben, daß
(so wie wir hingestellt sind und verteilt)
nicht eine kleine Zeit nur Drang und Haß
und dies Verwirrende in uns verweilt,

wie einst in dem verzierten Sarkophag
bei Ringen, Götterbildern, Gläsern, Bändern,
in langsam sich verzehrenden Gewändern
ein langsam Aufgelöstes lag –

bis es die unbekannten Munde schluckten,
die niemals reden. (Wo besteht und denkt
ein Hirn, um ihrer einst sich zu bedienen?)

Da wurde von den alten Aquädukten
ewiges Wasser in sie eingelenkt –:
das spiegelt jetzt und geht und glänzt in ihnen.

Der Schwan

Diese Mühsal, durch noch Ungetanes
schwer und wie gebunden hinzugehn,
gleicht dem ungeschaffnen Gang des Schwanes.

Und das Sterben, dieses Nichtmehrfassen
jenes Grunds, auf dem wir täglich stehn,
seinem ängstlichen Sich-Niederlassen –:

in die Wasser, die ihn sanft empfangen
und die sich, wie glücklich und vergangen,

unter ihm zurückziehn, Flut um Flut;
während er unendlich still und sicher
immer mündiger und königlicher
und gelassener zu ziehn geruht.

Kindheit

Es wäre gut viel nachzudenken, um
von so Verlornem etwas auszusagen,
von jenen langen Kindheit-Nachmittagen,
die so nie wiederkamen – und warum?

Noch mahnt es uns –: vielleicht in einem Regnen,
aber wir wissen nicht mehr was das soll;
nie wieder war das Leben von Begegnen,
von Wiedersehn und Weitergehn so voll

wie damals, da uns nichts geschah als nur
was einem Ding geschieht und einem Tiere:
da lebten wir, wie Menschliches, das Ihre
und wurden bis zum Rande voll Figur.

Und wurden so vereinsamt wie ein Hirt
und so mit großen Fernen überladen
und wie von weit berufen und berührt
und langsam wie ein langer neuer Faden
in jene Bilder-Folgen eingeführt,
in welchen nun zu dauern uns verwirrt.

Der Dichter

Du entfernst dich von mir, du Stunde.
Wunden schlägt mir dein Flügelschlag.
Allein: was soll ich mit meinem Munde?
mit meiner Nacht? mit meinem Tag?

Ich habe keine Geliebte, kein Haus,
keine Stelle auf der ich lebe.
Alle Dinge, an die ich mich gebe,
werden reich und geben mich aus.

Die Spitze

I

Menschlichkeit: Namen schwankender Besitze,
noch unbestätigter Bestand von Glück:
ist das unmenschlich, daß zu dieser Spitze,
zu diesem kleinen dichten Spitzenstück
zwei Augen wurden? – Willst du sie zurück?

Du Langvergangene und schließlich Blinde,
ist deine Seligkeit in diesem Ding,
zu welcher hin, wie zwischen Stamm und Rinde,
dein großes Fühlen, kleinverwandelt, ging?

Durch einen Riß im Schicksal, eine Lücke
entzogst du deine Seele deiner Zeit;
und sie ist so in diesem lichten Stücke,
daß es mich lächeln macht vor Nützlichkeit.

II

Und wenn uns eines Tages dieses Tun
und was an uns geschieht gering erschiene
und uns so fremd, als ob es nicht verdiene,
daß wir so mühsam aus den Kinderschuhn
um seinetwillen wachsen –: Ob die Bahn
vergilbter Spitze, diese dichtgefügte
blumige Spitzenbahn, dann nicht genügte,
uns hier zu halten? Sieh: sie ward *getan*.

Ein Leben ward vielleicht verschmäht, wer weiß?
Ein Glück war da und wurde hingegeben,
und endlich wurde doch, um jeden Preis,
dies Ding daraus, nicht leichter als das Leben
und doch vollendet und so schön als sei's
nicht mehr zu früh, zu lächeln und zu schweben.

Ein Frauen-Schicksal

So wie der König auf der Jagd ein Glas
ergreift, daraus zu trinken, irgendeines, –
und wie hernach der welcher es besaß
es fortstellt und verwahrt als wär es keines:

so hob vielleicht das Schicksal, durstig auch,
bisweilen Eine an den Mund und trank,
die dann ein kleines Leben, viel zu bang
sie zu zerbrechen, abseits vom Gebrauch

hinstellte in die ängstliche Vitrine,
in welcher seine Kostbarkeiten sind
(oder die Dinge, die für kostbar gelten).

Da stand sie fremd wie eine Fortgeliehne
und wurde einfach alt und wurde blind
und war nicht kostbar und war niemals selten.

Die Genesende

Wie ein Singen kommt und geht in Gassen
und sich nähert und sich wieder scheut,
flügelschlagend, manchmal fast zu fassen
und dann wieder weit hinausgestreut:

spielt mit der Genesenden das Leben;
während sie, geschwächt und ausgeruht,

unbeholfen, um sich hinzugeben,
eine ungewohnte Geste tut.

Und sie fühlt es beinah wie Verführung,
wenn die hartgewordne Hand, darin
Fieber waren voller Widersinn,
fernher, wie mit blühender Berührung,
zu liebkosen kommt ihr hartes Kinn.

Die Erwachsene

Das alles stand auf ihr und war die Welt
und stand auf ihr mit allem, Angst und Gnade,
wie Bäume stehen, wachsend und gerade,
ganz Bild und bildlos wie die Bundeslade
und feierlich, wie auf ein Volk gestellt.

Und sie ertrug es; trug bis obenhin
das Fliegende, Entfliehende, Entfernte,
das Ungeheuere, noch Unerlernte
gelassen wie die Wasserträgerin
den vollen Krug. Bis mitten unterm Spiel,
verwandelnd und auf andres vorbereitend,
der erste weiße Schleier, leise gleitend,
über das aufgetane Antlitz fiel

fast undurchsichtig und sich nie mehr hebend
und irgendwie auf alle Fragen ihr
nur eine Antwort vage wiedergebend:
In dir, du Kindgewesene, in dir.

Tanagra

Ein wenig gebrannter Erde,
wie von großer Sonne gebrannt.
Als wäre die Gebärde
einer Mädchenhand

auf einmal nicht mehr vergangen;
ohne nach etwas zu langen,
zu keinem Dinge hin
aus ihrem Gefühle führend,
nur an sich selber rührend
wie eine Hand ans Kinn.

Wir heben und wir drehen
eine und eine Figur;
wir können fast verstehen
weshalb sie nicht vergehen, –
aber wir sollen nur
tiefer und wunderbarer
hängen an dem was war
und lächeln: ein wenig klarer
vielleicht als vor einem Jahr.

Die Erblindende

Sie saß so wie die anderen beim Tee.
Mir war zuerst, als ob sie ihre Tasse
ein wenig anders als die andern fasse.
Sie lächelte einmal. Es tat fast weh.

Und als man schließlich sich erhob und sprach
und langsam und wie es der Zufall brachte
durch viele Zimmer ging (man sprach und lachte),
da sah ich sie. Sie ging den andern nach,

verhalten, so wie eine, welche gleich
wird singen müssen und vor vielen Leuten;
auf ihren hellen Augen die sich freuten
war Licht von außen wie auf einem Teich.

Sie folgte langsam und sie brauchte lang
als wäre etwas noch nicht überstiegen;
und doch: als ob, nach einem Übergang,
sie nicht mehr gehen würde, sondern fliegen.

In einem fremden Park

Borgeby-Gård

Zwei Wege sinds. Sie führen keinen hin.
Doch manchmal, in Gedanken, läßt der eine
dich weitergehn. Es ist, als gingst du fehl;
aber auf einmal bist du im Rondel
alleingelassen wieder mit dem Steine
und wieder auf ihm lesend: Freiherrin
Brite Sophie – und wieder mit dem Finger
abfühlend die zerfallne Jahreszahl –.
Warum wird dieses Finden nicht geringer?

Was zögerst du ganz wie zum ersten Mal
erwartungsvoll auf diesem Ulmenplatz,
der feucht und dunkel ist und niebetreten?

Und was verlockt dich für ein Gegensatz,
etwas zu suchen in den sonnigen Beeten,
als wärs der Name eines Rosenstocks?

Was stehst du oft? Was hören deine Ohren?
Und warum siehst du schließlich, wie verloren,
die Falter flimmern um den hohen Phlox.

Abschied

Wie hab ich das gefühlt was Abschied heißt.
Wie weiß ichs noch: ein dunkles unverwundnes
grausames Etwas, das ein Schönverbundnes
noch einmal zeigt und hinhält und zerreißt.

Wie war ich ohne Wehr, dem zuzuschauen,
das, da es mich, mich rufend, gehen ließ,
zurückblieb, so als wärens alle Frauen
und dennoch klein und weiß und nichts als dies:

Ein Winken, schon nicht mehr auf mich bezogen,
ein leise Weiterwinkendes –, schon kaum
erklärbar mehr: vielleicht ein Pflaumenbaum,
von dem ein Kuckuck hastig abgeflogen.

Todes-Erfahrung

Wir wissen nichts von diesem Hingehn, das
nicht mit uns teilt. Wir haben keinen Grund,
Bewunderung und Liebe oder Haß
dem Tod zu zeigen, den ein Maskenmund

tragischer Klage wunderlich entstellt.
Noch ist die Welt voll Rollen, die wir spielen.
Solang wir sorgen, ob wir auch gefielen,
spielt auch der Tod, obwohl er nicht gefällt.

Doch als du gingst, da brach in diese Bühne
ein Streifen Wirklichkeit durch jenen Spalt
durch den du hingingst: Grün wirklicher Grüne,
wirklicher Sonnenschein, wirklicher Wald.

Wir spielen weiter. Bang und schwer Erlerntes
hersagend und Gebärden dann und wann
aufhebend; aber dein von uns entferntes,
aus unserm Stück entrücktes Dasein kann

uns manchmal überkommen, wie ein Wissen
von jener Wirklichkeit sich niedersenkend,
so daß wir eine Weile hingerissen
das Leben spielen, nicht an Beifall denkend.

Blaue Hortensie

So wie das letzte Grün in Farbentiegeln
sind diese Blätter, trocken, stumpf und rauh,
hinter den Blütendolden, die ein Blau
nicht auf sich tragen, nur von ferne spiegeln.

Sie spiegeln es verweint und ungenau,
als wollten sie es wiederum verlieren,
und wie in alten blauen Briefpapieren
ist Gelb in ihnen, Violett und Grau;

Verwaschnes wie an einer Kinderschürze,
Nichtmehrgetragnes, dem nichts mehr geschieht:
wie fühlt man eines kleinen Lebens Kürze.

Doch plötzlich scheint das Blau sich zu verneuen
in einer von den Dolden, und man sieht
ein rührend Blaues sich vor Grünem freuen.

Vor dem Sommerregen

Auf einmal ist aus allem Grün im Park
man weiß nicht was, ein Etwas, fortgenommen;
man fühlt ihn näher an die Fenster kommen
und schweigsam sein. Inständig nur und stark

ertönt aus dem Gehölz der Regenpfeifer,
man denkt an einen Hieronymus:
so sehr steigt irgend Einsamkeit und Eifer
aus dieser einen Stimme, die der Guß

erhören wird. Des Saales Wände sind
mit ihren Bildern von uns fortgetreten,
als dürften sie nicht hören was wir sagen.

Es spiegeln die verblichenen Tapeten
das ungewisse Licht von Nachmittagen,
in denen man sich fürchtete als Kind.

Im Saal

Wie sind sie alle um uns, diese Herrn
in Kammerherrentrachten und Jabots,
wie eine Nacht um ihren Ordensstern
sich immer mehr verdunkelnd, rücksichtslos,
und diese Damen, zart, fragile, doch groß
von ihren Kleidern, eine Hand im Schoß,
klein wie ein Halsband für den Bologneser;
wie sind sie da um jeden: um den Leser,
um den Betrachter dieser Bibelots,
darunter manches ihnen noch gehört.

Sie lassen, voller Takt, uns ungestört
das Leben leben wie wir es begreifen
und wie sie's nicht verstehn. Sie wollten blühn,
und blühn ist schön sein; doch wir wollen reifen,
und das heißt dunkel sein und sich bemühn.

Letzter Abend

(Aus dem Besitze Frau Nonnas)

Und Nacht und fernes Fahren; denn der Train
des ganzen Heeres zog am Park vorüber.
Er aber hob den Blick vom Clavecin
und spielte noch und sah zu ihr hinüber

beinah wie man in einen Spiegel schaut:
so sehr erfüllt von seinen jungen Zügen
und wissend, wie sie seine Trauer trügen,
schön und verführender bei jedem Laut.

Doch plötzlich wars, als ob sich das verwische:
sie stand wie mühsam in der Fensternische
und hielt des Herzens drängendes Geklopf.

Sein Spiel gab nach. Von draußen wehte Frische.
Und seltsam fremd stand auf dem Spiegeltische
der schwarze Tschako mit dem Totenkopf.

Jugend-Bildnis meines Vaters

Im Auge Traum. Die Stirn wie in Berührung
mit etwas Fernem. Um den Mund enorm
viel Jugend, ungelächelte Verführung,
und vor der vollen schmückenden Verschnürung
der schlanken adeligen Uniform
der Säbelkorb und beide Hände –, die
abwarten, ruhig, zu nichts hingedrängt.
Und nun fast nicht mehr sichtbar: als ob sie
zuerst, die Fernes greifenden, verschwänden.
Und alles andre mit sich selbst verhängt
und ausgelöscht als ob wirs nicht verständen
und tief aus seiner eignen Tiefe trüb –.

Du schnell vergehendes Daguerreotyp
in meinen langsamer vergehenden Händen.

Selbstbildnis aus dem Jahre 1906

Des alten lange adligen Geschlechtes
Feststehendes im Augenbogenbau.
Im Blicke noch der Kindheit Angst und Blau
und Demut da und dort, nicht eines Knechtes
doch eines Dienenden und einer Frau.
Der Mund als Mund gemacht, groß und genau,
nicht überredend, aber ein Gerechtes
Aussagendes. Die Stirne ohne Schlechtes
und gern im Schatten stiller Niederschau.

Das, als Zusammenhang, erst nur geahnt;
noch nie im Leiden oder im Gelingen
zusammgefaßt zu dauerndem Durchdringen,
doch so, als wäre mit zerstreuten Dingen
von fern ein Ernstes, Wirkliches geplant.

Der König

Der König ist sechzehn Jahre alt.
Sechzehn Jahre und schon der Staat.
Er schaut, wie aus einem Hinterhalt,
vorbei an den Greisen vom Rat

in den Saal hinein und irgendwohin
und fühlt vielleicht nur dies:
an dem schmalen langen harten Kinn
die kalte Kette vom Vlies.

Das Todesurteil vor ihm bleibt
lang ohne Namenszug.
Und sie denken: wie er sich quält.

Sie wüßten, kennten sie ihn genug,
daß er nur langsam bis siebzig zählt
eh er es unterschreibt.

Auferstehung

Der Graf vernimmt die Töne,
er sieht einen lichten Riß;
er weckt seine dreizehn Söhne
im Erb-Begräbnis.

Er grüßt seine beiden Frauen
ehrerbietig von weit –;
und alle, voll Vertrauen,
stehn auf zur Ewigkeit

und warten nur noch auf Erich
und Ulriken Dorotheen,
die, sieben- und dreizehnjährig,
(sechzehnhundertzehn)
verstorben sind in Flandern,
um heute vor den andern
unbeirrt herzugehn.

Der Fahnenträger

Die Andern fühlen alles an sich rauh
und ohne Anteil: Eisen, Zeug und Leder.
Zwar manchmal schmeichelt eine weiche Feder,
doch sehr allein und lieb-los ist ein jeder;
er aber trägt – als trüg er eine Frau –
die Fahne in dem feierlichen Kleide.
Dicht hinter ihm geht ihre schwere Seide,
die manchmal über seine Hände fließt.

Er kann allein, wenn er die Augen schließt,
ein Lächeln sehn: er darf sie nicht verlassen. –

Und wenn es kommt in blitzenden Kürassen
und nach ihr greift und ringt und will sie fassen –:

dann darf er sie abreißen von dem Stocke
als riß er sie aus ihrem Mädchentum,
um sie zu halten unterm Waffenrocke.

Und für die Andern ist das Mut und Ruhm.

Der letzte Graf von Brederode entzieht sich türkischer Gefangenschaft

Sie folgten furchtbar; ihren bunten Tod
von ferne nach ihm werfend, während er
verloren floh, nichts weiter als: bedroht.
Die Ferne seiner Väter schien nicht mehr

für ihn zu gelten; denn um so zu fliehn,
genügt ein Tier vor Jägern. Bis der Fluß
aufrauschte nah und blitzend. Ein Entschluß
hob ihn samt seiner Not und machte ihn

wieder zum Knaben fürstlichen Geblütes.
Ein Lächeln adeliger Frauen goß
noch einmal Süßigkeit in sein verfrühtes

vollendetes Gesicht. Er zwang sein Roß,
groß wie sein Herz zu gehn, sein blutdurchglühtes:
es trug ihn in den Strom wie in sein Schloß.

Die Kurtisane

Venedigs Sonne wird in meinem Haar
ein Gold bereiten: aller Alchemie
erlauchten Ausgang. Meine Brauen, die
den Brücken gleichen, siehst du sie

hinführen ob der lautlosen Gefahr
der Augen, die ein heimlicher Verkehr
an die Kanäle schließt, so daß das Meer
in ihnen steigt und fällt und wechselt. Wer

mich einmal sah, beneidet meinen Hund,
weil sich auf ihm oft in zerstreuter Pause
die Hand, die nie an keiner Glut verkohlt,

die unverwundbare, geschmückt, erholt –.
Und Knaben, Hoffnungen aus altem Hause,
gehn wie an Gift an meinem Mund zugrund.

Die Treppe der Orangerie

Versailles

Wie Könige die schließlich nur noch schreiten
fast ohne Ziel, nur um von Zeit zu Zeit
sich den Verneigenden auf beiden Seiten
zu zeigen in des Mantels Einsamkeit–:

so steigt, allein zwischen den Balustraden,
die sich verneigen schon seit Anbeginn,
die Treppe: langsam und von Gottes Gnaden
und auf den Himmel zu und nirgends hin;

als ob sie allen Folgenden befahl
zurückzubleiben, – so daß sie nicht wagen
von ferne nachzugehen; nicht einmal
die schwere Schleppe durfte einer tragen.

Der Marmor-Karren

Paris

Auf Pferde, sieben ziehende, verteilt,
verwandelt Niebewegtes sich in Schritte;
denn was hochmütig in des Marmors Mitte
an Alter, Widerstand und All verweilt,

das zeigt sich unter Menschen. Siehe, nicht
unkenntlich, unter irgend einem Namen,
nein: wie der Held das Drängen in den Dramen
erst sichtbar macht und plötzlich unterbricht:

so kommt es durch den stauenden Verlauf
des Tages, kommt in seinem ganzen Staate,
als ob ein großer Triumphator nahte

langsam zuletzt; und langsam vor ihm her
Gefangene, von seiner Schwere schwer.
Und naht noch immer und hält alles auf.

Buddha

Schon von ferne fühlt der fremde scheue
Pilger, wie es golden von ihm träuft;
so als hätten Reiche voller Reue
ihre Heimlichkeiten aufgehäuft.

Aber näher kommend wird er irre
vor der Hoheit dieser Augenbraun:
denn das sind nicht ihre Trinkgeschirre
und die Ohrgehänge ihrer Fraun.

Wüßte einer denn zu sagen, welche
Dinge eingeschmolzen wurden, um
dieses Bild auf diesem Blumenkelche

aufzurichten: stummer, ruhiggelber
als ein goldenes und rundherum
auch den Raum berührend wie sich selber.

Römische Fontäne

Borghese

Zwei Becken, eins das andre übersteigend
aus einem alten runden Marmorrand,
und aus dem oberen Wasser leis sich neigend
zum Wasser, welches unten wartend stand,

dem leise redenden entgegenschweigend
und heimlich, gleichsam in der hohlen Hand,
ihm Himmel hinter Grün und Dunkel zeigend
wie einen unbekannten Gegenstand;

sich selber ruhig in der schönen Schale
verbreitend ohne Heimweh, Kreis aus Kreis,
nur manchmal träumerisch und tropfenweis

sich niederlassend an den Moosbehängen

zum letzten Spiegel, der sein Becken leis
von unten lächeln macht mit Übergängen.

Das Karussell

Jardin du Luxembourg

Mit einem Dach und seinem Schatten dreht
sich eine kleine Weile der Bestand
von bunten Pferden, alle aus dem Land,
das lange zögert, eh es untergeht.
Zwar manche sind an Wagen angespannt,
doch alle haben Mut in ihren Mienen;
ein böser roter Löwe geht mit ihnen
und dann und wann ein weißer Elefant.

Sogar ein Hirsch ist da, ganz wie im Wald,
nur daß er einen Sattel trägt und drüber
ein kleines blaues Mädchen aufgeschnallt.

Und auf dem Löwen reitet weiß ein Junge
und hält sich mit der kleinen heißen Hand,
dieweil der Löwe Zähne zeigt und Zunge.

Und dann und wann ein weißer Elefant.

Und auf den Pferden kommen sie vorüber,
auch Mädchen, helle, diesem Pferdesprunge
fast schon entwachsen; mitten in dem Schwunge
schauen sie auf, irgendwohin, herüber –

Und dann und wann ein weißer Elefant.

Und das geht hin und eilt sich, daß es endet,
und kreist und dreht sich nur und hat kein Ziel.
Ein Rot, ein Grün, ein Grau vorbeigesendet,
ein kleines kaum begonnenes Profil –.
Und manchesmal ein Lächeln, hergewendet,
ein seliges, das blendet und verschwendet
an dieses atemlose blinde Spiel …

Spanische Tänzerin

Wie in der Hand ein Schwefelzündholz, weiß,
eh es zur Flamme kommt, nach allen Seiten
zuckende Zungen streckt –: beginnt im Kreis
naher Beschauer hastig, hell und heiß
ihr runder Tanz sich zuckend auszubreiten.

Und plötzlich ist er Flamme, ganz und gar.

Mit einem Blick entzündet sie ihr Haar
und dreht auf einmal mit gewagter Kunst
ihr ganzes Kleid in diese Feuersbrunst,
aus welcher sich, wie Schlangen die erschrecken,
die nackten Arme wach und klappernd strecken.

Und dann: als würde ihr das Feuer knapp,
nimmt sie es ganz zusamm und wirft es ab
sehr herrisch, mit hochmütiger Gebärde
und schaut: da liegt es rasend auf der Erde
und flammt noch immer und ergiebt sich nicht –.
Doch sieghaft, sicher und mit einem süßen
grüßenden Lächeln hebt sie ihr Gesicht
und stampft es aus mit kleinen festen Füßen.

Der Turm

Tour St.-Nicolas, Furnes

Erd-Inneres. Als wäre dort, wohin
du blindlings steigst, erst Erdenoberfläche,
zu der du steigst im schrägen Bett der Bäche,
die langsam aus dem suchenden Gerinn

der Dunkelheit entsprungen sind, durch die
sich dein Gesicht, wie auferstehend, drängt
und die du plötzlich *siehst*, als fiele sie
aus diesem Abgrund, der dich überhängt

und den du, wie er riesig über dir
sich umstürzt in dem dämmernden Gestühle,
erkennst, erschreckt und fürchtend, im Gefühle:
o wenn er steigt, behangen wie ein Stier –:

Da aber nimmt dich aus der engen Endung
windiges Licht. Fast fliegend siehst du hier
die Himmel wieder, Blendung über Blendung,
und dort die Tiefen, wach und voll Verwendung,

und kleine Tage wie bei Patenier,
gleichzeitige, mit Stunde neben Stunde,
durch die die Brücken springen wie die Hunde,
dem hellen Wege immer auf der Spur,

den unbeholfne Häuser manchmal nur
verbergen, bis er ganz im Hintergrunde
beruhigt geht durch Buschwerk und Natur.

Der Platz

Furnes

Willkürlich von Gewesnem ausgeweitet:
von Wut und Aufruhr, von dem Kunterbunt
das die Verurteilten zu Tod begleitet,
von Buden, von der Jahrmarktsrufer Mund,
und von dem Herzog der vorüberreitet
und von dem Hochmut von Burgund,

(auf allen Seiten Hintergrund):

ladet der Platz zum Einzug seiner Weite
die fernen Fenster unaufhörlich ein,
während sich das Gefolge und Geleite
der Leere langsam an den Handelsreihn

verteilt und ordnet. In die Giebel steigend,
wollen die kleinen Häuser alles sehn,

die Türme vor einander scheu verschweigend,
die immer maßlos hinter ihnen stehn.

Quai du Rosaire

Brügge

Die Gassen haben einen sachten Gang
(wie manchmal Menschen gehen im Genesen
nachdenkend: was ist früher hier gewesen?)
und die an Plätze kommen, warten lang

auf eine andre, die mit einem Schritt
über das abendklare Wasser tritt,
darin, je mehr sich rings die Dinge mildern,
die eingehängte Welt von Spiegelbildern
so wirklich wird wie diese Dinge nie.

Verging nicht diese Stadt? Nun siehst du, wie
(nach einem unbegreiflichen Gesetz)
sie wach und deutlich wird im Umgestellten,
als wäre dort das Leben nicht so selten;
dort hängen jetzt die Gärten groß und gelten,
dort dreht sich plötzlich hinter schnell erhellten
Fenstern der Tanz in den Estaminets.

Und oben blieb? – – Die Stille nur, ich glaube,
und kostet langsam und von nichts gedrängt
Beere um Beere aus der süßen Traube
des Glockenspiels, das in den Himmeln hängt.

Béguinage

Béguinage Sainte-Elisabeth, Brügge

I

Das hohe Tor scheint keine einzuhalten,
die Brücke geht gleich gerne hin und her,
und doch sind sicher alle in dem alten
offenen Ulmenhof und gehn nicht mehr
aus ihren Häusern, als auf jenem Streifen
zur Kirche hin, um besser zu begreifen
warum in ihnen so viel Liebe war.

Dort knieen sie, verdeckt mit reinem Leinen,
so gleich, als wäre nur das Bild der einen
tausendmal im Choral, der tief und klar
zu Spiegeln wird an den verteilten Pfeilern;
und ihre Stimmen gehn den immer steilern
Gesang hinan und werfen sich von dort,
wo es nicht weitergeht, vom letzten Wort,
den Engeln zu, die sie nicht wiedergeben.

Drum sind die unten, wenn sie sich erheben
und wenden, still. Drum reichen sie sich schweigend
mit einem Neigen, Zeigende zu zeigend
Empfangenden, geweihtes Wasser, das
die Stirnen kühl macht und die Munde blaß.

Und gehen dann, verhangen und verhalten,
auf jenem Streifen wieder überquer –
die Jungen ruhig, ungewiß die Alten
und eine Greisin, weilend, hinterher –
zu ihren Häusern, die sie schnell verschweigen
und die sich durch die Ulmen hin von Zeit
zu Zeit ein wenig reine Einsamkeit,
in einer kleinen Scheibe schimmernd, zeigen.

II

Was aber spiegelt mit den tausend Scheiben
das Kirchenfenster in den Hof hinein,
darin sich Schweigen, Schein und Widerschein
vermischen, trinken, trüben, übertreiben,
phantastisch alternd wie ein alter Wein.

Dort legt sich, keiner weiß von welcher Seite,
Außen auf Inneres und Ewigkeit
auf Immer-Hingehn, Weite über Weite,
erblindend, finster, unbenutzt, verbleit.

Dort bleibt, unter dem schwankenden Dekor
des Sommertags, das Graue alter Winter:
als Stünde regungslos ein sanftgesinnter
langmütig lange Wartender dahinter
und eine weinend Wartende davor.

Die Marien-Prozession

Gent

Aus allen Türmen stürzt sich, Fluß um Fluß,
hinwallendes Metall in solchen Massen
als sollte drunten in der Form der Gassen
ein blanker Tag erstehn aus Bronzeguß,

an dessen Rand, gehämmert und erhaben,
zu sehen ist der buntgebundne Zug
der leichten Mädchen und der neuen Knaben,
und wie er Wellen schlug und trieb und trug,
hinabgehalten von dem ungewissen
Gewicht der Fahnen und von Hindernissen
gehemmt, unsichtbar wie die Hand des Herrn;

und drüben plötzlich beinah mitgerissen
vom Aufstieg aufgescheuchter Räucherbecken,

die fliegend, alle sieben, wie im Schrecken
an ihren Silberketten zerrn.

Die Böschung Schauender umschließt die Schiene,
in der das alles stockt und rauscht und rollt:
das Kommende, das Chryselephantine,
aus dem sich zu Balkonen Baldachine
aufbäumen, schwankend im Behang von Gold.

Und sie erkennen über all dem Weißen,
getragen und im spanischen Gewand,
das alte Standbild mit dem kleinen heißen
Gesichte und dem Kinde auf der Hand
und knieen hin, je mehr es naht und naht,
in seiner Krone ahnungslos veraltend
und immer noch das Segnen hölzern haltend
aus dem sich groß gebärdenden Brokat.

Da aber wie es an den Hingeknieten
vorüberkommt, die scheu von unten schaun,
da scheint es seinen Trägern zu gebieten
mit einem Hochziehn seiner Augenbraun,
hochmütig, ungehalten und bestimmt:
so daß sie staunen, stehn und überlegen
und schließlich zögernd gehn. Sie aber nimmt,

in sich die Schritte dieses ganzen Stromes
und geht, allein, wie auf erkannten Wegen
dem Glockendonnern des großoffnen Domes
auf hundert Schultern frauenhaft entgegen.

Die Insel

Nordsee

I

Die nächste Flut verwischt den Weg im Watt,
und alles wird auf allen Seiten gleich;
die kleine Insel draußen aber hat
die Augen zu; verwirrend kreist der Deich

um ihre Wohner, die in einen Schlaf
geboren werden, drin sie viele Welten
verwechseln, schweigend; denn sie reden selten,
und jeder Satz ist wie ein Epitaph

für etwas Angeschwemmtes, Unbekanntes,
das unerklärt zu ihnen kommt und bleibt.
Und so ist alles was ihr Blick beschreibt

von Kindheit an: nicht auf sie Angewandtes,
zu Großes, Rücksichtsloses, Hergesandtes,
das ihre Einsamkeit noch übertreibt.

II

Als läge er in einem Krater-Kreise
auf einem Mond: ist jeder Hof umdämmt,
und drin die Gärten sind auf gleiche Weise
gekleidet und wie Waisen gleich gekämmt

von jenem Sturm, der sie so rauh erzieht
und tagelang sie bange macht mit Toden.
Dann sitzt man in den Häusern drin und sieht
in schiefen Spiegeln was auf den Kommoden

Seltsames steht. Und einer von den Söhnen
tritt abends vor die Tür und zieht ein Tönen
aus der Harmonika wie Weinen weich;

so hörte ers in einem fremden Hafen –.
Und draußen formt sich eines von den Schafen
ganz groß, fast drohend, auf dem Außendeich.

III

Nah ist nur Innres; alles andre fern.
Und dieses Innere gedrängt und täglich
mit allem überfüllt und ganz unsäglich.
Die Insel ist wie ein zu kleiner Stern

welchen der Raum nicht merkt und stumm zerstört
in seinem unbewußten Furchtbarsein,
so daß er, unerhellt und überhört,
allein

damit dies alles doch ein Ende nehme
dunkel auf einer selbsterfundnen Bahn
versucht zu gehen, blindlings, nicht im Plan
der Wandelsterne, Sonnen und Systeme.

Hetären-Gräber

In ihren langen Haaren liegen sie
mit braunen, tief in sich gegangenen Gesichtern.
Die Augen zu wie vor zu vieler Ferne.
Skelette, Munde, Blumen. In den Munden
die glatten Zähne wie ein Reise-Schachspiel
aus Elfenbein in Reihen aufgestellt.
Und Blumen, gelbe Perlen, schlanke Knochen,
Hände und Hemden, welkende Gewebe
über dem eingestürzten Herzen. Aber
dort unter jenen Ringen, Talismanen
und augenblauen Steinen (Lieblings-Angedenken)

steht noch die stille Krypta des Geschlechtes,
bis an die Wölbung voll mit Blumenblättern.
Und wieder gelbe Perlen, weitverrollte, –
Schalen gebrannten Tones, deren Bug
ihr eignes Bild geziert hat, grüne Scherben
von Salben-Vasen, die wie Blumen duften,
und Formen kleiner Götter: Hausaltäre,
Hetärenhimmel mit entzückten Göttern.
Gesprengte Gürtel, flache Skarabäen,
kleine Figuren riesigen Geschlechtes,
ein Mund der lacht und Tanzende und Läufer,
goldene Fibeln, kleinen Bogen ähnlich
zur Jagd auf Tier- und Vogelamulette,
und lange Nadeln, zieres Hausgeräte
und eine runde Scherbe roten Grundes,
darauf, wie eines Eingangs schwarze Aufschrift,
die straffen Beine eines Viergespannes.
Und wieder Blumen, Perlen, die verrollt sind,
die hellen Lenden einer kleinen Leier,
und zwischen Schleiern, die gleich Nebeln fallen,
wie ausgekrochen aus des Schuhes Puppe:
des Fußgelenkes leichter Schmetterling.

So liegen sie mit Dingen angefüllt,
kostbaren Dingen, Steinen, Spielzeug, Hausrat,
zerschlagnem Tand (was alles in sie abfiel),
und dunkeln wie der Grund von einem Fluß.

Flußbetten waren sie,
darüber hin in kurzen schnellen Wellen
(die weiter wollten zu dem nächsten Leben)
die Leiber vieler Jünglinge sich stürzten
und in denen der Männer Ströme rauschten.
Und manchmal brachen Knaben aus den Bergen
der Kindheit, kamen zagen Falles nieder
und spielten mit den Dingen auf dem Grunde,
bis das Gefälle ihr Gefühl ergriff:

Dann füllten sie mit flachem klaren Wasser
die ganze Breite dieses breiten Weges
und trieben Wirbel an den tiefen Stellen;
und spiegelten zum ersten Mal die Ufer
und ferne Vogelrufe –, während hoch
die Sternennächte eines süßen Landes
in Himmel wuchsen, die sich nirgends schlossen.

Orpheus. Eurydike. Hermes

Das war der Seelen wunderliches Bergwerk.
Wie stille Silbererze gingen sie
als Adern durch sein Dunkel. Zwischen Wurzeln
entsprang das Blut, das fortgeht zu den Menschen,
und schwer wie Porphyr sah es aus im Dunkel.
Sonst war nichts Rotes.

Felsen waren da
und wesenlose Wälder. Brücken über Leeres
und jener große graue blinde Teich,
der über seinem fernen Grunde hing
wie Regenhimmel über einer Landschaft.
Und zwischen Wiesen, sanft und voller Langmut,
erschien des einen Weges blasser Streifen,
wie eine lange Bleiche hingelegt.

Und dieses einen Weges kamen sie.

Voran der schlanke Mann im blauen Mantel,
der stumm und ungeduldig vor sich aussah.
Ohne zu kauen fraß sein Schritt den Weg
in großen Bissen; seine Hände hingen
schwer und verschlossen aus dem Fall der Falten
und wußten nicht mehr von der leichten Leier,
die in die Linke eingewachsen war
wie Rosenranken in den Ast des Ölbaums.
Und seine Sinne waren wie entzweit:

indes der Blick ihm wie ein Hund vorauslief,
umkehrte, kam und immer wieder weit
und wartend an der nächsten Wendung stand, –
blieb sein Gehör wie ein Geruch zurück.
Manchmal erschien es ihm als reichte es
bis an das Gehen jener beiden andern,
die folgen sollten diesen ganzen Aufstieg.
Dann wieder wars nur seines Steigens Nachklang
und seines Mantels Wind was hinter ihm war.
Er aber sagte sich, sie kämen doch;
sagte es laut und hörte sich verhallen.
Sie kämen doch, nur wärens zwei
die furchtbar leise gingen. Dürfte er
sich einmal wenden (wäre das Zurückschaun
nicht die Zersetzung dieses ganzen Werkes,
das erst vollbracht wird), müßte er sie sehen,
die beiden Leisen, die ihm schweigend nachgehn:

Den Gott des Ganges und der weiten Botschaft,
die Reisehaube über hellen Augen,
den schlanken Stab hertragend vor dem Leibe
und flügelschlagend an den Fußgelenken;
und seiner linken Hand gegeben: *sie*.

Die So-geliebte, daß aus einer Leier
mehr Klage kam als je aus Klagefrauen;
daß eine Welt aus Klage ward, in der
alles noch einmal da war: Wald und Tal
und Weg und Ortschaft, Feld und Fluß und Tier;
und daß um diese Klage-Welt, ganz so
wie um die andre Erde, eine Sonne
und ein gestirnter stiller Himmel ging,
ein Klage-Himmel mit entstellten Sternen –:
Diese So-geliebte.

Sie aber ging an jenes Gottes Hand,
den Schritt beschränkt von langen Leichenbändern,
unsicher, sanft und ohne Ungeduld.
Sie war in sich, wie Eine hoher Hoffnung,

und dachte nicht des Mannes, der voranging,
und nicht des Weges, der ins Leben aufstieg.
Sie war in sich. Und ihr Gestorbensein
erfüllte sie wie Fülle.
Wie eine Frucht von Süßigkeit und Dunkel
so war sie voll von ihrem großen Tode,
der also neu war, daß sie nichts begriff.

Sie war in einem neuen Mädchentum
und unberührbar; ihr Geschlecht war zu
wie eine junge Blume gegen Abend,
und ihre Hände waren der Vermählung
so sehr entwöhnt, daß selbst des leichten Gottes
unendlich leise, leitende Berührung
sie kränkte wie zu sehr Vertraulichkeit.

Sie war schon nicht mehr diese blonde Frau,
die in des Dichters Liedern manchmal anklang,
nicht mehr des breiten Bettes Duft und Eiland
und jenes Mannes Eigentum nicht mehr.

Sie war schon aufgelöst wie langes Haar
und hingegeben wie gefallner Regen
und ausgeteilt wie hundertfacher Vorrat.

Sie war schon Wurzel.

Und als plötzlich jäh
der Gott sie anhielt und mit Schmerz im Ausruf
die Worte sprach: Er hat sich umgewendet –,
begriff sie nichts und sagte leise: *Wer?*

Fern aber, dunkel vor dem klaren Ausgang,
stand irgend jemand, dessen Angesicht
nicht zu erkennen war. Er stand und sah,
wie auf dem Streifen eines Wiesenpfades
mit trauervollem Blick der Gott der Botschaft
sich schweigend wandte, der Gestalt zu folgen,
die schon zurückging dieses selben Weges,
den Schritt beschränkt von langen Leichenbändern,
unsicher, sanft und ohne Ungeduld.

Da plötzlich war der Bote unter ihnen,
hineingeworfen in das Überkochen
des Hochzeitsmahles wie ein neuer Zusatz.
Sie fühlten nicht, die Trinkenden, des Gottes
heimlichen Eintritt, welcher seine Gottheit
so an sich hielt wie einen nassen Mantel
und ihrer einer schien, der oder jener,
wie er so durchging. Aber plötzlich sah
mitten im Sprechen einer von den Gästen
den jungen Hausherrn oben an dem Tische
wie in die Höh gerissen, nicht mehr liegend,
und überall und mit dem ganzen Wesen
ein Fremdes spiegelnd, das ihn furchtbar ansprach.

Und gleich darauf, als klärte sich die Mischung,
war Stille; nur mit einem Satz am Boden
von trübem Lärm und einem Niederschlag
fallenden Lallens, schon verdorben riechend
nach dumpfem umgestandenen Gelächter.
Und da erkannten sie den schlanken Gott,
und wie er dastand, innerlich voll Sendung
und unerbittlich, – wußten sie es beinah.
Und doch, als es gesagt war, war es mehr
als alles Wissen, gar nicht zu begreifen.
Admet muß sterben. Wann? In dieser Stunde.

Der aber brach die Schale seines Schreckens
in Stücken ab und streckte seine Hände
heraus aus ihr, um mit dem Gott zu handeln.
Um Jahre, um ein einzig Jahr noch Jugend,
um Monate, um Wochen, um paar Tage,
acht, Tage nicht, um Nächte, nur um Eine,
um Eine Nacht, um diese nur: um die.
Der Gott verneinte, und da schrie er auf
und schrie's hinaus und hielt es nicht und schrie
wie seine Mutter aufschrie beim Gebären.

Und die trat zu ihm, eine alte Frau,
und auch der Vater kam, der alte Vater,
und beide standen, alt, veraltet, ratlos,
beim Schreienden, der plötzlich, wie noch nie
so nah, sie ansah, abbrach, schluckte, sagte:
Vater,
liegt dir denn viel daran an diesem Rest,
an diesem Satz, der dich beim Schlingen hindert?
Geh, gieß ihn weg. Und du, du alte Frau,
Matrone,
was tust du denn noch hier: du hast geboren.
Und beide hielt er sie wie Opfertiere
in Einem Griff. Auf einmal ließ er los
und stieß die Alten fort, voll Einfall, strahlend
und atemholend, rufend: Kreon, Kreon!
Und nichts als das; und nichts als diesen Namen.
Aber in seinem Antlitz stand das Andere,
das er nicht sagte, namenlos erwartend,
wie ers dem jungen Freunde, dem Geliebten,
erglühend hinhielt übern wirren Tisch.
Die Alten (stand da), siehst du, sind kein Loskauf,
sie sind verbraucht und schlecht und beinah wertlos,
du aber, du, in deiner ganzen Schönheit –

Da aber sah er seinen Freund nicht mehr.
Er blieb zurück, und das, was kam, war *sie*,
ein wenig kleiner fast als er sie kannte
und leicht und traurig in dem bleichen Brautkleid.
Die andern alle sind nur ihre Gasse,
durch die sie kommt und kommt –: (gleich wird sie da sein
in seinen Armen, die sich schmerzhaft auftun).

Doch wie er wartet, spricht sie; nicht zu ihm.
Sie spricht zum Gotte, und der Gott vernimmt sie,
und alle hörens gleichsam erst im Gotte:

Ersatz kann keiner für ihn sein. Ich *bins*.
Ich bin Ersatz. Denn keiner ist zu Ende

wie ich es bin. Was bleibt mir denn von dem
was ich hier war? Das *ists* ja, daß ich sterbe.
Hat sie dirs nicht gesagt, da sie dirs auftrug,
daß jenes Lager, das da drinnen wartet,
zur Unterwelt gehört? Ich nahm ja Abschied.
Abschied über Abschied.
Kein Sterbender nimmt mehr davon. Ich ging ja,
damit das Alles, unter Dem begraben
der jetzt mein Gatte ist, zergeht, sich auflöst –.
So führ mich hin: ich sterbe ja für ihn.

Und wie der Wind auf hoher See, der umspringt,
so trat der Gott fast wie zu einer Toten
und war auf einmal weit von ihrem Gatten,
dem er, versteckt in einem kleinen Zeichen,
die hundert Leben dieser Erde zuwarf.
Der stürzte taumelnd zu den beiden hin
und griff nach ihnen wie im Traum. Sie gingen
schon auf den Eingang zu, in dem die Frauen
verweint sich drängten. Aber einmal sah
er noch des Mädchens Antlitz, das sich wandte
mit einem Lächeln, hell wie eine Hoffnung,
die beinah ein Versprechen war: erwachsen
zurückzukommen aus dem tiefen Tode
zu ihm, dem Lebenden –

Da schlug er jäh
die Hände vors Gesicht, wie er so kniete,
um nichts zu sehen mehr nach diesem Lächeln.

Geburt der Venus

An diesem Morgen nach der Nacht, die bang
vergangen war mit Rufen, Unruh, Aufruhr, –
brach alles Meer noch einmal auf und schrie.
Und als der Schrei sich langsam wieder schloß
und von der Himmel blassem Tag und Anfang

herabfiel in der stummen Fische Abgrund –:
gebar das Meer.

Von erster Sonne schimmerte der Haarschaum
der weiten Wogenscham, an deren Rand
das Mädchen aufstand, weiß, verwirrt und feucht.
So wie ein junges grünes Blatt sich rührt,
sich reckt und Eingerolltes langsam aufschlägt,
entfaltete ihr Leib sich in die Kühle
hinein und in den unberührten Frühwind.

Wie Monde stiegen klar die Kniee auf
und tauchten in der Schenkel Wolkenränder;
der Waden schmaler Schatten wich zurück,
die Füße spannten sich und wurden licht,
und die Gelenke lebten wie die Kehlen
von Trinkenden.

Und in dem Kelch des Beckens lag der Leib
wie eine junge Frucht in eines Kindes Hand.
In seines Nabels engem Becher war
das ganze Dunkel dieses hellen Lebens.
Darunter hob sich licht die kleine Welle
und floß beständig über nach den Lenden,
wo dann und wann ein stilles Rieseln war.
Durchschienen aber und noch ohne Schatten,
wie ein Bestand von Birken im April,
warm, leer und unverborgen, lag die Scham.

Jetzt stand der Schultern rege Waage schon
im Gleichgewichte auf dem graden Körper,
der aus dem Becken wie ein Springbrunn aufstieg
und zögernd in den langen Armen abfiel
und rascher in dem vollen Fall des Haars.

Dann ging sehr langsam das Gesicht vorbei:
aus dem verkürzten Dunkel seiner Neigung
in klares, waagrechtes Erhobensein.
Und hinter ihm verschloß sich steil das Kinn.

Jetzt, da der Hals gestreckt war wie ein Strahl

und wie ein Blumenstiel, darin der Saft steigt,
streckten sich auch die Arme aus wie Hälse
von Schwänen, wenn sie nach dem Ufer suchen.

Dann kam in dieses Leibes dunkle Frühe
wie Morgenwind der erste Atemzug.
Im zartesten Geäst der Aderbäume
entstand ein Flüstern, und das Blut begann
zu rauschen über seinen tiefen Stellen.
Und dieser Wind wuchs an: nun warf er sich
mit allem Atem in die neuen Brüste
und füllte sie und drückte sich in sie, –
daß sie wie Segel, von der Ferne voll,
das leichte Mädchen nach dem Strande drängten.

So landete die Göttin.

Hinter ihr,
die rasch dahinschritt durch die jungen Ufer,
erhoben sich den ganzen Vormittag
die Blumen und die Halme, warm, verwirrt,
wie aus Umarmung. Und sie ging und lief.

Am Mittag aber, in der schwersten Stunde,
hob sich das Meer noch einmal auf und warf
einen Delphin in jene selbe Stelle.
Tot, rot und offen.

Die Rosenschale

Zornige sahst du flackern, sahst zwei Knaben
zu einem Etwas sich zusammenballen,
das Haß war und sich auf der Erde wälzte
wie ein von Bienen überfallnes Tier;
Schauspieler, aufgetürmte Übertreiber,
rasende Pferde, die zusammenbrachen,
den Blick wegwerfend, bläkend das Gebiß
als schälte sich der Schädel aus dem Maule.

Nun aber weißt du, wie sich das vergißt:
denn vor dir steht die volle Rosenschale,
die unvergeßlich ist und angefüllt
mit jenem Äußersten von Sein und Neigen,
Hinhalten, Niemals-Gebenkönnen, Dastehn,
das unser sein mag: Äußerstes auch uns.

Lautloses Leben, Aufgehn ohne Ende,
Raum-brauchen ohne Raum von jenem Raum
zu nehmen, den die Dinge rings verringern,
fast nicht Umrissen-sein wie Ausgespartes
und lauter Inneres, viel seltsam Zartes
und Sich-bescheinendes – bis an den Rand:
ist irgend etwas uns bekannt wie dies?

Und dann wie dies: daß ein Gefühl entsteht,
weil Blütenblätter Blütenblätter rühren?
Und dies: daß eins sich aufschlägt wie ein Lid,
und drunter liegen lauter Augenlider,
geschlossene, als ob sie, zehnfach schlafend,
zu dämpfen hätten eines Innern Sehkraft.
Und dies vor allem: daß durch diese Blätter
das Licht hindurch muß. Aus den tausend Himmeln
filtern sie langsam jenen Tropfen Dunkel,
in dessen Feuerschein das wirre Bündel
der Staubgefäße sich erregt und aufbäumt.

Und die Bewegung in den Rosen, sieh:
Gebärden von so kleinem Ausschlagswinkel,
daß sie unsichtbar blieben, liefen ihre
Strahlen nicht auseinander in das Weltall.

Sieh jene weiße, die sich selig aufschlug
und dasteht in den großen offnen Blättern
wie eine Venus aufrecht in der Muschel;
und die errötende, die wie verwirrt
nach einer kühlen sich hinüberwendet,
und wie die kühle fühllos sich zurückzieht,
und wie die kalte steht, in sich gehüllt,
unter den offenen, die alles abtun.

Und *was* sie abtun, wie das leicht und schwer,
wie es ein Mantel, eine Last, ein Flügel
und eine Maske sein kann, je nach dem,
und *wie* sie's abtun: wie vor dem Geliebten.

Was können sie nicht sein: war jene gelbe,
die hohl und offen daliegt, nicht die Schale
von einer Frucht, darin dasselbe Gelb,
gesammelter, orangeröter, Saft war?
Und wars für diese schon zu viel, das Aufgehn,
weil an der Luft ihr namenloses Rosa
den bittern Nachgeschmack des Lila annahm?
Und die batistene, ist sie kein Kleid,
in dem noch zart und atemwarm das Hemd steckt,
mit dem zugleich es abgeworfen wurde
im Morgenschatten an dem alten Waldbad?
Und diese hier, opalnes Porzellan,
zerbrechlich, eine flache Chinatasse
und angefüllt mit kleinen hellen Faltern, –
und jene da, die nichts enthält als sich.

Und sind nicht alle so, nur sich enthaltend,
wenn Sich-enthalten heißt: die Welt da draußen
und Wind und Regen und Geduld des Frühlings
und Schuld und Unruh und vermummtes Schicksal
und Dunkelheit der abendlichen Erde
bis auf der Wolken Wandel, Flucht und Anflug,
bis auf den vagen Einfluß ferner Sterne
in eine Hand voll Innres zu verwandeln.

Nun liegt es sorglos in den offnen Rosen.

DER NEUEN GEDICHTE
ANDERER TEIL

A mon grand Ami Auguste Rodin

Archaïscher Torso Apollos

Wir kannten nicht sein unerhörtes Haupt,
darin die Augenäpfel reiften. Aber
sein Torso glüht noch wie ein Kandelaber,
in dem sein Schauen nur zurückgeschraubt,

sich hält und glänzt. Sonst könnte nicht der Bug
der Brust dich blenden, und im leisen Drehen
der Lenden könnte nicht ein Lächeln gehen
zu jener Mitte, die die Zeugung trug.

Sonst stünde dieser Stein entstellt und kurz
unter der Schultern durchsichtigem Sturz
und flimmerte nicht so wie Raubtierfelle;

und bräche nicht aus allen seinen Rändern
aus wie ein Stern: denn da ist keine Stelle,
die dich nicht sieht. Du mußt dein Leben ändern.

Kretische Artemis

Wind der Vorgebirge: war nicht ihre
Stirne wie ein lichter Gegenstand?
Glatter Gegenwind der leichten Tiere,
formtest du sie: ihr Gewand

bildend an die unbewußten Brüste
wie ein wechselvolles Vorgefühl?
Während sie, als ob sie alles wüßte,
auf das Fernste zu, geschürzt und kühl,

stürmte mit den Nymphen und den Hunden,
ihren Bogen probend, eingebunden
in den harten hohen Gurt;

manchmal nur aus fremden Siedelungen
angerufen und erzürnt bezwungen
von dem Schreien um Geburt.

Leda

Als ihn der Gott in seiner Not betrat,
erschrak er fast, den Schwan so schön zu finden;
er ließ sich ganz verwirrt in ihm verschwinden.
Schon aber trug ihn sein Betrug zur Tat,

bevor er noch des unerprobten Seins
Gefühle prüfte. Und die Aufgetane
erkannte schon den Kommenden im Schwane
und wußte schon: er bat um Eins,

das sie, verwirrt in ihrem Widerstand,
nicht mehr verbergen konnte. Er kam nieder
und halsend durch die immer schwächre Hand
ließ sich der Gott in die Geliebte los.
Dann erst empfand er glücklich sein Gefieder
und wurde wirklich Schwan in ihrem Schoß.

Delphine

Jene Wirklichen, die ihrem Gleichen
überall zu wachsen und zu wohnen
gaben, fühlten an verwandten Zeichen
Gleiche in den aufgelösten Reichen,
die der Gott, mit triefenden Tritonen,
überströmt bisweilen übersteigt;
denn da hatte sich das Tier gezeigt:
anders als die stumme, stumpfgemute
Zucht der Fische, Blut von ihrem Blute
und von fern dem Menschlichen geneigt.

Eine Schar kam, die sich überschlug,
froh, als fühlte sie die Fluten glänzend:
Warme, Zugetane, deren Zug
wie mit Zuversicht die Fahrt bekränzend,
leichtgebunden um den runden Bug
wie um einer Vase Rumpf und Rundung,
selig, sorglos, sicher vor Verwundung,
aufgerichtet, hingerissen, rauschend
und im Tauchen mit den Wellen tauschend
die Trireme heiter weitertrug.

Und der Schiffer nahm den neugewährten
Freund in seine einsame Gefahr
und ersann für ihn, für den Gefährten,
dankbar eine Welt und hielt für wahr,
daß er Töne liebte, Götter, Gärten
und das tiefe, stille Sternenjahr.

Die Insel der Sirenen

Wenn er denen, die ihm gastlich waren,
spät, nach ihrem Tage noch, da sie
fragten nach den Fahrten und Gefahren,
still berichtete: er wußte nie,

wie sie schrecken und mit welchem jähen
Wort sie wenden, daß sie so wie er
in dem blau gestillten Inselmeer
die Vergoldung jener Inseln sähen,

deren Anblick macht, daß die Gefahr
umschlägt; denn nun ist sie nicht im Tosen
und im Wüten, wo sie immer war.
Lautlos kommt sie über die Matrosen,

welche wissen, daß es dort auf jenen
goldnen Inseln manchmal singt –,
und sich blindlings in die Ruder lehnen,
wie umringt

von der Stille, die die ganze Weite
in sich hat und an die Ohren weht,
so als wäre ihre andre Seite
der Gesang, dem keiner widersteht.

Klage um Antinous

Keiner begriff mir von euch den bithynischen Knaben
(daß ihr den Strom anfaßtet und von ihm hübt ...).
Ich verwöhnte ihn zwar. Und dennoch: wir haben
ihn nur mit Schwere erfüllt und für immer getrübt.

Wer vermag denn zu lieben? Wer kann es? – Noch keiner.
Und so hab ich unendliches Weh getan –.
Nun ist er am Nil der stillenden Götter einer,
und ich weiß kaum welcher und kann ihm nicht nahn.

Und ihr warfet ihn noch, Wahnsinnige, bis in die Sterne,
damit ich euch rufe und dränge: meint ihr den?
Was ist er nicht einfach ein Toter. Er wäre es gerne.
Und vielleicht wäre ihm nichts geschehn.

Der Tod der Geliebten

Er wußte nur vom Tod was alle wissen:
daß er uns nimmt und in das Stumme stößt.
Als aber sie, nicht von ihm fortgerissen,
nein, leis aus seinen Augen ausgelöst,

hinüberglitt zu unbekannten Schatten,
und als er fühlte, daß sie drüben nun
wie einen Mond ihr Mädchenlächeln hatten
und ihre Weise wohlzutun:

da wurden ihm die Toten so bekannt,
als wäre er durch sie mit einem jeden
ganz nah verwandt; er ließ die andern reden

und glaubte nicht und nannte jenes Land
das gutgelegene, das immersüße –
Und tastete es ab für ihre Füße.

Klage um Jonathan

Ach sind auch Könige nicht von Bestand
und dürfen hingehn wie gemeine Dinge,
obwohl ihr Druck wie der der Siegelringe
sich widerbildet in das weiche Land.

Wie aber konntest du, so angefangen
mit deines Herzens Initial,
aufhören plötzlich: Wärme meiner Wangen.
O daß dich einer noch einmal
erzeugte, wenn sein Samen in ihm glänzt.

Irgend ein Fremder sollte dich zerstören,
und der dir innig war, ist nichts dabei
und muß sich halten und die Botschaft hören;
wie wunde Tiere auf den Lagern löhren,
möcht ich mich legen mit Geschrei:

denn da und da, an meinen scheusten Orten,
bist du mir ausgerissen wie das Haar,
das in den Achselhöhlen wächst und dorten,
wo ich ein Spiel für Frauen war,

bevor du meine dort verfitzten Sinne
aufsträhntest wie man einen Knaul entflicht;
da sah ich auf und wurde deiner inne: –
Jetzt aber gehst du mir aus dem Gesicht.

Tröstung des Elia

Er hatte das getan und dies, den Bund
wie jenen Altar wieder aufzubauen,
zu dem sein weitgeschleudertes Vertrauen
zurück als Feuer fiel von ferne, und
hatte er dann nicht Hunderte zerhauen,
weil sie ihm stanken mit dem Baal im Mund,
am Bache schlachtend bis ans Abendgrauen,

das mit dem Regengrau sich groß verband.
Doch als ihn von der Königin der Bote
nach solchem Werktag antrat und bedrohte,
da lief er wie ein Irrer in das Land,

so lange bis er unterm Ginsterstrauche
wie weggeworfen aufbrach in Geschrei
das in der Wüste brüllte: Gott, gebrauche
mich länger nicht. Ich bin entzwei.

Doch grade da kam ihn der Engel ätzen
mit einer Speise, die er tief empfing,
so daß er lange dann an Weideplätzen
und Wassern immer zum Gebirge ging,

zu dem der Herr um seinetwillen kam:
Im Sturme nicht und nicht im Sich-Zerspalten
der Erde, der entlang in schweren Falten
ein leeres Feuer ging, fast wie aus Scham
über des Ungeheuren ausgeruhtes
Hinstürzen zu dem angekommnen Alten,
der ihn im sanften Sausen seines Blutes
erschreckt und zugedeckt vernahm.

Saul unter den Propheten

Meinst du denn, daß man sich sinken sieht?
Nein, der König schien sich noch erhaben,
da er seinen starken Harfenknaben
töten wollte bis ins zehnte Glied.

Erst da ihn der Geist auf solchen Wegen
überfiel und auseinanderriß,
sah er sich im Innern ohne Segen,
und sein Blut ging in der Finsternis
abergläubig dem Gericht entgegen.

Wenn sein Mund jetzt troff und prophezeite,
war es nur, damit der Flüchtling weit
flüchten könne. So war dieses zweite
Mal. Doch einst: er hatte prophezeit

fast als Kind, als ob ihm jede Ader
mündete in einen Mund aus Erz;
Alle schritten, doch er schritt gerader.
Alle schrieen, doch ihm schrie das Herz.

Und nun war er nichts als dieser Haufen
umgestürzter Würden, Last auf Last;
und sein Mund war wie der Mund der Traufen,
der die Güsse, die zusammenlaufen,
fallen läßt, eh er sie faßt.

Samuels Erscheinung vor Saul

Da schrie die Frau zu Endor auf: Ich sehe –
Der König packte sie am Arme: Wen?
Und da die Starrende beschrieb, noch ehe,
da war ihm schon, er hätte selbst gesehn:

Den, dessen Stimme ihn noch einmal traf:
Was störst du mich? Ich habe Schlaf.

Willst du, weil dir die Himmel fluchen
und weil der Herr sich vor dir schloß und schwieg,
in meinem Mund nach einem Siege suchen?
Soll ich dir meine Zähne einzeln sagen?
Ich habe nichts als sie ... Es schwand. Da schrie
das Weib, die Hände vors Gesicht geschlagen,
als ob sie's sehen müßte: Unterlieg –

Und er, der in der Zeit, die ihm gelang,
das Volk wie ein Feldzeichen überragte,
fiel hin, bevor er noch zu klagen wagte:
so sicher war sein Untergang.

Die aber, die ihn wider Willen schlug,
hoffte, daß er sich faßte und vergäße;
und als sie hörte, daß er nie mehr äße,
ging sie hinaus und schlachtete und buk

und brachte ihn dazu, daß er sich setzte;
er saß wie einer, der zu viel vergißt:
alles was war, bis auf das Eine, Letzte.
Dann aß er wie ein Knecht zu Abend ißt.

Ein Prophet

Ausgedehnt von riesigen Gesichten,
hell vom Feuerschein aus dem Verlauf
der Gerichte, die ihn nie vernichten, –
sind die Augen, schauend unter dichten
Brauen. Und in seinem Innern richten
sich schon wieder Worte auf,

nicht die seinen (denn was wären seine
und wie schonend wären sie vertan)
andre, harte: Eisenstücke, Steine,
die er schmelzen muß wie ein Vulkan,

um sie in dem Ausbruch seines Mundes
auszuwerfen, welcher flucht und flucht;

während seine Stirne, wie des Hundes
Stirne, *das* zu tragen sucht,

was der Herr von seiner Stirne nimmt:
Dieser, Dieser, den sie alle fänden,
folgten sie den großen Zeigehänden,
die Ihn weisen wie Er ist: ergrimmt.

Jeremia

Einmal war ich weich wie früher Weizen,
doch, du Rasender, du hast vermocht,
mir das hingehaltne Herz zu reizen,
daß es jetzt wie eines Löwen kocht.

Welchen Mund hast du mir zugemutet,
damals, da ich fast ein Knabe war:
eine Wunde wurde er: nun blutet
aus ihm Unglücksjahr um Unglücksjahr.

Täglich tönte ich von neuen Nöten,
die du, Unersättlicher, ersannst,
und sie konnten mir den Mund nicht töten;
sieh du zu, wie du ihn stillen kannst,

wenn, die wir zerstoßen und zerstören,
erst verloren sind und fernverlaufen
und vergangen sind in der Gefahr:
denn dann will ich in den Trümmerhaufen
endlich meine Stimme wiederhören,
die von Anfang an ein Heulen war.

Eine Sibylle

Einst, vor Zeiten, nannte man sie alt.
Doch sie blieb und kam dieselbe Straße
täglich. Und man änderte die Maße,
und man zählte sie wie einen Wald

nach Jahrhunderten. Sie aber stand
jeden Abend auf derselben Stelle,
schwarz wie eine alte Citadelle
hoch und hohl und ausgebrannt;

von den Worten, die sich unbewacht
wider ihren Willen in ihr mehrten,
immerfort umschrieen und umflogen,
während die schon wieder heimgekehrten
dunkel unter ihren Augenbogen
saßen, fertig für die Nacht.

Absaloms Abfall

Sie hoben sie mit Geblitz:
der Sturm aus den Hörnern schwellte
seidene, breitgewellte
Fahnen. Der herrlich Erhellte
nahm im hochoffenen Zelte,
das jauchzendes Volk umstellte,
zehn Frauen in Besitz,

die (gewohnt an des alternden Fürsten
sparsame Nacht und Tat)
unter seinem Dürsten
wogten wie Sommersaat.

Dann trat er heraus zum Rate,
wie vermindert um nichts,
und jeder, der ihm nahte,
erblindete seines Lichts.

So zog er auch den Heeren
voran wie ein Stern dem Jahr;
über allen Speeren
wehte sein warmes Haar,
das der Helm nicht faßte,
und das er manchmal haßte,
weil es schwerer war
als seine reichsten Kleider.

Der König hatte geboten,
daß man den Schönen schone.
Doch man sah ihn ohne
Helm an den bedrohten
Orten die ärgsten Knoten
zu roten Stücken von Toten
auseinanderhaun.

Dann wußte lange keiner
von ihm, bis plötzlich einer
schrie: Er hängt dort hinten
an den Terebinthen
mit hochgezogenen Braun.

Das war genug des Winks.
Joab, wie ein Jäger,
erspähte das Haar–: ein schräger
gedrehter Ast: da hings.
Er durchrannte den schlanken Kläger,
und seine Waffenträger
durchbohrten ihn rechts und links.

Esther

Die Dienerinnen kämmten sieben Tage
die Asche ihres Grams und ihrer Plage
Neige und Niederschlag aus ihrem Haar,
und trugen es und sonnten es im Freien

und speisten es mit reinen Spezereien
noch diesen Tag und den: dann aber war

die Zeit gekommen, da sie, ungeboten,
zu keiner Frist, wie eine von den Toten
den drohend offenen Palast betrat,
um gleich, gelegt auf ihre Kammerfrauen,
am Ende ihres Weges *Den* zu schauen,
an dem man stirbt, wenn man ihm naht.

Er glänzte so, daß sie die Kronrubine
aufflammen fühlte, die sie an sich trug;
sie füllte sich ganz rasch mit seiner Miene
wie ein Gefäß und war schon voll genug

und floß schon über von des Königs Macht,
bevor sie noch den dritten Saal durchschritt,
der sie mit seiner Wände Malachit
grün überlief. Sie hatte nicht gedacht,

so langen Gang zu tun mit allen Steinen,
die schwerer wurden von des Königs Scheinen
und kalt von ihrer Angst. Sie ging und ging –

Und als sie endlich, fast von nahe, ihn,
aufruhend auf dem Thron von Turmalin,
sich türmen sah, so wirklich wie ein Ding:

empfing die rechte von den Dienerinnen
die Schwindende und hielt sie zu dem Sitze.
Er rührte sie mit seines Szepters Spitze:
... und sie begriff es ohne Sinne, innen.

Der aussätzige König

Da trat auf seiner Stirn der Aussatz aus
und stand auf einmal unter seiner Krone
als wär er König über allen Graus,
der in die Andern fuhr, die fassungsohne

hinstarrten nach dem furchtbaren Vollzug
an jenem, welcher, schmal wie ein Verschnürter,
erwartete, daß einer nach ihm schlug;
doch noch war keiner Manns genug:
als machte ihn nur immer unberührter
die neue Würde, die sich übertrug.

Legende von den drei Lebendigen und den drei Toten

Drei Herren hatten mit Falken gebeizt
und freuten sich auf das Gelag.
Da nahm sie der Greis in Beschlag
und führte. Die Reiter hielten gespreizt
vor dem dreifachen Sarkophag,

der ihnen dreimal entgegenstank,
in den Mund, in die Nase, ins Sehn;
und sie wußten es gleich: da lagen lang
drei Tote mitten im Untergang
und ließen sich gräßlich gehn.

Und sie hatten nur noch ihr Jägergehör
reichlich hinter dem Sturmbandlör;
doch da zischte der Alte sein:
– Sie gingen nicht durch das Nadelöhr
und gehen niemals – hinein.

Nun blieb ihnen noch ihr klares Getast,
das stark war vom Jagen und heiß;
doch das hatte ein Frost von hinten gefaßt
und trieb ihm Eis in den Schweiß.

Der König von Münster

Der König war geschoren;
nun ging ihm die Krone zu weit
und bog ein wenig die Ohren,
in die von Zeit zu Zeit

gehässiges Gelärme
aus Hungermäulern fand.
Er saß, von wegen der Wärme,
auf seiner rechten Hand,

mürrisch und schwergesäßig.
Er fühlte sich nicht mehr echt:
der Herr in ihm war mäßig,
und der Beischlaf war schlecht.

Toten-Tanz

Sie brauchen kein Tanz-Orchester,
sie hören in sich ein Geheule
als wären sie Eulennester.
Ihr Ängsten näßt wie eine Beule,
und der Vorgeruch ihrer Fäule
ist noch ihr bester Geruch.

Sie fassen den Tänzer fester,
den rippenbetreßten Tänzer,
den Galan, den ächten Ergänzer
zu einem ganzen Paar.
Und er lockert der Ordensschwester
über dem Haar das Tuch;
sie tanzen ja unter Gleichen.
Und er zieht der wachslichtbleichen
leise die Lesezeichen
aus ihrem Stunden-Buch.

Bald wird ihnen alles zu heiß,
sie sind zu reich gekleidet;

beißender Schweiß verleidet
ihnen Stirne und Steiß
und Schauben und Hauben und Steine;
sie wünschen, sie wären nackt
wie ein Kind, ein Verrückter und Eine:
die tanzen noch immer im Takt.

Das Jüngste Gericht

So erschrocken, wie sie nie erschraken,
ohne Ordnung, oft durchlocht und locker,
hocken sie in dem geborstnen Ocker
ihres Ackers, nicht von ihren Laken

abzubringen, die sie liebgewannen.
Aber Engel kommen an, um Öle
einzuträufeln in die trocknen Pfannen
und um jedem in die Achselhöhle

das zu legen, was er in dem Lärme
damals seines Lebens nicht entweihte;
denn dort hat es noch ein wenig Wärme,

daß es nicht des Herren Hand erkälte
oben, wenn er es aus jeder Seite
leise greift, zu fühlen, ob es gälte.

Die Versuchung

Nein, es half nicht, daß er sich die scharfen
Stacheln einhieb in das geile Fleisch;
alle seine trächtigen Sinne warfen
unter kreißendem Gekreisch

Frühgeburten: schiefe, hingeschielte
kriechende und fliegende Gesichte,

Nichte, deren nur auf ihn erpichte
Bosheit sich verband und mit ihm spielte.

Und schon hatten seine Sinne Enkel;
denn das Pack war fruchtbar in der Nacht
und in immer bunterem Gesprenkel
hingehudelt und verhundertfacht.
Aus dem Ganzen ward ein Trank gemacht:
seine Hände griffen lauter Henkel,
und der Schatten schob sich auf wie Schenkel
warm und zu Umarmungen erwacht –.

Und da schrie er nach dem Engel, schrie:
Und der Engel kam in seinem Schein
und war da: und jagte sie
wieder in den Heiligen hinein,

daß er mit Geteufel und Getier
in sich weiterringe wie seit Jahren
und sich Gott, den lange noch nicht klaren,
innen aus dem Jäsen destillier.

Der Alchimist

Seltsam verlächelnd schob der Laborant
den Kolben fort, der halbberuhigt rauchte.
Er wußte jetzt, was er noch brauchte,
damit der sehr erlauchte Gegenstand

da drin entstände. Zeiten brauchte er,
Jahrtausende für sich und diese Birne
in der es brodelte; im Hirn Gestirne
und im Bewußtsein mindestens das Meer.

Das Ungeheuere, das er gewollt,
er ließ es los in dieser Nacht. Es kehrte
zurück zu Gott und in sein altes Maß;

er aber, lallend wie ein Trunkenbold,
lag über dem Geheimfach und begehrte
den Brocken Gold, den er besaß.

Der Reliquienschrein

Draußen wartete auf alle Ringe
und auf jedes Kettenglied
Schicksal, das nicht ohne sie geschieht.
Drinnen waren sie nur Dinge, Dinge
die er schmiedete; denn vor dem Schmied
war sogar die Krone, die er bog,
nur ein Ding, ein zitterndes und eines
das er finster wie im Zorn erzog
zu dem Tragen eines reinen Steines.

Seine Augen wurden immer kälter
von dem kalten täglichen Getränk;
aber als der herrliche Behälter
(goldgetrieben, köstlich, vielkarätig)
fertig vor ihm stand, das Weihgeschenk,
daß darin ein kleines Handgelenk
fürder wohne, weiß und wundertätig:

blieb er ohne Ende auf den Knien,
hingeworfen, weinend, nichtmehr wagend,
seine Seele niederschlagend
vor dem ruhigen Rubin,
der ihn zu gewahren schien
und ihn, plötzlich um sein Dasein fragend,
ansah wie aus Dynastien.

Das Gold

Denk es wäre nicht: es hätte müssen
endlich in den Bergen sich gebären
und sich niederschlagen in den Flüssen
aus dem Wollen, aus dem Gären

ihres Willens; aus der Zwang-Idee,
daß ein Erz ist über allen Erzen.
Weithin warfen sie aus ihren Herzen
immer wieder Meroë

an den Rand der Lande, in den Äther,
über das Erfahrene hinaus;
und die Söhne brachten manchmal später
das Verheißene der Väter,
abgehärtet und verhehrt, nachhaus;

wo es anwuchs eine Zeit, um dann
fortzugehn von den an ihm Geschwächten,
die es niemals liebgewann.
Nur (so sagt man) in den letzten Nächten
steht es auf und sieht sie an.

Der Stylit

Völker schlugen über ihm zusammen,
die er küren durfte und verdammen;
und erratend, daß er sich verlor,
klomm er aus dem Volksgeruch mit klammen
Händen einen Säulenschaft empor,

der noch immer stieg und nichts mehr hob,
und begann, allein auf seiner Fläche,
ganz von vorne seine eigne Schwäche
zu vergleichen mit des Herren Lob;

und da war kein Ende: er verglich;
und der Andre wurde immer größer.

Und die Hirten, Ackerbauer, Flößer
sahn ihn klein und außer sich

immer mit dem ganzen Himmel reden,
eingeregnet manchmal, manchmal licht;
und sein Heulen stürzte sich auf jeden,
so als heulte er ihm ins Gesicht.
Doch er sah seit Jahren nicht,

wie der Menge Drängen und Verlauf
unten unaufhörlich sich ergänzte,
und das Blanke an den Fürsten glänzte
lange nicht so hoch hinauf.

Aber wenn er oben, fast verdammt
und von ihrem Widerstand zerschunden,
einsam mit verzweifeltem Geschreie
schüttelte die täglichen Dämonen:
fielen langsam auf die erste Reihe
schwer und ungeschickt aus seinen Wunden
große Würmer in die offnen Kronen
und vermehrten sich im Samt.

Die Ägyptische Maria

Seit sie damals, bettheiß, als die Hure
übern Jordan floh und, wie ein Grab
gebend, stark und unvermischt das pure
Herz der Ewigkeit zu trinken gab,

wuchs ihr frühes Hingegebensein
unaufhaltsam an zu solcher Größe,
daß sie endlich, wie die ewige Blöße
Aller, aus vergilbtem Elfenbein

dalag in der dürren Haare Schelfe.
Und ein Löwe kreiste; und ein Alter
rief ihn winkend an, daß er ihm helfe:

(und so gruben sie zu zwein.)

Und der Alte neigte sie hinein.
Und der Löwe, wie ein Wappenhalter,
saß dabei und hielt den Stein.

Kreuzigung

Längst geübt, zum kahlen Galgenplatze
irgend ein Gesindel hinzudrängen,
ließen sich die schweren Knechte hängen,
dann und wann nur eine große Fratze

kehrend nach den abgetanen Drein.
Aber oben war das schlechte Henkern
rasch getan; und nach dem Fertigsein
ließen sich die freien Männer schlenkern.

Bis der eine (fleckig wie ein Selcher)
sagte: Hauptmann, dieser hat geschrien.
Und der Hauptmann sah vom Pferde: Welcher?
und es war ihm selbst, er hätte ihn

den Elia rufen hören. Alle
waren zuzuschauen voller Lust,
und sie hielten, daß er nicht verfalle,
gierig ihm die ganze Essiggalle
an sein schwindendes Gehust.

Denn sie hofften noch ein ganzes Spiel
und vielleicht den kommenden Elia.
Aber hinten ferne schrie Maria,
und er selber brüllte und verfiel.

Der Auferstandene

Er vermochte niemals bis zuletzt
ihr zu weigern oder abzuneinen,
daß sie ihrer Liebe sich berühme;
und sie sank ans Kreuz in dem Kostüme
eines Schmerzes, welches ganz besetzt
war mit ihrer Liebe größten Steinen.

Aber da sie dann, um ihn zu salben,
an das Grab kam, Tränen im Gesicht,
war er auferstanden ihrethalben,
daß er seliger ihr sage: Nicht –

Sie begriff es erst in ihrer Höhle,
wie er ihr, gestärkt durch seinen Tod,
endlich das Erleichternde der Öle
und des Rührens Vorgefühl verbot,

um aus ihr die Liebende zu formen
die sich nicht mehr zum Geliebten neigt,
weil sie, hingerissen von enormen
Stürmen, seine Stimme übersteigt.

Magnificat

Sie kam den Hang herauf, schon schwer, fast ohne
an Trost zu glauben, Hoffnung oder Rat;
doch da die hohe tragende Matrone
ihr ernst und stolz entgegentrat

und alles wußte ohne ihr Vertrauen,
da war sie plötzlich an ihr ausgeruht;
vorsichtig hielten sich die vollen Frauen,
bis daß die junge sprach: Mir ist zumut,

als wär ich, Liebe, von nun an für immer.
Gott schüttet in der Reichen Eitelkeit
fast ohne hinzusehen ihren Schimmer;

doch sorgsam sucht er sich ein Frauenzimmer
und füllt sie an mit seiner fernsten Zeit.

Daß er mich fand. Bedenk nur; und Befehle
um meinetwillen gab von Stern zu Stern –.

Verherrliche und hebe, meine Seele,
so hoch du kannst: den HERRN.

Adam

Staunend steht er an der Kathedrale
steilem Aufstieg, nah der Fensterrose,
wie erschreckt von der Apotheose,
welche wuchs und ihn mit einem Male

niederstellte über die und die.
Und er ragt und freut sich seiner Dauer
schlicht entschlossen; als der Ackerbauer
der begann, und der nicht wußte, wie

aus dem fertig-vollen Garten Eden
einen Ausweg in die neue Erde
finden. Gott war schwer zu überreden;

und er drohte ihm, statt zu gewähren,
immer wieder, daß er sterben werde.
Doch der Mensch bestand: sie wird gebären.

Eva

Einfach steht sie an der Kathedrale
großem Aufstieg, nah der Fensterrose,
mit dem Apfel in der Apfelpose,
schuldlos-schuldig ein für alle Male

an dem Wachsenden, das sie gebar,
seit sie aus dem Kreis der Ewigkeiten

liebend fortging, um sich durchzustreiten
durch die Erde, wie ein junges Jahr.

Ach, sie hätte gern in jenem Land
noch ein wenig weilen mögen, achtend
auf der Tiere Eintracht und Verstand.

Doch da sie den Mann entschlossen fand,
ging sie mit ihm, nach dem Tode trachtend;
und sie hatte Gott noch kaum gekannt.

Irre im Garten

Dijon

Noch schließt die aufgegebene Kartause
sich um den Hof, als würde etwas heil.
Auch die sie jetzt bewohnen, haben Pause
und nehmen nicht am Leben draußen teil.

Was irgend kommen konnte, das verlief.
Nun gehn sie gerne mit bekannten Wegen,
und trennen sich und kommen sich entgegen,
als ob sie kreisten, willig, primitiv.

Zwar manche pflegen dort die Frühlingsbeete,
demütig, dürftig, hingekniet;
aber sie haben, wenn es keiner sieht,
eine verheimlichte, verdrehte

Gebärde für das zarte frühe Gras,
ein prüfendes, verschüchtertes Liebkosen:
denn das ist freundlich, und das Rot der Rosen
wird vielleicht drohend sein und Übermaß

und wird vielleicht schon wieder übersteigen,
was ihre Seele wiederkennt und weiß.
Dies aber läßt sich noch verschweigen:
wie gut das Gras ist und wie leis.

Die Irren

Und sie schweigen, weil die Scheidewände
weggenommen sind aus ihrem Sinn,
und die Stunden, da man sie verstände,
heben an und gehen hin.

Nächtens oft, wenn sie ans Fenster treten:
plötzlich ist es alles gut.
Ihre Hände liegen im Konkreten,
und das Herz ist hoch und könnte beten,
und die Augen schauen ausgeruht

auf den unverhofften, oftentstellten
Garten im beruhigten Geviert,
der im Widerschein der fremden Welten
weiterwächst und niemals sich verliert.

Aus dem Leben eines Heiligen

Er kannte Ängste, deren Eingang schon
wie Sterben war und nicht zu überstehen.
Sein Herz erlernte, langsam durchzugehen;
er zog es groß wie einen Sohn.

Und namenlose Nöte kannte er,
finster und ohne Morgen wie Verschläge;
und seine Seele gab er folgsam her,
da sie erwachsen war, auf daß sie läge

bei ihrem Bräutigam und Herrn; und blieb
allein zurück an einem solchen Orte,
wo das Alleinsein alles übertrieb,
und wohnte weit und wollte niemals Worte.

Aber dafür, nach Zeit und Zeit, erfuhr
er auch das Glück, sich in die eignen Hände,
damit er eine Zärtlichkeit empfände,
zu legen wie die ganze Kreatur.

Die Bettler

Du wußtest nicht, was den Haufen
ausmacht. Ein Fremder fand
Bettler darin. Sie verkaufen
das Hohle aus ihrer Hand.

Sie zeigen dem Hergereisten
ihren Mund voll Mist,
und er darf (er kann es sich leisten)
sehn, wie ihr Aussatz frißt.

Es zergeht in ihren zerrührten
Augen sein fremdes Gesicht;
und sie freuen sich des Verführten
und speien, wenn er spricht.

Fremde Familie

So wie der Staub, der irgendwie beginnt
und nirgends ist, zu unerklärtem Zwecke
an einem leeren Morgen in der Ecke
in die man sieht, ganz rasch zu Grau gerinnt,

so bildeten sie sich, wer weiß aus was,
im letzten Augenblick vor deinen Schritten
und waren etwas Ungewisses mitten
im nassen Niederschlag der Gasse, das

nach dir verlangte. Oder nicht nach dir.
Denn eine Stimme, wie vom vorigen Jahr,
sang dich zwar an und blieb doch ein Geweine;
und eine Hand, die wie geliehen war,
kam zwar hervor und nahm doch nicht die deine.
Wer kommt denn noch? Wen meinen diese vier?

Leichen-Wäsche

Sie hatten sich an ihn gewöhnt. Doch als
die Küchenlampe kam und unruhig brannte
im dunkeln Luftzug, war der Unbekannte
ganz unbekannt. Sie wuschen seinen Hals,

und da sie nichts von seinem Schicksal wußten,
so logen sie ein anderes zusamm,
fortwährend waschend. Eine mußte husten
und ließ solang den schweren Essigschwamm

auf dem Gesicht. Da gab es eine Pause
auch für die zweite. Aus der harten Bürste
klopften die Tropfen; während seine grause
gekrampfte Hand dem ganzen Hause
beweisen wollte, daß ihn nicht mehr dürste.

Und er bewies. Sie nahmen wie betreten
eiliger jetzt mit einem kurzen Huster
die Arbeit auf, so daß an den Tapeten
ihr krummer Schatten in dem stummen Muster

sich wand und wälzte wie in einem Netze,
bis daß die Waschenden zu Ende kamen.
Die Nacht im vorhanglosen Fensterrahmen
war rücksichtslos. Und einer ohne Namen
lag bar und reinlich da und gab Gesetze.

Eine von den Alten
Paris

Abends manchmal (weißt du, wie das tut?)
wenn sie plötzlich stehn und rückwärts nicken
und ein Lächeln, wie aus lauter Flicken,
zeigen unter ihrem halben Hut.

Neben ihnen ist dann ein Gebäude,
endlos, und sie locken dich entlang

mit dem Rätsel ihrer Räude,
mit dem Hut, dem Umhang und dem Gang.

Mit der Hand, die hinten unterm Kragen
heimlich wartet und verlangt nach dir:
wie um deine Hände einzuschlagen
in ein aufgehobenes Papier.

Der Blinde

Paris

Sieh, er geht und unterbricht die Stadt,
die nicht ist auf seiner dunkeln Stelle,
wie ein dunkler Sprung durch eine helle
Tasse geht. Und wie auf einem Blatt

ist auf ihm der Widerschein der Dinge
aufgemalt; er nimmt ihn nicht hinein.
Nur sein Fühlen rührt sich, so als finge
es die Welt in kleinen Wellen ein:

eine Stille, einen Widerstand –,
und dann scheint er wartend wen zu wählen:
hingegeben hebt er seine Hand,
festlich fast, wie um sich zu vermählen.

Eine Welke

Leicht, wie nach ihrem Tode
trägt sie die Handschuh, das Tuch.
Ein Duft aus ihrer Kommode
verdrängte den lieben Geruch,

an dem sie sich früher erkannte.
Jetzt fragte sie lange nicht, wer
sie sei (: eine ferne Verwandte),
und geht in Gedanken umher

und sorgt für ein ängstliches Zimmer,
das sie ordnet und schont,
weil es vielleicht noch immer
dasselbe Mädchen bewohnt.

Abendmahl

Ewiges will zu uns. Wer hat die Wahl
und trennt die großen und geringen Kräfte?
Erkennst du durch das Dämmern der Geschäfte
im klaren Hinterraum das Abendmahl:

wie sie sichs halten und wie sie sichs reichen
und in der Handlung schlicht und schwer beruhn.
Aus ihren Händen heben sich die Zeichen;
sie wissen nicht, daß sie sie tun

und immer neu mit irgendwelchen Worten
einsetzen, was man trinkt und was man teilt.
Denn da ist keiner, der nicht allerorten
heimlich von hinnen geht, indem er weilt.

Und sitzt nicht immer einer unter ihnen,
der seine Eltern, die ihm ängstlich dienen,
wegschenkt an ihre abgetane Zeit?
(Sie zu verkaufen, ist ihm schon zu weit.)

Die Brandstätte

Gemieden von dem Frühherbstmorgen, der
mißtrauisch war, lag hinter den versengten
Hauslinden, die das Heidehaus beengten,
ein Neues, Leeres. Eine Stelle mehr,

auf welcher Kinder, von Gott weiß woher,
einander zuschrien und nach Fetzen haschten.

Doch alle wurden stille, sooft er,
der Sohn von hier, aus heißen, halbveraschten

Gebälken Kessel und verbogne Tröge
an einem langen Gabelaste zog, –
um dann mit einem Blick als ob er löge
die andern anzusehn, die er bewog

zu glauben, was an dieser Stelle stand.
Denn seit es nicht mehr war, schien es ihm so
seltsam: phantastischer als Pharao.
Und er war anders. Wie aus fernem Land.

Die Gruppe

Paris

Als pflückte einer rasch zu einem Strauß:
ordnet der Zufall hastig die Gesichter,
lockert sie auf und drückt sie wieder dichter,
ergreift zwei ferne, läßt ein nahes aus,

tauscht das mit dem, bläst irgendeines frisch,
wirft einen Hund, wie Kraut, aus dem Gemisch
und zieht, was niedrig schaut, wie durch verworrne
Stiele und Blätter, an dem Kopf nach vorne

und bindet es ganz klein am Rande ein;
und streckt sich wieder, ändert und verstellt
und hat nur eben Zeit, zum Augenschein

zurückzuspringen mitten auf die Matte,
auf der im nächsten Augenblick der glatte
Gewichteschwinger seine Schwere schwellt.

Schlangen-Beschwörung

Wenn auf dem Markt, sich wiegend, der Beschwörer
die Kürbisflöte pfeift, die reizt und lullt,
so kann es sein, daß er sich einen Hörer
herüberlockt, der ganz aus dem Tumult

der Buden eintritt in den Kreis der Pfeife,
die will und will und will und die erreicht,
daß das Reptil in seinem Korb sich steife
und die das steife schmeichlerisch erweicht,

abwechselnd immer schwindelnder und blinder
mit dem, was schreckt und streckt, und dem, was löst –;
und dann genügt ein Blick: so hat der Inder
dir eine Fremde eingeflößt,

in der du stirbst. Es ist als überstürze
glühender Himmel dich. Es geht ein Sprung
durch dein Gesicht. Es legen sich Gewürze
auf deine nordische Erinnerung,

die dir nichts hilft. Dich feien keine Kräfte,
die Sonne gärt, das Fieber fällt und trifft;
von böser Freude steilen sich die Schäfte,
und in den Schlangen glänzt das Gift.

Schwarze Katze

Ein Gespenst ist noch wie eine Stelle,
dran dein Blick mit einem Klange stößt;
aber da, an diesem schwarzen Felle
wird dein stärkstes Schauen aufgelöst:

wie ein Tobender, wenn er in vollster
Raserei ins Schwarze stampft,
jählings am benehmenden Gepolster
einer Zelle aufhört und verdampft.

Alle Blicke, die sie jemals trafen,
scheint sie also an sich zu verhehlen,
um darüber drohend und verdrossen
zuzuschauern und damit zu schlafen.
Doch auf einmal kehrt sie, wie geweckt,
ihr Gesicht und mitten in das deine:
und da triffst du deinen Blick im geelen
Amber ihrer runden Augensteine
unerwartet wieder: eingeschlossen
wie ein ausgestorbenes Insekt.

Vor-Ostern

Neapel

Morgen wird in diesen tiefgekerbten
Gassen, die sich durch getürmtes Wohnen
unten dunkel nach dem Hafen drängen,
hell das Gold der Prozessionen rollen;
statt der Fetzen werden die ererbten
Bettbezüge, welche wehen wollen,
von den immer höheren Balkonen
(wie in Fließendem gespiegelt) hängen.

Aber heute hämmert an den Klopfern
jeden Augenblick ein voll Bepackter,
und sie schleppen immer neue Käufe;
dennoch stehen strotzend noch die Stände.
An der Ecke zeigt ein aufgehackter
Ochse seine frischen Innenwände,
und in Fähnchen enden alle Läufe.
Und ein Vorrat wie von tausend Opfern

drängt auf Bänken, hängt sich rings um Pflöcke,
zwängt sich, wölbt sich, wälzt sich aus dem Dämmer
aller Türen, und vor dem Gegähne
der Melonen strecken sich die Brote.
Voller Gier und Handlung ist das Tote;

doch viel stiller sind die jungen Hähne
und die abgehängten Ziegenböcke
und am allerleisesten die Lämmer,

die die Knaben um die Schultern nehmen
und die willig von den Schritten nicken;
während in der Mauer der verglasten
spanischen Madonna die Agraffe
und das Silber in den Diademen
von dem Lichter-Vorgefühl beglänzter
schimmert. Aber drüber in dem Fenster
zeigt sich blickverschwenderisch ein Affe
und führt rasch in einer angemaßten
Haltung Gesten aus, die sich nicht schicken.

Der Balkon

Neapel

Von der Enge, oben, des Balkones
angeordnet wie von einem Maler
und gebunden wie zu einem Strauß
alternder Gesichter und ovaler,
klar im Abend, sehn sie idealer,
rührender und wie für immer aus.

Diese aneinander angelehnten
Schwestern, die, als ob sie sich von weit
ohne Aussicht nacheinander sehnten,
lehnen, Einsamkeit an Einsamkeit;

und der Bruder mit dem feierlichen
Schweigen, zugeschlossen, voll Geschick,
doch von einem sanften Augenblick
mit der Mutter unbemerkt verglichen;

und dazwischen, abgelebt und länglich,
längst mit keinem mehr verwandt,
einer Greisin Maske, unzugänglich,
wie im Fallen von der einen Hand

aufgehalten, während eine zweite
welkere, als ob sie weitergleite,
unten vor den Kleidern hängt zur Seite

von dem Kinder-Angesicht,
das das Letzte ist, versucht, verblichen,
von den Stäben wieder durchgestrichen
wie noch unbestimmbar, wie noch nicht.

Auswanderer-Schiff

Neapel

Denk: daß einer heiß und glühend flüchte,
und die Sieger wären hinterher,
und auf einmal machte der
Flüchtende kurz, unerwartet, Kehr
gegen Hunderte –: so sehr
warf sich das Erglühende der Früchte
immer wieder an das blaue Meer:

als das langsame Orangen-Boot
sie vorübertrug bis an das große
graue Schiff, zu dem, von Stoß zu Stoße,
andre Boote Fische hoben, Brot, –
während es, voll Hohn, in seinem Schoße
Kohlen aufnahm, offen wie der Tod.

Landschaft

Wie zuletzt, in einem Augenblick
aufgehäuft aus Hängen, Häusern, Stücken
alter Himmel und zerbrochnen Brücken,
und von drüben her, wie vom Geschick,
von dem Sonnenuntergang getroffen,
angeschuldigt, aufgerissen, offen –
ginge dort die Ortschaft tragisch aus:

fiele nicht auf einmal in das Wunde,
drin zerfließend, aus der nächsten Stunde
jener Tropfen kühlen Blaus,
der die Nacht schon in den Abend mischt,
so daß das von ferne Angefachte
sachte, wie erlöst, erlischt.

Ruhig sind die Tore und die Bogen,
durchsichtige Wolken wogen
über blassen Häuserreihn
die schon Dunkel in sich eingesogen;
aber plötzlich ist vom Mond ein Schein
durchgeglitten, licht, als hätte ein
Erzengel irgendwo sein Schwert gezogen.

Römische Campagna

Aus der vollgestellten Stadt, die lieber
schliefe, träumend von den hohen Thermen,
geht der grade Gräberweg ins Fieber;
und die Fenster in den letzten Fermen

sehn ihm nach mit einem bösen Blick.
Und er hat sie immer im Genick,
wenn er hingeht, rechts und links zerstörend,
bis er draußen atemlos beschwörend

seine Leere zu den Himmeln hebt,
hastig um sich schauend, ob ihn keine
Fenster treffen. Während er den weiten

Aquädukten zuwinkt herzuschreiten,
geben ihm die Himmel für die seine
ihre Leere, die ihn überlebt.

Lied vom Meer

Capri. Piccola Marina

Uraltes Wehn vom Meer,
Meerwind bei Nacht:
    du kommst zu keinem her;
wenn einer wacht,
so muß er sehn, wie er
dich übersteht:
    uraltes Wehn vom Meer,
welches weht
nur wie für Ur-Gestein,
lauter Raum
reißend von weit herein …

O wie fühlt dich ein
treibender Feigenbaum
oben im Mondschein.

Nächtliche Fahrt

Sankt Petersburg

Damals als wir mit den glatten Trabern
(schwarzen, aus dem Orloff'schen Gestüt) –,
während hinter hohen Kandelabern
Stadtnachtfronten lagen, angefrüht,
stumm und keiner Stunde mehr gemäß –,
fuhren, nein: vergingen oder flogen
und um lastende Paläste bogen
in das Wehn der Newa-Quais,

hingerissen durch das wache Nachten,
das nicht Himmel und nicht Erde hat, –
als das Drängende von unbewachten
Gärten gärend aus dem Ljetnij-Ssad
aufstieg, während seine Steinfiguren
schwindend mit ohnmächtigen Konturen
hinter uns vergingen, wie wir fuhren –:

damals hörte diese Stadt
auf zu sein. Auf einmal gab sie zu,
daß sie niemals war, um nichts als Ruh
flehend; wie ein Irrer, dem das Wirrn
plötzlich sich entwirrt, das ihn verriet,
und der einen jahrelangen kranken
gar nicht zu verwandelnden Gedanken,
den er nie mehr denken muß: Granit –
aus dem leeren schwankenden Gehirn
fallen fühlt, bis man ihn nicht mehr sieht.

Papageien-Park

Jardin des Plantes, Paris

Unter türkischen Linden, die blühen, an Rasenrändern,
in leise von ihrem Heimweh geschaukelten Ständern
atmen die Ara und wissen von ihren Ländern,
die sich, auch wenn sie nicht hinsehn, nicht verändern.

Fremd im beschäftigten Grünen wie eine Parade,
zieren sie sich und fühlen sich selber zu schade,
und mit den kostbaren Schnäbeln aus Jaspis und Jade
kauen sie Graues, verschleudern es, finden es fade.

Unten klauben die duffen Tauben, was sie nicht mögen,
während sich oben die höhnischen Vögel verbeugen
zwischen den beiden fast leeren vergeudeten Trögen.

Aber dann wiegen sie wieder und schläfern und äugen,
spielen mit dunkelen Zungen, die gerne lögen,
zerstreut an den Fußfesselringen. Warten auf Zeugen.

Die Parke

I

Unaufhaltsam heben sich die Parke
aus dem sanft zerfallenden Vergehn;
überhäuft mit Himmeln, überstarke
Überlieferte, die überstehn,

um sich auf den klaren Rasenplänen
auszubreiten und zurückzuziehn,
immer mit demselben souveränen
Aufwand, wie beschützt durch ihn,

und den unerschöpflichen Erlös
königlicher Größe noch vermehrend,
aus sich steigend, in sich wiederkehrend:
huldvoll, prunkend, purpurn und pompös.

II

Leise von den Alleen
ergriffen, rechts und links,
folgend dem Weitergehen
irgend eines Winks,

trittst du mit einem Male
in das Beisammensein
einer schattigen Wasserschale
mit vier Bänken aus Stein;

in eine abgetrennte
Zeit, die allein vergeht.
Auf feuchte Postamente,
auf denen nichts mehr steht,

hebst du einen tiefen
erwartenden Atemzug;
während das silberne Triefen
von dem dunkeln Bug

dich schon zu den Seinen
zählt und weiterspricht.
Und du fühlst dich unter Steinen
die hören, und rührst dich nicht.

III

Den Teichen und den eingerahmten Weihern
verheimlicht man noch immer das Verhör
der Könige. Sie warten unter Schleiern,
und jeden Augenblick kann Monseigneur

vorüberkommen; und dann wollen sie
des Königs Laune oder Trauer mildern
und von den Marmorrändern wieder die
Teppiche mit alten Spiegelbildern

hinunterhängen, wie um einen Platz:
auf grünem Grund, mit Silber, Rosa, Grau,
gewährtem Weiß und leicht gerührtem Blau
und einem Könige und einer Frau
und Blumen in dem wellenden Besatz.

IV

Und Natur, erlaucht und als verletze
sie nur unentschloßnes Ungefähr,
nahm von diesen Königen Gesetze,
selbst selig, um den Tapis-vert

ihrer Bäume Traum und Übertreibung
aufzutürmen aus gebauschtem Grün
und die Abende nach der Beschreibung
von Verliebten in die Avenün

einzumalen mit dem weichen Pinsel,
der ein firnisklares aufgelöstes
Lächeln glänzend zu enthalten schien:

der Natur ein liebes, nicht ihr größtes,
aber eines, das sie selbst verliehn,
um auf rosenvoller Liebes-Insel
es zu einem größern aufzuziehn.

V

Götter von Alleen und Altanen,
niemals ganzgeglaubte Götter, die
altern in den gradbeschnittnen Bahnen,
höchstens angelächelte Dianen
wenn die königliche Venerie

wie ein Wind die hohen Morgen teilend
aufbrach, übereilt und übereilend –;
höchstens angelächelte, doch nie

angeflehte Götter. Elegante
Pseudonyme, unter denen man
sich verbarg und blühte oder brannte, –
leichtgeneigte, lächelnd angewandte
Götter, die noch manchmal dann und wann

Das gewähren, was sie einst gewährten,
wenn das Blühen der entzückten Gärten
ihnen ihre kalte Haltung nimmt;
wenn sie ganz von ersten Schatten beben
und Versprechen um Versprechen geben,
alle unbegrenzt und unbestimmt.

VI

Fühlst du, wie keiner von allen
Wegen steht und stockt;
von gelassenen Treppen fallen,
durch ein Nichts von Neigung
leise weitergelockt,

über alle Terrassen
die Wege, zwischen den Massen
verlangsamt und gelenkt,
bis zu den weiten Teichen,
wo sie (wie einem Gleichen)
der reiche Park verschenkt

an den reichen Raum: den Einen,
der mit Scheinen und Widerscheinen
seinen Besitz durchdringt,
aus dem er von allen Seiten
Weiten mit sich bringt,
wenn er aus schließenden Weihern
zu wolkigen Abendfeiern
sich in die Himmel schwingt.

VII

Aber Schalen sind, drin der Najaden
Spiegelbilder, die sie nicht mehr baden,
wie ertrunken liegen, sehr verzerrt;
die Alleen sind durch Balustraden
in der Ferne wie versperrt.

Immer geht ein feuchter Blätterfall
durch die Luft hinunter wie auf Stufen,
jeder Vogelruf ist wie verrufen,
wie vergiftet jede Nachtigall.

Selbst der Frühling ist da nicht mehr gebend,
diese Büsche glauben nicht an ihn;
ungern duftet trübe, überlebend
abgestandener Jasmin

alt und mit Zerfallendem vermischt.
Mit dir weiter rückt ein Bündel Mücken,
so als würde hinter deinem Rücken
alles gleich vernichtet und verwischt.

Bildnis

Daß von dem verzichtenden Gesichte
keiner ihrer großen Schmerzen fiele,
trägt sie langsam durch die Trauerspiele
ihrer Züge schönen welken Strauß,
wild gebunden und schon beinah lose;
manchmal fällt, wie eine Tuberose,
ein verlornes Lächeln müd heraus.

Und sie geht gelassen drüber hin,
müde, mit den schönen blinden Händen,
welche wissen, daß sie es nicht fänden, –

und sie sagt Erdichtetes, darin
Schicksal schwankt, gewolltes, irgendeines,
und sie giebt ihm ihrer Seele Sinn,
daß es ausbricht wie ein Ungemeines:
wie das Schreien eines Steines –

und sie läßt, mit hochgehobnem Kinn,
alle diese Worte wieder fallen,
ohne bleibend; denn nicht eins von allen
ist der wehen Wirklichkeit gemäß,
ihrem einzigen Eigentum,
das sie, wie ein fußloses Gefäß,
halten muß, hoch über ihren Ruhm
und den Gang der Abende hinaus.

Venezianischer Morgen

Richard Beer-Hofmann zugeeignet

Fürstlich verwöhnte Fenster sehen immer,
was manchesmal uns zu bemühn geruht:
die Stadt, die immer wieder, wo ein Schimmer
von Himmel trifft auf ein Gefühl von Flut,

sich bildet ohne irgendwann zu sein.
Ein jeder Morgen muß ihr die Opale

erst zeigen, die sie gestern trug, und Reihn
von Spiegelbildern ziehn aus dem Kanale
und sie erinnern an die andern Male:
dann giebt sie sich erst zu und fällt sich ein

wie eine Nymphe, die den Zeus empfing.
Das Ohrgehäng erklingt an ihrem Ohre;
sie aber hebt San Giorgio Maggiore
und lächelt lässig in das schöne Ding.

Spätherbst in Venedig

Nun treibt die Stadt schon nicht mehr wie ein Köder,
der alle aufgetauchten Tage fängt.
Die gläsernen Paläste klingen spröder
an deinen Blick. Und aus den Gärten hängt

der Sommer wie ein Haufen Marionetten
kopfüber, müde, umgebracht.
Aber vom Grund aus alten Waldskeletten
steigt Willen auf: als sollte über Nacht

der General des Meeres die Galeeren
verdoppeln in dem wachen Arsenal,
um schon die nächste Morgenluft zu teeren

mit einer Flotte, welche ruderschlagend
sich drängt und jäh, mit allen Flaggen tagend,
den großen Wind hat, strahlend und fatal.

San Marco
Venedig

In diesem Innern, das wie ausgehöhlt
sich wölbt und wendet in den goldnen Smalten,
rundkantig, glatt, mit Köstlichkeit geölt,
ward dieses Staates Dunkelheit gehalten

und heimlich aufgehäuft, als Gleichgewicht
des Lichtes, das in allen seinen Dingen
sich so vermehrte, daß sie fast vergingen –.
Und plötzlich zweifelst du: vergehn sie nicht?

und drängst zurück die harte Galerie,
die, wie ein Gang im Bergwerk, nah am Glanz
der Wölbung hängt; und du erkennst die heile

Helle des Ausblicks: aber irgendwie
wehmütig messend ihre müde Weile
am nahen Überstehn des Viergespanns.

Ein Doge

Fremde Gesandte sahen, wie sie geizten
mit ihm und allem was er tat;
während sie ihn zu seiner Größe reizten,
umstellten sie das goldene Dogat

mit Spähern und Beschränkern immer mehr,
bange, daß nicht die Macht sie überfällt,
die sie in ihm (so wie man Löwen hält)
vorsichtig nährten. Aber er,

im Schutze seiner halbverhängten Sinne,
ward dessen nicht gewahr und hielt nicht inne,
größer zu werden. Was die Signorie

in seinem Innern zu bezwingen glaubte,
bezwang er selbst. In seinem greisen Haupte
war es besiegt. Sein Antlitz zeigte wie.

Die Laute

Ich bin die Laute. Willst du meinen Leib
beschreiben, seine schön gewölbten Streifen:
sprich so, als sprächest du von einer reifen
gewölbten Feige. Übertreib

das Dunkel, das du in mir siehst. Es war
Tullias Dunkelheit. In ihrer Scham
war nicht so viel, und ihr erhelltes Haar
war wie ein heller Saal. Zuweilen nahm

sie etwas Klang von meiner Oberfläche
in ihr Gesicht und sang zu mir.
Dann spannte ich mich gegen ihre Schwäche,
und endlich war mein Inneres in ihr.

Der Abenteuerer

I

Wenn er unter jene welche *waren*
trat: der Plötzliche, der *schien*,
war ein Glanz wie von Gefahren
in dem ausgesparten Raum um ihn,

den er lächelnd überschritt, um einer
Herzogin den Fächer aufzuheben:
diesen warmen Fächer, den er eben
wollte fallen sehen. Und wenn keiner

mit ihm eintrat in die Fensternische
(wo die Parke gleich ins Träumerische
stiegen, wenn er nur nach ihnen wies),
ging er lässig an die Kartentische
und gewann. Und unterließ

nicht, die Blicke alle zu behalten,
die ihn zweifelnd oder zärtlich trafen,

und auch die in Spiegel fielen, galten.
Er beschloß, auch heute nicht zu schlafen

wie die letzte lange Nacht, und bog
einen Blick mit seinem rücksichtslosen
welcher war: als hätte er von Rosen
Kinder, die man irgendwo erzog.

II

In den Tagen – (nein, es waren keine),
da die Flut sein unterstes Verlies
ihm bestritt, als wär es nicht das seine,
und ihn, steigend, an die Steine
der daran gewöhnten Wölbung stieß,

fiel ihm plötzlich einer von den Namen
wieder ein, die er vor Zeiten trug.
Und er wußte wieder: Leben kamen,
wenn er lockte; wie im Flug

kamen sie: noch warme Leben Toter,
die er, ungeduldiger, bedrohter,
weiterlebte mitten drin;
oder die nicht ausgelebten Leben,
und er wußte sie hinaufzuheben,
und sie hatten wieder Sinn.

Oft war keine Stelle an ihm sicher,
und er zitterte: Ich bin – – –
doch im nächsten Augenblicke glich er
dem Geliebten einer Königin.

Immer wieder war ein Sein zu haben:
die Geschicke angefangner Knaben,
die, als hätte man sie nicht gewagt,
abgebrochen waren, abgesagt,
nahm er auf und riß sie in sich hin;
denn er mußte einmal nur die Gruft

solcher Aufgegebener durchschreiten,
und die Düfte ihrer Möglichkeiten
lagen wieder in der Luft.

Falken-Beize

Kaiser sein heißt unverwandelt vieles
überstehen bei geheimer Tat:
wenn der Kanzler nachts den Turm betrat,
fand er *ihn*, des hohen Federspieles
kühnen fürstlichen Traktat

in den eingeneigten Schreiber sagen;
denn er hatte im entlegnen Saale
selber nächtelang und viele Male
das noch ungewohnte Tier getragen,

wenn es fremd war, neu und aufgebräut.
Und er hatte dann sich nie gescheut,
Pläne, welche in ihm aufgesprungen,
oder zärtlicher Erinnerungen
tieftiefinneres Geläut
zu verachten, um des bangen jungen

Falken willen, dessen Blut und Sorgen
zu begreifen er sich nicht erließ.
Dafür war er auch wie mitgehoben,
wenn der Vogel, den die Herren loben,
glänzend von der Hand geworfen, oben
in dem mitgefühlten Frühlingsmorgen
wie ein Engel auf den Reiher stieß.

Corrida

In memoriam Montez, 1830

Seit er, klein beinah, aus dem Toril
ausbrach, aufgescheuchten Augs und Ohrs,
und den Eigensinn des Picadors
und die Bänderhaken wie im Spiel

hinnahm, ist die stürmische Gestalt
angewachsen – sieh: zu welcher Masse,
aufgehäuft aus altem schwarzen Hasse,
und das Haupt zu einer Faust geballt,

nicht mehr spielend gegen irgendwen,
nein: die blutigen Nackenhaken hissend
hinter den gefällten Hörnern, wissend
und von Ewigkeit her gegen Den,

der in Gold und mauver Rosaseide
plötzlich umkehrt und, wie einen Schwarm
Bienen und als ob ers eben leide,
den Bestürzten unter seinem Arm

durchläßt, – während seine Blicke heiß
sich noch einmal heben, leichtgelenkt,
und als schlüge draußen jener Kreis
sich aus ihrem Glanz und Dunkel nieder
und aus jedem Schlagen seiner Lider,

ehe er gleichmütig, ungehässig,
an sich selbst gelehnt, gelassen, lässig
in die wiederhergerollte große
Woge über dem verlornen Stoße
seinen Degen beinah sanft versenkt.

Don Juans Kindheit

In seiner Schlankheit war, schon fast entscheidend,
der Bogen, der an Frauen nicht zerbricht;
und manchmal, seine Stirne nicht mehr meidend,
ging eine Neigung durch sein Angesicht

zu einer die vorüberkam, zu einer
die ihm ein fremdes altes Bild verschloß:
er lächelte. Er war nicht mehr der Weiner,
der sich ins Dunkel trug und sich vergoß.

Und während ein ganz neues Selbstvertrauen
ihn öfter tröstete und fast verzog,
ertrug er ernst den ganzen Blick der Frauen,
der ihn bewunderte und ihn bewog.

Don Juans Auswahl

Und der Engel trat ihn an: Bereite
dich mir ganz. Und da ist mein Gebot.
Denn daß einer jene überschreite,
die die Süßesten an ihrer Seite
bitter machen, tut mir not.
Zwar auch du kannst wenig besser lieben,
(unterbrich mich nicht: du irrst),
doch du glühest, und es steht geschrieben,
daß du viele führen wirst
zu der Einsamkeit, die diesen
tiefen Eingang hat. Laß ein
die, die ich dir zugewiesen,
daß sie wachsend Heloïsen
überstehn und überschrein.

Sankt Georg

Und sie hatte ihn die ganze Nacht
angerufen, hingekniet, die schwache
wache Jungfrau: Siehe, dieser Drache,
und ich weiß es nicht, warum er wacht.

Und da brach er aus dem Morgengraun
auf dem Falben, strahlend Helm und Haubert,
und er sah sie, traurig und verzaubert
aus dem Knieen aufwärtsschaun

zu dem Glanze, der er war.
Und er sprengte glänzend längs der Länder
abwärts mit erhobnem Doppelhänder
in die offene Gefahr,

viel zu furchtbar, aber doch erfleht.
Und sie kniete knieender, die Hände
fester faltend, daß er sie bestände;
denn sie wußte nicht, daß Der besteht,

den ihr Herz, ihr reines und bereites,
aus dem Licht des göttlichen Geleites
niederreißt. Zuseiten seines Streites
stand, wie Türme stehen, ihr Gebet.

Dame auf einem Balkon

Plötzlich tritt sie, in den Wind gehüllt,
licht in Lichtes, wie herausgegriffen,
während jetzt die Stube wie geschliffen
hinter ihr die Türe füllt

dunkel wie der Grund einer Kamee,
die ein Schimmern durchläßt durch die Ränder;
und du meinst der Abend war nicht, ehe
sie heraustrat, um auf das Geländer

noch ein wenig von sich fortzulegen,
noch die Hände, – um ganz leicht zu sein:
wie dem Himmel von den Häuserreihn
hingereicht, von allem zu bewegen.

Begegnung in der Kastanien-Allee

Ihm ward des Eingangs grüne Dunkelheit
kühl wie ein Seidenmantel umgegeben
den er noch nahm und ordnete: als eben
am andern transparenten Ende, weit,

aus grüner Sonne, wie aus grünen Scheiben,
weiß eine einzelne Gestalt
aufleuchtete, um lange fern zu bleiben
und schließlich, von dem Lichterniedertreiben
bei jedem Schritte überwallt,

ein helles Wechseln auf sich herzutragen,
das scheu im Blond nach hinten lief.
Aber auf einmal war der Schatten tief,
und nahe Augen lagen aufgeschlagen

in einem neuen deutlichen Gesicht,
das wie in einem Bildnis verweilte
in dem Moment, da man sich wieder teilte:
erst war es immer, und dann war es nicht.

Die Schwestern

Sieh, wie sie dieselben Möglichkeiten
anders an sich tragen und verstehn,
so als sähe man verschiedne Zeiten
durch zwei gleiche Zimmer gehn.

Jede meint die andere zu stützen,
während sie doch müde an ihr ruht;

und sie können nicht einander nützen,
denn sie legen Blut auf Blut,

wenn sie sich wie früher sanft berühren
und versuchen, die Allee entlang
sich geführt zu fühlen und zu führen:
Ach, sie haben nicht denselben Gang.

Übung am Klavier

Der Sommer summt. Der Nachmittag macht müde;
sie atmete verwirrt ihr frisches Kleid
und legte in die triftige Etüde
die Ungeduld nach einer Wirklichkeit,

die kommen konnte: morgen, heute abend – ,
die vielleicht da war, die man nur verbarg;
und vor den Fenstern, hoch und alles habend,
empfand sie plötzlich den verwöhnten Park.

Da brach sie ab; schaute hinaus, verschränkte
die Hände; wünschte sich ein langes Buch –
und schob auf einmal den Jasmingeruch
erzürnt zurück. Sie fand, daß er sie kränkte.

Die Liebende

Das ist mein Fenster. Eben
bin ich so sanft erwacht.
Ich dachte, ich würde schweben.
Bis wohin reicht mein Leben,
und wo beginnt die Nacht?

Ich könnte meinen, alles
wäre noch Ich ringsum;
durchsichtig wie eines Kristalles
Tiefe, verdunkelt, stumm.

Ich könnte auch noch die Sterne
fassen in mir; so groß
scheint mir mein Herz; so gerne
ließ es ihn wieder los

den ich vielleicht zu lieben,
vielleicht zu halten begann.
Fremd, wie niebeschrieben
sieht mich mein Schicksal an.

Was bin ich unter diese
Unendlichkeit gelegt,
duftend wie eine Wiese,
hin und her bewegt,

rufend zugleich und bange,
daß einer den Ruf vernimmt,
und zum Untergange
in einem Andern bestimmt.

Das Rosen-Innere

Wo ist zu diesem Innen
ein Außen? Auf welches Weh
legt man solches Linnen?
Welche Himmel spiegeln sich drinnen
in dem Binnensee
dieser offenen Rosen,
dieser sorglosen, sieh:
wie sie lose im Losen
liegen, als könnte nie
eine zitternde Hand sie verschütten.
Sie können sich selber kaum
halten; viele ließen
sich überfüllen und fließen
über von Innenraum
in die Tage, die immer
voller und voller sich schließen,

bis der ganze Sommer ein Zimmer
wird, ein Zimmer in einem Traum.

Damen-Bildnis aus den Achtziger-Jahren

Wartend stand sie an den schwergerafften
dunklen Atlasdraperien,
die ein Aufwand falscher Leidenschaften
über ihr zu ballen schien;

seit den noch so nahen Mädchenjahren
wie mit einer anderen vertauscht:
müde unter den getürmten Haaren,
in den Rüschen-Roben unerfahren
und von allen Falten wie belauscht

bei dem Heimweh und dem schwachen Planen,
wie das Leben weiter werden soll:
anders, wirklicher, wie in Romanen,
hingerissen und verhängnisvoll, –

daß man etwas erst in die Schatullen
legen dürfte, um sich im Geruch
von Erinnerungen einzulullen;
daß man endlich in dem Tagebuch

einen Anfang fände, der nicht schon
unterm Schreiben sinnlos wird und Lüge,
und ein Blatt von einer Rose trüge
in dem schweren leeren Medaillon,

welches liegt auf jedem Atemzug.
Daß man einmal durch das Fenster winkte;
diese schlanke Hand, die neuberingte,
hätte dran für Monate genug.

Dame vor dem Spiegel

Wie in einem Schlaftrunk Spezerein
löst sie leise in dem flüssigklaren
Spiegel ihr ermüdetes Gebaren;
und sie tut ihr Lächeln ganz hinein.

Und sie wartet, daß die Flüssigkeit
davon steigt; dann gießt sie ihre Haare
in den Spiegel und, die wunderbare
Schulter hebend aus dem Abendkleid,

trinkt sie still aus ihrem Bild. Sie trinkt,
was ein Liebender im Taumel tränke,
prüfend, voller Mißtraun; und sie winkt,

erst der Zofe, wenn sie auf dem Grunde
ihres Spiegels Lichter findet, Schränke
und das Trübe einer späten Stunde.

Die Greisin

Weiße Freundinnen mitten im Heute
lachen und horchen und planen für morgen;
abseits erwägen gelassene Leute
langsam ihre besonderen Sorgen,

das Warum und das Wann und das Wie,
und man hört sie sagen: Ich glaube – ;
aber in ihrer Spitzenhaube
ist sie sicher, als wüßte sie,

daß sie sich irren, diese und alle.
Und das Kinn, im Niederfalle,
lehnt sich an die weiße Koralle,
die den Schal zur Stirne stimmt.

Einmal aber, bei einem Gelache,
holt sie aus springenden Lidern zwei wache

Blicke und zeigt diese harte Sache,
wie man aus einem geheimen Fache
schöne ererbte Steine nimmt.

Das Bett

Laß sie meinen, daß sich in privater
Wehmut löst, was einer dort bestritt.
Nirgend sonst als da ist ein Theater;
reiß den hohen Vorhang fort –: da tritt

vor den Chor der Nächte, der begann
ein unendlich breites Lied zu sagen,
jene Stunde auf, bei der sie lagen,
und zerreißt ihr Kleid und klagt sich an,

um der andern, um der Stunde willen,
die sich wehrt und wälzt im Hintergrunde;
denn sie konnte sie mit sich nicht stillen.
Aber da sie zu der fremden Stunde

sich gebeugt: da war auf ihr,
was sie am Geliebten einst gefunden,
nur so drohend und so groß verbunden
und entzogen wie in einem Tier.

Der Fremde

Ohne Sorgfalt, was die Nächsten dächten,
die er müde nichtmehr fragen hieß,
ging er wieder fort; verlor, verließ –.
Denn er hing an solchen Reisenächten

anders als an jeder Liebesnacht.
Wunderbare hatte er durchwacht,
die mit starken Sternen überzogen
enge Fernen auseinanderbogen
und sich wandelten wie eine Schlacht;

andre, die mit in den Mond gestreuten
Dörfern, wie mit hingehaltnen Beuten,
sich ergaben, oder durch geschonte
Parke graue Edelsitze zeigten,
die er gerne in dem hingeneigten
Haupte einen Augenblick bewohnte,
tiefer wissend, daß man nirgends bleibt;
und schon sah er bei dem nächsten Biegen
wieder Wege, Brücken, Länder liegen
bis an Städte, die man übertreibt.

Und dies alles immer unbegehrend
hinzulassen, schien ihm mehr als seines
Lebens Lust, Besitz und Ruhm.
Doch auf fremden Plätzen war ihm eines
täglich ausgetretnen Brunnensteines
Mulde manchmal wie ein Eigentum.

Die Anfahrt

War in des Wagens Wendung dieser Schwung?
War er im Blick, mit dem man die barocken
Engelfiguren, die bei blauen Glocken
im Felde standen voll Erinnerung,

annahm und hielt und wieder ließ, bevor
der Schloßpark schließend um die Fahrt sich drängte,
an die er streifte, die er überhängte
und plötzlich freigab: denn da war das Tor,

das nun, als hätte es sie angerufen,
die lange Front zu einer Schwenkung zwang,
nach der sie stand. Aufglänzend ging ein Gleiten

die Glastür abwärts; und ein Windhund drang
aus ihrem Aufgehn, seine nahen Seiten
heruntertragend von den flachen Stufen.

Die Sonnenuhr

Selten reicht ein Schauer feuchter Fäule
aus dem Gartenschatten, wo einander
Tropfen fallen hören und ein Wander-
vogel lautet, zu der Säule,
die in Majoran und Koriander
steht und Sommerstunden zeigt;

nur sobald die Dame (der ein Diener
nachfolgt) in dem hellen Florentiner
über ihren Rand sich neigt,
wird sie schattig und verschweigt –.

Oder wenn ein sommerlicher Regen
aufkommt aus dem wogenden Bewegen
hoher Kronen, hat sie eine Pause;
denn sie weiß die Zeit nicht auszudrücken,
die dann in den Frucht- und Blumenstücken
plötzlich glüht im weißen Gartenhause.

Schlaf-Mohn

Abseits im Garten blüht der böse Schlaf,
in welchem die, die heimlich eingedrungen,
die Liebe fanden junger Spiegelungen,
die willig waren, offen und konkav,

und Träume, die mit aufgeregten Masken
auftraten, riesiger durch die Kothurne –:
das alles stockt in diesen oben flasken
weichlichen Stengeln, die die Samenurne

(nachdem sie lang, die Knospe abwärts tragend,
zu welken meinten) festverschlossen heben:
gefranste Kelche auseinanderschlagend,
die fieberhaft das Mohngefäß umgeben.

Die Flamingos

Jardin des Plantes, Paris

In Spiegelbildern wie von Fragonard
ist doch von ihrem Weiß und ihrer Röte
nicht mehr gegeben, als dir einer böte,
wenn er von seiner Freundin sagt: sie war

noch sanft von Schlaf. Denn steigen sie ins Grüne
und stehn, auf rosa Stielen leicht gedreht,
beisammen, blühend, wie in einem Beet,
verführen sie verführender als Phryne

sich selber; bis sie ihres Auges Bleiche
hinhalsend bergen in der eignen Weiche,
in welcher Schwarz und Fruchtrot sich versteckt.

Auf einmal kreischt ein Neid durch die Volière;
sie aber haben sich erstaunt gestreckt
und schreiten einzeln ins Imaginäre.

Persisches Heliotrop

Es könnte sein, daß dir der Rose Lob
zu laut erscheint für deine Freundin: Nimm
das schön gestickte Kraut und überstimm
mit dringend flüsterndem Heliotrop

den Bülbül, der an ihren Lieblingsplätzen
sie schreiend preist und sie nicht kennt.
Denn sieh: wie süße Worte nachts in Sätzen
beisammenstehn ganz dicht, durch nichts getrennt,
aus der Vokale wachem Violett
hindüftend durch das stille Himmelbett –:

so schließen sich vor dem gesteppten Laube
deutliche Sterne zu der seidnen Traube
und mischen, daß sie fast davon verschwimmt,
die Stille mit Vanille und mit Zimmt.

Schlaflied

Einmal wenn ich dich verlier,
wirst du schlafen können, ohne
daß ich wie eine Lindenkrone
mich verflüstre über dir?

Ohne daß ich hier wache und
Worte, beinah wie Augenlider,
auf deine Brüste, auf deine Glieder
niederlege, auf deinen Mund.

Ohne daß ich dich verschließ
und dich allein mit Deinem lasse
wie einen Garten mit einer Masse
von Melissen und Stern-Anis.

Der Pavillon

Aber selbst noch durch die Flügeltüren
mit dem grünen regentrüben Glas
ist ein Spiegeln lächelnder Allüren
und ein Glanz von jenem Glück zu spüren,
das sich dort, wohin sie nicht mehr führen,
einst verbarg, verklärte und vergaß.

Aber selbst noch in den Stein-Guirlanden
über der nicht mehr berührten Tür
ist ein Hang zur Heimlichkeit vorhanden
und ein stilles Mitgefühl dafür –,

und sie schauern manchmal, wie gespiegelt,
wenn ein Wind sie schattig überlief;
auch das Wappen, wie auf einem Brief
viel zu glücklich, überstürzt gesiegelt,

redet noch. Wie wenig man verscheuchte:
alles weiß noch, weint noch, tut noch weh –.

Und im Fortgehn durch die tränenfeuchte
abgelegene Allee

fühlt man lang noch auf dem Rand des Dachs
jene Urnen stehen, kalt, zerspalten:
doch entschlossen, noch zusammzuhalten
um die Asche alter Achs.

Die Entführung

Oft war sie als Kind ihren Dienerinnen
entwichen, um die Nacht und den Wind
(weil sie drinnen so anders sind)
draußen zu sehn an ihrem Beginnen;

doch keine Sturmnacht hatte gewiß
den riesigen Park so in Stücke gerissen,
wie ihn jetzt ihr Gewissen zerriß,

da er sie nahm von der seidenen Leiter
und sie weitertrug, weiter, weiter …:

bis der Wagen alles war.

Und sie roch ihn, den schwarzen Wagen,
um den verhalten das Jagen stand
und die Gefahr.
Und sie fand ihn mit Kaltem ausgeschlagen;
und das Schwarze und Kalte war auch in ihr.
Sie kroch in ihren Mantelkragen
und befühlte ihr Haar, als bliebe es hier,
und hörte fremd einen Fremden sagen:
Ichbinbeidir.

Rosa Hortensie

Wer nahm das Rosa an? Wer wußte auch,
daß es sich sammelte in diesen Dolden?
Wie Dinge unter Gold, die sich entgolden,
entröten sie sich sanft, wie im Gebrauch.

Daß sie für solches Rosa nichts verlangen.
Bleibt es für sie und lächelt aus der Luft?
Sind Engel da, es zärtlich zu empfangen,
wenn es vergeht, großmütig wie ein Duft?

Oder vielleicht auch geben sie es preis,
damit es nie erführe vom Verblühn.
Doch unter diesem Rosa hat ein Grün
gehorcht, das jetzt verwelkt und alles weiß.

Das Wappen

Wie ein Spiegel, der, von ferne tragend,
lautlos in sich aufnahm, ist der Schild;
offen einstens, dann zusammenschlagend
über einem Spiegelbild

jener Wesen, die in des Geschlechts
Weiten wohnen, nicht mehr zu bestreiten,
seiner Dinge, seiner Wirklichkeiten
(rechte links und linke rechts),

die er eingesteht und sagt und zeigt.
Drauf, mit Ruhm und Dunkel ausgeschlagen,
ruht der Spangenhelm, verkürzt,

den das Flügelkleinod übersteigt,
während seine Decke, wie mit Klagen,
reich und aufgeregt herniederstürzt.

Der Junggeselle

Lampe auf den verlassenen Papieren,
und ringsum Nacht bis weit hinein ins Holz
der Schränke. Und er konnte sich verlieren
an sein Geschlecht, das nun mit ihm zerschmolz;
ihm schien, je mehr er las, er hätte ihren,
sie aber hatten alle seinen Stolz.

Hochmütig steiften sich die leeren Stühle
die Wand entlang, und lauter Selbstgefühle
machten sich schläfernd in den Möbeln breit;
von oben goß sich Nacht auf die Pendüle,
und zitternd rann aus ihrer goldnen Mühle,
ganz fein gemahlen, seine Zeit.

Er nahm sie nicht. Um fiebernd unter jenen,
als zöge er die Laken ihrer Leiber,
andere Zeiten wegzuzerrn.
Bis er ins Flüstern kam; (was war ihm fern?)
Er lobte einen dieser Briefeschreiber,
als sei der Brief an ihn: Wie du mich kennst;
und klopfte lustig auf die Seitenlehnen.
Der Spiegel aber, innen unbegrenzter,
ließ leise einen Vorhang aus, ein Fenster –:
denn dorten stand, fast fertig, das Gespenst.

Der Einsame

Nein: ein Turm soll sein aus meinem Herzen
und ich selbst an seinen Rand gestellt:
wo sonst nichts mehr ist, noch einmal Schmerzen
und Unsäglichkeit, noch einmal Welt.

Noch ein Ding allein im Übergroßen,
welches dunkel wird und wieder licht,
noch ein letztes, sehnendes Gesicht
in das Nie-zu-Stillende verstoßen,

noch ein äußerstes Gesicht aus Stein,
willig seinen inneren Gewichten,
das die Weiten, die es still vernichten,
zwingen, immer seliger zu sein.

Der Leser

Wer kennt ihn, diesen, welcher sein Gesicht
wegsenkte aus dem Sein zu einem zweiten,
das nur das schnelle Wenden voller Seiten
manchmal gewaltsam unterbricht?

Selbst seine Mutter wäre nicht gewiß,
ob *er* es ist, der da mit seinem Schatten
Getränktes liest. Und wir, die Stunden hatten,
was wissen wir, wieviel ihm hinschwand, bis

er mühsam aufsah: alles auf sich hebend,
was unten in dem Buche sich verhielt,
mit Augen, welche, statt zu nehmen, gebend
anstießen an die fertig-volle Welt:

wie stille Kinder, die allein gespielt,
auf einmal das Vorhandene erfahren;
doch seine Züge, die geordnet waren,
blieben für immer umgestellt.

Der Apfelgarten

Borgeby-Gård

Komm gleich nach dem Sonnenuntergange,
sieh das Abendgrün des Rasengrunds;
ist es nicht, als hätten wir es lange
angesammelt und erspart in uns,

um es jetzt aus Fühlen und Erinnern,
neuer Hoffnung, halbvergeßnem Freun,

noch vermischt mit Dunkel aus dem Innern,
in Gedanken vor uns hinzustreun

unter Bäume wie von Dürer, die
das Gewicht von hundert Arbeitstagen
in den überfüllten Früchten tragen,
dienend, voll Geduld, versuchend, wie

das, was alle Maße übersteigt,
noch zu heben ist und hinzugeben,
wenn man willig, durch ein langes Leben
nur das Eine will und wächst und schweigt.

Mohammeds Berufung

Da aber als in sein Versteck der Hohe,
sofort Erkennbare: der Engel, trat,
aufrecht, der lautere und lichterlohe:
da tat er allen Anspruch ab und bat

bleiben zu dürfen der von seinen Reisen
innen verwirrte Kaufmann, der er war,
er hatte nie gelesen – und nun gar
ein *solches* Wort, zu viel für einen Weisen.

Der Engel aber, herrisch, wies und wies
ihm, was geschrieben stand auf seinem Blatte,
und gab nicht nach und wollte wieder: *Lies.*

Da las er: so, daß sich der Engel bog.
Und war schon einer, der gelesen *hatte*
und konnte und gehorchte und vollzog.

Der Berg

Sechsunddreißig Mal und hundert Mal
hat der Maler jenen Berg geschrieben,
weggerissen, wieder hingetrieben
(sechsunddreißig Mal und hundert Mal)

zu dem unbegreiflichen Vulkane,
selig, voll Versuchung, ohne Rat, –
während der mit Umriß Angetane
seiner Herrlichkeit nicht Einhalt tat:

tausendmal aus allen Tagen tauchend,
Nächte ohne gleichen von sich ab
fallen lassend, alle wie zu knapp;
jedes Bild im Augenblick verbrauchend,
von Gestalt gesteigert zu Gestalt,
teilnahmslos und weit und ohne Meinung –,
um auf einmal wissend, wie Erscheinung,
sich zu heben hinter jedem Spalt.

Der Ball

Du Runder, der das Warme aus zwei Händen
im Fliegen, oben, fortgiebt, sorglos wie
sein Eigenes; was in den Gegenständen
nicht bleiben kann, zu unbeschwert für sie,

zu wenig Ding und doch noch Ding genug,
um nicht aus allem draußen Aufgereihten
unsichtbar plötzlich in uns einzugleiten:
das glitt in dich, du zwischen Fall und Flug

noch Unentschlossener: der, wenn er steigt,
als hätte er ihn mit hinaufgehoben,
den Wurf entführt und freiläßt –, und sich neigt
und einhält und den Spielenden von oben
auf einmal eine neue Stelle zeigt,
sie ordnend wie zu einer Tanzfigur,

um dann, erwartet und erwünscht von allen,
rasch, einfach, kunstlos, ganz Natur,
dem Becher hoher Hände zuzufallen.

Das Kind

Unwillkürlich sehn sie seinem Spiel
lange zu; zuweilen tritt das runde
seiende Gesicht aus dem Profil,
klar und ganz wie eine volle Stunde,

welche anhebt und zu Ende schlägt.
Doch die Andern zählen nicht die Schläge,
trüb von Mühsal und vom Leben träge;
und sie merken gar nicht, wie es trägt –,

wie es alles trägt, auch dann, noch immer,
wenn es müde in dem kleinen Kleid
neben ihnen wie im Wartezimmer
sitzt und warten will auf seine Zeit.

Der Hund

Da oben wird das Bild von einer Welt
aus Blicken immerfort erneut und gilt.
Nur manchmal, heimlich, kommt ein Ding und stellt
sich neben ihn, wenn er durch dieses Bild

sich drängt, ganz unten, anders, wie er ist;
nicht ausgestoßen und nicht eingereiht,
und wie im Zweifel seine Wirklichkeit
weggebend an das Bild, das er vergißt,

um dennoch immer wieder sein Gesicht
hineinzuhalten, fast mit einem Flehen,
beinah begreifend, nah am Einverstehen
und doch verzichtend: denn er wäre nicht.

Der Käferstein

Sind nicht Sterne fast in deiner Nähe
und was giebt es, das du nicht umspannst,
da du dieser harten Skarabäe
Karneolkern gar nicht fassen kannst

ohne jenen Raum, der ihre Schilder
niederhält, auf deinem ganzen Blut
mitzutragen; niemals war er milder,
näher, hingegebener. Er ruht

seit Jahrtausenden auf diesen Käfern,
wo ihn keiner braucht und unterbricht;
und die Käfer schließen sich und schläfern
unter seinem wiegenden Gewicht.

Buddha in der Glorie

Mitte aller Mitten, Kern der Kerne,
Mandel, die sich einschließt und versüßt, –
dieses Alles bis an alle Sterne
ist dein Fruchtfleisch: Sei gegrüßt.

Sieh, du fühlst, wie nichts mehr an dir hängt;
im Unendlichen ist deine Schale,
und dort steht der starke Saft und drängt.
Und von außen hilft ihm ein Gestrahle,

denn ganz oben werden deine Sonnen
voll und glühend umgedreht.
Doch in dir ist schon begonnen,
was die Sonnen übersteht.

DIE AUFZEICHNUNGEN DES MALTE LAURIDS BRIGGE

11. September, rue Toullier.

So, also hierher kommen die Leute, um zu leben, ich würde eher meinen, es stürbe sich hier. Ich bin ausgewesen. Ich habe gesehen: Hospitäler. Ich habe einen Menschen gesehen, welcher schwankte und umsank. Die Leute versammelten sich um ihn, das ersparte mir den Rest. Ich habe eine schwangere Frau gesehen. Sie schob sich schwer an einer hohen, warmen Mauer entlang, nach der sie manchmal tastete, wie um sich zu überzeugen, ob sie noch da sei. Ja, sie war noch da. Dahinter? Ich suchte auf meinem Plan: Maison d'Accouchement. Gut. Man wird sie entbinden – man kann das. Weiter, rue Saint-Jacques, ein großes Gebäude mit einer Kuppel. Der Plan gab an Val-de-grâce, Hôpital militaire. Das brauchte ich eigentlich nicht zu wissen, aber es schadet nicht. Die Gasse begann von allen Seiten zu riechen. Es roch, soviel sich unterscheiden ließ, nach Jodoform, nach dem Fett von pommes frites, nach Angst. Alle Städte riechen im Sommer. Dann habe ich ein eigentümlich starblindes Haus gesehen, es war im Plan nicht zu finden, aber über der Tür stand noch ziemlich leserlich: Asyle de nuit. Neben dem Eingang waren die Preise. Ich habe sie gelesen. Es war nicht teuer.

Und sonst? ein Kind in einem stehenden Kinderwagen: es war dick, grünlich und hatte einen deutlichen Ausschlag auf der Stirn. Er heilte offenbar ab und tat nicht weh. Das Kind schlief, der Mund war offen, atmete Jodoform, pommes frites, Angst. Das war nun mal so. Die Hauptsache war, daß man lebte. Das war die Hauptsache.

Daß ich es nicht lassen kann, bei offenem Fenster zu schlafen. Elektrische Bahnen rasen läutend durch meine Stube. Automobile gehen über mich hin. Eine Tür fällt zu. Irgendwo klirrt eine Scheibe herunter, ich höre ihre großen Scherben lachen, die kleinen Splitter kichern. Dann plötzlich dumpfer, eingeschlossener Lärm von der anderen

Seite, innen im Hause. Jemand steigt die Treppe. Kommt, kommt unaufhörlich. Ist da, ist lange da, geht vorbei. Und wieder die Straße. Ein Mädchen kreischt: Ah tais-toi, je ne veux plus. Die Elektrische rennt ganz erregt heran, darüber fort, fort über alles. Jemand ruft. Leute laufen, überholen sich. Ein Hund bellt. Was für eine Erleichterung: ein Hund. Gegen Morgen kräht sogar ein Hahn, und das ist Wohltun ohne Grenzen. Dann schlafe ich plötzlich ein.

Das sind die Geräusche. Aber es giebt hier etwas, was furchtbarer ist: die Stille. Ich glaube, bei großen Bränden tritt manchmal so ein Augenblick äußerster Spannung ein, die Wasserstrahlen fallen ab, die Feuerwehrleute klettern nicht mehr, niemand rührt sich. Lautlos schiebt sich ein schwarzes Gesimse vor oben, und eine hohe Mauer, hinter welcher das Feuer auffährt, neigt sich, lautlos. Alles steht und wartet mit hochgeschobenen Schultern, die Gesichter über die Augen zusammengezogen, auf den schrecklichen Schlag. So ist hier die Stille.

Ich lerne sehen. Ich weiß nicht, woran es liegt, es geht alles tiefer in mich ein und bleibt nicht an der Stelle stehen, wo es sonst immer zu Ende war. Ich habe ein Inneres, von dem ich nicht wußte. Alles geht jetzt dorthin. Ich weiß nicht, was dort geschieht.

Ich habe heute einen Brief geschrieben, dabei ist es mir aufgefallen, daß ich erst drei Wochen hier bin. Drei Wochen anderswo, auf dem Lande zum Beispiel, das konnte sein wie ein Tag, hier sind es Jahre. Ich will auch keinen Brief mehr schreiben. Wozu soll ich jemandem sagen, daß ich mich verändere? Wenn ich mich verändere, bleibe ich ja doch nicht der, der ich war, und bin ich etwas anderes als bisher, so ist klar, daß ich keine Bekannten habe. Und an fremde Leute, an Leute, die mich nicht kennen, kann ich unmöglich schreiben.

Habe ich es schon gesagt? Ich lerne sehen. Ja, ich fange an. Es geht noch schlecht. Aber ich will meine Zeit ausnutzen.

Daß es mir zum Beispiel niemals zum Bewußtsein gekommen ist, wieviel Gesichter es giebt. Es giebt eine Menge Menschen, aber noch viel mehr Gesichter, denn jeder hat mehrere. Da sind Leute, die tragen ein Gesicht jahrelang, natürlich nutzt es sich ab, es wird schmutzig, es bricht in den Falten, es weitet sich aus wie Handschuhe, die man auf der Reise getragen hat. Das sind sparsame, einfache Leute; sie wechseln es nicht, sie lassen es nicht einmal reinigen. Es sei gut genug, behaupten sie, und wer kann ihnen das Gegenteil nachweisen? Nun fragt es sich freilich, da sie mehrere Gesichter haben, was tun sie mit den andern? Sie heben sie auf. Ihre Kinder sollen sie tragen. Aber es kommt auch vor, daß ihre Hunde damit ausgehen. – Weshalb auch nicht? Gesicht ist Gesicht.

Andere Leute setzen unheimlich schnell ihre Gesichter auf, eins nach dem andern, und tragen sie ab. Es scheint ihnen zuerst, sie hätten für immer, aber sie sind kaum vierzig; da ist schon das letzte. Das hat natürlich seine Tragik. Sie sind nicht gewohnt, Gesichter zu schonen, ihr letztes ist in acht Tagen durch, hat Löcher, ist an vielen Stellen dünn wie Papier und da kommt dann nach und nach die Unterlage heraus, das Nichtgesicht, und sie gehen damit herum.

Aber die Frau, die Frau: sie war ganz in sich hineingefallen, vornüber in ihre Hände. Es war an der Ecke rue Notre-Dame-des-Champs. Ich fing an, leise zu gehen, sowie ich sie gesehen hatte. Wenn arme Leute nachdenken, soll man sie nicht stören. Vielleicht fällt es ihnen doch ein.

Die Straße war zu leer, ihre Leere langweilte sich und zog mir den Schritt unter den Füßen weg und klappte mit ihm herum, drüben und da, wie mit einem Holzschuh. Die Frau erschrak und hob sich aus sich ab, zu schnell, zu heftig, so daß das Gesicht in den zwei Händen blieb. Ich konnte es darin liegen sehen, seine hohle Form. Es kostete mich unbeschreibliche Anstrengung, bei diesen Händen zu bleiben und nicht zu schauen, was sich aus ihnen abgerissen hatte. Mir graute, ein Gesicht von innen zu sehen, aber ich fürchtete mich doch noch viel mehr vor dem bloßen wunden Kopf ohne Gesicht.

Ich fürchte mich. Gegen die Furcht muß man etwas tun, wenn man sie einmal hat. Es wäre sehr häßlich, hier krank zu werden, und fiele es jemandem ein, mich ins Hôtel-Dieu zu schaffen, so würde ich dort gewiß sterben. Dieses Hôtel ist ein angenehmes Hôtel, ungeheuer besucht. Man kann kaum die Fassade der Kathedrale von Paris betrachten ohne Gefahr, von einem der vielen Wagen, die so schnell wie möglich über den freien Plan dort hinein müssen, überfahren zu werden. Das sind kleine Omnibusse, die fortwährend läuten, und selbst der Herzog von Sagan müßte sein Gespann halten lassen, wenn so ein kleiner Sterbender es sich in den Kopf gesetzt hat, geradenwegs in Gottes Hôtel zu wollen. Sterbende sind starrköpfig, und ganz Paris stockt, wenn Madame Legrand, brocanteuse aus der rue des Martyrs, nach einem gewissen Platz der Cité gefahren kommt. Es ist zu bemerken, daß diese verteufelten kleinen Wagen ungemein anregende Milchglasfenster haben, hinter denen man sich die herrlichsten Agonien vorstellen kann; dafür genügt die Phantasie einer Concierge. Hat man noch mehr Einbildungskraft und schlägt sie nach anderen Richtungen hin, so sind die Vermutungen geradezu unbegrenzt. Aber ich habe auch offene Droschken ankommen sehen, Zeitdroschken mit aufgeklapptem Verdeck, die nach der üblichen Taxe fuhren: Zwei Francs für die Sterbestunde.

Dieses ausgezeichnete Hôtel ist sehr alt, schon zu König Chlodwigs Zeiten starb man darin in einigen Betten. Jetzt wird in 559 Betten gestorben. Natürlich fabrikmäßig. Bei so enormer Produktion ist der einzelne Tod nicht so gut ausgeführt, aber darauf kommt es auch nicht an. Die Masse macht es. Wer giebt heute noch etwas für einen gut ausgearbeiteten Tod? Niemand. Sogar die Reichen, die es sich doch leisten könnten, ausführlich zu sterben, fangen an, nachlässig und gleichgültig zu werden; der Wunsch, einen eigenen Tod zu haben, wird immer seltener. Eine Weile noch, und er wird ebenso selten sein wie ein eigenes Leben. Gott, das ist alles da. Man kommt, man findet ein

Leben, fertig, man hat es nur anzuziehen. Man will gehen oder man ist dazu gezwungen: nun, keine Anstrengung: Voilà votre mort, monsieur. Man stirbt, wie es gerade kommt; man stirbt den Tod, der zu der Krankheit gehört, die man hat (denn seit man alle Krankheiten kennt, weiß man auch, daß die verschiedenen letalen Abschlüsse zu den Krankheiten gehören und nicht zu den Menschen; und der Kranke hat sozusagen nichts zu tun).

In den Sanatorien, wo ja so gern und mit so viel Dankbarkeit gegen Ärzte und Schwestern gestorben wird, stirbt man einen von den an der Anstalt angestellten Toden; das wird gerne gesehen. Wenn man aber zu Hause stirbt, ist es natürlich, jenen höflichen Tod der guten Kreise zu wählen, mit dem gleichsam das Begräbnis erster Klasse schon anfängt und die ganze Folge seiner wunderschönen Gebräuche. Da stehen dann die Armen vor so einem Haus und sehen sich satt. Ihr Tod ist natürlich banal, ohne alle Umstände. Sie sind froh, wenn sie einen finden, der ungefähr paßt. Zu weit darf er sein: man wächst immer noch ein bißchen. Nur wenn er nicht zugeht über der Brust oder würgt, dann hat es seine Not.

Wenn ich nach Hause denke, wo nun niemand mehr ist, dann glaube ich, das muß früher anders gewesen sein. Früher wußte man (oder vielleicht man ahnte es), daß man den Tod *in* sich hatte wie die Frucht den Kern. Die Kinder hatten einen kleinen in sich und die Erwachsenen einen großen. Die Frauen hatten ihn im Schoß und die Männer in der Brust. Den *hatte* man, und das gab einem eine eigentümliche Würde und einen stillen Stolz.

Meinem Großvater noch, dem alten Kammerherrn Brigge, sah man es an, daß er einen Tod in sich trug. Und was war das für einer: zwei Monate lang und so laut, daß man ihn hörte bis aufs Vorwerk hinaus.

Das lange, alte Herrenhaus war zu klein für diesen Tod, es schien, als müßte man Flügel anbauen, denn der Körper des Kammerherrn wurde immer größer, und er wollte fortwährend aus einem Raum in den andern getragen sein und geriet in fürchterlichen Zorn, wenn der Tag noch nicht zu Ende war und es gab kein Zimmer mehr, in dem er nicht schon gelegen hatte. Dann ging es mit dem ganzen Zuge von Dienern, Jungfern und Hunden, die er immer um sich hatte, die Treppe hinauf und, unter Vorantritt des Haushofmeisters, in seiner hochseligen Mutter Sterbezimmer, das ganz in dem Zustande, in dem sie es vor dreiundzwanzig Jahren verlassen hatte, erhalten worden war und das sonst nie jemand betreten durfte. Jetzt brach die ganze Meute dort ein. Die Vorhänge wurden zurückgezogen, und das robuste Licht eines Sommernachmittags untersuchte alle die scheuen, erschrockenen Gegenstände und drehte sich ungeschickt um in den aufgerissenen Spiegeln. Und die Leute machten es ebenso. Es gab da Zofen, die vor Neugierde nicht wußten, wo ihre Hände sich gerade aufhielten, junge Bediente, die alles anglotzten, und ältere Dienstleute, die herumgingen und sich zu erinnern suchten, was man ihnen von diesem verschlossenen Zimmer, in dem sie sich nun glücklich befanden, alles erzählt hatte.

Vor allem aber schien den Hunden der Aufenthalt in einem Raum, wo alle Dinge rochen, ungemein anregend. Die großen, schmalen russischen Windhunde liefen beschäftigt hinter den Lehnstühlen hin und her, durchquerten in langem Tanzschritt mit wiegender Bewegung das Gemach, hoben sich wie Wappenhunde auf und schauten, die schmalen Pfoten auf das weißgoldene Fensterbrett gestützt, mit spitzem, gespanntem Gesicht und zurückgezogener Stirn nach rechts und nach links in den Hof. Kleine, handschuhgelbe Dachshunde saßen, mit Gesichtern, als wäre alles ganz in der Ordnung, in dem breiten, seidenen Polstersessel am Fenster, und ein stichelhaariger, mürrisch aussehender Hühnerhund rieb seinen Rücken an der Kante eines goldbeinigen Tisches, auf dessen gemalter Platte die Sèvrestassen zitterten.

Ja, es war für diese geistesabwesenden, verschlafenen Dinge eine schreckliche Zeit. Es passierte, daß aus Büchern, die irgend eine hastige Hand ungeschickt geöffnet hatte, Rosenblätter heraustaumelten, die zertreten wurden;

kleine, schwächliche Gegenstände wurden ergriffen und, nachdem sie sofort zerbrochen waren, schnell wieder hingelegt, manches Verbogene auch unter Vorhänge gesteckt oder gar hinter das goldene Netz des Kamingitters geworfen. Und von Zeit zu Zeit fiel etwas, fiel verhüllt auf Teppich, fiel hell auf das harte Parkett, aber es zerschlug da und dort, zersprang scharf oder brach fast lautlos auf, denn diese Dinge, verwöhnt wie sie waren, vertrugen keinerlei Fall.

Und wäre es jemandem eingefallen zu fragen, was die Ursache von alledem sei, was über dieses ängstlich gehütete Zimmer alles Untergangs Fülle herabgerufen habe, – so hätte es nur *eine* Antwort gegeben: der Tod.

Der Tod des Kammerherrn Christoph Detlev Brigge auf Ulsgaard. Denn dieser lag, groß über seine dunkelblaue Uniform hinausquellend, mitten auf dem Fußboden und rührte sich nicht. In seinem großen, fremden, niemandem mehr bekannten Gesicht waren die Augen zugefallen: er sah nicht, was geschah. Man hatte zuerst versucht, ihn auf das Bett zu legen, aber er hatte sich dagegen gewehrt, denn er haßte Betten seit jenen ersten Nächten, in denen seine Krankheit gewachsen war. Auch hatte sich das Bett da oben als zu klein erwiesen, und da war nichts anderes übrig geblieben, als ihn so auf den Teppich zu legen; denn hinunter hatte er nicht gewollt.

Da lag er nun, und man konnte denken, daß er gestorben sei. Die Hunde hatten sich, da es langsam zu dämmern begann, einer nach dem anderen durch die Türspalte gezogen, nur der Harthaarige mit dem mürrischen Gesicht saß bei seinem Herrn, und eine von seinen breiten, zottigen Vorderpfoten lag auf Christoph Detlevs großer, grauer Hand. Auch von der Dienerschaft standen jetzt die meisten draußen in dem weißen Gang, der heller war als das Zimmer; die aber, welche noch drinnen geblieben waren, sahen manchmal heimlich nach dem großen, dunkelnden Haufen in der Mitte, und sie wünschten, daß das nichts mehr wäre als ein großer Anzug über einem verdorbenen Ding.

Aber es war noch etwas. Es war eine Stimme, die Stimme, die noch vor sieben Wochen niemand gekannt hatte: denn es war nicht die Stimme des Kammerherrn. Nicht Christoph Detlev war es, welchem diese Stimme gehörte, es war Christoph Detlevs Tod.

Christoph Detlevs Tod lebte nun schon seit vielen, vielen Tagen auf Ulsgaard und redete mit allen und verlangte. Verlangte, getragen zu werden, verlangte das blaue Zimmer, verlangte den kleinen Salon, verlangte den Saal. Verlangte die Hunde, verlangte, daß man lache, spreche, spiele und still sei und alles zugleich. Verlangte Freunde zu sehen, Frauen und Verstorbene, und verlangte selber zu sterben: verlangte. Verlangte und schrie.

Denn, wenn die Nacht gekommen war und die von den übermüden Dienstleuten, welche nicht Wache hatten, einzuschlafen versuchten, dann schrie Christoph Detlevs Tod, schrie und stöhnte, brüllte so lange und anhaltend, daß die Hunde, die zuerst mitheulten, verstummten und nicht wagten sich hinzulegen und, auf ihren langen, schlanken, zitternden Beinen stehend, sich fürchteten. Und wenn sie es durch die weite, silberne, dänische Sommernacht im Dorfe hörten, daß er brüllte, so standen sie auf wie beim Gewitter, kleideten sich an und blieben ohne ein Wort um die Lampe sitzen, bis es vorüber war. Und die Frauen, welche nahe vor dem Niederkommen waren, wurden in die entlegensten Stuben gelegt und in die dichtesten Bettverschläge; aber sie hörten es, sie hörten es, als ob es in ihrem eigenen Leibe wäre, und sie flehten, auch aufstehen zu dürfen, und kamen, weiß und weit, und setzten sich zu den andern mit ihren verwischten Gesichtern. Und die Kühe, welche kalbten in dieser Zeit, waren hülflos und verschlossen, und einer riß man die tote Frucht mit allen Eingeweiden aus dem Leibe, als sie gar nicht kommen wollte. Und alle taten ihr Tagwerk schlecht und vergaßen das Heu hereinzubringen, weil sie sich bei Tage ängstigten vor der Nacht und weil sie vom vielen Wachsein und vom erschreckten Aufstehen so ermattet waren, daß sie sich auf nichts besinnen konnten. Und wenn sie am Sonntag in die weiße, friedliche Kirche gingen, so beteten sie, es möge keinen Herrn mehr auf Ulsgaard geben: denn dieser war ein schrecklicher Herr. Und was sie alle dachten und beteten, das sagte der Pfarrer laut von der Kanzel herab, denn auch er hatte keine Nächte mehr und konnte Gott nicht begreifen. Und die Glocke sagte es, die einen furchtbaren Rivalen bekommen hatte, der die ganze Nacht dröhnte und gegen den sie, selbst wenn sie aus allem Metall zu läuten begann, nichts vermochte. Ja, alle sagten es, und es gab einen unter den jungen Leuten, der geträumt hatte, er wäre ins Schloß gegangen und hätte den gnädigen Herrn erschlagen mit seiner Mistforke, und so aufgebracht war man, so zu Ende, so überreizt, daß alle zuhörten, als er seinen Traum erzählte, und ihn, ganz ohne es zu wissen, daraufhin ansahen, ob er solcher Tat wohl gewachsen sei. So fühlte und sprach man in der ganzen Gegend, in der man den Kammerherrn noch vor einigen Wochen geliebt und bedauert hatte. Aber obwohl man so sprach, veränderte sich nichts. Christoph Detlevs Tod, der auf Ulsgaard wohnte, ließ sich nicht drängen. Er war für zehn Wochen gekommen, und die blieb er. Und während dieser Zeit war er mehr Herr, als Christoph Detlev Brigge es je gewesen war, er war wie ein König, den man den Schrecklichen nennt, später und immer.

Das war nicht der Tod irgendeines Wassersüchtigen, das war der böse, fürstliche Tod, den der Kammerherr sein ganzes Leben lang in sich getragen und aus sich genährt hatte. Alles Übermaß an Stolz, Willen und Herrenkraft, das er selbst in seinen ruhigen Tagen nicht hatte verbrauchen können, war in seinen Tod eingegangen, in den Tod, der nun auf Ulsgaard saß und vergeudete.

Wie hätte der Kammerherr Brigge den angesehen, der von ihm verlangt hätte, er solle einen anderen Tod sterben als diesen. Er starb seinen schweren Tod.

Und wenn ich an die andern denke, die ich gesehen oder von denen ich gehört habe: es ist immer dasselbe. Sie alle haben einen eignen Tod gehabt. Diese Männer, die ihn in der Rüstung trugen, innen, wie einen Gefangenen, diese Frauen, die sehr alt und klein wurden und dann auf einem ungeheueren Bett, wie auf einer Schaubühne, vor der ganzen Familie, dem Gesinde und den Hunden diskret und herrschaftlich hinübergingen. Ja die Kinder, sogar die ganz kleinen, hatten nicht irgendeinen Kindertod, sie nahmen sich zusammen und starben das, was sie schon waren, und das, was sie geworden wären.

Und was gab das den Frauen für eine wehmütige Schönheit, wenn sie schwanger waren und standen, und in ihrem großen Leib, auf welchem die schmalen Hände unwillkürlich liegen blieben, waren *zwei* Früchte: ein Kind und ein Tod. Kam das dichte, beinah nahrhafte Lächeln in ihrem ganz ausgeräumten Gesicht nicht davon her, daß sie manchmal meinten, es wüchsen beide?

Ich habe etwas getan gegen die Furcht. Ich habe die ganze Nacht gesessen und geschrieben, und jetzt bin ich so gut müde wie nach einem weiten Weg über die Felder von Ulsgaard. Es ist doch schwer zu denken, daß alles das nicht mehr ist, daß fremde Leute wohnen in dem alten langen Herrenhaus. Es kann sein, daß in dem weißen Zimmer oben im Giebel jetzt die Mägde schlafen, ihren schweren, feuchten Schlaf schlafen von Abend bis Morgen.

Und man hat niemand und nichts und fährt in der Welt herum mit einem Koffer und mit einer Bücherkiste und eigentlich ohne Neugierde. Was für ein Leben ist das eigentlich: ohne Haus, ohne ererbte Dinge, ohne Hunde. Hätte man doch wenigstens seine Erinnerungen. Aber wer hat die? Wäre die Kindheit da, sie ist wie vergraben. Vielleicht muß man alt sein, um an das alles heranreichen zu können. Ich denke es mir gut, alt zu sein.

Heute war ein schöner, herbstlicher Morgen. Ich ging durch die Tuilerien. Alles, was gegen Osten lag, vor der Sonne, blendete. Das Angeschienene war vom Nebel verhangen wie von einem lichtgrauen Vorhang. Grau im Grauen sonnten sich die Statuen in den noch nicht enthüllten Gärten. Einzelne Blumen in den langen Beeten standen auf und sagten: Rot, mit einer erschrockenen

Stimme. Dann kam ein sehr großer, schlanker Mann um die Ecke, von den Champs-Elysées her; er trug eine Krücke, aber nicht mehr unter die Schulter geschoben, – er hielt sie vor sich her, leicht, und von Zeit zu Zeit stellte er sie fest und laut auf wie einen Heroldstab. Er konnte ein Lächeln der Freude nicht unterdrücken und lächelte, an allem vorbei, der Sonne, den Bäumen zu. Sein Schritt war schüchtern wie der eines Kindes, aber ungewöhnlich leicht, voll von Erinnerung an früheres Gehen.

Was so ein kleiner Mond alles vermag. Da sind Tage, wo alles um einen licht ist, leicht, kaum angegeben in der hellen Luft und doch deutlich. Das Nächste schon hat Töne der Ferne, ist weggenommen und nur gezeigt, nicht hergereicht; und was Beziehung zur Weite hat: der Fluß, die Brücken, die langen Straßen und die Plätze, die sich verschwenden, das hat diese Weite eingenommen hinter sich, ist auf ihr gemalt wie auf Seide. Es ist nicht zu sagen, was dann ein lichtgrüner Wagen sein kann auf dem Pont-neuf oder irgendein Rot, das nicht zu halten ist, oder auch nur ein Plakat an der Feuermauer einer perlgrauen Häusergruppe. Alles ist vereinfacht, auf einige richtige, helle plans gebracht wie das Gesicht in einem Manetschen Bildnis. Und nichts ist gering und überflüssig. Die Bouquinisten am Quai tun ihre Kästen auf, und das frische oder vernutzte Gelb der Bücher, das violette Braun der Bände, das größere Grün einer Mappe: alles stimmt, gilt, nimmt teil und bildet eine Vollzähligkeit, in der nichts fehlt.

Unten ist folgende Zusammenstellung: ein kleiner Handwagen, von einer Frau geschoben; vorn darauf ein Leierkasten, der Länge nach. Dahinter quer ein Kinderkorb, in dem ein ganz Kleines auf festen Beinen steht, vergnügt in seiner Haube, und sich nicht mag setzen lassen. Von Zeit zu Zeit dreht die Frau am Orgelkasten. Das ganz Kleine stellt sich dann sofort stampfend in seinem Korbe wieder auf, und ein kleines Mädchen in einem grünen Sonntagskleid tanzt und schlägt Tamburin zu den Fenstern hinauf.

Ich glaube, ich müßte anfangen, etwas zu arbeiten, jetzt, da ich sehen lerne. Ich bin achtundzwanzig, und es ist so gut wie nichts geschehen. Wiederholen wir: ich habe eine Studie über Carpaccio geschrieben, die schlecht ist, ein Drama, das ›Ehe‹ heißt und etwas Falsches mit zweideutigen Mitteln beweisen will, und Verse. Ach, aber mit Versen ist so wenig getan, wenn man sie früh schreibt. Man sollte warten damit und Sinn und Süßigkeit sammeln ein ganzes Leben lang und ein langes womöglich, und dann, ganz zum Schluß, vielleicht könnte man dann zehn Zeilen schreiben, die gut sind. Denn Verse sind nicht, wie die Leute meinen, Gefühle (die hat man früh genug), – es sind Erfahrungen. Um eines Verses willen muß man viele Städte sehen, Menschen und Dinge, man muß die Tiere kennen, man muß fühlen, wie die Vögel fliegen, und die Gebärde wissen, mit welcher die kleinen Blumen sich auftun am Morgen. Man muß zurückdenken können an Wege in unbekannten Gegenden, an unerwartete Begegnungen und an Abschiede, die man lange kommen sah, – an Kindheitstage, die noch unaufgeklärt sind, an die Eltern, die man kränken mußte, wenn sie einem eine Freude brachten und man begriff sie nicht (es war eine Freude für einen anderen –), an Kinderkrankheiten, die so seltsam anheben mit so vielen tiefen und schweren Verwandlungen, an Tage in stillen, verhaltenen Stuben und an Morgen am Meer, an das Meer überhaupt, an Meere, an Reisenächte, die hoch dahinrauschten und mit allen Sternen flogen, – und es ist noch nicht genug, wenn man an alles das denken darf. Man muß Erinnerungen haben an viele Liebesnächte, von denen keine der andern glich, an Schreie von Kreißenden und an leichte, weiße, schlafende Wöchnerinnen, die sich schließen. Aber auch bei Sterbenden muß man gewesen sein, muß bei Toten gesessen haben in der Stube mit dem offenen Fenster und den stoßweisen Geräuschen. Und es genügt auch noch nicht, daß man Erinnerungen hat. Man muß sie vergessen können, wenn es viele sind, und man muß die große Geduld haben, zu warten, daß sie wiederkommen. Denn die Erinnerungen selbst *sind* es noch nicht.

Erst wenn sie Blut werden in uns, Blick und Gebärde, namenlos und nicht mehr zu unterscheiden von uns selbst, erst dann kann es geschehen, daß in einer sehr seltenen Stunde des erste Wort eines Verses aufsteht in ihrer Mitte und aus ihnen ausgeht.

Alle meine Verse aber sind anders entstanden, also sind es keine. – Und als ich mein Drama schrieb, wie irrte ich da. War ich ein Nachahmer und Narr, daß ich eines Dritten bedurfte, um von dem Schicksal zweier Menschen zu erzählen, die es einander schwer machten? Wie leicht ich in die Falle fiel. Und ich hätte doch wissen müssen, daß dieser Dritte, der durch alle Leben und Literaturen geht, dieses Gespenst eines Dritten, der nie gewesen ist, keine Bedeutung hat, daß man ihn leugnen muß. Er gehört zu den Vorwänden der Natur, welche immer bemüht ist, von ihren tiefsten Geheimnissen die Aufmerksamkeit der Menschen abzulenken. Er ist der Wandschirm, hinter dem ein Drama sich abspielt. Er ist der Lärm am Eingang zu der stimmlosen Stille eines wirklichen Konfliktes. Man möchte meinen, es wäre allen bisher zu schwer gewesen, von den Zweien zu reden, um die es sich handelt; der Dritte, gerade weil er so unwirklich ist, ist das Leichte der Aufgabe, ihn konnten sie alle. Gleich am Anfang ihrer Dramen merkt man die Ungeduld, zu dem Dritten zu kommen, sie können ihn kaum erwarten. Sowie er da ist, ist alles gut. Aber wie langweilig, wenn er sich verspätet, es kann rein nichts geschehen ohne ihn, alles steht, stockt, wartet. Ja und wie, wenn es bei diesem Stauen und Anstehn bliebe? Wie, Herr Dramatiker, und du, Publikum, welches das Leben kennt, wie, wenn er verschollen wäre, dieser beliebte Lebemann oder dieser anmaßende junge Mensch, der in allen Ehen schließt wie ein Nachschlüssel? Wie, wenn ihn, zum Beispiel, der Teufel geholt hätte? Nehmen wirs an. Man merkt auf einmal die künstliche Leere der Theater, sie werden vermauert wie gefährliche Löcher, nur die Motten aus den Logenrändern taumeln durch den haltlosen Hohlraum. Die Dramatiker genießen nicht mehr ihre Villenviertel. Alle öffentlichen Aufpassereien suchen für sie in entlegenen

Weltteilen nach dem Unersetzlichen, der die Handlung selbst war.

Und dabei leben sie unter den Menschen, nicht diese ›Dritten‹, aber die Zwei, von denen so unglaublich viel zu sagen wäre, von denen noch nie etwas gesagt worden ist, obwohl sie leiden und handeln und sich nicht zu helfen wissen.

Es ist lächerlich. Ich sitze hier in meiner kleinen Stube, ich, Brigge, der achtundzwanzig Jahre alt geworden ist und von dem niemand weiß. Ich sitze hier und bin nichts. Und dennoch, dieses Nichts fängt an zu denken und denkt, fünf Treppen hoch, an einem grauen Pariser Nachmittag diesen Gedanken:

Ist es möglich, denkt es, daß man noch nichts Wirkliches und Wichtiges gesehen, erkannt und gesagt hat? Ist es möglich, daß man Jahrtausende Zeit gehabt hat, zu schauen, nachzudenken und aufzuzeichnen, und daß man die Jahrtausende hat vergehen lassen wie eine Schulpause, in der man sein Butterbrot ißt und einen Apfel?

Ja, es ist möglich.

Ist es möglich, daß man trotz Erfindungen und Fortschritten, trotz Kultur, Religion und Weltweisheit an der Oberfläche des Lebens geblieben ist? Ist es möglich, daß man sogar diese Oberfläche, die doch immerhin etwas gewesen wäre, mit einem unglaublich langweiligen Stoff überzogen hat, so daß sie aussieht wie die Salonmöbel in den Sommerferien?

Ja, es ist möglich.

Ist es möglich, daß die ganze Weltgeschichte mißverstanden worden ist? Ist es möglich, daß die Vergangenheit falsch ist, weil man immer von ihren Massen gesprochen hat, gerade, als ob man von einem Zusammenlauf vieler Menschen erzählte, statt von dem Einen zu sagen, um den sie herumstanden, weil er fremd war und starb?

Ja, es ist möglich.

Ist es möglich, daß man glaubte, nachholen zu müssen, was sich ereignet hat, ehe man geboren war? Ist es möglich, daß man jeden einzelnen erinnern müßte, er sei ja aus allen

Früheren entstanden, wüßte es also und sollte sich nichts einreden lassen von den anderen, die anderes wüßten?

Ja, es ist möglich.

Ist es möglich, daß alle diese Menschen eine Vergangenheit, die nie gewesen ist, ganz genau kennen? Ist es möglich, daß alle Wirklichkeiten nichts sind für sie; daß ihr Leben abläuft, mit nichts verknüpft, wie eine Uhr in einem leeren Zimmer –?

Ja, es ist möglich.

Ist es möglich, daß man von den Mädchen nichts weiß, die doch leben? Ist es möglich, daß man ›die Frauen‹ sagt, ›die Kinder‹, ›die Knaben‹ und nicht ahnt (bei aller Bildung nicht ahnt), daß diese Worte längst keine Mehrzahl mehr haben, sondern nur unzählige Einzahlen?

Ja, es ist möglich.

Ist es möglich, daß es Leute giebt, welche ›Gott‹ sagen und meinen, das wäre etwas Gemeinsames? – Und sieh nur zwei Schulkinder: es kauft sich der eine ein Messer, und sein Nachbar kauft sich ein ganz gleiches am selben Tag. Und sie zeigen einander nach einer Woche die beiden Messer, und es ergiebt sich, daß sie sich nur noch ganz entfernt ähnlich sehen, – so verschieden haben sie sich in verschiedenen Händen entwickelt. (Ja, sagt des einen Mutter dazu: wenn ihr auch gleich immer alles abnutzen müßt. –) Ach so: Ist es möglich, zu glauben, man könne einen Gott haben, ohne ihn zu gebrauchen?

Ja, es ist möglich.

Wenn aber dieses alles möglich ist, auch nur einen Schein von Möglichkeit hat, – dann muß ja, um alles in der Welt, etwas geschehen. Der Nächstbeste, der, welcher diesen beunruhigenden Gedanken gehabt hat, muß anfangen, etwas von dem Versäumten zu tun; wenn es auch nur irgend einer ist, durchaus nicht der Geeignetste: es ist eben kein anderer da. Dieser junge, belanglose Ausländer, Brigge, wird sich fünf Treppen hoch hinsetzen müssen und schreiben, Tag und Nacht: ja er wird schreiben müssen, das wird das Ende sein.

Zwölf Jahre oder höchstens dreizehn muß ich damals gewesen sein. Mein Vater hatte mich nach Urnekloster mitgenommen. Ich weiß nicht, was ihn veranlaßte, seinen Schwiegervater aufzusuchen. Die beiden Männer hatten sich jahrelang, seit dem Tode meiner Mutter, nicht gesehen, und mein Vater selbst war noch nie in dem alten Schlosse gewesen, in welches der Graf Brahe sich erst spät zurückgezogen hatte. Ich habe das merkwürdige Haus später nie wiedergesehen, das, als mein Großvater starb, in fremde Hände kam. So wie ich es in meiner kindlich gearbeiteten Erinnerung wiederfinde, ist es kein Gebäude; es ist ganz aufgeteilt in mir; da ein Raum, dort ein Raum und hier ein Stück Gang, das diese beiden Räume nicht verbindet, sondern für sich, als Fragment, aufbewahrt ist. In dieser Weise ist alles in mir verstreut, – die Zimmer, die Treppen, die mit so großer Umständlichkeit sich niederließen, und andere enge, rundgebaute Stiegen, in deren Dunkel man ging wie das Blut in den Adern; die Turmzimmer, die hoch aufgehängten Balkone, die unerwarteten Altane, auf die man von einer kleinen Tür hinausgedrängt wurde: – alles das ist noch in mir und wird nie aufhören, in mir zu sein. Es ist, als wäre das Bild dieses Hauses aus unendlicher Höhe in mich hineingestürzt und auf meinem Grunde zerschlagen.

Ganz erhalten ist in meinem Herzen, so scheint es mir, nur jener Saal, in dem wir uns zum Mittagessen zu versammeln pflegten, jeden Abend um sieben Uhr. Ich habe diesen Raum niemals bei Tage gesehen, ich erinnere mich nicht einmal, ob er Fenster hatte und wohin sie aussahen; jedesmal, so oft die Familie eintrat, brannten die Kerzen in den schweren Armleuchtern, und man vergaß in einigen Minuten die Tageszeit und alles, was man draußen gesehen hatte. Dieser hohe, wie ich vermute, gewölbte Raum war stärker als alles; er saugte mit seiner dunkelnden Höhe, mit seinen niemals ganz aufgeklärten Ecken alle Bilder aus einem heraus, ohne einem einen bestimmten Ersatz dafür zu geben. Man saß da wie aufgelöst; völlig ohne Willen, ohne Besinnung, ohne Lust, ohne Abwehr. Man war wie eine leere Stelle. Ich erinnere mich, daß dieser vernichtende Zustand mir zuerst fast Übelkeit verursachte, eine Art Seekrankheit, die ich nur dadurch überwand, daß ich mein Bein ausstreckte, bis ich mit dem Fuß das Knie meines Vaters berührte, der mir gegenübersaß. Erst später fiel es mir auf, daß er dieses merkwürdige Benehmen zu begreifen oder doch zu dulden schien, obwohl zwischen uns ein fast kühles Verhältnis bestand, aus dem ein solches Gebaren nicht erklärlich war. Es war indessen jene leise Berührung, welche mir die Kraft gab, die langen Mahlzeiten auszuhalten. Und nach einigen Wochen krampfhaften Ertragens hatte ich, mit der fast unbegrenzten Anpassung des Kindes, mich so sehr an das Unheimliche jener Zusammenkünfte gewöhnt, daß es mich keine Anstrengung mehr kostete, zwei Stunden bei Tische zu sitzen; jetzt vergingen sie sogar verhältnismäßig schnell, weil ich mich damit beschäftigte, die Anwesenden zu beobachten.

Mein Großvater nannte es die Familie, und ich hörte auch die andern diese Bezeichnung gebrauchen, die ganz willkürlich war, denn obwohl diese vier Menschen miteinander in entfernten verwandtschaftlichen Beziehungen standen, so gehörten sie doch in keiner Weise zusammen. Der Oheim, welcher neben mir saß, war ein alter Mann, dessen hartes und verbranntes Gesicht einige schwarze Flecke zeigte, wie ich erfuhr, die Folgen einer explodierten Pulverladung; mürrisch und malkontent wie er war, hatte er als Major seinen Abschied genommen, und nun machte er in einem mir unbekannten Raum des Schlosses alchymistische Versuche, war auch, wie ich die Diener sagen hörte, mit einem Stockhause in Verbindung, von wo man ihm ein- oder zweimal jährlich Leichen zusandte, mit denen er sich Tage und Nächte einschloß und die er zerschnitt und auf eine geheimnisvolle Art zubereitete, so daß sie der Verwesung widerstanden. Ihm gegenüber war der Platz des Fräuleins Mathilde Brahe. Es war das eine Person von unbestimmtem Alter, eine entfernte Cousine meiner Mutter, von der nichts bekannt war, als daß sie eine sehr rege Korrespondenz mit einem österreichischen Spiritisten unterhielt, der sich Baron Nolde nannte und dem sie vollkommen ergeben war, so daß sie nicht das geringste unternahm, ohne vorher seine Zustimmung oder vielmehr etwas wie seinen Segen einzuholen. Sie war zu jener Zeit außerordentlich stark, von einer weichen, trägen Fülle, die gleichsam achtlos in ihre losen, hellen Kleider hineingegossen war; ihre Bewegungen waren müde und unbestimmt, und ihre Augen flossen beständig über. Und trotzdem war etwas in ihr, das mich an meine zarte und schlanke Mutter erinnerte.

Ich fand, je länger ich sie betrachtete, alle die feinen und leisen Züge in ihrem Gesichte, an die ich mich seit meiner Mutter Tode nie mehr recht hatte erinnern können; nun erst, seit ich Mathilde Brahe täglich sah, wußte ich wieder, wie die Verstorbene ausgesehen hatte; ja, ich wußte es vielleicht zum erstenmal. Nun erst setzte sich aus hundert und hundert Einzelheiten ein Bild der Toten in mir zusammen, jenes Bild, das mich überall begleitet. Später ist es mir klar geworden, daß in dem Gesicht des Fräuleins Brahe wirklich alle Einzelheiten vorhanden waren, die die Züge meiner Mutter bestimmten, – sie waren nur, als ob ein fremdes Gesicht sich dazwischen geschoben hätte, auseinandergedrängt, verbogen und nicht mehr in Verbindung miteinander.

Neben dieser Dame saß der kleine Sohn einer Cousine, ein Knabe, etwa gleichaltrig mit mir, aber kleiner und schwächlicher. Aus einer gefältelten Krause stieg sein dünner, blasser Hals und verschwand unter einem langen Kinn. Seine Lippen waren schmal und fest geschlossen, seine Nasenflügel zitterten leise, und von seinen schönen dunkelbraunen Augen war nur das eine beweglich. Es blickte manchmal ruhig und traurig zu mir herüber, während das andere immer in dieselbe Ecke gerichtet blieb, als wäre es verkauft und käme nicht mehr in Betracht.

Am oberen Ende der Tafel stand der ungeheure Lehnsessel meines Großvaters, den ein Diener, der nichts anderes zu tun hatte, ihm unterschob und in dem der Greis nur einen geringen Raum einnahm. Es gab Leute, die diesen schwerhörigen und herrischen alten Herrn Exzellenz und

Hofmarschall nannten, andere gaben ihm den Titel General. Und er besaß gewiß auch alle diese Würden, aber es war so lange her, seit er Ämter bekleidet hatte, daß diese Benennungen kaum mehr verständlich waren. Mir schien es überhaupt, als ob an seiner in gewissen Momenten so scharfen und doch immer wieder aufgelösten Persönlichkeit kein bestimmter Name haften könne. Ich konnte mich nie entschließen, ihn Großvater zu nennen, obwohl er bisweilen freundlich zu mir war, ja mich sogar zu sich rief, wobei er meinem Namen eine scherzhafte Betonung zu geben versuchte. Übrigens zeigte die ganze Familie ein aus Ehrfurcht und Scheu gemischtes Benehmen dem Grafen gegenüber, nur der kleine Erik lebte in einer gewissen Vertraulichkeit mit dem greisen Hausherrn; sein bewegliches Auge hatte zuzeiten rasche Blicke des Einverständnisses mit ihm, die ebensorasch von dem Großvater erwidert wurden; auch konnte man sie zuweilen in den langen Nachmittagen am Ende der tiefen Galerie auftauchen sehen und beobachten, wie sie, Hand in Hand, die dunklen alten Bildnisse entlang gingen, ohne zu sprechen, offenbar auf eine andere Weise sich verständigend.

Ich befand mich fast den ganzen Tag im Parke und draußen in den Buchenwäldern oder auf der Heide; und es gab zum Glück Hunde auf Urnekloster, die mich begleiteten; es gab da und dort ein Pächterhaus oder einen Meierhof, wo ich Milch und Brot und Früchte bekommen konnte, und ich glaube, daß ich meine Freiheit ziemlich sorglos genoß, ohne mich, wenigstens in den folgenden Wochen, von dem Gedanken an die abendlichen Zusammenkünfte ängstigen zu lassen. Ich sprach fast mit niemandem, denn es war meine Freude, einsam zu sein; nur mit den Hunden hatte ich kurze Gespräche dann und wann: mit ihnen verstand ich mich ausgezeichnet. Schweigsamkeit war übrigens eine Art Familieneigenschaft; ich kannte sie von meinem Vater her, und es wunderte mich nicht, daß während der Abendtafel fast nichts gesprochen wurde.

In den ersten Tagen nach unserer Ankunft allerdings benahm sich Mathilde Brahe äußerst gesprächig. Sie fragte den Vater nach früheren Bekannten in ausländischen Städten, sie erinnerte sich entlegener Eindrücke, sie rührte sich selbst bis zu Tränen, indem sie verstorbener Freundinnen und eines gewissen jungen Mannes gedachte, von dem sie andeutete, daß er sie geliebt habe, ohne daß sie seine inständige und hoffnungslose Neigung hätte erwidern mögen. Mein Vater hörte höflich zu, neigte dann und wann zustimmend sein Haupt und antwortete nur das Nötigste. Der Graf, oben am Tisch, lächelte beständig mit herabgezogenen Lippen, sein Gesicht erschien größer als sonst, es war, als trüge er eine Maske. Er ergriff übrigens selbst manchmal das Wort, wobei seine Stimme sich auf niemanden bezog, aber, obwohl sie sehr leise war, doch im ganzen Saal gehört werden konnte; sie hatte etwas von dem gleichmäßigen unbeteiligten Gang einer Uhr; die Stille um sie schien eine eigene leere Resonanz zu haben, für jede Silbe die gleiche.

Graf Brahe hielt es für eine besondere Artigkeit meinem Vater gegenüber, von dessen verstorbener Gemahlin, meiner Mutter, zu sprechen. Er nannte sie Gräfin Sibylle, und alle seine Sätze schlossen, als fragte er nach ihr. Ja es kam mir, ich weiß nicht weshalb, vor, als handle es sich um ein ganz junges Mädchen in Weiß, das jeden Augenblick bei uns eintreten könne. In demselben Tone hörte ich ihn auch von ›unserer kleinen Anna Sophie‹ reden. Und als ich eines Tages nach diesem Fräulein fragte, das dem Großvater besonders lieb zu sein schien, erfuhr ich, daß er des Großkanzlers Conrad Reventlow Tochter meinte, weiland Friedrichs des Vierten Gemahlin zur linken Hand, die seit nahezu anderthalb hundert Jahren zu Roskilde ruhte. Die Zeitfolgen spielten durchaus keine Rolle für ihn, der Tod war ein kleiner Zwischenfall, den er vollkommen ignorierte, Personen, die er einmal in seine Erinnerung aufgenommen hatte, existierten, und daran konnte ihr Absterben nicht das geringste ändern. Mehrere Jahre später, nach dem Tode des alten Herrn, erzählte man sich, wie er auch das Zukünftige mit demselben Eigensinn als gegenwärtig empfand. Er soll einmal einer gewissen jungen Frau von ihren Söhnen gesprochen haben, von den Reisen eines dieser Söhne insbesondere, während die junge Dame, eben im dritten Monate ihrer ersten Schwangerschaft, fast besinnungslos vor Entsetzen und Furcht neben dem unablässig redenden Alten saß.

Aber es begann damit, daß ich lachte. Ja ich lachte laut und ich konnte mich nicht beruhigen. Eines Abends fehlte nämlich Mathilde Brahe. Der alte, fast ganz erblindete Bediente hielt, als er zu ihrem Platze kam, dennoch die Schüssel anbietend hin. Eine Weile verharrte er so; dann ging er befriedigt und würdig und als ob alles in Ordnung wäre weiter. Ich hatte diese Szene beobachtet, und sie kam mir, im Augenblick da ich sie sah, durchaus nicht komisch vor. Aber eine Weile später, als ich eben einen Bissen in den Mund steckte, stieg mir das Gelächter mit solcher Schnelligkeit in den Kopf, daß ich mich verschluckte und großen Lärm verursachte. Und trotzdem diese Situation mir selber lästig war, trotzdem ich mich auf alle mögliche Weise anstrengte, ernst zu sein, kam das Lachen stoßweise immer wieder und behielt völlig die Herrschaft über mich.

Mein Vater, gleichsam um mein Benehmen zu verdecken, fragte mit seiner breiten gedämpften Stimme: »Ist Mathilde krank?« Der Großvater lächelte in seiner Art und antwortete dann mit einem Satze, auf den ich, mit mir selber beschäftigt, nicht achtgab und der etwa lautete: Nein, sie wünscht nur, Christinen nicht zu begegnen. Ich sah es also auch nicht als die Wirkung dieser Worte an, daß mein Nachbar, der braune Major, sich erhob und, mit einer undeutlich gemurmelten Entschuldigung und einer Verbeugung gegen den Grafen hin, den Saal verließ. Es fiel mir nur auf, daß er sich hinter dem Rücken des Hausherrn in der Tür nochmals umdrehte und dem kleinen Erik und zu meinem größten Erstaunen plötzlich auch mir winkende und nickende Zeichen machte, als forderte er uns auf, ihm zu folgen. Ich war so überrascht, daß mein Lachen aufhörte, mich zu bedrängen. Im übrigen schenkte ich dem Major weiter keine Aufmerksamkeit; er war mir unangenehm, und ich bemerkte auch, daß der kleine Erik ihn nicht beachtete.

Die Mahlzeit schleppte sich weiter wie immer, und man war gerade beim Nachtisch angelangt, als meine Blicke von einer Bewegung ergriffen und mitgenommen wurden, die im Hintergrund des Saales, im Halbdunkel, vor sich ging. Dort war nach und nach eine, wie ich meine, stets verschlossene Türe, von welcher man mir gesagt hatte, daß sie in das Zwischengeschoß führe, aufgegangen, und jetzt, während ich mit einem mir ganz neuen Gefühl von Neugier und Bestürzung hinsah, trat in das Dunkel der Türöffnung eine schlanke, hellgekleidete Dame und kam langsam auf uns zu. Ich weiß nicht, ob ich eine Bewegung machte oder einen Laut von mir gab, der Lärm eines umstürzenden Stuhles zwang mich, meine Blicke von der merkwürdigen Gestalt abzureißen, und ich sah meinen Vater, der aufgesprungen war und nun, totenbleich im Gesicht, mit herabhängenden geballten Händen, auf die Dame zuging. Sie bewegte sich indessen, von dieser Szene ganz unberührt, auf uns zu, Schritt für Schritt, und sie war schon nicht mehr weit von dem Platze des Grafen, als dieser sich mit einem Ruck erhob, meinen Vater beim Arme faßte, ihn an den Tisch zurückzog und festhielt, während die fremde Dame, langsam und teilnahmslos, durch den nun freigewordenen Raum vorüberging, Schritt für Schritt, durch unbeschreibliche Stille, in der nur irgendwo ein Glas zitternd klirrte, und in einer Tür der gegenüberliegenden Wand des Saales verschwand. In diesem Augenblick bemerkte ich, daß es der kleine Erik war, der mit einer tiefen Verbeugung diese Türe hinter der Fremden schloß.

Ich war der einzige, der am Tische sitzengeblieben war; ich hatte mich so schwer gemacht in meinem Sessel, mir schien, ich könnte allein nie wieder auf. Eine Weile sah ich, ohne zu sehen. Dann fiel mir mein Vater ein, und ich gewahrte, daß der Alte ihn noch immer am Arme festhielt. Das Gesicht meines Vaters war jetzt zornig, voller Blut, aber der Großvater, dessen Finger wie eine weiße Kralle meines Vaters Arm umklammerten, lächelte sein maskenhaftes

Lächeln. Ich hörte dann, wie er etwas sagte, Silbe für Silbe, ohne daß ich den Sinn seiner Worte verstehen konnte. Dennoch fielen sie mir tief ins Gehör, denn vor etwa zwei Jahren fand ich sie eines Tages unten in meiner Erinnerung, und seither weiß ich sie. Er sagte: »Du bist heftig, Kammerherr, und unhöflich. Was läßt du die Leute nicht an ihre Beschäftigungen gehn?« »Wer ist das?« schrie mein Vater dazwischen. »Jemand, der wohl das Recht hat, hier zu sein. Keine Fremde. Christine Brahe.« – Da entstand wieder jene merkwürdig dünne Stille, und wieder fing das Glas an zu zittern. Dann aber riß sich mein Vater mit einer Bewegung los und stürzte aus dem Saale.

Ich hörte ihn die ganze Nacht in seinem Zimmer auf und ab gehen; denn auch ich konnte nicht schlafen. Aber plötzlich gegen Morgen erwachte ich doch aus irgend etwas Schlafähnlichem und sah mit einem Entsetzen, das mich bis ins Herz hinein lähmte, etwas Weißes, das an meinem Bette saß. Meine Verzweiflung gab mir schließlich die Kraft, den Kopf unter die Decke zu stecken, und dort begann ich aus Angst und Hülflosigkeit zu weinen. Plötzlich wurde es kühl und hell über meinen weinenden Augen; ich drückte sie, um nichts sehen zu müssen, über den Tränen zu. Aber die Stimme, die nun von ganz nahe auf mich einsprach, kam lau und süßlich an mein Gesicht, und ich erkannte sie: es war Fräulein Mathildes Stimme. Ich beruhigte mich sofort und ließ mich trotzdem, auch als ich schon ganz ruhig war, immer noch weiter trösten; ich fühlte zwar, daß diese Güte zu weichlich sei, aber ich genoß sie dennoch und meinte sie irgendwie verdient zu haben. »Tante«, sagte ich schließlich und versuchte in ihrem zerflossenen Gesicht die Züge meiner Mutter zusammenzufassen: »Tante, wer war die Dame?«

»Ach«, antwortete das Fräulein Brahe mit einem Seufzer, der mir komisch vorkam, »eine Unglückliche, mein Kind, eine Unglückliche.«

Am Morgen dieses Tages bemerkte ich in einem Zimmer einige Bediente, die mit Packen beschäftigt waren. Ich dachte, daß wir reisen würden, ich fand es ganz natürlich, daß wir nun reisten. Vielleicht war das auch meines Vaters Absicht. Ich habe nie erfahren, was ihn bewog, nach jenem Abend noch auf Urnekloster zu bleiben. Aber wir reisten nicht. Wir hielten uns noch acht Wochen oder neun in diesem Hause auf, wir ertrugen den Druck seiner Seltsamkeiten, und wir sahen noch dreimal Christine Brahe.

Ich wußte damals nichts von ihrer Geschichte. Ich wußte nicht, daß sie vor langer, langer Zeit in ihrem zweiten Kindbett gestorben war, einen Knaben gebärend, der zu einem bangen und grausamen Schicksal heranwuchs, – ich wußte nicht, daß sie eine Gestorbene war. Aber mein Vater wußte es. Hatte er, der leidenschaftlich war und auf Konsequenz und Klarheit angelegt, sich zwingen wollen, in Fassung und ohne zu fragen, dieses Abenteuer auszuhalten? Ich sah, ohne zu begreifen, wie er mit sich kämpfte, ich erlebte es, ohne zu verstehen, wie er sich endlich bezwang.

Das war, als wir Christine Brahe zum letztenmal sahen. Dieses Mal war auch Fräulein Mathilde zu Tische erschienen; aber sie war anders als sonst. Wie in den ersten Tagen nach unserer Ankunft sprach sie unaufhörlich ohne bestimmten Zusammenhang und fortwährend sich verwirrend, und dabei war eine körperliche Unruhe in ihr, die sie nötigte, sich beständig etwas am Haar oder am Kleide zu richten, – bis sie unvermutet mit einem hohen klagenden Schrei aufsprang und verschwand.

In demselben Augenblick wandten sich meine Blicke unwillkürlich nach der gewissen Türe, und wirklich: Christine Brahe trat ein. Mein Nachbar, der Major, machte eine heftige, kurze Bewegung, die sich in meinen Körper fortpflanzte, aber er hatte offenbar keine Kraft mehr, sich zu erheben. Sein braunes, altes, fleckiges Gesicht wendete sich von einem zum andern, sein Mund stand offen, und die Zunge wand sich hinter den verdorbenen Zähnen; dann auf einmal war dieses Gesicht fort, und sein grauer Kopf lag auf dem Tische, und seine Arme lagen wie in Stücken darüber und darunter, und irgendwo kam eine welke, fleckige Hand hervor und bebte.

Und nun ging Christine Brahe vorbei, Schritt für

Schritt, langsam wie eine Kranke, durch unbeschreibliche Stille, in die nur ein einziger wimmernder Laut hineinklang wie eines alten Hundes. Aber da schob sich links von dem großen silbernen Schwan, der mit Narzissen gefüllt war, die große Maske des Alten hervor mit ihrem grauen Lächeln. Er hob sein Weinglas meinem Vater zu. Und nun sah ich, wie mein Vater, gerade als Christine Brahe hinter seinem Sessel vorüberkam, nach seinem Glase griff und es wie etwas sehr Schweres eine Handbreit über den Tisch hob.

Und noch in dieser Nacht reisten wir.

Bibliothèque Nationale.

Ich sitze und lese einen Dichter. Es sind viele Leute im Saal, aber man spürt sie nicht. Sie sind in den Büchern. Manchmal bewegen sie sich in den Blättern, wie Menschen, die schlafen und sich umwenden zwischen zwei Träumen. Ach, wie gut ist es doch, unter lesenden Menschen zu sein. Warum sind sie nicht immer so? Du kannst hingehen zu einem und ihn leise anrühren: er fühlt nichts. Und stößt du einen Nachbar beim Aufstellen ein wenig an und entschuldigst dich, so nickt er nach der Seite, auf der er deine Stimme hört, sein Gesicht wendet sich dir zu und sieht dich nicht, und sein Haar ist wie das Haar eines Schlafenden. Wie wohl das tut. Und ich sitze und habe einen Dichter. Was für ein Schicksal. Es sind jetzt vielleicht dreihundert Leute im Saale, die lesen; aber es ist unmöglich, daß sie jeder einzelne einen Dichter haben. (Weiß Gott, was sie haben.) Dreihundert Dichter giebt es nicht. Aber sieh nur, was für ein Schicksal, ich, vielleicht der armseligste von diesen Lesenden, ein Ausländer: ich habe einen Dichter. Obwohl ich arm bin. Obwohl mein Anzug, den ich täglich trage, anfängt, gewisse Stellen zu bekommen, obwohl gegen meine Schuhe sich das und jenes einwenden ließe. Zwar mein Kragen ist rein, meine Wäsche auch, und ich könnte, wie ich bin, in eine beliebige Konditorei gehen, womöglich auf den großen Boulevards, und könnte mit meiner Hand getrost in einen Kuchenteller greifen und etwas nehmen. Man würde nichts Auffälliges darin finden und mich nicht schelten und hinausweisen, denn es ist immerhin eine Hand aus den guten Kreisen, eine Hand, die vier- bis fünfmal täglich gewaschen wird. Ja, es ist nichts hinter den Nägeln, der Schreibfinger ist ohne Tinte, und besonders die Gelenke sind tadellos. Bis dorthin waschen arme Leute sich nicht, das ist eine bekannte Tatsache. Man kann also aus ihrer Reinlichkeit gewisse Schlüsse ziehen. Man zieht sie auch. In den Geschäften zieht man sie. Aber es giebt doch ein paar Existenzen, auf dem Boulevard Saint-Michel zum Beispiel und in der rue Racine, die lassen sich nicht irremachen, die pfeifen auf die Gelenke. Die sehen mich an und wissen es. Die wissen, daß ich eigentlich zu ihnen gehöre, daß ich nur ein bißchen Komödie spiele. Es ist ja Fasching. Und sie wollen mir den Spaß nicht verderben; sie grinsen nur so ein bißchen und zwinkern mit den Augen. Kein Mensch hats gesehen. Im übrigen behandeln sie mich wie einen Herrn. Es muß nur jemand in der Nähe sein, dann tun sie sogar untertänig. Tun, als ob ich einen Pelz anhätte und mein Wagen hinter mir herführe. Manchmal gebe ich ihnen zwei Sous und zittere, sie könnten sie abweisen; aber sie nehmen sie an. Und es wäre alles in Ordnung, wenn sie nicht wieder ein wenig gegrinst und gezwinkert hätten. Wer sind diese Leute? Was wollen sie von mir? Warten sie auf mich? Woran erkennen sie mich? Es ist wahr, mein Bart sieht etwas vernachlässigt aus, und ein ganz, ganz klein wenig erinnert er an ihre kranken, alten, verblichenen Bärte, die mir immer Eindruck gemacht haben. Aber habe ich nicht das Recht, meinen Bart zu vernachlässigen? Viele beschäftigte Menschen tun das, und es fällt doch niemandem ein, sie deshalb gleich zu den Fortgeworfenen zu zählen. Denn das ist mir klar, daß das die Fortgeworfenen sind, nicht nur Bettler; nein, es sind eigentlich keine Bettler, man muß Unterschiede machen. Es sind Abfälle, Schalen von Menschen, die das Schicksal ausgespieen hat. Feucht vom Speichel des Schicksals kleben sie an einer Mauer, an einer Laterne, an einer Plakatsäule, oder sie rinnen langsam die Gasse herunter mit einer dunklen, schmutzigen Spur hinter sich her. Was in aller Welt wollte diese Alte, von mir, die mit einer Nachttischschublade, in der einige Knöpfe und Nadeln herumrollten, aus irgendeinem Loch herausgekrochen war? Weshalb ging sie immer neben mir und beobachtete mich? Als ob sie versuchte, mich zu erkennen mit ihren Triefaugen, die aussahen, als hätte ihr ein Kranker grünen Schleim in die blutigen Lider gespuckt. Und wie kam damals jene graue, kleine Frau dazu, eine Viertelstunde lang vor einem Schaufenster an meiner Seite zu stehen, während sie mir einen alten, langen Bleistift zeigte, der unendlich langsam aus ihren schlechten, geschlossenen Händen sich herausschob. Ich tat, als betrachtete ich die ausgelegten Sachen und merkte nichts. Sie aber wußte, daß ich sie gesehen hatte, sie wußte, daß ich stand und nachdachte, was sie eigentlich täte. Denn daß es sich nicht um den Bleistift handeln konnte, begriff ich wohl: ich fühlte, daß das ein Zeichen war, ein Zeichen für Eingeweihte, ein Zeichen, das die Fortgeworfenen kennen; ich ahnte, sie bedeutete mir, ich müßte irgendwohin kommen oder etwas tun. Und das Seltsamste war, daß ich immerfort das Gefühl nicht los wurde, es bestünde tatsächlich eine gewisse Verabredung, zu der dieses Zeichen gehörte, und diese Szene wäre im Grunde etwas, was ich hätte erwarten müssen.

Das war vor zwei Wochen. Aber nun vergeht fast kein Tag ohne eine solche Begegnung. Nicht nur in der Dämmerung, am Mittag in den dichtesten Straßen geschieht es, daß plötzlich ein kleiner Mann oder eine alte Frau da ist, nickt, mir etwas zeigt und wieder verschwindet, als wäre nun alles Nötige getan. Es ist möglich, daß es ihnen eines Tages einfällt, bis in meine Stube zu kommen, sie wissen bestimmt, wo ich wohne, und sie werden es schon einrichten, daß der Concierge sie nicht aufhält. Aber hier, meine Lieben, hier bin ich sicher vor euch. Man muß eine besondere Karte haben, um in diesen Saal eintreten zu können. Diese Karte habe ich vor euch voraus. Ich gehe ein wenig scheu, wie man sich denken kann, durch die Straßen, aber schließlich stehe ich vor einer Glastür, öffne sie, als ob ich zuhause wäre, weise an der nächsten Tür meine Karte vor (ganz genau wie ihr mir eure Dinge zeigt, nur mit dem Unterschiede, daß man mich versteht und begreift, was ich meine –), und dann bin ich zwischen diesen Büchern, bin euch weggenommen, als ob ich gestorben wäre, und sitze und lese einen Dichter.

Ihr wißt nicht, was das ist, ein Dichter? – Verlaine … Nichts? Keine Erinnerung? Nein. Ihr habt ihn nicht unterschieden unter denen, die ihr kanntet? Unterschiede macht ihr keine, ich weiß. Aber es ist ein anderer Dichter, den ich lese, einer, der nicht in Paris wohnt, ein ganz anderer. Einer, der ein stilles Haus hat im Gebirge. Der klingt wie eine Glocke in reiner Luft. Ein glücklicher Dichter, der von seinem Fenster erzählt und von den Glastüren seines Bücherschrankes, die eine liebe, einsame Weite nachdenklich spiegeln. Gerade der Dichter ist es, der ich hätte werden wollen; denn er weiß von den Mädchen so viel, und ich hätte auch viel von ihnen gewußt. Er weiß von Mädchen, die vor hundert Jahren gelebt haben; es tut nichts mehr, daß sie tot sind, denn er weiß alles. Und das ist die Hauptsache. Er spricht ihre Namen aus, diese leisen, schlankgeschriebenen Namen mit den altmodischen Schleifen in den langen Buchstaben und die erwachsenen Namen ihrer älteren Freundinnen, in denen schon ein klein wenig Schicksal mitklingt, ein klein wenig Enttäuschung und Tod. Vielleicht liegen in einem Fach seines Mahagonischreibtisches ihre verblichenen Briefe und die gelösten Blätter ihrer Tagebücher, in denen Geburtstage stehen, Sommerpartien, Geburtstage. Oder es kann sein, daß es in der bauchigen Kommode im Hintergrunde seines Schlafzimmers eine Schublade giebt, in der ihre Frühjahrskleider aufgehoben sind; weiße Kleider, die um Ostern zum erstenmal angezogen wurden, Kleider aus getupftem Tüll, die eigentlich in den Sommer gehören, den man nicht erwarten konnte. O was für ein glückliches Schicksal, in der stillen Stube eines ererbten Hauses zu sitzen unter lauter ruhigen, seßhaften Dingen und draußen im leichten, lichtgrünen Garten die ersten Meisen zu hören, die sich versuchen, und in der Ferne die Dorfuhr. Zu sitzen und auf einen warmen Streifen Nachmittagssonne zu sehen und vieles von vergangenen Mädchen zu wissen und ein Dichter zu sein. Und zu denken, daß ich auch so ein Dichter geworden wäre, wenn ich irgendwo hätte wohnen dürfen, irgendwo auf der Welt, in einem von den vielen verschlossenen Landhäusern, um die sich niemand bekümmert. Ich hätte ein einziges Zimmer gebraucht (das lichte Zimmer im Giebel). Da hätte ich drinnen gelebt mit meinen alten Dingen, den Familienbildern, den Büchern. Und einen Lehnstuhl hätte ich gehabt und Blumen und Hunde und einen starken Stock für die steinigen Wege. Und nichts sonst. Nur ein Buch in gelbliches, elfenbeinfarbiges Leder gebunden mit einem alten blumigen Muster als Vorsatz: dahinein hätte ich geschrieben. Ich hätte viel geschrieben, denn ich hätte viele Gedanken gehabt und Erinnerungen von Vielen.

Aber es ist anders gekommen, Gott wird wissen, warum. Meine alten Möbel faulen in einer Scheune, in die ich sie habe stellen dürfen, und ich selbst, ja, mein Gott, ich habe kein Dach über mir, und es regnet mir in die Augen.

Manchmal gehe ich an kleinen Läden vorbei in der rue de Seine etwa. Händler mit Altsachen oder kleine Buchantiquare oder Kupferstichverkäufer mit überfüllten Schaufenstern. Nie tritt jemand bei ihnen ein, sie machen offenbar keine Geschäfte. Sieht man aber hinein, so sitzen sie, sitzen und lesen, unbesorgt; sorgen nicht um morgen, ängstigen sich nicht um ein Gelingen, haben einen Hund, der vor ihnen sitzt, gut aufgelegt, oder eine Katze, die die Stille noch größer macht, indem sie die Bücherreihen entlang streicht, als wischte sie die Namen von den Rücken.

Ach, wenn das genügte: ich wünschte manchmal, mir so ein volles Schaufenster zu kaufen und mich mit einem Hund dahinterzusetzen für zwanzig Jahre.

Es ist gut, es laut zu sagen: »Es ist nichts geschehen.« Noch einmal: »Es ist nichts geschehen.« Hilft es?

Daß mein Ofen wieder einmal geraucht hat und ich

ausgehen mußte, das ist doch wirklich kein Unglück. Daß ich mich matt und erkältet fühle, hat nichts zu bedeuten. Daß ich den ganzen Tag in den Gassen umhergelaufen bin, ist meine eigene Schuld. Ich hätte ebensogut im Louvre sitzen können. Oder nein, das hätte ich nicht. Dort sind gewisse Leute, die sich wärmen wollen. Sie sitzen auf den Samtbänken, und ihre Füße stehen wie große leere Stiefel nebeneinander auf den Gittern der Heizungen. Es sind äußerst bescheidene Männer, die dankbar sind, wenn die Diener in den dunklen Uniformen mit den vielen Orden sie dulden. Aber wenn ich eintrete, so grinsen sie. Grinsen und nicken ein wenig. Und dann, wenn ich vor den Bildern hin und her gehe, behalten sie mich im Auge, immer im Auge, immer in diesem umgerührten, zusammengeflossenen Auge. Es war also gut, daß ich nicht ins Louvre gegangen bin. Ich bin immer unterwegs gewesen. Weiß der Himmel in wie vielen Städten, Stadtteilen, Friedhöfen, Brücken und Durchgängen. Irgendwo habe ich einen Mann gesehen, der einen Gemüsewagen vor sich herschob. Er schrie: Chou-fleur, Chou-fleur, das fleur mit eigentümlich trübem eu. Neben ihm ging eine eckige, häßliche Frau, die ihn von Zeit zu Zeit anstieß. Und wenn sie ihn anstieß, so schrie er. Manchmal schrie er auch von selbst, aber dann war es umsonst gewesen, und er mußte gleich darauf wieder schreien, weil man vor einem Hause war, welches kaufte. Habe ich schon gesagt, daß er blind war? Nein? Also er war blind. Er war blind und schrie. Ich fälsche, wenn ich das sage, ich unterschlage den Wagen, den er schob, ich tue, als hätte ich nicht bemerkt, daß er Blumenkohl ausrief. Aber ist das wesentlich? Und wenn es auch wesentlich wäre, kommt es nicht darauf an, was die ganze Sache für mich gewesen ist? Ich habe einen alten Mann gesehen, der blind war und schrie. Das habe ich gesehen. Gesehen.

Wird man es glauben, daß es solche Häuser giebt? Nein, man wird sagen, ich fälsche. Diesmal ist es Wahrheit, nichts weggelassen, natürlich auch nichts hinzugetan. Woher sollte ich es nehmen? Man weiß, daß ich arm bin. Man weiß es.

Häuser? Aber, um genau zu sein, es waren Häuser, die nicht mehr da waren. Häuser, die man abgebrochen hatte von oben bis unten. Was da war, das waren die anderen Häuser, die danebengestanden hatten, hohe Nachbarhäuser. Offenbar waren sie in Gefahr, umzufallen, seit man nebenan alles weggenommen hatte; denn ein ganzes Gerüst von langen, geteerten Mastbäumen war schräg zwischen den Grund des Schuttplatzes und die bloßgelegte Mauer gerammt. Ich weiß nicht, ob ich schon gesagt habe, daß ich diese Mauer meine. Aber es war sozusagen nicht die erste Mauer der vorhandenen Häuser (was man doch hätte annehmen müssen), sondern die letzte der früheren. Man sah ihre Innenseite. Man sah in den verschiedenen Stockwerken Zimmerwände, an denen noch die Tapeten klebten, da und dort den Ansatz des Fußbodens oder der Decke. Neben den Zimmerwänden blieb die ganze Mauer entlang noch ein schmutzigweißer Raum, und durch diesen kroch in unsäglich widerlichen, wurmweichen, gleichsam verdauenden Bewegungen die offene, rostfleckige Rinne der Abortröhre. Von den Wegen, die das Leuchtgas gegangen war, waren graue, staubige Spuren am Rande der Decken geblieben, und sie bogen da und dort, ganz unerwartet, rund um und kamen in die farbige Wand hineingelaufen und in ein Loch hinein, das schwarz und rücksichtslos ausgerissen war. Am unvergeßlichsten aber waren die Wände selbst. Das zähe Leben dieser Zimmer hatte sich nicht zertreten lassen. Es war noch da, es hielt sich an den Nägeln, die geblieben waren, es stand auf dem handbreiten Rest der Fußböden, es war unter den Ansätzen der Ecken, wo es noch ein klein wenig Innenraum gab, zusammengekrochen. Man konnte sehen, daß es in der Farbe war, die es langsam, Jahr um Jahr, verwandelt hatte: Blau in schimmliches Grün, Grün in Grau und Gelb in ein altes, abgestandenes Weiß, das fault. Aber es war auch in den frischeren Stellen, die sich hinter Spiegeln, Bildern und Schränken erhalten hatten; denn es hatte ihre Umrisse gezogen und nachgezogen und war mit Spinnen und Staub auch auf diesen versteckten Plätzen gewesen, die jetzt bloßlagen. Es war in jedem Streifen, der abgeschunden war, es war in den feuchten Blasen am unteren Rande der Tapeten, es schwankte in den abgerissenen Fetzen, und aus den garstigen Flecken, die vor langer Zeit entstanden waren, schwitzte es aus. Und aus diesen blau, grün und gelb gewesenen Wänden, die eingerahmt waren von den Bruchbahnen der zerstörten Zwischenmauern, stand die Luft dieser Leben heraus, die zähe, träge, stockige Luft, die kein Wind noch zerstreut hatte. Da standen die Mittage und die Krankheiten und das Ausgeatmete und der jahrealte Rauch und der Schweiß, der unter den Schultern ausbricht, und die Kleider schwer macht, und das Fade aus den Munden und der Fuselgeruch gärender Füße. Da stand das Scharfe vom Urin und das Brennen vom Ruß und grauer Kartoffeldunst und der schwere, glatte Gestank von alterndem Schmalze. Der süße, lange Geruch von vernachlässigten Säuglingen war da und der Angstgeruch der Kinder, die in die Schule gehen, und das Schwüle aus den Betten mannbarer Knaben. Und vieles hatte sich dazugesellt, was von unten gekommen war, aus dem Abgrund der Gasse, die verdunstete, und anderes war von oben herabgesickert mit dem Regen, der über den Städten nicht rein ist. Und manches hatten die schwachen, zahm gewordenen Hauswinde, die immer in derselben Straße bleiben, zugetragen, und es war noch vieles da, wovon man den Ursprung nicht wußte. Ich habe doch gesagt, daß man alle Mauern abgebrochen hatte bis auf die letzte –? Nun von dieser Mauer spreche ich fortwährend. Man wird sagen, ich hätte lange davorgestanden; aber ich will einen Eid geben dafür, daß ich zu laufen begann, sobald ich die Mauer erkannt hatte. Denn das ist das Schreckliche, daß ich sie erkannt habe. Ich erkenne das alles hier, und darum geht es so ohne weiteres in mich ein: es ist zu Hause in mir.

Ich war etwas erschöpft nach alledem, man kann wohl sagen angegriffen, und darum war es zuviel für mich, daß auch er noch auf mich warten mußte. Er wartete in der kleinen Crémerie, wo ich zwei Spiegeleier essen wollte; ich war hungrig, ich war den ganzen Tag nicht dazu gekommen zu essen. Aber ich konnte auch jetzt nichts zu mir nehmen; ehe die Eier noch fertig waren, trieb es mich wieder hinaus in die Straßen, die ganz dickflüssig von Menschen mir entgegenrannen. Denn es war Fasching und Abend, und die Leute hatten alle Zeit und trieben umher und rieben sich einer am andern. Und ihre Gesichter waren voll von dem Licht, das aus den Schaubuden kam, und das Lachen quoll aus ihren Munden wie Eiter aus offenen Stellen. Sie lachten immer mehr und drängten sich immer enger zusammen, je ungeduldiger ich versuchte vorwärts zu kommen. Das Tuch eines Frauenzimmers hakte sich irgendwie an mir fest, ich zog sie hinter mir her, und die Leute hielten mich auf und lachten, und ich fühlte, daß ich auch lachen sollte, aber ich konnte es nicht. Jemand warf mir eine Hand Confetti in die Augen, und es brannte wie eine Peitsche. An den Ecken waren die Menschen festgekeilt, einer in den andern geschoben, und es war keine Weiterbewegung in ihnen, nur ein leises, weiches Auf und Ab, als ob sie sich stehend paarten. Aber obwohl sie standen und ich am Rande der Fahrbahn, wo es Risse im Gedränge gab, hinlief wie ein Rasender, war es in Wahrheit doch so, daß sie sich bewegten und ich mich nicht rührte. Denn es veränderte sich nichts; wenn ich aufsah, gewahrte ich immer noch dieselben Häuser auf der einen Seite und auf der anderen die Schaubuden. Vielleicht auch stand alles fest, und es war nur ein Schwindel in mir und ihnen, der alles zu drehen schien. Ich hatte keine Zeit, darüber nachzudenken, ich war schwer von Schweiß, und es kreiste ein betäubender Schmerz in mir, als ob in meinem Blute etwas zu Großes mittriebe, das die Adern ausdehnte, wohin es kam. Und dabei fühlte ich, daß die Luft längst zu Ende war und daß ich nur mehr Ausgeatmetes einzog, das meine Lungen stehen ließen.

Aber nun ist es vorbei; ich habe es überstanden. Ich sitze in meinem Zimmer bei der Lampe; es ist ein wenig kalt, denn ich wage es nicht, den Ofen zu versuchen; was, wenn er rauchte und ich müßte wieder hinaus? Ich sitze und denke: wenn ich nicht arm wäre, würde ich mir ein anderes Zimmer mieten, ein Zimmer mit Möbeln, die nicht so aufgebraucht sind, nicht so voll von früheren Mietern wie diese hier. Zuerst war es mir wirklich schwer, den Kopf in diesen Lehnstuhl zu legen; es ist da nämlich eine gewisse schmierig-graue Mulde in seinem grünen Bezug, in die alle Köpfe zu passen scheinen. Längere Zeit gebrauchte ich die Vorsicht, ein Taschentuch unter meine Haare zu legen, aber jetzt bin ich zu müde dazu; ich habe gefunden, daß es auch so geht und daß die kleine Vertiefung genau für meinen Hinterkopf gemacht ist, wie nach Maß. Aber ich würde mir, wenn ich nicht arm wäre, vor allem einen guten Ofen kaufen, und ich würde das reine, starke Holz heizen, welches aus dem Gebirge kommt, und nicht diese trostlosen têtes-de-moineau, deren Dunst das Atmen so bang macht und den Kopf so wirr. Und dann müßte jemand da sein, der ohne grobes Geräusch aufräumt und der das Feuer besorgt, wie ich es brauche; denn oft, wenn ich eine Viertelstunde vor dem Ofen knien muß und rütteln, die Stirnhaut gespannt von der nahen Glut und mit Hitze in den offenen Augen, gebe ich alles aus, was ich für den Tag an Kraft habe, und wenn ich dann unter die Leute komme, haben sie es natürlich leicht. Ich würde manchmal, wenn großes Gedränge ist, einen Wagen nehmen, vorbeifahren, ich würde täglich in einem Duval essen … und nicht mehr in die Crémerien kriechen … Ob er wohl auch in einem Duval gewesen wäre? Nein. Dort hätte er nicht auf mich warten dürfen. Sterbende läßt man nicht hinein. Sterbende? Ich sitze ja jetzt in meiner Stube; ich kann ja versuchen, ruhig über das nachzudenken, was mir begegnet ist. Es ist gut, nichts im Ungewissen zu lassen. Also ich trat ein und sah zuerst nur, daß der Tisch, an dem ich öfters zu sitzen pflegte, von jemandem anderen eingenommen war. Ich grüßte nach dem kleinen Buffet hin, bestellte und setzte mich nebenan. Aber da fühlte ich ihn, obwohl er sich nicht rührte. Gerade seine Regungslosigkeit fühlte ich und begriff sie mit einem Schlage. Die Verbindung zwischen uns war hergestellt, und ich wußte, daß er erstarrt war vor Entsetzen. Ich wußte, daß das Entsetzen ihn gelähmt hatte,

Entsetzen über etwas, was in ihm geschah. Vielleicht brach ein Gefäß in ihm, vielleicht trat ein Gift, das er lange gefürchtet hatte, gerade jetzt in seine Herzkammer ein, vielleicht ging ein großes Geschwür auf in seinem Gehirn wie eine Sonne, die ihm die Welt verwandelte. Mit unbeschreiblicher Anstrengung zwang ich mich, nach ihm hinzusehen, denn ich hoffte noch, daß alles Einbildung sei. Aber es geschah, daß ich aufsprang und hinausstürzte; denn ich hatte mich nicht geirrt. Er saß da in einem dicken, schwarzen Wintermantel, und sein graues, gespanntes Gesicht hing tief in ein wollenes Halstuch. Sein Mund war geschlossen, als wäre er mit großer Wucht zugefallen, aber es war nicht möglich zu sagen, ob seine Augen noch schauten: beschlagene, rauchgraue Brillengläser lagen davor und zitterten ein wenig. Seine Nasenflügel waren aufgerissen, und das lange Haar über seinen Schläfen, aus denen alles weggenommen war, welkte wie in zu großer Hitze. Seine Ohren waren lang, gelb, mit großen Schatten hinter sich. Ja, er wußte, daß er sich jetzt von allem entfernte, nicht nur von den Menschen. Ein Augenblick noch, und alles wird seinene Sinn verloren haben, und dieser Tisch und die Tasse und der Stuhl, an den er sich klammert, alles Tägliche und Nächste wird unverständlich geworden sein, fremd und schwer. So saß er da und wartete, bis es geschehen sein würde. Und wehrte sich nicht mehr.

Und ich wehre mich noch. Ich wehre mich, obwohl ich weiß, daß mir das Herz schon heraushängt und daß ich doch nicht mehr leben kann, auch wenn meine Quäler jetzt von mir abließen. Ich sage mir: es ist nichts geschehen, und doch habe ich jenen Mann nur begreifen können, weil auch in mir etwas vor sich geht, das anfängt, mich von allem zu entfernen und abzutrennen. Wie graute mir immer, wenn ich von einem Sterbenden sagen hörte: er konnte schon niemanden mehr erkennen. Dann stellte ich mir ein einsames Gesicht vor, daß sich aufhob aus Kissen und suchte, nach etwas Bekanntem suchte, nach etwas schon einmal Gesehenem suchte, aber es war nichts da. Wenn meine Furcht nicht so groß wäre, so würde ich mich damit trösten, daß es nicht unmöglich ist, alles anders zu sehen und doch zu leben. Aber ich fürchte mich, ich fürchte mich namenlos vor dieser Veränderung. Ich bin ja noch gar nicht in dieser Welt eingewöhnt gewesen, die mir gut scheint. Was soll ich in einer anderen? Ich würde so gerne unter den Bedeutungen bleiben, die mir lieb geworden sind, und wenn schon etwas sich verändern muß, so möchte ich doch wenigstens unter den Hunden leben dürfen, die eine verwandte Welt haben und dieselben Dinge.

Noch eine Weile kann ich das alles aufschreiben und sagen. Aber es wird ein Tag kommen, da meine Hand weit von mir sein wird, und wenn ich sie schreiben heißen werde, wird sie Worte schreiben, die ich nicht meine. Die Zeit der anderen Auslegung wird anbrechen, und es wird kein Wort auf dem anderen bleiben, und jeder Sinn wird wie Wolken sich auflösen und wie Wasser niedergehen. Bei aller Furcht bin ich schließlich doch wie einer, der vor etwas Großem steht, und ich erinnere mich, daß es früher oft ähnlich in mir war, eh ich zu schreiben begann. Aber diesmal werde ich geschrieben werden. Ich bin der Eindruck, der sich verwandeln wird. Oh, es fehlt nur ein kleines, und ich könnte das alles begreifen und gutheißen. Nur ein Schritt, und mein tiefes Elend würde Seligkeit sein. Aber ich kann diesen Schritt nicht tun, ich bin gefallen und kann mich nicht mehr aufheben, weil ich zerbrochen bin. Ich habe ja immer noch geglaubt, es könnte eine Hülfe kommen. Da liegt es vor mir in meiner eigenen Schrift, was ich gebetet habe, Abend für Abend. Ich habe es mir aus den Büchern, in denen ich es fand, abgeschrieben, damit es mir ganz nahe wäre und aus meiner Hand entsprungen wie Eigenes. Und ich will es jetzt noch einmal schreiben, hier vor meinem Tisch kniend will ich es schreiben; denn so habe ich es länger, als wenn ich es lese, und jedes Wort dauert an und hat Zeit zu verhallen.

›Mécontent de tous et mécontent de moi, je voudrais bien me racheter et m'enorgueillir un peu dans le silence et la solitude de la nuit. Âmes de ceux que j'ai aimés, âmes de ceux que j'ai chantés, fortifiez-moi, soutenez-moi, éloignez de moi le mensonge et les vapeurs corruptrices du monde; et vous, Seigneur mon Dieu! accordez-moi la grâce de produire quelques beaux vers qui me prouvent à moi-même que je ne suis pas le dernier des hommes, que je ne suis pas inférieur à ceux que je méprise.‹

›Die Kinder loser und verachteter Leute, die die Geringsten im Lande waren. Nun bin ich ihr Saitenspiel worden und muß ihr Märlein sein.

… sie haben über mich einen Weg gemacht …

… es war ihnen so leicht, mich zu beschädigen, daß sie keiner Hülfe dazu durften.

… nun aber geußet sich aus meine Seele über mich, und mich hat ergriffen die elende Zeit.

Des Nachts wird mein Gebein durchbohret allenthalben; und die mich jagen, legen sich nicht schlafen.

Durch die Menge der Kraft werde ich anders und anders gekleidet; und man gürtet mich damit wie mit dem Loch meines Rocks …

Meine Eingeweide sieden und hören nicht auf; mich hat überfallen die elende Zeit …

Meine Harfe ist eine Klage worden, und meine Pfeife ein Weinen.‹

Der Arzt hat mich nicht verstanden. Nichts. Es war ja auch schwer zu erzählen. Man wollte einen Versuch machen mit dem Elektrisieren. Gut. Ich bekam einen Zettel: ich sollte um ein Uhr in der Salpêtrière sein. Ich war dort. Ich mußte lange an verschiedenen Baracken vorüber, durch mehrere Höfe gehen, in denen da und dort Leute mit weißen Hauben wie Sträflinge unter den leeren Bäumen standen. Endlich kam ich in einen langen, dunklen, gangartigen Raum, der auf der einen Seite vier Fenster aus mattem, grünlichem Glase hatte, eines vom anderen durch eine breite, schwarze Zwischenwand getrennt. Davor lief eine Holzbank hin, an allem vorbei, und auf dieser Bank saßen sie, die mich kannten, und warteten. Ja, sie waren alle da. Als ich mich an die Dämmerung des Raumes gewöhnt hatte, merkte ich, daß unter denen, welche Schulter an Schulter in endloser Reihe dasaßen, auch einige andere Leute sein konnten, kleine Leute, Handwerker, Bedienerinnen und Lastkutscher. Unten an der Schmalseite des Ganges auf besonderen Stühlen hatten sich zwei dicke Frauen ausgebreitet, die sich unterhielten, vermutlich Conciergen. Ich sah nach der Uhr; es war fünf Minuten vor Eins. Nun in fünf, sagen wir in zehn Minuten, mußte ich drankommen; es war also nicht so schlimm. Die Luft war schlecht, schwer, voll Kleider und Atem. An einer gewissen Stelle schlug die starke, steigernde Kühle von Äther aus einer Türspalte. Ich begann auf und ab zu gehen. Es kam mir in den Sinn, daß man mich hierher gewiesen hatte, unter diese Leute, in diese überfüllte, allgemeine Sprechstunde. Es war sozusagen die erste öffentliche Bestätigung, daß ich zu den Fortgeworfenen gehörte; hatte der Arzt es mir angesehen? Aber ich hatte meinen Besuch in einem leidlich guten Anzuge gemacht, ich hatte meine Karte hineingeschickt. Trotzdem, er mußte es irgendwie erfahren haben, vielleicht hatte ich mich selbst verraten. Nun, da es einmal Tatsache war, fand ich es auch gar nicht so arg; die Leute saßen still und achteten nicht auf mich. Einige hatten Schmerzen und schwenkten ein wenig das eine Bein, um sie leichter auszuhalten. Verschiedene Männer hatten den Kopf in die flachen Hände gelegt, andere schliefen tief mit schweren, verschütteten Gesichtern. Ein dicker Mann mit rotem, angeschwollenem Halse saß vornübergebeugt da, stierte auf den Fußboden und spie von Zeit zu Zeit klatschend auf einen Fleck, der ihm dazu passend schien. Ein Kind schluchzte in einer Ecke; die langen magern Beine hatte es zu sich auf die Bank gezogen, und nun hielt es sie umfaßt und an sich gepreßt, als müßte es von ihnen Abschied nehmen. Eine kleine, blasse Frau, der ein mit runden, schwarzen Blumen geputzter Krepphut schief auf den Haaren saß, hatte die Grimasse eines Lächelns um die dürftigen Lippen, aber ihre wunden Lider gingen beständig über. Nicht weit von ihr hatte man ein Mädchen hingesetzt mit rundem glatten Gesicht und herausgedrängten Augen, die ohne Ausdruck waren; sein Mund stand offen, so daß man das weiße, schleimige Zahnfleisch sah mit den alten, verkümmerten Zähnen. Und viele Verbände gab es. Verbände, die den ganzen Kopf Schichte um Schichte umzogen, bis nur noch ein einziges Auge da war, das niemandem mehr gehörte. Verbände, die verbargen, und Verbände, die zeigten, was darunter war. Verbände, die man geöffnet hatte und in denen nun, wie in einem schmutzigen Bett, eine Hand lag, die keine mehr war; und ein eingebundenes Bein, das aus der Reihe herausstand, groß wie ein ganzer Mensch. Ich ging auf und ab und gab mir Mühe, ruhig zu sein. Ich beschäftigte mich viel mit der gegenüberliegenden Wand. Ich bemerkte, daß sie eine Anzahl einflügeliger Türen enthielt und nicht bis an die Decke reichte, so daß dieser Gang von den Räumen, die daneben liegen mußten, nicht ganz abgetrennt war. Ich sah nach der Uhr, ich war eine Stunde auf und ab gegangen. Eine Weile später kamen die Ärzte. Zuerst ein paar junge Leute, die mit gleichgültigen Gesichtern vorbeigingen, schließlich der, bei dem ich gewesen war, in lichten Handschuhen, Chapeau à huit reflets, tadellosem Überzieher. Als er mich sah, hob er ein wenig den Hut und lächelte zerstreut. Ich hatte nun Hoffnung, gleich gerufen zu werden, aber es verging wieder eine Stunde. Ich kann mich nicht erinnern, womit ich sie verbrachte. Sie verging. Ein alter Mann kam in einer fleckigen Schürze, eine Art Wärter, und berührte mich an der Schulter. Ich trat in eines der Nebenzimmer. Der Arzt und die jungen Leute saßen um einen Tisch und sahen mich an, man gab mir einen Stuhl. So. Und nun sollte ich erzählen, wie das eigentlich mit mir wäre. Möglichst kurz, s'il vous plaît. Denn viel Zeit hätten die Herren nicht. Mir war seltsam zumut. Die jungen Leute saßen und sahen mich an mit jener überlegenen, fachlichen Neugier, die sie gelernt hatten. Der Arzt, den ich kannte, strich seinen schwarzen Spitzbart und lächelte zerstreut. Ich dachte, daß ich in Weinen ausbrechen würde, aber ich hörte mich französisch sagen: »Ich hatte bereits die Ehre, Ihnen, mein Herr, alle Auskünfte zu geben, die ich geben kann. Halten Sie es für nötig, daß diese Herren eingeweiht werden, so sind Sie nach unserer Unterredung gewiß imstande, dies mit einigen Worten zu tun, während es mir sehr schwer fällt.« Der Arzt erhob sich mit höflichem Lächeln, trat mit den Assistenten ans Fenster und sagte ein paar Worte, die er mit einer waagerechten, schwankenden Handbewegung begleitete. Nach drei Minuten kam einer von den jungen Leuten, kurzsichtig und fahrig, an den Tisch zurück und sagte, indem er versuchte, mich strenge anzusehen: »Sie schlafen gut, mein Herr?« »Nein, schlecht.« Worauf er wieder zu der Gruppe zurücksprang. Dort verhandelte man noch eine Weile, dann wandte sich der Arzt an mich und teilte mir mit, daß man mich rufen lassen würde. Ich erinnerte ihn, daß ich auf ein Uhr bestellt worden sei. Er lächelte und machte ein paar schnelle, sprunghafte Bewegungen mit seinen kleinen weißen Händen, die bedeuten wollten, daß er ungemein beschäftigt sei. Ich kehrte also in meinen Gang zurück, in dem die Luft viel lastender geworden war, und fing wieder an, hin und her zu gehen, obwohl ich mich todmüde fühlte. Schließlich machte der feuchte, angehäufte Geruch mich schwindlig; ich blieb an der Eingangstür stehen und öffnete sie ein wenig. Ich sah, daß draußen noch Nachmittag und etwas Sonne war, und das tat mir unsagbar wohl. Aber ich hatte kaum eine Minute so gestanden, da hörte ich, daß man mich rief. Eine Frauenperson, die zwei Schritte entfernt bei einem kleinen Tische saß, zischte mir etwas zu. Wer mich geheißen hätte, die Türe öffnen. Ich sagte, ich könnte die Luft nicht vertragen. Gut, das sei meine Sache, aber die Türe müsse geschlossen bleiben. Ob es denn nicht anginge, ein Fenster aufzumachen. Nein, das sei verboten. Ich beschloß, das Aufundabgehen wieder aufzunehmen, weil es schließlich eine Art Betäubung war und niemanden kränkte. Aber der Frau an dem kleinen Tische mißfiel jetzt auch das. Ob ich denn keinen Platz hätte. Nein, den hätte ich nicht. Das Herumgehen sei aber nicht gestattet; ich müßte mir einen Platz suchen. Es würde schon noch einer da sein. Die Frau hatte recht. Es fand sich wirklich sogleich ein Platz neben dem Mädchen mit den herausdrängenden Augen. Da saß ich nun in dem Gefühle, daß dieser Zustand unbedingt auf etwas Fürchterliches vorbereiten müsse. Links war also das Mädchen mit dem faulenden Zahnfleisch; was rechts von mir war, konnte ich erst nach einer Weile erkennen. Es war eine ungeheuere, unbewegliche Masse, die ein Gesicht hatte und eine große, schwere, reglose Hand. Die Seite des Gesichtes, die ich sah, war leer, ganz ohne Züge und ohne Erinnerungen, und es war unheimlich, daß der Anzug wie der einer Leiche war, die man für den Sarg angekleidet hatte. Die schmale, schwarze Halsbinde war in derselben losen unpersönlichen Weise um den Kragen geschnallt, und dem Rock sah man es an, daß er von anderen über diesen willenlosen Körper gezogen worden war. Die Hand hatte man auf diese Hose gelegt, dorthin wo sie lag, und sogar das Haar war wie von Leichenwäscherinnen gekämmt und war, wie das Haar ausgestopfter Tiere, steif geordnet. Ich betrachtete das alles mit Aufmerksamkeit, und es fiel mir ein, daß dies also der Platz sei, der für mich bestimmt gewesen war, denn ich glaubte nun endlich an diejenige Stelle meines Lebens gekommen zu sein, an der ich bleiben würde. Ja, das Schicksal geht wunderbare Wege.

Plötzlich erhoben sich ganz in der Nähe rasch hintereinander die erschreckten, abwehrenden Schreie eines Kindes, denen ein leises, zugehaltenes Weinen folgte. Während ich mich anstrengte, herauszufinden, wo das könnte gewesen sein, verzitterte wieder ein kleiner, unterdrückter Schrei, und ich hörte Stimmen, die fragten, eine Stimme, die halblaut befahl, und dann schnurrte irgend eine gleichgültige Maschine los und kümmerte sich um nichts. Jetzt erinnerte ich mich jener halben Wand, und es war mir klar, daß das alles von jenseits der Türen kam und daß man dort an der Arbeit war. Wirklich erschien von Zeit zu Zeit der Wärter mit der fleckigen Schürze und winkte. Ich dachte gar nicht mehr daran, daß er mich meinen könnte. Galt es mir? Nein. Zwei Männer waren da mit einem Rollstuhl; sie hoben die Masse hinein, und ich sah jetzt, daß es ein alter, lahmer Mann war, der noch eine andere, kleinere, vom Leben abgenutzte Seite hatte mit einem offenen, trüben, traurigen Auge. Sie fuhren ihn hinein, und neben mir entstand eine Menge Platz. Und ich saß und dachte, was sie wohl dem blöden Mädchen tun wollten und ob es auch schreien würde. Die Maschinen dahinten schnurrten so angenehm fabrikmäßig, es hatte gar nichts Beunruhigendes.

Plötzlich aber war alles still, und in die Stille sagte eine überlegene, selbstgefällige Stimme, die ich zu kennen glaubte:

»Riez!« Pause. »Riez. Mais riez, riez.« Ich lachte schon. Es war unerklärlich, weshalb der Mann da drüben nicht lachen wollte. Eine Maschine ratterte los, verstummte aber sofort wieder, Worte wurden gewechselt, dann erhob sich wieder dieselbe energische Stimme und befahl: »Ditesnous le mot: avant.« Buchstabierend: »a-v-a-n-t« ... Stille. »On n'entend rien. Encore une fois: ...«

Und da, als es drüben so warm und schwammig lallte: da zum erstenmal seit vielen, vielen Jahren war es wieder da. Das, was mir das erste, tiefe Entsetzen eingejagt hatte, wenn ich als Kind im Fieber lag: das Große. Ja, so hatte ich immer gesagt, wenn sie alle um mein Bett standen und mir den Puls fühlten und mich fragten, was mich erschreckt habe: Das Große. Und wenn sie den Doktor holten und er war da und redete mir zu, so bat ich ihn, er möchte nur machen, daß das Große wegginge, alles andere wäre nichts. Aber er war wie die andern. Er konnte es nicht fortnehmen, obwohl ich damals doch klein war und mir leicht zu helfen gewesen wäre. Und jetzt war es wieder da. Es war später einfach ausgeblieben, auch in Fiebernächten war es nicht wiedergekommen, aber jetzt war es da, obwohl ich kein Fieber hatte. Jetzt war es da. Jetzt wuchs es aus mir heraus wie eine Geschwulst, wie ein zweiter Kopf, und war ein Teil von mir, obwohl es doch gar nicht zu mir gehören konnte, weil es so groß war. Es war da, wie ein großes totes Tier, das einmal, als es noch lebte, meine Hand gewesen war oder mein Arm. Und mein Blut ging durch mich und durch es, wie durch einen und denselben Körper. Und mein Herz mußte sich sehr anstrengen, um das Blut in das Große zu treiben: es war fast nicht genug Blut da. Und das

Blut trat ungern ein in das Große und kam krank und schlecht zurück. Aber das Große schwoll an und wuchs mir vor das Gesicht wie eine warme bläuliche Beule und wuchs mir vor den Mund, und über meinem letzten Auge war schon der Schatten von seinem Rande.

Ich kann mich nicht erinnern, wie ich durch die vielen Höfe hinausgekommen war. Es war Abend, und ich verirrte mich in der fremden Gegend und ging Boulevards mit endlosen Mauern in einer Richtung hinauf und, wenn dann kein Ende da war, in der entgegengesetzten Richtung zurück bis an irgendeinen Platz. Dort begann ich eine Straße zu gehen, und es kamen andere Straßen, die ich nie gesehen hatte, und wieder andere. Elektrische Bahnen rasten manchmal überhell und mit hartem, klopfendem Geläute heran und vorbei. Aber auf ihren Tafeln standen Namen, die ich nicht kannte. Ich wußte nicht, in welcher Stadt ich war und ob ich hier irgendwo eine Wohnung hatte und was ich tun mußte, um nicht mehr gehen zu müssen.

Und jetzt auch noch diese Krankheit, die mich immer schon so eigentümlich berührt hat. Ich bin sicher, daß man sie unterschätzt. Genau wie man die Bedeutung anderer Krankheiten übertreibt. Diese Krankheit hat keine bestimmten Eigenheiten, sie nimmt die Eigenheiten dessen an, den sie ergreift. Mit einer somnambulen Sicherheit holt sie aus einem jeden seine tiefste Gefahr heraus, die vergangen schien, und stellt sie wieder vor ihn hin, ganz nah, in die nächste Stunde. Männer, die einmal in der Schulzeit das hülflose Laster versucht haben, dessen betrogene Vertraute die armen, harten Knabenhände sind, finden sich wieder darüber, oder es fängt eine Krankheit, die sie als Kinder überwunden haben, wieder in ihnen an; oder eine verlorene Gewohnheit ist wieder da, ein gewisses zögerndes Wenden des Kopfes, das ihnen vor Jahren eigen war. Und mit dem, was kommt, hebt sich ein ganzes Gewirr irrer Erinnerungen, das daranhängt wie nasser Tang an einer versunkenen Sache. Leben, von denen man nie erfahren hätte, tauchen empor und mischen sich unter das, was wirklich gewesen ist, und verdrängen Vergangenes, das man zu kennen glaubte: denn in dem, was aufsteigt, ist eine ausgeruhte, neue Kraft, das aber, was immer da war, ist müde von zu oftem Erinnern.

Ich liege in meinem Bett, fünf Treppen hoch, und mein Tag, den nichts unterbricht, ist wie ein Zifferblatt ohne Zeiger. Wie ein Ding, das lange verloren war, eines Morgens auf seiner Stelle liegt, geschont und gut, neuer fast als zur Zeit des Verlustes, ganz als ob es bei irgend jemandem in Pflege gewesen wäre –: so liegt da und da auf meiner Bettdecke Verlorenes aus der Kindheit und ist wie neu. Alle verlorenen Ängste sind wieder da.

Die Angst, daß ein kleiner Wollfaden, der aus dem Saum der Decke heraussteht, hart sei, hart und scharf wie eine stählerne Nadel; die Angst, daß dieser kleine Knopf meines Nachthemdes größer sei als mein Kopf, groß und schwer; die Angst, daß dieses Krümchen Brot, das jetzt von meinem Bette fällt, gläsern und zerschlagen unten ankommen würde, und die drückende Sorge, daß damit eigentlich alles zerbrochen sei, alles für immer; die Angst, daß der Streifen Rand eines aufgerissenen Briefes etwas Verbotenes sei, das niemand sehen dürfe, etwas unbeschreiblich Kostbares, für das keine Stelle in der Stube sicher genug sei; die Angst, daß ich, wenn ich einschliefe, das Stück Kohle verschlucken würde, das vor dem Ofen liegt; die Angst, daß irgendeine Zahl in meinem Gehirn zu wachsen beginnt, bis sie nicht mehr Raum hat in mir; die Angst, daß das Granit sei, worauf ich liege, grauer Granit; die Angst, daß ich schreien könnte und daß man vor meiner Türe zusammenliefe und sie schließlich aufbräche, die Angst, daß ich mich verraten könnte und alles das sagen, wovor ich mich fürchte, und die Angst, daß ich nichts sagen könnte, weil alles unsagbar ist, – und die anderen Ängste … die Ängste.

Ich habe um meine Kindheit gebeten, und sie ist wiedergekommen, und ich fühle, daß sie immer noch so schwer ist wie damals und daß es nichts genützt hat, älter zu werden.

Gestern war mein Fieber besser, und heute fängt der Tag wie Frühling an, wie Frühling in Bildern. Ich will versuchen, auszugehen in die Bibliothèque Nationale zu meinem Dichter, den ich so lange nicht gelesen habe, und vielleicht kann ich später langsam durch die Gärten gehen. Vielleicht ist Wind über dem großen Teich, der so wirkliches Wasser hat, und es kommen Kinder, die ihre Schiffe mit den roten Segeln hineinlassen und zuschauen.

Heute habe ich es nicht erwartet, ich bin so mutig ausgegangen, als wäre das das Natürlichste und Einfachste. Und doch, es war wieder etwas da, das mich nahm wie Papier, mich zusammenknüllte und fortwarf, es war etwas Unerhörtes da.

Der Boulevard St-Michel war leer und weit, und es ging sich leicht auf seiner leisen Neigung. Fensterflügel oben öffneten sich mit gläsernem Aufklang, und ihr Glänzen flog wie ein weißer Vogel über die Straße. Ein Wagen mit hellroten Rädern kam vorüber, und weiter unten trug jemand etwas Lichtgrünes. Pferde liefen in blinkernden Geschirren auf dem dunkel gespritzten Fahrdamm, der rein war. Der Wind war erregt, neu, mild, und alles stieg auf: Gerüche, Rufe, Glocken.

Ich kam an einem der Caféhäuser vorbei, in denen am Abend die falschen roten Zigeuner spielen. Aus den offenen Fenstern kroch mit schlechtem Gewissen die übernächtige Luft. Glattgekämmte Kellner waren dabei, vor der Türe zu scheuern. Der eine stand gebückt und warf, handvoll nach handvoll, gelblichen Sand unter die Tische. Da stieß ihn einer von den Vorübergehenden an und zeigte die Straße hinunter. Der Kellner, der ganz rot im Gesicht war, schaute eine Weile scharf hin, dann verbreitete sich ein Lachen auf seinen bartlosen Wangen, als wäre es darauf verschüttet worden. Er winkte den andern Kellnern, drehte das lachende Gesicht ein paarmal schnell von rechts nach links, um alle herbeizurufen und selbst nichts zu versäumen. Nun standen alle und blickten hinuntersehend oder – suchend, lächelnd oder ärgerlich, daß sie noch nicht entdeckt hatten, was Lächerliches es gäbe.

Ich fühlte, daß ein wenig Angst in mir anfing. Etwas drängte mich auf die andere Seite hinüber; aber ich begann nur schneller zu gehen und überblickte unwillkürlich die wenigen Leute vor mir, an denen ich nichts Besonderes bemerkte. Doch ich sah, daß der eine, ein Laufbursche mit einer blauen Schürze und einem leeren Henkelkorb über der einen Schulter, jemandem nachschaute. Als er genug hatte, drehte er sich auf derselben Stelle nach den Häusern um und machte zu einem lachenden Kommis hinüber die schwankende Bewegung vor der Stirne, die allen geläufig ist. Dann blitzte er mit den schwarzen Augen und kam mir befriedigt und sich wiegend entgegen.

Ich erwartete, sobald mein Auge Raum hatte, irgendeine ungewöhnliche und auffallende Figur zu sehen, aber es zeigte sich, daß vor mir niemand ging, als ein großer hagerer Mann in einem dunklen Überzieher und mit einem weichen, schwarzen Hut auf dem kurzen, fahlblonden Haar. Ich vergewisserte mich, daß weder an der Kleidung, noch in dem Benehmen dieses Mannes etwas Lächerliches sei, und versuchte schon, an ihm vorüber den Boulevard hinunter zu schauen, als er über irgend etwas stolperte. Da ich nahe hinter ihm folgte, nahm ich mich in acht, aber als die Stelle kam, war da nichts, rein nichts. Wir gingen beide weiter, er und ich, der Abstand zwischen uns blieb derselbe. Jetzt kam ein Straßenübergang, und da geschah es, daß der Mann vor mir mit ungleichen Beinen die Stufen des Gangsteigs hinunterhüpfte in der Art etwa, wie Kinder manchmal während des Gehens aufhüpfen oder springen, wenn sie sich freuen. Auf den jenseitigen Gangsteig kam er einfach mit einem langen Schritt hinauf. Aber kaum war er oben, zog er das eine Bein ein wenig an und hüpfte auf dem anderen einmal hoch und gleich darauf wieder und wieder. Jetzt konnte man diese plötzliche Bewegung wieder ganz gut für ein Stolpern halten, wenn man sich einredete, es wäre da eine Kleinigkeit gewesen, ein Kern, die glitschige Schale einer Frucht, irgend etwas; und das Seltsame war, daß der Mann selbst an das Vorhandensein eines Hindernisses zu glauben schien, denn er sah sich jedesmal mit jenem halb ärgerlichen, halb vorwurfsvollen Blick, den die Leute in solchen Augenblicken haben, nach der lästigen Stelle um. Noch einmal rief mich etwas Warnendes auf die andere Seite der Straße, aber ich folgte nicht und blieb immerfort hinter diesem Manne, indem ich meine ganze Aufmerksamkeit auf seine Beine richtete. Ich muß gestehen, daß ich mich merkwürdig erleichtert fühlte, als etwa zwanzig Schritte lang jenes Hüpfen nicht wiederkam, aber da ich nun meine Augen aufhob, bemerkte ich, daß dem Manne ein anderes Ärgernis entstanden war. Der Kragen seines Überziehers hatte sich aufgestellt; und wie er sich auch, bald mit einer Hand, bald mit beiden umständlich bemühte, ihn niederzulegen, es wollte nicht gelingen. Das kam vor. Es beunruhigte mich nicht. Aber gleich darauf gewahrte ich mit grenzenloser Verwunderung, daß in den beschäftigten Händen dieses Menschen zwei Bewegungen waren: eine heimliche, rasche, mit welcher er den Kragen unmerklich hochklappte, und jene andere ausführliche, anhaltende, gleichsam übertrieben buchstabierte Bewegung, die das Umlegen des Kragens bewerkstelligen sollte. Diese Beobachtung verwirrte mich so sehr, daß zwei Minuten vergingen, ehe ich erkannte, daß im Halse des Mannes, hinter dem hochgeschobenen Überzieher und den nervös agierenden Händen dasselbe schreckliche, zweisilbige Hüpfen war, das seine Beine eben verlassen hatte. Von diesem Augenblick an war ich an ihn gebunden. Ich begriff, daß dieses Hüpfen in seinem Körper herumirrte, daß es versuchte, hier und da auszubrechen. Ich verstand seine Angst vor den Leuten, und ich begann selber vorsichtig zu prüfen, ob die Vorübergehenden etwas merkten. Ein kalter Stich fuhr mir durch den Rücken, als seine Beine plötzlich einen kleinen, zuckenden Sprung machten, aber niemand hatte es gesehen, und ich dachte mir aus, daß auch ich ein wenig stolpern wollte, im Falle jemand aufmerksam wurde. Das wäre gewiß ein Mittel, Neugierige glauben zu machen, es hätte da doch ein kleines, unscheinbares Hindernis im Wege gelegen, auf das wir zufällig beide getreten hätten. Aber während ich so auf Hülfe sann, hatte er selbst einen neuen, ausgezeichneten Ausweg gefunden. Ich habe vergessen zu sagen, daß er einen Stock trug; nun, es war ein einfacher Stock, aus dunklem Holze mit einem schlichten, rund gebogenen Handgriff. Und es war ihm in seiner suchenden Angst in den Sinn gekommen, diesen Stock zunächst mit einer Hand (denn wer weiß, wozu die zweite noch nötig sein würde) auf den Rücken zu halten, gerade über die Wirbelsäule, ihn fest ins Kreuz zu drücken und das Ende der runden Krücke in den Kragen zu schieben, so daß man es hart und wie einen Halt hinter dem Halswirbel und dem ersten Rückenwirbel spürte. Das war eine Haltung, die nicht auffällig, höchstens ein wenig übermütig war; der unerwartete Frühlingstag konnte das entschuldigen. Niemandem fiel es ein, sich umzusehen, und nun ging es. Es ging vortrefflich. Freilich beim nächsten Straßenübergange kamen zwei Hüpfer aus, zwei kleine, halbunterdrückte Hüpfer, die vollkommen belanglos waren; und der eine, wirklich sichtbare Sprung war so geschickt angebracht (es lag gerade ein Spritzschlauch quer über dem Weg), daß nichts zu befürchten war. Ja, noch ging alles gut; von Zeit zu Zeit griff auch die zweite Hand an den Stock und preßte ihn fester an, und die Gefahr war gleich wieder überstanden. Ich konnte nichts dagegen tun, daß meine Angst dennoch wuchs. Ich wußte, daß, während er ging und mit unendlicher Anstrengung versuchte, gleichgültig und zerstreut auszusehen, das furchtbare Zucken in seinem Körper sich anhäufte; auch in mir war die Angst, mit der er es wachsen und wachsen fühlte, und ich sah, wie er sich an den Stock klammerte, wenn es innen in ihm zu rütteln begann. Dann war der Ausdruck dieser Hände so unerbittlich und streng, daß ich alle Hoffnung in seinen Willen setzte, der groß sein mußte. Aber was war da ein Wille. Der Augenblick mußte kommen, da seine Kraft zu Ende war, er konnte nicht weit sein. Und ich, der ich hinter ihm herging mit stark schlagendem Herzen, ich legte mein bißchen Kraft zusammen wie Geld, und indem ich auf seine Hände sah, bat ich ihn, er möchte nehmen, wenn er es brauchte.

Ich glaube, daß er es genommen hat; was konnte ich dafür, daß es nicht mehr war.

Auf der Place St-Michel waren viele Fahrzeuge und hin und her eilende Leute, wir waren oft zwischen zwei Wagen, und dann holte er Atem und ließ sich ein wenig gehen, wie um auszuruhen, und ein wenig hüpfte es und nickte ein wenig. Vielleicht war das die List, mit der die gefangene Krankheit ihn überwinden wollte. Der Wille war an zwei Stellen durchbrochen, und das Nachgeben hatte in den besessenen Muskeln einen leisen, lockenden Reiz zurückgelassen und den zwingenden Zweitakt. Aber der Stock war noch an seinem Platz, und die Hände sahen böse und zornig aus; so betraten wir die Brücke, und es ging. Es ging. Nun kam etwas Unsicheres in den Gang, nun lief er zwei Schritte, und nun stand er. Stand. Die linke Hand löste sich leise vom Stock ab und hob sich so langsam empor, daß ich sie vor der Luft zittern sah; er schob den Hut ein wenig zurück und strich sich über die Stirn. Er wandte ein wenig den Kopf, und sein Blick schwankte über Himmel, Häuser und Wasser hin, ohne zu fassen, und dann gab er nach. Der Stock war fort, er spannte die Arme aus, als ob er auffliegen wollte, und es brach aus ihm aus wie eine Naturkraft und bog ihn vor und riß ihn zurück und ließ ihn nicken und neigen und schleuderte Tanzkraft aus ihm heraus unter die Menge. Denn schon waren viele Leute um ihn, und ich sah ihn nicht mehr.

Was hätte es für einen Sinn gehabt, noch irgendwohin zu gehen, ich war leer. Wie ein leeres Papier trieb ich an den Häusern entlang, den Boulevard wieder hinauf.

*Ich versuche es, Dir zu schreiben, obwohl es eigentlich nichts giebt nach einem notwendigen Abschied. Ich versuche es dennoch, ich glaube, ich muß es tun, weil ich die Heilige gesehen habe im Pantheon, die einsame, heilige Frau und das Dach und die Tür und drin die Lampe mit dem bescheidnen Lichtkreis und drüben die schlafende

* Ein Briefentwurf.

Stadt und den Fluß und die Ferne im Mondschein. Die Heilige wacht über der schlafenden Stadt. Ich habe geweint. Ich habe geweint, weil das alles auf einmal so unerwartet da war. Ich habe davor geweint, ich wußte mir nicht zu helfen.

Ich bin in Paris, die es hören freuen sich, die meisten beneiden mich. Sie haben recht. Es ist eine große Stadt, groß, voll merkwürdiger Versuchungen. Was mich betrifft, ich muß zugeben, daß ich ihnen in gewisser Beziehung erlegen bin. Ich glaube, es läßt sich nicht anders sagen. Ich bin diesen Versuchungen erlegen, und das hat gewisse Veränderungen zur Folge gehabt, wenn nicht in meinem Charakter, so doch in meiner Weltanschauung, jedenfalls in meinem Leben. Eine vollkommen andere Auffassung aller Dinge hat sich unter diesen Einflüssen in mir herausgebildet, es sind gewisse Unterschiede da, die mich von den Menschen mehr als alles Bisherige abtrennen. Eine veränderte Welt. Ein neues Leben voll neuer Bedeutungen. Ich habe es augenblicklich etwas schwer, weil alles zu neu ist. Ich bin ein Anfänger in meinen eigenen Verhältnissen.

Ob es nicht möglich wäre, einmal das Meer zu sehen?

Ja, aber denke nur, ich bildete mir ein, Du könntest kommen. Hättest Du mir vielleicht sagen können, ob es einen Arzt giebt? Ich habe vergessen, mich danach zu erkundigen. Übrigens brauche ich es jetzt nicht mehr.

Erinnerst Du Dich an Baudelaires unglaubliches Gedicht ›Une Charogne‹? Es kann sein, daß ich es jetzt verstehe. Abgesehen von der letzten Strophe war er im Recht. Was sollte er tun, da ihm das widerfuhr? Es war seine Aufgabe, in diesem Schrecklichen, scheinbar nur Widerwärtigen das Seiende zu sehen, das unter allem Seienden gilt. Auswahl und Ablehnung giebt es nicht. Hältst Du es für einen Zufall, daß Flaubert seinen Saint-Julien-l'Hospitalier geschrieben hat? Es kommt mir vor, als wäre das das Entscheidende: ob einer es über sich bringt, sich zu dem Aussätzigen zu legen und ihn zu erwärmen mit der Herzwärme der Liebesnächte, das kann nicht anders als gut ausgehen.

Glaube nur nicht, daß ich hier an Enttäuschungen leide, im Gegenteil. Es wundert mich manchmal, wie bereit ich alles Erwartete aufgebe für das Wirkliche, selbst wenn es arg ist.

Mein Gott, wenn etwas davon sich teilen ließe. Aber *wäre* es dann, *wäre* es dann? Nein, es *ist* nur um den Preis des Alleinseins.

Die Existenz des Entsetzlichen in jedem Bestandteil der Luft. Du atmest es ein mit Durchsichtigem; in dir aber schlägt es sich nieder, wird hart, nimmt spitze, geometrische Formen an zwischen den Organen; denn alles, was sich an Qual und Grauen begeben hat auf den Richtplätzen, in den Folterstuben, den Tollhäusern, den Operationssälen, unter den Brückenbögen im Nachherbst: alles das ist von einer zähen Unvergänglichkeit, alles das besteht auf sich und hängt, eifersüchtig auf alles Seiende, an seiner schrecklichen Wirklichkeit. Die Menschen möchten vieles davon vergessen dürfen; ihr Schlaf feilt sanft über solche Furchen im Gehirn, aber Träume drängen ihn ab und ziehen die Zeichnungen nach. Und sie wachen auf und keuchen und lassen einer Kerze Schein sich auflösen in der Finsternis und trinken, wie gezuckertes Wasser, die halbhelle Beruhigung. Aber, ach, auf welcher Kante hält sich diese Sicherheit. Nur eine geringste Wendung, und schon wieder steht der Blick über Bekanntes und Freundliches hinaus, und der eben noch so tröstliche Kontur wird deutlicher als ein Rand von Grauen. Hüte dich vor dem Licht, das den Raum hohler macht; sieh dich nicht um, ob nicht vielleicht ein Schatten hinter deinem Aufsitzen aufsteht wie dein Herr. Besser vielleicht, du wärest in der Dunkelheit geblieben und dein unabgegrenztes Herz hätte versucht, all des Ununterscheidbaren schweres Herz zu sein. Nun hast du dich zusammengenommen in dich, siehst dich vor dir aufhören in deinen Händen, ziehst von Zeit zu Zeit mit einer ungenauen Bewegung dein Gesicht nach. Und in dir ist beinah kein Raum; und fast stillt es dich, daß in dieser Engheit in dir unmöglich sehr Großes sich aufhalten kann; daß auch das Unerhörte binnen werden muß und sich beschränken den Verhältnissen nach. Aber draußen, draußen ist es ohne Absehen; und wenn es da draußen steigt, so füllt es sich auch in dir, nicht in den Gefäßen, die teilweis in deiner Macht sind, oder im Phlegma deiner gleichmütigeren Organe: im Kapillaren nimmt es zu, röhrig aufwärts gesaugt in die äußersten Verästelungen deines zahlloszweigigen Daseins. Dort hebt es sich, dort übersteigt es dich, kommt höher als dein Atem, auf den du dich hinaufflüchtest wie auf deine letzte Stelle. Ach, und wohin dann, wohin dann? Dein Herz treibt dich aus dir hinaus, dein Herz ist hinter dir her, und du stehst fast schon außer dir und kannst nicht mehr zurück. Wie ein Käfer, auf den man tritt, so quillst du aus dir hinaus, und dein bißchen obere Härte und Anpassung ist ohne Sinn.

O Nacht ohne Gegenstände. O stumpfes Fenster hinaus, o sorgsam verschlossene Türen; Einrichtungen von alters her, übernommen, beglaubigt, nie ganz verstanden. O Stille im Stiegenhaus, Stille aus den Nebenzimmern, Stille hoch oben an der Decke. O Mutter: o du Einzige, die alle diese Stille verstellt hat, einst in der Kindheit. Die sie auf sich nimmt, sagt: erschrick nicht, ich bin es. Die den Mut hat, ganz in der Nacht diese Stille zu sein für das, was sich fürchtet, was verkommt vor Furcht. Du zündest ein Licht an, und schon das Geräusch bist du. Und du hältst es vor dich und sagst: ich bin es, erschrick nicht. Und du stellst es hin, langsam, und es ist kein Zweifel: du bist es, du bist das Licht um die gewohnten herzlichen Dinge, die ohne Hintersinn da sind, gut, einfältig, eindeutig. Und wenn es unruhigt in der Wand irgendwo, oder einen Schritt macht in den Dielen: so lächelst du nur, lächelst, lächelst durchsichtig auf hellem Grund in das bangsame Gesicht, das an dir forscht, als wärst du eins und unterm Geheimnis mit jedem Halblaut, abgeredet mit ihm und einverstanden. Gleicht eine Macht deiner Macht in der irdischen Herrschaft? Sieh, Könige liegen und starren, und der Geschichtenerzähler kann sie nicht ablenken. An den seligen Brüsten ihrer Lieblingin überkriecht sie das Grauen und macht sie schlottrig und lustlos. Du aber kommst und hältst das Ungeheuere hinter dir und bist ganz und gar vor ihm; nicht wie ein Vorhang, den es da oder da aufschlagen kann. Nein, als hättest du es überholt auf den Ruf hin, der dich bedurfte. Als wärest du weit allem zuvorgekommen, was kommen kann, und hättest im Rücken nur dein Hereilen, deinen ewigen Weg, den Flug deiner Liebe.

Der Mouleur, an dem ich jeden Tag vorüberkomme, hat zwei Masken neben seiner Tür ausgehängt. Das Gesicht der jungen Ertränkten, das man in der Morgue abnahm, weil es schön war, weil es lächelte, weil es so täuschend lächelte, als wüßte es. Und darunter sein wissendes Gesicht. Diesen harten Knoten aus fest zusammengezogenen Sinnen. Diese unerbittliche Selbstverdichtung fortwährend ausdampfen wollender Musik. Das Antlitz dessen, dem ein Gott das Gehör verschlossen hat, damit es keine Klänge gäbe, außer seinen. Damit er nicht beirrt würde durch das Trübe und Hinfällige der Geräusche. Er, in dem ihre Klarheit und Dauer war; damit nur die tonlosen Sinne ihm Welt eintrügen, lautlos, eine gespannte, wartende Welt, unfertig, vor der Erschaffung des Klanges.

Weltvollendender: wie, was als Regen fällt über die Erde und an die Gewässer, nachlässig niederfällt, zufällig fallend, – unsichtbarer und froh von Gesetz wieder aufsteht aus allem und steigt und schwebt und die Himmel bildet: so erhob sich aus dir der Aufstieg unserer Niederschläge und umwölbte die Welt mit Musik.

Deine Musik: daß sie hätte um die Welt sein dürfen; nicht um uns. Daß man dir ein Hammerklavier erbaut hätte in der Thebaïs; und ein Engel hätte dich hingeführt vor das einsame Instrument, durch die Reihen der Wüstengebirge, in denen Könige ruhen und Hetären und Anachoreten. Und er hätte sich hoch geworfen und fort, ängstlich, daß du begännest.

Und dann hättest du ausgeströmt, Strömender, ungehört; an das All zurückgebend, was nur das All erträgt. Die Beduinen wären in der Ferne vorbeigejagt, abergläubisch;

die Kaufleute aber hätten sich hingeworfen am Rand deiner Musik, als wärst du der Sturm. Einzelne Löwen nur hätten dich weit bei Nacht umkreist, erschrocken vor sich selbst, von ihrem bewegten Blute bedroht.

Denn wer holt dich jetzt aus den Ohren zurück, die lüstern sind? Wer treibt sie aus den Musiksälen, die Käuflichen mit dem unfruchtbaren Gehör, das hurt und niemals empfängt? da strahlt Samen aus, und sie halten sich unter wie Dirnen und spielen damit, oder er fällt, während sie daliegen in ihren ungetanen Befriedigungen, wie Samen Onans zwischen sie alle.

Wo aber, Herr, ein Jungfräulicher unbeschlafenen Ohrs läge bei deinem Klang: er stürbe an Seligkeit oder er trüge Unendliches aus und sein befruchtetes Hirn müßte bersten an lauter Geburt.

Ich unterschätze es nicht. Ich weiß, es gehört Mut dazu. Aber nehmen wir für einen Augenblick an, es hätte ihn einer, diesen Courage de luxe, ihnen nachzugehen, um dann für immer (denn wer könnte das wieder vergessen oder verwechseln?) zu wissen, wo sie hernach hineinkriechen und was sie den vielen übrigen Tag beginnen und ob sie schlafen bei Nacht. Dies ganz besonders wäre festzustellen: ob sie schlafen. Aber mit dem Mut ist es noch nicht getan. Denn sie kommen und gehen nicht wie die übrigen Leute, denen zu folgen eine Kleinigkeit wäre. Sie sind da und wieder fort, hingestellt und weggenommen wie Bleisoldaten. Es sind ein wenig abgelegene Stellen, wo man sie findet, aber durchaus nicht versteckte. Die Büsche treten zurück, der Weg wendet sich ein wenig um den Rasenplatz herum: da stehen sie und haben eine Menge durchsichtigen Raumes um sich, als ob sie unter einem Glassturz stünden. Du könntest sie für nachdenkliche Spaziergänger halten, diese unscheinbaren Männer von kleiner, in jeder Beziehung bescheidener Gestalt. Aber du irrst. Siehst du die linke Hand, wie sie nach etwas greift in der schiefen Tasche des alten Überziehers; wie sie es findet und herausholt und den kleinen Gegenstand linkisch und auffällig in die Luft hält? Es dauert keine Minute, so sind zwei, drei Vögel da, Spatzen, die neugierig heranhüpfen. Und wenn es dem Manne gelingt, ihrer sehr genauen Auffassung von Unbeweglichkeit zu entsprechen, so ist kein Grund, warum sie nicht noch näher kommen sollen. Und schließlich steigt der erste und schwirrt eine Weile nervös in der Höhe jener Hand, die (weiß Gott) ein kleines Stück abgenutzten süßen Brotes mit anspruchslosen, ausdrücklich verzichtenden Fingern hinbietet. Und je mehr Menschen sich um ihn sammeln, in entsprechendem Abstand natürlich, desto weniger hat er mit ihnen gemein. Wie ein Leuchter steht er da, der ausbrennt, und leuchtet mit dem Rest von Docht und ist ganz warm davon und hat sich nie gerührt. Und wie er lockt, wie er anlockt, das können die vielen, kleinen, dummen Vögel gar nicht beurteilen. Wenn die Zuschauer nicht wären und man ließe ihn lange genug dastehn, ich bin sicher, daß auf einmal ein Engel käme und überwände sich und äße den alten, süßlichen Bissen aus der verkümmerten Hand. Dem sind nun, wie immer, die Leute im Wege. Sie sorgen dafür, daß nur Vögel kommen; sie finden das reichlich, und sie behaupten, er erwarte sich nichts anderes. Was sollte sie auch erwarten, diese alte, verregnete Puppe, die ein wenig schräg in der Erde steckt wie die Schiffsfiguren in den kleinen Gärten zuhause; kommt auch bei ihr diese Haltung davon her, daß sie einmal irgendwo vorne gestanden hat auf ihrem Leben, wo die Bewegung am größten ist? Ist sie nun so verwaschen, weil sie einmal bunt war? Willst du sie fragen?

Nur die Frauen frag nichts, wenn du eine füttern siehst. Denen könnte man sogar folgen; sie tun es so im Vorbeigehen; es wäre ein Leichtes. Aber laß sie. Sie wissen nicht, wie es kam. Sie haben auf einmal eine Menge Brot in ihrem Handsack, und sie halten große Stücke hinaus aus ihrer dünnen Mantille, Stücke, die ein bißchen gekaut sind und feucht. Das tut ihnen wohl, daß ihr Speichel ein wenig in die Welt kommt, daß die kleinen Vögel mit diesem Beigeschmack herumfliegen, wenn sie ihn natürlich auch gleich wieder vergessen.

Da saß ich an deinen Büchern, Eigensinniger, und versuchte sie zu meinen wie die andern, die dich nicht beisammen lassen und sich ihren Anteil genommen haben, befriedigt. Denn da begriff ich noch nicht den Ruhm, diesen öffentlichen Abbruch eines Werdenden, in dessen Bauplatz die Menge einbricht, ihm die Steine verschiebend.

Junger Mensch irgendwo, in dem etwas aufsteigt, was ihn erschauern macht, nütz es, daß dich keiner kennt. Und wenn sie dir widersprechen, die dich für nichts nehmen, und wenn sie dich ganz aufgeben, die, mit denen du umgehst, und wenn sie dich ausrotten wollen, um deiner lieben Gedanken willen, was ist diese deutliche Gefahr, die dich zusammenhält in dir, gegen die listige Feindschaft später des Ruhms, die dich unschädlich macht, indem sie dich ausstreut.

Bitte keinen, daß er von dir spräche, nicht einmal verächtlich. Und wenn die Zeit geht und du merkst, wie dein Name herumkommt unter den Leuten, nimm ihn nicht ernster als alles, was du in ihrem Munde findest. Denk: er ist schlecht geworden, und tu ihn ab. Nimm einen andern an, irgendeinen, damit Gott dich rufen kann in der Nacht. Und verbirg ihn vor allen.

Du Einsamster, Abseitiger, wie haben sie dich eingeholt auf deinem Ruhm. Wie lang ist es her, da waren sie wider dich von Grund aus, und jetzt gehen sie mit dir um, wie mit ihresgleichen. Und deine Worte führen sie mit sich in den Käfigen ihres Dünkels und zeigen sie auf den Plätzen und reizen sie ein wenig von ihrer Sicherheit aus. Alle deine schrecklichen Raubtiere.

Da las ich dich erst, da sie mir ausbrachen und mich anfielen in meiner Wüste, die Verzweifelten. Verzweifelt, wie du selber warst am Schluß, du, dessen Bahn falsch eingezeichnet steht in allen Karten. Wie ein Sprung geht sie durch die Himmel, diese hoffnungslose Hyperbel deines Weges, die sich nur einmal heranbiegt an uns und sich entfernt voll Entsetzen. Was lag dir daran, ob eine Frau bleibt oder fortgeht und ob einen der Schwindel ergreift und einen der Wahnsinn und ob Tote lebendig sind und Lebendige scheintot: was lag dir daran? Dies alles war so natürlich für dich; da gingst du durch, wie man durch einen Vorraum geht, und hieltst dich nicht auf. Aber dort weiltest du und warst gebückt, wo unser Geschehen kocht und sich niederschlägt und die Farbe verändert, innen. Innerer als dort, wo je einer war; eine Tür war dir aufgesprungen, und nun warst du bei den Kolben im Feuerschein. Dort, wohin du nie einen mitnahmst, Mißtrauischer, dort saßest du und unterschiedest Übergänge. Und dort, weil das Aufzeigen dir im Blute war und nicht das Bilden oder das Sagen, dort faßtest du den ungeheuren Entschluß, dieses Winzige, das du selber zuerst nur durch Gläser gewahrtest, ganz allein gleich so zu vergrößern, daß es vor Tausenden sei, riesig, vor allen. Dein Theater entstand. Du konntest nicht warten, daß dieses fast raumlose von den Jahrhunderten zu Tropfen zusammengepreßte Leben von den anderen Künsten gefunden und allmählich versichtbart werde für einzelne, die sich nach und nach zusammenfinden zur Einsicht und die endlich verlangen, gemeinsam die erlauchten Gerüchte bestätigt zu sehen im Gleichnis der vor ihnen aufgeschlagenen Szene. Dies konntest du nicht abwarten, du warst da, du mußtest das kaum Meßbare: ein Gefühl, das um einen halben Grad stieg, den Ausschlagswinkel eines von fast nichts beschwerten Willens, den du ablasest von ganz nah, die leichte Trübung in einem Tropfen Sehnsucht und dieses nichts von Farbenwechsel in einem Atom von Zutrauen: dieses mußtest du feststellen und aufbehalten; denn in solchen Vorgängen war jetzt das Leben, unser Leben, das in uns hineingeglitten war, das sich nach innen zurückgezogen hatte, so tief, daß es kaum noch Vermutungen darüber gab.

So wie du warst, auf das Zeigen angelegt, ein zeitlos tragischer Dichter, mußtest du dieses Kapillare mit einem Schlag umsetzen in die überzeugendsten Gebärden, in die vorhandensten Dinge. Da gingst du an die beispiellose Gewalttat deines Werkes, das immer ungeduldiger, immer verzweifelter unter dem Sichtbaren nach den Äquivalenten suchte für das innen Gesehene. Da war ein Kaninchen, ein

Bodenraum, ein Saal, in dem einer auf und nieder geht: da war ein Glasklirren im Nebenzimmer, ein Brand vor den Fenstern, da war die Sonne. Da war eine Kirche und ein Felsental, das einer Kirche glich. Aber das reichte nicht aus; schließlich mußten die Türme herein und die ganzen Gebirge; und die Lawinen, die die Landschaften begraben, verschütteten die mit Greifbarem überladene Bühne um des Unfaßlichen willen. Da konntst du nicht mehr. Die beiden Enden, die du zusammengebogen hattest, schnellten auseinander; deine wahnsinnige Kraft entsprang aus dem elastischen Stab, und dein Werk war wie nicht.

Wer begriffe es sonst, daß du zum Schluß nicht vom Fenster fortwolltest, eigensinnig wie du immer warst. Die Vorübergehenden wolltest du sehen; denn es war dir der Gedanke gekommen, ob man nicht eines Tages etwas machen könnte aus ihnen, wenn man sich entschlösse anzufangen.

Damals zuerst fiel es mir auf, daß man von einer Frau nichts sagen könne; ich merkte, wenn sie von ihr erzählten, wie sie sie aussparten, wie sie die anderen nannten und beschrieben, die Umgebungen, die Örtlichkeiten, die Gegenstände bis an eine bestimmte Stelle heran, wo das alles aufhörte, sanft und gleichsam vorsichtig aufhörte mit dem leichten, niemals nachgezogenen Kontur, der sie einschloß. Wie war sie? fragte ich dann. »Blond, ungefähr wie du«, sagten sie und zählten allerhand auf, was sie sonst noch wußten; aber darüber wurde sie wieder ganz ungenau, und ich konnte mir nichts mehr vorstellen. *Sehen* eigentlich konnte ich sie nur, wenn Maman mir die Geschichte erzählte, die ich immer wieder verlangte –.

– Dann pflegte sie jedesmal, wenn sie zu der Szene mit dem Hunde kam, die Augen zu schließen und das ganz verschlossene, aber überall durchscheinende Gesicht irgendwie inständig zwischen ihre beiden Hände zu halten, die es kalt an den Schläfen berührten. »Ich hab es gesehen, Malte«, beschwor sie: »Ich hab es gesehen.« Das war schon in ihren letzten Jahren, da ich dies von ihr gehört habe. In der Zeit, wo sie niemanden mehr sehen wollte und wo sie immer, auch auf Reisen, das kleine, dichte, silberne Sieb bei sich hatte, durch das sie alle Getränke seihte. Speisen von fester Form nahm sie nie mehr zu sich, es sei denn etwas Biskuit oder Brot, das sie, wenn sie allein war, zerbröckelte und Krümel für Krümel aß, wie Kinder Krümel essen. Ihre Angst vor Nadeln beherrschte sie damals schon völlig. Zu den anderen sagte sie nur, um sich zu entschuldigen: »Ich vertrage rein nichts mehr, aber es muß euch nicht stören, ich befinde mich ausgezeichnet dabei.« Zu mir aber konnte sie sich plötzlich hinwenden (denn ich war schon ein bißchen erwachsen) und mit einem Lächeln, das sie sehr anstrengte, sagen: »Was es doch für viele Nadeln giebt, Malte, und wo sie überall herumliegen, und wenn man bedenkt, wie leicht sie herausfallen …« Sie hielt darauf, es recht scherzend zu sagen; aber das Entsetzen schüttelte sie bei dem Gedanken an alle die schlecht befestigten Nadeln, die jeden Augenblick irgendwo hineinfallen konnten.

Wenn sie aber von Ingeborg erzählte, dann konnte ihr nichts geschehen; dann schonte sie sich nicht; dann sprach sie lauter, dann lachte sie in der Erinnerung an Ingeborgs Lachen, dann sollte man sehen, wie schön Ingeborg gewesen war. »Sie machte uns alle froh«, sagte sie, »deinen Vater auch, Malte, buchstäblich froh. Aber dann, als es hieß, daß sie sterben würde, obwohl sie doch nur ein wenig krank schien, und wir gingen alle herum und verbargen es, da setzte sie sich einmal im Bette auf und sagte so vor sich hin, wie einer, der hören will, wie etwas klingt: ›Ihr müßt euch nicht so zusammennehmen; wir wissen es alle, und ich kann euch beruhigen, es ist gut so wie es kommt, ich mag nicht mehr.‹ Stell dir vor, sie sagte: ›Ich mag nicht mehr‹; sie, die uns alle froh machte. Ob du das einmal verstehen wirst, wenn du groß bist, Malte? Denk daran später, vielleicht fällt es dir ein. Es wäre ganz gut, wenn es jemanden gäbe, der solche Sachen versteht.«

›Solche Sachen‹ beschäftigten Maman, wenn sie allein war, und sie war immer allein diese letzten Jahre.

»Ich werde ja nie darauf kommen, Malte«, sagte sie manchmal mit ihrem eigentümlich kühnen Lächeln, das von niemandem gesehen sein wollte und seinen Zweck ganz erfüllte, indem es gelächelt ward. »Aber daß es keinen reizt, das herauszufinden; wenn ich ein Mann wäre, ja gerade wenn ich ein Mann wäre, würde ich darüber nachdenken, richtig der Reihe und Ordnung nach und von Anfang an. Denn einen Anfang muß es doch geben, und wenn man ihn zu fassen bekäme, das wäre immer schon etwas. Ach Malte, wir gehen so hin, und mir kommt vor, daß alle zerstreut sind und beschäftigt und nicht recht achtgeben, wenn wir hingehen. Als ob eine Sternschnuppe fiele und es sieht sie keiner und keiner hat sich etwas gewünscht. Vergiß nie, dir etwas zu wünschen, Malte. Wünschen, das soll man nicht aufgeben. Ich glaube, es giebt keine Erfüllung, aber es giebt Wünsche, die lange vorhalten, das ganze Leben lang, so daß man die Erfüllung doch gar nicht abwarten könnte.«

Maman hatte Ingeborgs kleinen Sekretär hinauf in ihr Zimmer stellen lassen, davor fand ich sie oft, denn ich durfte ohne weiteres bei ihr eintreten. Mein Schritt verging völlig in dem Teppich, aber sie fühlte mich und hielt mir eine ihrer Hände über die andere Schulter hin. Diese Hand war ganz ohne Gewicht, und sie küßte sich fast wie das elfenbeinerne Kruzifix, das man mir abends vor dem Einschlafen reichte. An diesem niederen Schreibschrank, der mit einer Platte sich vor ihr aufschlug, saß sie wie an einem Instrument. »Es ist so viel Sonne drin«, sagte sie, und wirklich, das Innere war merkwürdig hell, von altem, gelbem Lack, auf dem Blumen gemalt waren, immer eine rote und eine blaue. Und wo drei nebeneinanderstanden, gab es eine violette zwischen ihnen, die die beiden anderen trennte. Diese Farben und das Grün des schmalen, waagerechten Rankenwerks waren ebenso verdunkelt in sich, wie der Grund strahlend war, ohne eigentlich klar zu sein. Das ergab ein seltsam gedämpftes Verhältnis von Tönen, die in innerlichen gegenseitigen Beziehungen standen, ohne sich über sie auszusprechen.

Maman zog die kleinen Laden heraus, die alle leer waren.

»Ach, Rosen«, sagte sie und hielt sich ein wenig vor in den trüben Geruch hinein, der nicht alle wurde. Sie hatte dabei immer die Vorstellung, es könnte sich plötzlich noch etwas finden in einem geheimen Fach, an das niemand gedacht hatte und das nur dem Druck irgendeiner versteckten Feder nachgab. »Auf einmal springt es vor, du sollst sehen«, sagte sie ernst und ängstlich und zog eilig an allen Laden. Was aber wirklich an Papieren in den Fächern zurückgeblieben war, das hatte sie sorgfältig zusammengelegt und eingeschlossen, ohne es zu lesen. »Ich verstünde es doch nicht, Malte, es wäre sicher zu schwer für mich.« Sie hatte die Überzeugung, daß alles zu kompliziert für sie sei. »Es giebt keine Klassen im Leben für Anfänger, es ist immer gleich das Schwierigste, was von einem verlangt wird.« Man versicherte mir, daß sie erst seit dem schrecklichen Tode ihrer Schwester so geworden sei, der Gräfin Öllegaard Skeel, die verbrannte, da sie sich vor einem Balle am Leuchterspiegel die Blumen im Haar anders anstecken wollte. Aber in letzter Zeit schien ihr doch Ingeborg das, was am schwersten zu begreifen war.

Und nun will ich die Geschichte aufschreiben, so wie Maman sie erzählte, wenn ich darum bat.

Es war mitten im Sommer, am Donnerstag nach Ingeborgs Beisetzung. Von dem Platze auf der Terrasse, wo der Tee genommen wurde, konnte man den Giebel des Erbbegräbnisses sehen zwischen den riesigen Ulmen hin. Es war so gedeckt worden, als ob nie eine Person mehr an diesem Tisch gesessen hätte, und wir saßen auch alle recht ausgebreitet herum. Und jeder hatte etwas mitgebracht, ein Buch oder einen Arbeitskorb, so daß wir sogar ein wenig beengt waren. Abelone (Mamans jüngste Schwester) verteilte den Tee, und alle waren beschäftigt, etwas herumzureichen, nur dein Großvater sah von seinem Sessel aus nach dem Hause hin. Es war die Stunde, da man die Post erwartete, und es fügte sich meistens so, daß Ingeborg sie brachte, die mit den Anordnungen für das Essen länger drin zurückgehalten war. In den Wochen ihrer Krankheit hatten wir nun reichlich Zeit gehabt, uns ihres Kommens zu entwöhnen; denn wir wußten ja, daß sie nicht kommen könne. Aber an diesem Nachmittag, Malte, da sie wirklich nicht mehr kommen konnte –: da kam sie. Vielleicht war es unsere Schuld; vielleicht haben wir sie gerufen. Denn ich erinnere mich, daß ich auf einmal dasaß und angestrengt war, mich zu besinnen, was denn eigentlich nun anders sei. Es war mir plötzlich nicht möglich zu sagen, *was*; ich hatte es völlig vergessen. Ich blickte auf und sah alle andern dem Hause zugewendet, nicht etwa auf eine besondere, auffällige Weise, sondern so recht ruhig und alltäglich in ihrer Erwartung. Und da war ich daran – (mir wird ganz kalt, Malte, wenn ich es denke) aber, Gott behüt mich, ich war daran zu sagen: »Wo bleibt nur –« Da schoß schon Cavalier, wie er immer tat, unter dem Tisch hervor und lief ihr entgegen. Ich hab es gesehen, Malte, ich hab es gesehen. Er lief ihr entgegen, obwohl sie nicht kam; für ihn kam sie. Wir begriffen, daß er ihr entgegenlief. Zweimal sah er sich nach uns um, als ob er fragte. Dann raste er auf sie zu, wie immer, Malte, genau wie immer, und erreichte sie; denn er begann rund herum zu springen, Malte, um etwas, was nicht da war, und dann hinauf an ihr, um sie zu lecken, gerade hinauf. Wir hörten ihn winseln vor Freude, und wie er so in die Höhe schnellte, mehrmals rasch hintereinander, hätte man wirklich meinen können, er verdecke sie uns mit seinen Sprüngen. Aber da heulte es auf einmal, und er drehte sich von seinem eigenen Schwunge in der Luft um und stürzte zurück, merkwürdig ungeschickt, und lag ganz eigentümlich flach da und rührte sich nicht. Von der andern Seite trat der Diener aus dem Hause mit den Briefen. Er zögerte eine Weile; offenbar war es nicht ganz leicht, auf unsere Gesichter zuzugehen. Und dein Vater winkte ihm auch schon, zu bleiben. Dein Vater, Malte, liebte keine Tiere; aber nun ging er doch hin, langsam, wie mir schien, und bückte sich über den Hund. Er sagte etwas zu dem Diener, irgend etwas Kurzes, Einsilbiges. Ich sah, wie der Diener hinzusprang, um Cavalier aufzuheben.

Aber da nahm dein Vater selbst das Tier und ging damit, als wüßte er genau wohin, ins Haus hinein.

Einmal, als es über dieser Erzählung fast dunkel geworden war, war ich nahe daran, Maman von der ›Hand‹ zu erzählen: in diesem Augenblick hätte ich es gekonnt. Ich atmete schon auf, um anzufangen, aber da fiel mir ein, wie gut ich den Diener begriffen hatte, daß er nicht hatte kommen können auf ihre Gesichter zu. Und ich fürchtete mich trotz der Dunkelheit vor Mamans Gesicht, wenn es sehen würde, was ich gesehen habe. Ich holte rasch noch einmal Atem, damit es den Anschein habe, als hätte ich nichts anderes gewollt. Ein paar Jahre hernach, nach der merkwürdigen Nacht in der Galerie auf Urnekloster, ging ich tagelang damit um, mich dem kleinen Erik anzuvertrauen. Aber er hatte sich nach unserem nächtlichen Gespräch wieder ganz vor mir zugeschlossen, er vermied mich; ich glaube, daß er mich verachtete. Und gerade deshalb wollte ich ihm von der ›Hand‹ erzählen. Ich bildete mir ein, ich würde in seiner Meinung gewinnen (und das wünschte ich dringend aus irgendeinem Grunde), wenn ich ihm begreiflich machen könnte, daß ich das wirklich erlebt hatte. Erik aber war so geschickt im Ausweichen, daß es nicht dazu kam. Und dann reisten wir ja auch gleich. So ist es, wunderlich genug, das erstemal, daß ich (und schließlich auch nur mir selber) eine Begebenheit erzähle, die nun weit zurückliegt in meiner Kindheit.

Wie klein ich damals noch gewesen sein muß, sehe ich daran, daß ich auf dem Sessel kniete, um bequem auf den Tisch hinaufzureichen, auf dem ich zeichnete. Es war am Abend, im Winter, wenn ich nicht irre, in der Stadtwohnung. Der Tisch stand in meinem Zimmer, zwischen den Fenstern, und es war keine Lampe im Zimmer, als die, die auf meine Blätter schien und auf Mademoiselles Buch; denn Mademoiselle saß neben mir, etwas zurückgerückt, und las. Sie war weit weg, wenn sie las, ich weiß nicht, ob sie im Buche war; sie konnte lesen, stundenlang, sie blätterte selten um, und ich hatte den Eindruck, als würden die

Seiten immer voller unter ihr, als schaute sie Worte hinzu, bestimmte Worte, die sie nötig hatte und die nicht da waren. Das kam mir so vor, während ich zeichnete. Ich zeichnete langsam, ohne sehr entschiedene Absicht, und sah alles, wenn ich nicht weiter wußte, mit ein wenig nach rechts geneigtem Kopfe an; so fiel mir immer am raschesten ein, was noch fehlte. Es waren Offiziere zu Pferd, die in die Schlacht ritten, oder sie waren mitten drin, und das war viel einfacher, weil dann fast nur der Rauch zu machen war, der alles einhüllte. Maman freilich behauptet nun immer, daß es Inseln gewesen waren, was ich malte; Inseln mit großen Bäumen und einem Schloß und einer Treppe und Blumen am Rand, die sich spiegeln sollten im Wasser. Aber ich glaube, das erfindet sie, oder es muß später gewesen sein.

Es ist ausgemacht, daß ich an jenem Abend einen Ritter zeichnete, einen einzelnen, sehr deutlichen Ritter auf einem merkwürdig bekleideten Pferd. Er wurde so bunt, daß ich oft die Stifte wechseln mußte, aber vor allem kam doch der rote in Betracht, nach dem ich immer wieder griff. Nun hatte ich ihn noch einmal nötig; da rollte er (ich sehe ihn noch) quer über das beschienene Blatt an den Rand und fiel, ehe ichs verhindern konnte, an mir vorbei hinunter und war fort. Ich brauchte ihn wirklich dringend, und es war recht ärgerlich, ihm nun nachzuklettern. Ungeschickt, wie ich war, kostete es mich allerhand Veranstaltungen, hinunterzukommen; meine Beine schienen mir viel zu lang, ich konnte sie nicht unter mir hervorziehen; die zu lange eingehaltene knieende Stellung hatte meine Glieder dumpf gemacht; ich wußte nicht, was zu mir und was zum Sessel gehörte. Endlich kam ich doch, etwas konfus, unten an und befand mich auf einem Fell, das sich unter dem Tisch bis gegen die Wand hinzog. Aber da ergab sich eine neue Schwierigkeit. Eingestellt auf die Helligkeit da oben und noch ganz begeistert für die Farben auf dem weißen Papier, vermochten meine Augen nicht das geringste unter dem Tisch zu erkennen, wo mir das Schwarze so zugeschlossen schien, daß ich bange war, daran zu stoßen.

Ich verließ mich also auf mein Gefühl und kämmte, knieend und auf die linke gestützt, mit der andern Hand in dem kühlen, langhaarigen Teppich herum, der sich recht vertraulich anfühlte; nur daß kein Bleistift zu spüren war. Ich bildete mir ein, eine Menge Zeit zu verlieren, und wollte eben schon Mademoiselle anrufen und sie bitten, mir die Lampe zu halten, als ich merkte, daß für meine unwillkürlich angestrengten Augen das Dunkel nach und nach durchsichtiger wurde. Ich konnte schon hinten die Wand unterscheiden, die mit einer hellen Leiste abschloß; ich orientierte mich über die Beine des Tisches; ich erkannte vor allem meine eigene, ausgespreizte Hand, die sich ganz allein, ein bißchen wie ein Wassertier, da unten bewegte und den Grund untersuchte. Ich sah ihr, weiß ich noch, fast neugierig zu; es kam mir vor, als könnte sie Dinge, die ich sie nicht gelehrt hatte, wie sie da unten so eigenmächtig herumtastete mit Bewegungen, die ich nie an ihr beobachtet hatte. Ich verfolgte sie, wie sie vordrang, es interessierte mich, ich war auf allerhand vorbereitet. Aber wie hätte ich darauf gefaßt sein sollen, daß ihr mit einem Male aus der Wand eine andere Hand entgegenkam, eine größere, ungewöhnlich magere Hand, wie ich noch nie eine gesehen hatte. Sie suchte in ähnlicher Weise von der anderen Seite her, und die beiden gespreizten Hände bewegten sich blind aufeinander zu. Meine Neugierde war noch nicht aufgebraucht, aber plötzlich war sie zu Ende, und es war nur Grauen da. Ich fühlte, daß die eine von den Händen mir gehörte und daß sie sich da in etwas einließ, was nicht wieder gutzumachen war. Mit allem Recht, das ich auf sie hatte, hielt ich sie an und zog sie flach und langsam zurück, indem ich die andere nicht aus den Augen ließ, die weitersuchte. Ich begriff, daß sie es nicht aufgeben würde, ich kann nicht sagen, wie ich wieder hinaufkam. Ich saß ganz tief im Sessel, die Zähne schlugen mir aufeinander, und ich hatte so wenig Blut im Gesicht, daß mir schien, es wäre kein Blau mehr in meinen Augen. Mademoiselle –, wollte ich sagen und konnte es nicht, aber da erschrak sie von selbst, sie warf ihr Buch hin und kniete sich neben den

Sessel und rief meinen Namen; ich glaube, daß sie mich rüttelte. Aber ich war ganz bei Bewußtsein. Ich schluckte ein paarmal; denn nun wollte ich es erzählen.

Aber wie? Ich nahm mich unbeschreiblich zusammen, aber es war nicht auszudrücken, so daß es einer begriff. Gab es Worte für dieses Ereignis, so war ich zu klein, welche zu finden. Und plötzlich ergriff mich die Angst, sie könnten doch über mein Alter hinaus, auf einmal da sein, diese Worte, und es schien mir fürchterlicher als alles, sie dann sagen zu müssen. Das Wirkliche da unten noch einmal durchzumachen, anders, abgewandelt, von Anfang an; zu hören, wie ich es zugebe, dazu hatte ich keine Kraft mehr.

Es ist natürlich Einbildung, wenn ich nun behaupte, ich hätte in jener Zeit schon gefühlt, daß da etwas in mein Leben gekommen sei, geradeaus in meines, womit ich allein würde herumgehen müssen, immer und immer. Ich sehe mich in meinem kleinen Gitterbett liegen und nicht schlafen und irgendwie ungenau voraussehen, daß so das Leben sein würde: voll lauter besonderer Dinge, die nur für *Einen* gemeint sind und die sich nicht sagen lassen. Sicher ist, daß sich nach und nach ein trauriger und schwerer Stolz in mir erhob. Ich stellte mir vor, wie man herumgehen würde, voll von Innerem und schweigsam. Ich empfand eine ungestüme Sympathie für die Erwachsenen; ich bewunderte sie, und ich nahm mir vor, ihnen zu sagen, daß ich sie bewunderte. Ich nahm mir vor, es Mademoiselle zu sagen bei der nächsten Gelegenheit.

Und dann kam eine von diesen Krankheiten, die darauf ausgingen, mir zu beweisen, daß dies nicht das erste eigene Erlebnis war. Das Fieber wühlte in mir und holte von ganz unten Erfahrungen, Bilder, Tatsachen heraus, von denen ich nicht gewußt hatte; ich lag da, überhäuft mit mir, und wartete auf den Augenblick, da mir befohlen würde, dies alles wieder in mich hineinzuschichten, ordentlich, der Reihe nach. Ich begann, aber es wuchs mir unter den Händen, es sträubte sich, es war viel zu viel. Dann packte mich die Wut, und ich warf alles in Haufen in mich hinein und preßte es zusammen; aber ich ging nicht wieder darüber zu. Und da schrie ich, halb offen wie ich war, schrie ich und schrie. Und wenn ich anfing hinauszusehen aus mir, so standen sie seit lange um mein Bett und hielten mir die Hände, und eine Kerze war da, und ihre großen Schatten rührten sich hinter ihnen. Und mein Vater befahl mir, zu sagen, was es gäbe. Es war ein freundlicher, gedämpfter Befehl, aber ein Befehl war es immerhin. Und er wurde ungeduldig, wenn ich nicht antwortete.

Maman kam nie in der Nacht –, oder doch, einmal kam sie. Ich hatte geschrieen und geschrieen, und Mademoiselle war gekommen und Sieversen, die Haushälterin, und Georg, der Kutscher; aber das hatte nichts genutzt. Und da hatten sie endlich den Wagen nach den Eltern geschickt, die auf einem großen Balle waren, ich glaube beim Kronprinzen. Und auf einmal hörte ich ihn hereinfahren in den Hof, und ich wurde still, saß und sah nach der Tür. Und da rauschte es ein wenig in den anderen Zimmern, und Maman kam herein in der großen Hofrobe, die sie gar nicht in acht nahm, und lief beinah und ließ ihren weißen Pelz hinter sich fallen und nahm mich in die bloßen Arme. Und ich befühlte, erstaunt und entzückt wie nie, ihr Haar und ihr kleines, gepflegtes Gesicht und die kalten Steine an ihren Ohren und die Seide am Rand ihrer Schultern, die nach Blumen dufteten. Und wir blieben so und weinten zärtlich und küßten uns, bis wir fühlten, daß der Vater da war und daß wir uns trennen mußten. »Er hat hohes Fieber«, hörte ich Maman schüchtern sagen, und der Vater griff nach meiner Hand und zählte den Puls. Er war in der Jägermeisteruniform mit dem schönen, breiten, gewässerten blauen Band des Elefanten. »Was für ein Unsinn, uns zu rufen«, sagte er ins Zimmer hinein, ohne mich anzusehen. Sie hatten versprochen, zurückzukehren, wenn es nichts Ernstliches wäre. Und Ernstliches war es ja nichts. Auf meiner Decke aber fand ich Mamans Tanzkarte und weiße Kamelien, die ich noch nie gesehen hatte und die ich mir auf die Augen legte, als ich merkte, wie kühl sie waren.

Aber was lang war, das waren die Nachmittage in solchen Krankheiten. Am Morgen nach der schlechten Nacht kam man immer in Schlaf, und wenn man erwachte und meinte, nun wäre es wieder früh, so war es Nachmittag und blieb Nachmittag und hörte nicht auf Nachmittag zu sein. Da lag man so in dem aufgeräumten Bett und wuchs vielleicht ein wenig in den Gelenken und war viel zu müde, um sich irgend etwas vorzustellen. Der Geschmack von Apfelmus hielt lange vor, und das war schon alles mögliche, wenn man ihn irgendwie auslegte, unwillkürlich, und die reinliche Säure an Stelle von Gedanken in sich herumgehen ließ. Später, wenn die Kräfte wiederkamen, wurden die Kissen hinter einem aufgebaut, und man konnte aufsitzen und mit Soldaten spielen; aber sie fielen so leicht um auf dem schiefen Bett-Tisch und dann immer gleich die ganze Reihe; und man war doch noch nicht so ganz im Leben drin, um immer wieder von vorn anzufangen. Plötzlich war es zuviel, und man bat, alles recht rasch fortzunehmen, und es tat wohl, wieder nur die zwei Hände zu sehen, ein bißchen weiter hin auf der leeren Decke.

Wenn Maman mal eine halbe Stunde kam und Märchen vorlas (zum richtigen, langen Vorlesen war Sieversen da), so war das nicht um der Märchen willen. Denn wir waren einig darüber, daß wir Märchen nicht liebten. Wir hatten einen anderen Begriff vom Wunderbaren. Wir fanden, wenn alles mit natürlichen Dingen zuginge, so wäre das immer am wunderbarsten. Wir gaben nicht viel darauf, durch die Luft zu fliegen, die Feen enttäuschten uns, und von den Verwandlungen in etwas anderes erwarteten wir uns nur eine sehr oberflächliche Abwechslung. Aber wir lasen doch ein bißchen, um beschäftigt auszusehen; es war uns nicht angenehm, wenn irgend jemand eintrat, erst erklären zu müssen, was wir gerade taten; besonders Vater gegenüber waren wir von einer übertriebenen Deutlichkeit.

Nur wenn wir ganz sicher waren, nicht gestört zu sein, und es dämmerte draußen, konnte es geschehen, daß wir uns Erinnerungen hingaben, gemeinsamen Erinnerungen, die uns beiden alt schienen und über die wir lächelten; denn wir waren beide groß geworden seither. Es fiel uns ein, daß es eine Zeit gab, wo Maman wünschte, daß ich ein kleines Mädchen wäre und nicht dieser Junge, der ich nun einmal war. Ich hatte das irgendwie erraten, und ich war auf den Gedanken gekommen, manchmal nachmittags an Mamans Türe zu klopfen. Wenn sie dann fragte, wer da wäre, so war ich glücklich, draußen »Sophie« zu rufen, wobei ich meine kleine Stimme so zierlich machte, daß sie mich in der Kehle kitzelte. Und wenn ich dann eintrat (in dem kleinen, mädchenhaften Hauskleid, das ich ohnehin trug, mit ganz hinaufgerollten Ärmeln), so war ich einfach Sophie, Mamans kleine Sophie, die sich häuslich beschäftigte und der Maman einen Zopf flechten mußte, damit keine Verwechslung stattfinde mit dem bösen Malte, wenn er je wiederkäme. Erwünscht war dies durchaus nicht; es war sowohl Maman wie Sophie angenehm, daß er fort war, und ihre Unterhaltungen (die Sophie immerzu mit der gleichen, hohen Stimme fortsetzte) bestanden meistens darin, daß sie Maltes Unarten aufzählten und sich über ihn beklagten. »Ach ja, dieser Malte«, seufzte Maman. Und Sophie wußte eine Menge über die Schlechtigkeit der Jungen im allgemeinen, als kennte sie einen ganzen Haufen.

»Ich möchte wohl wissen, was aus Sophie geworden ist«, sagte Maman dann plötzlich bei solchen Erinnerungen. Darüber konnte nun Malte freilich keine Auskunft geben. Aber wenn Maman vorschlug, daß sie gewiß gestorben sei, dann widersprach er eigensinnig und beschwor sie, dies nicht zu glauben, so wenig sich sonst auch beweisen ließe.

Wenn ich das jetzt überdenke, kann ich mich wundern, daß ich aus der Welt dieser Fieber doch immer wieder ganz zurückkam und mich hineinfand in das überaus gemeinsame Leben, wo jeder im Gefühl unterstützt sein wollte, bei Bekanntem zu sein, und wo man sich so vorsichtig im Verständlichen vertrug. Da wurde etwas erwartet, und es kam oder es kam nicht, ein Drittes war ausgeschlossen. Da gab es Dinge, die traurig waren, ein- für allemal, es gab angenehme Dinge und eine ganze Menge nebensächlicher. Wurde aber einem eine Freude bereitet, so war es eine Freude, und er hatte sich danach zu benehmen. Im Grunde war das alles sehr einfach, und wenn man es erst heraus hatte, so machte es sich wie von selbst. In diese verabredeten Grenzen ging denn auch alles hinein; die langen, gleichmäßigen Schulstunden, wenn draußen der Sommer war; die Spaziergänge, von denen man französisch erzählen mußte; die Besuche, für die man hereingerufen wurde und die einen drollig fanden, wenn man gerade traurig war, und sich an einem belustigten wie an dem betrübten Gesicht gewisser Vögel, die kein anderes haben. Und die Geburtstage natürlich, zu denen man Kinder eingeladen bekam, die man kaum kannte, verlegene Kinder, die einen verlegen machten, oder dreiste, die einem das Gesicht zerkratzten, und zerbrachen, was man gerade bekommen hatte, und die dann plötzlich fortfuhren, wenn alles aus Kästen und Laden herausgerissen war und zu Haufen lag. Wenn man aber allein spielte, wie immer, so konnte es doch geschehen, daß man diese vereinbarte, im ganzen harmlose Welt unversehens überschritt und unter Verhältnisse geriet, die völlig verschieden waren und gar nicht abzusehen.

Mademoiselle hatte zuzeiten ihre Migräne, die ungemein heftig auftrat, und das waren die Tage, an denen ich schwer zu finden war. Ich weiß, der Kutscher wurde dann in den Park geschickt, wenn es Vater einfiel, nach mir zu fragen, und ich war nicht da. Ich konnte oben von einem der Gastzimmer aus sehen, wie er hinauslief und am Anfang der langen Allee nach mir rief. Diese Gastzimmer befanden sich, eines neben dem anderen, im Giebel von Ulsgaard und standen, da wir in dieser Zeit sehr selten Hausbesuch hatten, fast immer leer. Anschließend an sie aber war jener große Eckraum, der eine so starke Verlockung für mich hatte. Es war nichts darin zu finden als eine alte Büste, die, ich glaube, den Admiral Juel darstellte, aber die Wände waren ringsum mit tiefen, grauen Wandschränken verschalt, derart, daß sogar das Fenster erst über den Schränken angebracht war in der leeren, geweißten

Wand. Den Schlüssel hatte ich an einer der Schranktüren entdeckt, und er schloß alle anderen. So hatte ich in kurzem alles untersucht: die Kammerherrenfräcke aus dem achtzehnten Jahrhundert, die ganz kalt waren von den eingewebten Silberfäden, und die schön gestickten Westen dazu; die Trachten des Dannebrog- und des Elefantenordens, die man erst für Frauenkleider hielt, so reich und umständlich waren sie und so sanft im Futter anzufühlen. Dann wirkliche Roben, die, von ihren Unterlagen auseinander gehalten, steif dahingen wie die Marionetten eines zu großen Stückes, das so endgültig aus der Mode war, daß man ihre Köpfe anders verwendet hatte. Daneben aber waren Schränke, in denen es dunkel war, wenn man sie aufmachte, dunkel von hochgeschlossenen Uniformen, die viel gebrauchter aussahen als alles das andere und die eigentlich wünschten, nicht erhalten zu sein.

Niemand wird es verwunderlich finden, daß ich das alles herauszog und ins Licht neigte; daß ich das und jenes an mich hielt oder umnahm; daß ich ein Kostüm, welches etwa passen konnte, hastig anzog und darin, neugierig und aufgeregt, in das nächste Fremdenzimmer lief, vor den schmalen Pfeilerspiegel, der aus einzelnen ungleich grünen Glasstücken zusammengesetzt war. Ach, wie man zitterte, drin zu sein, und wie hinreißend war es, wenn man es war. Wenn da etwas aus dem Trüben heraus sich näherte, langsamer als man selbst, denn der Spiegel glaubte es gleichsam nicht und wollte, schläfrig wie er war, nicht gleich nachsprechen, was man ihm vorsagte. Aber schließlich mußte er natürlich. Und nun war es etwas sehr Überraschendes, Fremdes, ganz anders, als man es sich gedacht hatte, etwas Plötzliches, Selbständiges, das man rasch überblickte, um sich im nächsten Augenblick doch zu erkennen, nicht ohne eine gewisse Ironie, die um ein Haar das ganze Vergnügen zerstören konnte. Wenn man aber sofort zu reden begann, sich zu verbeugen, wenn man sich zuwinkte, sich, fortwährend zurückblickend, entfernte und dann entschlossen und angeregt wiederkam, so hatte man die Einbildung auf seiner Seite, solang es einem gefiel.

Ich lernte damals den Einfluß kennen, der unmittelbar von einer bestimmten Tracht ausgehen kann. Kaum hatte ich einen dieser Anzüge angelegt, mußte ich mir eingestehen, daß er mich in seine Macht bekam; daß er mir meine Bewegungen, meinen Gesichtsausdruck, ja sogar meine Einfälle vorschrieb; meine Hand, über die die Spitzenmanschette fiel und wieder fiel, war durchaus nicht meine gewöhnliche Hand; sie bewegte sich wie ein Akteur, ja, ich möchte sagen, sie sah sich selber zu, so übertrieben das auch klingt. Diese Verstellungen gingen indessen nie so weit, daß ich mich mir selber entfremdet fühlte; im Gegenteil, je vielfältiger ich mich abwandelte, desto überzeugter wurde ich von mir selbst. Ich wurde kühner und kühner; ich warf mich immer höher; denn meine Geschicklichkeit im Auffangen war über allen Zweifel. Ich merkte nicht die Versuchung in dieser rasch wachsenden Sicherheit. Zu meinem Verhängnis fehlte nur noch, daß der letzte Schrank, den ich bisher meinte nicht öffnen zu können, eines Tages nachgab, um mir, statt bestimmter Trachten, allerhand vages Maskenzeug auszuliefern, dessen phantastisches Ungefähr mir das Blut in die Wangen trieb. Es läßt sich nicht aufzählen, was da alles war. Außer einer Bautta, deren ich mich entsinne, gab es Dominos in verschiedenen Farben, es gab Frauenröcke, die hell läuteten von den Münzen, mit denen sie benäht waren; es gab Pierrots, die mir albern vorkamen, und faltige, türkische Hosen und persische Mützen, aus denen kleine Kampfersäckchen herausglitten, und Kronreifen mit dummen, ausdruckslosen Steinen. Dies alles verachtete ich ein wenig; es war von so dürftiger Unwirklichkeit und hing so abgebalgt und armselig da und schlappte willenlos zusammen, wenn man es herauszerrte ans Licht. Was mich aber in eine Art von Rausch versetzte, das waren die geräumigen Mäntel, die Tücher, die Schals, die Schleier, alle diese nachgiebigen, großen, unverwendeten Stoffe, die weich und schmeichelnd waren oder so gleitend, daß man sie kaum zu fassen bekam, oder so leicht, daß sie wie ein Wind an einem vorbeiflogen, oder einfach schwer mit ihrer ganzen Last. In ihnen erst sah ich wirklich freie und unendlich bewegliche Möglichkeiten: eine Sklavin zu sein, die verkauft wird, oder Jeanne d'Arc zu sein oder ein alter König oder ein Zauberer; das alles hatte man jetzt in der Hand, besonders da auch Masken da waren, große drohende oder erstaunte Gesichter mit echten Bärten und vollen oder hochgezogenen Augenbrauen. Ich hatte nie Masken gesehen vorher, aber ich sah sofort ein, daß es Masken geben müsse. Ich mußte lachen, als mir einfiel, daß wir einen Hund hatten, der sich ausnahm, als trüge er eine. Ich stellte mir seine herzlichen Augen vor, die immer wie von hinten hineinsahen in das behaarte Gesicht. Ich lachte noch, während ich mich verkleidete, und ich vergaß darüber völlig, was ich eigentlich vorstellen wollte. Nun, es war neu und spannend, das erst nachträglich vor dem Spiegel zu entscheiden. Das Gesicht, das ich vorband, roch eigentümlich hohl, es legte sich fest über meines, aber ich konnte bequem durchsehen, und ich wählte erst, als die Maske schon saß, allerhand Tücher, die ich in der Art eines Turbans um den Kopf wand, so daß der Rand der Maske, der unten in einen riesigen gelben Mantel hineinreichte, auch oben und seitlich fast ganz verdeckt war. Schließlich, als ich nicht mehr konnte, hielt ich mich für hinreichend vermummt. Ich ergriff noch einen großen Stab, den ich, soweit der Arm reichte, neben mir hergehen ließ, und schleppte so, nicht ohne Mühe, aber, wie mir vorkam, voller Würde, in das Fremdenzimmer hinein auf den Spiegel zu.

Das war nun wirklich großartig, über alle Erwartung. Der Spiegel gab es auch augenblicklich wieder, es war zu überzeugend. Es wäre gar nicht nötig gewesen, sich viel zu bewegen; diese Erscheinung war vollkommen, auch wenn sie nichts tat. Aber es galt zu erfahren, was ich eigentlich sei, und so drehte ich mich ein wenig und erhob schließlich die beiden Arme: große, gleichsam beschwörende Bewegungen, das war, wie ich schon merkte, das einzig Richtige. Doch gerade in diesem feierlichen Moment vernahm ich, gedämpft durch meine Vermummung, ganz in meiner Nähe einen vielfach zusammengesetzten Lärm; sehr erschreckt, verlor ich das Wesen da drüben aus den Augen und war arg verstimmt, zu gewahren, daß ich einen kleinen, runden Tisch umgeworfen hatte mit weiß der Himmel was für, wahrscheinlich sehr zerbrechlichen Gegenständen. Ich bückte mich so gut ich konnte und fand meine schlimmste Erwartung bestätigt: es sah aus, als sei alles entzwei. Die beiden überflüssigen, grün-violetten Porzellanpapageien waren natürlich, jeder auf eine andere boshafte Art, zerschlagen. Eine Dose, aus der Bonbons rollten, die aussahen wie seidig eingepuppte Insekten, hatte ihren Deckel weit von sich geworfen, man sah nur seine eine Hälfte, die andere war überhaupt fort. Das Ärgerlichste aber war ein in tausend winzige Scherben zerschellte Flacon, aus dem der Rest irgendeiner alten Essenz herausgespritzt war, der nun einen Fleck von sehr widerlicher Physiognomie auf dem klaren Parkett bildete. Ich trocknete ihn schnell mit irgendwas auf, das an mir herunterhing, aber er wurde nur schwärzer und unangenehmer. Ich war recht verzweifelt. Ich erhob mich und suchte nach irgendeinem Gegenstand, mit dem ich das alles gutmachen konnte. Aber es fand sich keiner. Auch war ich so behindert im Sehen und in jeder Bewegung, daß die Wut in mir aufstieg gegen meinen unsinnigen Zustand, den ich nicht mehr begriff. Ich zerrte an allem, aber es schloß sich nur noch enger an. Die Schnüre des Mantels würgten mich, und das Zeug auf meinem Kopfe drückte, als käme immer noch mehr hinzu. Dabei war die Luft trübe geworden und wie beschlagen mit dem ältlichen Dunst der verschütteten Flüssigkeit.

Heiß und zornig stürzte ich vor den Spiegel und sah mühsam durch die Maske durch, wie meine Hände arbeiteten. Aber darauf hatte er nur gewartet. Der Augenblick der Vergeltung war für ihn gekommen. Während ich in maßlos zunehmender Beklemmung mich anstrengte, mich irgendwie aus meiner Vermummung hinauszuzwängen, nötigte er mich, ich weiß nicht womit, aufzusehen und diktierte mir ein Bild, nein, eine Wirklichkeit, eine fremde, unbegreifliche monströse Wirklichkeit, mit der ich durchtränkt wurde gegen meinen Willen: denn jetzt war er der

Stärkere, und ich war der Spiegel. Ich starrte diesen großen, schrecklichen Unbekannten vor mir an, und es schien mir ungeheuerlich, mit ihm allein zu sein. Aber in demselben Moment, da ich dies dachte, geschah das Äußerste: ich verlor allen Sinn, ich fiel einfach aus. Eine Sekunde lang hatte ich eine unbeschreibliche, wehe und vergebliche Sehnsucht nach mir, dann war nur noch er: es war nichts außer ihm.

Ich rannte davon, aber nun war er es, der rannte. Er stieß überall an, er kannte das Haus nicht, er wußte nicht wohin; er geriet eine Treppe hinunter, er fiel auf dem Gange über eine Person her, die sich schreiend freimachte. Eine Tür ging auf, es traten mehrere Menschen heraus: Ach, ach, was war das gut, sie zu kennen. Das war Sieversen, die gute Sieversen, und das Hausmädchen und der Silberdiener: nun mußte es sich entscheiden. Aber sie sprangen nicht herzu und retteten; ihre Grausamkeit war ohne Grenzen. Sie standen da und lachten, mein Gott, sie konnten dastehn und lachen. Ich weinte, aber die Maske ließ die Tränen nicht hinaus, sie rannen innen über mein Gesicht und trockneten gleich und rannen wieder und trockneten. Und endlich kniete ich hin vor ihnen, wie nie ein Mensch gekniet hat; ich kniete und hob meine Hände zu ihnen auf und flehte: »Herausnehmen, wenn es noch geht, und behalten«, aber sie hörten es nicht; ich hatte keine Stimme mehr.

Sieversen erzählte bis an ihr Ende, wie ich umgesunken wäre und wie sie immer noch weitergelacht hätten in der Meinung, das gehöre dazu. Sie waren es so gewöhnt bei mir. Aber dann wäre ich doch immerzu liegengeblieben und hätte nicht geantwortet. Und der Schrecken, als sie endlich entdeckten, daß ich ohne Besinnung sei und dalag wie ein Stück in allen den Tüchern, rein wie ein Stück.

Die Zeit ging unberechenbar schnell, und auf einmal war es schon wieder so weit, daß der Prediger Dr. Jespersen geladen werden mußte. Das war dann für alle Teile ein mühsames und langwieriges Frühstück. Gewohnt an die sehr fromme Nachbarschaft, die sich jedesmal ganz auflöste um seinetwillen, war er bei uns durchaus nicht an seinem

Platz; er lag sozusagen auf dem Land und schnappte. Die Kiemenatmung, die er an sich ausgebildet hatte, ging beschwerlich vor sich, es bildeten sich Blasen, und das Ganze war nicht ohne Gefahr. Gesprächsstoff war, wenn man genau sein will, überhaupt keiner da; es wurden Reste veräußert zu unglaublichen Preisen, es war eine Liquidation aller Bestände. Dr. Jespersen mußte sich bei uns darauf beschränken, eine Art von Privatmann zu sein; das gerade aber war er nie gewesen. Er war, soweit er denken konnte, im Seelenfach angestellt. Die Seele war eine öffentliche Institution für ihn, die er vertrat, und er brachte es zuwege, niemals außer Dienst zu sein, selbst nicht im Umgang mit seiner Frau, »seiner bescheidenen, treuen, durch Kindergebären seligwerdenden Rebekka«, wie Lavater sich in einem andern Fall ausdrückte.

*(Was übrigens meinen Vater betraf, so war seine Haltung Gott gegenüber vollkommen korrekt und von tadelloser Höflichkeit. In der Kirche schien es mir manchmal, als wäre er geradezu Jägermeister bei Gott, wenn er dastand und abwartete und sich verneigte. Maman dagegen erschien es fast verletzend, daß jemand zu Gott in einem höflichen Verhältnis stehen konnte. Wäre sie in eine Religion mit deutlichen und ausführlichen Gebräuchen geraten, es wäre eine Seligkeit für sie gewesen, stundenlang zu knien und sich hinzuwerfen und sich recht mit dem großen Kreuz zu gebärden vor der Brust und um die Schultern herum. Sie lehrte mich nicht eigentlich beten, aber es war ihr eine Beruhigung, daß ich gerne kniete und die Hände bald gekrümmt und bald aufrecht faltete, wie es mir gerade ausdrucksvoller schien. Ziemlich in Ruhe gelassen, machte ich frühzeitig eine Reihe von Entwicklungen durch, die ich erst viel später in einer Zeit der Verzweiflung auf Gott bezog, und zwar mit solcher Heftigkeit, daß er sich bildete und zersprang, fast in demselben Augenblick. Es ist klar, daß ich ganz von vorn anfangen mußte hernach. Und bei diesem Anfang meinte ich manchmal, Maman nötig zu haben,

* Im Manuskript an den Rand geschrieben.

obwohl es ja natürlich richtiger war, ihn allein durchzumachen. Und da war sie ja auch schon lange tot.)

Dr. Jespersen gegenüber konnte Maman beinah ausgelassen sein. Sie ließ sich in Gespräche mit ihm ein, die er ernst nahm, und wenn er dann sich reden hörte, meinte sie, das genüge, und vergaß ihn plötzlich, als wäre er schon fort. »Wie kann er nur«, sagte sie manchmal von ihm, »herumfahren und hineingehen zu den Leuten, wenn sie gerade sterben.«

Er kam auch zu ihr bei dieser Gelegenheit, aber sie hat ihn sicher nicht mehr gesehen. Ihre Sinne gingen ein, einer nach dem andern, zuerst das Gesicht. Es war im Herbst, man sollte schon in die Stadt ziehen, aber da erkrankte sie gerade, oder vielmehr, sie fing gleich an zu sterben, langsam und trostlos abzusterben an der ganzen Oberfläche. Die Ärzte kamen, und an einem bestimmten Tag waren sie alle zusammen da und beherrschten das ganze Haus. Es war ein paar Stunden lang, als gehörte es nun dem Geheimrat und seinen Assistenten und als hätten wir nichts mehr zu sagen. Aber gleich danach verloren sie alles Interesse, kamen nur noch einzeln, wie aus purer Höflichkeit, um eine Zigarre anzunehmen und ein Glas Portwein. Und Maman starb indessen.

Man wartete nur noch auf Mamans einzigen Bruder, den Grafen Christian Brahe, der, wie man sich noch erinnern wird, eine Zeitlang in türkischen Diensten gestanden hatte, wo er, wie es immer hieß, sehr ausgezeichnet worden war. Er kam eines Morgens an in Begleitung eines fremdartigen Dieners, und es überraschte mich, zu sehen, daß er größer war als Vater und scheinbar auch älter. Die beiden Herren wechselten sofort einige Worte, die sich, wie ich vermutete, auf Maman bezogen. Es entstand eine Pause. Dann sagte mein Vater: »Sie ist sehr entstellt.« Ich begriff diesen Ausdruck nicht, aber es fröstelte mich, da ich ihn hörte. Ich hatte den Eindruck, als ob auch mein Vater sich hätte überwinden müssen, ehe er ihn aussprach. Aber es war wohl vor allem sein Stolz, der litt, indem er dies zugab.

Mehrere Jahre später erst hörte ich wieder von dem Grafen Christian reden. Es war auf Urnekloster, und Mathilde Brahe war es, die mit Vorliebe von ihm sprach. Ich bin indessen sicher, daß sie die einzelnen Episoden ziemlich eigenmächtig ausgestaltete, denn das Leben meines Onkels, von dem immer nur Gerüchte in die Öffentlichkeit und selbst in die Familie drangen, Gerüchte, die er nie widerlegte, war geradezu grenzenlos auslegbar. Urnekloster ist jetzt in seinem Besitz. Aber niemand weiß, ob er es bewohnt. Vielleicht reist er immer noch, wie es seine Gewohnheit war; vielleicht ist die Nachricht seines Todes aus irgendeinem äußersten Erdteil unterwegs, von der Hand des fremden Dieners geschrieben in schlechtem Englisch oder in irgendeiner unbekannten Sprache. Vielleicht auch giebt dieser Mensch kein Zeichen von sich, wenn er eines Tages allein zurückbleibt. Vielleicht sind sie beide längst verschwunden und stehen nur noch auf der Schiffsliste eines verschollenen Schiffes unter Namen, die nicht die ihren waren.

Freilich, wenn damals auf Urnekloster ein Wagen einfuhr, so erwartete ich immer, *ihn* eintreten zu sehen, und mein Herz klopfte auf eine besondere Art. Mathilde Brahe behauptete: so käme er, das wäre so seine Eigenheit, plötzlich da zu sein, wenn man es am wenigsten für möglich hielte. Er kam nie, aber meine Einbildungskraft beschäftigte sich wochenlang mit ihm, ich hatte das Gefühl, als wären wir einander eine Beziehung schuldig, und ich hätte gern etwas Wirkliches von ihm gewußt.

Als indessen bald darauf mein Interesse umschlug und infolge gewisser Begebenheiten ganz auf Christine Brahe überging, bemühte ich mich eigentümlicherweise nicht, etwas von ihren Lebensumständen zu erfahren. Dagegen beunruhigte mich der Gedanke, ob ihr Bildnis wohl in der Galerie vorhanden sei. Und der Wunsch, das festzustellen, nahm so einseitig und quälend zu, daß ich mehrere Nächte nicht schlief, bis, ganz unvermutet, diejenige da war, in der ich, weiß Gott, aufstand und hinaufging mit meinem Licht, das sich zu fürchten schien.

Was mich angeht, so dachte ich nicht an Furcht. Ich dachte überhaupt nicht; ich ging. Die hohen Türen gaben so spielend nach vor mir und über mir, die Zimmer, durch die ich kam, hielten sich ruhig. Und endlich merkte ich an der Tiefe, die mich anwehte, daß ich in die Galerie getreten sei. Ich fühlte auf der rechten Seite die Fenster mit der Nacht, und links mußten die Bilder sein. Ich hob mein Licht so hoch ich konnte. Ja: da waren die Bilder.

Erst nahm ich mir vor, nur nach den Frauen zu sehen, aber dann erkannte ich eines und ein anderes, das ähnlich in Ulsgaard hing, und wenn ich sie so von unten beschien, so rührten sie sich und wollten ans Licht, und es schien mir herzlos, das nicht wenigstens abzuwarten. Da war immer wieder Christian der Vierte mit der schön geflochtenen Cadenette neben der breiten, langsam gewölbten Wange. Da waren vermutlich seine Frauen, von denen ich nur Kirstine Munk kannte; und plötzlich sah mich Frau Ellen Marsvin an, argwöhnisch in ihrer Witwentracht und mit derselben Perlenschnur auf der Krempe des hohen Huts. Da waren König Christians Kinder: immer wieder frische aus neuen Frauen, die ›unvergleichliche‹ Eleonore auf einem weißen Paßgänger in ihrer glänzendsten Zeit, vor der Heimsuchung. Die Gyldenlöves: Hans Ulrik, von dem die Frauen in Spanien meinten, daß er sich das Antlitz male, so voller Blut war er, und Ulrik Christian, den man nicht wieder vergaß. Und beinah alle Ulfelds. Und dieser da, mit dem einen schwarzübermalten Auge, konnte wohl Henrik Holck sein, der mit dreiunddreißig Jahren Reichsgraf war und Feldmarschall, und das kam so: ihm träumte auf dem Wege zu Jungfrau Hilleborg Krafse, er würde ihm statt der Braut ein bloßes Schwert gegeben: und er nahm sichs zu Herzen und kehrte um und begann sein kurzes, verwegenes Leben, das mit der Pest endete. Die kannte ich alle. Auch die Gesandten vom Kongreß zu Nimwegen hatten wir auf Ulsgaard, die einander ein wenig glichen, weil sie alle auf einmal gemalt worden waren, jeder mit der schmalen, gestutzten Bartbraue über dem sinnlichen, fast schauenden Munde. Daß ich Herzog Ulrich erkannte, ist selbstverständlich, und Otto Brahe und Claus Daa und Sten Rosensparre, den Letzten seines Geschlechts; denn von ihnen allen hatte ich Bilder im Saal zu Ulsgaard gesehen, oder ich hatte in alten Mappen Kupferstiche gefunden, die sie darstellten.

Aber dann waren viele da, die ich nie gesehen hatte; wenige Frauen, aber es waren Kinder da. Mein Arm war längst müde geworden und zitterte, aber ich hob doch immer wieder das Licht, um die Kinder zu sehen. Ich begriff sie, diese kleinen Mädchen, die einen Vogel auf der Hand trugen und ihn vergaßen. Manchmal saß ein kleiner Hund bei ihnen unten, ein Ball lag da, und auf dem Tisch nebenan gab es Früchte und Blumen; und dahinter an der Säule hing, klein und vorläufig, das Wappen der Grubbe oder der Bille oder der Rosenkrantz. So viel hatte man um sie zusammengetragen, als ob eine Menge gutzumachen wäre. Sie aber standen einfach in ihren Kleidern und warteten; man sah, daß sie warteten. Und da mußte ich wieder an die Frauen denken und an Christine Brahe, und ob ich sie erkennen würde.

Ich wollte rasch ganz ans Ende laufen und von dort zurückgehen und suchen, aber da stieß ich an etwas. Ich drehte mich so jäh herum, daß der kleine Erik zurücksprang und flüsterte: »Gieb acht mit deinem Licht.«

»Du bist da?« sagte ich atemlos, und ich war nicht im klaren, ob das gut sei oder ganz und gar schlimm. Er lachte nur, und ich wußte nicht, was weiter. Mein Licht flackerte, und ich konnte den Ausdruck seines Gesichts nicht recht erkennen. Es war doch wohl schlimm, daß er da war. Aber da sagte er, indem er näher kam: »*Ihr* Bild ist nicht da, wir suchen es immer noch oben.« Mit seiner halben Stimme und dem einen beweglichen Auge wies er irgendwie hinauf. Und ich begriff, daß er den Boden meinte. Aber auf einmal kam mir ein merkwürdiger Gedanke.

»Wir?« fragte ich, »ist sie denn oben?«

»Ja«, nickte er und stand dicht neben mir.

»Sie sucht selber mit?«

»Ja, wir suchen.«

»Man hat es also fortgestellt, das Bild?«

»Ja, denk nur«, sagte er empört. Aber ich begriff nicht recht, was sie damit wollte.

»Sie will sich sehen«, flüsterte er ganz nah.

»Ja so«, machte ich, als ob ich verstünde. Da blies er mir das Licht aus. Ich sah, wie er sich vorstreckte, ins Helle hinein, mit ganz hochgezogenen Augenbrauen. Dann wars dunkel. Ich trat unwillkürlich zurück.

»Was machst du denn?« rief ich unterdrückt und war ganz trocken im Halse. Er sprang mir nach und hängte sich an meinen Arm und kicherte.

»Was denn?« fuhr ich ihn an und wollte ihn abschütteln, aber er hing fest. Ich konnte es nicht hindern, daß er den Arm um meinen Hals legte.

»Soll ich es sagen?« zischte er, und ein wenig Speichel spritzte mir ans Ohr.

»Ja, ja, schnell.«

Ich wußte nicht, was ich redete. Er umarmte mich nun völlig und streckte sich dabei.

»Ich hab ihr einen Spiegel gebracht«, sagte er und kicherte wieder.

»Einen Spiegel?«

»Ja, weil doch das Bild nicht da ist.«

»Nein, nein«, machte ich.

Er zog mich auf einmal etwas weiter nach dem Fenster hin und kniff mich so scharf in den Oberarm, daß ich schrie.

»Sie ist nicht drin«, blies er mir ins Ohr.

Ich stieß ihn unwillkürlich von mir weg, etwas knackte an ihm, mir war, als hätte ich ihn zerbrochen.

»Geh, geh«, und jetzt mußte ich selber lachen, »nicht drin, wieso denn nicht drin?«

»Du bist dumm«, gab er böse zurück und flüsterte nicht mehr. Seine Stimme war umgeschlagen, als begänne er nun ein neues, noch ungebrauchtes Stück. »Man ist entweder drin«, diktierte er altklug und strenge, »dann ist man nicht hier; oder wenn man hier ist, kann man nicht drin sein.«

»Natürlich«, antwortete ich schnell, ohne nachzudenken. Ich hatte Angst, er könnte sonst fortgehen und mich allein lassen. Ich griff sogar nach ihm.

»Wollen wir Freunde sein?« schlug ich vor. Er ließ sich bitten. »Mir ists gleich«, sagte er keck.

Ich versuchte unsere Freundschaft zu beginnen, aber ich wagte nicht, ihn zu umarmen. »Lieber Erik«, brachte ich nur heraus und rührte ihn irgendwo ein bißchen an. Ich war auf einmal sehr müde. Ich sah mich um; ich verstand nicht mehr, wie ich hierher gekommen war und daß ich mich nicht gefürchtet hatte. Ich wußte nicht recht, wo die Fenster waren und wo die Bilder. Und als wir gingen, mußte er mich führen.

»Sie tun dir nichts«, versicherte er großmütig und kicherte wieder.

Lieber, lieber Erik; vielleicht bist du doch mein einziger Freund gewesen. Denn ich habe nie einen gehabt. Es ist schade, daß du auf Freundschaft nichts gabst. Ich hätte dir manches erzählen mögen. Vielleicht hätten wir uns vertragen. Man kann nicht wissen. Ich erinnere mich, daß damals dein Bild gemalt wurde. Der Großvater hatte jemanden kommen lassen, der dich malte. Jeden Morgen eine Stunde. Ich kann mich nicht besinnen, wie der Maler aussah, sein Name ist mir entfallen, obwohl Mathilde Brahe ihn jeden Augenblick wiederholte.

Ob er dich gesehen hat, wie ich dich seh? Du trugst einen Anzug von heliotropfarbenem Samt. Mathilde Brahe schwärmte für diesen Anzug. Aber das ist nun gleichgültig. Nur ob er dich gesehen hat, möchte ich wissen. Nehmen wir an, daß es ein wirklicher Maler war. Nehmen wir an, daß er nicht daran dachte, daß du sterben könntest, ehe er fertig würde; daß er die Sache gar nicht sentimental ansah; daß er einfach arbeitete. Daß die Ungleichheit deiner beiden braunen Augen ihn entzückte; daß er keinen Moment sich schämte, für das unbewegliche; daß er den Takt hatte, nichts hinzuzulegen auf den Tisch zu deiner Hand, die sich vielleicht ein wenig stützte –. Nehmen wir sonst noch alles

Nötige an und lassen es gelten: so ist ein Bild da, dein Bild, in der Galerie auf Urnekloster das letzte.

(Und wenn man geht, und man hat sie alle gesehen, so ist da noch ein Knabe. Einen Augenblick: wer ist das? Ein Brahe. Siehst du den silbernen Pfahl im schwarzen Feld und die Pfauenfedern? Da steht auch der Name: Erik Brahe. War das nicht ein Erik Brahe, der hingerichtet worden ist? Natürlich, das ist bekannt genug. Aber um den kann es sich nicht handeln. Dieser Knabe ist als Knabe gestorben, gleichviel wann. Kannst du das nicht sehen?)

Wenn Besuch da war und Erik wurde gerufen, so versicherte das Fräulein Mathilde Brahe jedesmal, es sei geradezu unglaublich, wie sehr er der alten Gräfin Brahe gliche, meiner Großmutter. Sie soll eine sehr große Dame gewesen sein. Ich habe sie nicht gekannt. Dagegen erinnere ich mich sehr gut an die Mutter meines Vaters, die eigentliche Herrin auf Ulsgaard. Das war sie wohl immer geblieben, wie sehr sie es auch Maman übelnahm, daß sie als des Jägermeisters Frau ins Haus gekommen war. Seither tat sie beständig, als zöge sie sich zurück, und schickte die Dienstleute mit jeder Kleinigkeit weiter zu Maman hinein, während sie in wichtigen Angelegenheiten ruhig entschied und verfügte, ohne irgend jemandem Rechenschaft abzulegen. Maman, glaube ich, wünschte es gar nicht anders. Sie war so wenig gemacht, ein großes Haus zu übersehen, ihr fehlte völlig die Einteilung der Dinge in nebensächliche und wichtige. Alles, wovon man ihr sprach, schien ihr immer das Ganze zu sein, und sie vergaß darüber das andere, das doch auch noch da war. Sie beklagte sich nie über ihre Schwiegermutter. Und bei wem hätte sie sich auch beklagen sollen? Vater war ein äußerst respektvoller Sohn, und Großvater hatte wenig zu sagen.

Frau Margarete Brigge war immer schon, soweit ich denken kann, eine hochgewachsene, unzugängliche Greisin. Ich kann mir nicht anders vorstellen, als daß sie viel älter gewesen sei, als der Kammerherr. Sie lebte mitten unter uns ihr Leben, ohne auf jemanden Rücksicht zu nehmen. Sie war auf keinen von uns angewiesen und hatte immer eine Art Gesellschafterin, eine alternde Komtesse Oxe, um sich, die sie sich durch irgendeine Wohltat unbegrenzt verpflichtet hatte. Dies mußte eine einzelne Ausnahme gewesen sein, denn wohltun war sonst nicht ihre Art. Sie liebte keine Kinder, und Tiere durften nicht in ihre Nähe. Ich weiß nicht, ob sie sonst etwas liebte. Es wurde erzählt, daß sie als ganz junges Mädchen dem schönen Felix Lichnowski verlobt gewesen sei, der dann in Frankfurt so grausam ums Leben kam. Und in der Tat war nach ihrem Tode ein Bildnis des Fürsten da, das, wenn ich nicht irre, an die Familie zurückgegeben worden ist. Vielleicht, denke ich mir jetzt, versäumte sie über diesem eingezogenen ländlichen Leben, das das Leben auf Ulsgaard von Jahr zu Jahr mehr geworden war, ein anderes, glänzendes: ihr natürliches. Es ist schwer zu sagen, ob sie es betrauerte. Vielleicht verachtete sie es dafür, daß es nicht gekommen war, daß es die Gelegenheit verfehlt hatte, mit Geschick und Talent gelebt worden zu sein. Sie hatte alles dies so weit in sich hineingenommen und hatte darüber Schalen angesetzt, viele, spröde, ein wenig metallisch glänzende Schalen, deren jeweilig oberste sich neu und kühl ausnahm. Bisweilen freilich verriet sie sich doch durch eine naive Ungeduld, nicht genügend beachtet zu sein; zu meiner Zeit konnte sie sich dann bei Tische plötzlich verschlucken auf irgendeine deutliche und komplizierte Art, die ihr die Teilnahme aller sicherte und sie, für einen Augenblick wenigstens, so sensationell und spannend erscheinen ließ, wie sie es im Großen hätte sein mögen. Indessen vermute ich, daß mein Vater der einzige war, der diese viel zu häufigen Zufälle ernst nahm. Er sah ihr, höflich vornübergeneigt, zu, man konnte merken, wie er ihr in Gedanken seine eigene, ordentliche Luftröhre gleichsam anbot und ganz zur Verfügung stellte. Der Kammerherr hatte natürlich gleichfalls zu essen aufgehört; er nahm einen kleinen Schluck Wein und enthielt sich jeder Meinung.

Er hatte bei Tische ein einziges Mal die seinige seiner Gemahlin gegenüber aufrechterhalten. Das war lange her, aber die Geschichte wurde doch noch boshaft und heimlich weitergegeben; es gab fast überall jemanden, der sie noch nicht gehört hatte. Es hieß, daß die Kammerherrin zu einer gewissen Zeit sich sehr über Weinflecke ereifern konnte, die durch Ungeschicklichkeit ins Tischzeug gerieten; daß ein solcher Fleck, bei welchem Anlaß er auch passieren mochte, von ihr bemerkt und unter dem heftigsten Tadel sozusagen bloßgestellt wurde. Dazu wäre es auch einmal gekommen, als man mehrere und namhafte Gäste hatte. Ein paar unschuldige Flecke, die sie übertrieb, wurden der Gegenstand ihrer höhnischen Anschuldigungen, und wie sehr der Großvater sich auch bemühte, sie durch kleine Zeichen und scherzhafte Zurufe zu ermahnen, so wäre sie doch eigensinnig bei ihren Vorwürfen geblieben, die sie dann allerdings mitten im Satze stehen lassen mußte. Es geschah nämlich etwas nie Dagewesenes und völlig Unbegreifliches. Der Kammerherr hatte sich den Rotwein geben lassen, der gerade herumgereicht worden war, und war nun in aller Aufmerksamkeit dabei, sein Glas selber zu füllen. Nur daß er, wunderbarerweise, einzugießen nicht aufhörte, als es längst voll war, sondern unter zunehmender Stille langsam und vorsichtig weitergoß, bis Maman, die nie an sich halten konnte, auflachte und damit die ganze Angelegenheit nach dem Lachen hin in Ordnung brachte. Denn nun stimmten alle erleichtert ein, und der Kammerherr sah auf und reichte dem Diener die Flasche.

Später gewann eine andere Eigenheit die Oberhand bei meiner Großmutter. Sie konnte es nicht ertragen, daß jemand im Hause erkrankte. Einmal, als die Köchin sich verletzt hatte und sie sah sie zufällig mit der eingebundenen Hand, behauptete sie, das Jodoform im ganzen Hause zu riechen, und war schwer zu überzeugen, daß man die Person daraufhin nicht entlassen könne. Sie wollte nicht an das Kranksein erinnert werden. Hatte jemand die Unvorsichtigkeit, vor ihr irgendein kleines Unbehagen zu äußern, so war das nichts anderes als eine persönliche Kränkung für sie, und sie trug sie ihm lange nach.

In jenem Herbst, als Maman starb, schloß sich die Kammerherrin mit Sophie Oxe ganz in ihren Zimmern ein und brach allen Verkehr mit uns ab. Nicht einmal ihr Sohn wurde angenommen. Es ist ja wahr, dieses Sterben fiel recht unpassend. Die Zimmer waren kalt, die Öfen rauchten, und die Mäuse waren ins Haus gekommen; man war nirgends sicher vor ihnen. Aber das allein war es nicht, Frau Margarete Brigge war empört, daß Maman starb; daß da eine Sache auf der Tagesordnung stand, von der zu sprechen sie ablehnte; daß die junge Frau sich den Vortritt anmaßte vor ihr, die einmal zu sterben gedachte zu einem durchaus noch nicht festgesetzten Termin. Denn daran, daß sie würde sterben müssen, dachte sie oft. Aber sie wollte nicht gedrängt sein. Sie würde sterben, gewiß, wenn es ihr gefiel, und dann konnten sie ja alle ruhig sterben, hinterher, wenn sie es so eilig hatten.

Mamans Tod verzieh sie uns niemals ganz. Sie alterte übrigens rasch während des folgenden Winters. Im Gehen war sie immer noch hoch, aber im Sessel sank sie zusammen, und ihr Gehör wurde schwieriger. Man konnte sitzen und sie groß ansehen, stundenlang, sie fühlte es nicht. Sie war irgendwo drinnen; sie kam nur noch selten und nur für Augenblicke in ihre Sinne, die leer waren, die sie nicht mehr bewohnte. Dann sagte sie etwas zu der Komtesse, die ihr die Mantille richtete, und nahm mit den großen, frisch gewaschenen Händen ihr Kleid an sich, als wäre Wasser vergossen oder als wären wir nicht ganz reinlich.

Sie starb gegen den Frühling zu, in der Stadt, eines Nachts. Sophie Oxe, deren Tür offenstand, hatte nichts gehört. Da man sie am Morgen fand, war sie kalt wie Glas.

Gleich darauf begann des Kammerherrn große und schreckliche Krankheit. Es war, als hätte er ihr Ende abgewartet, um so rücksichtslos sterben zu können, wie er mußte.

Es war in dem Jahr nach Mamans Tode, daß ich Abelone zuerst bemerkte. Abelone war immer da. Das tat ihr großen Eintrag. Und dann war Abelone unsympathisch, das hatte ich ganz früher einmal bei irgendeinem Anlaß festgestellt, und es war nie zu einer ernstlichen Durchsicht dieser Meinung gekommen. Zu fragen, was es mit Abelone für eine Bewandtnis habe, das wäre mir bis dahin beinah lächerlich erschienen. Abelone war da, und man nutzte sie ab, wie man eben konnte. Aber auf einmal fragte ich mich: Warum ist Abelone da? Jeder bei uns hatte einen bestimmten Sinn da zu sein, wenn er auch keineswegs immer so augenscheinlich war, wie zum Beispiel die Anwendung des Fräuleins Oxe. Aber weshalb war Abelone da? Eine Zeitlang war davon die Rede gewesen, daß sie sich zerstreuen solle. Aber das geriet in Vergessenheit. Niemand trug etwas zu Abelonens Zerstreuung bei. Es machte durchaus nicht den Eindruck, daß sie sich zerstreue.

Übrigens hatte Abelone ein Gutes: sie sang. Das heißt, es gab Zeiten, wo sie sang. Es war eine starke, unbeirrbare Musik in ihr. Wenn es wahr ist, daß die Engel männlich sind, so kann man wohl sagen, daß etwas Männliches in ihrer Stimme war: eine strahlende, himmlische Männlichkeit. Ich, der ich schon als Kind der Musik gegenüber so mißtrauisch war (nicht, weil sie mich stärker als alles forthob aus mir, sondern, weil ich gemerkt hatte, daß sie mich nicht wieder dort ablegte, wo sie mich gefunden hatte, sondern tiefer, irgendwo ganz ins Unfertige hinein), ich ertrug diese Musik, auf der man aufrecht aufwärtssteigen konnte, höher und höher, bis man meinte, dies müßte ungefähr schon der Himmel sein seit einer Weile. Ich ahnte nicht, daß Abelone mir noch andere Himmel öffnen sollte.

Zunächst bestand unsere Beziehung darin, daß sie mir von Mamans Mädchenzeit erzählte. Sie hielt viel darauf, mich zu überzeugen, wie mutig und jung Maman gewesen wäre. Es gab damals niemanden nach ihrer Versicherung, der sich im Tanzen oder im Reiten mit ihr messen konnte. »Sie war die Kühnste und unermüdlich, und dann heiratete sie auf einmal«, sagte Abelone, immer noch erstaunt nach so vielen Jahren. »Es kam so unerwartet, niemand konnte es recht begreifen.«

Ich interessierte mich dafür, weshalb Abelone nicht geheiratet hatte. Sie kam mir alt vor verhältnismäßig, und daß sie es noch könnte, daran dachte ich nicht.

»Es war niemand da«, antwortete sie einfach und wurde richtig schön dabei. Ist Abelone schön? fragte ich mich überrascht. Dann kam ich fort von Hause, auf die Adels-Akademie, und es begann eine widerliche und arge Zeit. Aber wenn ich dort zu Sorö, abseits von den andern, im Fenster stand, und sie ließen mich ein wenig in Ruh, so sah ich hinaus in die Bäume, und in solchen Augenblicken und nachts wuchs in mir die Sicherheit, daß Abelone schön sei. Und ich fing an, ihr alle jene Briefe zu schreiben, lange und kurze, viele heimliche Briefe, darin ich von Ulsgaard zu handeln meinte und davon, daß ich unglücklich sei. Aber es werden doch wohl, so wie ich es jetzt sehe, Liebesbriefe gewesen sein. Denn schließlich kamen die Ferien, die erst gar nicht kommen wollten, und da war es wie auf Verabredung, daß wir uns nicht vor den anderen wiedersahen.

Es war durchaus nichts vereinbart zwischen uns, aber da der Wagen einbog in den Park, konnte ich es nicht lassen, auszusteigen, vielleicht nur, weil ich nicht anfahren wollte, wie irgendein Fremder. Es war schon voller Sommer. Ich lief in einen der Wege hinein und auf einen Goldregen zu. Und da war Abelone. Schöne, schöne Abelone.

Ich wills nie vergessen, wie das war, wenn du mich anschautest. Wie du dein Schauen trugst, gleichsam wie etwas nicht Befestigtes es aufhaltend auf zurückgeneigtem Gesicht.

Ach, ob das Klima sich gar nicht verändert hat? Ob es nicht milder geworden ist um Ulsgaard herum von all unserer Wärme? Ob einzelne Rosen nicht länger blühen jetzt im Park, bis in den Dezember hinein?

Ich will nichts erzählen von dir, Abelone. Nicht deshalb, weil wir einander täuschten: weil du Einen liebtest, auch damals, den du nie vergessen hast, Liebende, und ich: alle Frauen; sondern weil mit dem Sagen nur unrecht geschieht.

Es giebt Teppiche hier, Abelone, Wandteppiche. Ich bilde mir ein, du bist da, sechs Teppiche sinds, komm, laß uns langsam vorübergehen. Aber erst tritt zurück und sieh alle zugleich. Wie ruhig sie sind, nicht? Es ist wenig Abwechslung darin. Da ist immer diese ovale blaue Insel, schwebend im zurückhaltend roten Grund, der blumig ist und von kleinen, mit sich beschäftigten Tieren bewohnt. Nur dort, im letzten Teppich, steigt die Insel ein wenig auf, als ob sie leichter geworden sei. Sie trägt immer eine Gestalt, eine Frau in verschiedener Tracht, aber immer dieselbe. Zuweilen ist eine kleinere Figur neben ihr, eine Dienerin, und immer sind die wappentragenden Tiere da, groß, mit auf der Insel, mit in der Handlung. Links ein Löwe, und rechts, hell, das Einhorn; sie halten die gleichen Banner, die hoch über ihnen zeigen: drei silberne Monde, steigend, in blauer Binde auf rotem Feld. – Hast du gesehen, willst du beim ersten beginnen?

Sie füttert den Falken. Wie herrlich ihr Anzug ist. Der Vogel ist auf der gekleideten Hand und rührt sich. Sie sieht ihm zu und langt dabei in die Schale, die ihr die Dienerin bringt, um ihm etwas zu reichen. Rechts unten auf der Schleppe hält sich ein kleiner, seidenhaariger Hund, der aufsieht und hofft, man werde sich seiner erinnern. Und, hast du bemerkt, ein niederes Rosengitter schließt hinten die Insel ab. Die Wappentiere steigen heraldisch hochmütig. Das Wappen ist ihnen noch einmal als Mantel umgegeben. Eine schöne Agraffe hält es zusammen. Es weht.

Geht man nicht unwillkürlich leiser zu dem nächsten Teppich hin, sobald man gewahrt, wie versunken sie ist: sie bindet einen Kranz, eine kleine, runde Krone aus Blumen. Nachdenklich wählt sie die Farbe der nächsten Nelke in dem flachen Becken, das ihr die Dienerin hält, während sie die vorige anreiht. Hinten auf einer Bank steht unbenutzt ein Korb voller Rosen, den ein Affe entdeckt hat. Diesmal sollten es Nelken sein. Der Löwe nimmt nicht mehr teil; aber rechts das Einhorn begreift.

Mußte nicht Musik kommen in diese Stille, war sie nicht schon verhalten da? Schwer und still geschmückt, ist sie (wie langsam, nicht?) an die tragbare Orgel getreten und spielt, stehend, durch das Pfeifenwerk abgetrennt von der Dienerin, die jenseits die Bälge bewegt. So schön war sie noch nie. Wunderlich ist das Haar in zwei Flechten nach vorn genommen und über dem Kopfputz oben zusammengefaßt, so daß es mit seinen Enden aus dem Bund aufsteigt wie ein kurzer Helmbusch. Verstimmt erträgt der Löwe die Töne, ungern, Geheul verbeißend. Das Einhorn aber ist schön, wie in Wellen bewegt.

Die Insel wird breit. Ein Zelt ist errichtet. Aus blauem Damast und goldgeflammt. Die Tiere raffen es auf, und schlicht beinah in ihrem fürstlichen Kleid tritt sie vor. Denn was sind ihre Perlen gegen sie selbst. Die Dienerin hat eine kleine Truhe geöffnet, und sie hebt nun eine Kette heraus, ein schweres, herrliches Kleinod, das immer verschlossen war. Der kleine Hund sitzt bei ihr, erhöht, auf bereitetem Platz und sieht es an. Und hast du den Spruch entdeckt auf dem Zeltrand oben? da steht: ›A mon seul désir‹.

Was ist geschehen, warum springt das kleine Kaninchen da unten, warum sieht man gleich, daß es springt? Alles ist so befangen. Der Löwe hat nichts zu tun. Sie selbst hält das Banner. Oder hält sie sich dran? Sie hat mit der anderen Hand nach dem Horn des Einhorns gefaßt. Ist das Trauer, kann Trauer so aufrecht sein, und ein Trauerkleid so verschwiegen wie dieser grünschwarze Samt mit den welken Stellen?

Aber es kommt noch ein Fest, niemand ist geladen dazu. Erwartung spielt dabei keine Rolle. Es ist alles da. Alles für immer. Der Löwe sieht sich fast drohend um: es darf niemand kommen. Wir haben sie noch nie müde gesehen; ist sie müde? oder hat sie sich nur niedergelassen, weil sie etwas Schweres hält? Man könnte meinen, eine Monstranz.

Aber sie neigt den andern Arm gegen das Einhorn hin, und das Tier bäumt sich geschmeichelt auf und steigt und stützt sich auf ihren Schoß. Es ist ein Spiegel, was sie hält. Siehst du: sie zeigt dem Einhorn sein Bild–.

Abelone, ich bilde mir ein, du bist da. Begreifst du, Abelone? Ich denke, du mußt begreifen.

Nun sind auch die Teppiche der Dame à la Licorne nicht mehr in dem alten Schloß von Boussac. Die Zeit ist da, wo alles aus den Häusern fortkommt, sie können nichts mehr behalten. Die Gefahr ist sicherer geworden als die Sicherheit. Niemand aus dem Geschlecht der Delle Viste geht neben einem her und hat das im Blut. Sie sind alle vorbei. Niemand spricht deinen Namen aus, Pierre d'Aubusson, großer Großmeister aus uraltem Hause, auf dessen Willen hin vielleicht diese Bilder gewebt wurden, die alles preisen und nichts preisgeben. (Ach, daß die Dichter je anders von Frauen geschrieben haben, wörtlicher, wie sie meinten. Es ist sicher, wir durften nichts wissen als das.) Nun kommt man zufällig davor unter Zufälligen und erschrickt fast, nicht geladen zu sein. Aber da sind andere und gehen vorüber, wenn es auch nie viele sind. Die jungen Leute halten sich kaum auf, es sei denn, daß das irgendwie in ihr Fach gehört, diese Dinge einmal gesehen zu haben, auf die oder jene bestimmte Eigenschaft hin.

Junge Mädchen allerdings findet man zuweilen davor. Denn es giebt eine Menge junger Mädchen in den Museen, die fortgegangen sind irgendwo aus den Häusern, die nichts mehr behalten. Sie finden sich vor diesen Teppichen und vergessen sich ein wenig. Sie haben immer gefühlt, daß es dies gegeben hat, solch ein leises Leben langsamer, nie ganz aufgeklärter Gebärden, und sie erinnern sich dunkel, daß sie sogar eine Zeitlang meinten, es würde ihr Leben sein. Aber dann ziehen sie rasch ein Heft hervor und beginnen zu zeichnen, gleichviel was, eine von den Blumen oder ein kleines, vergnügtes Tier. Darauf käme es nicht an, hat man ihnen vorgesagt, was es gerade wäre. Und darauf kommt es wirklich nicht an. Nur daß gezeichnet wird, das ist die Hauptsache; denn dazu sind sie fortgegangen eines Tages, ziemlich gewaltsam. Sie sind aus guter Familie. Aber wenn sie jetzt beim Zeichnen die Arme heben, so ergiebt sich, daß ihr Kleid hinten nicht zugeknöpft ist oder doch nicht ganz. Es sind da ein paar Knöpfe, die man nicht erreichen kann. Denn als dieses Kleid gemacht wurde, war noch nicht davon die Rede gewesen, daß sie plötzlich allein weggehen würden. In der Familie ist immer jemand für solche Knöpfe. Aber hier, lieber Gott, wer sollte sich damit abgeben in einer so großen Stadt. Man müßte schon eine Freundin haben; Freundinnen sind aber in derselben Lage, und da kommt es doch daraufhinaus, daß man sich gegenseitig die Kleider schließt. Das ist lächerlich und erinnert an die Familie, an die man nicht erinnert sein will.

Es läßt sich ja nicht vermeiden, daß man während des Zeichnens zuweilen überlegt, ob es nicht doch möglich gewesen wäre zu bleiben. Wenn man hätte fromm sein können, herzhaft fromm im gleichen Tempo mit den andern. Aber das nahm sich so unsinnig aus, das gemeinsam zu versuchen. Der Weg ist irgendwie enger geworden: Familien können nicht mehr zu Gott. Es blieben also nur verschiedene andere Dinge, die man zur Not teilen konnte. Da kam dann aber, wenn man ehrlich teilte, so wenig auf den einzelnen, daß es eine Schande war. Und betrog man beim Teilen, so entstanden Auseinandersetzungen. Nein, es ist wirklich besser zu zeichnen, gleichviel was. Mit der Zeit stellt sich die Ähnlichkeit schon ein. Und die Kunst, wenn man sie so allmählich hat, ist doch etwas recht Beneidenswertes.

Und über der angestrengten Beschäftigung mit dem, was sie sich vorgenommen haben, diese jungen Mädchen, kommen sie nicht mehr dazu, aufzusehen. Sie merken nicht, wie sie bei allem Zeichnen doch nichts tun, als das unabänderliche Leben in sich unterdrücken, das in diesen gewebten Bildern strahlend vor ihnen aufgeschlagen ist in seiner unendlichen Unsäglichkeit. Sie wollen es nicht glauben. Jetzt, da so vieles anders wird, wollen sie sich verändern. Sie sind ganz nahe daran, sich aufzugeben und *so* von sich zu denken, wie Männer etwa von ihnen reden könnten, wenn sie nicht da sind. Das scheint ihnen ihr Fortschritt. Sie sind fast schon überzeugt, daß man einen Genuß sucht und wieder einen und einen noch stärkeren

Genuß: daß darin das Leben besteht, wenn man es nicht auf eine albere Art verlieren will. Sie haben schon angefangen, sich umzusehen, zu suchen; sie, deren Stärke immer darin bestanden hat, gefunden zu werden.

Das kommt, glaube ich, weil sie müde sind. Sie haben Jahrhunderte lang die ganze Liebe geleistet, sie haben immer den vollen Dialog gespielt, beide Teile. Denn der Mann hat nur nachgesprochen und schlecht. Und hat ihnen das Erlernen schwer gemacht mit seiner Zerstreutheit, mit seiner Nachlässigkeit, mit seiner Eifersucht, die auch eine Art Nachlässigkeit war. Und sie haben trotzdem ausgeharrt Tag und Nacht und haben zugenommen an Liebe und Elend. Und aus ihnen sind, unter dem Druck endloser Nöte, die gewaltigen Liebenden hervorgegangen, die, während sie ihn riefen, den Mann überstanden; die über ihn hinauswuchsen, wenn er nicht wiederkam, wie Gaspara Stampa oder wie die Portugiesin, die nicht abließen, bis ihre Qual umschlug in eine herbe, eisige Herrlichkeit, die nicht mehr zu halten war. Wir wissen von der und der, weil Briefe da sind, die wie durch ein Wunder sich erhielten, oder Bücher mit anklagenden oder klagenden Gedichten, oder Bilder, die uns anschauen in einer Galerie durch ein Weinen durch, das dem Maler gelang, weil er nicht wußte, was es war. Aber es sind ihrer zahllos mehr gewesen; solche, die ihre Briefe verbrannt haben, und andere, die keine Kraft mehr hatten, sie zu schreiben. Greisinnen, die verhärtet waren, mit einem Kern von Köstlichkeit in sich, den sie verbargen. Formlose, stark gewordene Frauen, die, stark geworden aus Erschöpfung, sich ihren Männern ähnlich werden ließen und die doch innen ganz anders waren, dort, wo ihre Liebe gearbeitet hatte, im Dunkel. Gebärende, die nie gebären wollten, und wenn sie endlich starben an der achten Geburt, so hatten sie die Gesten und das Leichte von Mädchen, die sich auf die Liebe freuen. Und die, die blieben neben Tobenden und Trinkern, weil sie das Mittel gefunden hatten, in sich so weit von ihnen zu sein wie nirgend sonst; und kamen sie unter die Leute, so konnten sies nicht verhalten und schimmerten, als gingen sie immer mit Seligen um. Wer kann sagen, wie viele es waren und welche. Es ist, als hätten sie im voraus die Worte vernichtet, mit denen man sie fassen könnte.

Aber nun, da so vieles anders wird, ist es nicht an uns, uns zu verändern? Könnten wir nicht versuchen, uns ein wenig zu entwickeln, und unseren Anteil Arbeit in der Liebe langsam auf uns nehmen nach und nach? Man hat uns alle ihre Mühsal erspart, und so ist sie uns unter die Zerstreuungen geglitten, wie in eines Kindes Spiellade manchmal ein Stück echter Spitze fällt und freut und nicht mehr freut und endlich daliegt unter Zerbrochenem und Auseinandergenommenem, schlechter als alles. Wir sind verdorben vom leichten Genuß wie alle Dilettanten und stehen im Geruch der Meisterschaft. Wie aber, wenn wir unsere Erfolge verachteten, wie, wenn wir ganz von vorne begännen die Arbeit der Liebe zu lernen, die immer für uns getan worden ist? Wie, wenn wir hingingen und Anfänger würden, nun, da sich vieles verändert.

Nun weiß ich auch, wie es war, wenn Maman die kleinen Spitzenstücke aufrollte. Sie hatte nämlich ein einziges von den Schubfächern in Ingeborgs Sekretär für sich in Gebrauch genommen.

»Wollen wir sie sehen, Malte«, sagte sie und freute sich, als sollte sie eben alles geschenkt bekommen, was in der kleinen gelblackierten Lade war. Und dann konnte sie vor lauter Erwartung das Seidenpapier gar nicht auseinanderschlagen. Ich mußte es tun jedesmal. Aber ich wurde auch ganz aufgeregt, wenn die Spitzen zum Vorschein kamen. Sie waren aufgewunden um eine Holzwelle, die gar nicht zu sehen war vor lauter Spitzen. Und nun wickelten wir sie langsam ab und sahen den Mustern zu, wie sie sich abspielten, und erschraken jedesmal ein wenig, wenn eines zu Ende war. Sie hörten so plötzlich auf.

Da kamen erst Kanten italienischer Arbeit, zähe Stücke mit ausgezogenen Fäden, in denen sich alles immerzu wiederholte, deutlich wie in einem Bauerngarten. Dann war auf einmal eine ganze Reihe unserer Blicke vergittert mit venezianischer Nadelspitze, als ob wir Klöster wären oder Gefängnisse. Aber es wurde wieder frei, und man sah weit in Gärten hinein, die immer künstlicher wurden, bis es dicht und lau an den Augen war wie in einem Treibhaus: prunkvolle Pflanzen, die wir nicht kannten, schlugen riesige Blätter auf, Ranken griffen nacheinander, als ob ihnen schwindelte, und die großen offenen Blüten der Points d'Alençon trübten alles mit ihren Pollen. Plötzlich, ganz müde und wirr, trat man hinaus in die lange Bahn der Valenciennes, und es war Winter und früh am Tag und Reif. Und man drängte sich durch das verschneite Gebüsch der Binche und kam an Plätze, wo noch keiner gegangen war; die Zweige hingen so merkwürdig abwärts, es konnte wohl ein Grab darunter sein, aber das verbargen wir voreinander. Die Kälte drang immer dichter an uns heran, und schließlich sagte Maman, wenn die kleinen, ganz feinen Klöppelspitzen kamen: »Oh, jetzt bekommen wir Eisblumen an den Augen«, und so war es auch, denn es war innen sehr warm in uns.

Über dem Wiederaufrollen seufzten wir beide, das war eine lange Arbeit, aber wir mochten es niemandem überlassen.

»Denk nun erst, wenn wir sie machen müßten«, sagte Maman und sah förmlich erschrocken aus. Das konnte ich mir gar nicht vorstellen. Ich ertappte mich darauf, daß ich an kleine Tiere gedacht hatte, die das immerzu spinnen und die man dafür in Ruhe läßt. Nein, es waren ja natürlich Frauen.

»Die sind gewiß in den Himmel gekommen, die das gemacht haben«, meinte ich bewundernd. Ich erinnere, es fiel mir auf, daß ich lange nicht nach dem Himmel gefragt hatte. Maman atmete auf, die Spitzen waren wieder beisammen.

Nach einer Weile, als ich es schon wieder vergessen hatte, sagte sie ganz langsam: »In den Himmel? Ich glaube, sie sind ganz und gar da drin. Wenn man das so sieht: das kann gut eine ewige Seligkeit sein. Man weiß ja so wenig darüber.«

Oft, wenn Besuch da war, hieß es, daß Schulins sich einschränkten. Das große, alte Schloß war abgebrannt vor ein paar Jahren, und nun wohnten sie in den beiden engen Seitenflügeln und schränkten sich ein. Aber das Gästehaben lag ihnen nun einmal im Blut. Das konnten sie nicht aufgeben. Kam jemand unerwartet zu uns, so kam er wahrscheinlich von Schulins; und sah jemand plötzlich nach der Uhr und mußte ganz erschrocken fort, so wurde er sicher auf Lystager erwartet.

Maman ging eigentlich schon nirgends mehr hin, aber so etwas konnten Schulins nicht begreifen; es blieb nichts übrig, man mußte einmal hinüberfahren. Es war im Dezember nach ein paar frühen Schneefällen; der Schlitten war auf drei Uhr befohlen, ich sollte mit. Man fuhr indessen nie pünktlich bei uns. Maman, die es nicht liebte, daß der Wagen gemeldet wurde, kam meistens viel zu früh herunter, und wenn sie niemanden fand, so fiel ihr immer etwas ein, was schon längst hätte getan sein sollen, und sie begann irgendwo oben zu suchen oder zu ordnen, so daß sie kaum wieder zu erreichen war. Schließlich standen alle und warteten. Und saß sie endlich und war eingepackt, so zeigte es sich, daß etwas vergessen sei, und Sieversen mußte geholt werden; denn nur Sieversen wußte, wo es war. Aber dann fuhr man plötzlich los, eh Sieversen wiederkam.

An diesem Tag war es überhaupt nicht recht hell geworden. Die Bäume standen da, als wüßten sie nicht weiter im Nebel, und es hatte etwas Rechthaberisches, dahinein zu fahren. Zwischendurch fing es an, still weiterzuschneien, und nun wars, als würde auch noch das Letzte ausradiert und als führe man in ein weißes Blatt. Es gab nichts als das Geläut, und man konnte nicht sagen, wo es eigentlich war. Es kam ein Moment, da es einhielt, als wäre nun die letzte Schelle ausgegeben; aber dann sammelte es sich wieder und war beisammen und streute sich wieder aus dem Vollen aus. Den Kirchturm links konnte man sich eingebildet haben. Aber der Parkkontur war plötzlich da, hoch, beinahe über einem, und man befand sich in der langen Allee. Das Geläut fiel nicht mehr ganz ab; es war, als hängte es sich in Trauben rechts und links an die Bäume. Dann schwenkte man und fuhr rund um etwas herum und rechts an etwas vorbei und hielt in der Mitte.

Georg hatte ganz vergessen, daß das Haus nicht da war, und für uns alle war es in diesem Augenblick da. Wir stiegen die Freitreppe hinauf, die auf die alte Terrasse führte, und wunderten uns nur, daß es ganz dunkel sei. Auf einmal ging eine Tür, links unten hinter uns, und jemand rief: »Hierher!« und hob und schwenkte ein dunstiges Licht. Mein Vater lachte: »Wir steigen hier herum wie die Gespenster«, und er half uns wieder die Stufen zurück.

»Aber es war doch eben ein Haus da«, sagte Maman und konnte sich gar nicht so rasch an Wjera Schulin gewöhnen, die warm und lachend herausgelaufen war. Nun mußte man natürlich schnell hinein, und an das Haus war nicht mehr zu denken. In einem engen Vorzimmer wurde man ausgezogen, und dann war man gleich mitten drin unter den Lampen und der Wärme gegenüber.

Diese Schulins waren ein mächtiges Geschlecht selbständiger Frauen. Ich weiß nicht, ob es Söhne gab. Ich erinnerte mich nur dreier Schwestern; der ältesten, die an einen Marchese in Neapel verheiratet gewesen war, von dem sie sich nun langsam unter vielen Prozessen schied. Dann kam Zoë, von der es hieß, daß es nichts gab, was sie nicht wußte. Und vor allem war Wjera da, diese warme Wjera; Gott weiß, was aus ihr geworden ist. Die Gräfin, eine Narischkin, war eigentlich die vierte Schwester und in gewisser Beziehung die jüngste. Sie wußte von nichts und mußte in einem fort von ihren Kindern unterrichtet werden. Und der gute Graf Schulin fühlte sich, als ob er mit allen diesen Frauen verheiratet sei, und ging herum und küßte sie, wie es eben kam.

Vor der Hand lachte er laut und begrüßte uns eingehend. Ich wurde unter den Frauen weitergegeben und befühlt und befragt. Aber ich hatte mir fest vorgenommen, wenn das vorüber sei, irgendwie hinauszugleiten und mich nach dem Haus umzusehen. Ich war überzeugt, daß es heute da sei. Das Hinauskommen war nicht so schwierig; zwischen allen den Kleidern kam man unten durch wie ein Hund, und die Tür nach dem Vorraum zu war noch angelehnt. Aber draußen die äußere wollte nicht nachgeben. Da waren mehrere Vorrichtungen, Ketten und Riegel, die ich nicht richtig behandelte in der Eile. Plötzlich ging sie doch auf, aber mit lautem Geräusch, und eh ich draußen war, wurde ich festgehalten und zurückgezogen.

»Halt, hier wird nicht ausgekniffen«, sagte Wjera Schulin belustigt. Sie beugte sich zu mir, und ich war entschlossen, dieser warmen Person nichts zu verraten. Sie aber, als ich nichts sagte, nahm ohne weiters an, eine Nötigung meiner Natur hätte mich an die Tür getrieben; sie ergriff meine Hand und fing schon an zu gehen und wollte mich, halb vertraulich, halb hochmütig, irgendwohin mitziehen. Dieses intime Mißverständnis kränkte mich über alle Maßen. Ich riß mich los und sah sie böse an. »Das Haus will ich sehen«, sagte ich stolz. Sie begriff nicht.

»Das große Haus draußen an der Treppe.«

»Schaf«, machte sie und haschte nach mir, »da ist doch gar kein Haus mehr.« Ich bestand darauf.

»Wir gehen einmal bei Tage hin«, schlug sie einlenkend vor, »jetzt kann man da nicht herumkriechen. Es sind Löcher da, und gleich dahinter sind Papas Fischteiche, die nicht zufrieren dürfen. Da fällst du hinein und wirst ein Fisch.«

Damit schob sie mich vor sich her wieder in die hellen Stuben. Da saßen sie alle und sprachen, und ich sah sie mir der Reihe nach an: die gehen natürlich nur hin, wenn es nicht da ist, dachte ich verächtlich; wenn Maman und ich hier wohnten, so wäre es immer da. Maman sah zerstreut aus, während alle zugleich redeten. Sie dachte gewiß an das Haus.

Zoë setzte sich zu mir und stellte mir Fragen. Sie hatte ein gutgeordnetes Gesicht, in dem sich das Einsehen von Zeit zu Zeit erneute, als sähe sie beständig etwas ein. Mein

Vater saß etwas nach rechts geneigt und hörte der Marchesin zu, die lachte. Graf Schulin stand zwischen Maman und seiner Frau und erzählte etwas. Aber die Gräfin unterbrach ihn, sah ich, mitten im Satze.

»Nein, Kind, das bildest du dir ein«, sagte der Graf gutmütig, aber er hatte auf einmal dasselbe beunruhigte Gesicht, das er vorstreckte über den beiden Damen. Die Gräfin war von ihrer sogenannten Einbildung nicht abzubringen. Sie sah ganz angestrengt aus, wie jemand, der nicht gestört sein will. Sie machte kleine, abwinkende Bewegungen mit ihren weichen Ringhänden, jemand sagte »sst«, und es wurde plötzlich ganz still.

Hinter den Menschen drängten sich die großen Gegenstände aus dem alten Hause, viel zu nah. Das schwere Familiensilber glänzte und wölbte sich, als sähe man es durch Vergrößerungsgläser. Mein Vater sah sich befremdet um.

»Mama riecht«, sagte Wjera Schulin hinter ihm, »da müssen wir immer alle still sein, sie riecht mit den Ohren«, dabei aber stand sie selbst mit hochgezogenen Augenbrauen da, aufmerksam und ganz Nase.

Die Schulins waren in dieser Beziehung ein bißchen eigen seit dem Brande. In den engen, überheizten Stuben kam jeden Augenblick ein Geruch auf, und dann untersuchte man ihn, und jeder gab seine Meinung ab. Zoë machte sich am Ofen zu tun, sachlich und gewissenhaft, der Graf ging umher und stand ein wenig in jeder Ecke und wartete; »hier ist es nicht«, sagte er dann. Die Gräfin war aufgestanden und wußte nicht, wo sie suchen sollte. Mein Vater drehte sich langsam um sich selbst, als hätte er den Geruch hinter sich. Die Marchesin, die sofort angenommen hatte, daß es ein garstiger Geruch sei, hielt ihr Taschentuch vor und sah von einem zum andern, ob es vorüber wäre. »Hier, hier«, rief Wjera von Zeit zu Zeit, als hätte sie ihn. Und um jedes Wort herum war es merkwürdig still. Was mich angeht, so hatte ich fleißig mitgerochen. Aber auf einmal (war es die Hitze in den Zimmern oder das viele nahe Licht) überfiel mich zum erstenmal in meinem Leben etwas wie Gespensterfurcht. Es wurde mir klar, daß alle die deutlichen großen Menschen, die eben noch gesprochen und gelacht hatten, gebückt herumgingen und sich mit etwas Unsichtbarem beschäftigten; daß sie zugaben, daß da etwas war, was sie nicht sahen. Und es war schrecklich, daß es stärker war als sie alle.

Meine Angst steigerte sich. Mir war, als könnte das, was sie suchten, plötzlich aus mir ausbrechen wie ein Ausschlag; und dann würden sie es sehen und nach mir zeigen. Ganz verzweifelt sah ich nach Maman hinüber. Sie saß eigentümlich gerade da, mir kam vor, daß sie auf mich wartete. Kaum war ich bei ihr und fühlte, daß sie innen zitterte, so wußte ich, daß das Haus jetzt erst wieder verging.

»Malte, Feigling«, lachte es irgendwo. Es war Wjeras Stimme. Aber wir ließen einander nicht los und ertrugen es zusammen; und wir blieben so, Maman und ich, bis das Haus wieder ganz vergangen war.

Am reichsten an beinah unfaßbaren Erfahrungen waren aber doch die Geburtstage. Man wußte ja schon, daß das Leben sich darin gefiel, keine Unterschiede zu machen; aber zu diesem Tage stand man mit einem Recht auf Freude auf, an dem nicht zu zweifeln war. Wahrscheinlich war das Gefühl dieses Rechts ganz früh in einem ausgebildet worden, zu der Zeit, da man nach allem greift und rein alles bekommt und da man die Dinge, die man gerade festhält, mit unbeirrbarer Einbildungskraft zu der grundfarbigen Intensität des gerade herrschenden Verlangens steigert.

Dann aber kommen auf einmal jene merkwürdigen Geburtstage, da man, im Bewußtsein dieses Rechtes völlig befestigt, die anderen unsicher werden sieht. Man möchte wohl noch wie früher angekleidet werden und dann alles Weitere entgegennehmen. Aber kaum ist man wach, so ruft jemand draußen, die Torte sei noch nicht da; oder man hört, daß etwas zerbricht, während nebenan der Geschenktisch geordnet wird; oder es kommt jemand herein und läßt die Türe offen, und man sieht alles, ehe man es hätte sehen dürfen. Das ist der Augenblick, wo etwas wie eine Operation an einem geschieht. Ein kurzer, wahnsinnig schmerzhafter Eingriff. Aber die Hand, die ihn tut, ist geübt und fest. Es ist gleich vorbei. Und kaum ist es überstanden, so denkt man nicht mehr an sich; es gilt, den Geburtstag zu retten, die anderen zu beobachten, ihren Fehlern zuvorzukommen, sie in ihrer Einbildung zu bestärken, daß sie alles trefflich bewältigen. Sie machen es einem nicht leicht. Es erweist sich, daß sie von einer beispiellosen Ungeschicklichkeit sind, beinahe stupide. Sie bringen es zuwege, mit irgendwelchen Paketen hereinzukommen, die für andere Leute bestimmt sind; man läuft ihnen entgegen und muß hernach tun, als liefe man überhaupt in der Stube herum, um sich Bewegung zu schaffen, auf nichts Bestimmtes zu. Sie wollen einen überraschen und heben mit oberflächlich nachgeahmter Erwartung die unterste Lage in den Spielzeugschachteln auf, wo weiter nichts ist als Holzwolle; da muß man ihnen ihre Verlegenheit erleichtern. Oder wenn es etwas Mechanisches war, so überdrehen sie das, was sie einem geschenkt haben, beim ersten Aufziehen. Es ist deshalb gut, wenn man sich beizeiten übt, eine überdrehte Maus oder dergleichen unauffällig mit dem Fuß weiterzustoßen: auf diese Weise kann man sie oft täuschen und ihnen über die Beschämung forthelfen.

Das alles leistete man schließlich, wie es verlangt wurde, auch ohne besondere Begabung. Talent war eigentlich nur nötig, wenn sich einer Mühe gegeben hatte, und brachte, wichtig und gutmütig, eine Freude, und man sah schon von weitem, daß es eine Freude für einen ganz anderen war, eine vollkommen fremde Freude; man wußte nicht einmal jemanden, dem sie gepaßt hätte: so fremd war sie.

Daß man erzählte, wirklich erzählte, das muß vor meiner Zeit gewesen sein. Ich habe nie jemanden erzählen hören. Damals, als Abelone mir von Mamans Jugend sprach, zeigte es sich, daß sie nicht erzählen könne. Der alte Graf Brahe soll es noch gekonnt haben. Ich will aufschreiben, was sie davon wußte.

Abelone muß als ganz junges Mädchen eine Zeit gehabt haben, da sie von einer eigenen, weiten Bewegtheit war.

Brahes wohnten damals in der Stadt, in der Bredgade, unter ziemlicher Geselligkeit. Wenn sie abends spät hinauf in ihr Zimmer kam, so meinte sie müde zu sein wie die anderen. Aber dann fühlte sie auf einmal das Fenster und, wenn ich recht verstanden habe, so konnte sie vor der Nacht stehn, stundenlang, und denken: das geht mich an. »Wie ein Gefangener stand ich da«, sagte sie, »und die Sterne waren die Freiheit.« Sie konnte damals einschlafen, ohne sich schwer zu machen. Der Ausdruck In-den-Schlaf-fallen paßt nicht für dieses Mädchenjahr. Schlaf war etwas, was mit einem stieg, und von Zeit zu Zeit hatte man die Augen offen und lag auf einer neuen Oberfläche, die noch lang nicht die oberste war. Und dann war man auf vor Tag; selbst im Winter, wenn die anderen schläfrig und spät zum späten Frühstück kamen. Abends, wenn es dunkel wurde, gab es ja immer nur Lichter für alle, gemeinsame Lichter. Aber diese beiden Kerzen ganz früh in der neuen Dunkelheit, mit der alles wieder anfing, die hatte man für sich. Sie standen in ihrem niederen Doppelleuchter und schienen ruhig durch die kleinen, ovalen, mit Rosen bemalten Tüllschirme, die von Zeit zu Zeit nachgerückt werden mußten. Das hatte nichts Störendes; denn einmal war man durchaus nicht eilig, und dann kam es doch so, daß man manchmal aufsehen mußte und nachdenken, wenn man an einem Brief schrieb oder in das Tagebuch, das früher einmal mit ganz anderer Schrift, ängstlich und schön, begonnen war.

Der Graf Brahe lebte ganz abseits von seinen Töchtern. Er hielt es für Einbildung, wenn jemand behauptete, das Leben mit andern zu teilen. (»Ja, teilen –«, sagte er.) Aber es war ihm nicht unlieb, wenn die Leute ihm von seinen Töchtern erzählten; er hörte aufmerksam zu, als wohnten sie in einer anderen Stadt.

Es war deshalb etwas ganz Außerordentliches, daß er einmal nach dem Frühstück Abelone zu sich winkte: »Wir haben die gleichen Gewohnheiten, wie es scheint, ich schreibe auch ganz früh. Du kannst mir helfen.« Abelone wußte es noch wie gestern.

Schon am anderen Morgen wurde sie in ihres Vaters

Kabinett geführt, das im Rufe der Unzugänglichkeit stand. Sie hatte nicht Zeit, es in Augenschein zu nehmen, denn man setzte sie sofort gegen dem Grafen über an den Schreibtisch, der ihr wie eine Ebene schien mit Büchern und Schriftstößen als Ortschaften.

Der Graf diktierte. Diejenigen, die behaupteten, daß Graf Brahe seine Memoiren schriebe, hatten nicht völlig unrecht. Nur daß es sich nicht um politische oder militärische Erinnerungen handelte, wie man mit Spannung erwartete. »Die vergesse ich«, sagte der alte Herr kurz, wenn ihn jemand auf solche Tatsachen hin anredete. Was er aber nicht vergessen wollte, das war seine Kindheit. Auf die hielt er. Und es war ganz in der Ordnung, seiner Meinung nach, daß jene sehr entfernte Zeit nun in ihm die Oberhand gewann, daß sie, wenn er seinen Blick nach innen kehrte, dalag wie in einer hellen nordischen Sommernacht, gesteigert und schlaflos.

Manchmal sprang er auf und redete in die Kerzen hinein, daß sie flackerten. Oder ganze Sätze mußten wieder durchgestrichen werden, und dann ging er heftig hin und her und wehte mit seinem nilgrünen, seidenen Schlafrock. Während alledem war noch eine Person zugegen, Sten, des Grafen alter, jütländischer Kammerdiener, dessen Aufgabe es war, wenn der Großvater aufsprang, die Hände schnell über die einzelnen losen Blätter zu legen, die, mit Notizen bedeckt, auf dem Tische herumlagen. Seine Gnaden hatten die Vorstellung, daß das heutige Papier nichts tauge, daß es viel zu leicht sei und davonfliege bei der geringsten Gelegenheit. Und Sten, von dem man nur die lange obere Hälfte sah, teilte diesen Verdacht und saß gleichsam auf seinen Händen, lichtblind und ernst wie ein Nachtvogel.

Dieser Sten verbrachte die Sonntag-Nachmittage damit, Swedenborg zu lesen, und niemand von der Dienerschaft hätte je sein Zimmer betreten mögen, weil es hieß, daß er zitiere. Die Familie Stens hatte seit je Umgang mit Geistern gehabt, und Sten war für diesen Verkehr ganz besonders vorausbestimmt. Seiner Mutter war etwas erschienen in der

Nacht, da sie ihn gebar. Er hatte große, runde Augen, und das andere Ende seines Blicks kam hinter jeden zu liegen, den er damit ansah. Abelonens Vater fragte ihn oft nach den Geistern, wie man sonst jemanden nach seinen Angehörigen fragt: »Kommen sie, Sten?« sagte er wohlwollend. »Es ist gut, wenn sie kommen.«

Ein paar Tage ging das Diktieren seinen Gang. Aber dann konnte Abelone ›Eckernförde‹ nicht schreiben. Es war ein Eigenname, und sie hatte ihn nie gehört. Der Graf, der im Grunde schon lange einen Vorwand suchte, das Schreiben aufzugeben, das zu langsam war für seine Erinnerungen, stellte sich unwillig.

»Sie kann es nicht schreiben«, sagte er scharf, »und andere werden es nicht lesen können. Und werden sie es überhaupt *sehen*, was ich da sage?« fuhr er böse fort und ließ Abelone nicht aus den Augen.

»Werden sie ihn sehen, diesen Saint-Germain?« schrie er sie an. »Haben wir Saint-Germain gesagt? streich es durch. Schreib: der Marquis von Belmare.«

Abelone strich durch und schrieb. Aber der Graf sprach so schnell weiter, daß man nicht mitkonnte.

»Er mochte Kinder nicht leiden, dieser vortreffliche Belmare, aber mich nahm er auf sein Knie, so klein ich war, und mir kam die Idee, in seine Diamantknöpfe zu beißen. Das freute ihn. Er lachte und hob mir den Kopf, bis wir einander in die Augen sahen: ›Du hast ausgezeichnete Zähne‹, sagte er, ›Zähne, die etwas unternehmen ...‹ – Ich aber merkte mir seine Augen. Ich bin später da und dort herumgekommen. Ich habe allerhand Augen gesehen, kannst du mir glauben: solche nicht wieder. Für diese Augen hätte nichts da sein müssen, die hattens in sich. Du hast von Venedig gehört? Gut. Ich sage dir, die hätten Venedig hier hereingesehen in dieses Zimmer, daß es da gewesen wäre, wie der Tisch. Ich saß in der Ecke einmal und hörte, wie er meinem Vater von Persien erzählte, manchmal mein ich noch, mir riechen die Hände davon. Mein Vater schätzte ihn, und Seine Hoheit, der Landgraf, war so etwas wie sein Schüler. Aber es gab natürlich genug, die ihm übelnahmen, daß er an die Vergangenheit nur glaubte, wenn sie *in* ihm war. Das konnten sie nicht begreifen, daß der Kram nur Sinn hat, wenn man damit geboren wird.«

»Die Bücher sind leer«, schrie der Graf mit einer wütenden Gebärde nach den Wänden hin, »das Blut, darauf kommt es an, da muß man drin lesen können. Er hatte wunderliche Geschichten drin und merkwürdige Abbildungen, dieser Belmare; er konnte aufschlagen, wo er wollte, da war immer was beschrieben; keine Seite in seinem Blut war überschlagen worden. Und wenn er sich einschloß von Zeit zu Zeit und allein drin blätterte, dann kam er zu den Stellen über das Goldmachen und über die Steine und über die Farben. Warum soll das nicht darin gestanden haben? es steht sicher irgendwo.«

»Er hätte gut mit einer Wahrheit leben können, dieser Mensch, wenn er allein gewesen wäre. Aber es war keine Kleinigkeit, allein zu sein mit einer solchen. Und er war nicht so geschmacklos, die Leute einzuladen, daß sie ihn bei seiner Wahrheit besuchten; die sollte nicht ins Gerede kommen: dazu war er viel zu sehr Orientale. ›Adieu, Madame‹, sagte er ihr wahrheitsgemäß, ›auf ein anderes Mal. Vielleicht ist man in tausend Jahren etwas kräftiger und ungestörter. Ihre Schönheit ist ja doch erst im Werden, Madame‹, sagte er, und das war keine bloße Höflichkeit. Damit ging er fort und legte draußen für die Leute seinen Tierpark an, eine Art Jardin d'Acclimatation für die größeren Arten von Lügen, die man bei uns noch nie gesehen hatte, und ein Palmenhaus von Übertreibungen und eine kleine, gepflegte Figuerie falscher Geheimnisse. Da kamen sie von allen Seiten, und er ging herum mit Diamantschnallen an den Schuhen und war ganz für seine Gäste da.«

»Eine oberflächliche Existenz: wie? Im Grunde wars doch eine Ritterlichkeit gegen seine Dame, und er hat sich ziemlich dabei konserviert.«

Seit einer Weile schon redete der Alte nicht mehr auf Abelone ein, die er vergessen hatte. Er ging wie rasend auf und ab und warf herausfordernde Blicke auf Sten, als sollte

Sten in einem gewissen Augenblicke sich in den verwandeln, an den er dachte. Aber Sten verwandelte sich noch nicht.

»Man müßte ihn *sehen*«, fuhr Graf Brahe versessen fort. »Es gab eine Zeit, wo er durchaus sichtbar war, obwohl in manchen Städten die Briefe, die er empfing, an niemanden gerichtet waren: es stand nur der Ort darauf, sonst nichts. Aber ich hab ihn gesehen.«

»Er war nicht schön.« Der Graf lachte eigentümlich eilig. »Auch nicht, was die Leute bedeutend nennen oder vornehm: es waren immer Vornehmere neben ihm. Er war reich: aber das war bei ihm nur wie ein Einfall, daran konnte man sich nicht halten. Er war gut gewachsen, obzwar andere hielten sich besser. Ich konnte damals natürlich nicht beurteilen, ob er geistreich war und das und dies, worauf Wert gelegt wird–: aber er *war*.«

Der Graf, bebend, stand und machte eine Bewegung, als stellte er etwas in den Raum hinein, was blieb.

In diesem Moment gewahrte er Abelone.

»Siehst du ihn?« herrschte er sie an. Und plötzlich ergriff er den einen silbernen Armleuchter und leuchtete ihr blendend ins Gesicht.

Abelone erinnerte sich, daß sie ihn gesehen habe.

In den nächsten Tagen wurde Abelone regelmäßig gerufen, und das Diktieren ging nach diesem Zwischenfall viel ruhiger weiter. Der Graf stellte nach allerhand Papieren seine frühesten Erinnerungen an den Bernstorffschen Kreis zusammen, in dem sein Vater eine gewisse Rolle spielte. Abelone war jetzt so gut auf die Besonderheiten ihrer Arbeit eingestellt, daß, wer die beiden sah, ihre zweckdienliche Gemeinsamkeit leicht für ein wirkliches Vertrautsein nehmen konnte.

Einmal, als Abelone sich schon zurückziehen wollte, trat der alte Herr auf sie zu, und es war, als hielte er die Hände mit einer Überraschung hinter sich: »Morgen schreiben wir von Julie Reventlow«, sagte er und kostete seine Worte: »das war eine Heilige.«

Wahrscheinlich sah Abelone ihn ungläubig an.

»Ja, ja, das giebt es alles noch«, bestand er in befehlendem Tone, »es giebt alles, Komtesse Abel.«

Er nahm Abelonens Hände und schlug sie auf wie ein Buch.

»Sie hatte die Stigmata«, sagte er, »hier und hier.« Und er tippte mit seinem kalten Finger hart und kurz in ihre beiden Handflächen.

Den Ausdruck Stigmata kannte Abelone nicht. Es wird sich zeigen, dachte sie; sie war recht ungeduldig, von der Heiligen zu hören, die ihr Vater noch gesehen hatte. Aber sie wurde nicht mehr geholt, nicht am nächsten Morgen und auch später nicht. –

»Von der Gräfin Reventlow ist ja dann oft bei euch gesprochen worden«, schloß Abelone kurz, als ich sie bat, mehr zu erzählen. Sie sah müde aus; auch behauptete sie, das Meiste wieder vergessen zu haben. »Aber die Stellen fühl ich noch manchmal«, lächelte sie und konnte es nicht lassen und schaute beinah neugierig in ihre leeren Hände.

Noch vor meines Vaters Tod war alles anders geworden. Ulsgaard war nicht mehr in unserem Besitz. Mein Vater starb in der Stadt, in einer Etagenwohnung, die mir feindselig und befremdlich schien. Ich war damals schon im Ausland und kam zu spät.

Er war aufgebahrt in einem Hofzimmer zwischen zwei Reihen hoher Kerzen. Der Geruch der Blumen war unverständlich wie viele gleichzeitige Stimmen. Sein schönes Gesicht, darin die Augen geschlossen worden waren, hatte einen Ausdruck höflichen Erinnerns. Er war eingekleidet in die Jägermeisters-Uniform, aber aus irgendeinem Grunde hatte man das weiße Band aufgelegt, statt des blauen. Die Hände waren nicht gefaltet, sie lagen schräg übereinander und sahen nachgemacht und sinnlos aus. Man hatte mir rasch erzählt, daß er viel gelitten habe: es war nichts davon zu sehen. Seine Züge waren aufgeräumt wie die Möbel in einem Fremdenzimmer, aus dem jemand abgereist war. Mir war zumute, als hätte ich ihn schon öfter tot gesehen: so gut kannte ich das alles.

Neu war nur die Umgebung, auf eine unangenehme Art. Neu war dieses bedrückende Zimmer, das Fenster gegenüber hatte, wahrscheinlich die Fenster anderer Leute. Neu war es, daß Sieversen von Zeit zu Zeit hereinkam und nichts tat. Sieversen war alt geworden. Dann sollte ich frühstücken. Mehrmals wurde mir das Frühstück gemeldet. Mir lag durchaus nichts daran, zu frühstücken an diesem Tage. Ich merkte nicht, daß man mich forthaben wollte; schließlich, da ich nicht ging, brachte Sieversen es irgendwie heraus, daß die Ärzte da wären. Ich begriff nicht, wozu. Es wäre da noch etwas zu tun, sagte Sieversen und sah mich mit ihren roten Augen angestrengt an. Dann traten, etwas überstürzt, zwei Herren herein: das waren die Ärzte. Der vordere senkte seinen Kopf mit einem Ruck, als hätte er Hörner und wollte stoßen, um uns über seine Gläser fort anzusehen: erst Sieversen, dann mich.

Er verbeugte sich mit studentischer Förmlichkeit. »Der Herr Jägermeister hatte noch einen Wunsch«, sagte er genau so, wie er eingetreten war; man hatte wieder das Gefühl, daß er sich überstürzte. Ich nötigte ihn irgendwie, seinen Blick durch seine Gläser zu richten. Sein Kollege war ein voller, dünnschaliger, blonder Mensch; es fiel mir ein, daß man ihn leicht zum Erröten bringen könnte. Darüber entstand eine Pause. Es war seltsam, daß der Jägermeister jetzt noch Wünsche hatte.

Ich blickte unwillkürlich wieder hin in das schöne, gleichmäßige Gesicht. Und da wußte ich, daß er Sicherheit wollte. Die hatte er im Grunde immer gewünscht. Nun sollte er sie bekommen.

»Sie sind wegen des Herzstichs da: bitte.«

Ich verneigte mich und trat zurück. Die beiden Ärzte verbeugten sich gleichzeitig und begannen sofort sich über ihre Arbeit zu verständigen. Jemand rückte auch schon die Kerzen beiseite. Aber der Ältere machte nochmals ein paar Schritte auf mich zu. Aus einer gewissen Nähe streckte er sich vor, um das letzte Stück Weg zu ersparen, und sah mich böse an.

»Es ist nicht nötig«, sagte er, »das heißt, ich meine, es ist vielleicht besser, wenn Sie …«

Er kam mir vernachlässigt und abgenutzt vor in seiner sparsamen und eiligen Haltung. Ich verneigte mich abermals; es machte sich so, daß ich mich schon wieder verneigte.

»Danke«, sagte ich knapp. »Ich werde nicht stören.«

Ich wußte, daß ich dieses ertragen würde und daß kein Grund da war, sich dieser Sache zu entziehen. Das hatte so kommen müssen. Das war vielleicht der Sinn von dem Ganzen. Auch hatte ich nie gesehen, wie es ist, wenn jemand durch die Brust gestochen wird. Es schien mir in der Ordnung, eine so merkwürdige Erfahrung nicht abzulehnen, wo sie sich zwanglos und unbedingt einstellte. An Enttäuschungen glaubte ich damals eigentlich schon nicht mehr; also war nichts zu befürchten.

Nein, nein, vorstellen kann man sich nichts auf der Welt, nicht das Geringste. Es ist alles aus so viel einzigen Einzelheiten zusammengesetzt, die sich nicht absehen lassen. Im Einbilden geht man über sie weg und merkt nicht, daß sie fehlen, schnell wie man ist. Die Wirklichkeiten aber sind langsam und unbeschreiblich ausführlich.

Wer hätte zum Beispiel an diesen Widerstand gedacht. Kaum war die breite, hohe Brust bloßgelegt, so hatte der eilige kleine Mann schon die Stelle heraus, um die es sich handelte. Aber das rasch angesetzte Instrument drang nicht ein. Ich hatte das Gefühl, als wäre plötzlich alle Zeit fort aus dem Zimmer. Wir befanden uns wie in einem Bilde. Aber dann stürzte die Zeit nach mit einem kleinen, gleitenden Geräusch, und es war mehr da, als verbraucht wurde. Auf einmal klopfte es irgendwo. Ich hatte noch nie so klopfen hören: ein warmes, verschlossenes, doppeltes Klopfen. Mein Gehör gab es weiter, und ich sah zugleich, daß der Arzt auf Grund gestoßen war. Aber es dauerte eine Weile, bevor die beiden Eindrücke in mir zusammenkamen. So, so, dachte ich, nun ist es also durch. Das Klopfen war, was das Tempo betrifft, beinah schadenfroh.

Ich sah mir den Mann an, den ich nun schon so lange

kannte. Nein, er war völlig beherrscht: ein rasch und sachlich arbeitender Herr, der gleich weiter mußte. Es war keine Spur von Genuß oder Genugtuung dabei. Nur an seiner linken Schläfe hatten sich ein paar Haare aufgestellt aus irgendeinem alten Instinkt. Er zog das Instrument vorsichtig zurück, und es war etwas wie ein Mund da, aus dem zweimal hintereinander Blut austrat, als sagte er etwas Zweisilbiges. Der junge, blonde Arzt nahm es schnell mit einer eleganten Bewegung in seine Watte auf. Und nun blieb die Wunde ruhig, wie ein geschlossenes Auge.

Es ist anzunehmen, daß ich mich noch einmal verneigte, ohne diesmal recht bei der Sache zu sein. Wenigstens war ich erstaunt, mich allein zu finden. Jemand hatte die Uniform wieder in Ordnung gebracht, und das weiße Band lag darüber wie vorher. Aber nun war der Jägermeister tot, und nicht er allein. Nun war das Herz durchbohrt, unser Herz, das Herz unseres Geschlechts. Nun war es vorbei. Das war also das Helmzerbrechen: »Heute Brigge und nimmermehr«, sagte etwas in mir.

An mein Herz dachte ich nicht. Und als es mir später einfiel, wußte ich zum erstenmal ganz gewiß, daß es hierfür nicht in Betracht kam. Es war ein einzelnes Herz. Es war schon dabei, von Anfang anzufangen.

Ich weiß, daß ich mir einbildete, nicht sofort wieder abreisen zu können. Erst muß alles geordnet sein, wiederholte ich mir. *Was* geordnet sein wollte, war mir nicht klar. Es war so gut wie nichts zu tun. Ich ging in der Stadt umher und konstatierte, daß sie sich verändert hatte. Es war mir angenehm, aus dem Hotel hinauszutreten, in dem ich abgestiegen war, und zu sehen, daß es nun eine Stadt für Erwachsene war, die sich für einen zusammennahm, fast wie für einen Fremden. Ein bißchen klein war alles geworden, und ich promenierte die Langelinie hinaus bis an den Leuchtturm und wieder zurück. Wenn ich in die Gegend der Amaliengade kam, so konnte es freilich geschehen, daß von irgendwo etwas ausging, was man jahrelang anerkannt hatte und was seine Macht noch einmal versuchte. Es gab da gewisse Eckfenster oder Torbogen oder Laternen, die viel von einem wußten und damit drohten. Ich sah ihnen ins Gesicht und ließ sie fühlen, daß ich im Hotel ›Phönix‹ wohnte und jeden Augenblick wieder reisen konnte. Aber mein Gewissen war nicht ruhig dabei. Der Verdacht stieg in mir auf, daß noch keiner dieser Einflüsse und Zusammenhänge wirklich bewältigt worden war. Man hatte sie eines Tages heimlich verlassen, unfertig wie sie waren. Auch die Kindheit würde also gewissermaßen noch zu leisten sein, wenn man sie nicht für immer verloren geben wollte. Und während ich begriff, wie ich sie verlor, empfand ich zugleich, daß ich nie etwas anderes haben würde, mich darauf zu berufen.

Ein paar Stunden täglich brachte ich in Dronningens Tværgade zu, in den engen Zimmern, die beleidigt aussahen wie alle Mietswohnungen, in denen jemand gestorben ist. Ich ging zwischen dem Schreibtisch und dem großen weißen Kachelofen hin und her und verbrannte die Papiere des Jägermeisters. Ich hatte begonnen, die Briefschaften, so wie sie zusammengebunden waren, ins Feuer zu werfen, aber die kleinen Pakete waren zu fest verschnürt und verkohlten nur an den Rändern. Es kostete mich Überwindung, sie zu lockern. Die meisten hatten einen starken, überzeugenden Duft, der auf mich eindrang, als wollte er auch in mir Erinnerungen aufregen. Ich hatte keine. Dann konnte es geschehen, daß Photographien herausglitten, die schwerer waren als das andere; diese Photographien verbrannten unglaublich langsam. Ich weiß nicht, wie es kam, plötzlich bildete ich mir ein, es könnte Ingeborgs Bild darunter sein. Aber sooft ich hinsah, waren es reife, großartige, deutlich schöne Frauen, die mich auf andere Gedanken brachten. Es erwies sich nämlich, daß ich doch nicht ganz ohne Erinnerungen war. Genau solche Augen waren es, in denen ich mich manchmal fand, wenn ich, zur Zeit da ich heranwuchs, mit meinem Vater über die Straße ging. Dann konnten sie von einem Wageninnern aus mich mit einem Blick umgeben, aus dem kaum hinauszukommen war. Nun wußte ich, daß sie mich damals mit ihm verglichen und daß der Vergleich nicht zu meinen Gunsten ausfiel. Gewiß nicht, Vergleiche hatte der Jägermeister nicht zu fürchten.

Es kann sein, daß ich nun etwas weiß, was er gefürchtet hat. Ich will sagen, wie ich zu dieser Annahme komme. Ganz innen in seiner Brieftasche befand sich ein Papier, seit lange gefaltet, mürbe, gebrochen in den Bügen. Ich habe es gelesen, bevor ich es verbrannte. Es war von seiner besten Hand, sicher und gleichmäßig geschrieben, aber ich merkte gleich, daß es nur eine Abschrift war.

»Drei Stunden vor seinem Tod«, so begann es und handelte von Christian dem Vierten. Ich kann den Inhalt natürlich nicht wörtlich wiederholen. Drei Stunden vor seinem Tod begehrte er aufzustehen. Der Arzt und der Kammerdiener Wormius halfen ihm auf die Füße. Er stand ein wenig unsicher, aber er stand, und sie zogen ihm das gesteppte Nachtkleid an. Dann setzte er sich plötzlich vorn an das Bettende und sagte etwas. Es war nicht zu verstehen. Der Arzt behielt immerzu seine linke Hand, damit der König nicht auf das Bett zurücksinke. So saßen sie, und der König sagte von Zeit zu Zeit mühsam und trübe das Unverständliche. Schließlich begann der Arzt ihm zuzusprechen; er hoffte allmählich zu erraten, was der König meinte. Nach einer Weile unterbrach ihn der König und sagte auf einmal ganz klar: »O, Doktor, Doktor, wie heißt er?« Der Arzt hatte Mühe, sich zu besinnen.

»Sperling, Allergnädigster König.«

Aber darauf kam es nun wirklich nicht an. Der König, sobald er hörte, daß man ihn verstand, riß das rechte Auge, das ihm geblieben war, weit auf und sagte mit dem ganzen Gesicht das eine Wort, das seine Zunge seit Stunden formte, das einzige, das es noch gab: »Döden«, sagte er, »Döden.«*

Mehr stand nicht auf dem Blatt. Ich las es mehrere Male, ehe ich es verbrannte. Und es fiel mir ein, daß mein Vater viel gelitten hatte zuletzt. So hatte man mir erzählt.

* Der Tod, der Tod.

Seitdem habe ich viel über die Todesfurcht nachgedacht, nicht ohne gewisse eigene Erfahrungen dabei zu berücksichtigen. Ich glaube, ich kann wohl sagen, ich habe sie gefühlt. Sie überfiel mich in der vollen Stadt, mitten unter den Leuten, oft ganz ohne Grund. Oft allerdings häuften sich die Ursachen; wenn zum Beispiel jemand auf einer Bank verging und alle standen herum und sahen ihm zu, und er war schon über das Fürchten hinaus: dann hatte ich seine Furcht. Oder in Neapel damals: da saß diese junge Person mir gegenüber in der Elektrischen Bahn und starb. Erst sah es wie eine Ohnmacht aus, wir fuhren sogar noch eine Weile. Aber dann war kein Zweifel, daß wir stehenbleiben mußten. Und hinter uns standen die Wagen und stauten sich, als ginge es in dieser Richtung nie mehr weiter. Das blasse, dicke Mädchen hätte so, angelehnt an ihre Nachbarin, ruhig sterben können. Aber ihre Mutter gab das nicht zu. Sie bereitete ihr alle möglichen Schwierigkeiten. Sie brachte ihre Kleider in Unordnung und goß ihr etwas in den Mund, der nichts mehr behielt. Sie verrieb auf ihrer Stirn eine Flüssigkeit, die jemand gebracht hatte, und wenn die Augen dann ein wenig verrollten, so begann sie an ihr zu rütteln, damit der Blick wieder nach vorne käme. Sie schrie in diese Augen hinein, die nicht hörten, sie zerrte und zog das Ganze wie eine Puppe hin und her, und schließlich holte sie aus und schlug mit aller Kraft in das dicke Gesicht, damit es nicht stürbe. Damals fürchtete ich mich.

Aber ich fürchtete mich auch schon früher. Zum Beispiel, als mein Hund starb. Derselbe, der mich ein- für allemal beschuldigte. Er war sehr krank. Ich kniete bei ihm schon den ganzen Tag, da plötzlich bellte er auf, ruckweise und kurz, wie er zu tun pflegte, wenn ein Fremder ins Zimmer trat. Ein solches Bellen war für diesen Fall zwischen uns gleichsam verabredet worden, und ich sah unwillkürlich nach der Tür. Aber es war schon in ihm. Beunruhigt suchte ich seinen Blick, und auch er suchte den meinen; aber nicht um Abschied zu nehmen. Er sah mich hart und befremdet an. Er warf mir vor, daß ich es hereingelassen hatte. Er war überzeugt, ich hätte es hindern können. Nun zeigte es sich, daß er mich immer überschätzt hatte. Und es war keine Zeit mehr, ihn aufzuklären. Er sah mich befremdet und einsam an, bis es zu Ende war.

Oder ich fürchtete mich, wenn im Herbst nach den ersten Nachtfrösten die Fliegen in die Stuben kamen und sich noch einmal in der Wärme erholten. Sie waren merkwürdig vertrocknet und erschraken bei ihrem eigenen Summen; man konnte sehen, daß sie nicht mehr recht wußten, was sie taten. Sie saßen stundenlang da und ließen sich gehen, bis es ihnen einfiel, daß sie noch lebten; dann warfen sie sich blindlings irgendwohin und begriffen nicht, was sie dort sollten, und man hörte sie weiterhin niederfallen und drüben und anderswo. Und endlich krochen sie überall und bestarben langsam das ganze Zimmer.

Aber sogar wenn ich allein war, konnte ich mich fürchten. Warum soll ich tun, als wären jene Nächte nicht gewesen, da ich aufsaß vor Todesangst und mich daran klammerte, daß das Sitzen wenigstens noch etwas Lebendiges sei: daß Tote nicht saßen. Das war immer in einem von diesen zufälligen Zimmern, die mich sofort im Stich ließen, wenn es mir schlecht ging, als fürchteten sie, verhört und in meine argen Sachen verwickelt zu werden. Da saß ich, und wahrscheinlich sah ich so schrecklich aus, daß nichts den Mut hatte, sich zu mir zu bekennen. Nicht einmal das Licht, dem ich doch eben den Dienst erwiesen hatte, es anzuzünden, wollte von mir wissen. Es brannte so vor sich hin, wie in einem leeren Zimmer. Meine letzte Hoffnung war dann immer das Fenster. Ich bildete mir ein, dort draußen könnte noch etwas sein, was zu mir gehörte, auch jetzt, auch in dieser plötzlichen Armut des Sterbens. Aber kaum hatte ich hingesehen, so wünschte ich, das Fenster wäre verrammelt gewesen, zu, wie die Wand. Denn nun wußte ich, daß es dort hinaus immer gleich teilnahmslos weiterging, daß auch draußen nichts als meine Einsamkeit war. Die Einsamkeit, die ich über mich gebracht hatte und zu deren Größe mein Herz in keinem Verhältnis mehr stand. Menschen fielen mir ein, von denen ich einmal fortgegangen war, und ich begriff nicht, wie man Menschen verlassen konnte.

Mein Gott, mein Gott, wenn mir noch solche Nächte bevorstehen, laß mir doch wenigstens einen von den Gedanken, die ich zuweilen denken konnte. Es ist nicht so unvernünftig, was ich da verlange; denn ich weiß, daß sie gerade aus der Furcht gekommen sind, weil meine Furcht so groß war. Da ich ein Knabe war, schlugen sie mich ins Gesicht und sagten mir, daß ich feige sei. Das war, weil ich mich noch schlecht fürchtete. Aber seitdem habe ich mich fürchten gelernt mit der wirklichen Furcht, die nur zunimmt, wenn die Kraft zunimmt, die sie erzeugt. Wir haben keine Vorstellung von dieser Kraft, außer in unserer Furcht. Denn so ganz unbegreiflich ist sie, so völlig gegen uns, daß unser Gehirn sich zersetzt an der Stelle, wo wir uns anstrengen, sie zu denken. Und dennoch, seit einer Weile glaube ich, daß es *unsere* Kraft ist, alle unsere Kraft, die noch zu stark ist für uns. Es ist wahr, wir kennen sie nicht, aber ist es nicht gerade unser Eigenstes, wovon wir am wenigsten wissen? Manchmal denke ich mir, wie der Himmel entstanden ist und der Tod: dadurch, daß wir unser Kostbarstes von uns fortgerückt haben, weil noch so viel anderes zu tun war vorher und weil es bei uns Beschäftigten nicht in Sicherheit war. Nun sind Zeiten darüber vergangen, und wir haben uns an Geringeres gewöhnt. Wir erkennen unser Eigentum nicht mehr und entsetzen uns vor seiner äußersten Großheit. Kann das nicht sein?

Ich begreife übrigens jetzt gut, daß man ganz innen in der Brieftasche die Beschreibung einer Sterbestunde bei sich trägt durch alle die Jahre. Es müßte nicht einmal eine besonders gesuchte sein; sie haben alle etwas fast Seltenes. Kann man sich zum Beispiel nicht jemanden vorstellen, der sich abschreibt, wie Felix Arvers gestorben ist. Es war im Hospital. Er starb auf eine sanfte und gelassene Weise, und die Nonne meinte vielleicht, daß er damit schon weiter sei, als er in Wirklichkeit war. Sie rief ganz laut irgend eine Weisung hinaus, wo das und das zu finden wäre. Es war eine ziemlich ungebildete Nonne; sie hatte das Wort Korridor, das im Augenblick nicht zu vermeiden war, nie geschrieben gesehen; so konnte es geschehen, daß sie ›Kollidor‹ sagte in der Meinung, es hieße so. Da schob Arvers das Sterben hinaus. Es schien ihm nötig, dieses erst aufzuklären. Er wurde ganz klar und setzte ihr auseinander, daß es ›Korridor‹ hieße. Dann starb er. Er war ein Dichter und haßte das Ungefähre; oder vielleicht war es ihm nur um die Wahrheit zu tun; oder es störte ihn, als letzten Eindruck mitzunehmen, daß die Welt so nachlässig weiterginge. Das wird nicht mehr zu entscheiden sein. Nur soll man nicht glauben, daß es Pedanterie war. Sonst träfe derselbe Vorwurf den heiligen Jean de Dieu, der in seinem Sterben aufsprang und gerade noch zurechtkam, im Garten den eben Erhängten abzuschneiden, von dem auf wunderbare Art Kunde in die verschlossene Spannung seiner Agonie gedrungen war. Auch ihm war es nur um die Wahrheit zu tun.

Es giebt ein Wesen, das vollkommen unschädlich ist, wenn es dir in die Augen kommt, du merkst es kaum und hast es gleich wieder vergessen. Sobald es dir aber unsichtbar auf irgendeine Weise ins Gehör gerät, so entwickelt es sich dort, es kriecht gleichsam aus, und man hat Fälle gesehen, wo es bis ins Gehirn vordrang und in diesem Organ verheerend gedieh, ähnlich den Pneumokokken des Hundes, die durch die Nase eindringen.

Dieses Wesen ist der Nachbar.

Nun, ich habe, seit ich so vereinzelt herumkomme, unzählige Nachbaren gehabt; obere und untere, rechte und linke, manchmal alle vier Arten zugleich. Ich könnte einfach die Geschichte meiner Nachbaren schreiben; das wäre ein Lebenswerk. Es wäre freilich mehr die Geschichte der Krankheitserscheinungen, die sie in mir erzeugt haben; aber das teilen sie mit allen derartigen Wesen, daß sie nur in den Störungen nachzuweisen sind, die sie in gewissen Geweben hervorrufen.

Ich habe unberechenbare Nachbaren gehabt und sehr

regelmäßige. Ich habe gesessen und das Gesetz der ersten herauszufinden versucht; denn es war klar, daß auch sie eines hatten. Und wenn die pünktlichen einmal am Abend ausblieben, so hab ich mir ausgemalt, was ihnen könnte zugestoßen sein, und habe mein Licht brennen lassen und mich geängstigt wie eine junge Frau. Ich habe Nachbaren gehabt, die gerade haßten, und Nachbaren, die in eine heftige Liebe verwickelt waren; oder ich erlebte es, daß bei ihnen eines in das andere umsprang mitten in der Nacht, und dann war natürlich an Schlafen nicht zu denken. Da konnte man überhaupt beobachten, daß der Schlaf durchaus nicht so häufig ist, wie man meint. Meine beiden Petersburger Nachbaren zum Beispiel gaben nicht viel auf Schlaf. Der eine stand und spielte die Geige, und ich bin sicher, daß er dabei hinübersah in die überwachen Häuser, die nicht aufhörten hell zu sein in den unwahrscheinlichen Augustnächten. Von dem anderen zur Rechten weiß ich allerdings, daß er lag; er stand zu meiner Zeit überhaupt nicht mehr auf. Er hatte sogar die Augen geschlossen; aber man konnte nicht sagen, daß er schlief. Er lag und sagte lange Gedichte her, Gedichte von Puschkin und Nekrassow, in dem Tonfall, in dem Kinder Gedichte hersagen, wenn man es von ihnen verlangt. Und trotz der Musik meines linken Nachbars, war es dieser mit seinen Gedichten, der sich in meinem Kopfe einpuppte, und Gott weiß, was da ausgekrochen wäre, wenn nicht der Student, der ihn zuweilen besuchte, sich eines Tages in der Tür geirrt hätte. Er erzählte mir die Geschichte seines Bekannten, und es ergab sich, daß sie gewissermaßen beruhigend war. Jedenfalls war es eine wörtliche, eindeutige Geschichte, an der die vielen Würmer meiner Vermutungen zugrunde gingen.

Dieser kleine Beamte da nebenan war eines Sonntags auf die Idee gekommen, eine merkwürdige Aufgabe zu lösen. Er nahm an, daß er recht lange leben würde, sagen wir noch fünfzig Jahre. Die Großmütigkeit, die er sich damit erwies, versetzte ihn in eine glänzende Stimmung. Aber nun wollte er sich selber übertreffen. Er überlegte, daß man diese Jahre in Tage, in Stunden, in Minuten, ja, wenn man es aushielt, in Sekunden umwechseln könne, und er rechnete und rechnete, und es kam eine Summe heraus, wie er noch nie eine gesehen hatte. Ihn schwindelte. Er mußte sich ein wenig erholen. Zeit war kostbar, hatte er immer sagen hören, und es wunderte ihn, daß man einen Menschen, der eine solche Menge Zeit besaß, nicht geradezu bewachte. Wie leicht konnte er bestohlen werden. Dann aber kam seine gute, beinah ausgelassene Laune wieder, er zog seinen Pelz an, um etwas breiter und stattlicher auszusehen, und machte sich das ganze fabelhafte Kapital zum Geschenk, indem er sich ein bißchen herablassend anredete:

»Nikolaj Kusmitsch«, sagte er wohlwollend und stellte sich vor, daß er außerdem noch, ohne Pelz, dünn und dürftig auf dem Roßhaarsofa säße, »ich hoffe, Nikolaj Kusmitsch«, sagte er, »Sie werden sich nichts auf Ihren Reichtum einbilden. Bedenken Sie immer, daß das nicht die Hauptsache ist, es giebt arme Leute, die durchaus respektabel sind; es giebt sogar verarmte Edelleute und Generalstöchter, die auf der Straße herumgehen und etwas verkaufen.« Und der Wohltäter führte noch allerlei in der ganzen Stadt bekannte Beispiele an.

Der andere Nikolaj Kusmitsch, der auf dem Roßhaarsofa, der Beschenkte, sah durchaus noch nicht übermütig aus, man durfte annehmen, daß er vernünftig sein würde. Er änderte in der Tat nichts an seiner bescheidenen, regelmäßigen Lebensführung, und die Sonntage brachte er nun damit zu, seine Rechnung in Ordnung zu bringen. Aber schon nach ein paar Wochen fiel es ihm auf, daß er unglaublich viel ausgäbe. Ich werde mich einschränken, dachte er. Er stand früher auf, er wusch sich weniger ausführlich, er trank stehend seinen Tee, er lief ins Bureau und kam viel zu früh. Er ersparte überall ein bißchen Zeit. Aber am Sonntag war nichts Erspartes da. Da begriff er, daß er betrogen sei. Ich hätte nicht wechseln dürfen, sagte er sich. Wie lange hat man an so einem Jahr. Aber da, dieses infame Kleingeld, das geht hin, man weiß nicht wie. Und es wurde ein häßlicher Nachmittag, als er in der Sofaecke saß und auf den Herrn im Pelz wartete, von dem er seine Zeit zurückverlangen wollte. Er wollte die Tür verriegeln und ihn nicht fortlassen, bevor er nicht damit herausgerückt war. »In Scheinen«, wollte er sagen, »meinetwegen zu zehn Jahren.« Vier Scheine zu zehn und einer zu fünf, und den Rest sollte er behalten, in des Teufels Namen. Ja, er war bereit, ihm den Rest zu schenken, nur damit keine Schwierigkeiten entstünden. Gereizt saß er im Roßhaarsofa und wartete, aber der Herr kam nicht. Und er, Nikolaj Kusmitsch, der sich vor ein paar Wochen mit Leichtigkeit so hatte dasitzen sehen, er konnte sich jetzt, da er wirklich saß, den andern Nikolaj Kusmitsch, den im Pelz, den Großmütigen, nicht vorstellen. Weiß der Himmel, was aus ihm geworden war, wahrscheinlich war man seinen Betrügereien auf die Spur gekommen, und er saß nun schon irgendwo fest. Sicher hatte er nicht ihn allein ins Unglück gebracht. Solche Hochstapler arbeiten immer im großen.

Es fiel ihm ein, daß es eine staatliche Behörde geben müsse, eine Art Zeitbank, wo er wenigstens einen Teil seiner lumpigen Sekunden umwechseln könne. Echt waren sie doch schließlich. Er hatte nie von einer solchen Anstalt gehört, aber im Adreßbuch würde gewiß etwas Derartiges zu finden sein, unter Z, oder vielleicht auch hieß es ›Bank für Zeit‹; man konnte leicht unter B nachsehen. Eventuell war auch der Buchstabe K zu berücksichtigen, denn es war anzunehmen, daß es ein kaiserliches Institut war; das entsprach seiner Wichtigkeit.

Später versicherte Nikolaj Kusmitsch immer, daß er an jenem Sonntag Abend, obwohl er sich begreiflicherweise in recht gedrückter Stimmung befand, nichts getrunken habe. Er war also völlig nüchtern, als das Folgende passierte, soweit man überhaupt sagen kann, was da geschah. Vielleicht, daß er ein bißchen in seiner Ecke eingeschlummert war, das ließe sich immerhin denken. Dieser kleine Schlaf verschaffte ihm zunächst lauter Erleichterung. Ich habe mich mit den Zahlen eingelassen, redete er sich zu. Nun, ich verstehe nichts von Zahlen. Aber es ist klar, daß man ihnen keine zu große Bedeutung einräumen darf; sie sind doch sozusagen nur eine Einrichtung von Staats wegen, um der Ordnung willen. Niemand hatte doch je anderswo als auf dem Papier eine gesehen. Es war ausgeschlossen, daß einem zum Beispiel in einer Gesellschaft eine Sieben oder eine Fünfundzwanzig begegnete. Da gab es die einfach nicht. Und dann war da diese kleine Verwechslung vorgefallen, aus purer Zerstreutheit: Zeit und Geld, als ob sich das nicht auseinanderhalten ließe. Nikolaj Kusmitsch lachte beinah. Es war doch gut, wenn man sich so auf die Schliche kam, und rechtzeitig, das war das Wichtige, rechtzeitig. Nun sollte es anders werden. Die Zeit, ja, das war eine peinliche Sache. Aber betraf es etwa ihn allein, ging sie nicht auch den andern so, wie er es herausgefunden hatte, in Sekunden, auch wenn sie es nicht wußten?

Nikolaj Kusmitsch war nicht ganz frei von Schadenfreude: Mag sie immerhin –, wollte er eben denken, aber da geschah etwas Eigentümliches. Es wehte plötzlich an seinem Gesicht, es zog ihm an den Ohren vorbei, er fühlte es an den Händen. Er riß die Augen auf. Das Fenster war fest verschlossen. Und wie er da so mit weiten Augen im dunkeln Zimmer saß, da begann er zu verstehen, daß das, was er nun verspürte, die wirkliche Zeit sei, die vorüberzog. Er erkannte sie förmlich, alle diese Sekündchen, gleich lau, eine wie die andere, aber schnell, aber schnell. Weiß der Himmel, was sie noch vorhatten. Daß gerade *ihm* das widerfahren mußte, der jede Art von Wind als Beleidigung empfand. Nun würde man dasitzen, und es würde immer so weiterziehen, das ganze Leben lang. Er sah alle die Neuralgien voraus, die man sich dabei holen würde, er war außer sich vor Wut. Er sprang auf, aber die Überraschungen waren noch nicht zu Ende. Auch unter seinen Füßen war etwas wie eine Bewegung, nicht nur eine, mehrere, merkwürdig durcheinanderschwankende Bewegungen. Er erstarrte vor Entsetzen: konnte das die Erde sein? Gewiß, das war die Erde. Sie bewegte sich ja doch. In der Schule war davon gesprochen worden, man war etwas eilig darüber weggegangen, und später wurde es gern vertuscht; es galt nicht für passend, davon zu sprechen. Aber nun, da er einmal empfindlich geworden war, bekam er auch das zu fühlen. Ob die anderen es fühlten? Vielleicht, aber sie zeigten es nicht. Wahrscheinlich machte es ihnen nichts aus, diesen Seeleuten. Nikolaj Kusmitsch aber war ausgerechnet in diesem Punkt etwas delikat, er vermied sogar die Straßenbahnen. Er taumelte im Zimmer umher wie auf Deck und mußte sich rechts und links halten. Zum Unglück fiel ihm noch etwas von der schiefen Stellung der Erdachse ein. Nein, er konnte alle diese Bewegungen nicht vertragen. Er fühlte sich elend. Liegen und ruhig halten, hatte er einmal irgendwo gelesen. Und seither lag Nikolaj Kusmitsch.

Er lag und hatte die Augen geschlossen. Und es gab Zeiten, weniger bewegte Tage sozusagen, wo es ganz erträglich war. Und dann hatte er sich das ausgedacht mit den Gedichten. Man sollte nicht glauben, wie das half. Wenn man so ein Gedicht langsam hersagte, mit gleichmäßiger Betonung der Endreime, dann war gewissermaßen etwas Stabiles da, worauf man sehen konnte, innerlich versteht sich. Ein Glück, daß er alle diese Gedichte wußte. Aber er hatte sich immer ganz besonders für Literatur interessiert. Er beklagte sich nicht über seinen Zustand, versicherte mir der Student, der ihn lange kannte. Nur hatte sich mit der Zeit eine übertriebene Bewunderung für die in ihm herausgebildet, die, wie der Student, herumgingen und die Bewegung der Erde vertrugen.

Ich erinnere mich dieser Geschichte so genau, weil sie mich ungemein beruhigte. Ich kann wohl sagen, ich habe nie wieder einen so angenehmen Nachbar gehabt, wie diesen Nikolaj Kusmitsch, der sicher auch mich bewundert hätte.

Ich nahm mir nach dieser Erfahrung vor, in ähnlichen Fällen immer gleich auf die Tatsachen loszugehen. Ich merkte, wie einfach und erleichternd sie waren, den Vermutungen gegenüber. Als ob ich nicht gewußt hätte, daß alle unsere Einsichten nachträglich sind, Abschlüsse, nichts weiter. Gleich dahinter fängt eine neue Seite an mit etwas ganz anderem, ohne Übertrag. Was halfen mir jetzt im gegenwärtigen Falle die paar Tatsachen, die sich spielend feststellen ließen. Ich will sie gleich aufzählen, wenn ich gesagt haben werde, was mich augenblicklich beschäftigt: daß sie eher dazu beigetragen haben, meine Lage, die (wie ich jetzt eingestehe) recht schwierig war, noch lästiger zu gestalten.

Es sei zu meiner Ehre gesagt, daß ich viel geschrieben habe in diesen Tagen; ich habe krampfhaft geschrieben. Allerdings, wenn ich ausgegangen war, so dachte ich nicht gerne an das Nachhausekommen. Ich machte sogar kleine Umwege und verlor auf diese Art eine halbe Stunde, während welcher ich hätte schreiben können. Ich gebe zu, daß dies eine Schwäche war. War ich aber einmal in meinem Zimmer, so hatte ich mir nichts vorzuwerfen. Ich schrieb, ich hatte *mein* Leben, und das da nebenan war ein ganz anderes Leben, mit dem ich nichts teilte: das Leben eines Studenten der Medizin, der für sein Examen studierte. Ich hatte nichts Ähnliches vor mir, schon das war ein entscheidender Unterschied. Und auch sonst waren unsere Umstände so verschieden wie möglich. Das alles leuchtete mir ein. Bis zu dem Moment, da ich wußte, daß es kommen würde; da vergaß ich, daß es zwischen uns keine Gemeinsamkeit gab. Ich horchte so, daß mein Herz ganz laut wurde. Ich ließ alles und horchte. Und dann kam es: ich habe mich nie geirrt.

Beinah jeder kennt den Lärm, den irgendein blechernes, rundes Ding, nehmen wir an, der Deckel einer Blechbüchse, verursacht, wenn er einem entglitten ist. Gewöhnlich kommt er gar nicht einmal sehr laut unten an, er fällt kurz auf, rollt auf dem Rande weiter und wird eigentlich erst unangenehm, wenn der Schwung zu Ende geht und er nach allen Seiten taumelnd aufschlägt, eh er ins Liegen kommt. Nun also: das ist das Ganze; so ein blecherner Gegenstand fiel nebenan, rollte, blieb liegen, und dazwischen, in gewissen Abständen, stampfte es. Wie alle Geräusche, die sich wiederholt durchsetzen, hatte auch dieses sich innerlich organisiert; es wandelte sich ab, es war niemals genau dasselbe. Aber gerade das sprach für seine Gesetzmäßigkeit. Es konnte heftig sein oder milde oder melancholisch; es konnte gleichsam überstürzt vorübergehen oder unendlich lange hingleiten, eh es zu Ruhe kam. Und das letzte Schwanken war immer überraschend. Dagegen hatte das Aufstampfen, das hinzukam, etwas fast Mechanisches. Aber es teilte den Lärm immer anders ab, das schien seine Aufgabe zu sein. Ich kann diese Einzelheiten jetzt viel besser übersehen; das Zimmer neben mir ist leer. Er ist nach Hause gereist, in die Provinz. Er sollte sich erholen. Ich wohne im obersten Stockwerk. Rechts ist ein anderes Haus, unter mir ist noch niemand eingezogen: ich bin ohne Nachbar.

In dieser Verfassung wundert es mich beinah, daß ich die Sache nicht leichter nahm. Obwohl ich doch jedesmal im voraus gewarnt war durch mein Gefühl. Das wäre auszunutzen gewesen. Erschrick nicht, hätte ich mir sagen müssen, jetzt kommt es; ich wußte ja, daß ich mich niemals täuschte. Aber das lag vielleicht gerade an den Tatsachen, die ich mir hatte sagen lassen; seit ich sie wußte, war ich noch schreckhafter geworden. Es berührte mich fast gespenstisch, daß das, was diesen Lärm auslöste, jene kleine, langsame, lautlose Bewegung war, mit der sein Augenlid sich eigenmächtig über sein rechtes Auge senkte und schloß, während er las. Dies war das Wesentliche an seiner Geschichte, eine Kleinigkeit. Er hatte schon ein paar Mal die Examen vorbeigehen lassen müssen, sein Ehrgeiz war empfindlich geworden, und die Leute daheim drängten wahrscheinlich, sooft sie schrieben. Was blieb also übrig, als sich zusammenzunehmen. Aber da hatte sich, ein paar Monate vor der Entscheidung, diese Schwäche eingestellt; diese kleine, unmögliche Ermüdung, die so lächerlich war, wie wenn ein Fenstervorhang nicht oben bleiben will. Ich bin sicher, daß er wochenlang der Meinung war, man müßte das beherrschen können. Sonst wäre ich nicht auf die Idee verfallen, ihm meinen Willen anzubieten. Eines Tages begriff ich nämlich, daß der seine zu Ende sei. Und seither, wenn ich es kommen fühlte, stand ich da auf meiner Seite der Wand und bat ihn, sich zu bedienen. Und mit der Zeit wurde mir klar, daß er darauf einging. Vielleicht hätte er das nicht tun dürfen, besonders wenn man bedenkt, daß es eigentlich nichts half. Angenommen sogar, daß wir die Sache ein wenig hinhielten, so bleibt es doch fraglich, ob er wirklich imstande war, die Augenblicke, die wir so gewannen, auszunutzen. Und was meine Ausgaben betrifft, so begann ich sie zu fühlen. Ich weiß, ich fragte mich, ob das so weitergehen dürfe, gerade an dem Nachmittag, als jemand in unserer Etage ankam. Dies ergab bei dem engen Aufgang immer viel Unruhe in dem kleinen Hotel. Eine Weile später schien es mir, als trete man bei meinem Nachbar ein. Unsere Türen waren die letzten im Gang, die seine quer und dicht neben der meinen. Ich wußte indessen, daß er zuweilen Freunde bei sich sah, und, wie gesagt, ich interessierte mich durchaus nicht für seine Verhältnisse. Es ist möglich, daß seine Tür noch mehrmals geöffnet wurde, daß man draußen kam und ging. Dafür war ich wirklich nicht verantwortlich.

Nun an diesem selben Abend war es ärger denn je. Es war noch nicht sehr spät, aber ich war aus Müdigkeit schon zu Bett gegangen; ich hielt es für wahrscheinlich, daß ich schlafen würde. Da fuhr ich auf, als hätte man mich berührt. Gleich darauf brach es los. Es sprang und rollte und rannte irgendwo an und schwankte und klappte. Das Stampfen war fürchterlich. Dazwischen klopfte man unten, einen Stock tiefer, deutlich und böse gegen die Decke. Auch der neue Mieter war natürlich gestört. Jetzt: das mußte seine Türe sein. Ich war so wach, daß ich seine Türe zu hören meinte, obwohl er erstaunlich vorsichtig damit umging. Es kam mir vor, als nähere er sich. Sicher wollte er wissen, in welchem Zimmer es sei. Was mich befremdete, war seine wirklich übertriebene Rücksicht. Er hatte doch eben bemerken können, daß es auf Ruhe nicht ankam in diesem Hause. Warum in aller Welt unterdrückte er seinen Schritt? Eine Weile glaubte ich ihn an meiner Tür; und dann vernahm ich, darüber war kein Zweifel, daß er nebenan eintrat. Er trat ohne weiters nebenan ein.

Und nun (ja, wie soll ich das beschreiben?), nun wurde

es still. Still, wie wenn ein Schmerz aufhört. Eine eigentümlich fühlbare, prickelnde Stille, als ob eine Wunde heilte. Ich hätte sofort schlafen können; ich hätte Atem holen können und einschlafen. Nur mein Erstaunen hielt mich wach. Jemand sprach nebenan, aber auch das gehörte mit in die Stille. Das muß man erlebt haben, wie diese Stille war, wiedergeben läßt es sich nicht. Auch draußen war alles wie ausgeglichen. Ich saß auf, ich horchte, es war wie auf dem Lande. Lieber Gott, dachte ich, seine Mutter ist da. Sie saß neben dem Licht, sie redete ihm zu, vielleicht hatte er den Kopf ein wenig gegen ihre Schulter gelegt. Gleich würde sie ihn zu Bett bringen. Nun begriff ich das leise Gehen draußen auf dem Gang. Ach, daß es das gab. So ein Wesen, vor dem die Türen ganz anders nachgeben als vor uns. Ja, nun konnten wir schlafen.

Ich habe meinen Nachbar fast schon vergessen. Ich sehe wohl, daß es keine richtige Teilnahme war, was ich für ihn hatte. Unten frage ich zwar zuweilen im Vorübergehen, ob Nachrichten von ihm da sind und welche. Und ich freue mich, wenn sie gut sind. Aber ich übertreibe. Ich habe eigentlich nicht nötig, das zu wissen. Das hängt gar nicht mehr mit ihm zusammen, daß ich manchmal einen plötzlichen Reiz verspüre, nebenan einzutreten. Es ist nur ein Schritt von meiner Tür zu der anderen, und das Zimmer ist nicht verschlossen. Es würde mich interessieren, wie dieses Zimmer eigentlich beschaffen ist. Man kann sich mit Leichtigkeit ein beliebiges Zimmer vorstellen, und oft stimmt es dann ungefähr. Nur das Zimmer, das man neben sich hat, ist immer ganz anders, als man es sich denkt.

Ich sage mir, daß es dieser Umstand ist, der mich reizt. Aber ich weiß ganz gut, daß es ein gewisser blecherner Gegenstand ist, der auf mich wartet. Ich habe angenommen, daß es sich wirklich um einen Büchsendeckel handelt, obwohl ich mich natürlich irren kann. Das beunruhigt mich nicht. Es entspricht nun einmal meiner Anlage, die Sache auf einen Büchsendeckel zu schieben. Man kann denken, daß er ihn nicht mitgenommen hat. Wahrscheinlich hat man aufgeräumt, man hat den Deckel auf seine Büchse gesetzt, wie es sich gehört. Und nun bilden die beiden zusammen den Begriff Büchse, runde Büchse, genau ausgedrückt, einen einfachen, sehr bekannten Begriff. Mir ist, als entsänne ich mich, daß sie auf dem Kamin stehn, die beiden, die die Büchse ausmachen. Ja, sie stehn sogar vor dem Spiegel, so daß dahinter noch eine Büchse entsteht, eine täuschend ähnliche, imaginäre. Eine Büchse, auf die wir gar keinen Wert legen, nach der aber zum Beispiel ein Affe greifen würde. Richtig, es würden sogar zwei Affen danach greifen, denn auch der Affe wäre doppelt, sobald er auf dem Kaminrand ankäme. Nun also, es ist der Deckel dieser Büchse, der es auf mich abgesehen hat.

Einigen wir uns darüber: der Deckel einer Büchse, einer gesunden Büchse, deren Rand nicht anders gebogen ist, als sein eigener, so ein Deckel müßte kein anderes Verlangen kennen, als sich auf seiner Büchse zu befinden; dies müßte das Äußerste sein, was er sich vorzustellen vermag; eine nicht zu übertreffende Befriedigung, die Erfüllung aller seiner Wünsche. Es ist ja auch etwas geradezu Ideales, geduldig und sanft eingedreht auf der kleinen Gegenwulst gleichmäßig aufzuruhen und die eingreifende Kante in sich zu fühlen, elastisch und gerade so scharf, wie man selber am Rande ist, wenn man einzeln daliegt. Ach, aber wie wenige Deckel giebt es, die das noch zu schätzen wissen. Hier zeigt es sich so recht, wie verwirrend der Umgang mit den Menschen auf die Dinge gewirkt hat. Die Menschen nämlich, wenn es angeht, sie ganz vorübergehend mit solchen Deckeln zu vergleichen, sitzen höchst ungern und schlecht auf ihren Beschäftigungen. Teils weil sie nicht auf die richtigen gekommen sind in der Eile, teils weil man sie schief und zornig aufgesetzt hat, teils weil die Ränder, die aufeinander gehören, verbogen sind, jeder auf eine andere Art. Sagen wir es nun ganz aufrichtig: sie denken im Grunde nur daran, sobald es sich irgend tun läßt, hinunterzuspringen, zu rollen und zu blechern. Wo kämen sonst alle diese sogenannten Zerstreuungen her und der Lärm, den sie verursachen?

Die Dinge sehen das nun schon seit Jahrhunderten an. Es ist kein Wunder, wenn sie verdorben sind, wenn sie den Geschmack verlieren an ihrem natürlichen, stillen Zweck und das Dasein so ausnutzen möchten, wie sie es rings um sich ausgenutzt sehen. Sie machen Versuche, sich ihren Anwendungen zu entziehen, sie werden unlustig und nachlässig, und die Leute sind gar nicht erstaunt, wenn sie sie auf einer Ausschweifung ertappen. Sie kennen das so gut von sich selbst. Sie ärgern sich, weil sie die Stärkeren sind, weil sie mehr Recht auf Abwechslung zu haben meinen, weil sie sich nachgeäfft fühlen; aber sie lassen die Sache gehen, wie sie sich selber gehen lassen. Wo aber einer ist, der sich zusammennimmt, ein Einsamer etwa, der so recht rund auf sich beruhen wollte Tag und Nacht, da fordert er geradezu den Widerspruch, den Hohn, den Haß der entarteten Geräte heraus, die, in ihrem argen Gewissen, nicht mehr vertragen können, daß etwas sich zusammenhält und nach seinem Sinne strebt. Da verbinden sie sich, um ihn zu stören, zu schrecken, zu beirren, und wissen, daß sie es können. Da fangen sie, einander zuzwinkernd, die Verführung an, die dann ins Unermessene weiter wächst und alle Wesen und Gott selber hinreißt gegen den Einen, der vielleicht übersteht: den Heiligen.

Wie begreif ich jetzt die wunderlichen Bilder, darinnen Dinge von beschränkten und regelmäßigen Gebrauchen sich ausspannen und sich lüstern und neugierig aneinander versuchen, zuckend in der ungefähren Unzucht der Zerstreuung. Diese Kessel, die kochend herumgehen, diese Kolben, die auf Gedanken kommen, und die müßigen Trichter, die sich in ein Loch drängen zu ihrem Vergnügen. Und da sind auch schon, vom eifersüchtigen Nichts heraufgeworfen, Gliedmaßen und Glieder unter ihnen und Gesichter, die warm in sie hineinvomieren, und blasende Gesäße, die ihnen den Gefallen tun.

Und der Heilige krümmt sich und zieht sich zusammen; aber in seinen Augen war noch ein Blick, der dies für möglich hielt: er hat hingesehen. Und schon schlagen sich seine

Sinne nieder aus der hellen Lösung seiner Seele. Schon entblättert sein Gebet und steht ihm aus dem Mund wie ein eingegangener Strauch. Sein Herz ist umgefallen und ausgeflossen ins Trübe hinein. Seine Geißel trifft ihn schwach wie ein Schwanz, der Fliegen verjagt. Sein Geschlecht ist wieder nur an einer Stelle, und wenn eine Frau aufrecht durch das Gehudel kommt, den offenen Busen voll Brüste, so zeigt es auf sie wie ein Finger.

Es gab Zeiten, da ich diese Bilder für veraltet hielt. Nicht, als ob ich an ihnen zweifelte. Ich konnte mir denken, daß dies den Heiligen geschah, damals, den eifernden Voreiligen, die gleich mit Gott anfangen wollten um jeden Preis. Wir muten uns dies nicht mehr zu. Wir ahnen, daß er zu schwer ist für uns, daß wir ihn hinausschieben müssen, um langsam die lange Arbeit zu tun, die uns von ihm trennt. Nun aber weiß ich, daß diese Arbeit genau so bestritten ist wie das Heiligsein; daß dies da um jeden entsteht, der um ihretwillen einsam ist, wie es sich bildete um die Einsamen Gottes in ihren Höhlen und leeren Herbergen, einst.

Wenn man von den Einsamen spricht, setzt man immer zuviel voraus. Man meint, die Leute wüßten, um was es sich handelt. Nein, sie wissen es nicht. Sie haben nie einen Einsamen gesehen, sie haben ihn nur gehaßt, ohne ihn zu kennen. Sie sind seine Nachbaren gewesen, die ihn aufbrauchten, und die Stimmen im Nebenzimmer, die ihn versuchten. Sie haben die Dinge aufgereizt gegen ihn, daß sie lärmten und ihn übertönten. Die Kinder verbanden sich wider ihn, da er zart und ein Kind war, und mit jedem Wachsen wuchs er gegen die Erwachsenen an. Sie spürten ihn auf in seinem Versteck wie ein jagdbares Tier, und seine lange Jugend war ohne Schonzeit. Und wenn er sich nicht erschöpfen ließ und davonkam, so schrieen sie über das, was von ihm ausging, und nannten es häßlich und verdächtigten es. Und hörte er nicht darauf, so wurden sie deutlicher und aßen ihm sein Essen weg und atmeten ihm seine Luft aus und spieen in seine Armut, daß sie ihm widerwärtig würde. Sie brachten Verruf über ihn wie über einen Ansteckenden und warfen ihm Steine nach, damit er sich rascher entfernte. Und sie hatten recht in ihrem alten Instinkt: denn er war wirklich ihr Feind.

Aber dann, wenn er nicht aufsah, besannen sie sich. Sie ahnten, daß sie ihm mit alledem seinen Willen taten; daß sie ihn in seinem Alleinsein bestärkten und ihm halfen, sich abzuscheiden von ihnen für immer. Und nun schlugen sie um und wandten das Letzte an, das Äußerste, den anderen Widerstand: den Ruhm. Und bei diesem Lärmen blickte fast jeder auf und wurde zerstreut.

Diese Nacht ist mir das kleine grüne Buch wieder eingefallen, das ich als Knabe einmal besessen haben muß; und ich weiß nicht, warum ich mir einbilde, daß es von Mathilde Brahe stammte. Es interessierte mich nicht, da ich es bekam, und ich las es erst mehrere Jahre später, ich glaube in der Ferienzeit auf Ulsgaard. Aber wichtig war es mir vom ersten Augenblick an. Es war durch und durch voller Bezug, auch äußerlich betrachtet. Das Grün des Einbands bedeutete etwas, und man sah sofort ein, daß es innen so sein mußte, wie es war. Als ob das verabredet worden wäre, kam zuerst dieses glatte, weiß in weiß gewässerte Vorsatzblatt und dann die Titelseite, die man für geheimnisvoll hielt. Es hätten wohl Bilder drin sein können, so sah es aus; aber es waren keine, und man mußte, fast wider Willen, zugeben, daß auch das in der Ordnung sei. Es entschädigte einen irgendwie, an einer bestimmten Stelle das schmale Leseband zu finden, das, mürbe und ein wenig schräg, rührend in seinem Vertrauen, noch rosa zu sein, seit Gott weiß wann immer zwischen den gleichen Seiten lag. Vielleicht war es nie benutzt worden, und der Buchbinder hatte es rasch und fleißig da hineingebogen, ohne recht hinzusehen. Möglicherweise aber war es kein Zufall. Es konnte sein, daß jemand dort zu lesen aufgehört hatte, der nie wieder las; daß das Schicksal in diesem Moment an seiner Tür klopfte, um ihn zu beschäftigen, daß er weit von allen Büchern weggeriet, die doch schließlich nicht das

Leben sind. Das war nicht zu erkennen, ob das Buch weitergelesen worden war. Man konnte sich auch denken, daß es sich einfach darum handelte, diese Stelle aufzuschlagen wieder und wieder, und daß es dazu gekommen war, wenn auch manchmal erst spät in der Nacht. Jedenfalls hatte ich eine Scheu vor den beiden Seiten, wie vor einem Spiegel, vor dem jemand steht. Ich habe sie nie gelesen. Ich weiß überhaupt nicht, ob ich das ganze Buch gelesen habe. Es war nicht sehr stark, aber es standen eine Menge Geschichten drin, besonders am Nachmittag; dann war immer eine da, die man noch nicht kannte.

Ich erinnere nur noch zwei. Ich will sagen, welche: Das Ende des Grischa Otrepjow und Karls des Kühnen Untergang.

Gott weiß, ob es mir damals Eindruck machte. Aber jetzt, nach so viel Jahren, entsinne ich mich der Beschreibung, wie der Leichnam des falschen Zaren unter die Menge geworfen worden war und dalag drei Tage, zerfetzt und zerstochen und eine Maske vor dem Gesicht. Es ist natürlich gar keine Aussicht, daß mir das kleine Buch je wieder in die Hände kommt. Aber diese Stelle muß merkwürdig gewesen sein. Ich hätte auch Lust, nachzulesen, wie die Begegnung mit der Mutter verlief. Er mag sich sehr sicher gefühlt haben, da er sie nach Moskau kommen ließ; ich bin sogar überzeugt, daß er zu jener Zeit so stark an sich glaubte, daß er in der Tat seine Mutter zu berufen meinte. Und diese Marie Nagoi, die in schnellen Tagreisen aus ihrem dürftigen Kloster kam, gewann ja auch alles, wenn sie zustimmte. Ob aber seine Unsicherheit nicht gerade damit begann, daß sie ihn anerkannte? Ich bin nicht abgeneigt zu glauben, die Kraft seiner Verwandlung hätte darin beruht, niemandes Sohn mehr zu sein.

(Das ist schließlich die Kraft aller jungen Leute, die fortgegangen sind.)*

Das Volk, das sich ihn erwünschte, ohne sich einen vorzustellen, machte ihn nur noch freier und unbegrenzter in

* Im Manuskript an den Rand geschrieben.

seinen Möglichkeiten. Aber die Erklärung der Mutter hatte, selbst als bewußter Betrug, noch die Macht, ihn zu verringern: sie hob ihn aus der Fülle seiner Erfindung; sie beschränkte ihn auf ein müdes Nachahmen; sie setzte ihn auf den Einzelnen herab, der er nicht war: sie machte ihn zum Betrüger. Und nun kam, leiser auflösend, diese Marina Mniczek hinzu, die ihn auf ihre Art leugnete, indem sie, wie sich später erwies, nicht an ihn glaubte, sondern an jeden. Ich kann natürlich nicht dafür einstehen, wie weit das alles in jener Geschichte berücksichtigt war. Dies, scheint mir, wäre zu erzählen gewesen.

Aber auch abgesehen davon, ist diese Begebenheit durchaus nicht veraltet. Es wäre jetzt ein Erzähler denkbar, der viel Sorgfalt an die letzten Augenblicke wendete; er hätte nicht unrecht. Es geht eine Menge in ihnen vor: Wie er aus dem innersten Schlaf ans Fenster springt und über das Fenster hinaus in den Hof zwischen die Wachen. Er kann allein nicht auf; sie müssen ihm helfen. Wahrscheinlich ist der Fuß gebrochen. An zwei von den Männern gelehnt, fühlt er, daß sie an ihn glauben. Er sieht sich um: auch die andern glauben an ihn. Sie dauern ihn fast, diese riesigen Strelitzen, es muß weit gekommen sein: sie haben Iwan Grosnij gekannt in all seiner Wirklichkeit, und glauben an *ihn*. Er hätte Lust, sie aufzuklären, aber den Mund öffnen, hieße einfach schreien. Der Schmerz im Fuß ist rasend, und er hält so wenig von sich in diesem Moment, daß er nichts weiß als den Schmerz. Und dann ist keine Zeit. Sie drängen heran, er sieht den Schuiskij und hinter ihm alle. Gleich wird es vorüber sein. Aber da schließen sich seine Wachen. Sie geben ihn nicht auf. Und ein Wunder geschieht. Der Glauben dieser alten Männer pflanzt sich fort, auf einmal will niemand mehr vor. Schuiskij, dicht vor ihm, ruft verzweifelt nach einem Fenster hinauf. Er sieht sich nicht um. Er weiß, wer dort steht; er begreift, daß es still wird, ganz ohne Übergang still. Jetzt wird die Stimme kommen, die er von damals her kennt; die hohe, falsche Stimme, die sich überanstrengt. Und da hört er die Zarin-Mutter, die ihn verleugnet.

Bis hierher geht die Sache von selbst, aber nun, bitte, einen Erzähler, einen Erzähler: denn von den paar Zeilen, die noch bleiben, muß Gewalt ausgehen über jeden Widerspruch hinaus. Ob es gesagt wird oder nicht, man muß darauf schwören, daß zwischen Stimme und Pistolenschuß, unendlich zusammengedrängt, noch einmal Wille und Macht in ihm war, alles zu sein. Sonst versteht man nicht, wie glänzend konsequent es ist, daß sie sein Nachtkleid durchbohrten und in ihm herumstachen, ob sie auf das Harte einer Person stoßen würden. Und daß er im Tode doch noch die Maske trug, drei Tage lang, auf die er fast schon verzichtet hatte.

Wenn ichs nun bedenke, so scheint es mir seltsam, daß in demselben Buche der Ausgang dessen erzählt wurde, der sein ganzes Leben lang Einer war, der Gleiche, hart und nicht zu ändern wie ein Granit und immer schwerer auf allen, die ihn ertrugen. Es giebt ein Bild von ihm in Dijon. Aber man weiß es auch so, daß er kurz, quer, trotzig war und verzweifelt. Nur an die Hände hätte man vielleicht nicht gedacht. Es sind arg warme Hände, die sich immerfort kühlen möchten und sich unwillkürlich auf Kaltes legen, gespreizt, mit Luft zwischen allen Fingern. In diese Hände konnte das Blut hineinschießen, wie es einem zu Kopf steigt, und geballt waren sie wirklich wie die Köpfe von Tollen, tobend von Einfällen.

Es gehörte unglaubliche Vorsicht dazu, mit diesem Blute zu leben. Der Herzog war damit eingeschlossen in sich selbst, und zuzeiten fürchtete ers, wenn es um ihn herumging, geduckt und dunkel. Es konnte ihm selber grauenhaft fremd sein, dieses behende, halbportugiesische Blut, das er kaum kannte. Oft ängstigte es ihn, daß es ihn im Schlafe anfallen könnte und zerreißen. Er tat, als bändigte ers, aber er stand immer in seiner Furcht. Er wagte nie eine Frau zu lieben, damit es nicht eifersüchtig würde, und so reißend war es, daß Wein nie über seine Lippen kam; statt zu trinken, sänftigte ers mit Rosenmus. Doch, einmal trank er, im Lager vor Lausanne, als Granson verloren war; da war er krank und abgeschieden und trank viel puren Wein. Aber damals schlief sein Blut. In seinen sinnlosen letzten Jahren verfiel es manchmal in diesen schweren, tierischen Schlaf. Dann zeigte es sich, wie sehr er in seiner Gewalt war; denn wenn es schlief, war er nichts. Dann durfte keiner von seiner Umgebung herein; er begriff nicht, was sie redeten. Den fremden Gesandten konnte er sich nicht zeigen, öd wie er war. Dann saß er und wartete, daß es aufwachte. Und meistens fuhr es mit einem Sprunge auf und brach aus dem Herzen aus und brüllte.

Für dieses Blut schleppte er alle die Dinge mit, auf die er nichts gab. Die drei großen Diamanten und alle die Steine; die flandrischen Spitzen und die Teppiche von Arras, haufenweis. Sein seidenes Gezelt mit den aus Gold gedrehten Schnüren und vierhundert Zelte für sein Gefolg. Und Bilder, auf Holz gemalt, und die zwölf Apostel aus vollem Silber. Und den Prinzen von Tarent und den Herzog von Cleve und Philipp von Baden und den Herrn von Château-Guyon. Denn er wollte seinem Blut einreden, daß er Kaiser sei und nichts über ihm: damit es ihn fürchte. Aber sein Blut glaubte ihm nicht, trotz solcher Beweise, es war ein mißtrauisches Blut. Vielleicht erhielt er es noch eine Weile im Zweifel. Aber die Hörner von Uri verrieten ihn. Seither wußte sein Blut, daß es in einem Verlorenen war: und wollte heraus.

So seh ich es jetzt, damals aber machte es mir vor allem Eindruck, von dem Dreikönigstag zu lesen, da man ihn suchte.

Der junge lothringische Fürst, der tags vorher, gleich nach der merkwürdig hastigen Schlacht in seiner elenden Stadt Nancy eingeritten war, hatte ganz früh seine Umgebung geweckt und nach dem Herzog gefragt. Bote um Bote wurde ausgesandt, und er selbst erschien von Zeit zu Zeit am Fenster, unruhig und besorgt. Er erkannte nicht immer, wen sie da brachten auf ihren Wagen und Tragbahren, er sah nur, daß es nicht der Herzog war. Und auch unter den Verwundeten war er nicht, und von den Gefangenen, die man fortwährend noch einbrachte, hatte ihn keiner gesehen. Die Flüchtlinge aber trugen nach allen Seiten verschiedene Nachrichten und waren wirr und schreckhaft, als fürchteten sie, auf ihn zuzulaufen. Es dunkelte schon, und man hatte nichts von ihm gehört. Die Kunde, daß er verschwunden sei, hatte Zeit herumzukommen an dem langen Winterabend. Und wohin sie kam, da erzeugte sie in allen eine jähe, übertriebene Sicherheit, daß er lebte. Nie vielleicht war der Herzog so wirklich in jeder Einbildung wie in dieser Nacht. Es gab kein Haus, wo man nicht wachte und auf ihn wartete und sich sein Klopfen vorstellte. Und wenn er nicht kam, so wars, weil er schon vorüber war.

Es fror diese Nacht, und es war, als fröre auch die Idee, daß er sei; so hart wurde sie. Und Jahre und Jahre vergingen, eh sie sich auflöste. Alle diese Menschen, ohne es recht zu wissen, bestanden jetzt auf ihm. Das Schicksal, das er über sie gebracht hatte, war nur erträglich durch seine Gestalt. Sie hatten so schwer erlernt, daß er war; nun aber, da sie ihn konnten, fanden sie, daß er gut zu merken sei und nicht zu vergessen.

Aber am nächsten Morgen, dem siebenten Januar, einem Dienstag, fing das Suchen doch wieder an. Und diesmal war ein Führer da. Es war ein Page des Herzogs, und es hieß, er habe seinen Herrn von ferne stürzen sehen; nun sollte er die Stelle zeigen. Er selbst hatte nichts erzählt, der Graf von Campobasso hatte ihn gebracht und hatte für ihn gesprochen. Nun ging er voran, und die anderen hielten sich dicht hinter ihm. Wer ihn so sah, vermummt und eigentümlich unsicher, der hatte Mühe zu glauben, daß es wirklich Gian-Battista Colonna sei, der schön wie ein Mädchen war und schmal in den Gelenken. Er zitterte vor Kälte; die Luft war steif vom Nachtfrost, es klang wie Zähneknirschen unter den Schritten. Übrigens froren sie alle. Nur des Herzogs Narr, Louis-Onze zubenannt, machte sich Bewegung. Er spielte den Hund, lief voraus, kam wieder und trollte eine Weile auf allen Vieren neben dem Knaben her; wo er aber von fern eine Leiche sah, da sprang er hin und verbeugte sich und redete ihr zu, sie möchte sich zusammennehmen und der sein, den man suchte. Er ließ ihr ein wenig Bedenkzeit, aber dann kam er mürrisch zu den andern zurück und drohte und fluchte und beklagte sich über den Eigensinn und die Trägheit der Toten. Und man ging immerzu, und es nahm kein Ende. Die Stadt war kaum mehr zu sehen; denn das Wetter hatte sich inzwischen geschlossen, trotz der Kälte, und war grau und undurchsichtig geworden. Das Land lag flach und gleichgültig da, und die kleine, dichte Gruppe sah immer verirrter aus, je weiter sie sich bewegte. Niemand sprach, nur ein altes Weib, das mitgelaufen war, malmte etwas und schüttelte den Kopf dabei; vielleicht betete sie.

Auf einmal blieb der Vorderste stehen und sah um sich. Dann wandte er sich kurz zu Lupi, dem portugiesischen Arzt des Herzogs, und zeigte nach vorn. Ein paar Schritte weiterhin war eine Eisfläche, eine Art Tümpel oder Teich, und da lagen, halb eingebrochen, zehn oder zwölf Leichen. Sie waren fast ganz entblößt und ausgeraubt. Lupi ging gebückt und aufmerksam von einem zum andern. Und nun erkannte man Olivier de la Marche und den Geistlichen, wie sie so einzeln herumgingen. Die Alte aber kniete schon im Schnee und winselte und bückte sich über eine große Hand, deren Finger ihr gespreizt entgegenstarrten. Alle eilten herbei. Lupi mit einigen Dienern versuchte den Leichnam zu wenden, denn er lag vornüber. Aber das Gesicht war eingefroren, und da man es aus dem Eis herauszerrte, schälte sich die eine Wange dünn und spröde ab, und es zeigte sich, daß die andere von Hunden oder Wölfen herausgerissen war; und das Ganze war von einer großen Wunde gespalten, die am Ohr begann, so daß von einem Gesicht keine Rede sein konnte.

Einer nach dem anderen blickte sich um; jeder meinte den Römer hinter sich zu finden. Aber sie sahen nur den Narren, der herbeigelaufen kam, böse und blutig. Er hielt einen Mantel von sich ab und schüttelte ihn, als sollte etwas herausfallen; aber der Mantel war leer. So ging man daran, nach Kennzeichen zu suchen, und es fanden sich einige. Man hatte ein Feuer gemacht und wusch den Körper mit warmem Wasser und Wein. Die Narbe am Halse kam zum Vorschein und die Stellen der beiden großen Abszesse. Der Arzt zweifelte nicht mehr. Aber man verglich noch anderes. Louis-Onze hatte ein paar Schritte weiter den Kadaver des großen schwarzen Pferdes Moreau gefunden, das der Herzog am Tage von Nancy geritten hatte. Er saß darauf und ließ die kurzen Beine hängen. Das Blut rann ihm noch immer aus der Nase in den Mund, und man sah ihm an, daß er es schmeckte. Einer der Diener drüben erinnerte, daß ein Nagel an des Herzogs linkem Fuß eingewachsen gewesen wäre; nun suchten alle den Nagel. Der Narr aber zappelte, als würde er gekitzelt, und schrie: »Ach, Monseigneur, verzeih ihnen, daß sie deine groben Fehler aufdecken, die Dummköpfe, und dich nicht erkennen an meinem langen Gesicht, in dem deine Tugenden stehn.«

*(Des Herzogs Narr war auch der erste, der eintrat, als die Leiche gebettet war. Es war im Hause eines gewissen Georg Marquis, niemand konnte sagen, wieso. Das Bahrtuch war noch nicht übergelegt, und so hatte er den ganzen Eindruck. Das Weiß des Kamisols und das Karmesin vom Mantel sonderten sich schroff und unfreundlich voneinander ab zwischen den beiden Schwarz von Baldachin und Lager. Vorne standen scharlachne Schaftstiefel ihm entgegen mit großen, vergoldeten Sporen. Und daß das dort oben ein Kopf war, darüber konnte kein Streit entstehen, sobald man die Krone sah. Es war eine große Herzogs-Krone mit irgendwelchen Steinen. Louis-Onze ging umher und besah alles genau. Er befühlte sogar den Atlas, obwohl er wenig davon verstand. Es mochte guter Atlas sein, vielleicht ein bißchen billig für das Haus Burgund. Er trat noch einmal zurück um des Überblicks willen. Die Farben waren merkwürdig unzusammenhängend im Schneelicht. Er prägte sich jede einzeln ein. »Gut angekleidet«, sagte er schließlich anerkennend, »vielleicht eine Spur

* Im Manuskript an den Rand geschrieben.

zu deutlich.« Der Tod kam ihm vor wie ein Puppenspieler, der rasch einen Herzog braucht.)

Man tut gut, gewisse Dinge, die sich nicht mehr ändern werden, einfach festzustellen, ohne die Tatsachen zu bedauern oder auch nur zu beurteilen. So ist mir klar geworden, daß ich nie ein richtiger Leser war. In der Kindheit kam mir das Lesen vor wie ein Beruf, den man auf sich nehmen würde, später einmal, wenn alle die Berufe kamen, einer nach dem andern. Ich hatte, aufrichtig gesagt, keine bestimmte Vorstellung, wann das sein könnte. Ich verließ mich darauf, daß man es merken würde, wenn das Leben gewissermaßen umschlug und nur noch von außen kam, so wie früher von innen. Ich bildete mir ein, es würde dann deutlich und eindeutig sein und gar nicht mißzuverstehn. Durchaus nicht einfach, im Gegenteil recht anspruchsvoll, verwickelt und schwer meinetwegen, aber immerhin sichtbar. Das eigentümlich Unbegrenzte der Kindheit, das Unverhältnismäßige, das Nie-recht-Absehbare, das würde dann überstanden sein. Es war freilich nicht einzusehen, wieso. Im Grunde nahm es immer noch zu und schloß sich auf allen Seiten, und je mehr man hinaussah, desto mehr Inneres rührte man in sich auf: Gott weiß, wo es herkam. Aber wahrscheinlich wuchs es zu einem Äußersten an und brach dann mit einem Schlage ab. Es war leicht zu beobachten, daß die Erwachsenen sehr wenig davon beunruhigt wurden; sie gingen herum und urteilten und handelten, und wenn sie je in Schwierigkeiten waren, so lag das an äußeren Verhältnissen.

An den Anfang solcher Veränderungen verlegte ich auch das Lesen. Dann würde man mit Büchern umgehen wie mit Bekannten, es würde Zeit dafür da sein, eine bestimmte, gleichmäßig und gefällig vergehende Zeit, gerade so viel, als einem eben paßte. Natürlich würden einzelne einem näher stehen, und es ist nicht gesagt, daß man davor sicher sein würde, ab und zu eine halbe Stunde über ihnen zu versäumen: einen Spaziergang, eine Verabredung, den Anfang im Theater oder einen dringenden Brief. Daß sich einem aber das Haar verbog und verwirrte, als ob man darauf gelegen hätte, daß man glühende Ohren bekam und Hände kalt wie Metall, daß eine lange Kerze neben einem herunterbrannte und in den Leuchter hinein, das würde dann, Gott sei Dank, völlig ausgeschlossen sein.

Ich führe diese Erscheinungen an, weil ich sie ziemlich auffällig an mir erfuhr, damals in jenen Ferien auf Ulsgaard, als ich so plötzlich ins Lesen geriet. Da zeigte es sich gleich, daß ich es nicht konnte. Ich hatte es freilich vor der Zeit begonnen, die ich mir dafür in Aussicht gestellt hatte. Aber dieses Jahr in Sorö unter lauter andern ungefähr Altersgleichen hatte mich mißtrauisch gemacht gegen solche Berechnungen. Dort waren rasche, unerwartete Erfahrungen an mich herangekommen, und es war deutlich zu sehen, daß sie mich wie einen Erwachsenen behandelten. Es waren lebensgroße Erfahrungen, die sich so schwer machten, wie sie waren. In demselben Maße aber, als ich ihre Wirklichkeit begriff, gingen mir auch für die unendliche Realität meines Kindseins die Augen auf. Ich wußte, daß es nicht aufhören würde, so wenig wie das andere erst begann. Ich sagte mir, daß es natürlich jedem freistand, Abschnitte zu machen, aber sie waren erfunden. Und es erwies sich, daß ich zu ungeschickt war, mir welche auszudenken. Sooft ich es versuchte, gab mir das Leben zu verstehen, daß es nichts von ihnen wußte. Bestand ich aber darauf, daß meine Kindheit vorüber sei, so war in demselben Augenblick auch alles Kommende fort, und mir blieb nur genau so viel, wie ein Bleisoldat unter sich hat, um stehen zu können.

Diese Entdeckung sonderte mich begreiflicherweise noch mehr ab. Sie beschäftigte mich in mir und erfüllte mich mit einer Art endgültiger Frohheit, die ich für Kümmernis nahm, weil sie weit über mein Alter hinausging. Es beunruhigte mich auch, wie ich mich entsinne, daß man nun, da nichts für eine bestimmte Frist vorgesehen war, manches überhaupt versäumen könne. Und als ich so nach Ulsgaard zurückkehrte und alle die Bücher sah, machte ich mich darüber her; recht in Eile, mit fast schlechtem Gewissen. Was ich später so oft empfunden habe, das ahnte ich damals irgendwie voraus: daß man nicht das Recht hatte, ein Buch aufzuschlagen, wenn man sich nicht verpflichtete, alle zu lesen. Mit jeder Zeile brach man die Welt an. Vor den Büchern war sie heil und vielleicht wieder ganz dahinter. Wie aber sollte ich, der nicht lesen konnte, es mit allen aufnehmen? Da standen sie, selbst in diesem bescheidenen Bücherzimmer, in so aussichtsloser Überzahl und hielten zusammen. Ich stürzte mich trotzig und verzweifelt von Buch zu Buch und schlug mich durch die Seiten durch wie einer, der etwas Unverhältnismäßiges zu leisten hat. Damals las ich Schiller und Baggesen, Öhlenschläger und Schack-Staffeldt, was von Walter Scott da war und Calderon. Manches kam mir in die Hände, was gleichsam schon hätte gelesen sein müssen, für anderes war es viel zu früh; fällig war fast nichts für meine damalige Gegenwart. Und trotzdem las ich.

In späteren Jahren geschah es mir zuweilen nachts, daß ich aufwachte, und die Sterne standen so wirklich da und gingen so bedeutend vor, und ich konnte nicht begreifen, wie man es über sich brachte, so viel Welt zu versäumen. So ähnlich war mir, glaub ich, zumut, sooft ich von den Büchern aufsah und hinaus, wo der Sommer war, wo Abelone rief. Es kam uns sehr unerwartet, daß sie rufen mußte und daß ich nicht einmal antwortete. Es fiel mitten in unsere seligste Zeit. Aber da es mich nun einmal erfaßt hatte, hielt ich mich krampfhaft ans Lesen und verbarg mich, wichtig und eigensinnig, vor unseren täglichen Feiertagen. Ungeschickt wie ich war, die vielen, oft unscheinbaren Gelegenheiten eines natürlichen Glücks auszunutzen, ließ ich mir nicht ungern von dem anwachsenden Zerwürfnis künftige Versöhnungen versprechen, die desto reizender wurden, je weiter man sie hinausschob.

Übrigens war mein Leseschlaf eines Tages so plötzlich zu Ende, wie er begonnen hatte; und da erzürnten wir einander gründlich. Denn Abelone ersparte mir nun keinerlei Spott und Überlegenheit, und wenn ich sie in der Laube traf, behauptete sie zu lesen. An dem einen Sonntag-Morgen lag das Buch zwar geschlossen neben ihr, aber sie schien mehr als genug mit den Johannisbeeren beschäftigt, die sie vorsichtig mittels einer Gabel aus ihren kleinen Trauben streifte.

Es muß dies eine von jenen Tagesfrühen gewesen sein, wie es solche im Juli giebt, neue, ausgeruhte Stunden, in denen überall etwas frohes Unüberlegtes geschieht. Aus Millionen kleinen ununterdrückbaren Bewegungen setzt sich ein Mosaik überzeugtesten Daseins zusammen; die Dinge schwingen ineinander hinüber und hinaus in die Luft, und ihre Kühle macht den Schatten klar und die Sonne zu einem leichten, geistigen Schein. Da giebt es im Garten keine Hauptsache; alles ist überall, und man müßte in allem sein, um nichts zu versäumen.

In Abelonens kleiner Handlung aber war das Ganze nochmal. Es war so glücklich erfunden, gerade dies zu tun und genau so, wie sie es tat. Ihre im Schattigen hellen Hände arbeiteten einander so leicht und einig zu, und vor der Gabel sprangen mutwillig die runden Beeren her, in die mit tauduffem Weinblatt ausgelegte Schale hinein, wo schon andere sich häuften, rote und blonde, glanzlichternd, mit gesunden Kernen im herben Innern. Ich wünschte unter diesen Umständen nichts als zuzusehen, aber, da es wahrscheinlich war, daß man mirs verwies, ergriff ich, auch um mich unbefangen zu geben, das Buch, setzte mich an die andere Seite des Tisches und ließ mich, ohne lang zu blättern, irgendwo damit ein.

»Wenn du doch wenigstens laut läsest, Leserich«, sagte Abelone nach einer Weile. Das klang lange nicht mehr so streitsüchtig, und da es, meiner Meinung nach, ernstlich Zeit war, sich auszugleichen, las ich sofort laut, immerzu bis zu einem Abschnitt und weiter, die nächste Überschrift: An Bettine.

»Nein, nicht die Antworten«, unterbrach mich Abelone und legte auf einmal wie erschöpft die kleine Gabel nieder. Gleich darauf lachte sie über das Gesicht, mit dem ich sie ansah.

»Mein Gott, was hast du schlecht gelesen, Malte.«

Da mußte ich nun zugeben, daß ich keinen Augenblick bei der Sache gewesen sei. »Ich las nur, damit du mich unterbrichst«, gestand ich und wurde heiß und blätterte zurück nach dem Titel des Buches. Nun wußte ich erst, was es war. »Warum denn nicht die Antworten?« fragte ich neugierig.

Es war, als hätte Abelone mich nicht gehört. Sie saß da in ihrem lichten Kleid, als ob sie überall innen ganz dunkel würde, wie ihre Augen wurden.

»Gieb her«, sagte sie plötzlich wie im Zorn und nahm mir das Buch aus der Hand und schlug es richtig dort auf, wo sie es wollte. Und dann las sie einen von Bettinens Briefen.

Ich weiß nicht, was ich davon verstand, aber es war, als würde mir feierlich versprochen, dieses alles einmal einzusehen. Und während ihre Stimme zunahm und endlich fast jener glich, die ich vom Gesang her kannte, schämte ich mich, daß ich mir unsere Versöhnung so gering vorgestellt hatte. Denn ich begriff wohl, daß sie das war. Aber nun geschah sie irgendwo ganz im Großen, weit über mir, wo ich nicht hinreichte.

Das Versprechen erfüllt sich noch immer, irgendwann ist dasselbe Buch unter meine Bücher geraten, unter die paar Bücher, von denen ich mich nicht trenne. Nun schlägt es sich auch mir an den Stellen auf, die ich gerade meine, und wenn ich sie lese, so bleibt es unentschieden, ob ich an Bettine denke oder an Abelone. Nein, Bettine ist wirklicher in mir geworden, Abelone, die ich gekannt habe, war wie eine Vorbereitung auf sie, und nun ist sie mir in Bettine aufgegangen wie in ihrem eigenen, unwillkürlichen Wesen. Denn diese wunderliche Bettine hat mit allen ihren Briefen Raum gegeben, geräumigste Gestalt. Sie hat von Anfang an sich im Ganzen so ausgebreitet, als wär sie nach ihrem Tod. Überall hat sie sich ganz weit ins Sein hineingelegt, zugehörig dazu, und was ihr geschah, das war ewig in der Natur; dort erkannte sie sich und löste sich beinah schmerzhaft heraus; erriet sich mühsam zurück wie aus

Überlieferungen, beschwor sich wie einen Geist und hielt sich aus.

Eben *warst* du noch, Bettine; ich seh dich ein. Ist nicht die Erde noch warm von dir, und die Vögel lassen noch Raum für deine Stimme. Der Tau ist ein anderer, aber die Sterne sind noch die Sterne deiner Nächte. Oder ist nicht die Welt überhaupt von dir? denn wie oft hast du sie in Brand gesteckt mit deiner Liebe und hast sie lodern sehen und aufbrennen und hast sie heimlich durch eine andere ersetzt, wenn alle schliefen. Du fühltest dich so recht im Einklang mit Gott, wenn du jeden Morgen eine neue Erde von ihm verlangtest, damit doch alle drankämen, die er gemacht hatte. Es kam dir armselig vor, sie zu schonen und auszubessern, du verbrauchtest sie und hieltest die Hände hin um immer noch Welt. Denn deine Liebe war allem gewachsen.

Wie ist es möglich, daß nicht noch alle erzählen von deiner Liebe? Was ist denn seither geschehen, was merkwürdiger war? Was beschäftigt sie denn? Du selber wußtest um deiner Liebe Wert, du sagtest sie laut deinem größesten Dichter vor, daß er sie menschlich mache; denn sie war noch Element. Er aber hat sie den Leuten ausgeredet, da er dir schrieb. Alle haben diese Antworten gelesen und glauben ihnen mehr, weil der Dichter ihnen deutlicher ist als die Natur. Aber vielleicht wird es sich einmal zeigen, daß hier die Grenze seiner Größe war. Diese Liebende ward ihm auferlegt, und er hat sie nicht bestanden. Was heißt es, daß er nicht hat erwidern können? Solche Liebe bedarf keiner Erwiderung, sie hat Lockruf und Antwort in sich; sie erhört sich selbst. Aber demütigen hätte er sich müssen vor ihr in seinem ganzen Staat und schreiben was sie diktiert, mit beiden Händen, wie Johannes auf Patmos, knieend. Es gab keine Wahl dieser Stimme gegenüber, die »das Amt der Engel verrichtete«; die gekommen war, ihn einzuhüllen und zu entziehen ins Ewige hinein. Da war der Wagen seiner feurigen Himmelfahrt. Da war seinem Tod der dunkle Mythos bereitet, den er leer ließ.

Das Schicksal liebt es, Muster und Figuren zu erfinden. Seine Schwierigkeit beruht im Komplizierten. Das Leben selbst aber ist schwer aus Einfachheit. Es hat nur ein paar Dinge von uns nicht angemessener Größe. Der Heilige, indem er das Schicksal ablehnt, wählt diese, Gott gegenüber. Daß aber die Frau, ihrer Natur nach, in Bezug auf den Mann die gleiche Wahl treffen muß, ruft das Verhängnis aller Liebesbeziehungen herauf: entschlossen und schicksalslos, wie eine Ewige, steht sie neben ihm, der sich verwandelt. Immer übertrifft die Liebende den Geliebten, weil das Leben größer ist als das Schicksal. Ihre Hingabe will unermeßlich sein: dies ist ihr Glück. Das namenlose Leid ihrer Liebe aber ist immer dieses gewesen: daß von ihr verlangt wird, diese Hingabe zu beschränken.

Es ist keine andere Klage je von Frauen geklagt worden: die beiden ersten Briefe Heloïsens enthalten nur sie, und fünfhundert Jahre später erhebt sie sich aus den Briefen der Portugiesin; man erkennt sie wieder wie einen Vogelruf. Und plötzlich geht durch den hellen Raum dieser Einsicht der Sappho fernste Gestalt, die die Jahrhunderte nicht fanden, da sie sie im Schicksal suchten.

Ich habe niemals gewagt, von ihm eine Zeitung zu kaufen. Ich bin nicht sicher, daß er wirklich immer einige Nummern bei sich hat, wenn er sich außen am Luxembourg-Garten langsam hin und zurück schiebt den ganzen Abend lang. Er kehrt dem Gitter den Rücken, und seine Hand streift den Steinrand, auf dem die Stäbe aufstehen. Er macht sich so flach, daß täglich viele vorübergehen, die ihn nie gesehen haben. Zwar hat er noch einen Rest von Stimme in sich und mahnt; aber das ist nicht anders als ein Geräusch in einer Lampe oder im Ofen oder wenn es in eigentümlichen Abständen in einer Grotte tropft. Und die Welt ist so eingerichtet, daß es Menschen giebt, die ihr ganzes Leben lang in der Pause vorbeikommen, wenn er, lautloser als alles was sich bewegt, weiter rückt wie ein Zeiger, wie eines Zeigers Schatten, wie die Zeit.

Wie unrecht hatte ich, ungern hinzusehen. Ich schäme

mich aufzuschreiben, daß ich oft in seiner Nähe den Schritt der andern annahm, als wüßte ich nicht um ihn. Dann hörte ich es in ihm »La Presse« sagen und gleich darauf noch einmal und ein drittes Mal in raschen Zwischenräumen. Und die Leute neben mir sahen sich um und suchten die Stimme. Nur ich tat eiliger als alle, als wäre mir nichts aufgefallen, als wäre ich innen überaus beschäftigt.

Und ich war es in der Tat. Ich war beschäftigt, ihn mir vorzustellen, ich unternahm die Arbeit, ihn einzubilden, und der Schweiß trat mir aus vor Anstrengung. Denn ich mußte ihn machen wie man einen Toten macht, für den keine Beweise mehr da sind, keine Bestandteile; der ganz und gar innen zu leisten ist. Ich weiß jetzt, daß es mir ein wenig half, an die vielen abgenommenen Christusse aus streifigem Elfenbein zu denken, die bei allen Althändlern herumliegen. Der Gedanke an irgendeine Pietà trat vor und ab –: dies alles wahrscheinlich nur, um eine gewisse Neigung hervorzurufen, in der sein langes Gesicht sich hielt, und den trostlosen Bartnachwuchs im Wangenschatten und die endgültig schmerzvolle Blindheit seines verschlossenen Ausdrucks, der schräg aufwärts gehalten war. Aber es war außerdem so vieles, was zu ihm gehörte; denn dies begriff ich schon damals, daß nichts an ihm nebensächlich sei: nicht die Art, wie der Rock oder der Mantel, hinten abstehend, überall den Kragen sehen ließ, diesen niedrigen Kragen, der in einem großen Bogen um den gestreckten, nischigen Hals stand, ohne ihn zu berühren; nicht die grünlich schwarze Krawatte, die weit um das Ganze herumgeschnallt war; und ganz besonders nicht der Hut, ein alter, hochgewölbter, steifer Filzhut, den er trug wie alle Blinden ihre Hüte tragen: ohne Bezug zu den Zeilen des Gesichts, ohne die Möglichkeit, aus diesem Hinzukommenden und sich selbst eine neue äußere Einheit zu bilden; nicht anders als irgendeinen verabredeten fremden Gegenstand. In meiner Feigheit, nicht hinzusehen, brachte ich es so weit, daß das Bild dieses Mannes sich schließlich oft auch ohne Anlaß stark und schmerzhaft in mir zusammenzog zu so hartem Elend, daß ich mich, davon bedrängt, entschloß, die zunehmende Fertigkeit meiner Einbildung durch die auswärtige Tatsache einzuschüchtern und aufzuheben. Es war gegen Abend. Ich nahm mir vor, sofort aufmerksam an ihm vorbeizugehen.

Nun muß man wissen: es ging auf den Frühling zu. Der Tagwind hatte sich gelegt, die Gassen waren lang und befriedigt; an ihrem Ausgang schimmerten Häuser, neu wie frische Bruchstellen eines weißen Metalls. Aber es war ein Metall, das einen überraschte durch seine Leichtigkeit. In den breiten, fortlaufenden Straßen zogen viele Leute durcheinander, fast ohne die Wagen zu fürchten, die selten waren. Es mußte ein Sonntag sein. Die Turmaufsätze von Saint-Sulpice zeigten sich heiter und unerwartet hoch in der Windstille, und durch die schmalen, beinah römischen Gassen sah man unwillkürlich hinaus in die Jahreszeit. Im Garten und davor war so viel Bewegung von Menschen, daß ich ihn nicht gleich sah. Oder erkannte ich ihn zuerst nicht zwischen der Menge durch?

Ich wußte sofort, daß meine Vorstellung wertlos war. Die durch keine Vorsicht oder Verstellung eingeschränkte Hingegebenheit seines Elends übertraf meine Mittel. Ich hatte weder den Neigungswinkel seiner Haltung begriffen gehabt noch das Entsetzen, mit dem die Innenseite seiner Lider ihn fortwährend zu erfüllen schien. Ich hatte nie an seinen Mund gedacht, der eingezogen war wie die Öffnung eines Ablaufs. Möglicherweise hatte er Erinnerungen; jetzt aber kam nie mehr etwas zu seiner Seele hinzu als täglich das amorphe Gefühl des Steinrands hinter ihm, an dem seine Hand sich abnutzte. Ich war stehngeblieben, und während ich das alles fast gleichzeitig sah, fühlte ich, daß er einen anderen Hut hatte und eine ohne Zweifel sonntägliche Halsbinde; sie war schräg in gelben und violetten Vierecken gemustert, und was den Hut angeht, so war es ein billiger neuer Strohhut mit einem grünen Band. Es liegt natürlich nichts an diesen Farben, und es ist kleinlich, daß ich sie behalten habe. Ich will nur sagen, daß sie an ihm waren wie das Weicheste auf eines Vogels Unterseite. Er selbst hatte keine Lust daran, und wer von allen (ich sah mich um) durfte meinen, dieser Staat wäre um seinetwillen?

Mein Gott, fiel es mir mit Ungestüm ein, so *bist* du also. Es giebt Beweise für deine Existenz. Ich habe sie alle vergessen und habe keinen je verlangt, denn welche ungeheuere Verpflichtung läge in deiner Gewißheit. Und doch, nun wird mirs gezeigt. Dieses ist dein Geschmack, hier hast du Wohlgefallen. Daß wir doch lernten, vor allem aushalten und nicht urteilen. Welche sind die schweren Dinge? Welche die gnädigen? Du allein weißt es.

Wenn es wieder Winter wird und ich muß einen neuen Mantel haben, – gieb mir, daß ich ihn *so* trage, solang er neu ist.

Es ist nicht, daß ich mich von ihnen unterscheiden will, wenn ich in besseren, von Anfang an meinigen Kleidern herumgehe und darauf halte, irgendwo zu wohnen. Ich bin nicht so weit. Ich habe nicht das Herz zu ihrem Leben. Wenn mir der Arm einginge, ich glaube, ich versteckte ihn. Sie aber (ich weiß nicht, wer sie sonst war), sie erschien jeden Tag vor den Terrassen der Cafehäuser, und obwohl es sehr schwer war für sie, den Mantel abzutun und sich aus dem unklaren Zeug und Unterzeug herauszuziehen, sie scheute der Mühe nicht und tat ab und zog aus so lange, daß mans kaum mehr erwarten konnte. Und dann stand sie vor uns, bescheiden, mit ihrem dürren, verkümmerten Stück, und man sah, daß es rar war.

Nein, es ist nicht, daß ich mich von ihnen unterscheiden will; aber ich überhübe mich, wollte ich ihnen gleich sein. Ich bin es nicht. Ich hätte weder ihre Stärke noch ihr Maß. Ich ernähre mich, und so bin ich von Mahlzeit zu Mahlzeit, völlig geheimnislos; sie aber erhalten sich fast wie Ewige. Sie stehen an ihren täglichen Ecken, auch im November, und schreien nicht vor Winter. Der Nebel kommt und macht sie undeutlich und ungewiß: sie sind gleichwohl. Ich war verreist, ich war krank, vieles ist mir vergangen: sie aber sind nicht gestorben.

*(Ich weiß ja nicht einmal, wie es möglich ist, daß die Schulkinder aufstehn in den Kammern voll grauriechender Kälte; wer sie bestärkt, die überstürzten Skelettchen, daß sie hinauslaufen in die erwachsene Stadt, in die trübe Neige der Nacht, in den ewigen Schultag, immer noch klein, immer voll Vorgefühl, immer verspätet. Ich habe keine Vorstellung von der Menge Beistand, die fortwährend verbraucht wird.)

Diese Stadt ist voll von solchen, die langsam zu ihnen hinabgleiten. Die meisten sträuben sich erst; aber dann giebt es diese verblichenen, alternden Mädchen, die sich fortwährend ohne Widerstand hinüberlassen, starke, im Innersten ungebrauchte, die nie geliebt worden sind.

Vielleicht meinst du, mein Gott, daß ich alles lassen soll und sie lieben. Oder warum wird es mir so schwer, ihnen nicht nachzugeben, wenn sie mich überholen? Warum erfind ich auf einmal die süßesten, nächtlichsten Worte, und meine Stimme steht sanft in mir zwischen Kehle und Herz. Warum stell ich mir vor, wie ich sie unsäglich vorsichtig an meinen Atem halten würde, diese Puppen, mit denen das Leben gespielt hat, ihnen Frühling um Frühling für nichts und wieder nichts die Arme auseinanderschlagend bis sie locker wurden in den Schultern. Sie sind nie sehr hoch von einer Hoffnung gefallen, so sind sie nicht zerbrochen; aber abgeschlagen sind sie und schon dem Leben zu schlecht. Nur verlorene Katzen kommen abends zu ihnen in die Kammer und zerkratzen sie heimlich und schlafen auf ihnen. Manchmal folge ich einer zwei Gassen weit. Sie gehen an den Häusern hin, fortwährend kommen Menschen, die sie verdecken, sie schwinden hinter ihnen weiter wie nichts.

Und doch, ich weiß, wenn einer nun versuchte, sie liebzuhaben, so wären sie schwer an ihm wie Zuweitgegangene, die aufhören zu gehn. Ich glaube, nur Jesus ertrüge sie, der noch das Auferstehen in allen Gliedern hat; aber ihm liegt nichts an ihnen. Nur die Liebenden verführen

* Im Manuskript an den Rand geschrieben.

ihn, nicht die, die warten mit einem kleinen Talent zur Geliebten wie mit einer kalten Lampe.

Ich weiß, wenn ich zum Äußersten bestimmt bin, so wird es mir nichts helfen, daß ich mich verstelle in meinen besseren Kleidern. Glitt er nicht mitten im Königtum unter die Letzten? Er, der statt aufzusteigen hinabsank bis auf den Grund. Es ist wahr, ich habe zuzeiten an die anderen Könige geglaubt, obwohl die Parke nichts mehr beweisen. Aber es ist Nacht, es ist Winter, ich friere, ich glaube an ihn. Denn die Herrlichkeit ist nur ein Augenblick, und wir haben nie etwas Längeres gesehen als das Elend. Der König aber soll dauern.

Ist nicht dieser der Einzige, der sich erhielt unter seinem Wahnsinn wie Wachsblumen unter einem Glassturz? Für die anderen beteten sie in den Kirchen um langes Leben, von ihm aber verlangte der Kanzler Jean Charlier Gerson, daß er ewig sei, und das war damals, als er schon der Dürftigste war, schlecht und von schierer Armut trotz seiner Krone.

Das war damals, als von Zeit zu Zeit Männer fremdlings, mit geschwärztem Gesicht, ihn in seinem Bette überfielen, um ihm das in die Schwären hineingefaulte Hemde abzureißen, das er schon längst für sich selber hielt. Es war verdunkelt im Zimmer, und sie zerrten unter seinen steifen Armen die mürben Fetzen weg, wie sie sie griffen. Dann leuchtete einer vor, und da erst entdeckten sie die jäsige Wunde auf seiner Brust, in die das eiserne Amulett eingesunken war, weil er es jede Nacht an sich preßte mit aller Kraft seiner Inbrunst; nun stand es tief in ihm, fürchterlich kostbar, in einem Perlensaum von Eiter wie ein wundertuender Rest in der Mulde eines Reliquärs. Man hatte harte Handlanger ausgesucht, aber sie waren nicht ekelfest, wenn die Würmer, gestört, nach ihnen herüberstanden aus dem flandrischen Barchent und, aus den Falten abgefallen, sich irgendwo an ihren Ärmeln aufzogen. Es war ohne Zweifel schlimmer geworden mit ihm seit den Tagen der parva regina; denn sie hatte doch noch bei ihm liegen mögen, jung und klar wie sie war. Dann war sie gestorben. Und nun hatte keiner mehr gewagt, eine Beischläferin an dieses Aas anzubetten. Sie hatte die Worte und Zärtlichkeiten nicht hinterlassen, mit denen der König zu mildern war. So drang niemand mehr durch dieses Geistes Verwilderung; niemand half ihm aus den Schluchten seiner Seele; niemand begriff es, wenn er selbst plötzlich heraustrat mit dem runden Blick eines Tiers, das auf die Weide geht. Wenn er dann das beschäftigte Gesicht Juvenals erkannte, so fiel ihm das Reich ein, wie es zuletzt gewesen war. Und er wollte nachholen, was er versäumt hatte.

Aber es lag an den Ereignissen jener Zeitläufe, daß sie nicht schonend beizubringen waren. Wo etwas geschah, da geschah es mit seiner ganzen Schwere, und war wie aus einem Stück, wenn man es sagte. Oder was war davon abzuziehen, daß sein Bruder ermordet war, daß gestern Valentina Visconti, die er immer seine liebe Schwester nannte, vor ihm gekniet hatte, lauter Witwenschwarz weghebend von des entstellten Antlitzes Klage und Anklage? Und heute stand stundenlang ein zäher, rediger Anwalt da und bewies das Recht des fürstlichen Mordgebers, solange bis das Verbrechen durchscheinend wurde und als wollte es licht in den Himmel fahren. Und gerecht sein hieß, allen recht geben; denn Valentina von Orléans starb Kummers, obwohl man ihr Rache versprach. Und was half es, dem burgundischen Herzog zu verzeihen und wieder zu verzeihen; über den war die finstere Brunst der Verzweiflung gekommen, so daß er schon seit Wochen tief im Walde von Argilly wohnte in einem Zelt und behauptete, nachts die Hirsche schreien hören zu müssen zu seiner Erleichterung.

Wenn man dann das alles bedacht hatte, immer wieder bis ans Ende, kurz wie es war, so begehrte das Volk einen zu sehen, und es sah einen: Aber das Volk freute sich des Anblicks; es begriff, daß dies der König sei: dieser Stille, dieser Geduldige, der nur da war, um es zuzulassen, daß Gott über ihn weg handelte in seiner späten Ungeduld. In diesen aufgeklärten Augenblicken auf dem Balkon seines Hôtels von Saint-Pol ahnte der König vielleicht seinen heimlichen Fortschritt; der Tag von Roosbecke fiel ihm ein, als sein Oheim von Berry ihn an der Hand genommen hatte, um ihn hinzuführen vor seinen ersten fertigen Sieg; da überschaute er in dem merkwürdig langhellen Novembertag die Massen der Genter, so wie sie sich erwürgt hatten mit ihrer eigenen Enge, da man gegen sie angeritten war von allen Seiten. Ineinandergewunden wie ein ungeheueres Gehirn, lagen sie da in den Haufen, zu denen sie sich selber zusammengebunden hatten, um dicht zu sein. Die Luft ging einem weg, wenn man da und dort ihre erstickten Gesichter sah; man konnte es nicht lassen, sich vorzustellen, daß sie weit über diesen vor Gedränge noch stehenden Leichen verdrängt worden sei durch den plötzlichen Austritt so vieler verzweifelter Seelen.

Dies hatte man ihm eingeprägt als den Anfang seines Ruhms. Und er hatte es behalten. Aber, wenn das damals der Triumph des Todes war, so war dieses, daß er hier stand auf seinen schwachen Knieen, aufrecht in allen diesen Augen: das Mysterium der Liebe. An den anderen hatte er gesehen, daß man jenes Schlachtfeld begreifen konnte, so ungeheuer es war. Dies hier wollte nicht begriffen sein; es war genau so wunderbar wie einst der Hirsch mit dem goldenen Halsband im Wald von Senlis. Nur daß er jetzt selber die Erscheinung war, und andere waren versunken in Anschauen. Und er zweifelte nicht, daß sie atemlos waren und von derselben weiten Erwartung, wie sie einmal ihn an jenem jünglinglichen Jagdtag überfiel, als das stille Gesicht, äugend, aus den Zweigen trat. Das Geheimnis seiner Sichtbarkeit verbreitete sich über seine sanfte Gestalt; er rührte sich nicht, aus Scheu, zu vergehen, das dünne Lächeln auf seinem breiten, einfachen Gesicht nahm eine natürliche Dauer an wie bei steinernen Heiligen und bemühte ihn nicht. So hielt er sich hin, und es war einer jener Augenblicke, die die Ewigkeit sind, in Verkürzung gesehen. Die Menge ertrug es kaum. Gestärkt, von unerschöpflich vermehrter Tröstung gespeist, durchbrach sie die Stille mit dem Aufschrei der Freude. Aber oben auf dem Balkon war nur noch Juvenal des Ursins, und er rief in die nächste

Beruhigung hinein, daß der König rue Saint-Denis kommen würde zu der Passionsbrüderschaft, die Mysterien sehen.

Zu solchen Tagen war der König voll milden Bewußtseins. Hätte ein Maler jener Zeit einen Anhalt gesucht für das Dasein im Paradiese, er hätte kein vollkommeneres Vorbild finden können als des Königs gestillte Figur, wie sie in einem der hohen Fenster des Louvre stand unter dem Sturz ihrer Schultern. Er blätterte in dem kleinen Buch der Christine de Pisan, das »Der Weg des langen Lernens« heißt und das ihm gewidmet war. Er las nicht die gelehrten Streitreden jenes allegorischen Parlaments, das sich vorgesetzt hatte, den Fürsten ausfindig zu machen, der würdig sei, über die Welt zu herrschen. Das Buch schlug sich ihm immer an den einfachen Stellen auf: wo von dem Herzen die Rede war, das dreizehn Jahre lang wie ein Kolben über dem Schmerzfeuer nur dazu gedient hatte, das Wasser der Bitternis für die Augen zu destillieren; er begriff, daß die wahre Konsolation erst begann, wenn das Glück vergangen genug und für immer vorüber war. Nichts war ihm näher, als dieser Trost. Und während sein Blick scheinbar die Brücke drüben umfaßte, liebte er es, durch dieses von der starken Cumäa zu großen Wegen ergriffene Herz die Welt zu sehen, die damalige: die gewagten Meere, fremdtürmige Städte, zugehalten vom Andruck der Weiten; der gesammelten Gebirge ekstatische Einsamkeit und die in fürchtigem Zweifel erforschten Himmel, die sich erst schlossen wie eines Saugkindes Hirnschale.

Aber wenn jemand eintrat, so erschrak er, und langsam beschlug sich sein Geist. Er gab zu, daß man ihn vom Fenster fortführte und ihn beschäftigte. Sie hatten ihm die Gewohnheit beigebracht, stundenlang über Abbildungen zu verweilen, und er war es zufrieden, nur kränkte es ihn, daß man im Blättern niemals mehrere Bilder vor sich behielt und daß sie in den Folianten festsaßen, so daß man sie nicht untereinander bewegen konnte. Da hatte sich jemand eines Spiels Karten erinnert, das völlig in Vergessenheit geraten war, und der König nahm den in Gunst, der es ihm brachte; so sehr waren diese Kartons nach seinem Herzen, die bunt waren und einzeln beweglich und voller Figur. Und während das Kartenspielen unter den Hofleuten in Mode kam, saß der König in seiner Bibliothek und spielte allein. Genau wie er nun zwei Könige nebeneinander aufschlug, so hatte Gott neulich ihn und den Kaiser Wenzel zusammengetan; manchmal starb eine Königin, dann legte er ein Herz-As auf sie, das war wie ein Grabstein. Es wunderte ihn nicht, daß es in diesem Spiel mehrere Päpste gab; er richtete Rom ein drüben am Rande des Tisches, und hier, unter seiner Rechten, war Avignon. Rom war ihm gleichgültig, er stellte es sich aus irgendeinem Grunde rund vor und bestand nicht weiter darauf. Aber Avignon kannte er. Und kaum dachte er es, so wiederholte seine Erinnerung den hohen hermetischen Palast und überanstrengte sich. Er schloß die Augen und mußte tief Atem holen. Er fürchtete bös zu träumen nächste Nacht.

Im ganzen aber war es wirklich eine beruhigende Beschäftigung, und sie hatten recht, ihn immer wieder darauf zu bringen. Solche Stunden befestigten ihn in der Ansicht, daß er der König sei, König Karl der Sechste. Das will nicht sagen, daß er sich übertrieb; weit von ihm war die Meinung, mehr zu sein als so ein Blatt, aber die Gewißheit bestärkte sich in ihm, daß auch er eine bestimmte Karte sei, vielleicht eine schlechte, eine zornig ausgespielte, die immer verlor: aber immer die gleiche: aber nie eine andere. Und doch, wenn eine Woche so hingegangen war in gleichmäßiger Selbstbestätigung, so wurde ihm enge in ihm. Die Haut spannte ihn um die Stirn und im Nacken, als empfände er auf einmal seinen zu deutlichen Kontur. Niemand wußte, welcher Versuchung er nachgab, wenn er dann nach den Mysterien fragte und nicht erwarten konnte, daß sie begännen. Und war es einmal so weit, so wohnte er mehr rue Saint-Denis als in seinem Hôtel von Saint-Pol.

Es war das Verhängnisvolle dieser dargestellten Gedichte, daß sie sich immerfort ergänzten und erweiterten und zu

Zehntausenden von Versen anwuchsen, so daß die Zeit in ihnen schließlich die wirkliche war; etwa so, als machte man einen Globus im Maßstab der Erde. Die hohle Estrade, unter der die Hölle war und über der, an einen Pfeiler angebaut, das geländerlose Gerüst eines Balkons das Niveau des Paradieses bedeutete, trug nur noch dazu bei, die Täuschung zu verringern. Denn dieses Jahrhundert hatte in der Tat Himmel und Hölle irdisch gemacht: es lebte aus den Kräften beider, um sich zu überstehen.

Es waren die Tage jener avignonesischen Christenheit, die sich vor einem Menschenalter um Johann den Zweiundzwanzigsten zusammengezogen hatte, mit so viel unwillkürlicher Zuflucht, daß an dem Platze seines Pontifikats, gleich nach ihm, die Masse dieses Palastes entstanden war, verschlossen und schwer wie ein äußerster Notleib für die wohnlose Seele aller. Er selbst aber, der kleine, leichte, geistige Greis, wohnte noch im Offenen. Während er, kaum angekommen, ohne Aufschub, nach allen Seiten hin rasch und knapp zu handeln begann, standen die Schüsseln mit Gift gewürzt auf seiner Tafel; der erste Becher mußte immer weggeschüttet werden, denn das Stück Einhorn war mißfarbig, wenn es der Mundkämmerer daraus zurückzog. Ratlos, nicht wissend, wo er sie verbergen sollte, trug der Siebzigjährige die Wachsbildnisse herum, die man von ihm gemacht hatte, um ihn darin zu verderben; und er ritzte sich an den langen Nadeln, mit denen sie durchstochen waren. Man konnte sie einschmelzen. Doch so hatte er sich schon an diesen heimlichen Simulakern entsetzt, daß er, gegen seinen starken Willen, mehrmals den Gedanken formte, er könnte sich selbst damit tödlich sein und hinschwinden wie das Wachs am Feuer. Sein verminderter Körper wurde nur noch trockener vom Grausen und dauerhafter. Aber nun wagte man sich an den Körper seines Reichs; von Granada aus waren die Juden angestiftet worden, alle Christlichen zu vertilgen, und diesmal hatten sie sich furchtbarere Vollzieher erkauft. Niemand zweifelte, gleich auf die ersten Gerüchte hin, an dem Anschlag der Leprosen; schon hatten einzelne gesehen, wie sie Bündel ihrer schrecklichen Zersetzung in die Brunnen warfen. Es war nicht Leichtgläubigkeit, daß man dies sofort für möglich hielt; der Glaube, im Gegenteil, war so schwer geworden, daß er den Zitternden entsank und bis auf den Grund der Brunnen fiel. Und wieder hatte der eifrige Greis Gift abzuhalten vom Blute. Zur Zeit seiner abergläubischen Anwandlungen hatte er sich und seiner Umgebung das Angelus verschrieben gegen die Dämonen der Dämmerung; und nun läutete man auf der ganzen erregten Welt jeden Abend dieses kalmierende Gebet. Sonst aber glichen alle Bullen und Briefe, die von ihm ausgingen, mehr einem Gewürzwein als einer Tisane. Das Kaisertum hatte sich nicht in seine Behandlung gestellt, aber er ermüdete nicht, es mit Beweisen seines Krankseins zu überhäufen; und schon wandte man sich aus dem fernsten Osten an diesen herrischen Arzt.

Aber da geschah das Unglaubliche. Am Allerheiligentag hatte er gepredigt, länger, wärmer als sonst; in einem plötzlichen Bedürfnis, wie um ihn selbst wiederzusehen, hatte er seinen Glauben gezeigt; aus dem fünfundachtzigjährigen Tabernakel hatte er ihn mit aller Kraft langsam herausgehoben und auf der Kanzel ausgestellt: und da schrieen sie ihn an. Ganz Europa schrie: dieser Glaube war schlecht.

Damals verschwand der Papst. Tagelang ging keine Aktion von ihm aus, er lag in seinem Betzimmer auf den Knieen und erforschte das Geheimnis der Handelnden, die Schaden nehmen an ihrer Seele. Endlich erschien er, erschöpft von der schweren Einkehr, und widerrief. Er widerrief einmal über das andere. Es wurde die senile Leidenschaft seines Geistes, zu widerrufen. Es konnte geschehen, daß er nachts die Kardinale wecken ließ, um mit ihnen von seiner Reue zu reden. Und vielleicht war das, was sein Leben über die Maßen hinhielt, schließlich nur die Hoffnung, sich auch noch vor Napoleon Orsini zu demütigen, der ihn haßte und der nicht kommen wollte.

Jakob von Cahors hatte widerrufen. Und man könnte meinen, Gott selber hätte seine Irrung erweisen wollen, da er so bald hernach jenen Sohn des Grafen von Ligny aufkommen ließ, der seine Mündigkeit auf Erden nur abzuwarten schien, um des Himmels seelische Sinnlichkeiten mannbar anzutreten. Es lebten viele, die sich dieses klaren Knaben in seinem Kardinalat erinnerten, und wie er am Eingang seiner Jünglingschaft Bischof geworden und mit kaum achtzehn Jahren in einer Ekstase seiner Vollendung gestorben war. Man begegnete Totgewesenen: denn die Luft an seinem Grabe, in der, frei geworden, pures Leben lag, wirkte lange noch auf die Leichname. Aber war nicht etwas Verzweifeltes selbst in dieser frühreifen Heiligkeit? War es nicht ein Unrecht an allen, daß das reine Gewebe dieser Seele nur eben durchgezogen worden war, als handelte es sich nur darum, es in der garen Scharlachküpe der Zeit leuchtend zu färben? Empfand man nicht etwas wie einen Gegenstoß, da dieser junge Prinz von der Erde absprang in seine leidenschaftliche Himmelfahrt? Warum verweilten die Leuchtenden nicht unter den mühsamen Lichtziehern? War es nicht diese Finsternis, die Johann den Zweiundzwanzigsten dahin gebracht hatte, zu behaupten, daß es *vor* dem jüngsten Gericht keine ganze Seligkeit gäbe, nirgends, auch unter den Seligen nicht? Und in der Tat, wieviel rechthaberische Verbissenheit gehörte dazu, sich vorzustellen, daß, während hier so dichte Wirrsal geschah, irgendwo Gesichter schon im Scheine Gottes lagen, an Engel zurückgelehnt und gestillt durch die unausschöpfliche Aussicht auf ihn.

Da sitze ich in der kalten Nacht und schreibe und weiß das alles. Ich weiß es vielleicht, weil mir jener Mann begegnet ist, damals als ich klein war. Er war sehr groß, ich glaube sogar, daß er auffallen mußte durch seine Größe.

So unwahrscheinlich es ist, es war mir irgendwie gelungen, gegen Abend allein aus dem Haus zu kommen; ich lief, ich bog um eine Ecke, und in demselben Augenblick stieß ich gegen ihn. Ich begreife nicht, wie das, was jetzt geschah, sich in etwa fünf Sekunden abspielen konnte. So dicht man es auch erzählt, es dauert viel länger. Ich hatte mir weh getan im Anlauf an ihn; ich war klein, es schien mir schon viel, daß ich nicht weinte, auch erwartete ich unwillkürlich, getröstet zu sein. Da er das nicht tat, hielt ich ihn für verlegen; es fiel ihm, vermutete ich, der richtige Scherz nicht ein, in dem diese Sache aufzulösen war. Ich war schon vergnügt genug, ihm dabei zu helfen, aber dazu war es nötig, ihm ins Gesicht zu sehen. Ich habe gesagt, daß er groß war. Nun hatte er sich nicht, wie es doch natürlich gewesen wäre, über mich gebeugt, so daß er sich in einer Höhe befand, auf die ich nicht vorbereitet war. Immer noch war vor mir nichts als der Geruch und die eigentümliche Härte seines Anzugs, die ich gefühlt hatte. Plötzlich kam sein Gesicht. Wie es war? Ich weiß es nicht, ich will es nicht wissen. Es war das Gesicht eines Feindes. Und neben diesem Gesicht, dicht nebenan, in der Höhe der schrecklichen Augen, stand, wie ein zweiter Kopf, seine Faust. Ehe ich noch Zeit hatte, mein Gesicht wegzusenken, lief ich schon; ich wich links an ihm vorbei und lief geradeaus eine leere, furchtbare Gasse hinunter, die Gasse einer fremden Stadt, einer Stadt, in der nichts vergeben wird.

Damals erlebte ich, was ich jetzt begreife: jene schwere, massive, verzweifelte Zeit. Die Zeit, in der der Kuß zweier, die sich versöhnten, nur das Zeichen für die Mörder war, die herumstanden. Sie tranken aus demselben Becher, sie bestiegen vor aller Augen das gleiche Reitpferd, und es wurde verbreitet, daß sie die Nacht in einem Bette schlafen würden: und über allen diesen Berührungen wurde ihr Widerwillen aneinander so dringend, daß, sooft einer die schlagenden Adern des andern sah, ein krankhafter Ekel ihn bäumte, wie beim Anblick einer Kröte. Die Zeit, in der ein Bruder den Bruder um dessen größeren Erbteils willen überfiel und gefangenhielt; zwar trat der König für den Mißhandelten ein und erreichte ihm Freiheit und Eigentum; in anderen fernen Schicksalen beschäftigt, gestand ihm der Ältere Ruhe zu und bereute in Briefen sein Unrecht. Aber über alledem kam der Befreite nicht mehr zur Fassung. Das Jahrhundert zeigt ihn im Pilgerkleid von Kirche zu Kirche ziehen, immer wunderlichere Gelübde erfindend. Mit Amuletten behangen, flüstert er den Mönchen von Saint-Denis seine Befürchtungen zu, und in ihren Registern stand lange die hundertpfündige Wachskerze verzeichnet, die er für gut hielt, dem heiligen Ludwig zu weihen. Zu seinem eigenen Leben kam es nicht; bis an sein Ende fühlte er seines Bruders Neid und Zorn in verzerrter Konstellation über seinem Herzen. Und jener Graf von Foix, Gaston Phöbus, der in aller Bewunderung war, hatte er nicht seinen Vetter Ernault, des englischen Königs Hauptmann zu Lourdes, offen getötet? Und was war dieser deutliche Mord gegen den grauenvollen Zufall, daß er das kleine scharfe Nagelmesser nicht fortgelegt hatte, als er mit seiner berühmt schönen Hand in zuckendem Vorwurf den bloßen Hals seines liegenden Sohnes streifte? Die Stube war dunkel, man mußte leuchten, um das Blut zu sehen, das so weit herkam und nun für immer ein köstliches Geschlecht verließ, da es heimlich aus der winzigen Wunde dieses erschöpften Knaben austrat.

Wer konnte stark sein und sich des Mordes enthalten? Wer in dieser Zeit wußte nicht, daß das Äußerste unvermeidlich war? Da und dort über einen, dessen Blick untertags dem kostenden Blick seines Mörders begegnet war, kam ein seltsames Vorgefühl. Er zog sich zurück, er schloß sich ein, er schrieb das Ende seines Willens und verordnete zum Schluß die Trage aus Weidengeflecht, die Cölestinerkutte und Aschenstreu. Fremde Minstrel erschienen vor seinem Schloß, und er beschenkte sie fürstlich für ihre Stimme, die mit seinen vagen Ahnungen einig war. Im Aufblick der Hunde war Zweifel, und sie wurden weniger sicher in ihrer Aufwartung. Aus der Devise, die das ganze Leben lang gegolten hatte, trat leise ein neuer, offener Nebensinn. Manche lange Gewohnheit kam einem veraltet vor, aber es war, als bildete sich kein Ersatz mehr für sie. Stellten sich Pläne ein, so ging man im großen mit ihnen um, ohne wirklich an sie zu glauben; dagegen griffen gewisse Erinnerungen zu einer unerwarteten Endgültigkeit. Abends, am Feuerplatz, meinte man sich ihnen zu überlassen. Aber die Nacht draußen, die man nicht mehr kannte, wurde auf einmal ganz stark im Gehör. Das an so vielen freien oder gefährlichen Nächten erfahrene Ohr unterschied einzelne Stücke der Stille. Und doch war es anders diesmal. Nicht die Nacht zwischen gestern und heute: eine Nacht. Nacht. Beau Sire Dieu, und dann die Auferstehung. Kaum daß in solche Stunden die Berührung um eine Geliebte hineinreichte: sie waren alle verstellt in Tagliedern und Diengedichten; unbegreiflich geworden unter langen nachschleppenden Prunknamen. Höchstens, im Dunkel, wie das volle, frauige Aufschaun eines Bastardsohns.

Und dann, vor dem späten Nachtessen diese Nachdenklichkeit über die Hände in dem silbernen Waschbecken. Die eigenen Hände. Ob ein Zusammenhang in das Ihre zu bringen war? eine Folge, eine Fortsetzung im Greifen und Lassen? Nein. Alle versuchten das Teil und das Gegenteil. Alle hoben sich auf, Handlung war keine.

Es gab keine Handlung, außer bei den Missionsbrüdern. Der König, so wie er sie hatte sich gebärden sehn, erfand selbst den Freibrief für sie. Er redete sie seine lieben Brüder an; nie war ihm jemand so nahegegangen. Es wurde ihnen wörtlich bewilligt, in ihrer Bedeutung unter den Zeitlichen herumzugehen; denn der König wünschte nichts mehr, als daß sie viele anstecken sollten und hineinreißen in ihre starke Aktion, in der Ordnung war. Was ihn selbst betrifft, so sehnte er sich, von ihnen zu lernen. Trug er nicht, ganz wie sie, die Zeichen und Kleider eines Sinnes an sich? Wenn er ihnen zusah, so konnte er glauben, dies müßte sich erlernen lassen: zu kommen und zu gehen, auszusagen und sich abzubiegen, so daß kein Zweifel war. Ungeheuere Hoffnungen überzogen sein Herz. In diesem unruhig beleuchteten, merkwürdig unbestimmten Saal des Dreifaltigkeitshospitals saß er täglich an seinem besten Platz und stand auf vor Erregung und nahm sich zusamm wie ein Schüler. Andere weinten; er aber war innen voll glänzender Tränen und preßte nur die kalten Hände ineinander, um es zu ertragen. Manchmal im Äußersten, wenn ein abgesprochener Spieler plötzlich wegtrat aus seinem großen Blick, hob er das Gesicht und erschrak: seit wie lange schon war Er da: Monseigneur Sankt Michaël, oben, vorgetreten an den Rand des Gerüsts in seiner spiegelnden silbernen Rüstung.

In solchen Momenten richtete er sich auf. Er sah um sich wie vor einer Entscheidung. Er war ganz nahe daran, das Gegenstück zu dieser Handlung hier einzusehen: die große, bange, profane Passion, in der er spielte. Aber auf einmal war es vorbei. Alle bewegten sich ohne Sinn. Offene Fackeln kamen auf ihn zu, und in die Wölbung hinauf warfen sich formlose Schatten. Menschen, die er nicht kannte, zerrten an ihm. Er wollte spielen: aber aus seinem Mund kam nichts, seine Bewegungen ergaben keine Gebärde. Sie drängten sich so eigentümlich um ihn, es kam ihm die Idee, daß er das Kreuz tragen sollte. Und er wollte warten, daß sie es brächten. Aber sie waren stärker, und sie schoben ihn langsam hinaus.

Außen ist vieles anders geworden. Ich weiß nicht wie. Aber innen und vor Dir, mein Gott, innen vor Dir, Zuschauer: sind wir nicht ohne Handlung? Wir entdecken wohl, daß wir die Rolle nicht wissen, wir suchen einen Spiegel, wir möchten abschminken und das Falsche abnehmen und wirklich sein. Aber irgendwo haftet uns noch ein Stück Verkleidung an, das wir vergessen. Eine Spur Übertreibung bleibt in unseren Augenbrauen, wir merken nicht, daß unsere Mundwinkel verbogen sind. Und so gehen wir herum, ein Gespött und eine Hälfte: weder Seiende, noch Schauspieler.

Das war im Theater zu Orange. Ohne recht aufzusehen, nur im Bewußtsein des rustiken Bruchs, der jetzt seine Fassade ausmacht, war ich durch die kleine Glastür des Wächters eingetreten. Ich befand mich zwischen liegenden Säulenkörpern und kleinen Althaeabäumen, aber sie verdeckten mir nur einen Augenblick die offene Muschel des Zuschauerhangs, die dalag, geteilt von den Schatten des Nachmittags, wie eine riesige konkave Sonnenuhr. Ich ging rasch auf sie zu. Ich fühlte, zwischen den Sitzreihen aufsteigend, wie ich abnahm in dieser Umgebung. Oben, etwas höher, standen, schlecht verteilt, ein paar Fremde herum in müßiger Neugier; ihre Anzüge waren unangenehm deutlich, aber ihr Maßstab war nicht der Rede wert. Eine Weile faßten sie mich ins Auge und wunderten sich über meine Kleinheit. Das machte, daß ich mich umdrehte.

Oh, ich war völlig unvorbereitet. Es wurde gespielt. Ein immenses, ein übermenschliches Drama war im Gange, das Drama dieser gewaltigen Szenenwand, deren senkrechte Gliederung dreifach auftrat, dröhnend vor Größe, fast vernichtend und plötzlich maßvoll im Übermaß.

Ich ließ mich hin vor glücklicher Bestürzung. Dieses Ragende da mit der antlitzhaften Ordnung seiner Schatten, mit dem gesammelten Dunkel im Mund seiner Mitte, begrenzt, oben, von des Kranzgesimses gleichlockiger Haartracht: dies war die starke, alles verstellende antikische Maske, hinter der die Welt zum Gesicht zusammenschoß. Hier, in diesem großen, eingebogenen Sitzkreis herrschte ein wartendes, leeres, saugendes Dasein: alles Geschehen war drüben: Götter und Schicksal. Und von drüben kam (wenn man hoch aufsah) leicht, über den Wandgrat: der ewige Einzug der Himmel.

Diese Stunde, das begreife ich jetzt, schloß mich für immer aus von unseren Theatern. Was soll ich dort? Was soll ich vor einer Szene, in der diese Wand (die Ikonwand der russischen Kirchen) abgetragen wurde, weil man nicht mehr die Kraft hat, durch ihre Härte die Handlung durchzupressen, die gasförmige, die in vollen schweren Öltropfen austritt. Nun fallen die Stücke in Brocken durch das lochige Grobsieb der Bühnen und häufen sich an und werden weggeräumt, wenn es genug ist. Es ist dieselbe ungare Wirklichkeit, die auf den Straßen liegt und in den Häusern, nur daß mehr davon dort zusammenkommt, als sonst in einen Abend geht.

*(Laßt uns doch aufrichtig sein, wir haben kein Theater, so wenig wir einen Gott haben: dazu gehört Gemeinsamkeit. Jeder hat seine besonderen Einfälle und Befürchtun-

* Im Manuskript an den Rand geschrieben.

gen, und er läßt den andern so viel davon sehen, als ihm nützt und paßt. Wir verdünnen fortwährend unser Verstehen, damit es reichen soll, statt zu schreien nach der Wand einer gemeinsamen Not, hinter der das Unbegreifliche Zeit hat, sich zu sammeln und anzuspannen.)

Hätten wir ein Theater, stündest du dann, du Tragische, immer wieder so schmal, so bar, so ohne Gestaltvorwand vor denen, die an deinem ausgestellten Schmerz ihre eilige Neugier vergnügen? Du sahst, unsäglich Rührende, das Wirklichsein deines Leidens voraus, in Verona damals, als du, fast noch ein Kind, theaterspielend, lauter Rosen vor dich hieltst wie eine maskige Vorderansicht, die dich gesteigert verbergen sollte.

Es ist wahr, du warst ein Schauspielerkind, und wenn die Deinen spielten, so wollten sie gesehen sein; aber du schlugst aus der Art. Dir sollte dieser Beruf werden, was für Marianna Alcoforado, ohne daß sie es ahnte, die Nonnenschaft war, eine Verkleidung, dicht und dauernd genug, um hinter ihr rückhaltlos elend zu sein, mit der Inständigkeit, mit der unsichtbare Selige selig sind. In allen Städten, wohin du kamst, beschrieben sie deine Gebärde; aber sie begriffen nicht, wie du, aussichtsloser von Tag zu Tag, immer wieder eine Dichtung vor dich hobst, ob sie dich berge. Du hieltest dein Haar, deine Hände, irgendein dichtes Ding vor die durchscheinenden Stellen. Du hauchtest die an, die durchsichtig waren; du machtest dich klein; du verstecktest dich, wie Kinder sich verstecken, und dann hattest du jenen kurzen, glücklichen Auflaut, und höchstens ein Engel hätte dich suchen dürfen. Aber, schautest du dann vorsichtig auf, so war kein Zweifel, daß sie dich die ganze Zeit gesehen hatten, allein in dem häßlichen, hohlen, äugigen Raum: dich, dich, dich und nichts anderes.

Und es kam dich an, ihnen den Arm verkürzt entgegenzustrecken mit dem Fingerzeichen gegen den bösen Blick. Es kam dich an, ihnen dein Gesicht zu entreißen, an dem sie zehrten. Es kam dich an, du selber zu sein. Deinen Mitspielern fiel der Mut; als hätte man sie mit einem

Pantherweibchen zusammengesperrt, krochen sie an den Kulissen entlang und sprachen was fällig war, nur um dich nicht zu reizen. Du aber zogst sie hervor und stelltest sie hin und gingst mit ihnen um wie mit Wirklichen. Die schlappen Türen, die hingetäuschten Vorhänge, die Gegenstände ohne Hinterseite drängten dich zum Widerspruch. Du fühltest, wie dein Herz sich unaufhaltsam steigerte zu einer immensen Wirklichkeit und, erschrocken, versuchtest du noch einmal die Blicke von dir abzunehmen wie lange Fäden Altweibersommer –: Aber da brachen sie schon in Beifall aus in ihrer Angst vor dem Äußersten: wie um im letzten Moment etwas von sich abzuwenden, was sie zwingen würde, ihr Leben zu ändern.

Schlecht leben die Geliebten und in Gefahr. Ach, daß sie sich überstünden und Liebende würden. Um die Liebenden ist lauter Sicherheit. Niemand verdächtigt sie mehr, und sie selbst sind nicht imstande, sich zu verraten. In ihnen ist das Geheimnis heil geworden, sie schreien es im Ganzen aus wie Nachtigallen, es hat keine Teile. Sie klagen um einen; aber die ganze Natur stimmt in sie ein: es ist die Klage um einen Ewigen. Sie stürzen sich dem Verlorenen nach, aber schon mit den ersten Schritten überholen sie ihn, und *vor* ihnen ist nur noch Gott. Ihre Legende ist die der Byblis, die den Kaunos verfolgt bis nach Lykien hin. Ihres Herzens Andrang jagte sie durch die Länder auf seiner Spur, und schließlich war sie am Ende der Kraft; aber so stark war ihres Wesens Bewegtheit, daß sie, hinsinkend, jenseits vom Tod als Quelle wiedererschien, eilend, als eilende Quelle.

Was ist anderes der Portugiesin geschehen: als daß sie innen zur Quelle ward? Was dir, Heloïse? was euch, Liebenden, deren Klagen auf uns gekommen sind: Gaspara Stampa; Gräfin von Die und Clara d'Anduze; Louise Labbé, Marceline Desbordes, Elisa Mercœur? Aber du, arme flüchtige Aïssé, du zögertest schon und gabst nach. Müde Julie Lespinasse. Trostlose Sage des glücklichen Parks: Marie-Anne de Clermont.

Ich weiß noch genau, einmal, vorzeiten, zuhaus, fand ich ein Schmucketui; es war zwei Hände groß, fächerförmig mit einem eingepreßten Blumenrand im dunkelgrünen Saffian. Ich schlug es auf: es war leer. Das kann ich nun sagen nach so langer Zeit. Aber damals, da ich es geöffnet hatte, sah ich nur, woraus diese Leere bestand: aus Samt, aus einem kleinen Hügel lichten, nicht mehr frischen Samtes; aus der Schmuckrille, die, um eine Spur Wehmut heller, leer, darin verlief. Einen Augenblick war das auszuhalten. Aber vor denen, die als Geliebte zurückbleiben, ist es vielleicht immer so.

Blättert zurück in euren Tagebüchern. War da nicht immer um die Frühlinge eine Zeit, da das ausbrechende Jahr euch wie ein Vorwurf betraf? Es war Lust zum Frohsinn in euch, und doch, wenn ihr hinaustratet in das geräumige Freie, so entstand draußen eine Befremdung in der Luft, und ihr wurdet unsicher im Weitergehen wie auf einem Schiffe. Der Garten fing an; ihr aber (das war es), ihr schlepptet Winter herein und voriges Jahr; für euch war es bestenfalls eine Fortsetzung. Während ihr wartetet, daß eure Seele teilnähme, empfandet ihr plötzlich eurer Glieder Gewicht, und etwas wie die Möglichkeit, krank zu werden, drang in euer offenes Vorgefühl. Ihr schobt es auf euer zu leichtes Kleid, ihr spanntet den Schal um die Schultern, ihr lieft die Allee bis zum Schluß: und dann standet ihr, herzklopfend, in dem weiten Rondell, entschlossen mit alledem einig zu sein. Aber ein Vogel klang und war allein und verleugnete euch. Ach, hättet ihr müssen gestorben sein?

Vielleicht. Vielleicht ist das neu, daß wir das überstehen: das Jahr und die Liebe. Blüten und Früchte sind reif, wenn sie fallen; die Tiere fühlen sich und finden sich zueinander und sind es zufrieden. Wir aber, die wir uns Gott vorgenommen haben, wir können nicht fertig werden. Wir rücken unsere Natur hinaus, wir brauchen noch Zeit. Was ist uns ein Jahr? Was sind alle? Noch eh wir Gott angefangen haben, beten wir schon zu ihm: laß uns die Nacht überstehen. Und dann das Kranksein. Und dann die Liebe.

Daß Clémence de Bourges hat sterben müssen in ihrem Aufgang. Sie, die ohne gleichen war; unter den Instrumenten, die sie wie keine zu spielen verstand, das schönste, selber im mindesten Klang ihrer Stimme unvergeßlich gespielt. Ihr Mädchentum war von so hoher Entschlossenheit, daß eine flutende Liebende diesem aufkommenden Herzen das Buch Sonette zueignen konnte, darin jeder Vers ungestillt war. Louise Labbé fürchtete nicht, dieses Kind zu erschrecken mit der Leidenslänge der Liebe. Sie zeigte ihr das nächtliche Steigen der Sehnsucht; sie versprach ihr den Schmerz wie einen größeren Weltraum; und sie ahnte, daß sie mit ihrem erfahrenen Weh hinter dem dunkel erwarteten zurückblieb, von dem diese Jünglingin schön war.

Mädchen in meiner Heimat. Daß die schönste von euch im Sommer an einem Nachmittag in der verdunkelten Bibliothek sich das kleine Buch fände, das Jan des Tournes 1556 gedruckt hat. Daß sie den kühlenden, glatten Band mitnähme hinaus in den summenden Obstgarten oder hinüber zum Phlox, in dessen übersüßtem Duft ein Bodensatz schierer Süßigkeit steht. Daß sie es früh fände. In den Tagen, da ihre Augen anfangen, auf sich zu halten, während der jüngere Mund noch imstande ist, viel zu große Stücke von einem Apfel abzubeißen und voll zu sein.

Und wenn dann die Zeit der bewegteren Freundschaften kommt, Mädchen, daß es euer Geheimnis wäre, einander Dika zu rufen und Anaktoria, Gyrinno und Atthis. Daß einer, ein Nachbar vielleicht, ein älterer Mann, der in seiner Jugend gereist ist und längst als Sonderling gilt, euch diese Namen verriete. Daß er euch manchmal zu sich einlüde, um seiner berühmten Pfirsiche willen oder wegen der Ridingerstiche zur Equitation oben im weißen Gang, von denen so viel gesprochen wird, daß man sie müßte gesehen haben.

Vielleicht überredet ihr ihn zu erzählen. Vielleicht ist die unter euch, die ihn erbitten kann, die alten Reisetagebücher hervorzuholen, wer kann es wissen? Dieselbe, die es ihm eines Tags zu entlocken versteht, daß einzelne Gedichtstellen der Sappho auf uns gekommen sind, und die nicht ruht bis sie weiß, was fast ein Geheimnis ist: daß dieser zurückgezogene Mann es liebte, zuzeiten seine Muße an die Übertragung dieser Versstücke zu wenden. Er muß zugeben, daß er lange nicht mehr daran gedacht hat, und was da ist, versichert er, sei nicht der Rede wert. Aber nun freut es ihn doch, vor diesen arglosen Freundinnen, wenn sie sehr drängen, eine Strophe zu sagen. Er entdeckt sogar den griechischen Wortlaut in seinem Gedächtnis, er spricht ihn vor, weil die Übersetzung nichts giebt, seiner Meinung nach, und um dieser Jugend den schönen, echten Bruch der massiven Schmucksprache zu zeigen, die in so starken Flammen gebogen ward.

Über dem allen erwärmt er sich wieder für seine Arbeit. Es kommen schöne, fast jugendliche Abende für ihn, Herbstabende zum Beispiel, die sehr viel stille Nacht vor sich haben. In seinem Kabinett ist dann lange Licht. Er bleibt nicht immer über die Blätter gebeugt, er lehnt sich oft zurück, er schließt die Augen über einer wiedergelesenen Zeile, und ihr Sinn verteilt sich in seinem Blut. Nie war er der Antike so gewiß. Fast möchte er der Generationen lächeln, die sie beweint haben wie ein verlorenes Schauspiel, in dem sie gerne aufgetreten wären. Nun begreift er momentan die dynamische Bedeutung jener frühen Welteinheit, die etwas wie ein neues, gleichzeitiges Aufnehmen aller menschlichen Arbeit war. Es beirrt ihn nicht, daß jene konsequente Kultur mit ihren gewissermaßen vollzähligen Versichtbarungen für viele spätere Blicke ein Ganzes zu bilden schien und ein im Ganzen Vergangenes. Zwar ward dort wirklich des Lebens himmlische Hälfte an die halbrunde Schale des Daseins gepaßt, wie zwei volle Hemisphären zu einer heilen, goldenen Kugel zusammengehen. Doch dies war kaum geschehen, so empfanden die in ihr eingeschlossenen Geister diese restlose Verwirklichung nur noch als Gleichnis; das massive Gestirn verlor an Gewicht und stieg auf in den Raum, und in seiner goldenen Rundung spiegelte sich zurückhaltend die Traurigkeit dessen, was noch nicht zu bewältigen war.

Wie er dies denkt, der Einsame in seiner Nacht, denkt und einsieht, bemerkt er einen Teller mit Früchten auf der Fensterbank. Unwillkürlich greift er einen Apfel heraus und legt ihn vor sich auf den Tisch. Wie steht mein Leben herum um diese Frucht, denkt er. Um alles Fertige steigt das Ungetane und steigert sich.

Und da, über dem Ungetanen, ersteht ihm, fast zu schnell, die kleine, ins Unendliche hinaus gespannte Gestalt, die (nach Galiens Zeugnis) alle meinten, wenn sie sagten: die Dichterin. Denn wie hinter den Werken des Herakles Abbruch und Umbau der Welt verlangend aufstand, so drängten sich, gelebt zu werden, aus den Vorräten des Seins an die Taten ihres Herzens die Seligkeiten und Verzweiflungen heran, mit denen die Zeiten auskommen müssen.

Er kennt auf einmal dieses entschlossene Herz, das bereit war, die ganze Liebe zu leisten bis ans Ende. Es wundert ihn nicht, daß man es verkannte; daß man in dieser überaus künftigen Liebenden nur das Übermaß sah, nicht die neue Maßeinheit von Liebe und Herzleid. Daß man die Inschrift ihres Daseins auslegte wie sie damals gerade glaubhaft war, daß man ihr endlich den Tod derjenigen zuschrieb, die der Gott einzeln anreizt, aus sich hinauszulieben ohne Erwiderung. Vielleicht waren selbst unter den von ihr gebildeten Freundinnen solche, die es nicht begriffen: daß sie auf der Höhe ihres Handelns nicht um einen klagte, der ihre Umarmung offen ließ, sondern um den nicht mehr Möglichen, der ihrer Liebe gewachsen war.

Hier steht der Sinnende auf und tritt an sein Fenster, sein hohes Zimmer ist ihm zu nah, er möchte Sterne sehen, wenn es möglich ist. Er täuscht sich nicht über sich selbst. Er weiß, daß diese Bewegung ihn erfüllt, weil unter den jungen Mädchen aus der Nachbarschaft die eine ist, die ihn angeht. Er hat Wünsche (nicht für sich, nein, aber für sie); für sie versteht er in einer nächtlichen Stunde, die vorübergeht, den Anspruch der Liebe. Er verspricht sich, ihr nichts davon zu sagen. Es scheint ihm das Äußerste, allein zu sein und wach und um ihretwillen zu denken, wie sehr im Recht jene Liebende war: wenn sie wußte, daß mit der Vereinigung nichts gemeint sein kann, als ein Zuwachs an Einsamkeit; wenn sie den zeitlichen Zweck des Geschlechtes durchbrach mit seiner unendlichen Absicht. Wenn sie im Dunkel der Umarmungen nicht nach Stillung grub, sondern nach Sehnsucht. Wenn sie es verachtete, daß von Zweien einer der Liebende sei und einer Geliebter, und die schwachen Geliebten, die sie sich zum Lager trug, an sich zu Liebenden glühte, die sie verließen. An solchen hohen Abschieden wurde ihr Herz zur Natur. Über dem Schicksal sang sie den firnen Lieblinginnen ihr Brautlied; erhöhte ihnen die Hochzeit; übertrieb ihnen den nahen Gemahl, damit sie sich zusammennähmen für ihn wie für einen Gott und auch noch *seine* Herrlichkeit überstünden.

Einmal noch, Abelone, in den letzten Jahren fühlte ich dich und sah dich ein, unerwartet, nachdem ich lange nicht an dich gedacht hatte.

Das war in Venedig, im Herbst, in einem jener Salons, in denen Fremde sich vorübergehend um die Dame des Hauses versammeln, die fremd ist wie sie. Diese Leute stehen herum mit ihrer Tasse Tee und sind entzückt, sooft ein kundiger Nachbar sie kurz und verkappt nach der Tür dreht, um ihnen einen Namen zuzuflüstern, der venezianisch klingt. Sie sind auf die äußersten Namen gefaßt, nichts kann sie überraschen; denn so sparsam sie sonst auch im Erleben sein mögen, in dieser Stadt geben sie sich nonchalant den übertriebensten Möglichkeiten hin. In ihrem gewöhnlichen Dasein verwechseln sie beständig das Außerordentliche mit dem Verbotenen, so daß die Erwartung des Wunderbaren, die sie sich nun gestatten, als ein grober, ausschweifender Ausdruck in ihre Gesichter tritt. Was ihnen zu Hause nur momentan in Konzerten passiert oder wenn sie mit einem Roman allein sind, das tragen sie unter diesen schmeichelnden Verhältnissen als berechtigten Zustand zur Schau. Wie sie, ganz unvorbereitet, keine Gefahr begreifend, von den fast tödlichen Geständnissen der Musik sich anreizen lassen wie von körperlichen Indiskretionen, so überliefern sie sich, ohne die Existenz Venedigs im geringsten zu bewältigen, der lohnenden Ohnmacht der Gondeln. Nicht mehr neue Eheleute, die während der ganzen Reise nur gehässige Repliken für einander hatten, versinken in schweigsame Verträglichkeit; über den Mann kommt die angenehme Müdigkeit seiner Ideale, während sie sich jung fühlt und den trägen Einheimischen aufmunternd zunickt mit einem Lächeln, als hätte sie Zähne aus Zucker, die sich beständig auflösen. Und hört man hin, so ergiebt es sich, daß sie morgen reisen oder übermorgen oder Ende der Woche.

Da stand ich nun zwischen ihnen und freute mich, daß ich nicht reiste. In kurzem würde es kalt sein. Das weiche, opiatische Venedig ihrer Vorurteile und Bedürfnisse verschwindet mit diesen somnolenten Ausländern, und eines Morgens ist das andere da, das wirkliche, wache, bis zum Zerspringen spröde, durchaus nicht erträumte: das mitten im Nichts auf versenkten Wäldern gewollte, erzwungene und endlich so durch und durch vorhandene Venedig. Der abgehärtete, auf das Nötigste beschränkte Körper, durch den das nachtwache Arsenal das Blut seiner Arbeit trieb, und dieses Körpers penetranter, sich fortwährend erweiternder Geist, der stärker war als der Duft aromatischer Länder. Der suggestive Staat, der das Salz und Glas seiner Armut austauschte gegen die Schätze der Völker. Das schöne Gegengewicht der Welt, das bis in seine Zierate hinein voll latenter Energien steht, die sich immer feiner vernervten –: dieses Venedig.

Das Bewußtsein, daß ich es kannte, überkam mich unter allen diesen sich täuschenden Leuten mit so viel Widerspruch, daß ich aufsah, um mich irgendwie mitzuteilen. War es denkbar, daß in diesen Sälen nicht einer war, der unwillkürlich darauf wartete, über das Wesen dieser Umgebung aufgeklärt zu sein? Ein junger Mensch, der es sofort begriff, daß hier nicht ein Genuß aufgeschlagen war, sondern ein Beispiel des Willens, wie es nirgends anfordernder und strenger sich finden ließ? Ich ging umher, meine

Wahrheit beunruhigte mich. Da sie mich hier unter so vielen ergriffen hatte, brachte sie den Wunsch mit, ausgesprochen, verteidigt, bewiesen zu sein. Die groteske Vorstellung entstand in mir, wie ich im nächsten Augenblick in die Hände klatschen würde aus Haß gegen das von allen zerredete Mißverständnis.

In dieser lächerlichen Stimmung bemerkte ich sie. Sie stand allein vor einem strahlenden Fenster und betrachtete mich; nicht eigentlich mit den Augen, die ernst und nachdenklich waren, sondern geradezu mit dem Mund, der dem offenbar bösen Ausdruck meines Gesichtes ironisch nachahmte. Ich fühlte sofort die ungeduldige Spannung in meinen Zügen und nahm ein gelassenes Gesicht an, worauf ihr Mund natürlich wurde und hochmütig. Dann, nach kurzem Bedenken, lächelten wir einander gleichzeitig zu.

Sie erinnerte, wenn man will, an ein gewisses Jugendbildnis der schönen Benedicte von Qualen, die in Baggesens Leben eine Rolle spielt. Man konnte die dunkle Stille ihrer Augen nicht sehen ohne die klare Dunkelheit ihrer Stimme zu vermuten. Übrigens war die Flechtung ihres Haars und der Halsausschnitt ihres hellen Kleides so kopenhagisch, daß ich entschlossen war, sie dänisch anzureden.

Ich war aber noch nicht nahe genug, da schob sich von der andern Seite eine Strömung zu ihr hin; unsere gästeglückliche Gräfin selbst, in ihrer warmen, begeisterten Zerstreutheit, stürzte sich mit einer Menge Beistand über sie, um sie auf der Stelle zum Singen abzuführen. Ich war sicher, daß das junge Mädchen sich damit entschuldigen würde, daß niemand in der Gesellschaft Interesse haben könne, dänisch singen zu hören. Dies tat sie auch, sowie sie zu Worte kam. Das Gedränge um die lichte Gestalt herum wurde eifriger; jemand wußte, daß sie auch deutsch singe. »Und italienisch«, ergänzte eine lachende Stimme mit boshafter Überzeugung. Ich wußte keine Ausrede, die ich ihr hätte wünschen können, aber ich zweifelte nicht, daß sie widerstehen würde. Schon breitete sich eine trockene Gekränktheit über die vom langen Lächeln abgespannten

Gesichter der Überredenden aus, schon trat die gute Gräfin, um sich nichts zu vergeben, mitleidig und würdig einen Schritt ab, da, als es durchaus nicht mehr nötig war, gab sie nach. Ich fühlte, wie ich blaß wurde vor Enttäuschung; mein Blick füllte sich mit Vorwurf, aber ich wandte mich weg, es lohnte nicht, sie das sehn zu lassen. Sie aber machte sich von den andern los und war auf einmal neben mir. Ihr Kleid schien mich an, der blumige Geruch ihrer Wärme stand um mich.

»Ich will wirklich singen«, sagte sie auf dänisch meine Wange entlang, »nicht weil sie's verlangen, nicht zum Schein: weil ich jetzt singen muß.«

Aus ihren Worten brach dieselbe böse Unduldsamkeit, von welcher sie mich eben befreit hatte.

Ich folgte langsam der Gruppe, mit der sie sich entfernte. Aber an einer hohen Tür blieb ich zurück und ließ die Menschen sich verschieben und ordnen. Ich lehnte mich an das schwarzspiegelnde Türinnere und wartete. Jemand fragte mich, was sich vorbereite, ob man singen werde. Ich gab vor, es nicht zu wissen. Während ich log, sang sie schon.

Ich konnte sie nicht sehen. Es wurde allmählich Raum um eines jener italienischen Lieder, die die Fremden für sehr echt halten, weil sie von so deutlicher Übereinkunft sind. Sie, die es sang, glaubte nicht daran. Sie hob es mit Mühe hinauf, sie nahm es viel zu schwer. An dem Beifall vorne konnte man merken, wann es zu Ende war. Ich war traurig und beschämt. Es entstand einige Bewegung, und ich nahm mir vor, sowie jemand gehen würde, mich anzuschließen.

Aber da wurde es mit einemmal still. Eine Stille ergab sich, die eben noch niemand für möglich gehalten hätte; sie dauerte an, sie spannte sich, und jetzt erhob sich in ihr die Stimme. (Abelone, dachte ich. Abelone.) Diesmal war sie stark, voll und doch nicht schwer; aus einem Stück, ohne Bruch, ohne Naht. Es war ein unbekanntes deutsches Lied. Sie sang es merkwürdig einfach, wie etwas Notwendiges. Sie sang:

»Du, der ichs nicht sage, daß ich bei Nacht
weinend liege,
deren Wesen mich müde macht
wie eine Wiege.
Du, die mir nicht sagt, wenn sie wacht
meinetwillen:
wie, wenn wir diese Pracht
ohne zu stillen
in uns ertrügen?
(kurze Pause und zögernd):
Sieh dir die Liebenden an,
wenn erst das Bekennen begann,
wie bald sie lügen.«

Wieder die Stille. Gott weiß, wer sie machte. Dann rührten sich die Leute, stießen aneinander, entschuldigten sich, hüstelten. Schon wollten sie in ein allgemeines verwischendes Geräusch übergehen, da brach plötzlich die Stimme aus, entschlossen, breit und gedrängt:

»Du machst mich allein. Dich einzig kann ich vertauschen.
Eine Weile bist dus, dann wieder ist es das Rauschen,
oder es ist ein Duft ohne Rest.
Ach, in den Armen hab ich sie alle verloren,
du nur, du wirst immer wieder geboren:
weil ich niemals dich anhielt, halt ich dich fest.«

Niemand hatte es erwartet. Alle standen gleichsam geduckt unter dieser Stimme. Und zum Schluß war eine solche Sicherheit in ihr, als ob sie seit Jahren gewußt hätte, daß sie in diesem Augenblick würde einzusetzen haben.

Manchmal früher fragte ich mich, warum Abelone die Kalorien ihres großartigen Gefühls nicht an Gott wandte. Ich weiß, sie sehnte sich, ihrer Liebe alles Transitive zu nehmen, aber konnte ihr wahrhaftiges Herz sich darüber täuschen, daß Gott nur eine Richtung der Liebe ist, kein Liebesgegenstand? Wußte sie nicht, daß keine Gegenliebe von ihm zu fürchten war? Kannte sie nicht die Zurückhaltung dieses überlegenen Geliebten, der die Lust ruhig hinausschiebt, um uns, Langsame, unser ganzes Herz leisten zu lassen? Oder wollte sie Christus vermeiden? Fürchtete sie, halben Wegs von ihm aufgehalten, an ihm zur Geliebten zu werden? Dachte sie deshalb ungern an Julie Reventlow?

Fast glaube ich es, wenn ich bedenke, wie an dieser Erleichterung Gottes eine so einfältige Liebende wie Mechthild, eine so hinreißende wie Therese von Avila, eine so wunde wie die Selige Rose von Lima, hinsinken konnte, nachgiebig, doch geliebt. Ach, der für die Schwachen ein Helfer war, ist diesen Starken ein Unrecht; wo sie schon nichts mehr erwarteten als den unendlichen Weg, da tritt sie noch einmal im spannenden Vorhimmel ein Gestalteter an und verwöhnt sie mit Unterkunft und verwirrt sie mit Mannheit. Seines stark brechenden Herzens Linse nimmt noch einmal ihre schon parallelen Herzstrahlen zusamm, und sie, die die Engel schon ganz für Gott zu erhalten hofften, flammen auf in der Dürre ihrer Sehnsucht.

*(Geliebtsein heißt aufbrennen. Lieben ist: Leuchten mit unerschöpflichem Öle. Geliebtwerden ist vergehen, Lieben ist dauern.)

Es ist gleichwohl möglich, daß Abelone in späteren Jahren versucht hat, mit dem Herzen zu denken, um unauffällig und unmittelbar mit Gott in Beziehung zu kommen. Ich könnte mir vorstellen, daß es Briefe von ihr giebt, die an die aufmerksame innere Beschauung der Fürstin Amalie Galitzin erinnern; aber wenn diese Briefe an jemanden gerichtet waren, dem sie seit Jahren nahestand, wie mag der gelitten haben unter ihrer Veränderung. Und sie selbst: ich vermute, sie fürchtete nichts als jenes gespenstische Anderswerden, das man nicht merkt, weil man beständig alle Beweise dafür, wie das Fremdeste, aus den Händen läßt.

Man wird mich schwer davon überzeugen, daß die Geschichte des verlorenen Sohnes nicht die Legende dessen ist, der nicht geliebt werden wollte. Da er ein Kind war,

* Im Manuskript an den Rand geschrieben.

liebten ihn alle im Hause. Er wuchs heran, er wußte es nicht anders und gewöhnte sich in ihre Herzweiche, da er ein Kind war.

Aber als Knabe wollte er seine Gewohnheiten ablegen. Er hätte es nicht sagen können, aber wenn er draußen herumstrich den ganzen Tag und nicht einmal mehr die Hunde mithaben wollte, so wars, weil auch sie ihn liebten; weil in ihren Blicken Beobachtung war und Teilnahme, Erwartung und Besorgtheit; weil man auch vor ihnen nichts tun konnte, ohne zu freuen oder zu kränken. Was er aber damals meinte, das war die innige Indifferenz seines Herzens, die ihn manchmal früh in den Feldern mit solcher Reinheit ergriff, daß er zu laufen begann, um nicht Zeit und Atem zu haben, mehr zu sein als ein leichter Moment, in dem der Morgen zum Bewußtsein kommt.

Das Geheimnis seines noch nie gewesenen Lebens breitete sich vor ihm aus. Unwillkürlich verließ er den Fußpfad und lief weiter feldein, die Arme ausgestreckt, als könnte er in dieser Breite mehrere Richtungen auf einmal bewältigen. Und dann warf er sich irgendwo hinter eine Hecke, und niemand legte Wert auf ihn. Er schälte sich eine Flöte, er schleuderte einen Stein nach einem kleinen Raubtier, er neigte sich vor und zwang einen Käfer umzukehren: dies alles wurde kein Schicksal, und die Himmel gingen wie über Natur. Schließlich kam der Nachmittag mit lauter Einfällen; man war ein Bucanier auf der Insel Tortuga, und es lag keine Verpflichtung darin, es zu sein; man belagerte Campêche, man eroberte Vera-Cruz; es war möglich, das ganze Heer zu sein oder ein Anführer zu Pferd oder ein Schiff auf dem Meer: je nachdem man sich fühlte. Fiel es einem aber ein, hinzuknien, so war man rasch Deodat von Gozon und hatte den Drachen erlegt und vernahm, ganz heiß, daß dieses Heldentum hoffärtig war, ohne Gehorsam. Denn man ersparte sich nichts, was zur Sache gehörte. Soviel Einbildungen sich aber auch einstellten, zwischendurch war immer noch Zeit, nichts als ein Vogel zu sein, ungewiß welcher. Nur daß der Heimweg dann kam.

Mein Gott, was war da alles abzulegen und zu vergessen; denn richtig vergessen, das war nötig; sonst verriet man sich, wenn sie drängten. Wie sehr man auch zögerte und sich umsah, schließlich kam doch der Giebel herauf. Das erste Fenster oben faßte einen ins Auge, es mochte wohl jemand dort stehen. Die Hunde, in denen die Erwartung den ganzen Tag angewachsen war, preschten durch die Büsche und trieben einen zusammen zu dem, den sie meinten. Und den Rest tat das Haus. Man mußte nur eintreten in seinen vollen Geruch, schon war das Meiste entschieden. Kleinigkeiten konnten sich noch ändern; im ganzen war man schon der, für den sie einen hier hielten; der, dem sie aus seiner kleinen Vergangenheit und ihren eigenen Wünschen längst ein Leben gemacht hatten; das gemeinsame Wesen, das Tag und Nacht unter der Suggestion ihrer Liebe stand, zwischen ihrer Hoffnung und ihrem Argwohn, vor ihrem Tadel oder Beifall.

So einem nützt es nichts, mit unsäglicher Vorsicht die Treppen zu steigen. Alle werden im Wohnzimmer sein, und die Türe muß nur gehn, so sehen sie hin. Er bleibt im Dunkel, er will ihre Fragen abwarten. Aber dann kommt das Ärgste. Sie nehmen ihn bei den Händen, sie ziehen ihn an den Tisch, und alle, soviel ihrer da sind, strecken sich neugierig vor die Lampe. Sie haben es gut, sie halten sich dunkel, und auf ihn allein fällt, mit dem Licht, alle Schande, ein Gesicht zu haben.

Wird er bleiben und das ungefähre Leben nachlügen, das sie ihm zuschreiben, und ihnen allen mit dem ganzen Gesicht ähnlich werden? Wird er sich teilen zwischen der zarten Wahrhaftigkeit seines Willens und dem plumpen Betrug, der sie ihm selber verdirbt? Wird er es aufgeben, *das* zu werden, was denen aus seiner Familie, die nur noch ein schwaches Herz haben, schaden könnte?

Nein, er wird fortgehen. Zum Beispiel während sie alle beschäftigt sind, ihm den Geburtstagstisch zu bestellen mit den schlecht erratenen Gegenständen, die wieder einmal alles ausgleichen sollen. Fortgehen für immer. Viel später erst wird ihm klar werden, wie sehr er sich damals vornahm, niemals zu lieben, um keinen in die entsetzliche Lage zu bringen, geliebt zu sein. Jahre hernach fällt es ihm ein und, wie andere Vorsätze, so ist auch dieser unmöglich gewesen. Denn er hat geliebt und wieder geliebt in seiner Einsamkeit; jedesmal mit Verschwendung seiner ganzen Natur und unter unsäglicher Angst um die Freiheit des andern. Langsam hat er gelernt, den geliebten Gegenstand mit den Strahlen seines Gefühls zu durchscheinen, statt ihn darin zu verzehren. Und er war verwöhnt von dem Entzücken, durch die immer transparentere Gestalt der Geliebten die Weiten zu erkennen, die sie seinem unendlichen Besitzenwollen auftat.

Wie konnte er dann nächtelang weinen vor Sehnsucht, selbst so durchleuchtet zu sein. Aber eine Geliebte, die nachgiebt, ist noch lang keine Liebende. O, trostlose Nächte, da er seine flutenden Gaben in Stücken wiederempfing, schwer von Vergänglichkeit. Wie gedachte er dann der Troubadours, die nichts mehr fürchteten als erhört zu sein. Alles erworbene und vermehrte Geld gab er dafür hin, dies nicht noch zu erfahren. Er kränkte sie mit seiner groben Bezahlung, von Tag zu Tag bang, sie könnten versuchen, auf seine Liebe einzugehen. Denn er hatte die Hoffnung nicht mehr, die Liebende zu erleben, die ihn durchbrach.

Selbst in der Zeit, da die Armut ihn täglich mit neuen Härten erschreckte, da sein Kopf das Lieblingsding des Elends war und ganz abgegriffen, da sich überall an seinem Leibe Geschwüre aufschlugen wie Notaugen gegen die Schwärze der Heimsuchung, da ihm graute vor dem Unrat, auf dem man ihn verlassen hatte, weil er seinesgleichen war: selbst da noch, wenn er sich besann, war es sein größestes Entsetzen, erwidert worden zu sein. Was waren alle Finsternisse seither gegen die dichte Traurigkeit jener Umarmungen, in denen sich alles verlor. Wachte man nicht auf mit dem Gefühl, ohne Zukunft zu sein? Ging man nicht sinnlos umher ohne Anrecht auf alle Gefahr? Hatte man nicht hundertmal versprechen müssen, nicht zu sterben? Vielleicht war es der Eigensinn dieser argen Erinnerung, die sich von Wiederkunft zu Wiederkunft eine Stelle erhalten wollte, was sein Leben unter den Abfällen währen ließ. Schließlich fand man ihn wieder. Und erst dann, erst in den Hirtenjahren, beruhigte sich seine viele Vergangenheit.

Wer beschreibt, was ihm damals geschah? Welcher Dichter hat die Überredung, seiner damaligen Tage Länge zu vertragen mit der Kürze des Lebens? Welche Kunst ist weit genug, zugleich seine schmale, vermantelte Gestalt hervorzurufen und den ganzen Überraum seiner riesigen Nächte.

Das war die Zeit, die damit begann, daß er sich allgemein und anonym fühlte wie ein zögernd Genesender. Er liebte nicht, es sei denn, daß er es liebte, zu sein. Die niedrige Liebe seiner Schafe lag ihm nicht an; wie Licht, das durch Wolken fällt, zerstreute sie sich um ihn her und schimmerte sanft über den Wiesen. Auf der schuldlosen Spur ihres Hungers schritt er schweigend über die Weiden der Welt. Fremde sahen ihn auf der Akropolis, und vielleicht war er lange einer der Hirten in den Baux und sah die versteinerte Zeit das hohe Geschlecht überstehen, das mit allem Erringen von Sieben und Drei die sechzehn Strahlen seines Sterns nicht zu bezwingen vermochte. Oder soll ich ihn denken zu Orange, an das ländliche Triumphtor geruht? Soll ich ihn sehen im seelengewohnten Schatten der Allyscamps, wie sein Blick zwischen den Gräbern, die offen sind wie die Gräber Auferstandener, eine Libelle verfolgt?

Gleichviel. Ich seh mehr als ihn, ich sehe sein Dasein, das damals die lange Liebe zu Gott begann, die stille, ziellose Arbeit. Denn über ihn, der sich für immer hatte verhalten wollen, kam noch einmal das anwachsende Nichtanderskönnen seines Herzens. Und diesmal hoffte er auf Erhörung. Sein ganzes, im langen Alleinsein ahnend und unbeirrbar gewordenes Wesen versprach ihm, daß jener, den er jetzt meinte, zu lieben verstünde mit durchdringender, strahlender Liebe. Aber während er sich sehnte, endlich so meisterhaft geliebt zu sein, begriff sein an Fernen gewohntes Gefühl Gottes äußersten Abstand. Nächte kamen, da er meinte, sich auf ihn zuzuwerfen in den Raum; Stunden voller Entdeckung, in denen er sich stark genug fühlte, nach der Erde zu tauchen, um sie hinaufzureißen auf der Sturmflut seines Herzens. Er war wie einer, der eine herrliche Sprache hört und fiebernd sich vornimmt, in ihr zu dichten. Noch stand ihm die Bestürzung bevor, zu erfahren, wie schwer diese Sprache sei; er wollte es nicht glauben zuerst, daß ein langes Leben darüber hingehen könne, die ersten, kurzen Scheinsätze zu bilden, die ohne Sinn sind. Er stürzte sich ins Erlernen wie ein Läufer in die Wette; aber die Dichte dessen, was zu überwinden war, verlangsamte ihn. Es war nichts auszudenken, was demütigender sein konnte als diese Anfängerschaft. Er hatte den Stein der Weisen gefunden, und nun zwang man ihn, das rasch gemachte Gold seines Glücks unaufhörlich zu verwandeln in das klumpige Blei der Geduld. Er, der sich dem Raum angepaßt hatte, zog wie ein Wurm krumme Gänge ohne Ausgang und Richtung. Nun, da er so mühsam und kummervoll lieben lernte, wurde ihm gezeigt, wie nachlässig und gering bisher alle Liebe gewesen war, die er zu leisten vermeinte. Wie aus keiner etwas hatte werden können, weil er nicht begonnen hatte, an ihr Arbeit zu tun und sie zu verwirklichen.

In diesen Jahren gingen in ihm die großen Veränderungen vor. Er vergaß Gott beinah über der harten Arbeit, sich ihm zu nähern, und alles, was er mit der Zeit vielleicht bei ihm zu erreichen hoffte, war »sa patience de supporter une âme«. Die Zufälle des Schicksals, auf die die Menschen halten, waren schon längst von ihm abgefallen, aber nun verlor, selbst was an Lust und Schmerz notwendig war, den gewürzhaften Beigeschmack und wurde rein und nahrhaft für ihn. Aus den Wurzeln seines Seins entwickelte sich die feste, überwinternde Pflanze einer fruchtbaren Freudigkeit. Er ging ganz darin auf, zu bewältigen, was sein Binnenleben ausmachte, er wollte nichts überspringen, denn er zweifelte nicht, daß in alledem seine Liebe war und zunahm. Ja, seine innere Fassung ging so weit, daß er beschloß, das Wichtigste von dem, was er früher nicht hatte leisten können, was einfach nur durchwartet worden war, nachzuholen. Er dachte vor allem an die Kindheit, sie kam ihm, je ruhiger er sich besann, desto ungetaner vor; alle ihre Erinnerungen hatten das Vage von Ahnungen an sich, und daß sie als vergangen galten, machte sie nahezu zukünftig. Dies alles noch einmal und nun wirklich auf sich zu nehmen, war der Grund, weshalb der Entfremdete heimkehrte. Wir wissen nicht, ob er blieb; wir wissen nur, daß er wiederkam.

Die die Geschichte erzählt haben, versuchen es an dieser Stelle, uns an das Haus zu erinnern, wie es war; denn dort ist nur wenig Zeit vergangen, ein wenig gezählter Zeit, alle im Haus können sagen, wieviel. Die Hunde sind alt geworden, aber sie leben noch. Es wird berichtet, daß einer aufheulte. Eine Unterbrechung geht durch das ganze Tagwerk. Gesichter erscheinen an den Fenstern, gealterte und erwachsene Gesichter von rührender Ähnlichkeit. Und in einem ganz alten schlägt plötzlich blaß das Erkennen durch. Das Erkennen? Wirklich nur das Erkennen? – Das Verzeihen. Das Verzeihen wovon? – Die Liebe. Mein Gott: die Liebe.

Er, der Erkannte, er hatte daran nicht mehr gedacht, beschäftigt wie er war: daß sie noch sein könne. Es ist begreiflich, daß von allein, was nun geschah, nur noch dies überliefert ward: seine Gebärde, die unerhörte Gebärde, die man nie vorher gesehen hatte; die Gebärde des Flehens, mit der er sich an ihre Füße warf, sie beschwörend, daß sie nicht liebten. Erschrocken und schwankend hoben sie ihn zu sich herauf. Sie legten sein Ungestüm nach ihrer Weise aus, indem sie verziehen. Es muß für ihn unbeschreiblich befreiend gewesen sein, daß ihn alle mißverstanden, trotz der verzweifelten Eindeutigkeit seiner Haltung. Wahrscheinlich konnte er bleiben. Denn er erkannte von Tag zu Tag mehr, daß die Liebe ihn nicht betraf, auf die sie so eitel waren und zu der sie einander heimlich ermunterten. Fast mußte er lächeln, wenn sie sich anstrengten, und es wurde klar, wie wenig sie ihn meinen konnten.

Was wußten sie, wer er war. Er war jetzt furchtbar schwer zu lieben, und er fühlte, daß nur Einer dazu imstande sei. Der aber wollte noch nicht.

Ende der Aufzeichnungen

PROSA 1912 BIS 1922

ÜBER DEN DICHTER

Ein Mal, in einem schönen Gleichnis, ward mir das Verhältnis des Dichters im Bestehenden, sein »Sinn« vorgehalten. Das war auf der großen Segelbarke, mit der wir von der Insel Philae nach den ausgedehnten Stau-Anlagen hinüberfuhren. Es ging zuerst den Strom hinauf, die Ruderer mußten sich Mühe geben. Ich hatte sie alle gegen mir über, sechzehn, wenn ich mich recht entsinne, je vier in einer Reihe, immer zwei am rechten, zwei am linken Ruder. Gelegentlich begegnete man dem Blick des einen oder andern, meistens aber war in ihren Augen kein Schauen, sie standen offen in die Luft, oder sie waren eben nur die Stellen, wo das heiße Innere dieser Burschen, um das die metallischen Körper sich spannten, frei lag. Zuweilen, aufschauend, überraschte man dennoch einen, der in voller Nachdenklichkeit über einem brütete, als stellte er sich Situationen vor, in denen diese fremde verkleidete Erscheinung sich ihm enträtseln könnte; entdeckt, verlor er fast sofort den mühsam vertieften Ausdruck, war einen Moment mit allen Gefühlen im Schwanken, sammelte sich so rasch es ging in einem wachsamen Tierblick, bis der schöne Ernst seines Gesichts gewohnheitsmäßig in das albere Bakschischgesicht überging und in die törichte Bereitschaft, sich zum Dank nach Belieben zu entstellen und herabzusetzen. Doch ging mit dieser Erniedrigung, die die Reisenden seit lange auf dem Gewissen haben, meistens auch schon die dazu gehörige Rache vor sich, indem er selten unterließ, über den Fremden fort einen Blick bösen Hasses hinüberzuheben, der aufleuchtete von einem Einverständnis, das er jenseits mußte gefunden haben. Ich hatte den Alten schon mehrere Male beobachtet, der dort, auf dem Schiffshinterteil, hockte. Seine Hände und Füße waren aufs vertraulichste nebeneinander gekommen, und zwischen ihnen ging, gelenkt und aufgehalten, die Stange des Steuers hin und her und hatte Bewandtnis. Der Körper, in dem zerfetzten schmutzigen Kleide, war nicht der Rede wert, das Gesicht unter dem verkommenen Turbantuch in sich zusammengeschoben wie die Stücke eines Fernrohrs, so flach, daß die Augen davon zu triefen schienen. Gott weiß, was in ihm steckte, er sah aus, als könnte er einen in etwas Widerwärtiges verwandeln; ich hätte ihn gern genau ins Auge gefaßt, aber wenn ich mich umdrehte, hatte ich ihn so nah wie mein eigenes Ohr, und es war mir zu auffallend, ihn aus solcher Nähe zu untersuchen. Auch war das Schauspiel des breit auf uns zukommenden Flusses, der schöne, gleichsam fortwährend zukünftige Raum, in den wir uns eindrängten, der ununterbrochenen Aufmerksamkeit so würdig und wohltuend, daß ich den Alten aufgab und dafür mit immer mehr Freude die Bewegungen der Knaben zu sehen lernte, die bei aller Heftigkeit und Anstrengung nicht an Ordnung verloren. Das Rudern war nun so gewaltig, daß die Knaben an den Enden der mächtigen Ruderstangen sich jedesmal im Ausholen ganz von den Sitzen abhoben und sich, ein Bein gegen die Vorderbank gestemmt; stark zurückwarfen, während die acht Ruderblätter sich unten in der Strömung durchsetzten. Dabei stießen sie eine Art Zählung aus, um im Takt zu bleiben, aber immer wieder nahm ihre Leistung sie so in Anspruch, daß keine Stimme übrig blieb; manchmal mußte so eine Pause einfach überstanden werden, zuweilen aber fügte es sich so, daß ein nicht abzusehender Eingriff, den wir alle auf das Besonderste empfanden, ihnen dann nicht nur rhythmisch zu Hülfe kam, sondern auch, wie man merken konnte, die Kräfte in ihnen gleichsam umwandte, so daß sie, erleichtert, neue, noch unverminderte Stellen Kraft in Gebrauch nahmen: ganz wie ein Kind, das sich hungrig über einen Apfel gemacht hat, strahlend von Neuem zu essen anfängt, wenn es entdeckt, daß die eine Seite, die es hielt, noch bis zur Schale ansteht.

Da kann ich ihn nun länger nicht verschweigen, den

Mann, der gegen den rechten Rand zu vorne auf unserer Barke saß. Ich meinte schließlich, es vorzufühlen, wenn sein Gesang bevorstand, aber ich kann mich geirrt haben. Er sang aufeinmal auf, in durchaus unregelmäßigen Abständen und keineswegs immer, wenn die Erschöpfung um sich griff, im Gegenteil, es geschah mehr als ein Mal, daß sein Lied alle tüchtig fand oder geradezu übermütig, aber es war auch dann im Recht; es paßte auch dann. Ich weiß nicht, wie weit sich ihm die Verfassung unserer Mannschaft mitteilte, das alles war hinter ihm, er sah selten zurück und ohne ihn bestimmenden Eindruck. Was auf ihn Einfluß zu haben schien, war die reine Bewegung, die in seinem Gefühl mit der offenen Ferne zusammentraf, an die er, halb entschlossen, halb melancholisch, hingegeben war. In ihm kam der Antrieb unseres Fahrzeugs und die Gewalt dessen, was uns entgegenging, fortwährend zum Ausgleich, – von Zeit zu Zeit sammelte sich ein Überschuß: dann sang er. Das Schiff bewältigte den Widerstand; er aber, der Zauberer, verwandtelte Das, was nicht zu bewältigen war, in eine Folge langer schwebender Töne, die weder hierhin noch dorthin gehörten, und die jeder für sich in Anspruch nahm. Während seine Umgebung sich immer wieder mit dem greifbaren Nächsten einließ und es überwand, unterhielt seine Stimme die Beziehung zum Weitesten, knüpfte uns daran an, bis es uns zog.

Ich weiß nicht wie es geschah, aber plötzlich begriff ich in dieser Erscheinung die Lage des Dichters, seinen Platz und seine Wirkung innerhalb der Zeit, und daß man ihm ruhig alle Stellen streitig machen dürfte außer dieser. Dort aber müßte man ihn dulden.

ERLEBNIS

⟨I⟩

Es mochte wenig mehr als ein Jahr her sein, als ihm im Garten des Schlosses, der sich den Hang ziemlich steil zum Meer hinunterzog, etwas Wunderliches widerfuhr. Seiner Gewohnheit nach mit einem Buch auf und abgehend, war er darauf gekommen, sich in die etwa schulterhohe Gabelung eines strauchartigen Baumes zu lehnen, und sofort fühlte er sich in dieser Haltung so angenehm unterstützt und so reichlich eingeruht, daß er so, ohne zu lesen, völlig eingelassen in die Natur, in einem beinah unbewußten Anschaun verweilte. Nach und nach erwachte seine Aufmerksamkeit über einem niegekannten Gefühl: es war, als ob aus dem Innern des Baumes fast unmerkliche Schwingungen in ihn übergingen; er legte sich das ohne Mühe dahin aus, daß ein weiter nicht sichtlicher, vielleicht den Hang flach herabstreichender Wind im Holz zur Geltung kam, obwohl er zugeben mußte, daß der Stamm zu stark schien, um von einem so geringen Wehen so nachdrücklich erregt zu sein. Was ihn überaus beschäftigte, war indessen nicht diese Erwägung oder eine ähnliche dieser Art, sondern mehr und mehr war er überrascht, ja ergriffen von der Wirkung, die jenes in ihn unaufhörlich Herüberdringende in ihm hervorbrachte: er meinte nie von leiseren Bewegungen erfüllt worden zu sein, sein Körper wurde gewissermaßen wie eine Seele behandelt und in den Stand gesetzt, einen Grad von Einfluß aufzunehmen, der bei der sonstigen Deutlichkeit leiblicher Verhältnisse eigentlich gar nicht hätte empfunden werden können. Dazu kam, daß er in den ersten Augenblicken den Sinn nicht recht feststellen konnte, durch den er eine derartig feine und ausgebreitete Mitteilung empfing; auch war der Zustand, den sie in ihm herausbildete, so vollkommen und anhaltend, anders als alles andere, aber so wenig durch Steigerung über bisher Erfahrenes hinaus vorstellbar, daß er bei aller Köstlichkeit nicht daran denken konnte, ihn einen Genuß zu nennen. Gleichwohl, bestrebt, sich gerade im Leisesten immer Rechenschaft zu geben, fragte er sich dringend, was ihm da geschehe, und fand fast gleich einen Ausdruck, der ihn befriedigte, vor sich hinsagend: er sei auf die andere Seite der Natur geraten. Wie im Traume manchmal, so machte ihm jetzt dieses Wort Freude und er hielt es für beinah restlos zutreffend. Überall und immer gleichmäßiger erfüllt mit dem in seltsam innigen Abständen wiederkehrenden Andrang, wurde ihm sein Körper unbeschreiblich rührend und nur noch dazu brauchbar, rein und vorsichtig in ihm dazustehen, genau wie ein Revenant, der, schon anderswo wohnend, in dieses zärtlich Fortgelegtgewesene wehmütig eintritt, um noch einmal, wenn auch zerstreut, zu der einst so unentbehrlich genommenen Welt zu gehören. Langsam um sich sehend, ohne sich sonst in der Haltung zu verschieben, erkannte er alles, erinnerte es, lächelte es gleichsam mit entfernter Zuneigung an, ließ es gewähren, wie ein viel Früheres, das einmal, in abgetanen Umständen, an ihm beteiligt war. Einem Vogel schaute er nach, ein Schatten beschäftigte ihn, ja der bloße Weg, wie er da so hinging und sich verlor, erfüllte ihn mit einem nachdenklichen Einsehn, das ihm umso reiner vorkam, als er sich davon unabhängig wußte. *Wo* sonst sein Aufenthalt war, hätte er nicht zu denken vermocht, aber daß er zu diesem allen hier nur *zurückkehrte,* in diesem Körper stand, wie in der Tiefe eines verlassenen Fensters, hinübersehend: – davon war er ein paar Sekunden lang so überzeugt, daß die plötzliche Erscheinung eines Hausgenossen ihn auf das qualvollste erschüttert hätte, während er wirklich, in seiner Natur, darauf vorbereitet war, Polyxène oder Raimondine oder sonst einen Verstorbenen des Hauses aus der Wendung des Weges heraustreten zu sehn. Er begriff die stille Überzähligkeit ihrer Gestaltung, es war ihm vertraut, irdisch Gebildetes so flüchtig unbedingt verwendet zu sehn, der Zusammenhang ihrer

Gebräuche verdängte aus ihm jede andere Erziehung; er war sicher, unter sie bewegt, ihnen nicht aufzufallen. Eine Vinca, die in seiner Nähe stand, und deren blauem Blick er wohl auch sonst zuweilen begegnet war, berührte ihn jetzt aus geistigerem Abstand, aber mit so unerschöpflicher Bedeutung, als ob nun nichts mehr zu verbergen sei. Überhaupt konnte er merken, wie sich alle Gegenstände ihm entfernter und zugleich irgendwie wahrer gaben, es mochte dies an seinem Blick liegen, der nicht mehr vorwärts gerichtet war und sich dort, im Offenen, verdünnte; er sah, wie über die Schulter, zu den Dingen zurück, und ihrem, für ihn abgeschlossenen Dasein kam ein kühner süßer Beigeschmack hinzu, als wäre alles mit einer Spur von der Blüte des Abschieds würzig gemacht. – Sich sagend von Zeit zu Zeit, daß dies nicht bleiben könne, fürchtete er gleichwohl nicht das Aufhören des außerordentlichen Zustands, als ob von ihm, ähnlich wie von Musik, nur ein unendlich gesetzmäßiger Ausgang zu erwarten sei.

Auf einmal fing seine Stellung an, ihm beschwerlich zu sein, er fühlte den Stamm, die Müdigkeit des Buches in seiner Hand, und trat heraus. Ein deutlicher Wind blätterte jetzt in dem Baum, er kam vom Meer, die Büsche den Hang herauf wühlten in einander.

⟨II⟩

Späterhin meinte er, sich gewisser Momente zu erinnern, in denen die Kraft dieses einen schon, wie im Samen, enthalten war. Er gedachte der Stunde in jenem anderen südlichen Garten (Capri), da ein Vogelruf draußen und in seinem Innern übereinstimmend da war, indem er sich gewissermaßen an der Grenze des Körpers nicht brach, beides zu einem ununterbrochenen Raum zusammennahm, in welchem, geheimnisvoll geschützt, nur eine einzige Stelle reinsten, tiefsten Bewußtseins blieb. Damals schloß er die Augen, um in einer so großmütigen Erfahrung durch den Kontur seines Leibes nicht beirrt zu sein, und es ging das Unendliche von allen Seiten so vertraulich in ihn über, daß er glauben durfte, das leichte Aufruhn der inzwischen eingetretenen Sterne in seiner Brust zu fühlen.

Auch fiel ihm wieder ein, wie viel er darauf gab, in ähnlicher Haltung an einen Zaun gelehnt, des gestirnten Himmels durch das milde Gezweig eines Ölbaums hindurch gewahr zu werden, wie gesichthaft in dieser Maske der Weltraum ihm gegenüber war, oder wie, wenn er Solches lange genug ertrug, Alles in der klaren Lösung seines Herzens so vollkommen aufging, daß der Geschmack der Schöpfung in seinem Wesen war. Er hielt es für möglich, daß, bis in seine dumpfe Kindheit zurück, solche Hingegebenheiten sich würden bedenken lassen; mußte er doch nur an die Leidenschaft erinnert werden, die ihn immer schon ergriff, wo es galt, sich dem Sturm auszusetzen, wie er, auf großen Ebenen schreitend, im Innersten erregt, die fortwährend vor ihm erneute Windwand durchbrach, oder vorn auf einem Schiffe stehend, blindlings, sich durch dichte Fernen hinreißen ließ, die sich fester hinter ihm schlossen. Aber wenn, von Anfang an, das elementarische Hinstürzen der Luft, des Wassers reines und vielfältiges Benehmen und was Heroisches im Vorgang der Wolken war, ihn über die Maßen ergriff, ja ihm, der es im Menschlichen nie zu fassen vermochte, recht eigentlich als Schicksal an die Seele trat, so konnte ihm nicht entgehen, daß er nun, seit den letzten Einflüssen, solchen Beziehungen gleichsam endgültig übergeben sei. Etwas sanft Trennendes unterhielt zwischen ihm und den Menschen einen reinen, fast scheinenden Zwischenraum, durch den sich wohl Einzelnes hinüberreichen ließ, der aber jedes Verhältnis in sich aufsaugte und, überfüllt davon, wie ein trüber Rauch Gestalt von Gestalt betrog. Noch wußte er nicht, wie weit den Anderen seine Abgeschiedenheit zum Eindruck kam. Was ihn selbst anging, so verlieh erst sie ihm eine gewisse Freiheit gegen die Menschen, – der kleine Anfang von Armut, um den er leichter war, gab ihm unter diesen aneinander Hoffenden und Besorgten, in Tod und Leben Gebundenen, eine eigene Beweglichkeit. Noch war die

Versuchung in ihm, ihrem Beschwerten sein Leichtes entgegenzuhalten, obwohl er schon einsah, wie er sie darin täuschte, da sie ja nicht wissen konnten, daß er nicht (wie der Held) in allen ihren Bindungen, nicht in der schweren Luft ihrer Herzen, zu seiner Art Überwindung gekommen war, sondern draußen, in einer menschlich so wenig eingerichteten Geräumigkeit, daß sie sie nicht anders als »das Leere« nennen würden. Alles, womit er sich an sie wenden durfte, war vielleicht seine Einfalt; es blieb ihm aufbewahrt, ihnen von der Freude zu reden, wo er sie zu sehr in den Gegenteilen des Glücks befangen fand, auch wohl ihnen einzelnes aus seinem Umgang mit der Natur mitzuteilen, Dinge, die sie versäumten oder nur nebenbei in Betracht nahmen.

ÜBER DEN JUNGEN DICHTER*

Immer noch zögernd, unter geliebten Erfahrungen überwiegende und geringere zu unterscheiden, bin ich auf ganz vorläufige Mittel beschränkt, wenn ich das Wesen eines Dichters zu beschreiben versuche: dieses ungeheuere und kindliche Wesen, welches (man faßt es nicht, wie) nicht allein in endgültigen großen Gestalten früher aufkam, nein, sich hier, neben uns, in dem Knaben vielleicht, der den großen Blick hebt und uns nicht sieht, gerade zusammenzieht, dieses Wesen, das junge Herzen in einer Zeit, da sie des geringfügigsten Lebens noch unmächtig sind, überfällt, um sie mit Fähigkeiten und Beziehungen zu erfüllen, die sofort über alles Erwerbbare eines ganzen Daseins hinausgehen; ja, wer wäre imstand, von diesem Wesen ruhig zu reden? Wäre es noch an dem, daß es nicht mehr vorkäme, daß wir es absehen dürften an den Gedichten Homer's, hinausgerückt, in seiner unwahrscheinlichen Erscheinung: wir würden es allmählig in eine Fassung bringen, wir würden ihm Namen geben und Verlauf, wie den anderen Dingen der Vorzeit; denn was anderes als Vorzeit bricht aus in den mit solchen Gewalten bestürzten Herzen? Hier unter uns, in dieser vielfältig heutigen Stadt, in jenem redlich beschäftigten Haus, unter dem Lärm der Fahrzeuge und Fabriken und während die Zeitungen ausgerufen werden, geräumige Blätter, bis an den Rand voll Ereignis, – ist plötzlich, wer weiß, alle Anstrengung, aller Eifer, alle Kraft überwogen durch den Auftritt der Titanen in einem

* Auf die Gedichte des Grafen *Wolf Kalckreuth* und die Werke *Georg Heym's* sei hier namentlich hingewiesen. Schließlich ist für den Verfasser die vielfach beglückende Beschäftigung mit *den beiden Gedichtbüchern Franz Werfel's* (Der Weltfreund und Wir sind) gewissermaßen die Voraussetzung zu diesem Aufsatz geworden.

unmündigen Innern. Nichts ⟨spricht⟩ zeugt dafür, als die Kälte einer Knabenhand; nichts, als ein erschrocken zurückgenommener Aufblick; nichts, als die Teilnahmslosigkeit dieses jungen Menschen, der mit seinen Brüdern nicht spricht und, sobald es geht, von den Mahlzeiten aufsteht, die ihn viel zu lang dem Urteil seiner Familie ausstellen. Kaum daß er weiß, ob er noch zur Mutter gehört: so weit sind alle Maße seines Fühlens verschoben, seit dem Einbruch der Elemente in sein unendliches Herz.

O ihr, Mütter der Dichter. Ihr Lieblingsplätze der Götter, in deren Schoß schon muß das Unerhörte verabredet worden sein. Hörtet ihr Stimmen in der Tiefe eurer Empfängnis, oder haben die Göttlichen sich nur mit Zeichen verständigt?

Ich weiß nicht, wie man das völlig Wunderbare einer Welt leugnen kann, in der die Zunahme des Berechneten die Vorräte dessen, was über jedes Absehn hinausgeht, noch gar nicht einmal angegriffen hat. Es ist wahr, die Götter haben keine Gelegenheit verschmäht, uns bloßzustellen: sie ließen uns die großen Könige Aegypten's aufdecken, und wir konnten sie sehen in ihren natürlichen Verwesungen, wie ihnen nichts erspart geblieben war. Alle die äußersten Leistungen jener Bauwerke und Malereien haben zu nichts geführt; hinter dem Qualm der Balsamküchen ward kein Himmel erheitert, und der tönernen Brote und Beischläferinnen hat sich kein unterweltlicher Schwarm scheinbar bedient. Wer bedenkt, welche Fülle reinster und gewaltigster Vorstellungen hier (und immer wieder) von den unbegreiflichen Wesen, an die sie angewandt waren, abgelehnt und verleugnet worden ist, – wie möchte der nicht zittern für unsere größere Zukunft. Aber bedenke er auch, was das menschliche Herz wäre, wenn außerhalb seiner, draußen, an irgend einem Platze der Welt Gewißheit entstünde; letzte Gewißheit. Wie es mit einem Schlage seine ganze, in Jahrtausenden angewachsene Spannung verlöre, eine zwar immer noch rühmliche Stelle bliebe, aber eine, von der man heimlich erzählte, was sie vor Zeiten gewesen sei. Denn wahrlich, auch die Größe der Götter hängt an ihrer

Not: daran, daß sie, was man ihnen auch für Gehäuse behüte, nirgends in Sicherheit sind, als in unserem Herzen. Dorthin stürzen sie oft aus dem Schlaf mit noch ungesonderten Plänen; dort kommen sie ernst und beratend zusammen, dort wird ihr Beschluß unaufhaltsam.

Was wollen alle Enttäuschungen besagen, alle unbefriedigten Grabstätten, alle entkernten Tempel, wenn hier, neben mir, in einem auf einmal verfinsterten Jüngling Gott zur Besinnung kommt? Seine Eltern sehen noch keine Zukunft für ihn, seine Lehrer glauben seiner Unlust auf der Spur zu sein, sein eigener Geist macht ihm die Welt ungenau, und sein Tod versucht schon immer an ihm, wo er am Besten zu brechen sei: aber so groß ist die Unüberlegtheit des Himmlischen, daß es in dieses unverläßliche Gefäß seine Ströme ergießt. Vor einer Stunde noch vermochte der flüchtigste Aufblick der Mutter dieses Wesen zu umfassen; nun ermäße sie's nicht: und wenn sie Auferstehung und Engelsturz zusammennimmt.

Wie aber kann ein neues Geschöpf, das noch kaum seine eigenen Hände kennt, unerfahren in seiner Natur, Neuling in den gewöhnlichsten Wendungen seines Geistes, sich bei so unerhörter Anwesenheit einrichten? Wie soll es, das doch offenbar bestimmt ist, später von der präzisesten Beschaffenheit zu sein, seine Ausbildung leisten, zwischen Drohungen und Verwöhnungen, die beide seine unorientierten Kräfte, bis zum letzten Aufgebot, übersteigen? Und nicht nur, daß der Ausbruch der Größe in seinem Innern ihm die heroische Landschaft seines Gefühls fast ungangbar macht: in demselben Maße, als dort seine Natur überhand nimmt, gewahrt er, aufblickend, mißtrauische Fragen, bittre Forderungen und Neugier in den bisher in Sicherheit geliebten Gesichtern. Dürfte doch ein Knabe in solcher Lage immer noch fortgehn, hinaus, und ein Hirte sein. Dürfte er seine verwirrten inneren Gegenstände in langen sprachlosen Tagen und Nächten bereichern um den staunend erfahrenen Raum; dürfte er die gedrängten Bilder in seiner Seele gleichsetzen dem verbreiteten Gestirn. Ach, daß doch niemand ihm zuredete und niemand ihm widerspräche. Wollt ihr wirklich *diesen* beschäftigen, diesen maßlos in Anspruch Genommenen, dem, vor der Zeit, ein unerschöpfliches Wesen zu tun giebt?

Kann man sich erklären, wie er besteht?

Die ihn plötzlich bewohnende Macht findet Verkehr und Verwandtschaft bei seiner, noch in allen Winkeln seines Herzens zögernden Kindheit; da zeigt es sich erst, nach wasfür ungeheueren Verhältnissen hin, dieser äußerlich so unzulängliche Zustand innen offensteht. Der unverhältnismäßige Geist, der im Bewußtsein des Jünglings nicht Platz hat, schwebt da über einer entwickelten Unterwelt voller Freuden und Furchtbarkeiten. Aus ihr allein, absehend von der ganzen, jenseitig-äußeren Kreatur, vermöchte er seine gewaltigen Absichten zu bestreiten. Aber da lockt es ihn auch schon, durch die rein leitenden Sinne des Ergriffenen mit der vorhandenen Welt zu verhandeln. Und wie er innen an das verborgen Mächtigste seinen Anschluß hat, so wird er im Sichtbaren, schnell und genau, von kleinen winkenden Anlässen bedient: widerspräche es doch der verschwiegenen Natur, in dem Verständigten das Bedeutende anders als unscheinbar aufzuregen.

Wer die frühen kleistischen Briefe* liest, dem wird, in demselben Grade, als er diese in Gewittern sich aufklärende Erscheinung begreift, die Stelle nicht unwichtig sein, die von dem Gewölb eines gewissen Tores in Würzburg handelt, einem der zeitigsten Eindrücke, an dem, leise berührt, die schon gespannte Genialität sich nach außen schlägt. Irgend ein zuverlässiger Leser Stifter's** (um noch ein Beispiel vorzustellen) könnte es bei sich zur Vermutung bringen, daß diesem dichterischen Erzähler sein innerer Beruf in dem Augenblick unvermeidlich geworden sei, da er, eines unvergeßlichen Tages, zuerst durch ein Fernrohr einen äußerst entlegenen Punkt der Landschaft herbeizu-

* Heinrich von Kleist's Brief an Wilhelmine von Zenge, (Insel-Ausgabe Bd. VI Seite 98)

** Nachzusehen, in Adalbert Stifters »Studien«, die beiden Novellen »Der Kondor« und »Der Hochwald« (Erster Band der Insel-Ausgabe)

ziehen suchte und nun, in völlig bestürzter Vision, ein Flüchten von Räumen, von Wolken, von Gegenständen erfuhr, einen Schrecken von solchem Reichtum, daß in diesen Sekunden sein offen überraschtes Gemüt Welt empfing, wie die Danaë den ergossenen Zeus.

Es möchte am Ende jede dichterische Entschlossenheit an so anspruchslosen Anlässen unerwartet zu sich gekommen sein, nicht allein, da sie zum ersten Mal sich eines Temperamentes bemächtigte, sondern immer wieder, an jeder Wendung einer künstlerisch sich vollziehenden Natur.

Wer nennt euch alle, ihr Mitschuldigen der Begeisterung, die ihr nichts als Geräusche seid, oder in sich beschäftigte Dinge, oder Glocken, die aufhören, oder wunderlich neue Vogellaute im vernachlässigten Gehölz. Oder Glanz, den ein aufgehendes Fenster hinaus wirft in den schwebenden Morgen; oder Wasser in Bewegung; oder Luft; oder Blicke. Zufällige Blicke Vorübergehender, Aufblicke von Frauen, die am Fenster nähen, bis hinunter zum unsäglich besorgten Umschaun hockender bemühter Hunde (so nahe am Ausdruck der Schulkinder). Welche Verabredung, Größe hervorzurufen, geht durch den kleinlichsten verdrossensten Alltag. Vorgänge, so gleichgültig, daß sie nicht imstande wären, das nachgiebigste Schicksal um ein Zehntausendstel zu verschieben –, siehe: hier winken sie, und die göttliche Zeile tritt über sie fort ins Ewige.

Gewiß wird der Dichter, bei zunehmender Einsicht in seine grenzenlosen Aufgaben sich an das Größte anschließen; es wird ihn, wo er es erkennt, entzücken oder demütigen, nach seiner Willkür. Aber das Zeichen zum Aufstand in seinem Herzen wird willig von einem Boten gegeben sein, der nicht weiß, was er tut. Undenkbar ist es für ihn, sich von vornherein nach dem Großen auszurichten, da er ja gerade bestimmt ist, an ihm, seinem allgegenwärtigen Ziele, auf noch unbeschreiblich eigenen Wegen herauszutreten. Und wie, eigentlich, sollte es ihm zuerst kenntlich geworden sein, da es in seiner ursprünglichen Umwelt vielleicht nur vermummt, sich verstellend oder verachtet vorkam, gleich jenem Heiligen im Zwischenraum unter der Treppe wohnend? Läge es aber einmal vor ihm, namenlos offenkundig, in seiner auf keinen Rücksicht nehmenden Herrlichkeit, – müßte er dann nicht, wie Petrarca vor den überwiegenden Aussichten des erstiegenen Berges, zurück in die Schluchten seiner Seele flüchten, die, ob er sie gleich nie erforschen wird, ihm doch unaussprechlich näher gehn, als jene, zur Not erfahrbare Fremde.

Erschreckt im Innern durch das ferne Donnern des Gottes, von außen bestürzt durch ein unaufhaltsames Übermaß von Erscheinung, hat der gewaltig Behandelte eben nur Raum, auf dem Streifen zwischen beiden Welten dazustehn, bis ihm, aufeinmal, ein unbeteiligtes kleines Geschehn seinen ungeheueren Zustand mit Unschuld überflutet. Dieses ist der Augenblick, der in die Waage, auf deren einer Schale sein meteorisches Herz ruht, zu erhaben beruhigter Gleiche, das große Gedicht legt.

Das große Gedicht. Wie ich es sage, wird mir klar, daß ich es, bis vor Kurzem, als ein durchaus Seiendes hingenommen habe, es jedem Verdacht der Entstehung hochhin entziehend. Wäre mir selbst der Urheber dahinter hervorgetreten, ich wüßte mir doch die Kraft nicht vorzustellen, die soviel Schweigen auf *ein* Mal gebrochen hat. Wie die Erbauer der Kathedralen, Samenkörnern vergleichbar, sofort aufgegangen waren, ohne Rest, in Wachstum und Blüte, in dem schon wie von jeher gewesenen Dastehn ihrer, aus ihnen nicht mehr erklärlichen Werke: so sind mir die großen vergangenen und die gegenwärtigen Dichter rein unfaßlich geblieben, jeder einzelne ersetzt durch den Turm und die Glocke seines Herzens. Erst seit eine nächste, herauf und gleich ins Künftige drängende Jugend, ihr eigenes Werden im Werden ihrer Gedichte nicht unbedeutend zur Geltung bringt, versucht mein Blick, neben der Leistung, die Verhältnisse des hervorbringenden Gemüts zu erkennen. Aber auch jetzt noch, da ich zugeben muß, daß Gedichte sich bilden, bin ich weit entfernt, sie für erfunden zu halten; vielmehr scheint es mir, als ob in der Seele des dichterisch Ergriffenen eine geistige Prädisposition heraustträte, die schon zwischen uns (wie ein unentdecktes Sternbild) gespannt war.

Betrachtet man, was an schöner Verwirklichung schon jetzt für einige von denjenigen einsteht, die ihr drittes Jahrzehnt kürzlich angetreten haben, so dürfte man fast hoffen, sie würden nächstens alles, woran, in den letzten dreißig Jahren, unsere Bewunderung groß geworden ist, durch das Vollzieherische ihrer Arbeit zur Vor-Arbeit machen.

Es müssen, das ist klar, die verschiedensten Umstände sich günstig verabreden, damit ein solches entschlossenes Gelingen möglich sei. Prüft man diese Umstände, so sind der äußeren so viele, daß man es am Ende aufgiebt, bis zu den innerlichen vorzudringen.

Die gereizte Neugier und unaufhörliche Findigkeit einer, um zahllose Hemmungen freieren Zeit dringt in alle Verstecke und Vorbereitungen des Geistes und hebt leicht auf ihren Fluten Gebilde hervor, die der Einzelne, in dem sie hafteten, früher langsam und schwer zu Tage grub. Zu geübt im Einsehn um sich aufzuhalten, findet sich diese Zeit plötzlich an Binnenstellen, wo vielleicht noch keine, ohne göttlichen Vorwand, in voller Öffentlichkeit, gewesen war; überall eintretend, macht sie die Werkstätten zu Schauplätzen und hat nichts dagegen, in den Vorratskammern ihre Mahlzeiten zu halten. Sie mag im Recht sein, denn sie kommt aus der Zukunft. Sie beschäftigt uns in der überraschendsten Weise; sie rückt und verschiebt und räumt auf –, jeder von uns hat ihr viel zu verdanken. Und doch, wer hat ihr noch nicht, wenigstens einen Augenblick, mit Mißtrauen zugesehen; sich gefragt, ob es ihr wirklich um Fruchtbarkeit zu tun sei, oder nur um eine mechanisch bessere, erschöpfendere Ausbeutung der Seele? Sie verwirrt uns mit immer neuen Sichtbarkeiten; sie überbietet sich selbst, aber vielleicht besticht sie uns nur, daß wir sie nicht verraten. Wievieles hat sie uns schon hingestellt, wofür in unserem Innern kein Fortschritt entsprechend war. Nun will ich zwar annehmen, sie böte zugleich der gut entschlossenen Jugend die unerwartetesten Mittel, ihre reinsten inneren Wirklichkeiten nach und nach, sichtbar, in genauen Gegenwerten auszuformen; ja ich will glauben, sie besäße diese Mittel im höchsten Grade. Aber wie ich mich nun bereit halte, ihr, der Zeit, manchen neuen künstlerischen Gewinn zuzuschreiben, schlägt mir die Bewunderung über sie hinüber, den immer, den auch hier wieder, den auch jetzt unbegreiflichen Gedichten entgegen.

Wäre unter den jungen Dichtern auch nicht Einer, der sich nicht freute, das Gewagte und Gesteigerte dieser Tage für seine Anschauung auszunutzen, – ich würde doch nicht fürchten, daß ich das dichterische Wesen und seine Einrichtung in der inneren Natur des Dichters zu schwer genommen habe. Alle Erleichterungen, wie eindringlich sie sein mögen, wirken nicht bis dorthin, wo das Schwere sich freut, schwer zu sein. Was kann schließlich die Lage desjenigen verändern, der von früh auf bestimmt ist, in seinem Herzen auszuhalten und dort alles das Äußerste aufzuregen, das die Anderen in den ihren verschmähen und beschwichtigen? Und welcher Friede wäre für ihn zu schließen, wenn er, innen, unter dem Angriff seines Gottes steht?

DAS TESTAMENT

Um seine Lage am Ausgang jenes Winters verständlich zu machen, muß man bis in den Sommer des Jahres Vierzehn zurückblicken. Der Ausbruch des heillosen Krieges, der die Welt für die Dauer vieler Menschenleben verzerrte, verhinderte ihn, in jene unvergleichliche Stadt zurückzukehren, der er den größten Teil seiner Möglichkeiten verdankte. Es begann eine endlose Wartezeit in einem Lande, mit dem er nur durch die Sprache zusammenhing –, und auch die hatte er, in den verschiedensten Ländern wohnend, seinen innersten Aufgaben so völlig dienstbar gemacht, daß er sie, seit einiger Zeit, für den reinen und unabhängigen Stoff seiner Gebilde halten durfte.

Der Anschluß an jenen Freund, in dessen besonderen Fähigkeiten er zugleich den Arzt sich zu gewinnen hoffte, dessen er zu Zeiten so sehr bedurfte, wurde immer loser und war an dem Tage, an dem dieser seinem Berufe mit eigentümlicher Hingebung unterworfene Mensch plötzlich und erschöpft starb, längst vollkommen entspannt.

Der einzige Versuch zur Wiederaufnehmung seiner, durch Enteignung des ganzen natürlichen Lebens unterbrochenen Arbeiten fand ein jähes Ende in seiner Einberufung zu einem Landwehr-Regiment, durch welchen Zwang ihm eine widerwärtige und nun erst recht verlorene Frist in der Hauptstadt des über ihn verfügenden Landes zugemutet wurde. Nach vielen Monaten aus diesen untätigen Verpflichtungen befreit und in den Wohnsitz seines Abwartens wieder zurückgekehrt, fehlte es ihm an jener inneren Klarheit und Freiheit, in der allein seine unbeschreibliche Arbeit gedeihen konnte. Auch widerstrebte es ihm, sie irgendwie mit dem böswilligen Unheil dieser schmerzlichen Jahre zu vermischen: wenigstens entschuldigte er seine Unfähigkeit so in mehreren Briefen, in denen er gestand, es sei ihm wie dem Kinde zumut, das, solange es von Zahnschmerzen gequält war, seine liebsten Dinge nicht anrühren mochte.

Schließlich als der Krieg schon in die diffuse Unordnung revolutionärer Zuckungen übergesprungen war, und er auch noch diese Sinnlosigkeit, indem er Mallarmé übersetzte, einigermaßen sich vom Körper hielt, gelang es ihm, auf die Einladung zu Vorträgen hin, die längst ganz und gar verleidete Stadt und seine dortige, beinah öffentliche Wohnung – so sehr war sie von den Besuchen Fremder und Halbbekannter heimgesucht – zu verlassen, um dem erwünschten Rufe in ein anderes, übrigens in den Wirren der letzten Jahre unparteiisches und hülfreiches Land, zu folgen. Es traf sich allerdings, daß das gerade jene Landschaft war, durch die er früher, aus südlichen Gegenden kommend, oft hinter absichtlich verhängten Wagenfenstern durchgereist war: so sehr widersprach etwas in seiner Natur der pathetischen und zugleich nüchternen Gebirgigkeit, durch die sie bei vorigen Generationen sich berühmt gemacht hatte. Dieses Land war es, das sich ihm nun, durch jene aufmerksame Berufung sowohl, wie durch eine Gastfreundschaft an einem seiner Seen, anbot.

Aber auch sein neues Wohnen, jenseits der bisherigen, so schwer ertragenen Grenzen, wurde zu einer, die frühere nur etwas milder fortsetzenden Wartezeit. Zwar eine gewisse Erleichterung war ihm damit verstattet worden; zu jener inneren Besinnung, die der Konstellation seiner Arbeit vorausgehen mußte, fehlten indessen auch hier die entscheidenden Bedingungen. Sein Wohnsitz war ein wechselnder. Anknüpfungen vieler neuer Beziehungen waren nicht zu vermeiden, erwiesen sich wohl auch zum Teil als erfreuend. Die Anziehung, die seine ernste, aber doch nicht völlig geleistete Einsamkeit gelegentlich auf allerhand Menschen wider seinen Willen (vielleicht durch eine ihn fortwährend dementierende Sehnsucht) ausübte, trug ihm auch hier merkwürdige Verhältnisse ein, in denen er freilich so sehr zum Gebenden und Mitteilenden werden mußte, daß ein Ansammeln jener innerlichen Vorräte, das endlich zu einer Spannung im eigenen Wesen führt, von Monat zu Monat vereitelt wurde.

Da, nach mehr als anderthalb Jahren, am Anfang eines neuen Winters, als es schien, als sollte er in jenes verunglückte Land zurückkehren müssen, das ihm, gleichsam wie ein Krankenzimmer, noch vom Kriege und den Ausatmungen seiner trüben Verhängnisse überfüllt war –, ergab sich ein durchaus Unerwartetes: Ein sehr entlegener alter Herrensitz wurde ihm mit einem Male zur Verfügung gestellt, eine freundliche, schweigsame Wirtschafterin erwartete ihn dort, und er war (am 12. November) kaum eingezogen, als ihm schon alles Umgebende eine Gefälligkeit und Brauchbarkeit zukehrte, die seine beste Erwartung übertraf.

Der weite niedere weiß-getäfelte Arbeitsraum mit seinem großen alten Kachelofen und dem Kaminplatz außerdem, schien wirklich genau auf *ihn* gewartet zu haben; die Versorgung war, von einem Tag zum anderen, ohne daß eine Erläuterung seiner Gewohnheiten nötig geworden wäre, eingerichtet, – vor den Fenstern lag der stille Park. Langsam entblätternde Charmillen begrenzten rechts und links den geräumigen Rasenplatz und einen ungerahmten Weiher, dessen immer fallende Fontäne gleichsam *das*, was für die Augen von so erfüllender Stille war, nun auch in das Gehör übersetzte. Als der Park, mit einigen schönen Platanen und einer ihn in der offenen Tiefe quer abschließenden Allee weitgestellter alter Kastanien, sich immer mehr dem Herbste überließ, gewann der Ausblick an Einfluß. Ohne das Bedürfnis des Auges zu beengen, bereiteten dort sanft ansteigende Wiesen die Hänge eines bewaldeten Hügels vor: und so sehr er die Ebenen liebte, so war ihm, in diesem, zur Besinnung entschlossenen Moment, doch auch diese Beschränkung recht, die dem Bewußtsein eines Intérieurs, das er von Tag zu Tag in sich zu steigern hoffte, gewissermaßen landschaftlich entgegenkam.

Soweit er denken konnte, hatte er sich nie natürlicher und geschützter aufgenommen gefühlt; selbst nicht damals in jenem älteren fürstlichen Schloß, das in seinem Leben so bedeutend gewesen war und das er in sich fast leidenschaftlich bewahrte, seit das blinde Zugreifen des Krieges die ungeheueren Mauern, die unvergänglich schienen, bis auf den Felsengrund zerstört hatte. Jenes Schloß über dem Meer war weitläufig gewesen, die Kraft der Zeiten und Gestalten, die in ihm nachwirkte, bereitete der Seele zahllose Aufgaben; sie mußte mit vielem Überlegenem vertraut geworden sein, eh sie sich selber bleiben durfte.

Hier, in diesem übersehbaren kleinen Edelsitz war eine mindere Vergangenheit zu bewältigen. Räume und Gänge, lange nicht mehr in ihrem eigensten Begriffe bewohnt, hatten für den, der sie verständig erkannte, eine einfache Zustimmung; an Bildnissen war nicht viel da, was stark genug gewesen wäre, Gestalt aufzuerlegen, der Lebende überwog, und die Dinge, bescheiden in ihrer Art, beanspruchten nicht, mit mehr unterhalten zu sein, als mit dem unwillkürlichen Überfluß seines sofort dankbaren Gemüts.

Konnte der in diese unerwartete Bergung Gerettete nun an die Wiederaufnehmung seines zerrissenen Wesens gehen? Man vermutets. Wie sehr aber denkt man ihn erst dazu begünstigt, wenn man erfährt, daß ihm, gerade ehe er sich in diesen neuen Umgebungen einschließen sollte, eine doppelte, ebenso unvermutliche Fügung zuteil geworden war: es war ihm vergönnt, zwei berühmte Orte in verschiedenen Ländern wieder aufzusuchen, die unabtrennbar in die Geschichte seiner Vergangenheit gehören. Einer davon war jene einzige Stadt, der er nicht allein seine ganze Erziehung-im-Geiste verdankte, sondern deren Einwirkung er es auch mit Recht zuschrieb, wenn die besonderen Leiden und Seligkeiten seines Wesens sich ihm kenntlicher und größer geoffenbart hatten, als das selbst Menschen von starkem innerem Gesicht in seinem Alter widerfuhr.

Und zu allem dies: die unerschöpfliche Gnade hatte ihn (wunderbar rechtzeitig, möchte man ausrufen) auch noch mit jener ungeheuren Bewegtheit überfüllt, die ein Herz überstürzt, das sich unter dem Andrang eines neuen Geliebtwerdens, entschließt, zu lieben …

Ja, auch dies.

Wenn sich nun hinter diesem so vollkommen Begünstigten und Begabten die Türe schließt, so meint man, ihn einem so großartig ausgestatteten Alleinsein mit Zuversicht überlassen zu dürfen.

Die Anmerkungen indessen, die Briefentwürfe, in denen der Abschluß jenes merkwürdigen Winters, bruchstückhaft, niedergelegt ist, verzeichnen ein Mißlingen, einen grausamen, verwirrenden Verlust.

Der Schreiber hat (nachträglich offenbar) diese losen Blätter unter dem Titel *»Das Testament«* zusammengefaßt, wahrscheinlich, weil mit diesen Einsichten in sein eigentümliches Verhängnis, ein Wille ausgesprochen ist, der sein *letzter* bleiben wird, auch wenn seinem Herzen noch die Aufgabe vieler Jahre bevorsteht.

Das Testament

»Mais j'accuse surtout celui qui se
comporte
contre sa volonté«

Jean Moréas.

(Im April)

Der Frühling, der sich in diesem Jahr so zeitig durchgesetzt hat, daß die strahligen Löwenzähne schon zu Pustekugeln verblüht sind und in den Wiesen das Schaumkraut steht –, ist meiner Besinnung nie günstig gewesen; seine Kräfte haben nicht die Richtung der Einkehr. Trotzdem mußte sie ja nun, nach so vielen ihr verlorenen Monaten, versucht werden, in der letzten Zeit dieses begünstigten Geborgenseins.

Da eben die Beziehungen zur Geliebten so weit beruhigt waren, daß ich voraussehen konnte, ich würde mir eine Weile mit ungeteilter Aufmerksamkeit gehören dürfen, entstand drüben, am Ausgange des Parkes, ein kleiner Bau, den ich für eine Scheune hielt und nicht weiter beachtete. Indessen es wurde ein elektrisches Sägewerk daraus, und nun ist es schon seit zehn Tagen, unermüdlich surrend und schwirrend, im Gange. Meine Stille ist zerstört. Ich sehe, daß das, was ich vorhatte, nicht als eine Nachholung in vorletzter Stunde unternommen sein sollte, wie eine, unter bösem Gewissen verspätete Schulaufgabe. Die Zeit des Wirkens ist vorüber. Nun spricht die Säge.

Wie genau doch das Gericht ist. Seltsam: ich merke, wie sehr mir das Alles hier durch das Gehör gehört hat –, und aus dem ist es mir nun schon fortgenommen. Nachts, wenn ich aufwache, oder am späten Abend (denn man arbeitet lange dort in der Säge und fängt manchmal schon bald nach fünf Uhr morgens den geräuschvollen Werktag an) stellt er sich unbeschreiblich milde wieder her, jener weite reine Gehörraum, den ich lange habe bewohnen dürfen. Er fing eben an, von den kleinen Vogelstimmen gleichsam »gemustert« zu sein; seine Mitte aber war immer noch die Fontäne, und ich liege nun in der Nacht und nehme Abschied von ihr. Dies wars, dies hätte mich ordnen müssen, in vielen vielen gleichmäßig horchenden Wochen. Wie begriff ichs sofort, wie nahm ichs auf, schon am ersten Tag: diese vielfältige Abwandlung ihres Niederfalls. Der mindeste Luftzug veränderte ihn, und wenn es ganz stille war um den plötzlich vereinsamten Strahl, so stürzte er in sich selber zurück und klang an sich selber an, ganz anders als über der Wasserfläche. Sprich, sagte ich zur Fontäne, und lauschte. Sprich, sagte ich, und mein ganzes Wesen gehorchte ihr. Sprich, du reine Begegnung des Leichten mit dem Schweren, du Leichtsinn des Gewichts, du Spielbaum, du Gleichnis unter den beladenen Mühebäumen, die sich sorgen in ihrer Rinde.

Und mit einer unwillkürlichen unschuldigen List meines Herzens, damit nichts sei als dies, von dem ich lernen wollte, zu sein, – setzte ich die Fontäne der Geliebten gleich, der fernen, sich verhaltenden, schweigenden.

Ach, wir waren einig, daß das Schweigen bestehen solle zwischen uns: es wäre das Gesetz dieses Winters gewesen, ein hartes gewaltiges –, aber dafür finge jetzt unsere Milde an, nicht nur die unsrige, die Mildigkeit des Getanen wäre in meinem Herzen. Vielleicht – die Notwendigkeit war so ungeheuer – wären wir stark genug gewesen, zu schweigen, – nicht wir brachen es, der Mund des Schicksals ging auf und überschüttete uns mit Nachrichten. Denn die Liebe ist das eigentliche Klima des Schicksals; so weit sie auch ihre Bahn durch die Himmel spannt, ihre Milchstraße aus Milliarden Sternen des Bluts, das Land unter diesen Himmeln liegt trächtig von Verhängnissen. Nicht einmal die Götter, in den Verwandlungen ihrer Leidenschaft, waren mächtig genug die irdische Geliebte, die erschrockene, flüchtende, aus den Verstrickungen dieses fruchtbaren Bodens zu befreien.

Ist es Wahnsinn, was ich da schreibe? Warum handeln die Briefe der Liebenden nirgends von diesem Zwiespalt? Ach, ihre Sorgen sind andere. Immer sieht es so aus, als schwünge die Liebende den Geliebten höher, als er je sich selber zu werfen vermochte. Ihre Lust zu ihm macht ihn schöner und fähiger. Die Erwartung ihrer offenen Arme beschwingt seinen Wettlauf. Seine Leistung klärt sich in dem Kontur des Glücks, wo sie sonst ausfloß ins Trübe der Sehnsüchte hinüber. Nun erst, an ihrem Herzen, ward Arbeit stürmisch und süß für den mühenden Mann – und Ruhe unendlich. Jetzt erst löst sich der Niederschlag seiner Knabennächte, die Angst, jetzt erst sieht er der Nacht auf den Grund.

Und wenn eine Störung ist in seiner Freude, so stammt sie aus Hindernissen, Erschwerungen oder Bedrohungen dieser Vereinigung; alle Not kommt in der einen Sorge zusammen: sich einander zu verlieren; und nirgends ist Zweifel, als in der Eifersucht.

Wie aber der, der schon wußte? Der, in dessen Herzen die Einsamkeit der Liebenden zuvorgekommen war? Von frühe an kannte er ihr reines Gesicht. Da er sich flüchtete aus den Familien-Ähnlichkeiten, die ihn umzingelten, Zug für Zug ein Anrecht auf ihn, da ward ihm ihr Antlitz zur Zukunft: durch ihre Augen schaute er ins Offene. Seine kleine Hand legte sich still in die ihre, die führte und nie in Besitz nahm. Heranwachsend gewahrte er nach und nach ihre hohe Gestalt–, damals trat sie zuweilen an ihn heran und prüfte ihn wie einen Wurfspeer.

Und später warf sie ihn.

Ach, womit könnte die Liebende *den* überraschen, dem dies zum Bewußtsein ward und zu mehr als Erinnerung: diese Erwählung; die Lust des ausholenden Arms, das Geworfensein – oh, und das Zittern im Ziel.

Und doch wer hatte so wie dieser göttlich Gebrauchte, über den schon entschieden war, die Liebende gerühmt, die Geliebte ersehnt!

Es war, als hätte er, von jener Bahn aus, die er mit der Kraft der Einsamkeit vollzog, ihre Gestalt vollkommener erkannt, als je einer vor ihm. Und aus diesem Wissen, das unendlich war, erwuchs ihm die unendliche Entbehrung.

Er floh vor ihr, indem er sie rief. Es drängte ihn irgendwie, ihr ausgesetzt zu bleiben, sie auszuhalten, sie zu überstehen. Denn war nicht ein Mangel in seinem Antrieb, der ganz gerecht werden sollte, solang er diese Fordernde fürchtete und vermied? Dieses Ausweichen seines Gefühls vor ihr, im letzten Moment, fälschte es nicht sein Fühlen überhaupt? War diese Angst vor dem Geliebtwerden, die aus den frühesten Leiden seiner Kindheit stammte und ihn nie verließ, eine Warnung, der er folgen mußte bis zuletzt, oder kam es darauf an, wie von einem ältesten Irrtum, von ihr geheilt zu sein?

Gab es jene Liebende, die kein Hindernis war, die ihn nicht verlangsamte und nicht ablenkte in die Aufenthalte der Liebe? Jene, die begriff, daß er weit über sie hinaus geworfen war, wenn er sie durchdrang? Die Selige, die seinem großen Geworfensein zustimmte, die nicht daran dachte, ihn zu entwenden und zu behalten in Heimlichkeit, und die nicht vorauslief, um wieder und wieder in seiner Bahn zu stehn? Die vielleicht schon Verlassene, die es darauf ankommen ließ, wie oft er noch würde durch sie durch geschleudert sein, in's Ziel, aus der Hand seiner Göttin?

Oh wenn es sie gab, dann war ihm geholfen, wie ihm damals, als Jüngling, anders geholfen wurde, da er nach Russland kam. Die Heimsuchungen seiner Kindheit hatten es mit sich gebracht, daß er, bis an das Ende seines zweiten Jahrzehnts, in der Voraussetzung lebte, einzeln und allein, einer, ihm feindseligen Welt gegenüberzustehen, ein täglich Aufgelehnter wider die Übermacht Aller. Aus dem Unrecht solcher Einstellung konnte, selbst bei echten Bewegtheiten, nur Entstelltes, Krankhaftes hervorgehen. Russland, nicht in langsamer Überredung, über Nacht – wörtlich: über die erste moskauer Nacht – löste ihn sanft aus dem bösen Zauber dieser Befangenheit. Ohne sich dessen zu rühmen, unbemüht, wie durch eine reine Herzensjahreszeit bereitete ihm das versöhnliche Land unerschöpfliche Beweise des Gegenteils. Wie glaubte er ihm; wie entzückte es ihn, brüderlich zu sein. Und wenn er auch im Bekenntnis dieses Einklangs (vielleicht weil er nicht auf russischer Erde bleiben durfte) immer ein Anfänger geblieben ist, er vergißt ihn nie, er weiß ihn, er übt ihn aus.

Erfahrungen des Gefühls, seltsame Erfahrungen des Gefühls aber, die sich viel später in jenem gewissen Erlebnis zusammengezogen haben, das ich – ganz ungefähr nur – unter dem Bilde des *revenant* begriff, bestreiten mir das Recht, in der Geliebten (so unendlich der Raum auch sei, den sie gewähre) aufzugehen. So sehr ich das Gesetz in dieser Bewältigung zugeben muß, mitten in ihr erschein ich mir zugleich unfrei und eigenmächtig. Mein tieferes Gewissen läßt mir keine Ruh, und die Angst, die mich zerstreut, ist nicht jene Kreaturangst der süßen Vernichtung, die aus der Liebesmitte stammt; es ist der Schreck einer Abtrünnigkeit, der mich immer wieder rüttelt, mir vorhaltend gleichsam, es stünde mir nicht zu, über meine Neigung zu verfügen: so als wäre das Vermögen meines Gefühls aufgeteilt und ich arm; als entzöge ich, geliebt und liebend, die längst vergebenen Anteile unbekannten, schon davon zehrenden Erben. Irgendwo in den Weiten meines Gefühlsraums entsteht ein Beunruhigtsein, ein Unwillen; Klagen, die ich nicht verstehe, wehen herüber, Drohungen erheben sich in meinem Wesen: ich bin nicht mehr einig mit mir.

Diese Einigkeit aber, unerklärlich wie sie ist, ist das Gericht, vor dem ich stand, seit meiner Kindheit. Ja, ich lebe in dem Raume, in dem meine verhüllten Richter rechtsprechen, vor ihren Gugel-Augen –: ich habe ihn nie verlassen.

Mein Leben ist eine besondere Art Liebe, und sie ist schon getan. Gleichwie das Lieben des heiligen Georg das Drachentöten ist, eine währende Handlung, die die Zeiten ausfüllt bis ans Ende, so sind auch die Aufwände meines Herzens schon verwendet und verwandelt in ein endgültiges Geschehn. In seine Mitte werd ich manchmal hineingehoben: ein Bild des Vollzugs.

(Der Platz der Prinzessin aber ist abseits. Sie betet, daß es gelänge. Sie kniet.)

Glaube nicht, Künstler, daß deine Prüfung in der Arbeit sei. Du bist nicht, wofür du dich giebst und als den der oder jener dich nehmen mag, weil er's nicht besser weiß, solang sie dir nicht so ganz Natur geworden ist, daß du gar nicht anders *kannst*, als dich bewähren in ihr. So arbeitend bist du der meisterhaft geworfene Speer: Gesetze empfangen dich aus der Hand der Werferin und stürzen mit dir ins Ziel –. Was wäre gesicherter als dein Flug?

Deine Prüfung aber sei, daß du nicht immer geworfen bist. Daß die Speerspielerin Einsamkeit dich nicht wählt, lange nicht, daß sie dich vergißt. Das ist die Zeit der Versuchungen, wenn du dich ungebraucht, unfähig fühlst. (Als ob es nicht genügend Beschäftigung wäre, bereit zu sein!) Dann, wenn du nicht sehr schwer daliegst, üben sich die Zerstreuungen an dir und versuchen, wie du anders zu verwenden sein möchtest. Als Stab eines Blinden, als eine unter den Stangen eines Gitters, oder als der Gleichgewichtsstock eines Seiltänzers. Oder sie sinds imstand und pflanzen dich ein im Erdreich des Schicksals, daß dir das Wunder der Jahreszeiten geschähe und du triebest vielleicht kleine grüne Blätter des Glücks …

Oh dann, eherner: liege schwer.
Sei Speer. Sei Speer. Sei Speer!

Dieses Spiel von Zusage und Weigerung, bei dem viel zu verlieren ist und viel zu gewinnen, macht für die Meisten den »Zeitvertreib« des Lebens aus und erhält ihre Antriebe.

Der Künstler gehört zu denen, die mit einer einzigen, unzurücknehmlichen Zustimmung auf Gewinn und Verlust verzichtet haben: denn beide giebt es nicht mehr im Gesetz, im Gebiete des reinen Gehorsams.

Dieses endgültige freie Jasagen zur Welt rückt das Herz auf eine andere Ebene des Erlebens. Seine Wahlkugeln heißen nicht mehr Glück und Unglück, seine Pole sind nicht bezeichnet mit Leben und Tod. Sein Maß ist nicht die Spanne zwischen den Gegensätzen.

Wer denkt noch, daß die Kunst das Schöne darstelle, das ein Gegenteil habe; (dieses kleine »schön« stammt aus dem Begriffe des Geschmacks). Sie ist die Leidenschaft zum Ganzen. Ihr Ergebnis: Gleichmut und Gleichgewicht des Vollzähligen.

[Wenn ich der Liebenden nicht widerstand, so wars, weil von allen Bemächtigungen eines Menschen über den anderen, die ihre allein, ihre unaufhaltsame, mir im Recht zu sein schien. Ausgesetzt wie ich bin, wollte ich auch sie nicht *vermeiden*; aber ich sehnte mich, sie zu durchdringen! Daß sie mir Fenster sei in den erweiterten Weltraum des Daseins … (nicht Spiegel.)]

Dieses plötzliche (wie soll ich es nennen?) Parteiischsein in der Liebe erweckt in mir kühne übertreffende Erinnerungen: so, als ob ich schon einmal irgendwie unendlich unparteiisch fühlend gewesen sei …

Askese freilich ist kein Ausweg; sie ist Sinnlichkeit mit negativem Vorzeichen. Dem Heiligen mag sie, wie eine Hülfskonstruktion, zustatten kommen; in dem Durchschnittspunkt seiner Entsagungen gewahrt er jenen Gott des Gegensatzes, den Gott des Unsichtbaren, der noch nicht geschaffen hat.

Wer aber in die Sinne verpflichtet ist, Erscheinung für rein und Gestalt für wahr zu halten hat auf Erden, wie dürfte der mit der Absage beginnen! Und selbst wenn sie sich ihm erst hülfreich und nützlich erwiese, bei ihm bliebe sie Betrug, List, Erschleichung –, und zum Schlusse rächte sie sich irgendwo im Kontur seines Werks, als Härte, als Dürre, als Unzugiebigkeit, als Feigheit der Frucht.

Briefe: wie war ich hin und hergerissen diesen Winter; jeder Brief ein Stoß, ein Angriff, der alles umstürzen konnte, oder eine innige Eindringung, die das Blut verwandelte –

und das, täglich, in jener Zeit, die die meines reinsten Gleichmuts werden sollte.

Und nachdem ich, seit fast zwanzig Jahren, in der zunehmenden Klarheit meines Willens, mein Dasein so gestellt hatte, daß es keine Nachrichten mehr gab, geben durfte, die es in seinen wesentlichen Bestimmungen treffen und verändern konnten.

Meinem Herzen ist eine fremde Schreckhaftigkeit geblieben, die es mir unkenntlich macht.

(Aus einem Brief-Entwurf)

Alle diese Weigerungen, vergiß das nicht, Geliebte, handeln von Deiner Macht. Wär ich frei, stünde mein Herz nicht wie ein Stern gebunden in die Beziehungen des unwiderleglichen Geistes, so wäre jedes Wort, aus dem hier Auflehnung gebildet ist, Absage, Klage –, Dein Ruhm, Übergehn zu Dir, Zustimmung, Zusturm –, Untergang und Auferstehung in Dir.

Wär ich ein Mann in faßlichem Umkreis, ein Kaufmann, ein Lehrer der greifbaren Dinge, ein Handwerker …

Es ist gegen das Geheimnis meines Lebens.

Indem die Geliebte alles Ereignis gegen sich zu abzieht, werd ich unwahr in mir; denn nun scheint ihr, in der fortwährenden Strömung, auch *das* zuzutreiben, worüber ich nicht verfügen darf. Teils hat ihr Wille schuld, teils geschieht diese Bemächtigung durch ihr bloßes Dasein. Sie hat die Landschaft im Gemüte des Liebenden umgewandelt und bewohnt eine tiefste Stelle darin –: das Tal, zu dem alles abfließt.

Die Säge schafft seit frühem Morgen. Mein Schauen, überlebend gleichsam, umfaßt noch, wehmütig, diese im Anschein heile Umgebung, deren Abbruch fortwährend im Gehör geschieht. So hat man zuweilen von Sterbenden erzählt, daß ihnen die Welt nicht aus allen Sinnen gleichzeitig fortgenommen wird. Ihr Schmecken vermag nichts mehr, ihr Tasten ist stumpf geworden, ihr Ohr versagt. Aber sie schauen noch. Es gelingt ihnen sogar, noch eine langsame Wendung des Kopfes in den Kissen zu vollziehen, dann und wann, wenn wieder ein wenig Kraft beisammen ist, um den Rahmen des Blicks über einen anderen Bildausschnitt zu legen. Es ist gewiß eine Erleichterung, schließlich nur noch mittels *eines* Sinnes Abschied zu nehmen.

Ohne das Eingreifen des Sägewerks da drüben, hätte ich diesem Allem hier bis zuletzt angehangen, ohne ihm doch jenen Ertrag abzuringen, für den es zu spät war. Ich hätte mich gewiß nicht entschlossen, eine solche langsame Einsicht anzutreten, wie ich sie jetzt Tag für Tag vollziehe, und mit dem Ruck des Fortgehens hätte ich endlich an die Verzweiflung über das Nichtgeleistete gerührt und sie wäre, in einem einzigen Block, furchtbar herabgestürzt. Ich weiß nicht, was mir damit geschehen wäre, aber ich fürchte, die Gestalt der Geliebten in mir wäre wie unter einem Bergsturz verschüttet worden.

Ist es mein Fortschritt in alledem (man sehe es nachsichtig an, daß ich nach einem suche, während ich verurteilt bin, mir so Schweres bewußt zu machen) ist es mein Fortschritt, daß es mir gelingt, über dem Haupt der Geliebten in schmerzhafter Arbeit das Felsstück fortzumeißeln, das mit seinem Fall ihr reines Dastehn zertrümmert hätte? (Wohin weht sein Steinstaub? Wer atmet ihn? Ach, die Schuld ist nicht aus der Welt.) Aber *sie* soll mir schuldlos sein, die Liebende. Und auch dies ist vielleicht für einen Fortschritt zu halten (als könnt ich mich nur mit »Fort-Schritten« entfernen vom Schauplatz des Verlusts!), auch dies, daß ich diesen Zwiespalt nicht länger einen zwischen Arbeit und Liebe aufgesprungenen nenne, er klafft *in* meiner Liebe selbst, da ja, wie ich nun ein für alle Mal erfuhr, meine Arbeit Liebe ist. Welche Vereinfachung! Und nun ist dies, in der Tat, soweit ich sehe, der einzige Konflikt meines Lebens. Alles andere sind Aufgaben.

In der Militär-Schule sah ich es zuerst ein; später im Infanteristen-Rock. Und nun wieder: wie doch jeder Kreatur gewissermaßen nur *jenes* Schwere widerfährt, das auf der Ebene ihrer Kräfte liegt, wenn auch diese dann oft bei Weitem übersteigend.

Wir aber, die wir in dem unfaßlichen Durchschnittspunkt so vieler verschiedener und einander widersprechenden Umwelten stehen, kommen in die Lage, plötzlich von einem Schweren überfallen zu sein, das mit unserem Können und seiner Übung in keiner Weise zusammenhängt: einem *fremden* Schweren.

(Wann wäre dem Schwan eine der Prüfungen des Löwen zugemutet? Wie geriete ein Stück Fischschicksal in die Fassung der Fledermaus –, oder der Schrecken eines Pferds an die verdauende Schlange?)

Ich glaube deshalb, daß ich, schon als Kind, nie um etwas anderes gebetet habe, als um *mein* Schweres, daß mir das meine geschähe, nicht, aus Versehen, das des Tischlers oder des Lohnkutschers oder des Soldaten, denn in meinem Schwersten will ich mich erkennen.

Nur infolge der Verwirrung im unabgegrenzten, nach allen Seiten neugierigen Menschlichen, die es mit sich brachte, daß jedem *alles* zustoßen konnte, war es möglich, daß der Untergang in Verruf geriet. Wie vertraulich ist er, wenn man ihm im Eigenen, im leidenschaftlich Gekonnten begegnet!

Nichts soll aus jener schweren »fremden« Heimsuchung aufbewahrt sein, die mich, da ich eben hier begonnen hatte, das Werk meiner Besinnung zu tun, eines Morgens um vier (es war noch Nacht, und ein kalter Regen fiel in der Finsternis) fort und nach G. trieb. Niemand wird je mehr davon erfahren, als was ich, in stiller Rechenschaft, diesen Blättern anvertraue. Aber ehe ich das kleine Taschenbuch in blauem Leder verbrenne, das ich damals mit auf die Reise nahm, will ich über seinen Zustand Bericht ablegen. Kaum drei Seiten darin sind beschrieben; aber was, neben zwei Adressen, diese Seiten dicht ausfüllt, macht mir die vielen vielen leeren Blätter so unheimlich, daß ich sie, wie angesteckt und verseucht, mit ins Feuer werfe. Ich schreibe hier, ohne das Mindeste zu verändern, eines nach dem anderen, ehe ich sie vernichte, die sinnlosen Worte ab, in denen sich mein damals fähiger Geist zersetzte, da ein »fremdes« Schweres plötzlich, wie eine scharfe Säure, über ihn ausgegossen war.

(Aus dem zerstörten Taschenbuche:)

(Oben am Rande, das Wort:) Nachtmahr–, (dann Zahlen, ohne Ordnung, Additionen kleiner sinnloser Posten, dann:)

»Silber Freude Roheit Runde Loos Lieber
Aufguß Sand Weshalb Nimmer Achtung
Lauer Nieder Neid Vielfraß Seegen Sucht
Nager Weg Ast vertieft Zaun Sage Einfalt
Wespe Herz Kino (Kind) Trauer Taufall
Gerücht Ring Sanftmuth Abend Wiege
Lebendige Speise Vogel Ähre Loos nicht
Taufstein Ärger Trübe Bunt Beifall
Wesen Saumthier Ätzung Hinweg Ausfall
Haartracht Zäune Taifun Ach Wiege Mai
Hartung Silber Nebel Wege Ruf Brief
Bote Busta Nota Auto Timgad Ufer
Raufe Trank Neuling Wink Oh Achse
Glanz Fink Steuer Sturm Stein Ribe
Johannisfeuer Dienst August Pose Possard
Nonne Neerung Spieß Spülung Heiter
Saum Kerbe Wesen genau Last Senke (?)
Griff Geifer Kralle Übung Nachtzug Eifer
Wüste Speer Taumel Einbruch Rage Lauf
Lebzelt Zittergras Nachmittag Überall Hundert Heilung Hefe Wieburg Verschwender
König Dorn Stufe Ungut Ungelt Trauffe
Tragstein Trille Treubruch Scham Ost Fehr
Caseïn Kommer Kranz Bisthum Beere

Bahre Bär Zwerch Zirpe Stempel Arg
(Neue Seite:)
Wiederkehr Liebling Taucher Vogelkopf
Angstschweiß Halsband Dornreif Wikuna
Ringband Lastkarrn Liebknecht Agnese
Terwin Garn Gast Rolle Brille Wille Schule
Thugut Marie Iffland Herzblut Wimmer
Zweibruck Feierabend Wendlandt Abstieg
Spur Spürung Neige Vierzug Zander Zaun-
gast Larde Feilitzsch Triefe Bestimmung
Nur Bast Brausen Ballast Nachtherz Ei-
eigensinn sauber Urgast Billung bereitet
Saumzwang Niefeln Hieber Beherzung
Ichthüs Nomenclatur Beinung Richter
Regulus Galgen Wehrkraft Karde Spule
spielt langsam aber keine Musik reicht
an den Reigen Naumann« (Und drei Adressen.)

(Briefentwurf)

Solange es so zwischen uns steht, weiß ich nicht zu leben – denn ich bin gleich unfähig dazu, wenn ich Dich durch meine Schuld unglücklich weiß, wie wenn ich Dich in *der* Weise, wie Du es nun von mir erwartest, glücklich mache. Wär ich doch in jedem Moment ganz rücksichtslos gewesen, nach der Freiheit meiner Liebe! Es giebt kein ärgeres Gefängnis als die Furcht, einem Liebenden weh zu tun. Sie fälscht alle Antriebe des Herzens, ohne sie wäre es nicht so weit gekommen, daß ich jedes Alleinsein bei unserem Glück erbitten muß, wie eine besondere Ausnahme. *Mein Alleinsein*, dieses Eigentümlichste meines Daseins: nun erscheint es wie eine Flucht aus unserer Liebe –, und wie sollte es nicht, immer, von vornherein durch Deinen Wunsch belastet sein, daß es nicht lange dauern möge? Und dann: wie willst Du ein anderes Mal die Kraft haben, was aus den Enklaven unseres Glücks nach- und hinüberwirkt, von meiner Zurückgezogenheit abzuhalten?

Soll ich mich für immer unglücklich nennen (ach, und

was schlimmer ist: Unglück verursachend im beglückendsten Herzen!) weil ich die Liebe nicht so leicht nehmen kann, um aus ihr nur eben eine Steigerung meiner Fähigkeiten herauszuschlagen? Ich habe nie viel von denen gehalten, die der Verliebung bedurften, um im Geiste angetrieben zu sein, wie sollte ich auf diesen Anlaß rechnen, da ja die Arbeit selber so unendlich viel mehr Liebe ist, als der Einzelne in einem bewegen kann. Sie ist *alle* Liebe.

Und so erscheint mir diese Ergriffenheit zur Geliebten als ein Einzelfall der Liebe, der nichts erspart oder erleichtert, – im Gegenteil, in seiner Ungelöstheit die vollkommenste Leistung verlangt, um ertragen, erkannt und in allen seinen Forderungen erfüllt zu sein.

Sag, sag, – sprech ich mit diesem, was zu erleiden mir so seltsam aufgetragen scheint, eine Ausnahme, vielleicht eine Verwirrung meiner Natur aus? Selten ist dergleichen beklagt worden. Sei es, daß die Aufmerksamkeit der Meisten über den Genuß und die Eifersucht nicht hinausreicht, sei es, daß, was in einzelnen Fällen meiner Art zu erleiden blieb, immer zum Namenlosen, Unaussäglichen gerechnet worden war.

Sie sind nicht zahlreich, jene, deren Herzwurf in den Umarmungen nicht zu Ende ist; verfolgten sie ihn weiter, – sie sähen vielleicht, wie seine Kurve jenseits eine merkwürdige Beschleunigung annimmt, die der Ungeduld, es möchte auch dieses Glück schon überstanden sein. Und darüber hinaus verläuft sie ins Grenzenlose und bedeutet – weißt Du was? – Weg und Sehnsucht derer, die nicht aufhören zu gehen – der russischen Pilger und jener bedouinischen Nomaden, die es treibt und treibt an ihrem Stabe aus Ölbaumholz …

Wohnen in den Umarmungen kann nur der, der auch in ihnen sterben darf; jeder wählt sich sein Bleiben nach dem Geschmack (laß mich das so leichtsinnig sinnlich ausdrücken) seines Todes. Was jene Männer hinausdrängt in ihr zielloses Gehen, in die Steppe, in die Wüste –, das ist das Gefühl, daß ihr Tod sich nicht gefiele in ihrem Haus, daß er nicht Platz hat darin.

Eine schwedische Freundin, die einen Winter allein am Rand der Wüste gelebt hatte, schrieb mir:

»...... Landschaften von solcher Größe, daß man könnte nach dem Tode dort Raum genug haben. Wenigstens für einige Zeit –.«

[Trotz allem, mein Gott, wie reich, wie ruhig, wie vollzählig wär ich jetzt, wenn diese Liebe mir geschenkt worden wäre, unbedingt, ohne daß Hoffnungen, Erwartungen, Ansprüche jenes Herzens sie belüden, das, über lauter Furcht des Verlusts, unfähig scheint, seinen Glücks-Besitz anzutreten.

Hatte ich doch keine Angst vor ihr und nicht Sorge durch sie, damals, da sie mir, Ahnungslosem, bevorstand, – ebenso müßte sie jetzt da sein, vielleicht überstanden (und dann nicht minder gegenwärtig, denn was könnte in ihr vergänglich sein!) vielleicht immer wieder bevorstehend ...]

Das Prinzip meiner Arbeit ist eine leidenschaftliche Unterwerfung unter den Gegenstand, der mich beschäftigt, dem, mit anderen Worten, meine Liebe gehört.

Die Umkehr dieser Unterwerfung geschieht schließlich, mir selber unerwartet, in dem plötzlich in mir aufkommenden schöpferischen Akt, in dem ich ebenso schuldlos handelnd und überwindend bin, wie ich in jener vorhergehenden Phase rein und unschuldig unterworfen war.

Vielleicht wird für ein in solchen Verhältnissen sich leistendes Herz das Geliebtwerden immer zum Verhängnis. Es unterwirft sich, seiner Übung nach, auch unter den Liebenden, den es ja nicht zu gestalten hat, den es aber nun, durch seine unendliche Nachgebung, zu immer neuen Bemächtigungen verlockt. Und die Umkehr, die in diesem Falle einfach die Liebe zum Liebenden wäre – fast möchte man sagen, wider ihn – kann sich nie ganz auswirken gegen sein Überhandnehmen ...

So erscheint das Liebeserlebnis als eine gleichsam verkümmerte, unfähige Nebenform der schöpferischen Erfahrung, als ihre Herabsetzung, und bleibt ungekonnt, unbeherrscht und, an der höheren Ordnung jenes Gelingens gemessen, unerlaubt.

Ach, ich lebe jetzt, wie wenn ich eben für ein paar Wochen an diesen Ort gekommen wäre, der bekannt ist durch sein elektrisches Sägewerk.

... ohne an diesen Aufenthalt bestimmte Erwartungen zu stellen, für deren mindeste ich zu müde wäre ...

Jenes Alleinsein, in dem ich mich seit zwanzig Jahren befestigt habe, darf nicht zu einer Ausnahme werden, zum »Urlaub«, den ich mir, unter vielen Rechtfertigungen, bei einem überwachenden Glück ausbitten müßte. Ich muß grenzenlos in ihm leben. Es muß das Grundbewußtsein bleiben, in das ich immer zurückkehren kann, nicht in der Absicht, ihm jetzt, rasch, einen bestimmten Gewinn abzuringen, nicht in der Erwartung, als müsse es mir fruchtbar sein; sondern unwillkürlich, unbetont, schuldlos: als zu dem Orte, an den ich gehöre.

Was für Kräfte haben sich verabredet, in meinem Herzen zusammenzutreffen? ...

Sie ziehen sich zurück, wenn sie es bewohnt finden.

Einer, ach, der Geliebtsein und Lieben für nichts rechnen darf in den wirklichen Abschlüssen seines Herzens.

[Wie bin ich es müde, alle diese Gegenbewegungen zu machen wider die Bemächtigungen der Liebe –; wo ist das Herz, das nicht ein bestimmtes eigensinniges Glück bei mir »bestellte«, sondern es mir überließe, ihm *das* zu bereiten, das unerschöpflich aus mir hervorgeht?]

Streben und Widerstreben: wie bin ich es müde. Wo ist das Herz, das nicht ein eigensinniges Glück bei mir »bestellte«, sondern es mir überließe, ihm *das* zu bereiten, das unerschöpflich aus mir hervorginge?

Aber darüber giebt es keine Verständigung. Ach, daß die

Kämpfe vorüber wären! Daß es heißen dürfte, wie dort im letzten Leis des Girard de Roussillon:

»Les guerres sont finies et les
œuvres commencent.«

Oder Rimbaud:

Einmal mit dem ungestümen Herzen an der Sprache rütteln, daß sie göttlich »unbrauchbar« werde für einen Augenblick – und dann fortgehen, nicht zurückschaun, Kaufmann sein.

Ich wußte diesen ganzen Winter: ich muß mich zu etwas hinsinnen. Wehe –, dies ist der ärgste Verlust: ein Unbekanntes, Unerratliches verloren haben.

Diese Tage gehören zu den schwersten … Die Unlust des Nichtgeleisteten greift nun auch, wie ein Rost, meinen Körper an, sogar der Schlaf versagt seine Linderung –, ins halbe Wachbleiben hinein schlagen die Pulse an den Schläfen wie schwere Schritte, die nicht zu Ruhe kommen.

Dürft ich Dich rufen …, aber gerade damit wäre ja mein letztes zerstört –: dieses Gericht, an dem ich mich erkenne. Du hast es selbst geschrieben neulich, ich gehörte nicht zu denen, die durch Liebe tröstbar sind. So ist es. Denn was, am Ende, wäre mir unbrauchbarer, als ein getröstetes Leben?

Oh, das Alles überraschte mich nicht, wie es die Toren überfällt in ihrem Taumel. Während meine Richter mir, fürchterlich langsam, bei den Lichtern meines Glücks, das Urteil vorlasen, stand ich auf ihrer Seite und übersah schon das ganze Verdikt.

Aber eines Abends ertrug ichs nicht mehr. Die schützende, immer noch alles gewährende Stille des Hauses und mein entsetzliches Preisgegebensein mitten in ihr, warfen mir solchen Zwiespalt ins Herz, daß ich meinte, nicht länger leben zu können. Unfähig zu lesen, ja nicht einmal imstande, in das sonst so tröstliche Feuer der Tannenscheite zu schauen, holte ich irgendwelche Mappen aus den Fächern des Bücherschranks, die ich noch nie geöffnet hatte, und zwang mich von Blatt zu Blatt. Es waren Abbildungen von Gemälden aus dem Besitzstande der großen Galerien, sie reizten mich durch ihre ungefähre unharmonische Farbigkeit, ich weiß nicht, wieviele dieser Bilder ich anstarrte, unzählige, immer rascher umblätternd: plötzlich kam es mir zum Bewußtsein, daß ich die ganze Zeit gedacht hatte: Wohin? Wohin?

Wohin, in die Freiheit? Wohin, in den Gleichmut des eigentlichen Daseins? Wohin, in die Unschuld, in die nicht länger entbehrliche?

Ich kam zu mir; aufmerksamer, mit Spannung sogar, als schlüge plötzlich eine innerlich angewachsene Besinnung nach außen, vertiefte ich mich in das gerade vor mir aufgeschlagene Blatt. Es war die sogenannte »Madonna von Lucca« des Jan van Eyck, die liebliche, im roten Mantel, die dem aufrecht sitzenden, ernst trinkenden Kind die zierlichste Brust reicht.

Wohin? Wohin? ......

Und auf einmal wünschte ich, wünschte oh wünschte mit aller Inbrunst, deren mein Herz je fähig war, wünschte, nicht einer der beiden kleinen Äpfel – im Bilde – zu sein, nicht einer dieser gemalten Äpfel auf der gemalten Fensterbank –: schon das schien mir Schicksal zuviel … Nein: der sanfte, der geringe, der unscheinbare Schatten des einen dieser Äpfel zu werden –, das war der Wunsch, in dem sich mein ganzes Wesen zusammennahm.

Und als ob eine Erfüllung möglich wäre oder als ob schon mit diesem Wunsche allein eine wunderbar sichere Einsicht gegeben sei, traten mir dankbare Tränen in die Augen.

Manchmal in der unaufhörlich prüfenden Not dieser Tage überrascht mich etwas wie der vorauseilende Schein einer neuen geistigen Freude: als ob doch Alles einfacher geworden sei und ein unsägliches Schicksal in Annäherungswerten sich faßlicher machte. Denn ist es schließlich nicht dies (wenn man es aussprechen soll): daß Helle und Dunkelheit in meinem Inneren nicht durch eines Menschen überwiegenden Einfluß bestimmt werden dürfen, sondern allein durch ein Namenloses. Dies ist, sozusagen, das Mindestmaß meiner Frömmigkeit: es aufgebend, müßte ich hinter den ersten Kreuzweg meines Lebens zurück –, hinter seine früheste stillste freieste Entscheidung. Hinter mich selbst.

(Briefentwurf)

Schloß B…, ohne Datum:
immer.

Wem, Geliebte, wem, wenn nicht Dir, soll ich diesen schweren Abschluß meines Herzens anvertrauen? Wenn er Dich in Not versetzt, bedenke, wie groß die Not sein muß, aus der hinaus ich das Folgende aufschreibe.

Ich habe Unrecht getan; Verrat. Ich habe die Umstände, die mir nach sechs Jahren der Zerstörung und Hinderung mit B… geboten waren, nicht ausgenutzt für die unaufschiebbare innere Aufgabe; sie ist mir vom Schicksal unter den Händen entwunden worden. Das muß ich mir nun eingestehen.

Du weißt, Liebe, wie mir jene Umstände, vom Zufälligsten bis ins Wesentlichste, zusagten, wie entschlossen ich sie antrat. Du wolltest das Deine tun, sie mir zu schützen: es ist uns nicht gelungen.

Am zweiten Dezember, gleich nach dem frohen Versuch, jene französisch geschriebene Préface zu entwerfen, gelangen mir die ersten Zeilen jener Arbeit, in der meine neue innere Zusammenfassung sich ausbilden sollte. Am 4ten wurde ich durch die leidigen Correspondenzen meines Geburtstages unterbrochen, am 6ten kamen die ersten beunruhigenden Nachrichten aus G.

Du weißt, wie es weiterging; Du weißt alles, ich habe nichts zu erzählen.

Siehst Du, es ist nun für mich bei meiner kleinen Fehlgeburt des 2ten Dezember geblieben, das Werk, das Leben, das mich erfüllte, hat sich in ihr fortgegeben.

Bald waren es gute, ja selige Zeichen, bald Bedrängnisse

und Verzweiflungen, die zu mir herüberwirkten, – die Erschütterungen nahmen kein Ende, Du konntest sie nicht verhüten.

(Was halfs, daß ich wußte, ich dürfe nur noch in meiner Arbeit beglückt und erschüttert sein!)

Und auch später, auch jetzt, auch in diesen letzten Wochen, ich brachte es nicht zu jenem Bewußtsein meiner natürlichen Einsamkeit, aus dem heraus allein ich meiner mächtig werden kann. Mein Herz war aus der Mitte seiner Kreise hinausgerückt, an die Peripherie, dorthin, wo es Dir am nächsten war –, dort mag es groß sein, fühlend, jubelnd oder beängstigt, – es ist nicht in *seiner* Konstellation, es ist nicht das Herz meines Lebens.

In unserer süßesten und vielleicht gerechtesten Stunde, Geliebte, hast Du mir versichert, daß Du nun alle Arten der Liebe zu mir fassen könntest. Ach, nimm Dich zusammen, ..., zu jener, wie sie nun heißen mag, die mir *mein* Leben gewährt, die es mir womöglich bestärkt. Ich kann nicht los von mir. Denn, wenn ich alles alles Meinige aufgäbe und, wie ich es manchmal ersehne, blindlings in Deine Arme überginge, mich darin verlöre –, so hieltest Du ja eben einen, der sich aufgegeben hat: nicht mich, nicht mich.

Ich kann mich nicht verstellen und nicht ändern. Genau wie in meiner Kindheit vor der gewaltsamen Liebe meines Vaters, so knie ich auch jetzt in der Welt und bitte die, die mich lieben, um Schonung. Ja, daß sie mich schonen! Daß sie mich nicht verbrauchen für ihr Glück, sondern mir beistehen, jenes tiefste einsame Glück in mir zu entfalten, ohne dessen Große Beweise sie mich doch am Ende nicht würden geliebt haben.

....

GEDICHTE 1909 BIS 1922

Endymion

In ihm ist Jagd noch. Durch sein Geäder
bricht wie durch Gebüsche das Tier.
Täler bilden sich, waldige Bäder
spiegeln die Hindin, und hinter ihr

hurtigt das Blut des geschlossenen Schläfers,
von des traumig wirren Gewäfers
jähem Wiederzergehn gequält.
Aber die Göttin, die, nievermählt,

Jünglingin über den Nächten der Zeiten
hingeht, die sich selber ergänzte
in den Himmeln und keinen betraf,

neigte sich leise zu seinen Seiten,
und von ihren Schultern erglänzte
plötzlich seine Schale aus Schlaf.

Judith's Rückkehr

Schläfer, schwarz ist das Naß noch an meinen Füßen, ungenau. Tau sagen sie. / Ach, daß ich Judith bin, herkomme von ihm, aus dem Zelt aus dem Bett, austriefend sein Haupt, dreifach trunkenes Blut. Weintrunken, trunken vom Räucherwerk, trunken von mir – und jetzt nüchtern wie Tau. / Niedrig gehaltenes Haupt über dem Morgengras; ich aber oben auf meinem Gang, ich Erhobene. / Plötzlich leeres Gehirn, abfließende Bilder ins Erdreich; mir aber quillend ins Herz alle Breite der Nach-Tat. / Liebende, die ich bin. / Schrecken trieben in mir alle Wonnen zusamm, an mir sind alle Stellen. / Herz, mein berühmtes Herz, schlag an den Gegenwind:

wie ich geh, wie ich geh / und schneller die Stimme in mir, meine, die rufen wird, Vogelruf, vor der Not-Stadt.

⟨I⟩

Aus dieser Wolke, siehe: die den Stern
so wild verdeckt, der eben war – (und mir),
aus diesem Bergland drüben, das jetzt Nacht,
Nachtwinde hat für eine Zeit – (und mir),
aus diesem Fluß im Talgrund, der den Schein
zerrissner Himmels-Lichtung fängt – (und mir);
aus mir und alledem ein einzig Ding
zu machen, Herr: aus mir und dem Gefühl,
mit dem die Herde, eingekehrt im Pferch,
das große dunkle Nichtmehrsein der Welt
ausatmend hinnimmt –, mir und jedem Licht
im Finstersein der vielen Häuser, Herr:
ein Ding zu machen; aus den Fremden, denn
nicht Einen kenn ich, Herr, und mir und mir
ein Ding zu machen; aus den Schlafenden,
den fremden alten Männern im Hospiz,
die wichtig in den Betten husten, aus
schlaftrunknen Kindern an so fremder Brust,
aus vielen Ungenaun und immer mir,
aus nichts als mir und dem, was ich nicht kenn,
das Ding zu machen, Herr Herr Herr, das Ding,
das welthaft-irdisch wie ein Meteor
in seiner Schwere nur die Summe Flugs
zusammennimmt: nichts wiegend als die Ankunft.

⟨II⟩

Warum muß einer gehn und fremde Dinge
so auf sich nehmen, wie vielleicht der Träger
den fremdlings mehr und mehr gefüllten Marktkorb
von Stand zu Stand hebt und beladen nachgeht
und kann nicht sagen: Herr, wozu das Gastmahl?

Warum muß einer dastehn wie ein Hirt,
so ausgesetzt dem Übermaß von Einfluß,
beteiligt so an diesem Raum voll Vorgang,
daß er gelehnt an einen Baum der Landschaft
sein Schicksal hätte, ohne mehr zu handeln.
Und hat doch nicht im viel zu großen Blick
die stille Milderung der Herde. Hat
nichts als Welt, hat Welt in jedem Aufschaun,
in jeder Neigung Welt. Ihm dringt, was andern
gerne gehört, unwirtlich wie Musik
und blind ins Blut und wandelt sich vorüber.

Da steht er nächtens auf und hat den Ruf
des Vogels draußen schon in seinem Dasein
und fühlt sich kühn, weil er die ganzen Sterne
in sein Gesicht nimmt, schwer –, o nicht wie einer,
der der Geliebten diese Nacht bereitet
und sie verwöhnt mit den gefühlten Himmeln.

⟨III⟩

Daß mir doch, wenn ich wieder der Städte Gedräng
und verwickelten Lärmknäul und die
Wirrsal des Fahrzeugs um mich habe, einzeln,
daß mir doch über das dichte Getrieb
Himmel erinnerte und der erdige Bergrand,
den von drüben heimwärts die Herde betrat.
Steinig sei mir zu Mut
und das Tagwerk des Hirten scheine mir möglich,
wie er einhergeht und bräunt und mit messendem Steinwurf
seine Herde besäumt, wo sie sich ausfranst.
Langsamen Schrittes, nicht leicht, nachdenklichen Körpers,
aber im Stehn ist er herrlich. Noch immer dürfte ein Gott
heimlich in diese Gestalt und würde nicht minder.

Abwechselnd weilt er und zieht, wie selber der Tag,
und Schatten der Wolken
durchgehn ihn, als dächte der Raum
langsam Gedanken für ihn.

Sei er wer immer für euch. Wie das wehende
Nachtlicht
in den Mantel der Lampe stell ich mich innen in ihn.
Ein Schein wird ruhig. Der Tod
fände sich reiner zurecht.

Himmelfahrt Mariae

⟨I⟩

Köstliche, o Öl, das oben will,
blauer Rauchrand aus dem Räucherkorbe,
grad-hinan vertönende Theorbe,
Milch des Irdischen, entquill,

still die Himmel, die noch klein sind, nähre
das dir anruht, das verweinte Reich:
Goldgewordne wie die hohe Ähre,
Reingewordne wie das Bild im Teich.

Wie wir nächtens, daß die Brunnen gehen,
hören im vereinsamten Gehör:
bist du, Steigende, in unserm Sehen
ganz allein. Wie in ein Nadelöhr

will mein langer Blick in dir sich fassen,
eh du diesem Sichtlichen entfliehst, –
daß du ihn, wenn auch ganz weiß gelassen,
durch die farbenechten Himmel ziehst.

⟨II⟩

Nicht nur aus dem Schaun der Jünger, welchen
deines Kleides leichte Wehmut bleibt:
ach, du nimmst dich aus den Blumenkelchen,
aus dem Vogel, der den Flug beschreibt;

aus dem vollen Offensein der Kinder,
aus dem Euter und dem Kaun der Kuh –;
alles wird um eine Milde minder,
nur die Himmel innen nehmen zu.

Hingerissne Frucht aus unserm Grunde,
Beere, die du voller Süße stehst,
laß uns fühlen, wie du in dem Munde
der entzückten Seligkeit zergehst.

Denn wir bleiben, wo du fortkamst. Jede
Stelle unten will getröstet sein.
Neig uns Gnade, stärk uns wie mit Wein.
Denn vom Einsehn ist da nicht die Rede.

An den Engel

Starker, stiller, an den Rand gestellter
Leuchter: oben wird die Nacht genau.
Wir ver-geben uns in unerhellter
Zögerung an deinem Unterbau.

Unser ist: den Ausgang nicht zu wissen
aus dem drinnen irrlichen Bezirk,
du erscheinst auf unsern Hindernissen
und beglühst sie wie ein Hochgebirg.

Deine Lust ist *über* unserm Reiche,
und wir fassen kaum den Niederschlag;
wie die reine Nacht der Frühlingsgleiche
stehst du teilend zwischen Tag und Tag.

Wer vermöchte je dir einzuflößen
von der Mischung, die uns heimlich trübt?
Du hast Herrlichkeit von allen Größen,
und wir sind am Kleinlichsten geübt.

Wenn wir weinen, sind wir nichts als rührend,
wo wir anschaun sind wir höchstens wach;
unser Lächeln ist nicht weit verführend,
und verführt es selbst, wer geht ihm nach?

Irgendeiner. Engel, klag ich, klag ich?
Doch wie wäre denn die Klage mein?
Ach, ich schreie, mit zwei Hölzern schlag ich
und ich meine nicht, gehört zu sein.

Daß ich lärme, wird an dir nicht lauter,
wenn du mich nicht fühltest, weil ich *bin*.
Leuchte, leuchte! Mach mich angeschauter
bei den Sternen. Denn ich schwinde hin.

Auferweckung des Lazarus

Also, das tat not für den und den,
weil sie Zeichen brauchten, welche schrieen.
Doch er träumte, Marthen und Marieen
müßte es genügen, einzusehn,
daß er *könne*. Aber keiner glaubte,
alle sprachen: Herr, was kommst du *nun*?
Und da ging er hin, das Unerlaubte
an der ruhigen Natur zu tun.
Zürnender. Die Augen fast geschlossen,
fragte er sie nach dem Grab. Er litt.
Ihnen schien es, seine Tränen flossen,
und sie drängten voller Neugier mit.
Noch im Gehen wars ihm ungeheuer,
ein entsetzlich spielender Versuch,
aber plötzlich brach ein hohes Feuer

in ihm aus, ein solcher Widerspruch
gegen alle ihre Unterschiede,
ihr Gestorben-, ihr Lebendigsein,
daß er Feindschaft war in jedem Gliede,
als er heiser angab: Hebt den Stein!
Eine Stimme rief, daß er schon stinke,
(denn er lag den vierten Tag) – doch Er
stand gestrafft, ganz voll von jenem Winke,
welcher stieg in ihm und schwer, sehr schwer
ihm die Hand hob – (niemals hob sich eine
langsamer als diese Hand und mehr)
bis sie dastand, scheinend in der Luft;
und dort oben zog sie sich zur Kralle:
denn ihn graute jetzt, es möchten alle
Toten durch die angesaugte Gruft
wiederkommen, wo es sich herauf
raffte, larvig, aus der graden Lage – –
doch dann stand nur Eines schief im Tage,
und man sah: das ungenaue vage
Leben nahm es wieder mit in Kauf.

Der Geist Ariel

(Nach der Lesung von Shakespeares Sturm)

Man hat ihn einmal irgendwo befreit
mit jenem Ruck, mit dem man sich als Jüngling
ans Große hinriß, weg von jeder Rücksicht.
Da ward er willens, sieh: und seither dient er,
nach jeder Tat gefaßt auf seine Freiheit.
Und halb sehr herrisch, halb beinah verschämt,
bringt mans ihm vor, daß man für dies und dies
ihn weiter brauche, ach, und muß es sagen,
was man ihm half. Und dennoch fühlt man selbst,
wie alles das, was man mit ihm zurückhält,
fehlt in der Luft. Verführend fast und süß:
ihn hinzulassen –, um dann, nicht mehr zaubernd,

ins Schicksal eingelassen wie die andern,
zu wissen, daß sich seine leichte Freundschaft,
jetzt ohne Spannung, nirgends mehr verpflichtet,
ein Überschuß zu dieses Atmens Raum,
gedankenlos im Element beschäftigt.
Abhängig fürder, länger nicht begabt,
den dumpfen Mund zu jenem Ruf zu formen,
auf den er stürzte. Machtlos, alternd, arm
und doch *ihn* atmend wie unfaßlich weit
verteilten Duft, der erst das Unsichtbare
vollzählig macht. Auflächelnd, daß man dem
so winken durfte, in so großen Umgang
so leicht gewöhnt. Aufweinend vielleicht auch,
wenn man bedenkt, wie's einen liebte und
fortwollte, beides, immer ganz in Einem.

(Ließ ich es schon? Nun schreckt mich dieser Mann,
der wieder Herzog wird. Wie er sich sanft
den Draht ins Haupt zieht und sich zu den andern
Figuren hängt und künftighin das Spiel
um Milde bittet.... Welcher Epilog
vollbrachter Herrschaft. Abtun, bloßes Dastehn
mit nichts als eigner Kraft: »und das ist wenig.«)

So angestrengt wider die starke Nacht
werfen sie ihre Stimmen ins Gelächter,
das schlecht verbrennt. O aufgelehnte Welt
voll Weigerung. Und atmet doch den Raum,
in dem die Sterne gehen. Siehe, dies
bedürfte nicht und könnte, der Entfernung
fremd hingegeben, in dem Übermaß
von Fernen sich ergehen, fort von uns.
Und nun geruhts und reicht uns ans Gesicht
wie der Geliebten Aufblick; schlägt sich auf
uns gegenüber und zerstreut vielleicht
an uns sein Dasein. Und wir sinds nicht wert.

Vielleicht entziehts den Engeln etwas Kraft,
daß nach uns her der Sternenhimmel nachgiebt
und uns hereinhängt ins getrübte Schicksal.
Umsonst. Denn wer gewahrts? Und wo es einer
gewärtig wird: wer darf noch an den Nacht-Raum
die Stirne lehnen wie ans eigne Fenster?
Wer hat dies nicht verleugnet? Wer hat nicht
in dieses eingeborne Element
gefälschte, schlechte, nachgemachte Nächte
hereingeschleppt und sich daran begnügt?
Wir lassen Götter stehn um gohren Abfall,
denn Götter locken nicht. Sie haben Dasein
und nichts als Dasein, Überfluß von Dasein,
doch nicht Geruch, nicht Wink. Nichts ist so stumm
wie eines Gottes Mund. Schön wie ein Schwan
auf seiner Ewigkeit grundlosen Fläche:
so zieht der Gott und taucht und schont sein Weiß.

Alles verführt. Der kleine Vogel selbst
tut Zwang an uns aus seinem reinen Laubwerk,
die Blume hat nicht Raum und drängt herüber;
was will der Wind nicht alles? Nur der Gott,
wie eine Säule, läßt vorbei, verteilend
hoch oben, wo er trägt, nach beiden Seiten
die leichte Wölbung seines Gleichmuts.

Wir wissen nicht, was wir verbringen: siehe,
Benanntes ist vorbei und jedes Sein
erfindet sich im letzten Augenblick
und will nichts hören / Wink von Zeichen, kaum
ein Blatt verkehrts: wir aber sind schon anders,
verleugnen, lächeln, kennen schon nicht mehr,
was gestern Glück war. Und die Göttin selbst
schwankt über uns.

Wer verzichtet, jenen Gram zu kennen,
welcher schluchzend wie aus Quellen quillt,
weiß auch nicht das Selige zu nennen:
es berührt ihn und entgeht ihm mild.

Wir nur, die wir ganz am Herzen lagen
der Verlorenen, die Gott gefällt,
werden wissen alles aus-zusagen,
wenn die Freude nicht mehr an sich hält.

Jedes Leere, jeder Zwischenraum
dunkler Stunden wird zum hohlen Kruge,
wird zur Muschel, dran die Fuge
dröhnen wird. Wir ahnen kaum,

wie wir uns nach unermessnem Rate
um zur Orgel bauen, horchend, leis,
für den Sturm der kommenden Kantate
und den Engel, der sie plötzlich weiß.

Emmaus

Noch nicht im Gehn, obwohl er seltsam sicher
zu ihnen trat, für ihren Gang bereit;
und ob er gleich die Schwelle feierlicher
hinüberschritt als sie die Männlichkeit;
noch nicht, da man sich um den Tisch verteilte,
beschämlich niederstellend das und dies,
und er, wie duldend, seine unbeeilte
Zuschauerschaft auf ihnen ruhen ließ;
selbst nicht, da man sich setzte, willens nun,
sich gastlich an einander zu gewöhnen,
und er das Brot ergriff, mit seinen schönen
zögernden Händen, um jetzt das zu tun,
was jene, wie den Schrecken einer Menge,
durchstürzte mit unendlichem Bezug –
da endlich, sehender, wie er die Enge
der Mahlzeit gebend auseinanderschlug:

erkannten sie. Und, zitternd hochgerissen,
standen sie krumm und hatten bange lieb.
Dann, als sie sahen, wie er gebend blieb,
langten sie bebend nach den beiden Bissen.

Narziß

Narziß verging. Von seiner Schönheit hob
sich unaufhörlich seines Wesens Nähe,
verdichtet wie der Duft vom Heliotrop.
Ihm aber war gesetzt, daß er sich sähe.

Er liebte, was ihm ausging, wieder ein
und war nicht mehr im offnen Wind enthalten
und schloß entzückt den Umkreis der Gestalten
und hob sich auf und konnte nicht mehr sein.

Narziß

Dies also: dies geht von mir aus und löst
sich in der Luft und im Gefühl der Haine,
entweicht mir leicht und wird nicht mehr das Meine
und glänzt, weil es auf keine Feindschaft stößt.

Dies hebt sich unaufhörlich von mir fort,
ich will nicht weg, ich warte, ich verweile;
doch alle meine Grenzen haben Eile,
stürzen hinaus und sind schon dort.

Und selbst im Schlaf. Nichts bindet uns genug.
Nachgiebige Mitte in mir, Kern voll Schwäche,
der nicht sein Fruchtfleisch anhält. Flucht, o Flug
von allen Stellen meiner Oberfläche.

Was sich dort bildet und mir sicher gleicht
und aufwärts zittert in verweinten Zeichen,

das mochte so in einer Frau vielleicht
innen entstehn; es war nicht zu erreichen,

wie ich danach auch drängend in sie rang.
Jetzt liegt es offen in dem teilnahmslosen
zerstreuten Wasser, und ich darf es lang
anstaunen unter meinem Kranz von Rosen.

Dort ist es nicht geliebt. Dort unten drin
ist nichts, als Gleichmut überstürzter Steine,
und ich kann sehen, wie ich traurig bin.
War dies mein Bild in ihrem Augenscheine?

Hob es sich so in ihrem Traum herbei
zu süßer Furcht? Fast fühl ich schon die ihre.
Denn, wie ich mich in meinem Blick verliere:
ich könnte denken, daß ich tödlich sei.

Die Tauben

O weiche graue Dämmerung am Bug,
wie Sinne, die bei Ampelschein vergehen,
und diese Röte durch den Rauch gesehen,
der aus gedämpften Liebes-Opfern schlug.

Gestillte Form der angefüllten Spende,
flach aufgeschlagnen Händen angepaßt;
volles Gefäß bis an der Schultern Wende,
von da an Blick und Biegung und Kontrast.

Am Hals gezeichnet mit der Fingerspur
gewohnten Griffs, mit dem die Priester packen,
doch gleich daneben, im schutzlosen Nacken,
beruhigt, wie durch göttliche Natur.

Hinschwindende ganz leicht, eh sie vergehen,
zurückzuhalten mit ein wenig Wink,
aus Abschiednehmen und Nicht-wiedersehen
ein Ding zu machen, so, daß dieses Ding
verschwendend lächelt und sich auf den Zehen
hinüberhebt um dem, was schon verging,
leis beizuwohnen (: Rosen und Ideen –)

Witwe

Die Kinder stehn ihr leer, des ersten Laubs beraubt
und scheinen einem Schrecken abzustammen,
dem sie gefiel. Sie griff sich mit den klammen
zehrenden Händen Höhlen in das Haupt.
Wär sie ein Stein im Freien, flösse dort zusammen
der große Regen, reiner als man glaubt,
und Vögel tränken ... O Natur,
was hast du diese Mulden übersprungen
und sammelst den Geschöpfen Linderungen
in einer unvernünftigen Figur?

Das Elend hat ja nie auf mir bestanden,
nur daß ich es begriff, wo's kaum geschah;
wenn ich im Frühn, wo sie so schnell verschwanden,
des Schulkinds aufgeschreckte Schultern sah,
so kam mir meine Wohnung schon abhanden,
im Zufluchtlosen stand ich da.
Der Hunde Heimweh ging auf mich enorm
anklagend über: wenn sich dürftig einer,
genau ausfüllend seines Elends Form,
hinlegte, wurde mir das Leben reiner
um seine Demut. Eine Bettlerin
vermochte mir mit ihrer stillen Hand,
in der sich sichtbar nichts befand,

aus meinem Angesicht, aus jedem Sinn
die Welt zu nehmen, daß sie nicht bestehe:
wo ist sie denn, wenn ich sie dort nicht sehe,
wo Hunger ist nach einem Gegenstand.
Ich wurde manchmal im Vorübergehn
die Wände inne, die uns stumm begleiten,
und sah erstarrt, wie auf den beiden Seiten
von Gittern die Gefangenen entstehn.
In frohen Wiesen einer Blume Knick,
verfolgter Vogel, der in mattem Bogen
sich überwarf, schon war vor meinem Blick
das Schleusentor des Stromes aufgezogen
und donnernd überstürzte sich Geschick.
O daß ich doch, wenn du das Aug erhobst,
so findig sei, sofort, vor aller Rede,
in deinem ersten großen Aufschaun jede
Lust zu verstehn, wie man der Schale Obst
am Frühstückstisch den ganzen Sommertag
aufeinmal ansieht, sicher, bis in seine
selige Nacht. Nicht nur wie ein Betrag
sei mir die Freude vorgezählt. Sie weine
sich an mir aus. Denn was ist Seligkeit,
stürzt sie nicht völlig aus dem kleinsten Winke.
Im Weltgerichte müht sich Gottes Linke,
die Rechte aber ruht nur auf dem Kleid.

Winterliche Stanzen

Nun sollen wir versagte Tage lange
ertragen in des Widerstandes Rinde;
uns immer wehrend, nimmer an der Wange
das Tiefe fühlend aufgetaner Winde.
Die Nacht ist stark, doch von so fernem Gange,
die schwache Lampe überredet linde.
Laß dichs getrösten: Frost und Harsch bereiten
die Spannung künftiger Empfänglichkeiten.

Hast du denn ganz die Rosen ausempfunden
vergangnen Sommers? Fühle, überlege:
das Ausgeruhte reiner Morgenstunden,
den leichten Gang in spinnverwebte Wege?
Stürz in dich nieder, rüttele, errege
die liebe Lust: sie ist in dich verschwunden.
Und wenn du eins gewahrst, das dir entgangen,
sei froh, es ganz von vorne anzufangen.

Vielleicht ein Glanz von Tauben, welche kreisten,
ein Vogelanklang, halb wie ein Verdacht,
ein Blumenblick (man übersieht die meisten),
ein duftendes Vermuten vor der Nacht.
Natur ist göttlich voll; wer kann sie leisten,
wenn ihn ein Gott nicht so natürlich macht.
Denn wer sie innen, wie sie drängt, empfände,
verhielte sich, erfüllt, in seine Hände.

Verhielte sich wie Übermaß und Menge
und hoffte nicht noch Neues zu empfangen,
verhielte sich wie Übermaß und Menge
und meinte nicht, es sei ihm was entgangen,
verhielte sich wie Übermaß und Menge
mit maßlos übertroffenem Verlangen
und staunte nur noch, daß er dies ertrüge:
die schwankende, gewaltige Genüge.

Daß ich dereinst, an dem Ausgang der grimmigen Einsicht
Jubel und Ruhm aufsinge zustimmenden Engeln.
Daß von den klar geschlagenen Hämmern des Herzens
keiner versage an weichen, zweifelnden oder
jähzornigen Saiten. Daß mich mein strömendes Antlitz
glänzender mache; daß das unscheinbare Weinen
blühe. O wie werdet ihr dann, Nächte, mir lieb sein,
gehärmte. Daß ich euch knieender nicht, untröstliche Schwestern,
hinnahm, nicht in euer gelöstes
Haar mich gelöster ergab. Wir Vergeuder der Schmerzen.

Wie wir sie absehn voraus in die traurige Dauer,
ob sie nicht enden vielleicht. Sie aber sind ja
Zeiten von uns, unser winter-
währiges Laubwerk, Wiesen, Teiche, angeborene
Landschaft,
von Geschöpfen im Schilf und von Vögeln bewohnt.

Oben, der hohen, steht nicht die Hälfte der Himmel
über der Wehmut in uns, der bemühten Natur?
Denk, du beträtest nicht mehr dein verwildertes Leidtum,
sähest die Sterne nicht mehr durch das herbere Blättern
schwärzlichen Schmerzlaubs, und die Trümmer von
Schicksal
böte dir höher nicht mehr der vergrößernde Mondschein,
daß du an ihnen dich fühlst wie ein einstiges Volk?
Lächeln auch wäre nicht mehr, das zehrende derer,
die du hinüberverlorest –, so wenig gewaltsam,
eben an dir nur vorbei, traten sie rein in dein Leid.
(Fast wie das Mädchen, das grade dem Freier sich zusprach,
der sie seit Wochen bedrängt, und sie bringt ihn
erschrocken
an das Gitter des Gartens, den Mann, der frohlockt und
ungern
fortgeht: da stört sie ein Schritt in dem neueren Abschied,
und sie wartet und steht und da trifft ihr vollzähliges
Aufschaun
ganz in das Aufschaun des Fremden, das Aufschaun der
Jungfrau,
die ihn unendlich begreift, den draußen, der ihr
bestimmt war,
draußen den wandernden Andern, der ihr ewig
bestimmt war.
Hallend geht er vorbei.) So immer verlorst du;
als ein Besitzender nicht: wie sterbend einer,
vorgebeugt in die feucht herwehende Märznacht,
ach, den Frühling verliert in die Kehlen der Vögel.

Viel zu weit gehörst du in's Leiden. Vergäßest
du die geringste der maßlos erschmerzten Gestalten,

riefst du, schrieest, hoffend auf frühere Neugier,
einen der Engel herbei, der mühsam verdunkelten
Ausdrucks
leidunmächtig, immer wieder versuchend,
dir dein Schluchzen damals, um jene, beschriebe.
Engel wie wars? Und er ahmte dir nach und verstünde
nicht daß es Schmerz sei, wie man dem rufenden Vogel
nachformt, die ihn erfüllt, die schuldlose Stimme.

Die Geschwister

I

O wie haben wir, mit welchem Wimmern,
Augenlid und Schulter uns geherzt.
Und die Nacht verkroch sich in den Zimmern
wie ein wundes Tier, von uns durchschmerzt.

Wardst du mir aus allen auserlesen,
war es an der Schwester nicht genug?
Lieblich wie ein Tal war mir dein Wesen,
und nun beugt es auch vom Himmelsbug

sich in unerschöpflicher Erscheinung
und bemächtigt sich. Wo soll ich hin?
Ach mit der Gebärde der Beweinung
neigst du dich zu mir, Untrösterin.

II

Laß uns in der dunkeln Süßigkeit
nicht der Tränen Richtung unterscheiden.
Bist du sicher, daß wir Wonnen leiden
oder leuchten von getrunknem Leid?

Meinst du weinend, daß Entbehrung weher
als ein eigenmächtiges Geben sei?
Wenn die Menge einst der Auferstehher
uns entschwistert, und wir, irgend zwei,
bei der jäh enttötenden Fanfare
taumeln aus dem aufgestürzten Stein:
o wie wird dann diese sonderbare
Lust zu dir den Engeln schuldlos sein.

Denn auch sie ist tief im Geiste, siehe:
in dem Strahlenden, der brennt und braust.
Und dann hilfst du mir auf meine Kniee
und dann kniest du neben mir und schaust.

Gedanken der Nacht, aus geahnter Erfahrung gehoben,
die schon das fragende Kind mit Schweigen durchdrang,
langsam denk ich euch auf –, und oben, oben
nimmt euch der starke Beweis sanft in Empfang.

Daß ihr *seid*, ist bejaht; daß hier, im gedrängten Behälter,
Nacht, zu den Nächten hinzu, sich heimlich erzeugt.
Plötzlich: mit welchem Gefühl, steht die unendliche, älter,
über die Schwester *in* mir, die ich berge, gebeugt.

Die Getrennten

Immer noch verlieren die Getrennten,
was sie ganz nicht faßten, Ding um Ding,
da sie zitternd ihre Zeit umfing.
Ach es brach aus allen Elementen.
Und, ganz hoch, der Flug der wilden Enten,
der durch *ihre* Himmel ging.

Wo vermöchte einer aufzuleben
Flut und Einfluß einer Liebes-Zeit?
Denn allein schon das, von weit,
erste Zueinanderschweben

kannte keine Fülle neben
seiner vollen Herrlichkeit.

Und so bleiben, die sich nicht mehr trugen,
sich verlierend älter im Verlust:
immer weiter rinnt durch alle Fugen
unbekanntes Glück aus ihrer Brust.

Mensch ist der, der grenzenlos verliert:
aus dem Blicke, aus dem Schluß der Hände
und aus seiner armen Wände
unbeteiligtem Geviert.

Du im Voraus
verlorne Geliebte, Nimmergekommene,
nicht weiß ich, welche Töne dir lieb sind.
Nicht mehr versuch ich, dich, wenn das Kommende wogt,
zu erkennen. Alle die großen
Bilder in mir, im Fernen erfahrene Landschaft,
Städte und Türme und Brücken und un-
vermutete Wendung der Wege
und das Gewaltige jener von Göttern
einst durchwachsenen Länder:
steigt zur Bedeutung in mir
deiner, Entgehende, an.

Ach, die Gärten bist du,
ach, ich sah sie mit solcher
Hoffnung. Ein offenes Fenster
im Landhaus –, und du tratest beinahe
mir nachdenklich heran. Gassen fand ich, –
du warst sie gerade gegangen,
und die Spiegel manchmal der Läden der Händler
waren noch schwindlich von dir und gaben erschrocken
mein zu plötzliches Bild. – Wer weiß, ob derselbe
Vogel nicht hinklang durch uns
gestern, einzeln, im Abend?

Oft anstaunt ich dich, stand an gestern begonnenem Fenster,
stand und staunte dich an. Noch war mir die neue
Stadt wie verwehrt, und die unüberredete Landschaft
finsterte hin, als wäre ich nicht. Nicht gaben die nächsten
Dinge sich Müh, mir verständlich zu sein. An der Laterne
drängte die Gasse herauf: ich sah, daß sie fremd war.
Drüben – ein Zimmer, mitfühlbar, geklärt in der Lampe –,
schon nahm ich teil; sie empfandens, schlossen die Läden.
Stand. Und dann weinte ein Kind. Ich wußte die Mütter
rings in den Häusern, was sie vermögen –, und wußte
alles Weinens zugleich die untröstlichen Gründe.
Oder es sang eine Stimme und reichte ein Stück weit
aus der Erwartung heraus, oder es hustete unten
voller Vorwurf ein Alter, als ob sein Körper im Recht sei
wider die mildere Welt. Dann schlug eine Stunde –,
aber ich zählte zu spät, sie fiel mir vorüber. –
Wie ein Knabe, ein fremder, wenn man endlich ihn zuläßt,
doch den Ball nicht fängt und keines der Spiele
kann, die die andern so leicht an einander betreiben,
dasteht und wegschaut, – wohin – ?: stand ich und plötzlich,
daß *du* umgehst mit mir, spielest, begriff ich, erwachsene
Nacht, und staunte dich an. Wo die Türme
zürnten, wo abgewendeten Schicksals
eine Stadt mich umstand und nicht zu erratende Berge
wider mich lagen, und im genäherten Umkreis
hungernde Fremdheit umzog das zufällige Flackern
meiner Gefühle –: da war es, du Hohe,
keine Schande für dich, daß du mich kanntest. Dein Atem
ging über mich. Dein auf weite Ernste verteiltes
Lächeln trat in mich ein.

Zu der Zeichnung,
John Keats im Tode darstellend

Nun reicht an's Antlitz dem gestillten Rühmer
die Ferne aus den offnen Horizonten:
so fällt der Schmerz, den wir nicht fassen konnten,
zurück an seinen dunkeln Eigentümer.

Und dies verharrt, so wie es, leidbetrachtend,
sich bildete zum freiesten Gebilde,
noch einen Augenblick, – in neuer Milde
das Werden selbst und den Verfall verachtend.

Gesicht: o wessen? Nicht mehr dieser eben
noch einverstandenen Zusammenhänge.
O Aug, das nicht das schönste mehr erzwänge
der Dinge aus dem abgelehnten Leben.
O Schwelle der Gesänge,
o Jugendmund, für immer aufgegeben.

Und nur die Stirne baut sich etwas dauernd
hinüber aus verflüchtigten Bezügen,
als strafte sie die müden Locken lügen,
die sich an ihr ergeben, zärtlich trauernd.

Seit den wunderbaren Schöpfungstagen
schläft der Gott: wir sind sein Schlaf,
hingenommen, stumpf von ihm ertragen
unter Sternen, die er übertraf.

Unser Handeln stockt ihm in geballter
schlafner Hand und kann nicht aus der Faust,
und so haben seit dem Helden-Alter
unsre dunklen Herzen ihn durchbraust.

Manchmal rührt er sich von unsrer Qual,
schmerzensähnlich zuckts durch seine Glieder,
aber immer überwiegt ihn wieder
seiner Welten heile Überzahl.

Hebend die Blicke vom Buch, von den nahen zählbaren
Zeilen,
in die vollendete Nacht hinaus:
o wie sich sternegemäß die gedrängten Gefühle verteilen,
so als bände man auf,
einen Bauernstrauß:

Jugend der leichten und neigendes Schwanken der schweren
und der zärtlichen zögernder Bug –.
Überall Lust zu Bezug und nirgends Begehren;
Welt zu viel und Erde genug.

Flutet mir in diese trübe Reise
Deines Herzens warme Bahn entgegen?
Nur noch Stunden und ich werde leise
meine Hände in die Deinen legen:
o wie lange ruhten sie nicht aus.
Kannst Du Dir denn denken, daß ich Jahre
so: ein Fremder unter Fremden fahre?
Und nun endlich nimmst Du mich nach Haus.

Siehst du, selbst um das Gestirn zu schauen,
brauchts ein kleines irdisches Beruhn,
denn Vertrauen kommt nur aus Vertrauen,
Alles Wohltun ist ein *Wieder* tun.
Ach die Nacht verlangte nichts von mir.
Doch wenn ich mich zu den Sternen kehrte,
der Versehrte an das Unversehrte:
Worauf stand ich? War ich hier?

Ach wie Wind durchging ich die Gesträuche,
jedem Haus entdrang ich wie ein Rauch,
wo sich andre freuten in Gebräuche
blieb ich strenge wie ein fremder Brauch.
Meine Hände gingen schreckhaft ein
in der andern schicksalvolle Schließung;
Alle, alle *mehrte* die Ergießung:
und ich konnte nur *vergossen* sein

Regenbogen

Aus geducktem Wetterunterstand
in die freien Klärungen zu dringen:
Land war klar wie klare Flüssigkeit;
jeder Hof fing an, sich zu besingen,
so als wäre größestes Vollbringen
heimlich in geringen Dienst gereiht.

Und dann wandten wir uns: siehe: vor
Regenprunk verbrauchter Finsternisse
mit der Flutung jener Himmelsrisse
hingebognes Augentor.
Drunter klarer noch das linke Land:
ernst, in einem Vorgefühl von Abend,
mundhaft schweigend, tief getrunken habend,
und mit starken Blumen zugewandt.

Waldteich, weicher, in sich eingekehrter –,
draußen ringt das ganze Meer und braust,
aufgeregte Fernen drücken Schwerter
jedem Sturmstoß in die Faust –,
während du aus dunkler unversehrter
Tiefe Spiele der Libellen schaust.

Was dort jenseits eingebeugter Bäume
Überstürzung ist und Drang und Schwung,
spiegelt sich in deine Innenräume
als verhaltene Verdüsterung;
ungebogen steht um dich der Wald
voll von steigendem Verschweigen.
Oben nur, im Wipfel-Ausblick, zeigen
Wolken sagenhafte Kampfgestalt.

Dann: im teilnahmslosen Zimmer sein,
einer sein, der beides weiß.
O der Kerze kleiner Kreis,
und die Menschennacht bricht ein

und vielleicht ein Schmerz im Körper innen.
Soll ich mich des Sturmmeers jetzt entsinnen
oder Bild des Teichs in mir behüten
oder, weil mir beide gleich entrinnen,
Blüten denken –, jenes Gartens Blüten –?
Ach wer kennt, was in ihm überwiegt.
Mildheit? Schrecken? Blicke, Stimmen, Bücher?
Und das alles nur wie stille Tücher
Schultern einer Kindheit angeschmiegt,
welche schläft in dieses Lebens Wirrn.
Daß mich Eines ganz ergreifen möge.
Schauernd berg ich meine Stirn,
denn ich weiß: die Liebe überwöge.

Wo ist einer, der sie kann?
Wenn ich innig mich zusammenfaßte
vor die unvereinlichsten Kontraste:
weiter kam ich nicht: ich schaute an;
blieb das Angeschaute sich entziehend,
schaut ich unbedingter, schaute knieend,
bis ich es in mich gewann.

Fand es in mir Liebe vor?
Tröstung für das aufgegebne Freie,
wenn es sich aus seiner Weltenreihe
wie mit unterdrücktem Schreie
in den unbekannten Geist verlor?

Hab ich das Errungene gekränkt,
nichts bedenkend, als wie ich mirs finge,
und die großgewohnten Dinge
im gedrängten Herzen eingeschränkt?
Faßt ich sie wie dieses Zimmer mich,
dieses fremde Zimmer mich und meine
Seele faßt?
O hab ich keine Haine
in der Brust? kein Wehen? keine
Stille, atemleicht und frühlinglich?

Bilder, Zeichen, dringend aufgelesen,
hat es euch, in mir zu sein, gereut? –
. . . .
Oh, ich habe zu der Welt kein Wesen,
wenn sich nicht da draußen die Erscheinung,
wie in leichter vorgefaßter Meinung,
weither heiter in mich freut.

Wendung

Der Weg von der Innigkeit zur Größe
geht durch das Opfer.

Kassner

Lange errang ers im Anschaun.
Sterne brachen ins Knie
unter dem ringenden Aufblick.
Oder er anschaute knieend,
und seines Instands Duft
machte ein Göttliches müd,
daß es ihm lächelte schlafend.

Türme schaute er so,
daß sie erschraken:
wieder sie bauend, hinan, plötzlich, in Einem!
Aber wie oft, die vom Tag
überladene Landschaft
ruhete hin in sein stilles Gewahren, abends.

Tiere traten getrost
in den offenen Blick, weidende,
und die gefangenen Löwen
starrten hinein wie in unbegreifliche Freiheit;
Vögel durchflogen ihn grad,
den gemütigen; Blumen
wiederschauten in ihn
groß wie in Kinder.

Und das Gerücht, daß ein Schauender sei,
rührte die minder,
fraglicher Sichtbaren,
rührte die Frauen.

Schauend wie lang?
Seit wie lange schon innig entbehrend,
flehend im Grunde des Blicks?

Wenn er, ein Wartender, saß in der Fremde;
des Gasthofs
zerstreutes, abgewendetes Zimmer
mürrisch um sich, und im vermiedenen Spiegel
wieder das Zimmer
und später vom quälenden Bett aus
wieder:
da beriets in der Luft,
unfaßbar beriet es
über sein fühlbares Herz,
über sein durch den schmerzhaft verschütteten
Körper
dennoch fühlbares Herz
beriet es und richtete:
daß es der Liebe nicht habe.

(Und verwehrte ihm weitere Weihen.)

Denn des Anschauns, siehe, ist eine Grenze.
Und die geschautere Welt
will in der Liebe gedeihn.

Werk des Gesichts ist getan,
tue nun Herz-Werk
an den Bildern in dir, jenen gefangenen; denn du
überwältigtest sie: aber nun kennst du sie nicht.
Siehe, innerer Mann, dein inneres Mädchen,
dieses errungene aus
tausend Naturen, dieses
erst nur errungene, nie
noch geliebte Geschöpf.

Fünf Gesänge

August 1914

I

Zum ersten Mal seh ich dich aufstehn
hörengesagter fernster unglaublicher Kriegs-Gott.
Wie so dicht zwischen die friedliche Frucht
furchtbares Handeln gesät war, plötzlich erwachsenes.
Gestern war es noch klein, bedurfte der Nahrung,
mannshoch
steht es schon da: morgen
überwächst es den Mann. Denn der glühende Gott
reißt mit Einem das Wachstum
aus dem wurzelnden Volk, und die Ernte beginnt.
Menschlich hebt sich das Feld ins Menschengewitter.
Der Sommer
bleibt überholt zurück unter den Spielen der Flur.
Kinder bleiben, die spielenden, Greise, gedenkende,
und die vertrauenden Frauen. Blühender Linden
rührender Ruch durchtränkt den gemeinsamen Abschied
und für Jahre hinaus behält es Bedeutung
diesen zu atmen, diesen erfüllten Geruch.
Bräute gehen erwählter: als hätte nicht Einer
sich zu ihnen entschlossen, sondern das ganze
Volk sie zu fühlen bestimmt. Mit langsam ermessendem
Blick
umfangen die Knaben den Jüngling, der schon hineinreicht
in die gewagtere Zukunft: ihn, der noch eben
hundert Stimmen vernahm, unwissend, welche im
Recht sei,
wie erleichtert ihn jetzt der einige Ruf; denn *was*
wäre nicht Willkür neben der frohen, neben der
sicheren Not?
Endlich ein Gott. Da wir den friedlichen oft
nicht mehr ergriffen, ergreift uns plötzlich der
Schlacht-Gott,

schleudert den Brand: und über dem Herzen voll Heimat
schreit, den er donnernd bewohnt, sein rötlicher Himmel.

II

Heil mir, daß ich Ergriffene sehe. Schon lange
war uns das Schauspiel nicht wahr
und das erfundene Bild sprach nicht entscheidend uns an.
Geliebte, nun redet wie ein Seher die Zeit
blind, aus dem ältesten Geist.
Hört. Noch hörtet ihrs nie. Jetzt seid ihr die Bäume,
die die gewaltige Luft lauter und lauter durchrauscht;
über die ebenen Jahre stürmt sie herüber
aus der Väter Gefühl, aus höheren Taten, vom hohen
Heldengebirg, das nächstens im Neuschnee
eures freudigen Ruhms reiner, näher erglänzt.
Wie verwandelt sich nun die lebendige Landschaft: es
wandert
würziger Jungwald dahin und ältere Stämme,
und das kürzliche Reis biegt sich den Ziehenden nach.
Einmal schon, da ihr gebart, empfandet ihr Trennung,
Mütter,
empfindet auch wieder das Glück, daß ihr die
Gebenden seid.
Gebt wie Unendliche, gebt. Seid diesen treibenden Tagen
eine reiche Natur. Segnet die Söhne hinaus.
Und ihr Mädchen, gedenkt, daß sie euch lieben: in *solchen*
Herzen seid ihr gefühlt, so furchtbarer Andrang
ging, zur Milde verstellt, mit euch, Blumigen, um.
Vorsicht hielt euch zurück, nun dürft ihr unendlicher lieben,
sagenhaft Liebende sein wie die Mädchen der Vorzeit:
daß die Hoffende steht wie im hoffenden Garten;
daß die Weinende weint wie im Sternbild, das hoch
nach einer Weinenden heißt ·························
··

III

Seit drei Tagen, was ists? Sing ich wirklich das Schrecknis,
wirklich den Gott, den ich als einen der frühern
nur noch erinnernden Götter ferne bewundernd geglaubt?
Wie ein vulkanischer Berg lag er im Weiten. Manchmal
flammend. Manchmal im Rauch. Traurig und göttlich.
Nur eine nahe vielleicht, ihm anliegende Ortschaft
bebte. Wir aber hoben die heile
Leier anderen zu: welchen kommenden Göttern?
Und nun aufstand er: steht: höher
als stehende Türme, höher
als die geatmete Luft unseres sonstigen Tags.
Steht. Übersteht. Und wir? Glühen in Eines zusammen,
in ein neues Geschöpf, das er tödlich belebt.
So auch *bin* ich nicht mehr; aus dem gemeinsamen Herzen
schlägt das meine den Schlag, und der gemeinsame Mund
bricht den meinigen auf.

Dennoch, es heult bei Nacht wie die Sirenen der Schiffe
in mir das Fragende, heult nach dem Weg, dem Weg.
Sieht ihn oben der Gott, hoch von der Schulter? Lodert
er als Leuchtturm hinaus einer ringenden Zukunft,
die uns lange gesucht? Ist er ein Wissender? *Kann*
er ein Wissender sein, dieser reißende Gott?
Da er doch alles Gewußte zerstört. Das lange, das liebreich,
unser vertraulich Gewußtes. Nun liegen die Häuser
nur noch wie Trümmer umher seines Tempels. Im Aufstehn
stieß er ihn höhnisch von sich und steht in die Himmel.

Eben noch Himmel des Sommers. Sommerhimmel.
Des Sommers
innige Himmel über den Bäumen und uns.
Jetzt: wer fühlt, wer erkennt ihre unendliche Hütung
über den Wiesen? Wer
starrte nicht fremdlings hinein?

Andere sind wir, ins Gleiche Geänderte: jedem
sprang in die plötzlich

nicht mehr seinige Brust meteorisch ein Herz.
Heiß, ein eisernes Herz aus eisernem Weltall.

IV

Unser älteres Herz, ihr Freunde, wer vordenkts,
jenes vertraute, das uns noch gestern bewegt,
unwiederbringliche? Keiner
fühlt es wieder zurück, kein dann noch Seiender
hinter der hohen Verwandlung.

Denn ein Herz der Zeit, einer immer noch unauf-
gelebten Vorzeit älteres Herz
hat das nahe verdrängt, das langsam andere,
unser errungenes. Und nun
endiget, Freunde, das plötzlich
zugemutete Herz, braucht das gewaltsame auf!
Rühmend: denn immer wars rühmlich,
nicht in der Vorsicht einzelner Sorge zu sein, sondern
in *einem*
wagenden Geiste, sondern in herrlich
gefühlter Gefahr, heilig gemeinsam. Gleich hoch
steht das Leben im Feld in den zahllosen Männern,
und mitten in jedem
tritt ein gefürsteter Tod auf den erkühntesten Platz.
Aber im Rühmen, o Freunde, rühmet den Schmerz auch,
rühmt ohne Wehleid den Schmerz, daß wir die
Künftigen nicht
waren, sondern verwandter
allem Vergangenen noch: rühmt es und klagt.
Sei euch die Klage nicht schmählich. Klaget. Wahr erst
wird das unkenntliche, das
keinem begreifliche Schicksal,
wenn ihr es maßlos beklagt und dennoch das maßlos,
dieses beklagteste, seht: wie ersehntes begeht.

V

Auf, und schreckt den schrecklichen Gott! Bestürzt ihn.
Kampf-Lust hat ihn vor Zeiten verwöhnt. Nun dränge der Schmerz euch,
dränge ein neuer, verwunderter Kampf-Schmerz
euch seinem Zorne zuvor.
Wenn schon ein Blut euch bezwingt, ein hoch von den Vätern
kommendes Blut: so sei das Gemüt doch
immer noch euer. Ahmt nicht
Früherem nach, Einstigem. Prüfet,
ob ihr nicht Schmerz seid. Handelnder Schmerz. Der Schmerz hat
auch seine Jubel. O, und dann wirft sich die Fahne
über euch auf, im Wind, der vom Feind kommt!
Welche? Des Schmerzes. Die Fahne des Schmerzes. Das schwere
schlagende Schmerztuch. Jeder von euch hat sein schweißend
nothaft heißes Gesicht mit ihr getrocknet. Euer
aller Gesicht dringt dort zu Zügen zusamm.
Zügen der Zukunft vielleicht. Daß sich der Haß nicht
dauernd drin hielte. Sondern ein Staunen, sondern entschlossener Schmerz,
sondern der herrliche Zorn, daß euch die Völker,
diese blinden umher, plötzlich im Einsehn gestört;
sie –, aus denen ihr ernst, wie aus Luft und aus Bergwerk,
Atem und Erde gewannt. Denn zu begreifen,
denn zu lernen und vieles in Ehren
innen zu halten, auch Fremdes, war euch gefühlter Beruf.
Nun seid ihr aufs Eigne wieder beschränkt. Doch größer
ist es geworden. Wenns auch nicht Welt ist, bei weitem, –
nehmt es wie Welt! Und gebrauchts wie den Spiegel,
welcher die Sonne umfaßt und in sich die Sonne
wider die Irrenden kehrt. (Euer eigenes Irrn
brenne im schmerzhaften auf, im schrecklichen Herzen.)

Es winkt zu Fühlung fast aus allen Dingen,
aus jeder Wendung weht es her: Gedenk!
Ein Tag, an dem wir fremd vorübergingen,
entschließt im künftigen sich zum Geschenk.

Wer rechnet unseren Ertrag? Wer trennt
und von den alten, den vergangnen Jahren?
Was haben wir seit Anbeginn erfahren,
als daß sich eins im anderen erkennt?

Als daß an uns Gleichgültiges erwarmt?
O Haus, o Wiesenhang, o Abendlicht,
auf einmal bringst du's beinah zum Gesicht
und stehst an uns, umarmend und umarmt.

Durch alle Wesen reicht der *eine* Raum:
Weltinnenraum. Die Vögel fliegen still
durch uns hindurch. O, der ich wachsen will,
ich seh hinaus, und *in* mir wächst der Baum.

Ich sorge mich, und in mir steht das Haus.
Ich hüte mich, und in mir ist die Hut.
Geliebter, der ich wurde: an mir ruht
der schönen Schöpfung Bild und weint sich aus.

Heimkehr: wohin? Da alle Arme schmerzen
und Blicke, alle, mißverstehn.
Auszug: wohin? Die Fernen sind im Herzen,
und wie sie dir nicht *dort* geschehn,

betrügst du dich um jeden Weg. Was bleibt?

Nichts, als zu *sein*. Zum nächsten Stein zu sagen:
Du bist jetzt ich; ich aber bin der Stein.
Heil mir. Die Not kann aus mir Quellen schlagen,
und das Unsägliche wird aus mir schrein,

das Menschen nicht ertragen, wenn sie's treibt.

Ausgesetzt auf den Bergen des Herzens. Siehe, wie klein dort,
siehe: die letzte Ortschaft der Worte, und höher,
aber wie klein auch, noch ein letztes
Gehöft von Gefühl. Erkennst du's?
Ausgesetzt auf den Bergen des Herzens. Steingrund
unter den Händen. Hier blüht wohl
einiges auf; aus stummem Absturz
blüht ein unwissendes Kraut singend hervor.
Aber der Wissende? Ach, der zu wissen begann
und schweigt nun, ausgesetzt auf den Bergen des Herzens.
Da geht wohl, heilen Bewußtseins,
manches umher, manches gesicherte Bergtier,
wechselt und weilt. Und der große geborgene Vogel
kreist um der Gipfel reine Verweigerung. – Aber
ungeborgen, hier auf den Bergen des Herzens. …

Sind wirs, Lulu, sind wirs? Oder grüßen
sich in uns entgangene Gestalten?
Durch die Herzen, die wir offen halten,
geht der Gott mit Flügeln an den Füßen,

jener, weißt du, der die Dichter nimmt;
eh sie noch von ihrem Wesen wissen,
hat er sie erkannt und hingerissen
und zum Unermessenen bestimmt.

Einem Gott nur ist die Macht gegeben,
das noch Ungewollte zu entwirrn.
Wie die Nacht mit zweien Tagen neben
steht er plötzlich zwischen unsern Leben
voll von zögerndem Gestirn.

In uns beide ruft er nach dem Dichter.
Und da glühst du leise und ich glühe.
Und er wirft uns durch der Angesichter
Klärungen die Vögel seiner Frühe.

Nächtens will ich mit dem Engel reden,
ob er meine Augen anerkennt.
Wenn er plötzlich fragte: Schaust du Eden?
Und ich müßte sagen: Eden brennt

Meinen Mund will ich zu ihm erheben,
hart wie einer, welcher nicht begehrt.
Und der Engel spräche: Ahnst du Leben?
Und ich müßte sagen: Leben zehrt

Wenn er jene Freude in mir fände,
die in seinem Geiste ewig wird, –
und er hübe sie in seine Hände,
und ich müßte sagen: Freude irrt

Sieh, ich bin nicht, aber wenn ich wäre,
wäre ich die Mitte im Gedicht;
das Genaue, dem das ungefähre
ungefühlte Leben widerspricht.

Sieh ich bin nicht. Denn die Andern sind;
während sie sich zu einander kehren
blind und im vergeßlichsten Begehren –,
tret ich leise in den leeren
Hund und in das volle Kind.

Wenn ich mich in ihnen tief verkläre
scheint durch sie mein reiner Schein …
Aber plötzlich gehn sie wieder ein:
denn ich bin nicht. (Liebe, daß ich wäre –)

An Hölderlin

Verweilung, auch am Vertrautesten nicht,
ist uns gegeben; aus den erfüllten
Bildern stürzt der Geist zu plötzlich zu füllenden; Seelen

sind erst im Ewigen. Hier ist Fallen
das Tüchtigste. Aus dem gekonnten Gefühl
überfallen hinab ins geahndete, weiter.

Dir, du Herrlicher, war, dir war, du Beschwörer, ein ganzes
Leben das dringende Bild, wenn du es aussprachst,
die Zeile schloß sich wie Schicksal, ein Tod war
selbst in der lindesten, und du betratest ihn; aber
der vorgehende Gott führte dich drüben hervor.

O du wandelnder Geist, du wandelndster! Wie sie doch alle
wohnen im warmen Gedicht, häuslich, und lang
bleiben im schmalen Vergleich. Teilnehmende. Du nur
ziehst wie der Mond. Und unten hellt und verdunkelt
deine nächtliche sich, die heilig erschrockene Landschaft,
die du in Abschieden fühlst. Keiner
gab sie erhabener hin, gab sie ans Ganze
heiler zurück, unbedürftiger. So auch
spieltest du heilig durch nicht mehr gerechnete Jahre
mit dem unendlichen Glück, als wär es nicht innen, läge
keinem gehörend im sanften
Rasen der Erde umher, von göttlichen Kindern verlassen.
Ach, was die Höchsten begehren, du legtest es wunschlos
Baustein auf Baustein: es stand. Doch selber sein Umsturz
irrte dich nicht.

Was, da ein solcher, Ewiger, war, mißtraun wir
immer dem Irdischen noch? Statt am Vorläufigen ernst
die Gefühle zu lernen für welche
Neigung, künftig im Raum?

Ode an Bellman

Mir töne, Bellman, töne. Wann hat so
Schwere des Sommers eine Hand gewogen?
Wie eine Säule ihren Bogen
trägst du die Freude, die doch irgendwo

auch aufruht, wenn sie unser sein soll; denn,
Bellman, wir sind ja nicht die Schwebenden.
Was wir auch werden, hat Gewicht:
Glück, Überfülle und Verzicht
sind schwer.

Her mit dem Leben, Bellman, reiß herein,
die uns umhäufen, unsre Zubehöre:
Kürbis, Fasanen und das wilde Schwein,
und mach, du königlichster der Traktöre,
daß ich das Feld, das Laub, die Sterne höre
und dann: mit einem Wink, beschwöre,
daß er sich tiefer uns ergiebt, den Wein!

Ach Bellman, Bellman, und die Nachbarin:
ich glaube, sie auch kennt, was ich empfinde,
sie schaut so laut und duftet so gelinde;
schon fühlt sie her, schon fühl ich hin –,
und kommt die Nacht, in der ich an ihr schwinde:
Bellman, ich bin!

Da schau, dort hustet einer, doch was tuts,
ist nicht der Husten beinah schön, im Schwunge?
Was kümmert uns die Lunge!
Das Leben ist ein Ding des Übermuts.

Und wenn er stürbe. Sterben ist so echt.
Hat er dem Leben lang am Hals gehangen,
da nimmt ihn erst das Leben ans Geschlecht
und schläft mit ihm. So viele sind vergangen
und haben Recht!

Zwar ist uns nur Vergehn,
doch im Vergehn ist Abschied uns geboten.
Abschiede feiern: Bellman, stell die Noten
wie Sterne, die im großen Bären stehn.
Wir kommen voller Fülle zu den Toten:
Was haben wir gesehn!

Der Tod

Da steht der Tod, ein bläulicher Absud
in einer Tasse ohne Untersatz.
Ein wunderlicher Platz für eine Tasse:
steht auf dem Rücken einer Hand. Ganz gut
erkennt man noch an dem glasierten Schwung
den Bruch des Henkels. Staubig. Und: ›*Hoff-nung*‹
an ihrem Bug in aufgebrauchter Schrift.

Das hat der Trinker, den der Trank betrifft,
bei einem fernen Frühstück ab-gelesen.

Was sind denn das für Wesen,
die man zuletzt wegschrecken muß mit Gift?

Blieben sie sonst? Sind sie denn hier vernarrt
in dieses Essen voller Hindernis?
Man muß ihnen die harte Gegenwart
ausnehmen, wie ein künstliches Gebiß.
Dann lallen sie. Gelall, Gelall ....
....

O Sternenfall,
von einer Brücke einmal eingesehn –:
Dich nicht vergessen. Stehn!

Requiem
auf den Tod eines Knaben

Was hab ich mir für Namen eingeprägt
und Hund und Kuh und Elephant
nun schon so lang und ganz von weit erkannt,
und dann das Zebra –, ach, wozu?
  Der mich jetzt trägt,
steigt wie ein Wasserstand
über das Alles. Ist das Ruh,
zu wissen, daß man war, wenn man sich nicht

durch zärtliche und harte Gegenstände
durchdrängte ins begreifende Gesicht?

Und diese angefangnen Hände –

Ihr sagtet manchmal: er verspricht …
Ja, ich versprach, doch was ich *Euch* versprach,
das macht mir jetzt nicht bange.
Zuweilen, dicht am Hause, saß ich lange
und schaute einem Vogel nach.
Hätt ich das werden dürfen, dieses Schaun!
Das trug, das hob mich, meine Augenbraun
waren ganz oben. Keinen hatt ich lieb.
Liebhaben war doch Angst –, begreifst du, dann
war ich nicht wir
und war viel größer als ein Mann
und war
als wär ich selber die Gefahr,
und drin in ihr
war ich der Kern.

Ein kleiner Kern; ich gönne ihn den Straßen,
ich gönne ihn dem Wind. Ich geb ihn fort.
Denn daß wir alle so beisammen saßen,
das hab ich nie geglaubt. Mein Ehrenwort.
Ihr spracht, ihr lachtet, dennoch war ein jeder
im Sprechen nicht und nicht im Lachen. Nein.
So wie ihr alle schwanktet, schwankte weder
die Zuckerdose, noch das Glas voll Wein.
Der Apfel lag. Wie gut das manchmal war,
den festen vollen Apfel anzufassen,
den starken Tisch, die stillen Frühstückstassen,
die guten, wie beruhigten sie das Jahr.
Und auch mein Spielzeug war mir manchmal gut.
Es konnte beinah wie die andern Sachen
verläßlich sein; nur nicht so ausgeruht.
So stand es in beständigem Erwachen
wie mitten zwischen mir und meinem Hut.
Da war ein Pferd aus Holz, da war ein Hahn,

da war die Puppe mit nur einem Bein;
ich habe viel für sie getan.
Den Himmel klein gemacht, wenn sie ihn sahn, –
denn das begriff ich frühe: wie allein
ein Holzpferd ist. Daß man das machen kann:
ein Pferd aus Holz in irgend einer Größe.
Es wird bemalt, und später zieht man dran,
und es bekommt vom echten Weg die Stöße.
Warum war das nicht Lüge, wenn man dies
›Pferd‹ nannte? Weil man selbst ein wenig
als Pferd sich fühlte, mähnig, sehnig,
vierbeinig wurde – (um einmal ein Mann
zu werden?) Aber war man nicht
ein wenig Holz zugleich um seinetwillen
und wurde hart im Stillen
und machte ein vermindertes Gesicht?

Jetzt mein ich fast, wir haben stets getauscht.
Sah ich den Bach, wie hab ich da gerauscht,
rauschte der Bach, so bin ich hingesprungen.
Wo ich ein Klingen *sah*, hab ich geklungen,
und wo es klang, war ich davon der Grund.

So hab ich mich dem Allen aufgedrängt.
Und war doch Alles ohne mich zufrieden
und wurde trauriger, mit mir behängt.

Nun bin ich plötzlich ab-geschieden.
Fängt
ein neues Lernen an, ein neues Fragen?
Oder soll ich jetzt sagen,
wie alles bei euch ist? – Da ängst ich mich.
Das Haus? Ich hab es nie so recht verstanden.
Die Stuben? Ach da war so viel vorhanden.
..... Du Mutter, *wer* war eigentlich
der Hund?
Und selbst, daß wir im Walde Beeren fanden,
erscheint mir jetzt ein wunderlicher Fund
....

Da müssen ja doch tote Kinder sein,
die mit mir spielen kommen. Sind doch immer
welche gestorben. Lagen erst im Zimmer,
so wie ich lag, und wurden nicht gesund.

Gesund … Wie das hier klingt. Hat das noch Sinn?
Dort, wo ich bin,
ist, glaub ich, niemand krank.
Seit meinem Halsweh, das ist schon so lang –

Hier ist ein jeder wie ein frischer Trank.

Noch hab ich, die uns trinken, nicht gesehen
……………………………………………………

Der Mann mit dem verregneten Gesichte
steht starr im Mantel, innen mannigfalt.
Ein wenig Nachtwind wird zerstreut zunichte
an seiner unbenachbarten Gestalt.

O Taumelnde, o Treibende, o Spiel
wo ist der Hund der ihm die Kniee leckte?
wo ist die Zögernde, die ihm gefiel?
Wieso geschah's, daß er sie alle schreckte?

Nun schreckt der Mann, wen schreckt er jetzt,
wen schreckt
ein Mann zuletzt? Dort die Laterne, dort
das Häusereck

An die Musik

Musik: Atem der Statuen. Vielleicht:
Stille der Bilder. Du Sprache wo Sprachen
enden. Du Zeit,
die senkrecht steht auf der Richtung
vergehender Herzen.

Gefühle zu wem? O du der Gefühle
Wandlung in was? –: in hörbare Landschaft.
Du Fremde: Musik. Du uns entwachsener
Herzraum. Innigstes unser,
das, uns übersteigend, hinausdrängt, –
heiliger Abschied:
da uns das Innre umsteht
als geübteste Ferne, als andre
Seite der Luft:
rein,
riesig,
nicht mehr bewohnbar.

Wie Kindheit nach uns langt und sich beruft,
daß *wir* das waren, die sie ernstgenommen.
Zwar haben wir uns von ihr fortgestuft,
doch sie stieg mit und kann unendlich kommen

aus jedem Zögern zwischen uns und den
uns zugetrauten und doch fremden Dingen.
Sagt nicht die Stimme, daß wir nur bestehn,
weil wir im Kindsein maßlos untergingen?

Von dorther einzig sind wir anverwandt
dem ganzen Ahnen und der Überlegung
entwachsen, die uns eng zu leben zwingt.

Sind Stelle, wo sich Herz und Stern durchdringt,
und irgendwie geliebter Gegenstand
in einer Welt aus Vorrat, Nacht und Regung.

Natur ist glücklich. Doch in uns begegnen
sich zuviel Kräfte, die sich wirr bestreiten:
wer hat ein Frühjahr innen zu bereiten?
Wer weiß zu scheinen? Wer vermag zu regnen?

Wem geht ein Wind durchs Herz, unwidersprechlich?
Wer faßt in sich der Vogelflüge Raum?
Wer ist zugleich so biegsam und gebrechlich
wie jeder Zweig an einem jeden Baum?

Wer stürzt wie Wasser über seine Neigung
ins unbekannte Glück so rein, so reg?
Und wer nimmt still und ohne Stolz die Steigung
und hält sich oben wie ein Wiesenweg?

Nike

Zu einer antiken Figur:
(kleine Nike an der Schulter des Helden)

Der Sieger trug sie. War sie schwer? Sie schwingt
wie Vor-Gefühl an seinem Schulterbuge;
in ihrem leis ihm eingeflößten Fluge
bringt sie den Raum ihm *leer*, den er *voll-bringt*.

Sie wandelt Weite um in ein Gefäß,
damit sein Handeln nicht im Wind zerstiebe.
Sie flog zum Gott –, und zögert ihm zu liebe,
und ihr zu lieb wird er dem Maß gemäß.

Haï-Kaï

Kleine Motten taumeln schauernd quer aus dem Buchs;
sie sterben heute Abend und werden nie wissen,
daß es nicht Frühling war.

Der Dichter einzig hat die Welt geeinigt,
die weit in jedem auseinanderfällt.
Das Schöne hat er unerhört bescheinigt,
doch da er selbst noch feiert, was ihn peinigt,
hat er unendlich den Ruin gereinigt:

und auch noch das Vernichtende wird Welt.

O Sorge oft um euch, die ihr nicht lest …
oh Wesende, im Grund der langen Tage, –
womit vergeht die Zeit, dieweil ihr west?
Ihr kennt sie nicht, zwar krankt ihr und genest,
fliegt auf in Lust und schleppt euch hin in Plage –,
doch euch geschiehts in seltsamem Zugleich.
Das arm und reich, das Klare und das Trübe
ist nur am Rand, an den uns unser Streben
hinausgedrängt hat aus der Mitte Leben;
nun warten wir, daß einer niedergrübe
zurück zu euch, damit wir beides wären,
zertrennt und einig. Könnten wir als Schläfer
wenigstens weilen in den innern Sphären
und wachend wissen, daß wir unten Käfer,
Wurm, Larve waren, vor uns selbst versteckt;
kein selig sich vermählendes Insekt,
nein, meinetwegen eins mit halbzerstörten
Florflügeln, welches schon Verzicht getan
auf einen Teil der in den Lebensplan
der dumpfen Einfalt eingeweihten Beine …
Nur daß wir einmal in das *Eine*
hineingehörten!

Solang du Selbstgeworfnes fängst, ist alles
Geschicklichkeit und läßlicher Gewinn –;
erst wenn du plötzlich Fänger wirst des Balles,
den eine ewige Mit-Spielerin
dir zuwarf, deiner Mitte, in genau
gekonntem Schwung, in einem jener Bögen
aus Gottes großem Brücken-Bau:
erst dann ist Fangen-Können ein Vermögen, –
nicht deines, einer Welt. Und wenn du gar
zurückzuwerfen Kraft und Mut besäßest,
nein, wunderbarer: Mut und Kraft vergäßest
und schon geworfen *hättest* ..... (wie das Jahr
die Vögel wirft, die Wandervogelschwärme,
die eine ältre einer jungen Wärme
hinüberschleudert über Meere –) erst
in diesem Wagnis spielst du gültig mit.
Erleichterst dir den Wurf nicht mehr; erschwerst
dir ihn nicht mehr. Aus deinen Händen tritt
das Meteor und rast in seine Räume …

Gegen-Strophen

Oh, daß ihr hier, Frauen, einhergeht,
hier unter uns, leidvoll,
nicht geschonter als wir und dennoch imstande,
selig zu machen wie Selige.

Woher,
wenn der Geliebte erscheint,
nehmt ihr die Zukunft?
Mehr, als je sein wird.
Wer die Entfernungen weiß
bis zum äußersten Fixstern,
staunt, wenn er diesen gewahrt,
euern herrlichen Herzraum.
Wie, im Gedräng, spart ihr ihn aus?
Ihr, voll Quellen und Nacht.

Seid ihr wirklich die gleichen,
die, da ihr Kind wart,
unwirsch im Schulgang
anstieß der ältere Bruder?
Ihr Heilen.

Wo wir als Kinder uns schon
häßlich für immer verzerrn,
wart ihr wie Brot vor der Wandlung.

Abbruch der Kindheit
war euch nicht Schaden. Auf einmal
standet ihr da, wie im Gott
plötzlich zum Wunder ergänzt.

  Wir, wie gebrochen vom Berg,
  oft schon als Knaben scharf
  an den Rändern, vielleicht
  manchmal glücklich behaun;
  wir, wie Stücke Gesteins,
  über Blumen gestürzt.

Blumen des tieferen Erdreichs,
von allen Wurzeln geliebte,
ihr, der Eurydike Schwestern,
immer voll heiliger Umkehr
hinter dem steigenden Mann.

  Wir, von uns selber gekränkt,
  Kränkende gern   und gern
  Wiedergekränkte aus Not.
  Wir, wie Waffen, dem Zorn
  neben den Schlaf gelegt.

Ihr, die ihr beinah Schutz seid, wo niemand
schützt. Wie ein schattiger Schlafbaum
ist der Gedanke an euch
für die Schwärme des Einsamen.
[Ihr, wo alles erblindet,
Spiegel des Einhorns!]

[Oh verwandelt euch nicht!
Bleibt Ungebreifliche, auch
wenn der bemühte Beruf
euch zu Erklärlichen stellt.
Ihr seid die Anderen, selbst,
wo ihr das Ähnliche tut.]

DUINESER ELEGIEN

Aus dem Besitz der Fürstin
Marie von Thurn und Taxis-Hohenlohe

(1912/1922)

Die erste Elegie

Wer, wenn ich schriee, hörte mich denn aus der Engel
Ordnungen? und gesetzt selbst, es nähme
einer mich plötzlich ans Herz: ich verginge von seinem
stärkeren Dasein. Denn das Schöne ist nichts
als des Schrecklichen Anfang, den wir noch grade ertragen,
und wir bewundern es so, weil es gelassen verschmäht,
uns zu zerstören. Ein jeder Engel ist schrecklich.
Und so verhalt ich mich denn und verschlucke den
Lockruf
dunkelen Schluchzens. Ach, wen vermögen
wir denn zu brauchen? Engel nicht, Menschen nicht,
und die findigen Tiere merken es schon,
daß wir nicht sehr verläßlich zu Haus sind
in der gedeuteten Welt. Es bleibt uns vielleicht
irgend ein Baum an dem Abhang, daß wir ihn täglich
wiedersähen; es bleibt uns die Straße von gestern
und das verzogene Treusein einer Gewohnheit,
der es bei uns gefiel, und so blieb sie und ging nicht.
O und die Nacht, die Nacht, wenn der Wind voller
Weltraum
uns am Angesicht zehrt –, wem bliebe sie nicht, die
ersehnte,
sanft enttäuschende, welche dem einzelnen Herzen
mühsam bevorsteht. Ist sie den Liebenden leichter?
Ach, sie verdecken sich nur mit einander ihr Los.
Weißt du's *noch* nicht? Wirf aus den Armen die Leere
zu den Räumen hinzu, die wir atmen; vielleicht daß
die Vögel
die erweiterte Luft fühlen mit innigerm Flug.

Ja, die Frühlinge brauchten dich wohl. Es muteten manche
Sterne dir zu, daß du sie spürtest. Es hob
sich eine Woge heran im Vergangenen, oder

da du vorüberkamst am geöffneten Fenster,
gab eine Geige sich hin. Das alles war Auftrag.
Aber bewältigtest du's? Warst du nicht immer
noch von Erwartung zerstreut, als kündigte alles
eine Geliebte dir an? (Wo willst du sie bergen,
da doch die großen fremden Gedanken bei dir
aus und ein gehn und öfters bleiben bei Nacht.)
Sehnt es dich aber, so singe die Liebenden; lange
noch nicht unsterblich genug ist ihr berühmtes Gefühl.
Jene, du neidest sie fast, Verlassenen, die du
so viel liebender fandst als die Gestillten. Beginn
immer von neuem die nie zu erreichende Preisung;
denk: es erhält sich der Held, selbst der Untergang war ihm
nur ein Vorwand, zu sein: seine letzte Geburt.
Aber die Liebenden nimmt die erschöpfte Natur
in sich zurück, als wären nicht zweimal die Kräfte,
dieses zu leisten. Hast du der Gaspara Stampa
denn genügend gedacht, daß irgend ein Mädchen,
dem der Geliebte entging, am gesteigerten Beispiel
dieser Liebenden fühlt: daß ich würde wie sie?
Sollen nicht endlich uns diese ältesten Schmerzen
fruchtbarer werden? Ist es nicht Zeit, daß wir liebend
uns vom Geliebten befrein und es bebend bestehn:
wie der Pfeil die Sehne besteht, um gesammelt im Absprung
mehr zu sein als er selbst. Denn Bleiben ist nirgends.

Stimmen, Stimmen. Höre, mein Herz, wie sonst nur
Heilige hörten: daß sie der riesige Ruf
aufhob vom Boden; sie aber knieten,
Unmögliche, weiter und achtetens nicht:
So waren sie hörend. Nicht, daß du *Gottes* ertrügest
die Stimme, bei weitem. Aber das Wehende höre,
die ununterbrochene Nachricht, die aus Stille sich bildet.
Es rauscht jetzt von jenen jungen Toten zu dir.
Wo immer du eintratst, redete nicht in Kirchen
zu Rom und Neapel ruhig ihr Schicksal dich an?
Oder es trug eine Inschrift sich erhaben dir auf,
wie neulich die Tafel in Santa Maria Formosa.

Was sie mir wollen? leise soll ich des Unrechts
Anschein abtun, der ihrer Geister
reine Bewegung manchmal ein wenig behindert.

Freilich ist es seltsam, die Erde nicht mehr zu bewohnen,
kaum erlernte Gebräuche nicht mehr zu üben,
Rosen, und andern eigens versprechenden Dingen
nicht die Bedeutung menschlicher Zukunft zu geben;
das, was man war in unendlich ängstlichen Händen,
nicht mehr zu sein, und selbst den eigenen Namen
wegzulassen wie ein zerbrochenes Spielzeug.
Seltsam, die Wünsche nicht weiterzuwünschen. Seltsam,
alles, was sich bezog, so lose im Raume
flattern zu sehen. Und das Totsein ist mühsam
und voller Nachholn, daß man allmählich ein wenig
Ewigkeit spürt. – Aber Lebendige machen
alle den Fehler, daß sie zu stark unterscheiden.
Engel (sagt man) wüßten oft nicht, ob sie unter
Lebenden gehn oder Toten. Die ewige Strömung
reiße durch beide Bereiche aller Alter
immer mit sich und übertönt sie in beiden.

Schließlich brauchen sie uns nicht mehr, die Früheentrückten,
man entwöhnt sich des Irdischen sanft, wie man den Brüsten
milde der Mutter entwächst. Aber wir, die so große
Geheimnisse brauchen, denen aus Trauer so oft
seliger Fortschritt entspringt –: *könnten* wir sein ohne sie?
Ist die Sage umsonst, daß einst in der Klage um Linos
wagende erste Musik dürre Erstarrung durchdrang;
daß erst im erschrockenen Raum, dem ein beinah göttlicher Jüngling
plötzlich für immer enttrat, das Leere in jene
Schwingung geriet, die uns jetzt hinreißt und tröstet und hilft.

Jeder Engel ist schrecklich. Und dennoch, weh mir,
ansing ich euch, fast tödliche Vögel der Seele,
wissend um euch. Wohin sind die Tage Tobiae,
da der Strahlendsten einer stand an der einfachen Haustür,
zur Reise ein wenig verkleidet und schon nicht mehr furchtbar;
(Jüngling dem Jüngling, wie er neugierig hinaussah).
Träte der Erzengel jetzt, der gefährliche, hinter den Sternen
eines Schrittes nur nieder und herwärts: hochaufschlagend erschlüg uns das eigene Herz. Wer seid ihr?

Frühe Geglückte, ihr Verwöhnten der Schöpfung,
Höhenzüge, morgenrötliche Grate
aller Erschaffung, – Pollen der blühenden Gottheit,
Gelenke des Lichtes, Gänge, Treppen, Throne,
Räume aus Wesen, Schilde aus Wonne, Tumulte
stürmisch entzückten Gefühls und plötzlich, einzeln,
Spiegel: die die entströmte eigene Schönheit
wiederschöpfen zurück in das eigene Antlitz.

Denn wir, wo wir fühlen, verflüchtigen; ach wir
atmen uns aus und dahin; von Holzglut zu Holzglut
geben wir schwächern Geruch. Da sagt uns wohl einer:
ja, du gehst mir ins Blut, dieses Zimmer, der Frühling
füllt sich mit dir … Was hilfts, er kann uns nicht halten,
wir schwinden in ihm und um ihn. Und jene, die schön sind,
o wer hält sie zurück? Unaufhörlich steht Anschein
auf in ihrem Gesicht und geht fort. Wie Tau von dem Frühgras
hebt sich das Unsre von uns, wie die Hitze von einem
heißen Gericht. O Lächeln, wohin? O Aufschaun:
neue, warme, entgehende Welle des Herzens –;
weh mir: wir *sinds* doch. Schmeckt denn der Weltraum,
in den wir uns lösen, nach uns? Fangen die Engel
wirklich nur Ihriges auf, ihnen Entströmtes,
oder ist manchmal, wie aus Versehen, ein wenig
unseres Wesens dabei? Sind wir in ihre

Züge soviel nur gemischt wie das Vage in die Gesichter
schwangerer Frauen? Sie merken es nicht in dem Wirbel
ihrer Rückkehr zu sich. (Wie sollten sie's merken.)

Liebende könnten, verstünden sie's, in der Nachtluft
wunderlich reden. Denn es scheint, daß uns alles
verheimlicht. Siehe, die Bäume *sind*; die Häuser,
die wir bewohnen, bestehn noch. Wir nur
ziehen allem vorbei wie ein luftiger Austausch.
Und alles ist einig, uns zu verschweigen, halb als
Schande vielleicht und halb als unsägliche Hoffnung.

Liebende, euch, ihr in einander Genügten,
frag ich nach uns. Ihr greift euch. Habt ihr Beweise?
Seht, mir geschiehts, daß meine Hände einander
inne werden oder daß mein gebrauchtes
Gesicht in ihnen sich schont. Das giebt mir ein wenig
Empfindung. Doch wer wagte darum schon zu *sein*?
Ihr aber, die ihr im Entzücken des anderen
zunehmt, bis er euch überwältigt
anfleht: nicht *mehr* –; die ihr unter den Händen
euch reichlicher werdet wie Traubenjahre;
die ihr manchmal vergeht, nur weil der andre
ganz überhand nimmt: euch frag ich nach uns. Ich weiß,
ihr berührt euch so selig, weil die Liebkosung verhält,
weil die Stelle nicht schwindet, die ihr, Zärtliche,
zudeckt; weil ihr darunter das reine
Dauern verspürt. So versprecht ihr euch Ewigkeit fast
von der Umarmung. Und doch, wenn ihr der ersten
Blicke Schrecken besteht und die Sehnsucht am Fenster,
und den ersten gemeinsamen Gang, *ein* Mal durch den
Garten:
Liebende, *seid* ihrs dann noch? Wenn ihr einer dem andern
euch an den Mund hebt und ansetzt –: Getränk an Getränk:
o wie entgeht dann der Trinkende seltsam der Handlung.

Erstaunte euch nicht auf attischen Stelen die Vorsicht
menschlicher Geste? war nicht Liebe und Abschied
so leicht auf die Schultern gelegt, als wäre es aus anderm

Stoffe gemacht als bei uns? Gedenkt euch der Hände,
wie sie drucklos beruhen, obwohl in den Torsen die Kraft
steht.
Diese Beherrschten wußten damit: so weit sind wirs,
dieses ist unser, uns *so* zu berühren; stärker
stemmen die Götter uns an. Doch dies ist Sache der Götter.

Fänden auch wir ein reines, verhaltenes, schmales
Menschliches, einen unseren Streifen Fruchtlands
zwischen Strom und Gestein. Denn das eigene Herz
übersteigt uns
noch immer wie jene. Und wir können ihm nicht mehr
nachschaun in Bilder, die es besänftigen, noch in
göttliche Körper, in denen es größer sich mäßigt.

Die dritte Elegie

Eines ist, die Geliebte zu singen. Ein anderes, wehe,
jenen verborgenen schuldigen Fluß-Gott des Bluts.
Den sie von weitem erkennt, ihren Jüngling, was weiß er
selbst von dem Herren der Lust, der aus dem Einsamen oft,
ehe das Mädchen noch linderte, oft auch als wäre sie nicht,
ach, von welchem Unkenntlichen triefend, das Gotthaupt
aufhob, aufrufend die Nacht zu unendlichem Aufruhr.
O des Blutes Neptun, o sein furchtbarer Dreizack.
O der dunkele Wind seiner Brust aus gewundener Muschel.
Horch, wie die Nacht sich muldet und höhlt. Ihr Sterne,
stammt nicht von euch des Liebenden Lust zu dem Antlitz
seiner Geliebten? Hat er die innige Einsicht
in ihr reines Gesicht nicht aus dem reinen Gestirn?

Du nicht hast ihm, wehe, nicht seine Mutter
hat ihm die Bogen der Braun so zur Erwartung gespannt.
Nicht an dir, ihn fühlendes Mädchen, an dir nicht
bog seine Lippe sich zum fruchtbarern Ausdruck.
Meinst du wirklich, ihn hätte dein leichter Auftritt
also erschüttert, du, die wandelt wie Frühwind?

Zwar du erschrakst ihm das Herz; doch ältere Schrecken
stürzten in ihn bei dem berührenden Anstoß.
Ruf ihn … du rufst ihn nicht ganz aus dunkelem Umgang.
Freilich, er *will*, er entspringt; erleichtert gewöhnt er
sich in dein heimliches Herz und nimmt und beginnt sich.
Aber begann er sich je?
Mutter, *du* machtest ihn klein, du warsts, die ihn anfing;
dir war er neu, du beugtest über die neuen
Augen die freundliche Welt und wehrtest der fremden.
Wo, ach, hin sind die Jahre, da du ihm einfach
mit der schlanken Gestalt wallendes Chaos vertratst?
Vieles verbargst du ihm so; das nächtlich-
verdächtige Zimmer
machtest du harmlos, aus deinem Herzen voll Zuflucht
mischtest du menschlichern Raum seinem Nacht-
Raum hinzu.
Nicht in die Finsternis, nein, in dein näheres Dasein
hast du das Nachtlicht gestellt, und es schien wie aus
Freundschaft.
Nirgends ein Knistern, das du nicht lächelnd erklärtest,
so als wüßtest du längst, *wann* sich die Diele benimmt …
Und er horchte und linderte sich. So vieles vermochte
zärtlich dein Aufstehn; hinter den Schrank trat
hoch im Mantel sein Schicksal, und in die Falten des
Vorhangs
paßte, die leicht sich verschob, seine unruhige Zukunft.

Und er selbst, wie er lag, der Erleichterte, unter
schläfernden Lidern deiner leichten Gestaltung
Süße lösend in den gekosteten Vorschlaf –:
schien ein Gehüteter … Aber *innen*: wer wehrte,
hinderte innen in ihm die Fluten der Herkunft?
Ach, da *war* keine Vorsicht im Schlafenden; schlafend,
aber träumend, aber in Fiebern: wie er sich ein-ließ.
Er, der Neue, Scheuende, wie er verstrickt war,
mit des innern Geschehns weiterschlagenden Ranken
schon zu Mustern verschlungen, zu würgendem
Wachstum, zu tierhaft

jagenden Formen. Wie er sich hingab –. Liebte.
Liebte sein Inneres, seines Inneren Wildnis,
diesen Urwald in ihm, auf dessen stummem Gestürztsein
lichtgrün sein Herz stand. Liebte. Verließ es, ging die
eigenen Wurzeln hinaus in gewaltigen Ursprung,
wo seine kleine Geburt schon überlebt war. Liebend
stieg er hinab in das ältere Blut, in die Schluchten,
wo das Furchtbare lag, noch satt von den Vätern. Und jedes
Schreckliche kannte ihn, blinzelte, war wie verständigt.
Ja, das Entsetzliche lächelte … Selten
hast du so zärtlich gelächelt, Mutter. Wie sollte
er es nicht lieben, da es ihm lächelte. *Vor* dir
hat ers geliebt, denn, da du ihn trugst schon,
war es im Wasser gelöst, das den Keimenden leicht macht.

Siehe, wir lieben nicht, wie die Blumen, aus einem
einzigen Jahr; uns steigt, wo wir lieben,
unvordenklicher Saft in die Arme. O Mädchen,
dies: daß wir liebten *in* uns, nicht Eines, ein Künftiges,
sondern
das zahllos Brauende; nicht ein einzelnes Kind,
sondern die Väter, die wie Trümmer Gebirgs
uns im Grunde beruhn; sondern das trockene Flußbett
einstiger Mütter –; sondern die ganze
lautlose Landschaft unter dem wolkigen oder
reinen Verhängnis –: *dies* kam dir, Mädchen, zuvor.

Und du selber, was weißt du –, du locktest
Vorzeit empor in dem Liebenden. Welche Gefühle
wühlten herauf aus entwandelten Wesen. Welche
Frauen haßten dich da. Was für finstere Männer
regtest du auf im Geäder des Jünglings? Tote
Kinder wollten zu dir … O leise, leise,
tu ein liebes vor ihm, ein verläßliches Tagwerk, – führ ihn
nah an den Garten heran, gieb ihm der Nächte
Übergewicht ……
Verhalt ihn ……

O Bäume Lebens, o wann winterlich?
Wir sind nicht einig. Sind nicht wie die Zug-
vögel verständigt. Überholt und spät,
so drängen wir uns plötzlich Winden auf
und fallen ein auf teilnahmslosen Teich.
Blühn und verdorrn ist uns zugleich bewußt.
Und irgendwo gehn Löwen noch und wissen,
solang sie herrlich sind, von keiner Ohnmacht.

Uns aber, wo wir Eines meinen, ganz,
ist schon des andern Aufwand fühlbar. Feindschaft
ist uns das Nächste. Treten Liebende
nicht immerfort an Ränder, eins im andern,
die sich versprachen Weite, Jagd und Heimat.
  Da wird für eines Augenblickes Zeichnung
ein Grund von Gegenteil bereitet, mühsam,
daß wir sie sähen; denn man ist sehr deutlich
mit uns. Wir kennen den Kontur
des Fühlens nicht: nur, was ihn formt von außen.
  Wer saß nicht bang vor seines Herzens Vorhang?
Der schlug sich auf: die Szenerie war Abschied.
Leicht zu verstehen. Der bekannte Garten,
und schwankte leise: dann erst kam der Tänzer.
Nicht *der*. Genug! Und wenn er auch so leicht tut,
er ist verkleidet und er wird ein Bürger
und geht durch seine Küche in die Wohnung.
  Ich will nicht diese halbgefüllten Masken,
lieber die Puppe. Die ist voll. Ich will
den Balg aushalten und den Draht und ihr
Gesicht aus Aussehn. Hier. Ich bin davor.
Wenn auch die Lampen ausgehn, wenn mir auch
gesagt wird: Nichts mehr –, wenn auch von der Bühne
das Leere herkommt mit dem grauen Luftzug,
wenn auch von meinen stillen Vorfahrn keiner
mehr mit mir dasitzt, keine Frau, sogar
der Knabe nicht mehr mit dem braunen Schielaug:
Ich bleibe dennoch. Es giebt immer Zuschaun.

Hab ich nicht recht? Du, der um mich so bitter
das Leben schmeckte, meines kostend, Vater,
den ersten trüben Aufguß meines Müssens,
da ich heranwuchs, immer wieder kostend
und, mit dem Nachgeschmack so fremder Zukunft
beschäftigt, prüftest mein beschlagnes Aufschaun, –
der du, mein Vater, seit du tot bist, oft
in meiner Hoffnung, innen in mir, Angst hast,
und Gleichmut, wie ihn Tote haben, Reiche
von Gleichmut, aufgiebst für mein bißchen Schicksal,
hab ich nicht recht? Und ihr, hab ich nicht recht,
die ihr mich liebtet für den kleinen Anfang
Liebe zu euch, von dem ich immer abkam,
weil mir der Raum in eurem Angesicht,
da ich ihn liebte, überging in Weltraum,
in dem ihr nicht mehr wart....: wenn mir zumut ist,
zu warten vor der Puppenbühne, nein,
so völlig hinzuschaun, daß, um mein Schauen
am Ende aufzuwiegen, dort als Spieler
ein Engel hinmuß, der die Bälge hochreißt.
Engel und Puppe: dann ist endlich Schauspiel.
Dann kommt zusammen, was wir immerfort
entzwein, indem wir da sind. Dann entsteht
aus unsern Jahreszeiten erst der Umkreis
des ganzen Wandelns. Über uns hinüber
spielt dann der Engel. Sieh, die Sterbenden,
sollten sie nicht vermuten, wie voll Vorwand
das alles ist, was wir hier leisten. Alles
ist nicht es selbst. O Stunden in der Kindheit,
da hinter den Figuren mehr als nur
Vergangnes war und vor uns nicht die Zukunft.
Wir wuchsen freilich und wir drängten manchmal,
bald groß zu werden, denen halb zulieb,
die andres nicht mehr hatten, als das Großsein.
Und waren doch, in unserem Alleingehn,
mit Dauerndem vergnügt und standen da
im Zwischenraume zwischen Welt und Spielzeug,
an einer Stelle, die seit Anbeginn

gegründet war für einen reinen Vorgang.

Wer zeigt ein Kind, so wie es steht? Wer stellt
es ins Gestirn und giebt das Maß des Abstands
ihm in die Hand? Wer macht den Kindertod
aus grauem Brot, das hart wird, – oder läßt
ihn drin im runden Mund, so wie den Gröps
von einem schönen Apfel? ...... Mörder sind
leicht einzusehen. Aber dies: den Tod,
den ganzen Tod, noch *vor* dem Leben so
sanft zu enthalten und nicht bös zu sein,
ist unbeschreiblich.

Die fünfte Elegie

Frau Hertha Koenig zugeeignet

Wer aber *sind* sie, sag mir, die Fahrenden, diese ein wenig
Flüchtigern noch als wir selbst, die dringend von früh an
wringt ein *wem, wem* zu Liebe
niemals zufriedener Wille? Sondern er wringt sie,
biegt sie, schlingt sie und schwingt sie,
wirft sie und fängt sie zurück; wie aus geölter,
glatterer Luft kommen sie nieder
auf dem verzehrten, von ihrem ewigen
Aufsprung dünneren Teppich, diesem verlorenen
Teppich im Weltall.
Aufgelegt wie ein Pflaster, als hätte der Vorstadt-
Himmel der Erde dort wehe getan.
Und kaum dort,
aufrecht, da und gezeigt: des Dastehns
großer Anfangsbuchstab ..., schon auch, die stärksten
Männer, rollt sie wieder, zum Scherz, der immer
kommende Griff, wie August der Starke bei Tisch
einen zinnenen Teller.

Ach und um diese
Mitte, die Rose des Zuschauns:

blüht und entblättert. Um diesen
Stampfer, den Stempel, den von dem eignen
blühenden Staub getroffnen, zur Scheinfrucht
wieder der Unlust befruchteten, ihrer
niemals bewußten, – glänzend mit dünnster
Oberfläche leicht scheinlächelnden Unlust.

Da: der welke, faltige Stemmer,
der alte, der nur noch trommelt,
eingegangen in seiner gewaltigen Haut, als hätte sie früher
zwei Männer enthalten, und einer
läge nun schon auf dem Kirchhof, und er überlebte den andern,
taub und manchmal ein wenig
wirr, in der verwitweten Haut.

Aber der junge, der Mann, als wäre er der Sohn eines Nackens
und einer Nonne: prall und strammig erfüllt
mit Muskeln und Einfalt.

Oh ihr,
die ein Leid, das noch klein war,
einst als Spielzeug bekam, in einer seiner
langen Genesungen. …

Du, der mit dem Aufschlag,
wie nur Früchte ihn kennen, unreif,
täglich hundertmal abfällt vom Baum der gemeinsam
erbauten Bewegung (der, rascher als Wasser, in wenig
Minuten Lenz, Sommer und Herbst hat) –
abfällt und anprallt ans Grab:
manchmal, in halber Pause, will dir ein liebes
Antlitz entstehn hinüber zu deiner selten
zärtlichen Mutter; doch an deinen Körper verliert sich,
der es flächig verbraucht, das schüchtern
kaum versuchte Gesicht … Und wieder
klatscht der Mann in die Hand zu dem Ansprung, und eh dir
jemals ein Schmerz deutlicher wird in der Nähe des immer

trabenden Herzens, kommt das Brennen der Fußsohln
ihm, seinem Ursprung, zuvor mit ein paar dir
rasch in die Augen gejagten leiblichen Tränen.
Und dennoch, blindlings,
das Lächeln .....

Engel! o nimms, pflücks, das kleinblütige Heilkraut.
Schaff eine Vase, verwahrs! Stells unter jene, uns *noch* nicht
offenen Freuden; in lieblicher Urne
rühms mit blumiger schwungiger Aufschrift:
›Subrisio Saltat.‹.

Du dann, Liebliche,
du, von den reizendsten Freuden
stumm Übersprungne. Vielleicht sind
deine Fransen glücklich für dich –,
oder über den jungen
prallen Brüsten die grüne metallene Seide
fühlt sich unendlich verwöhnt und entbehrt nichts.
Du,
immerfort anders auf alle des Gleichgewichts
schwankende Waagen
hingelegte Marktfrucht des Gleichmuts,
öffentlich unter den Schultern.

Wo, o *wo* ist der Ort – ich trag ihn im Herzen –,
wo sie noch lange nicht *konnten*, noch von einander
abfieln, wie sich bespringende, nicht recht
paarige Tiere; –
wo die Gewichte noch schwer sind;
wo noch von ihren vergeblich
wirbelnden Stäben die Teller
torkeln .....

Und plötzlich in diesem mühsamen Nirgends, plötzlich
die unsägliche Stelle, wo sich das reine Zuwenig
unbegreiflich verwandelt –, umspringt
in jenes leere Zuviel.
Wo die vielstellige Rechnung
zahlenlos aufgeht.

Plätze, o Platz in Paris, unendlicher Schauplatz,
wo die Modistin, *Madame Lamort*,
die ruhlosen Wege der Erde, endlose Bänder,
schlingt und windet und neue aus ihnen
Schleifen erfindet, Rüschen, Blumen, Kokarden,
künstliche Früchte –, alle
unwahr gefärbt, – für die billigen
Winterhüte des Schicksals.
....

Engel! : Es wäre ein Platz, den wir nicht wissen, und dorten,
auf unsäglichem Teppich, zeigten die Liebenden, die's hier
bis zum Können nie bringen, ihre kühnen
hohen Figuren des Herzschwungs,
ihre Türme aus Lust, ihre
längst, wo Boden nie war, nur an einander
lehnenden Leitern, bebend, – und *könntens*,
vor den Zuschauern rings, unzähligen lautlosen Toten:
Würfen die dann ihre letzten, immer ersparten,
immer verborgenen, die wir nicht kennen, ewig
gültigen Münzen des Glücks vor das endlich
wahrhaft lächelnde Paar auf gestilltem
Teppich?

Die sechste Elegie

Feigenbaum, seit wie lange schon ists mir bedeutend,
wie du die Blüte beinah ganz überschlägst
und hinein in die zeitig entschlossene Frucht,
ungerühmt, drängst dein reines Geheimnis.
Wie der Fontäne Rohr treibt dein gebognes Gezweig
abwärts den Saft und hinan: und er springt aus dem Schlaf,
fast nicht erwachend, ins Glück seiner süßesten Leistung.
Sieh: wie der Gott in den Schwan.
...... Wir aber verweilen,
ach, uns rühmt es zu blühn, und ins verspätete Innre
unserer endlichen Frucht gehn wir verraten hinein.
Wenigen steigt so stark der Andrang des Handelns,

daß sie schon anstehn und glühn in der Fülle des Herzens,
wenn die Verführung zum Blühn wie gelinderte Nachtluft
ihnen die Jugend des Munds, ihnen die Lider berührt:
Helden vielleicht und den frühe Hinüberbestimmten,
denen der gärtnernde Tod anders die Adern verbiegt.
Diese stürzen dahin: dem eigenen Lächeln
sind sie voran, wie das Rossegespann in den milden
muldigen Bildern von Karnak dem siegenden König.

Wunderlich nah ist der Held doch den jugendlich Toten. Dauern
ficht ihn nicht an. Sein Aufgang ist Dasein; beständig
nimmt er sich fort und tritt ins veränderte Sternbild
seiner steten Gefahr. Dort fänden ihn wenige. Aber,
das uns finster verschweigt, das plötzlich begeisterte Schicksal
singt ihn hinein in den Sturm seiner aufrauschenden Welt.
Hör ich doch keinen wie *ihn*. Auf einmal durchgeht mich
mit der strömenden Luft sein verdunkelter Ton.
Dann, wie verbärg ich mich gern vor der Sehnsucht: O wär ich,
wär ich ein Knabe und dürft es noch werden und säße
in die künftigen Arme gestützt und läse von Simson,
wie seine Mutter erst nichts und dann alles gebar.

War er nicht Held schon in dir, o Mutter, begann nicht
dort schon, in dir, seine herrische Auswahl?
Tausende brauten im Schoß und wollten *er* sein,
aber sieh: er ergriff und ließ aus –, wählte und konnte.
Und wenn er Säulen zerstieß, so wars, da er ausbrach
aus der Welt deines Leibs in die engere Welt, wo er weiter
wählte und konnte. O Mütter der Helden, o Ursprung
reißender Ströme! Ihr Schluchten, in die sich
hoch von dem Herzrand, klagend,
schon die Mädchen gestürzt, künftig die Opfer dem Sohn.

Denn hinstürmte der Held durch Aufenthalte der Liebe,
jeder hob ihn hinaus, jeder ihn meinende Herzschlag,
abgewendet schon, stand er am Ende der Lächeln, – anders.

Werbung nicht mehr, nicht Werbung, entwachsene Stimme,
sei deines Schreies Natur; zwar schrieest du rein wie
der Vogel,
wenn ihn die Jahreszeit aufhebt, die steigende, beinah
vergessend,
daß er ein kümmerndes Tier und nicht nur ein einzelnes
Herz sei,
das sie ins Heitere wirft, in die innigen Himmel. Wie er, so
würbest du wohl, nicht minder –, daß, noch unsichtbar,
dich die Freundin erführ, die stille, in der eine Antwort
langsam erwacht und über dem Hören sich anwärmt, –
deinem erkühnten Gefühl die erglühte Gefühlin.

O und der Frühling begriffe –, da ist keine Stelle,
die nicht trüge den Ton der Verkündigung. Erst jenen
kleinen
fragenden Auflaut, den, mit steigernder Stille,
weithin umschweigt ein reiner bejahender Tag.
Dann die Stufen hinan, Ruf-Stufen hinan, zum geträumten
Tempel der Zukunft –; dann den Triller, Fontäne,
die zu dem drängenden Strahl schon das Fallen
zuvornimmt
im versprechlichen Spiel ...... Und vor sich, den Sommer.

Nicht nur die Morgen alle des Sommers –, nicht nur
wie sie sich wandeln in Tag und strahlen vor Anfang.
Nicht nur die Tage, die zart sind um Blumen, und oben,
um die gestalteten Bäume, stark und gewaltig.
Nicht nur die Andacht dieser entfalteten Kräfte,
nicht nur die Wege, nicht nur die Wiesen im Abend,
nicht nur, nach spätem Gewitter, das atmende Klarsein,
nicht nur der nahende Schlaf und ein Ahnen, abends ...
sondern die Nächte! Sondern die hohen, des Sommers,
Nächte, sondern die Sterne, die Sterne der Erde.
O einst tot sein und sie wissen unendlich,
alle die Sterne: denn wie, wie, wie sie vergessen!

Siehe, da rief ich die Liebende. Aber nicht *sie* nur
käme … Es kämen aus schwächlichen Gräbern
Mädchen und ständen … Denn, wie beschränk ich,
wie, den gerufenen Ruf? Die Versunkenen suchen
immer noch Erde. – Ihr Kinder, ein hiesig
einmal ergriffenes Ding gälte für viele.
Glaubt nicht, Schicksal sei mehr, als das Dichte der
Kindheit;
wie überholtet ihr oft den Geliebten, atmend,
atmend nach seligem Lauf, auf nichts zu, ins Freie.

Hiersein ist herrlich. Ihr wußtet es, Mädchen, *ihr* auch,
die ihr scheinbar entbehrtet, versankt –, ihr, in den ärgsten
Gassen der Städte, Schwärende, oder dem Abfall
Offene. Denn eine Stunde war jeder, vielleicht nicht
ganz eine Stunde, ein mit den Maßen der Zeit kaum
Meßliches zwischen zwei Weilen –, da sie ein Dasein
hatte. Alles. Die Adern voll Dasein.
Nun, wir vergessen so leicht, was der lachende Nachbar
uns nicht bestätigt oder beneidet. Sichtbar
wollen wirs heben, wo doch das sichtbarste Glück uns
erst zu erkennen sich giebt, wenn wir es innen verwandeln.

Nirgends, Geliebte, wird Welt sein, als innen. Unser
Leben geht hin mit Verwandlung. Und immer geringer
schwindet das Außen. Wo einmal ein dauerndes Haus war,
schlägt sich erdachtes Gebild vor, quer, zu Erdenklichem
völlig gehörig, als ständ es noch ganz im Gehirne.
Weite Speicher der Kraft schafft sich der Zeitgeist,
gestaltlos
wie der spannende Drang, den er aus allem gewinnt.
Tempel kennt er nicht mehr. Diese, des Herzens,
Verschwendung
sparen wir heimlicher ein. Ja, wo noch eins übersteht,
ein einst gebetetes Ding, ein gedientes, geknietes –,
hält es sich, so wie es ist, schon ins Unsichtbare hin.
Viele gewahrens nicht mehr, doch ohne den Vorteil,
daß sie's nun *innerlich* baun, mit Pfeilern und Statuen,
größer!

Jede dumpfe Umkehr der Welt hat solche Enterbte,
denen das Frühere nicht und noch nicht das Nächste gehört.
Denn auch das Nächste ist weit für die Menschen. *Uns* soll
dies nicht verwirren; es stärke in uns die Bewahrung
der noch erkannten Gestalt. – Dies *stand* einmal unter
Menschen,
mitten im Schicksal stands, im vernichtenden, mitten
im Nichtwissen-Wohin stand es, wie seiend, und bog
Sterne zu sich aus gesicherten Himmeln. Engel,
dir noch zeig ich es, *da!* in deinem Anschaun
steh es gerettet zuletzt, nun endlich aufrecht.
Säulen, Pylone, der Sphinx, das strebende Stemmen,
grau aus vergehender Stadt oder aus fremder, des Doms.

War es nicht Wunder? O staune, Engel, denn *wir* sinds,
wir, o du Großer, erzähls, daß wir solches vermochten,
mein Atem
reicht für die Rühmung nicht aus. So haben wir dennoch
nicht die Räume versäumt, diese gewährenden, diese
unseren Räume. (Was müssen sie fürchterlich groß sein,
da sie Jahrtausende nicht unseres Fühlns überfülln.)
Aber ein Turm war groß, nicht wahr? O Engel, er war es, –
groß, auch noch neben dir? Chartres war groß –, und Musik
reichte noch weiter hinan und überstieg uns. Doch
selbst nur
eine Liebende –, oh, allein am nächtlichen Fenster ……
reichte sie dir nicht ans Knie –?
Glaub *nicht*, daß ich werbe.
Engel, und würb ich dich auch! Du kommst nicht.
Denn mein
Anruf ist immer voll Hinweg; wider so starke
Strömung kannst du nicht schreiten. Wie ein gestreckter
Arm ist mein Rufen. Und seine zum Greifen
oben offene Hand bleibt vor dir
offen, wie Abwehr und Warnung,
Unfaßlicher, weitauf.

Die achte Elegie

Rudolf Kassner zugeeignet

Mit allen Augen sieht die Kreatur
das Offene. Nur unsre Augen sind
wie umgekehrt und ganz um sie gestellt
als Fallen, rings um ihren freien Ausgang.
Was draußen *ist*, wir wissens aus des Tiers
Antlitz allein; denn schon das frühe Kind
wenden wir um und zwingens, daß es rückwärts
Gestaltung sehe, nicht das Offene, das
im Tiergesicht so tief ist. Frei von Tod.
Ihn sehen wir allein; das freie Tier
hat seinen Untergang stets hinter sich
und vor sich Gott, und wenn es geht, so gehts
in Ewigkeit, so wie die Brunnen gehen.
Wir haben nie, nicht einen einzigen Tag,
den reinen Raum vor uns, in den die Blumen
unendlich aufgehn. Immer ist es Welt
und niemals Nirgends ohne Nicht: das Reine,
Unüberwachte, das man atmet und
unendlich *weiß* und nicht begehrt. Als Kind
verliert sich eins im Stilln an dies und wird
gerüttelt. Oder jener stirbt und *ists*.
Denn nah am Tod sieht man den Tod nicht mehr
und starrt *hinaus*, vielleicht mit großem Tierblick.
Liebende, wäre nicht der andre, der
die Sicht verstellt, sind nah daran und staunen …
Wie aus Versehn ist ihnen aufgetan
hinter dem andern … Aber über ihn
kommt keiner fort, und wieder wird ihm Welt.
Der Schöpfung immer zugewendet, sehn
wir nur auf ihr die Spiegelung des Frein,
von uns verdunkelt. Oder daß ein Tier,
ein stummes, aufschaut, ruhig durch uns durch.
Dieses heißt Schicksal: gegenüber sein
und nichts als das und immer gegenüber.

Wäre Bewußtheit unsrer Art in dem
sicheren Tier, das uns entgegenzieht
in anderer Richtung –, riß es uns herum
mit seinem Wandel. Doch sein Sein ist ihm
unendlich, ungefaßt und ohne Blick
auf seinen Zustand, rein, so wie sein Ausblick.
Und wo wir Zukunft sehn, dort sieht es Alles
und sich in Allem und geheilt für immer.

Und doch ist in dem wachsam warmen Tier
Gewicht und Sorge einer großen Schwermut.
Denn ihm auch haftet immer an, was uns
oft überwältigt, – die Erinnerung,
als sei schon einmal das, wonach man drängt,
näher gewesen, treuer und sein Anschluß
unendlich zärtlich. Hier ist alles Abstand,
und dort wars Atem. Nach der ersten Heimat
ist ihm die zweite zwitterig und windig.
O Seligkeit der *kleinen* Kreatur,
die immer *bleibt* im Schoße, der sie austrug;
o Glück der Mücke, die noch *innen* hüpft,
selbst wenn sie Hochzeit hat: denn Schoß ist Alles.
Und sieh die halbe Sicherheit des Vogels,
der beinah beides weiß aus seinem Ursprung,
als wär er eine Seele der Etrusker,
aus einem Toten, den ein Raum empfing,
doch mit der ruhenden Figur als Deckel.
Und wie bestürzt ist eins, das fliegen muß
und stammt aus einem Schoß. Wie vor sich selbst
erschreckt, durchzuckts die Luft, wie wenn ein Sprung
durch eine Tasse geht. So reißt die Spur
der Fledermaus durchs Porzellan des Abends.

Und wir: Zuschauer, immer, überall,
dem allen zugewandt und nie hinaus!
Uns überfüllts. Wir ordnens. Es zerfällt.
Wir ordnens wieder und zerfallen selbst.

Wer hat uns also umgedreht, daß wir,
was wir auch tun, in jener Haltung sind

von einem, welcher fortgeht? Wie er auf
dem letzten Hügel, der ihm ganz sein Tal
noch einmal zeigt, sich wendet, anhält, weilt –,
so leben wir und nehmen immer Abschied.

Die neunte Elegie

Warum, wenn es angeht, also die Frist des Daseins
hinzubringen, als Lorbeer, ein wenig dunkler als alles
andere Grün, mit kleinen Wellen an jedem
Blattrand (wie eines Windes Lächeln) –: warum dann
Menschliches müssen – und, Schicksal vermeidend,
sich sehnen nach Schicksal? …

Oh, *nicht*, weil Glück *ist,*
dieser voreilige Vorteil eines nahen Verlusts.
Nicht aus Neugier, oder zur Übung des Herzens,
das auch im Lorbeer *wäre* ……

Aber weil Hiersein viel ist, und weil uns scheinbar
alles das Hiesige braucht, dieses Schwindende, das
seltsam uns angeht. Uns, die Schwindendsten. *Ein* Mal
jedes, nur *ein* Mal. *Ein* Mal und nichtmehr. Und wir auch
ein Mal. Nie wieder. Aber dieses
ein Mal gewesen zu sein, wenn auch nur *ein* Mal:
irdisch gewesen zu sein, scheint nicht widerrufbar.

Und so drängen wir uns und wollen es leisten,
wollens enthalten in unsern einfachen Händen,
im überfüllteren Blick und im sprachlosen Herzen.
Wollen es werden. – Wem es geben? Am liebsten
alles behalten für immer … Ach, in den andern Bezug,
wehe, was nimmt man hinüber? Nicht das Anschaun,
das hier
langsam erlernte, und kein hier Ereignetes. Keins.
Also die Schmerzen. Also vor allem das Schwersein,
also der Liebe lange Erfahrung, – also
lauter Unsägliches. Aber später,

unter den Sternen, was solls: *die* sind *besser* unsäglich.
Bringt doch der Wanderer auch vom Hange des Bergrands
nicht eine Hand voll Erde ins Tal, die Allen unsägliche,
sondern
ein erworbenes Wort, reines, den gelben und blaun
Enzian. Sind wir vielleicht *hier*, um zu sagen: Haus,
Brücke, Brunnen, Tor, Krug, Obstbaum, Fenster, –
höchstens: Säule, Turm .... aber zu *sagen*, verstehs,
oh zu sagen *so*, wie selber die Dinge niemals
innig meinten zu sein. Ist nicht die heimliche List
dieser verschwiegenen Erde, wenn sie die Liebenden drängt,
daß sich in ihrem Gefühl jedes und jedes entzückt?
Schwelle: was ists für zwei
Liebende, daß sie die eigne ältere Schwelle der Tür
ein wenig verbrauchen, auch sie, nach den vielen vorher
und vor den Künftigen ...., leicht.

Hier ist des *Säglichen* Zeit, *hier* seine Heimat.
Sprich und bekenn. Mehr als je
fallen die Dinge dahin, die erlebbaren, denn,
was sie verdrängend ersetzt, ist ein Tun ohne Bild.
Tun unter Krusten, die willig zerspringen, sobald
innen das Handeln entwächst und sich anders begrenzt.
Zwischen den Hämmern besteht
unser Herz, wie die Zunge
zwischen den Zähnen, die doch,
dennoch, die preisende bleibt.

Preise dem Engel die Welt, nicht die unsägliche, *ihm*
kannst du nicht großtun mit herrlich Erfühltem; im Weltall,
wo er fühlender fühlt, bist du ein Neuling. Drum zeig
ihm das Einfache, das, von Geschlecht zu Geschlechtern
gestaltet,
als ein Unsriges lebt, neben der Hand und im Blick.
Sag ihm die Dinge. Er wird staunender stehn; wie du
standest
bei dem Seiler in Rom, oder beim Töpfer am Nil.
Zeig ihm, wie glücklich ein Ding sein kann, wie
schuldlos und unser,

wie selbst das klagende Leid rein zur Gestalt sich
entschließt,
dient als ein Ding, oder stirbt in ein Ding –, und jenseits
selig der Geige entgeht. – Und diese, von Hingang
lebenden Dinge verstehn, daß du sie rühmst; vergänglich,
traun sie ein Rettendes uns, den Vergänglichsten, zu.
Wollen, wir sollen sie ganz im unsichtbarn Herzen
verwandeln
in – o unendlich – in uns! Wer wir am Ende auch seien.

Erde, ist es nicht dies, was du willst: *unsichtbar*
in uns erstehn? – Ist es dein Traum nicht,
einmal unsichtbar zu sein? – Erde! unsichtbar!
Was, wenn Verwandlung nicht, ist dein drängender Auftrag?
Erde, du liebe, ich will. Oh glaub, es bedürfte
nicht deiner Frühlinge mehr, mich dir zu gewinnen –, *einer*,
ach, ein einziger ist schon dem Blute zu viel.
Namenlos bin ich zu dir entschlossen, von weit her.
Immer warst du im Recht, und dein heiliger Einfall
ist der vertrauliche Tod.

Siehe, ich lebe. Woraus? Weder Kindheit noch Zukunft
werden weniger ...... Überzähliges Dasein
entspringt mir im Herzen.

Die zehnte Elegie

Daß ich dereinst, an dem Ausgang der grimmigen Einsicht,
Jubel und Ruhm aufsinge zustimmenden Engeln.
Daß von den klar geschlagenen Hämmern des Herzens
keiner versage an weichen, zweifelnden oder
reißenden Saiten. Daß mich mein strömendes Antlitz
glänzender mache; daß das unscheinbare Weinen
blühe. O wie werdet ihr dann, Nächte, mir lieb sein,
gehärmte. Daß ich euch knieender nicht, untröstliche
Schwestern,
hinnahm, nicht in euer gelöstes

Haar mich gelöster ergab. Wir, Vergeuder der Schmerzen.
Wie wir sie absehn voraus, in die traurige Dauer,
ob sie nicht enden vielleicht. Sie aber sind ja
unser winterwähriges Laub, unser dunkeles Sinngrün,
eine der Zeiten des heimlichen Jahres –, nicht nur
Zeit –, sind Stelle, Siedelung, Lager, Boden, Wohnort.

Freilich, wehe, wie fremd sind die Gassen der Leid-Stadt,
wo in der falschen, aus Übertönung gemachten
Stille, stark, aus der Gußform des Leeren der Ausguß
prahlt: der vergoldete Lärm, das platzende Denkmal.
O, wie spurlos zerträte ein Engel ihnen den Trostmarkt,
den die Kirche begrenzt, ihre fertig gekaufte:
reinlich und zu und enttäuscht wie ein Postamt
am Sonntag.
Draußen aber kräuseln sich immer die Ränder von
Jahrmarkt.
Schaukeln der Freiheit! Taucher und Gaukler des Eifers!
Und des behübschten Glücks figürliche Schießstatt,
wo es zappelt von Ziel und sich blechern benimmt,
wenn ein Geschickterer trifft. Von Beifall zu Zufall
taumelt er weiter; denn Buden jeglicher Neugier
werben, trommeln und plärrn. Für Erwachsene aber
ist noch besonders zu sehn, wie das Geld sich vermehrt,
anatomisch,
nicht zur Belustigung nur: der Geschlechtsteil des Gelds,
alles, das Ganze, der Vorgang –, das unterrichtet und macht
fruchtbar ....
...... Oh aber gleich darüber hinaus,
hinter der letzten Planke, beklebt mit Plakaten des ›Todlos‹,
jenes bitteren Biers, das den Trinkenden süß scheint,
wenn sie immer dazu frische Zerstreuungen kaun ...,
gleich im Rücken der Planke, gleich dahinter, ists *wirklich*.
Kinder spielen, und Liebende halten einander, – abseits,
ernst, im ärmlichen Gras, und Hunde haben Natur.
Weiter noch zieht es den Jüngling; vielleicht, daß er
eine junge
Klage liebt ..... Hinter ihr her kommt er in Wiesen. Sie sagt:

– Weit. Wir wohnen dort draußen .....
Wo? Und der Jüngling
folgt. Ihn rührt ihre Haltung. Die Schulter, der Hals –,
vielleicht
ist sie von herrlicher Herkunft. Aber er läßt sie, kehrt um,
wendet sich, winkt ... Was solls? Sie ist eine Klage.

Nur die jungen Toten, im ersten Zustand
zeitlosen Gleichmuts, dem der Entwöhnung,
folgen ihr liebend. Mädchen
wartet sie ab und befreundet sie. Zeigt ihnen leise,
was sie an sich hat. Perlen des Leids und die feinen
Schleier der Duldung. – Mit Jünglingen geht sie
schweigend.

Aber dort, wo sie wohnen, im Tal, der Älteren eine,
der Klagen,
nimmt sich des Jünglinges an, wenn er fragt: – Wir waren,
sagt sie, ein Großes Geschlecht, einmal, wir Klagen.
Die Väter
trieben den Bergbau dort in dem großen Gebirg; bei
Menschen
findest du manchmal ein Stück geschliffenes Ur-Leid
oder, aus altem Vulkan, schlackig versteinerten Zorn.
Ja, das stammte von dort. Einst waren wir reich. –

Und sie leitet ihn leicht durch die weite Landschaft
der Klagen,
zeigt ihm die Säulen der Tempel oder die Trümmer
jener Burgen, von wo Klage-Fürsten das Land
einstens weise beherrscht. Zeigt ihm die hohen
Tränenbäume und Felder blühender Wehmut,
(Lebendige kennen sie nur als sanftes Blattwerk);
zeigt ihm die Tiere der Trauer, weidend, – und manchmal
schreckt ein Vogel und zieht, flach ihnen fliegend
durchs Aufschaun,
weithin das schriftliche Bild seines vereinsamten Schreis. –
Abends führt sie ihn hin zu den Gräbern der Alten
aus dem Klage-Geschlecht, den Sibyllen und Warn-Herrn.

Naht aber Nacht, so wandeln sie leiser, und bald
mondets empor, das über Alles
wachende Grab-Mal. Brüderlich jenem am Nil,
der erhabene Sphinx –: der verschwiegenen Kammer
Antlitz.
Und sie staunen dem krönlichen Haupt, das für immer,
schweigend, der Menschen Gesicht
auf die Waage der Sterne gelegt.

Nicht erfaßt es sein Blick, im Frühtod
schwindelnd. Aber ihr Schaun,
hinter dem Pschent-Rand hervor, scheuchte es die Eule.
Und sie,
streifend im langsamen Abstrich die Wange entlang,
jene der reifesten Rundung,
zeichnet weich in das neue
Totengehör, über ein doppelt
aufgeschlagenes Blatt, den unbeschreiblichen Umriß.

Und höher, die Sterne. Neue. Die Sterne des Leidlands.
Langsam nennt sie die Klage: – Hier,
siehe: den *Reiter*, den *Stab*, und das vollere Sternbild
nennen sie: *Fruchtkranz*. Dann, weiter, dem Pol zu:
Wiege; Weg; Das Brennende Buch; Puppe; Fenster.
Aber im südlichen Himmel, rein wie im Innern
einer gesegneten Hand, das klar erglänzende ›*M*‹,
das die Mütter bedeutet …… –

Doch der Tote muß fort, und schweigend bringt ihn
die ältere
Klage bis an die Talschlucht,
wo es schimmert im Mondschein:
die Quelle der Freude. In Ehrfurcht
nennt sie sie, sagt: – Bei den Menschen
ist sie ein tragender Strom. –

Stehn am Fuß des Gebirgs.
Und da umarmt sie ihn, weinend.

Einsam steigt er dahin, in die Berge des Ur-Leids.
Und nicht einmal sein Schritt klingt aus dem tonlosen Los.

Aber erweckten sie uns, die unendlich Toten, ein
Gleichnis,
siehe, sie zeigten vielleicht auf die Kätzchen der leeren
Hasel, die hängenden, oder
meinten den Regen, der fällt auf dunkles Erdreich im
Frühjahr. –

Und wir, die an *steigendes* Glück
denken, empfänden die Rührung,
die uns beinah bestürzt,
wenn ein Glückliches *fällt*.

DIE SONETTE AN ORPHEUS

Geschrieben als ein Grab-Mal
für Wera Ouckama Knoop

Château de Muzot im Februar 1922

Erster Teil

I

Da stieg ein Baum. O reine Übersteigung!
O Orpheus singt! O hoher Baum im Ohr!
Und alles schwieg. Doch selbst in der Verschweigung
ging neuer Anfang, Wink und Wandlung vor.

Tiere aus Stille drangen aus dem klaren
gelösten Wald von Lager und Genist;
und da ergab sich, daß sie nicht aus List
und nicht aus Angst in sich so leise waren,

sondern aus Hören. Brüllen, Schrei, Geröhr
schien klein in ihren Herzen. Und wo eben
kaum eine Hütte war, dies zu empfangen,

ein Unterschlupf aus dunkelstem Verlangen
mit einem Zugang, dessen Pfosten beben, –
da schufst du ihnen Tempel im Gehör.

II

Und fast ein Mädchen wars und ging hervor
aus diesem einigen Glück von Sang und Leier
und glänzte klar durch ihre Frühlingsschleier
und machte sich ein Bett in meinem Ohr.

Und schlief in mir. Und alles war ihr Schlaf.
Die Bäume, die ich je bewundert, diese
fühlbare Ferne, die gefühlte Wiese
und jedes Staunen, das mich selbst betraf.

Sie schlief die Welt. Singender Gott, wie hast
du sie vollendet, daß sie nicht begehrte,
erst wach zu sein? Sieh, sie erstand und schlief.

Wo ist ihr Tod? O, wirst du dies Motiv
erfinden noch, eh sich dein Lied verzehrte? –
Wo sinkt sie hin aus mir? … Ein Mädchen fast ….

III

Ein Gott vermags. Wie aber, sag mir, soll
ein Mann ihm folgen durch die schmale Leier?
Sein Sinn ist Zwiespalt. An der Kreuzung zweier
Herzwege steht kein Tempel für Apoll.

Gesang, wie du ihn lehrst, ist nicht Begehr,
nicht Werbung um ein endlich noch Erreichtes;
Gesang ist Dasein. Für den Gott ein Leichtes.
Wann aber *sind* wir? Und wann wendet *er*

an unser Sein die Erde und die Sterne?
Dies *ists* nicht, Jüngling, daß du liebst, wenn auch
die Stimme dann den Mund dir aufstößt, – lerne

vergessen, daß du aufsangst. Das verrinnt.
In Wahrheit singen, ist ein andrer Hauch.
Ein Hauch um nichts. Ein Wehn im Gott. Ein Wind.

IV

O ihr Zärtlichen, tretet zuweilen
in den Atem, der euch nicht meint,
laßt ihn an eueren Wangen sich teilen,
hinter euch zittert er, wieder vereint.

O ihr Seligen, o ihr Heilen,
die ihr der Anfang der Herzen scheint.
Bogen der Pfeile und Ziele von Pfeilen,
ewiger glänzt euer Lächeln verweint.

Fürchtet euch nicht zu leiden, die Schwere,
gebt sie zurück an der Erde Gewicht;
schwer sind die Berge, schwer sind die Meere.

Selbst die als Kinder ihr pflanztet, die Bäume,
wurden zu schwer längst; ihr trüget sie nicht.
Aber die Lüfte … aber die Räume ….

V

Errichtet keinen Denkstein. Laßt die Rose
nur jedes Jahr zu seinen Gunsten blühn.
Denn Orpheus ists. Seine Metamorphose
in dem und dem. Wir sollen uns nicht mühn

um andre Namen. Ein für alle Male
ists Orpheus, wenn es singt. Er kommt und geht.
Ists nicht schon viel, wenn er die Rosenschale
um ein paar Tage manchmal übersteht?

O wie er schwinden muß, daß ihrs begrifft!
Und wenn ihm selbst auch bangte, daß er schwände.
Indem sein Wort das Hiersein übertrifft,

ist er schon dort, wohin ihrs nicht begleitet.
Der Leier Gitter zwängt ihm nicht die Hände.
Und er gehorcht, indem er überschreitet.

VI

Ist er ein Hiesiger? Nein, aus beiden
Reichen erwuchs seine weite Natur.
Kundiger böge die Zweige der Weiden,
wer die Wurzeln der Weiden erfuhr.

Geht ihr zu Bette, so laßt auf dem Tische
Brot nicht und Milch nicht; die Toten ziehts –.
Aber er, der Beschwörende, mische
unter der Milde des Augenlids

ihre Erscheinung in alles Geschaute;
und der Zauber von Erdrauch und Raute
sei ihm so wahr wie der klarste Bezug.

Nichts kann das gültige Bild ihm verschlimmern;
sei es aus Gräbern, sei es aus Zimmern,
rühme er Fingerring, Spange und Krug.

VII

Rühmen, das ists! Ein zum Rühmen Bestellter,
ging er hervor wie das Erz aus des Steins
Schweigen. Sein Herz, o vergängliche Kelter
eines den Menschen unendlichen Weins.

Nie versagt ihm die Stimme am Staube,
wenn ihn das göttliche Beispiel ergreift.
Alles wird Weinberg, alles wird Traube,
in seinem fühlenden Süden gereift.

Nicht in den Grüften der Könige Moder
straft ihm die Rühmung lügen, oder
daß von den Göttern ein Schatten fällt.

Er ist einer der bleibenden Boten,
der noch weit in die Türen der Toten
Schalen mit rühmlichen Früchten hält.

VIII

Nur im Raum der Rühmung darf die Klage
gehn, die Nymphe des geweinten Quells,
wachend über unserm Niederschlage,
daß er klar sei an demselben Fels,

der die Tore trägt und die Altäre. –
Sieh, um ihre stillen Schultern früht
das Gefühl, daß sie die jüngste wäre
unter den Geschwistern im Gemüt.

Jubel *weiß*, und Sehnsucht ist geständig, –
nur die Klage lernt noch; mädchenhändig
zählt sie nächtelang das alte Schlimme.

Aber plötzlich, schräg und ungeübt,
hält sie doch ein Sternbild unsrer Stimme
in den Himmel, der ihr Hauch nicht trübt.

IX

Nur wer die Leier schon hob
auch unter Schatten,
darf das unendliche Lob
ahnend erstatten.

Nur wer mit Toten vom Mohn
aß, von dem ihren,
wird nicht den leisesten Ton
wieder verlieren.

Mag auch die Spieglung im Teich
oft uns verschwimmen:
Wisse das Bild.

Erst in dem Doppelbereich
werden die Stimmen
ewig und mild.

X

Euch, die ihr nie mein Gefühl verließt,
grüß ich, antikische Sarkophage,
die das fröhliche Wasser römischer Tage
als ein wandelndes Lied durchfließt.

Oder jene so offenen, wie das Aug
eines frohen erwachenden Hirten,
– innen voll Stille und Bienensaug –
denen entzückte Falter entschwirrten;

alle, die man dem Zweifel entreißt,
grüß ich, die wiedergeöffneten Munde,
die schon wußten, was schweigen heißt.

Wissen wirs, Freunde, wissen wirs nicht?
Beides bildet die zögernde Stunde
in dem menschlichen Angesicht.

XI

Sieh den Himmel. Heißt kein Sternbild ›Reiter‹?
Denn dies ist uns seltsam eingeprägt:
dieser Stolz aus Erde. Und ein Zweiter,
der ihn treibt und hält und den er trägt.

Ist nicht so, gejagt und dann gebändigt,
diese sehnige Natur des Seins?
Weg und Wendung. Doch ein Druck verständigt.
Neue Weite. Und die zwei sind eins.

Aber *sind* sie's? Oder meinen beide
nicht den Weg, den sie zusammen tun?
Namenlos schon trennt sie Tisch und Weide.

Auch die sternische Verbindung trügt.
Doch uns freue eine Weile nun
der Figur zu glauben. Das genügt.

XII

Heil dem Geist, der uns verbinden mag;
denn wir leben wahrhaft in Figuren.
Und mit kleinen Schritten gehn die Uhren
neben unserm eigentlichen Tag.

Ohne unsern wahren Platz zu kennen,
handeln wir aus wirklichem Bezug.
Die Antennen fühlen die Antennen,
und die leere Ferne trug …

Reine Spannung. O Musik der Kräfte!
Ist nicht durch die läßlichen Geschäfte
jede Störung von dir abgelenkt?

Selbst wenn sich der Bauer sorgt und handelt,
wo die Saat in Sommer sich verwandelt,
reicht er niemals hin. Die Erde *schenkt.*

XIII

Voller Apfel, Birne und Banane,
Stachelbeere … Alles dieses spricht
Tod und Leben in den Mund … Ich ahne …
Lest es einem Kind vom Angesicht,

wenn es sie erschmeckt. Dies kommt von weit.
Wird euch langsam namenlos im Munde?
Wo sonst Worte waren, fließen Funde,
aus dem Fruchtfleisch überrascht befreit.

Wagt zu sagen, was ihr Apfel nennt.
Diese Süße, die sich erst verdichtet,
um, im Schmecken leise aufgerichtet,

klar zu werden, wach und transparent,
doppeldeutig, sonnig, erdig, hiesig –:
O Erfahrung, Fühlung, Freude –, riesig!

XIV

Wir gehen um mit Blume, Weinblatt, Frucht.
Sie sprechen nicht die Sprache nur des Jahres.
Aus Dunkel steigt ein buntes Offenbares
und hat vielleicht den Glanz der Eifersucht

der Toten an sich, die die Erde stärken.
Was wissen wir von ihrem Teil an dem?
Es ist seit lange ihre Art, den Lehm
mit ihrem freien Marke zu durchmärken.

Nun fragt sich nur: tun sie es gern? …
Drängt diese Frucht, ein Werk von schweren Sklaven,
geballt zu uns empor, zu ihren Herrn?

Sind *sie* die Herrn, die bei den Wurzeln schlafen,
und gönnen uns aus ihren Überflüssen
dies Zwischending aus stummer Kraft und Küssen?

XV

Wartet …, das schmeckt … Schon ists auf der Flucht.
…. Wenig Musik nur, ein Stampfen, ein Summen –:
Mädchen, ihr warmen, Mädchen, ihr stummen,
tanzt den Geschmack der erfahrenen Frucht!

Tanzt die Orange. Wer kann sie vergessen,
wie sie, ertrinkend in sich, sich wehrt
wider ihr Süßsein. Ihr habt sie besessen.
Sie hat sich köstlich zu euch bekehrt.

Tanzt die Orange. Die wärmere Landschaft,
werft sie aus euch, daß die reife erstrahle
in Lüften der Heimat! Erglühte, enthüllt

Düfte um Düfte. Schafft die Verwandtschaft
mit der reinen, sich weigernden Schale,
mit dem Saft, der die Glückliche füllt!

XVI

Du, mein Freund, bist einsam, weil ….
Wir machen mit Worten und Fingerzeigen
uns allmählich die Welt zu eigen,
vielleicht ihren schwächsten, gefährlichsten Teil.

Wer zeigt mit Fingern auf einen Geruch? –
Doch von den Kräften, die uns bedrohten,
fühlst du viele … Du kennst die Toten,
und du erschrickst vor dem Zauberspruch.

Sieh, nun heißt es zusammen ertragen
Stückwerk und Teile, als sei es das Ganze.
Dir helfen, wird schwer sein. Vor allem: pflanze

mich nicht in dein Herz. Ich wüchse zu schnell.
Doch *meines* Herrn Hand will ich führen und sagen:
Hier. Das ist Esau in seinem Fell.

XVII

Zu unterst der Alte, verworrn,
all der Erbauten
Wurzel, verborgener Born,
den sie nie schauten.

Sturmhelm und Jägerhorn,
Spruch von Ergrauten,
Männer im Bruderzorn,
Frauen wie Lauten …

Drängender Zweig an Zweig,
nirgends ein freier ….
Einer! O steig … o steig …

Aber sie brechen noch.
Dieser erst oben doch
biegt sich zur Leier.

XVIII

Hörst du das Neue, Herr,
dröhnen und beben?
Kommen Verkündiger,
die es erheben.

Zwar ist kein Hören heil
in dem Durchtobtsein,
doch der Maschinenteil
will jetzt gelobt sein.

Sieh, die Maschine:
wie sie sich wälzt und rächt
und uns entstellt und schwächt.

Hat sie aus uns auch Kraft,
sie, ohne Leidenschaft,
treibe und diene.

XIX

Wandelt sich rasch auch die Welt
wie Wolkengestalten,
alles Vollendete fällt
heim zum Uralten.

Über dem Wandel und Gang,
weiter und freier,
währt noch dein Vor-Gesang,
Gott mit der Leier.

Nicht sind die Leiden erkannt,
nicht ist die Liebe gelernt,
und was im Tod uns entfernt,

ist nicht entschleiert.
Einzig das Lied überm Land
heiligt und feiert.

XX

Dir aber, Herr, o was weih ich dir, sag,
der das Ohr den Geschöpfen gelehrt? –
Mein Erinnern an einen Frühlingstag,
seinen Abend, in Rußland –, ein Pferd …

Herüber vom Dorf kam der Schimmel allein,
an der vorderen Fessel den Pflock,
um die Nacht auf den Wiesen allein zu sein;
wie schlug seiner Mähne Gelock

an den Hals im Takte des Übermuts,
bei dem grob gehemmten Galopp.
Wie sprangen die Quellen des Rossebluts!

Der fühlte die Weiten, und ob!
Der sang und der hörte –, dein Sagenkreis
war *in* ihm geschlossen.
Sein Bild: ich weih's.

XXI

Frühling ist wiedergekommen. Die Erde
ist wie ein Kind, das Gedichte weiß;
viele, o viele .... Für die Beschwerde
langen Lernens bekommt sie den Preis.

Streng war ihr Lehrer. Wir mochten das Weiße
an dem Barte des alten Manns.
Nun, wie das Grüne, das Blaue heiße,
dürfen wir fragen: sie kanns, sie kanns!

Erde, die frei hat, du glückliche, spiele
nun mit den Kindern. Wir wollen dich fangen,
fröhliche Erde, dem Frohsten gelingts.

O, was der Lehrer sie lehrte, das Viele,
und was gedruckt steht in Wurzeln und langen
schwierigen Stämmen: sie singts, sie singts!

XXII

Wir sind die Treibenden.
Aber den Schritt der Zeit,
nehmt ihn als Kleinigkeit
im immer Bleibenden.

Alles das Eilende
wird schon vorüber sein;

denn das Verweilende
erst weiht uns ein.

Knaben, o werft den Mut
nicht in die Schnelligkeit,
nicht in den Flugversuch.

Alles ist ausgeruht:
Dunkel und Helligkeit,
Blume und Buch.

XXIII

O erst *dann*, wenn der Flug
nicht mehr um seinetwillen
wird in die Himmelstillen
steigen, sich selber genug,
um in lichten Profilen,
als das Gerät, das gelang,
Liebling der Winde zu spielen,
sicher, schwenkend und schlank, –
erst, wenn ein reines Wohin
wachsender Apparate
Knabenstolz überwiegt,
wird, überstürzt von Gewinn,
jener den Fernen Genahte
sein, was er einsam erfliegt.

XXIV

Sollen wir unsere uralte Freundschaft, die großen
niemals werbenden Götter, weil sie der harte
Stahl, den wir streng erzogen, nicht kennt, verstoßen
oder sie plötzlich suchen auf einer Karte?

Diese gewaltigen Freunde, die uns die Toten
nehmen, rühren nirgends an unsere Räder.

Unsere Gastmähler haben wir weit –, unsere Bäder,
fortgerückt, und ihre uns lang schon zu langsamen Boten

überholen wir immer. Einsamer nun auf einander
ganz angewiesen, ohne einander zu kennen,
führen wir nicht mehr die Pfade als schöne Mäander,

sondern als Grade. Nur noch in Dampfkesseln brennen
die einstigen Feuer und heben die Hämmer, die immer
größern. Wir aber nehmen an Kraft ab, wie Schwimmer.

XXV

Dich aber will ich nun, *Dich*, die ich kannte
wie eine Blume, von der ich den Namen nicht weiß,
noch *ein* Mal erinnern und ihnen zeigen, Entwandte,
schöne Gespielin des unüberwindlichen Schrei's.

Tänzerin erst, die plötzlich, den Körper voll Zögern,
anhielt, als göß man ihr Jungsein in Erz;
trauernd und lauschend –. Da, von den hohen Vermögern
fiel ihr Musik in das veränderte Herz.

Nah war die Krankheit. Schon von den Schatten bemächtigt,
drängte verdunkelt das Blut, doch, wie flüchtig verdächtigt,
trieb es in seinen natürlichen Frühling hervor.

Wieder und wieder, von Dunkel und Sturz unterbrochen,
glänzte es irdisch. Bis es nach schrecklichem Pochen
trat in das trostlos offene Tor.

XXVI

Du aber, Göttlicher, du, bis zuletzt noch Ertöner,
da ihn der Schwarm der verschmähten Mänaden befiel,
hast ihr Geschrei übertönt mit Ordnung, du Schöner,
aus den Zerstörenden stieg dein erbauendes Spiel.

Keine war da, daß sie Haupt dir und Leier zerstör.
Wie sie auch rangen und rasten, und alle die scharfen
Steine, die sie nach deinem Herzen warfen,
wurden zu Sanftem an dir und begabt mit Gehör.

Schließlich zerschlugen sie dich, von der Rache gehetzt,
während dein Klang noch in Löwen und Felsen verweilte
und in den Bäumen und Vögeln. Dort singst du noch jetzt.

O du verlorener Gott! Du unendliche Spur!
Nur weil dich reißend zuletzt die Feindschaft verteilte,
sind wir die Hörenden jetzt und ein Mund der Natur.

Zweiter Teil

I

Atmen, du unsichtbares Gedicht!
Immerfort um das eigne
Sein rein eingetauschter Weltraum. Gegengewicht,
in dem ich mich rhythmisch ereigne.

Einzige Welle, deren
allmähliches Meer ich bin;
sparsamstes du von allen möglichen Meeren, –
Raumgewinn.

Wieviele von diesen Stellen der Räume waren schon
innen in mir. Manche Winde
sind wie mein Sohn.

Erkennst du mich, Luft, du, voll noch einst meiniger Orte?
Du, einmal glatte Rinde,
Rundung und Blatt meiner Worte.

II

So wie dem Meister manchmal das eilig
nähere Blatt den *wirklichen* Strich
abnimmt: so nehmen oft Spiegel das heilig
einzige Lächeln der Mädchen in sich,

wenn sie den Morgen erproben, allein, –
oder im Glanze der dienenden Lichter.
Und in das Atmen der echten Gesichter,
später, fällt nur ein Widerschein.

Was haben Augen einst ins umrußte
lange Verglühn der Kamine geschaut:
Blicke des Lebens, für immer verlorne.

Ach, der Erde, wer kennt die Verluste?
Nur, wer mit dennoch preisendem Laut
sänge das Herz, das ins Ganze geborne.

III

Spiegel: noch nie hat man wissend beschrieben,
was ihr in euerem Wesen seid.
Ihr, wie mit lauter Löchern von Sieben
erfüllten Zwischenräume der Zeit.

Ihr, noch des leeren Saales Verschwender –,
wenn es dämmert, wie Wälder weit …
Und der Lüster geht wie ein Sechzehn-Ender
durch eure Unbetretbarkeit.

Manchmal seid ihr voll Malerei.
Einige scheinen *in* euch gegangen –,
andere schicktet ihr scheu vorbei.

Aber die Schönste wird bleiben –, bis
drüben in ihre enthaltenen Wangen
eindrang der klare gelöste Narziß.

IV

O dieses ist das Tier, das es nicht giebt.
Sie wußtens nicht und habens jeden Falls
– sein Wandeln, seine Haltung, seinen Hals,
bis in des stillen Blickes Licht – geliebt.

Zwar *war* es nicht. Doch weil sie's liebten, ward
ein reines Tier. Sie ließen immer Raum.
Und in dem Raume, klar und ausgespart,
erhob es leicht sein Haupt und brauchte kaum

zu sein. Sie nährten es mit keinem Korn,
nur immer mit der Möglichkeit, es sei.
Und die gab solche Stärke an das Tier,

daß es aus sich ein Stirnhorn trieb. Ein Horn.
Zu einer Jungfrau kam es weiß herbei –
und war im Silber-Spiegel und in ihr.

V

Blumenmuskel, der der Anemone
Wiesenmorgen nach und nach erschließt,
bis in ihren Schoß das polyphone
Licht der lauten Himmel sich ergießt,

in den stillen Blütenstern gespannter
Muskel des unendlichen Empfangs,
manchmal *so* von Fülle übermannter,
daß der Ruhewink des Untergangs

kaum vermag die weitzurückgeschnellten
Blätterränder dir zurückzugeben:
du, Entschluß und Kraft von *wie*viel Welten!

Wir, Gewaltsamen, wir währen länger.
Aber *wann*, in welchem aller Leben,
sind wir endlich offen und Empfänger?

VI

Rose, du thronende, denen im Altertume
warst du ein Kelch mit einfachem Rand.
Uns aber bist du die volle zahllose Blume,
der unerschöpfliche Gegenstand.

In deinem Reichtum scheinst du wie Kleidung um Kleidung
um einen Leib aus nichts als Glanz;

aber dein einzelnes Blatt ist zugleich die Vermeidung
und die Verleugnung jedes Gewands.

Seit Jahrhunderten ruft uns dein Duft
seine süßesten Namen herüber;
plötzlich liegt er wie Ruhm in der Luft.

Dennoch, wir wissen ihn nicht zu nennen, wir raten …
Und Erinnerung geht zu ihm über,
die wir von rufbaren Stunden erbaten.

VII

Blumen, ihr schließlich den ordnenden Händen verwandte,
(Händen der Mädchen von einst und jetzt),
die auf dem Gartentisch oft von Kante zu Kante
lagen, ermattet und sanft verletzt,

wartend des Wassers, das sie noch einmal erhole
aus dem begonnenen Tod –, und nun
wieder erhobene zwischen die strömenden Pole
fühlender Finger, die wohlzutun

mehr noch vermögen, als ihr ahntet, ihr leichten,
wenn ihr euch wiederfandet im Krug,
langsam erkühlend und Warmes der Mädchen, wie
Beichten,

von euch gebend, wie trübe ermüdende Sünden,
die das Gepflücktsein beging, als Bezug
wieder zu ihnen, die sich euch blühend verbünden.

VIII

Wenige ihr, der einstigen Kindheit Gespielen
in den zerstreuten Gärten der Stadt:
wie wir uns fanden und uns zögernd gefielen
und, wie das Lamm mit dem redenden Blatt,

sprachen als Schweigende. Wenn wir uns einmal freuten,
keinem gehörte es. Wessen wars?
Und wie zergings unter allen den gehenden Leuten
und im Bangen des langen Jahrs.

Wagen umrollten uns fremd, vorübergezogen,
Häuser umstanden uns stark, aber unwahr, – und keines
kannte uns je. *Was* war wirklich im All?

Nichts. Nur die Bälle. Ihre herrlichen Bogen.
Auch nicht die Kinder … Aber manchmal trat eines,
ach ein vergehendes, unter den fallenden Ball.

(In memoriam Egon von Rilke)

IX

Rühmt euch, ihr Richtenden, nicht der entbehrlichen Folter
und daß das Eisen nicht länger an Hälsen sperrt.
Keins ist gesteigert, kein Herz –, weil ein gewollter
Krampf der Milde euch zarter verzerrt.

Was es durch Zeiten bekam, das schenkt das Schafott
wieder zurück, wie Kinder ihr Spielzeug vom vorig
alten Geburtstag. Ins reine, ins hohe, ins torig
offene Herz träte er anders, der Gott

wirklicher Milde. Er käme gewaltig und griffe
strahlender um sich, wie Göttliche sind.
Mehr als ein Wind für die großen gesicherten Schiffe.

Weniger nicht, als die heimliche leise Gewahrung.
die uns im Innern schweigend gewinnt
wie ein still spielendes Kind aus unendlicher Paarung.

X

Alles Erworbne bedroht die Maschine, solange
sie sich erdreistet, im Geist, statt im Gehorchen, zu sein.
Daß nicht der herrlichen Hand schöneres Zögern mehr prange,
zu dem entschlossenern Bau schneidet sie steifer den Stein.

Nirgends bleibt sie zurück, daß wir ihr *ein* Mal entrönnen
und sie in stiller Fabrik ölend sich selber gehört.
Sie ist das Leben, – sie meint es am besten zu können,
die mit dem gleichen Entschluß ordnet und schafft und zerstört.

Aber noch ist uns das Dasein verzaubert; an hundert
Stellen ist es noch Ursprung. Ein Spielen von reinen
Kräften, die keiner berührt, der nicht kniet und bewundert.

Worte gehen noch zart am Unsäglichen aus …
Und die Musik, immer neu, aus den bebendsten Steinen,
baut im unbrauchbaren Raum ihr vergöttlichtes Haus.

XI

Manche, des Todes, entstand ruhig geordnete Regel,
weiterbezwingender Mensch, seit du im Jagen beharrst;
mehr doch als Falle und Netz, weiß ich dich, Streifen von Segel,
den man hinuntergehängt in den höhligen Karst.

Leise ließ man dich ein, als wärst du ein Zeichen,
Frieden zu feiern. Doch dann: rang dich am Rande der Knecht,
– und, aus den Höhlen, die Nacht warf eine Handvoll von bleichen
taumelnden Tauben ins Licht …
Aber auch *das* ist im Recht.

Fern von dem Schauenden sei jeglicher Hauch des Bedauerns,

nicht nur vom Jäger allein, der, was sich zeitig erweist,
wachsam und handelnd vollzieht.

Töten ist eine Gestalt unseres wandernden Trauerns ...
Rein ist im heiteren Geist,
was an uns selber geschieht.

XII

Wolle die Wandlung. O sei für die Flamme begeistert,
drin sich ein Ding dir entzieht, das mit Verwandlungen prunkt;
jener entwerfende Geist, welcher das Irdische meistert,
liebt in dem Schwung der Figur nichts wie den wendenden Punkt.

Was sich ins Bleiben verschließt, schon *ists* das Erstarrte;
wähnt es sich sicher im Schutz des unscheinbaren Grau's?
Warte, ein Härtestes warnt aus der Ferne das Harte.
Wehe –: abwesender Hammer holt aus!

Wer sich als Quelle ergießt, den erkennt die Erkennung;
und sie führt ihn entzückt durch das heiter Geschaffne,
das mit Anfang oft schließt und mit Ende beginnt.

Jeder glückliche Raum ist Kind oder Enkel von Trennung,
den sie staunend durchgehn. Und die verwandelte Daphne
will, seit sie Lorbeeren fühlt, daß du dich wandelst in Wind.

XIII

Sei allem Abschied voran, als wäre er hinter
dir, wie der Winter, der eben geht.
Denn unter Wintern ist einer so endlos Winter,
daß, überwinternd, dein Herz überhaupt übersteht.

Sei immer tot in Eurydike –, singender steige,
preisender steige zurück in den reinen Bezug.

Hier, unter Schwindenden, sei, im Reiche der Neige,
sei ein klingendes Glas, das sich im Klang schon zerschlug.

Sei – und wisse zugleich des Nicht-Seins Bedingung,
den unendlichen Grund deiner innigen Schwingung,
daß du sie völlig vollziehst dieses einzige Mal.

Zu dem gebrauchten sowohl, wie zum dumpfen und stummen
Vorrat der vollen Natur, den unsäglichen Summen,
zähle dich jubelnd hinzu und vernichte die Zahl.

XIV

Siehe die Blumen, diese dem Irdischen treuen,
denen wir Schicksal vom Rande des Schicksals leihn, –
aber wer weiß es! Wenn sie ihr Welken bereuen,
ist es an uns, ihre Reue zu sein.

Alles will schweben. Da gehn wir umher wie Beschwerer,
legen auf alles uns selbst, vom Gewichte entzückt;
o was sind wir den Dingen für zehrende Lehrer,
weil ihnen ewige Kindheit glückt.

Nähme sie einer ins innige Schlafen und schliefe
tief mit den Dingen –: o wie käme er leicht,
anders zum anderen Tage, aus der gemeinsamen Tiefe.

Oder er bliebe vielleicht; und sie blühten und priesen
ihn, den Bekehrten, der nun den Ihrigen gleicht,
allen den stillen Geschwistern im Winde der Wiesen.

XV

O Brunnen-Mund, du gebender, du Mund,
der unerschöpflich Eines, Reines, spricht, –
du, vor des Wassers fließendem Gesicht,
marmorne Maske. Und im Hintergrund

der Aquädukte Herkunft. Weither an
Gräbern vorbei, vom Hang des Apennins
tragen sie dir dein Sagen zu, das dann
am schwarzen Altern deines Kinns
vorüberfällt in das Gefäß davor.
Dies ist das schlafend hingelegte Ohr,
das Marmorohr, in das du immer sprichst.

Ein Ohr der Erde. Nur mit sich allein
redet sie also. Schiebt ein Krug sich ein,
so scheint es ihr, daß du sie unterbrichst.

XVI

Immer wieder von uns aufgerissen,
ist der Gott die Stelle, welche heilt.
Wir sind Scharfe, denn wir wollen wissen,
aber er ist heiter und verteilt.

Selbst die reine, die geweihte Spende
nimmt er anders nicht in seine Welt,
als indem er sich dem freien Ende
unbewegt entgegenstellt.

Nur der Tote trinkt
aus der hier von uns *gehörten* Quelle,
wenn der Gott ihm schweigend winkt, dem Toten.

Uns wird nur das Lärmen angeboten.
Und das Lamm erbittet seine Schelle
aus dem stilleren Instinkt.

XVII

Wo, in welchen immer selig bewässerten Gärten, an
welchen
Bäumen, aus welchen zärtlich entblätterten Blüten-
Kelchen
reifen die fremdartigen Früchte der Tröstung? Diese
köstlichen, deren du eine vielleicht in der zertretenen
Wiese

deiner Armut findest. Von einem zum anderen Male
wunderst du dich über die Größe der Frucht,
über ihr Heilsein, über die Sanftheit der Schale,
und daß sie der Leichtsinn des Vogels dir nicht vorweg-
nahm und nicht die Eifersucht

unten des Wurms. Giebt es denn Bäume, von Engeln
beflogen,
und von verborgenen langsamen Gärtnern so seltsam
gezogen,
daß sie uns tragen, ohne uns zu gehören?

Haben wir niemals vermocht, wir Schatten und Schemen,
durch unser voreilig reifes und wieder welkes Benehmen
jener gelassenen Sommer Gleichmut zu stören?

XVIII

Tänzerin: o du Verlegung
alles Vergehens in Gang: wie brachtest du's dar.
Und der Wirbel am Schluß, dieser Baum aus Bewegung,
nahm er nicht ganz in Besitz das erschwungene Jahr?

Blühte nicht, daß ihn dein Schwingen von vorhin
umschärme,
plötzlich sein Wipfel von Stille? Und über ihr,
war sie nicht Sonne, war sie nicht Sommer, die Wärme,
diese unzählige Wärme aus dir?

Aber er trug auch, er trug, dein Baum der Ekstase.
Sind sie nicht seine ruhigen Früchte: der Krug,
reifend gestreift, und die gereiftere Vase?

Und in den Bildern: ist nicht die Zeichnung geblieben,
die deiner Braue dunkler Zug
rasch an die Wandung der eigenen Wendung geschrieben?

XIX

Irgendwo wohnt das Gold in der verwöhnenden Bank
und mit Tausenden tut es vertraulich. Doch jener
Blinde, der Bettler, ist selbst dem kupfernen Zehner
wie ein verlorener Ort, wie das staubige Eck unterm
Schrank.

In den Geschäften entlang ist das Geld wie zuhause
und verkleidet sich scheinbar in Seide, Nelken und Pelz.
Er, der Schweigende, steht in der Atempause
alles des wach oder schlafend atmenden Gelds.

O wie mag sie sich schließen bei Nacht, diese immer
offene Hand.
Morgen holt sie das Schicksal wieder, und täglich
hält es sie hin: hell, elend, unendlich zerstörbar.

Daß doch einer, ein Schauender, endlich ihren langen
Bestand
staunend begriffe und rühmte. Nur dem Aufsingenden
säglich.
Nur dem Göttlichen hörbar.

XX

Zwischen den Sternen, wie weit; und doch, um wievieles noch weiter,
was man am Hiesigen lernt.
Einer, zum Beispiel, ein Kind … und ein Nächster, ein Zweiter –,
o wie unfaßlich entfernt.

Schicksal, es mißt uns vielleicht mit des Seienden Spanne,
daß es uns fremd erscheint;
denk, wieviel Spannen allein vom Mädchen zum Manne,
wenn es ihn meidet und meint.

Alles ist weit –, und nirgends schließt sich der Kreis.
Sieh in der Schüssel, auf heiter bereitetem Tische,
seltsam der Fische Gesicht.

Fische sind stumm …, meinte man einmal. Wer weiß?
Aber ist nicht am Ende ein Ort, wo man das, was der Fische
Sprache wäre, *ohne* sie spricht?

XXI

Singe die Gärten, mein Herz, die du nicht kennst; wie in Glas
eingegossene Gärten, klar, unerreichbar.
Wasser und Rosen von Ispahan oder Schiras,
singe sie selig, preise sie, keinem vergleichbar.

Zeige, mein Herz, daß du sie niemals entbehrst.
Daß sie dich meinen, ihre reifenden Feigen.
Daß du mit ihren, zwischen den blühenden Zweigen
wie zum Gesicht gesteigerten Lüften verkehrst.

Meide den Irrtum, daß es Entbehrungen gebe
für den geschehnen Entschluß, diesen: zu sein!
Seidener Faden, kamst du hinein ins Gewebe.

Welchem der Bilder du auch im Innern geeint bist
(sei es selbst ein Moment aus dem Leben der Pein),
fühl, daß der ganze, der rühmliche Teppich gemeint ist.

XXII

O trotz Schicksal: die herrlichen Überflüsse
unseres Daseins, in Parken übergeschäumt, –
oder als steinerne Männer neben die Schlüsse
hoher Portale, unter Balkone gebäumt!

O die eherne Glocke, die ihre Keule
täglich wider den stumpfen Alltag hebt.
Oder die *eine*, in Karnak, die Säule, die Säule,
die fast ewige Tempel überlebt.

Heute stürzen die Überschüsse, dieselben,
nur noch als Eile vorbei, aus dem waagrechten gelben
Tag in die blendend mit Licht übertriebene Nacht.

Aber das Rasen zergeht und läßt keine Spuren.
Kurven des Flugs durch die Luft und die, die sie fuhren,
keine vielleicht ist umsonst. Doch nur wie gedacht.

XXIII

Rufe mich zu jener deiner Stunden,
die dir unaufhörlich widersteht:
flehend nah wie das Gesicht von Hunden,
aber immer wieder weggedreht,

wenn du meinst, sie endlich zu erfassen.
So Entzognes ist am meisten dein.
Wir sind frei. Wir wurden dort entlassen,
wo wir meinten, erst begrüßt zu sein.

Bang verlangen wir nach einem Halte,
wir zu Jungen manchmal für das Alte
und zu alt für das, was niemals war.

Wir, gerecht nur, wo wir dennoch preisen,
weil wir, ach, der Ast sind und das Eisen
und das Süße reifender Gefahr.

XXIV

O diese Lust, immer neu, aus gelockertem Lehm!
Niemand beinah hat den frühesten Wagern geholfen.
Städte entstanden trotzdem an beseligten Golfen,
Wasser und Öl füllten die Krüge trotzdem.

Götter, wir planen sie erst in erkühnten Entwürfen,
die uns das mürrische Schicksal wieder zerstört.
Aber sie sind die Unsterblichen. Sehet, wir dürfen
jenen erhorchen, der uns am Ende erhört.

Wir, ein Geschlecht durch Jahrtausende: Mütter und Väter,
immer erfüllter von dem künftigen Kind,
daß es uns einst, übersteigend, erschüttere, später.

Wir, wir unendlich Gewagten, was haben wir Zeit!
Und nur der schweigsame Tod, der weiß, was wir sind
und was er immer gewinnt, wenn er uns leiht.

XXV

Schon, horch, hörst du der ersten Harken
Arbeit; wieder den menschlichen Takt
in der verhaltenen Stille der starken
Vorfrühlingserde. Unabgeschmackt

scheint dir das Kommende. Jenes so oft
dir schon Gekommene scheint dir zu kommen
wieder wie Neues. Immer erhofft,
nahmst du es niemals. Es hat dich genommen.

Selbst die Blätter durchwinterter Eichen
scheinen im Abend ein künftiges Braun.
Manchmal geben sich Lüfte ein Zeichen.

Schwarz sind die Sträucher. Doch Haufen von Dünger
lagern als satteres Schwarz in den Aun.
Jede Stunde, die hingeht, wird jünger.

XXVI

Wie ergreift uns der Vogelschrei …
Irgend ein einmal erschaffenes Schreien.
Aber die Kinder schon, spielend im Freien,
schreien an wirklichen Schreien vorbei.

Schreien den Zufall. In Zwischenräume
dieses, des Weltraums, (in welchen der heile
Vogelschrei eingeht, wie Menschen in Träume –)
treiben sie ihre, des Kreischens, Keile.

Wehe, wo sind wir? Immer noch freier,
wie die losgerissenen Drachen
jagen wir halbhoch, mit Rändern von Lachen,

windig zerfetzten. – Ordne die Schreier,
singender Gott! daß sie rauschend erwachen,
tragend als Strömung das Haupt und die Leier.

XXVII

Giebt es wirklich die Zeit, die zerstörende?
Wann, auf dem ruhenden Berg, zerbricht sie die Burg?
Dieses Herz, das unendlich den Göttern gehörende,
wann vergewaltigts der Demiurg?

Sind wir wirklich so ängstlich Zerbrechliche,
wie das Schicksal uns wahr machen will?
Ist die Kindheit, die tiefe, versprechliche,
in den Wurzeln – später – still?

Ach, das Gespenst des Vergänglichen,
durch den arglos Empfänglichen
geht es, als wär es ein Rauch.

Als die, die wir sind, als die Treibenden,
gelten wir doch bei bleibenden
Kräften als göttlicher Brauch.

XXVIII

O komm und geh. Du, fast noch Kind, ergänze
für einen Augenblick die Tanzfigur
zum reinen Sternbild einer jener Tänze,
darin wir die dumpf ordnende Natur

vergänglich übertreffen. Denn sie regte
sich völlig hörend nur, da Orpheus sang.
Du warst noch die von damals her Bewegte
und leicht befremdet, wenn ein Baum sich lang

besann, mit dir nach dem Gehör zu gehn.
Du wußtest noch die Stelle, wo die Leier
sich tönend hob –; die unerhörte Mitte.

Für sie versuchtest du die schönen Schritte
und hofftest, einmal zu der heilen Feier
des Freundes Gang und Antlitz hinzudrehn.

XXIX

Stiller Freund der vielen Fernen, fühle,
wie dein Atem noch den Raum vermehrt.
Im Gebälk der finstern Glockenstühle
laß dich läuten. Das, was an dir zehrt,

wird ein Starkes über dieser Nahrung.
Geh in der Verwandlung aus und ein.
Was ist deine leidendste Erfahrung?
Ist dir Trinken bitter, werde Wein.

Sei in dieser Nacht aus Übermaß
Zauberkraft am Kreuzweg deiner Sinne,
ihrer seltsamen Begegnung Sinn.

Und wenn dich das Irdische vergaß,
zu der stillen Erde sag: Ich rinne.
Zu dem raschen Wasser sprich: Ich bin.

GEDICHTE 1922 BIS 1926

Sonett

O das Neue, Freunde, ist nicht dies,
daß Maschinen uns die Hand verdrängen.
Laßt euch nicht beirrn von Übergängen,
bald wird schweigen, wer das ›Neue‹ pries.

Denn das Ganze ist unendlich neuer,
als ein Kabel und ein hohes Haus.
Seht, die Sterne sind ein altes Feuer,
und die neuern Feuer löschen aus.

Glaubt nicht, daß die längsten Transmissionen
schon des Künftigen Räder drehn.
Denn Aeonen reden mit Aeonen.

Mehr, als wir erfuhren, ist geschehn.
Und die Zukunft faßt das Allerfernste
rein in eins mit unserm innern Ernste.

Imaginärer Lebenslauf

Erst eine Kindheit, grenzenlos und ohne
Verzicht und Ziel. O unbewußte Lust.
Auf einmal Schrecken, Schranke, Schule, Frohne
und Absturz in Versuchung und Verlust.

Trotz. Der Gebogene wird selber Bieger
und rächt an anderen, daß er erlag.
Geliebt, gefürchtet, Retter, Ringer, Sieger
und Überwinder, Schlag auf Schlag.

Und dann allein im Weiten, Leichten, Kalten.
Doch tief in der errichteten Gestalt
ein Atemholen nach dem Ersten, Alten …

Da stürzte Gott aus seinem Hinterhalt.

Shawl

Wie, für die Jungfrau, dem, der vor ihr kniet, die Namen
zustürzen unerhört: Stern, Quelle, Rose, Haus,
und wie er immer weiß, je mehr der Namen kamen,
es reicht kein Name je für ihr Bedeuten aus –

... so, während du sie siehst, die leichthin ausgespannte
Mitte des Kaschmirshawls, die aus dem Blumensaum
sich schwarz erneut und klärt in ihres Rahmens Kante
und einen reinen Raum schafft für den Raum ..:

erfährst du dies: daß Namen sich an ihr
endlos verschwenden: denn sie ist die Mitte.
Wie es auch sei, das Muster unsrer Schritte,
um eine solche Leerre wandeln wir.

Zueignung an M ....
geschrieben am 6. und 8. November 1923
(als Arbeits-Anfang eines neuen Winters auf Muzot)

Schaukel des Herzens. O sichere, an welchem unsichtbaren
Aste befestigt. Wer, wer gab dir den Stoß,
daß du mit mir bis ins Laub schwangst.
Wie nahe war ich den Früchten, köstlichen.
Aber nicht Bleiben
ist im Schwunge der Sinn. Nur das Nahesein, nur
am immer zu Hohen plötzlich das mögliche
Nahsein. Nachbarschaften und dann
von unaufhaltsam erschwungener Stelle
– wieder verlorener schon – der neue, der Ausblick.
Und jetzt: die befohlene Umkehr
zurück und hinüber hinaus in des Gleichgewichts Arme.
Unten, dazwischen, das Zögern, der irdische Zwang,
der Durchgang
durch die Wende der Schwere –, vorbei: und es
spannt sich die Schleuder,

von der Neugier des Herzens beschwert,
in das andere Gegenteil aufwärts.
Wieder wie anders, wie neu! Wie sie sich beide beneiden
an den Enden des Seils, diese Hälften der Lust.

Oder, wag ich es: Viertel? – Und rechne, weil er
sich weigert,
jenen, den Halbkreis hinzu, der die Schaukel verstößt?
Nicht ertäusch ich mir ihn, als meiner hiesigen Schwünge
Spiegel. Errat nichts. Er sei
einmal neuer. Aber von Endpunkt zu Endpunkt
meines gewagtesten Schwungs nehm ich ihn schon
in Besitz:
Überflüsse aus mir stürzen dorthin und erfülln ihn,
spannen ihn fast. Und mein eigener Abschied,
wenn die werfende Kraft an ihm abbricht,
macht ihn mir eigens vertraut.

Das Füllhorn

Geschrieben für Hugo von Hofmannsthal

Schwung und Form des gebendsten Gefäßes,
an der Göttin Schulter angelehnt;
unsrer Fassung immer ungemäßes,
doch von unsrem Sehnen ausgedehnt –:

in der Tiefe seiner Windung faßt es
aller Reife die Gestalt und Wucht,
und das Herz des allerreinsten Gastes
wäre Form dem Ausguß solcher Frucht.

Obenauf der Blüten leichte Schenkung,
noch von ihrer ersten Frühe kühl,
alle kaum beweisbar, wie Erdenkung,
und vorhanden, wie Gefühl …

Soll die Göttin ihren Vorrat schütten
auf die Herzen, die er überfüllt,

auf die vielen Häuser, auf die Hütten,
auf die Wege, wo das Wandern gült?

Nein, sie steht in Überlebensgröße
hoch, mit ihrem Horn voll Übermaß.
Nur das Wasser unten geht, als flöße
es ihr Geben in Gewächs und Gras.

Der Magier

Er ruft es an. Es schrickt zusamm und steht.
Was steht? Das Andre; alles, was nicht er ist,
wird Wesen. Und das ganze Wesen dreht
ein raschgemachtes Antlitz her, das mehr ist.

Oh Magier, halt aus, halt aus, halt aus!
Schaff Gleichgewicht. Steh ruhig auf der Waage,
damit sie einerseits dich und das Haus
und drüben jenes Angewachsne trage.

Entscheidung fällt. Die Bindung stellt sich her.
Er weiß, der Anruf überwog das Weigern.
Doch sein Gesicht, wie mit gedeckten Zeigern,
hat Mitternacht. Gebunden ist auch er.

Eros

Masken! Masken! Daß man Eros blende.
Wer erträgt sein strahlendes Gesicht,
wenn er wie die Sommersonnenwende
frühlingliches Vorspiel unterbricht.

Wie es unversehens im Geplauder
anders wird und ernsthaft … Etwas schrie …
Und er wirft den namenlosen Schauder
wie ein Tempelinnres über sie.

Oh verloren, plötzlich, oh verloren!
Göttliche umarmen schnell.
Leben wand sich, Schicksal ward geboren.
Und im Innern weint ein Quell.

Zu fühlen wie das flüchtigste Gebilde
das, was dich bleibender umgab, vertrat.
Wie Einhorn oder Hirsch im Wappenschilde
verweilen über adeliger Tat.

Vergänglichkeit

Flugsand der Stunden. Leise fortwährende Schwindung
auch noch des glücklich gesegneten Baus.
Leben weht immer. Schon ragen ohne Verbindung
die nicht mehr tragenden Säulen heraus.

Aber Verfall: ist er trauriger, als der Fontäne
Rückkehr zum Spiegel, den sie mit Schimmer bestaubt?
Halten wir uns dem Wandel zwischen die Zähne,
daß er uns völlig begreift in sein schauendes Haupt.

Ach, wie ihr heimlich vergeht!
Wer hat es verstanden,
daß ihr den Nachen gedreht
ohne zu landen?

Keiner erfaßt es. Wo singt
rühmend ein Mund?
Alles vertaucht und ertrinkt,
drängt sich am Grund.

Drüberhin treibt uns der Schwung,
wie das Gefäll ihn leiht …
Nichtmal zur Spiegelung
bleibt uns Zeit.

Handinneres

Innres der Hand. Sohle, die nicht mehr geht
als auf Gefühl. Die sich nach oben hält
und im Spiegel
himmlische Straßen empfängt, die selber
wandelnden.
Die gelernt hat, auf Wasser zu gehn,
wenn sie schöpft,
die auf den Brunnen geht,
aller Wege Verwandlerin.
Die auftritt in anderen Händen,
die ihresgleichen
zur Landschaft macht:
wandert und ankommt in ihnen,
sie anfüllt mit Ankunft.

Rose, oh reiner Widerspruch, Lust,
Niemandes Schlaf zu sein unter soviel
Lidern.

Idol

Gott oder Göttin des Katzenschlafs,
kostende Gottheit, die in dem dunkeln
Mund reife Augen-Beeren zerdrückt,
süßgewordnen Schauns Traubensaft,
ewiges Licht in der Krypta des Gaumens.
Schlaf-Lied nicht, – Gong! Gong!
Was die anderen Götter beschwört,
entläßt diesen verlisteten Gott
an seine einwärts fallende Macht.

Gong

Nicht mehr für Ohren ...: Klang,
der, wie ein tieferes Ohr,
uns, scheinbar Hörende, hört.
Umkehr der Räume. Entwurf
innerer Welten im Frein ...,
Tempel vor ihrer Geburt,
Lösung, gesättigt mit schwer
löslichen Göttern ...: Gong!

Summe des Schweigenden, das
sich zu sich selber bekennt,
brausende Einkehr in sich
dessen, das an sich verstummt,
Dauer, aus Ablauf gepreßt,
um-gegossener Stern ...: Gong!

Du, die man niemals vergißt,
die sich gebar im Verlust,
nichtmehr begriffenes Fest,
Wein an unsichtbarem Mund,
Sturm in der Säule, die trägt,
Wanderers Sturz in den Weg,
unser, an Alles, Verrat ...: Gong!

Musik

Für Herrn Lorenz Lehr

Die, welche schläft .... Und bei dem reinen Wecken
so wach zu sein, daß wir zu Schläfern werden
von ihrem Wachsein überholt .... Oh Schrecken!
Schlag an die Erde: sie klingt stumpf und erden,
gedämpft und eingehüllt von unsern Zwecken.
Schlag an den Stern: er wird sich dir entdecken!

Schlag an den Stern: die unsichtbaren Zahlen
erfüllen sich; Vermögen der Atome

vermehren sich im Raume. Töne strahlen.
Und was hier Ohr ist ihrem vollen Strome,
ist irgendwo auch Auge: diese Dome
wölben sich irgendwo im Idealen.

Irgendwo *steht* Musik, wie irgendwo
dies Licht in Ohren fällt als fernes Klingen ....
Für unsre Sinne einzig scheint das so
getrennt ... Und zwischen dem und jenem Schwingen
schwingt namenlos der Überfluß .... Was floh
in Früchte? Giebt im Kreis des Schmeckens
uns seinen Wert? Was teilt ein Duft uns mit?
(Was wir auch tun, mit einem jeden Schritt
verwischen wir die Grenzen des Entdeckens.)

Musik: du Wasser unsres Brunnenbeckens,
Du Strahl der fällt, du Ton der spiegelt, du
selig Erwachte unterm Griff des Weckens,
du durch den Zufluß rein ergänzte Ruh,
Du mehr als wir ..., von jeglichem Wozu
befreit ....

Spiele

Hier ist ein Spiel von Frag und Antwort, das,
alt wie es ist, uns nicht mehr kümmern sollte.
Ein kleiner Liebes-Würfel fiel und rollte
und zeigte eine Zahl .... Man wurde blaß

und warf ihn wieder und noch einmal aus ...
Da fiel der kleine Würfel durch die Platte
des Tisches durch und fiel durchs ganze Haus
der Schwerkraft zu, die ihn gezogen hatte.

Daß wir dem Fallen etwas unterschieben,
macht seinen Niederfall erst leserlich.
Glaub an den Tisch, so zeigt der Würfel: SIEBEN.

Glaub an ihn selbst, weil ihn das Schicksal heiligt.
Nimm doppelt teil: denn er ist unbeteiligt,
und sagst du DU, so sagt er niemals ICH.

Von nahendem Regen fast zärtlich verdunkelter Garten,
Garten unter der zögernden Hand.
Als besännen sich, ernster, in den Beeten die Arten,
wie es geschah, daß sie ein Gärtner erfand.

Denn sie denken ja ihn; gemischt in die heitere Freiheit
bleibt sein bemühtes Gemüt, bleibt vielleicht sein Verzicht.
Auch an ihnen zerrt, die uns so seltsam erzieht, diese
Zweiheit;
noch in dem Leichtesten wecken wir Gegengewicht.

Elegie

an Marina Zwetajewa-Efron

O die Verluste ins All, Marina, die stürzenden Sterne!
Wir vermehren es nicht, wohin wir uns werfen,
zu welchem
Stern hinzu! Im Ganzen ist immer schon alles gezählt.
So auch, wer fällt, vermindert die heilige Zahl nicht.
Jeder verzichtende Sturz stürzt in den Ursprung und heilt.
Wäre denn alles ein Spiel, Wechsel des Gleichen,
Verschiebung,
nirgends ein Name und kaum irgendwo heimisch Gewinn?
Wellen, Marina, wir Meer! Tiefen, Marina, wir Himmel.
Erde, Marina, wir Erde, wir tausendmal Frühling,
wie Lerchen,
die ein ausbrechendes Lied in die Unsichtbarkeit wirft.
Wir beginnens als Jubel, schon übertrifft es uns völlig;
plötzlich, unser Gewicht dreht zur Klage abwärts den Sang.
Aber auch so: Klage? Wäre sie nicht: jüngerer Jubel
nach unten.

Auch die unteren Götter wollen gelobt sein, Marina.
So unschuldig sind Götter, sie warten auf Lob wie die Schüler.
Loben, du Liebe, laß uns verschwenden mit Lob.
Nichts gehört uns. Wir legen ein wenig die Hand um die Hälse
ungebrochener Blumen. Ich sah es am Nil in Kôm-Ombo.
So, Marina, die Spende, selber verzichtend, opfern die Könige.
Wie die Engel gehen und die Türen bezeichnen jener zu Rettenden,
also rühren wir dieses und dies, scheinbar Zärtliche, an.
Ach wie weit schon Entrückte, ach, wie Zerstreute, Marina,
auch noch beim innigsten Vorwand. Zeichengeber, sonst nichts.
Dieses leise Geschäft, wo es der Unsrigen einer
nicht mehr erträgt und sich zum Zugriff entschließt,
rächt sich und tötet. Denn daß es tödliche Macht hat,
merkten wir alle an seiner Verhaltung und Zartheit
und an der seltsamen Kraft, die uns aus Lebenden zu
Überlebenden macht. Nicht-Sein. Weißt du's, wie oft
trug uns ein blinder Befehl durch den eisigen Vorraum
neuer Geburt .... Trug: *uns*? Einen Körper aus Augen
unter zahllosen Lidern sich weigernd. Trug das in uns
niedergeworfene Herz eines ganzen Geschlechts.
An ein Zugvogelziel
trug er die Gruppe, das Bild unserer schwebenden Wandlung.
Liebende dürften, Marina, dürfen soviel nicht
von dem Untergang wissen. Müssen wie neu sein.
Erst ihr Grab ist alt, erst ihr Grab besinnt sich, verdunkelt
unter dem schluchzenden Baum, besinnt sich auf Jeher.
Erst ihr Grab bricht ein; sie selber sind biegsam wie Ruten;
was übermäßig sie biegt, ründet sie reichlich zum Kranz.
Wie sie verwehen im Maiwind! Von der Mitte des Immer,
drin du atmest und ahnst, schließt sie der Augenblick aus.
(O wie begreif ich dich, weibliche Blüte am gleichen

unvergänglichen Strauch. Wie streu ich mich stark in die Nachtluft,
die dich nächstens bestreift.) Frühe erlernten die Götter
Hälften zu heucheln. Wir in das Kreisen bezogen
füllten zum Ganzen uns an wie die Scheibe des Monds.
Auch in abnehmender Frist, auch in den Wochen der Wendung
niemand verhülfe uns je wieder zum Vollsein, als der
einsame eigene Gang über der schlaflosen Landschaft.

Komm du, du letzter, den ich anerkenne,
heilloser Schmerz im leiblichen Geweb:
wie ich im Geiste brannte, sieh, ich brenne
in dir; das Holz hat lange widerstrebt,
der Flamme, die du loderst, zuzustimmen,
nun aber nähr' ich dich und brenn in dir.
Mein hiesig Mildsein wird in deinem Grimmen
ein Grimm der Hölle nicht von hier.
Ganz rein, ganz planlos frei von Zukunft stieg
ich auf des Leidens wirren Scheiterhaufen,
so sicher nirgend Künftiges zu kaufen
um dieses Herz, darin der Vorrat schwieg.
Bin ich es noch, der da unkenntlich brennt?
Erinnerungen reiß ich nicht herein.
O Leben, Leben: Draußensein.
Und ich in Lohe. Niemand der mich kennt.

[Verzicht. Das ist nicht so wie Krankheit war
einst in der Kindheit. Aufschub. Vorwand um
größer zu werden. Alles rief und raunte.
Misch nicht in dieses was dich früh erstaunte]

POÈMES FRANÇAIS

AUS: VEGERS

Paume

À Mme et M. Albert Vulliez.

Paume, doux lit froissé
où des étoiles dormantes
avaient laissé des plis
en se levant vers le ciel.

Est-ce que ce lit était tel
qu'elles se trouvent reposées,
claires et incandescentes,
parmi les astres amis
en leur élan éternel?

Ô les deux lits de mes mains,
abandonnés et froids,
légers d'un absent poids
de ces astres d'airain.

Corne d'Abondance

Ô belle corne, d'où
penchée vers notre attente?
Qui n'êtes qu'une pente
en calice, déversez-vous!

Des fleurs, des fleurs, des fleurs,
qui, en tombant font un lit
aux bondissantes rondeurs
de tant de fruits accomplis!

Et tout cela sans fin
nous attaque et s'élance,
pour punir l'insuffisance
de notre cœur déjà plein.

Ô corne trop vaste, quel
miracle par vous se donne!
Ô cor de chasse, qui sonne
des choses, au souffle du ciel!

Combien le pape au fond de son faste,
sans être moins vénérable,
par la sainte loi du contraste
doit attirer le diable.

Peut-être qu'on compte trop peu
avec ce mouvant équilibre;
il y a des courants dans le Tibre,
tout jeu veut son contre-jeu.

Je me rappelle Rodin
qui me dit un jour d'un air mâle
(nous prenions, à Chartres, le train)
que, trop pure, la cathédrale
provoque un vent de dédain.

La Fontaine

Je ne veux qu'une seule leçon, c'est la tienne,
fontaine, qui en toi-même retombes, –
celle des eaux risquées auxquelles incombe
ce céleste retour vers la vie terrienne.

Autant que ton multiple murmure
rien ne saurait me servir d'exemple;
toi, ô colonne légère du temple
qui se détruit par sa propre nature.

Dans ta chute, combien se module
chaque jet d'eau qui termine sa danse.
Que je me sens l'élève, l'émule
de ton innombrable nuance!

Mais ce qui plus que ton chant vers toi me décide
c'est cet instant d'un silence en délire
lorsqu' à la nuit, à travers ton élan liquide
passe ton propre retour qu'un souffle retire.

Verger

I

Peut-être que si j'ai osé t'écrire,
langue prêtée, c'était pour employer
ce nom rustique dont l'unique empire
me tourmentait depuis toujours: Verger.

Pauvre poète qui doit élire
pour dire tout ce que ce nom comprend,
un à peu près trop vague qui chavire,
ou pire: la clôture qui défend.

Verger: ô privilège d'une lyre
de pouvoir te nommer simplement;
nom sans pareil qui les abeilles attire,
nom qui respire et attend …

Nom clair qui cache le printemps antique,
tout aussi plein que transparent,
et qui dans ses syllabes symétriques
redouble tout et devient abondant.

II

Vers quel soleil gravitent
tant de désirs pesants?
De cette ardeur que vous dites,
où est le firmament?

Pour l'un à l'autre nous plaire,
faut-il tant appuyer?
Soyons légers et légères
à la terre remuée
par tant de forces contraires.

Regardez bien le verger:
c'est inévitable qu'il pèse;
pourtant de ce même malaise
il fait le bonheur de l'été.

III

Jamais la terre n'est plus réelle
que dans tes branches, ô verger blond,
ni plus flottante que dans la dentelle
que font tes ombres sur le gazon.

Là se rencontre ce qui nous reste,
ce qui pèse et ce qui nourrit
avec le passage manifeste
de la tendresse infinie.

Mais à ton centre, la calme fontaine,
presque dormant en son ancien rond,
de ce contraste parle à peine,
tant en elle il se confond.

IV

De leur grâce, que font-ils,
tous ces dieux hors d'usage,
qu'un passé rustique engage
à être sages et puérils?

Comme voilés par le bruit
des insectes qui butinent,
ils arrondissent les fruits;
(occupation divine).

Car aucun jamais ne s'efface,
tant soit-il abandonné;
ceux qui parfois nous menacent
sont des dieux inoccupés.

V

Ai-je des souvenirs, ai-je des espérances,
        en te regardant, mon verger?
Tu te repais autour de moi, ô troupeau d'abondance
        et tu fais penser ton berger.

Laisse-moi contempler au travers de tes branches
        la nuit qui va commencer.
Tu as travaillé; pour moi c'était un dimanche, –
        mon repos, m'a-t-il avancé?

D'être berger, qu'y a-t-il de plus juste en somme?
        Se peut-il qu'un peu de ma paix
aujourd'hui soit entrée doucement dans tes pommes?
        Car tu sais bien, je m'en vais …

VI

N'était-il pas, ce verger, tout entier,
ta robe claire, autour de tes épaules?
Et n'as-tu pas senti combien console
son doux gazon qui pliait sous ton pied?

Que de fois, au lieu de promenade,
il s'imposait en devenant tout grand;
et c'était lui et l'heure qui s'évade
qui passaient par ton être hésitant.

Un livre parfois t'accompagnait …
Mais ton regard, hanté de concurrences,
au miroir de l'ombre poursuivait
un jeu changeant de lentes ressemblances.

VII

Heureux verger, tout tendu à parfaire
de tous ses fruits les innombrables plans,
et qui sait bien son instinct séculaire
plier à la jeunesse d'un instant.

Quel beau travail, quel ordre que le tien!
Qui tant insiste dans les branches torses,
mais qui enfin, enchanté de leur force,
déborde dans un calme aérien.

Tes dangers et les miens, ne sont-ils point
tout fraternels, ô verger, ô mon frère?
Un même vent, nous venant de loin,
nous force d'être tendres et austères.

Vues des Anges, les cimes des arbres peut-être
sont des racines, buvant les cieux;
et dans le sol, les profondes racines d'un hêtre
leur semblent des faîtes silencieux.

Pour eux, la terre, n'est-elle point transparente
en face d'un ciel, plein comme un corps?
Cette terre ardente, où se lamente
auprès des sources l'oubli des morts.

Printemps

I

Ô mélodie de la sève
qui dans les instruments
de tous ces arbres s'élève –,
accompagne le chant
de notre voix trop brève.

C'est pendant quelques mesures
seulement que nous suivons
les multiples figures
de ton long abandon,
ô abondante nature.

Quand il faudra nous taire,
d'autres continueront …
Mais à présent comment faire
pour te rendre mon
grand cœur complémentaire?

II

Tout se prépare et va
vers la joie manifeste;
la terre et tout le reste
bientôt nous charmera.

Nous serons bien placés
pour tout voir, tout entendre;
on devra même se défendre
et parfois dire: assez!

Encor si on était dedans;
mais l'excellente place
est un peu trop en face
de ce jeu émouvant.

III

Montée des sèves dans les capillaires
qui tout à coup démontre aux vieillards
l'année trop raide qu'ils ne monteront guère
et qui en eux prépare le départ.

Leur corps (tout offensé par cet élan
de la nature brute qui ignore
que ces artères où elle bout encore
supportent mal un ordre impatient)

refuse la trop brusque aventure,
et pendant qu'il se raidit, méfiant,
pour subsister à sa façon, il rend
le jeu facile à la terre dure.

IV

C'est la sève qui tue
les vieux et ceux qui hésitent,
lorsque cet air insolite
flotte soudain dans les rues.

Tous ceux qui n'ont plus la force
de se sentir des ailes,
sont invités au divorce
qui à la terre les mêle.

C'est la douceur pui les perce
de sa pointe suprême,
et la caresse renverse
ceux qui résistent quand même.

V

Que vaudrait la douceur
si elle n'était capable,
tendre et ineffable,
de nous faire peur?

Elle surpasse tellement
toute la violence
que, lorsqu'elle s'élance,
nul ne se défend.

VI

En hiver, la mort meurtrière
entre dans les maisons;
elle cherche la sœur, le père,
et leur joue du violon.

Mais quand la terre remue
sous la bêche du printemps,
la mort court dans les rues
et salue les passants.

VII

C'est de la côte d'Adam
qu'on a retiré Ève;
mais quand sa vie s'achève,
où va-t-elle, mourant?

Adam serait-il son tombeau?
Faut-il, lorsqu'elle se lasse,
lui ménager une place
dans un homme bien clos?

La fenêtre

I

N'es-tu pas notre géométrie,
fenêtre, très simple forme
qui sans effort circonscris
notre vie énorme?

Celle qu'on aime n'est jamais plus belle
que lorsqu'on la voit apparaître
encadrée de toi; c'est, ô fenêtre,
que tu la rends presque éternelle.

Tous les hasards sont abolis. L'être
se tient au milieu de l'amour,
avec ce peu d'espace autour
dont on est maître.

II

Fenêtre, toi, ô mesure d'attente,
tant de fois remplie,
quand une vie se verse et s'impatiente
vers une autre vie.

Toi qui sépares et qui attires,
changeante comme la mer, –
glace, soudain, où notre figure se mire
mêlée à ce qu'on voit à travers;

échantillon d'une liberté compromise
par la présence du sort;
prise par laquelle parmi nous s'égalise
le grand trop du dehors.

III

Assiette verticale qui nous sert
la pitance qui nous poursuit,
et la trop douce nuit
et le jour, souvent trop amer.

L'interminable repas,
assaisonné de bleu –,
il ne faut pas être las
et se nourrir par les yeux.

Que de mets l'on nous propose
pendant que mûrissent les prunes;
ô mes yeux, mangeurs de roses,
vous allez boire de la lune!

La dormeuse

Figure de femme, sur son sommeil
fermée, on dirait qu'elle goûte
quelque bruit à nul autre pareil
qui la remplit toute.

De son corps sonore qui dort
elle tire la jouissance
d'être un murmure encor
sous le regard du silence.

AUS: LES QUATRAINS VALAISANS

Pays, arrêté à mi-chemin
entre la terre et les cieux,
aux voix d'eau et d'airain,
doux et dur, jeune et vieux,

comme une offrande levée
vers d'accueillantes mains:
beau pays achevé,
chaud comme le pain!

Rose de lumière, un mur qui s'effrite –,
mais, sur la pente de la colline,
cette fleur qui, haute, hésite
dans son geste de Proserpine.

Beaucoup d'ombre entre sans doute
dans la sève de cette vigne;
et ce trop de clarté qui trépigne
au-dessus d'elle, trompe la route.

Ce ciel qu'avaient contemplé
ceux qui le loueront
pendant l'éternité:
bergers et vignerons,

serait-il par leurs yeux
devenu permanent,
ce beau ciel et son vent,
son vent bleu?

Et son calme après,
si profond et si fort,
comme un dieu satisfait
qui s’endort.

AUS: LES ROSES

Amie des heures où aucun être ne reste,
où tout se refuse au cœur amer;
consolatrice dont la prèsence atteste
tant de caresses qui flottent dans l'air.

Si l'on renonce à vivre, si l'on renie
ce qui était et ce qui peut arriver,
pense-t-on jamais assez à l'insistante amie
qui à côté de nous fait son œuvre de fée.

Rose, venue très tard, que les nuits amères arrêtent
par leur trop sidérale clarté,
rose, devines-tu les faciles délices complètes
de tes sœurs d'été?

Pendant des jours et des jours je te vois qui hésites
dans ta gaine serrée trop fort.
Rose qui, en naissant, à rebours imites
les lenteurs de la mort.

Ton innombrable état te fait-il connaître
dans un mélange où tout se confond,
cet ineffable accord du néant et de l'être
que nous ignorons?

AUS: LES FENÊTRES

Fenêtre, qu'on cherche souvent
pour ajouter à la chambre comptée
tous les grands nombres indomptés
que la nuit va multipliant.

Fenêtre, où autrefois était assise
celle qui, en guise de tendresse,
faisait un lent travail qui baisse
et immobilise ....

Fenêtre, dont une image bue
dans la claire carafe germe.
Boucle qui ferme
la vaste ceinture de notre vue.

AUS: TENDRES IMPÔTS À LA FRANCE

Tombeau
(dans un parc)

Dors au fond de l'allée,
tendre enfant, sous la dalle;
on fera le chant de l'été
autour de ton intervalle.

Si une blanche colombe
passait au vol là-haut,
je n'offrirais à ton tombeau
que son ombre qui tombe.

⟨Haï-Kaï⟩

C'est pourtant plus lourd de porter des fruits que
des fleurs
Mais ce n'est pas un arbre qui parle –
c'est un amoureux.

Le Magicien

Le magicien, les yeux tout creux et vides,
émet le mot qui correspond …
Et déjà naît, dans le silence aride,
le trouble sourd d'un gros remous fécond.

L'excite-t-il, ou bien déjà l'arrête?
Et qui l'emporte –, est-ce le magicien?
On conçoit qu'un fait fatal complète
son geste qui ordonne et retient.

Le mot agit, et nul ne le reprend.
Soudain, à certaines heures, ce qu'on nomme
devient … quoi? Un être … presque homme,
et on le tue, en le nommant!

Narcisse

Entourée de son bras comme d'un coquillage,
elle entend son être qui murmure,
tandis que lui supporte cet outrage
de son image à jamais trop pure …

Pensivement en suivant leur exemple,
en elle-même rentre la nature:
la fleur qui dans sa sève se contemple
s'attendrit trop, et le rocher s'endure …

C'est le retour de tout désir qui rentre
vers toute vie qui de loin s'enlace …
Où tombe-t-il? Veut-il, sous la surface
qui dépérit, renouveler un centre?

AUS: ÉBAUCHES ET FRAGMENTS

⟨Haï-Kaï⟩

Entre ses vingt fards
elle cherche un pot plein:
devenu pierre.

ÜBERTRAGUNGEN

FERNAND GREGH

La Brise en Larmes

Ciel gris au-dessus des charmes,
Pluie invisible et si douce
Que sa caresse à ma bouche
Est comme un baiser en larmes;

Vent qui flotte sur la plaine
Avec les remous d'une onde,
Doux vent qui sous le ciel sombre
Erre comme une âme en peine;

Ame en peine, âme des choses
Qui frissonne sur la plaine,
Ame éparse et fraternelle
Des cieux, de l'ombre et des roses;

Ciel, forêt bleue, aube grise,
Doux amis de ma tristesse,
Ma bouche au hasard vous baise
Sur les lèvres de la brise …

Octobre 1896

La Brise en Larmes

Vom grauen Himmel sinkt mit linder Kühle
die süße Wehmut einer Regenstunde
und sinkt so sacht, daß ich auf meinem Munde
ihr Wehen wie verweinte Küsse fühle;

dann kommt der Wind und ist so weich und seiden
wie eine Welle tief im Schilfgeflüster,
und unter seines Himmels ernstem Düster
irrt er wie eine Seele voller Leiden.

Du arme Seele, die im Uferlosen
erbebt und friert in ewigem Gequäle,
du hohe, große, brüderliche Seele
der Himmel und der Schatten und der Rosen,

du, Himmel, blaue Wälder und das linde
Hindämmern, – Freunde meiner Traurigkeiten,
euch gelten meine Küsse, ihr Geweihten,
wenn ich des Windes kühle Lippen finde.

La Géante

Du temps que la Nature en sa verve puissante
Concevait chaque jour des enfants monstrueux,
J'eusse aimé vivre auprès d'une jeune géante,
Comme aux pieds d'une reine un chat voluptueux.

J'eusse aimé voir son corps fleurir avec son âme
Et grandir librement dans ses terribles jeux;
Deviner si son cœur couve une sombre flamme
Aux humides brouillards qui nagent dans ses yeux;

Parcourir à loisir ses magnifiques formes;
Ramper sur le versant de ses genoux énormes,
Et parfois en été, quand les soleils malsains,

Lasse, la font s'étendre à travers la campagne,
Dormir nonchalamment à l'ombre de ses seins,
Comme un hameau paisible au pied d'une montagne.

La Mort des Pauvres

C'est la Mort qui console, hélas! et qui fait vivre;
C'est le but de la vie, et c'est le seul espoir
Qui, comme un élixir, nous monte et nous enivre,
Et nous donne le cœur de marcher jusqu'au soir;

A travers la tempête, et la neige, et le givre,
C'est la clarté vibrante à notre horizon noir;
C'est l'auberge fameuse inscrite sur le livre,
Où l'on pourra manger, et dormir, et s'asseoir;

C'est un Ange qui tient dans ses doigts magnétiques
Le sommeil et le don des rêves extatiques,
Et qui refait le lit des gens pauvres et nus;

La Géante

Als die Natur im wilden Anbeginn
noch Ungeheuer jeden Tag empfangen:
um eine junge Riesin wär ich da gegangen
weich, wie die Katze um die Königin.

Um zuzusehn wie Leib und Seele blühte
und wuchs im Spiel, – um ratend mich zu fragen,
ob nicht ihr Herz auf einer Flamme brüte
in ihrer Augen nassen Nebeltagen.

In Ruhe ihre Formen zu betrachten,
zu kriechen auf die großen Kniegerüste.
Und wenn die Sommer in der Sonne schmachten

und sie sich schlaff über den Feldern dehnt,
zu schlafen, ganz im Dunkel ihrer Brüste,
wie eine Hütte, die an Bergen lehnt.

Der Tod des Armen

Der Tod gibt Trost, der Tod macht leben, ach,
ist einzige Hoffnung, Ziel der Lebensfahrt,
macht, wie ein starker Trank, berauscht und wach,
gibt uns das Herz, zu gehn bis Abend ward.

Durch Frost und Schnee und Wind und Wolkenbruch
ist er der Schein, der tief am Himmel blitzt,
als Herberg rühmt ihn unser Wander-Buch,
wo jeder ißt und schläft und niedersitzt.

Er ist ein Engel, dem begeistrungsreicher
Schlafe Geschenk strahlt aus gestreckter Hand.
Er bettet armen Leuten um; er ist

C'est la gloire des Dieux, c'est le grenier mystique,
C'est la bourse du pauvre et sa patrie antique,
C'est le portique ouvert sur les Cieux inconnus!

Les Plaintes d'un Icare

Les amants des prostituées
Sont heureux, dispos et repus:
Quant à moi, mes bras sont rompus
Pour avoir étreint des nuées.

C'est grâce aux astres nonpareils,
Qui tout au fond du ciel flamboient,
Que mes yeux consumés ne voient
Que des souvenirs de soleils.

En vain j'ai voulu de l'espace
Trouver la fin et le milieu;
Sous je ne sais quel œil de feu
Je sens mon aile qui se casse;

Et brûlé par l'amour du beau,
Je n'aurai pas l'honneur sublime
De donner mon nom à l'abîme
Qui me servira de tombeau.

der Götter Ruhm, ist der geheime Speicher,
des Armen Geld und altes Vaterland, –
Halle vor Himmeln, die man nicht ermißt.

Les Plaintes d'un Icare

Die bei den Dirnen trafen
es glücklich, sind satt und frei:
mir brachen die Arme entzwei,
weil ich bei Wolken geschlafen.

Schuld sind im Himmelsgefild
die Sterne ohnegleichen,
kann, verzehrt, ich nichts mehr erreichen,
als von Sonnen ein Bild.

Unmöglich, daß ich erringe
des Raumes Mitte und End;
irgend ein Blick, der brennt,
bricht mir, ich fühl es, die Schwinge;

und vom Drang nach dem Schönen versengt,
werd ich nicht bis zum Stolz mich erheben,
meinen Namen dem Abgrund zu geben,
der als Grab mich empfängt.

FRANÇOIS VILLON

Ballade

QUE VILLON FEIT A LA REQUESTE DE SA MÈRE,
POUR PRIER NOSTRE-DAME

Dame du ciel, régente terrienne,
Emperière des infernaulx palux,
Recevez-moy, vostre humble Chrestienne,
Que comprinse soye entre vos esleuz,
Ce non obstant qu'oncques riens ne valuz.
Les biens de vous, ma Dame et ma Maistresse,
Sont trop plus grans que ne suys pecheresse,
Sans lesquelz biens ame ne peult merir
N'avoir les cieulx, je n'en suys j'engleresse.
En ceste foy je vueil vivre et mourir.

A votre Filz dictes que je suys sienne;
Que de luy soyent mes pechez aboluz:
Pardonnez-moy comme à l'Egyptienne,
Ou comme il feit au clerc Theophilus,
Lequel par vous fut quitte et absoluz,
Combien qu'il eut au Diable faict promesse.
Preservez-moy, que je ne face cesse;
Vierge, pourtant, me vouilliès impartir
Le sacrement qu'on celebre à la messe.
En ceste foy je vueil vivre et mourir.

Femme je suys povrette et ancienne,
Ne riens ne sçay; oncques lettre ne leuz;
Au moustier voy dont suys paroissienne
Paradis painct, où sont harpes et luz,
Et ung Enfer où damnez sont boulluz:
L'ung me faict paour, l'aultre joye et liesse.
La joye avoir fais-moy, haulte Deesse,
A qui pecheurs doibvent tous recourir,
Comblez de foy, sans faincte ne paresse,
En ceste foy je vueil vivre et mourir.

⟨*Ballade*⟩

⟨DIE VILLON AUF BITTEN SEINER MUTTER VERFASSTE,
UM DIE MUTTERGOTTES ANZURUFEN⟩

Himmelsherrin, Herrscherin auf Erden
Kaiserin der öden Höllenmoore
nimm mich an, mich deine niedre Christin
daß ich zähl zu deinen Auserwählten
ungeachtet daß ich nie nichts wert war.
Deine Güter, Herrin, meine Herrin
sind um zu viel größer als ich sündig
ohne welche keine Seel den Himmel
sich verdient hat. Das ist keine Lüge.
Will in diesem Glauben sein und sterben.

Sage deinem Sohn ich bin die Seine
daß von ihm mein Sündhaftsein getilgt sei
und wie der Ägypterin verzeih mir
oder wie er tat am Theophil
der durch dich auf einmal los und rein war
was er auch dem Teufel sonst versprochen
Nimm mich nur in Schutz, daß ich nicht nachlaß;
und gewähr das Sakrament mir trotzdem,
Jungfrau, das man in der Messe feiert.
Will in diesem Glauben sein und sterben.

Ich bin nichts als eine arme Alte,
weiß nichts, kann nicht eine Silbe lesen
In der Kirche meiner Pfarre seh ich
aufgemalt ein Paradies mit Harfen,
eine Hölle wo Verdammte kochen.
Eines macht mir Angst, das andre Freude
Laß die Freude mein sein, hohe Göttin
die die Zuflucht sein soll aller Sünder
voller Glauben ohne Trug und Trägheit.
Will in diesem Glauben sein und sterben.

Envoi:
Vous portastes, Vierge, digne Princesse,
Jésus regnant, qui n'a ne fin ne cesse.
Le Tout-Puissant prenant nostre foiblesse,
Laissa les cieulx et nous vint secourir;
Offrist à mort sa très clère jeunesse;
Nostre Seigneur tel est; tel le confesse.
En ceste foy je vueil vivre et mourir.

Envoi:
Die du trugest, Jungfrau, würdige Fürstin
Jesus, den der herrscht und ohne Ende.
Der Allmächtige der Schwäche annahm
und die Himmel ließ und uns hier beistand
und dem Tod die hellste Jugend hingab
dieser ist der Herr und ich bekenn ihn.
Will in diesem Glauben sein und sterben.

LOUÏZE LABÉ

Aus: Les vingt-quatres Sonnets

SONNET I

Non hauria Ulysse o qualunqu'altro mai
Piu accorto fù, da quel diuino aspetto
Pien di gratie, d'honor et di rispetto
Sperato qual i sento affanni e guai.

Pur, Amor, co i begli ochi tu fatt' hai
Tal piaga dentro al mio innocente petto,
Di cibo et di calor gia tuo ricetto,
Che rimendio non v'e si tu nol' dai.

O sorte dura, che mi fa esser quale
Punta d'un Scorpio, et domandar riparo
Contr' el velen' d'all' istesso animale.

Chieggio li sol' ancida questa noia,
Non estingua el desir a me si caro,
Che mancar non potra ch' i non mi muoia.

SONNET VII

On voit mourir toute chose animee,
Lors que du corps l'ame sutile part:
Ie suis le corps, toy la meilleure part:
Ou es tu donq, ô ame bien aymee?

Ne me laissez pas si long tems pamee,
Pour me sauuer apres viendrois trop tard.
Las, ne mets point ton corps en ce hazart:
Rens lui sa part et moitié estimee.

Aus: Die vierundzwanzig Sonette

DAS ERSTE SONETT

Hat keiner je, Odysseus oder wer
sonst findig war, von diesem anmutvollen
und hohen Gott so drängende Beschwer,
wie ich sie leiden muß, vermuten wollen.

Denn du hast, Liebe, mit dem Blick mir fast
die Brust durchbohrt. Und mein von Glut und Speise
berstendes Herz ist jetzt auf keine Weise
zu retten, wenn du selbst kein Mittel hast.

O wunderliches Schicksal über mir.
Als wär ich von dem Skorpion gestochen
und hoffte Heilung durch dasselbe Tier.

Ich wünsche frei zu sein von meinen Nöten
und doch mich ihrem Grund zu unterjochen.
So bleibt kein Ausweg mehr. Es wird mich töten.

DAS SIEBENTE SONETT

Man sieht vergehen die belebten Dinge,
sowie die Seele nicht mehr bleiben mag.
Du bist das Feine, ich bin das Geringe,
ich bin der Leib: wo bist du, Seele, sag?

Laß mich so lang nicht in der Ohnmacht. Trage
Sorge für mich und rette nicht zu spät.
Was bringst du deinen Leib in diese Lage
und machst, daß ihm sein Köstlichstes enträt?

Mais fais, Ami, que ne soit dangereuse
Cette rencontre et reuuë amoureuse,
L'accompagnant, on de seuerite,

Non de rigueur: mais de grace amiable,
Qui doucement me rende ta beaute,
Iadis cruelle, à present favorable.

Doch wirke so, daß dieses Sich-Begegnen
in Fühlbarkeit und neuem Augenschein
gefahrlos sei: vollziehs nicht in verwegnen

und herrischen Erschütterungen: nein,
laß sanfter in mich deine Schönheit gleiten,
die gnädig ist, um länger nicht zu streiten.

PAUL VERLAINE

Les Morts que …

Les morts que l'on fait saigner dans leur tombe
Se vengent toujours.
Ils ont leur manière, et plaignez qui tombe
Sous leurs grands coups sourds.
Mieux vaut n'avoir jamais connu la vie,
Mieux vaut la mort lente d'autres suivie,
Tant le temps est long, tant les coups sonst lourds.

Les vivants qu'on fait pleurer comme on saigne
Se vengent parfois.
Ceux-là qu'ils ont pris, qu'un chacun les plaigne.
Pris entre leurs doigts.
Mieux vaut un ours et les jeux de sa patte,
Mieux vaut cent fois le chanvre et sa cravate,
Mieux vaut l'édredon d'Othello cent fois.

O toi, persécuteur, crains le vampire
Et crains l'étrangleur:
Leur jour de colère apparaîtra pire
Que toute douleur.
Tiens ton âme prête à ce jour ultime
Qui surprendra l'assassin comme un crime
Et fondra sur le vol comme un voleur.

Les Morts que ...

Die Toten, die blutend im Graben lagen,
rächen sich immer.
Sie wissen ihr Mittel. Und nichts ist schlimmer,
als wenn sie einen schlagen und schlagen.
Besser nicht kennen den irdischen Boden
oder langsamer Tod mit folgenden Toden,
so schwer ist ihr Schlagen; so lang zu ertragen.

Lebende macht man, wie bluten, sie weinen,
rächen's manchmal.
Jeder beklage ihn, wenn sie einen
greifen mit Fingern von Stahl.
Besser ein Bär und das Spiel seiner Tatze
oder daß dich die hänfene Binde kratze
Hundert Mal besser Othellos Qual.

Fürchte den Vampir, den Würger, Verfolger
denn ihr Trieb
an dem argen Tage des Zorns ist ein solcher
wie ihn kein Schmerz noch beschrieb.
Laß den äußersten Tag zu der Seele dir sprechen,
der den Mörder anfällt wie ein Verbrechen
und sich auf den Diebstahl stürzt wie ein Dieb.

ÉMILE VERHAEREN

Les Morts

En ces heures de soir où sous la brume épaisse
Le ciel voilé s'efface et lentement s'endort
Je marche recueilli, mais sans vaine tristesse,
Sur la terre pleine de morts.

Je fais sonner mon pas pour qu'encor ils l'entendent
Et qu'ils songent en leur sommeil morne et secret
A ceux dont la ferveur et la force plus grandes
Refont le monde qu'ils ont fait.

Ils ne demandent pas qu'une douleur oisive
Se traîne avec des pleurs par-dessus leurs cercueils.
Ils comprennent la part que l'œuvre successive
Fait à la joie et à l'orgueil.

Leur esprit est en nous, mais non pas pour nous nuire
Et nous pousser, à contre-jour, comme à tâtons.
Leur voix est douce encor lorsqu'on l'entend bruire,
Mais que c'est nous, nous qui chantons.

Car l'heure est nôtre enfin; et la belle lumière
Et le sol et les flots et les ronflants essaims
Des forces qu'on entend vibrer dans la matière
Sont asservis à nos desseins.

Autres sont pour nos cœurs et les dieux et les hommes
Autres pour nos esprits le pouvoir et ses lois.
Un nouvel infini nous fait ce que nous sommes
Et met sa force en notre foi.

Bondissez done, désir humain, puissance humaine,
Aussi loin que vous porte ou la lutte ou l'accord.
Que votre amour soit neuf et neuve votre haine
Sur la terre pleine de morts.

Die Toten

An diesen Abenden, da in der Nebeldauer
verhüllter Himmel langsam blich, entschlief, verscholl,
tret ich gesammelter, doch ohne taube Trauer
auf diese Erde, Toter voll.

Absichtlich dröhnt mein Schritt, daß sie ihn jetzt noch hören,
von denen träumend nun in ihres Schlafes Haft,
die mit noch größrer Kraft und größerem Beschwören
umschaffen was sie einst geschafft.

Nicht unser träger Schmerz und weinendes Geschreie
tut ihnen not in ihrer alten Särge Holz.
Sie gönnen gerne jedem Werke nach der Reihe
Anteil an Freude und an Stolz.

Ihr Geist ist tief in uns, doch nicht um uns zu schaden,
zwingt uns nicht fort vom Licht zu tastend blindem Gang.
Noch klingt ihr Reden süß, wenns um uns rauscht in [Schwaden,
doch unser ist jetzt der Gesang.

Denn dies ist *unsre* Zeit, und diese schöne Lichte,
der Boden und die Flut und was ringsum gedeiht
und braust und schwingt an Kraft bis in der Dinge Dichte
hält alles sich für uns bereit.

Götter und Menschen sind für unser Herz verwandelt,
ein anderes Gesetz durchdringt uns bis ins Mark;
ein neu Unendliches, das anders in uns handelt,
fühlt sich in unserm Glauben stark.

Auf, Menschensehnsucht, auf! Auf, Macht der Menschenmassen,
werft euch hinaus soweit euch Eintracht trägt und Groll.
Und Liebe sei euch neu und neu sei euer Hassen
auf dieser Erde, Toter voll.

⟨Autres Poèmes et Sonnets III⟩

Une dentelle s'abolit
Dans le doute du Jeu suprême
A n'entr'ouvrir comme un blasphème
Qu'absence éternelle de lit.

Cet unanime blanc conflit
D'une guirlande avec la même,
Enfui contre la vitte blême
Flotte plus qu'il n'ensevelit.

Mais, chez qui du rêve se dore
Tristement dort une mandore
Au creux néant musicien

Telle que vers quelque fenêtre
Selon nul ventre que le sien,
Filial on aurait pu naître.

⟨Plusieurs Sonnets II⟩

Le vierge, le vivace et le bel aujourd'hui
Va-t-il nous déchirer avec un coup d'aile ivre
Ce la dur oublié que hante sous le givre
Le transparent glacier des vols qui n'ont pas fui!

Un cygne d'autrefois se souvient que c'est lui
Magnifique mais qui sans espoir se délivre
Pour n'avoir pas chanté la région où vivre
Quand du stérile hiver a resplendi l'ennui.

Tout son col secouera cette blanche agonie
Par l'espace infligée à l'oiseau qui le nie,
Mais non l'horreur du sol où le plumage est pris.

Sonett

Einer Spitze Entgleit
aus dem Schwanken gelästerter Spiele
als wäre halbsichtbar am Ziele
nur das ewige Nicht-Bett bereit.

Weiß, das im einigen Streit
in der einzelnen Ranke zerfiele,
bleibt vor bleichender Scheibe labile
unverschüttende Flüchtigkeit.

Doch wer Gold vom Traume erschaute,
dem trauert und schläft eine Laute
im rund musikalischen Nein.

An irgend ein Fenster verloren,
aus ihrem Leibe allein
wäre er söhnlich geboren.

Sonett

Das neue Heute, lebhaft, schön und unberührt,
zerreißt es uns mit seinem trunknen Flügelschlage
den starr vergeßnen See, der unterm Reif die Sage
vom klaren Gletscher nie entflohner Flüge spürt!

Ein Schwan von einst, der sich erinnert und sich rührt,
herrlich, doch nun sich zu befreien längst zu zage,
weil er, da Leere schimmerte vom Wintertage,
das Leben nicht besang, das oben weiterführt.

Abschütteln wird sein Hals die Starre im Bereich
des Raums, den er verneint, doch wird er nicht zugleich
des Bodens Grausen los, der sein Gefieder faßte.

Fantôme qu'à ce lieu son pur éclat assigne,
Il s'immobilise au songe froid de mépris
Que vêt parmi l'exil inutile le Cygne.

Éventail de Mademoiselle Mallarmé

O rêveuse, pour que je plonge
Au pur délice sans chemin,
Sache, par un subtil mensonge,
Garder mon aile dans ta main.

Une fraîcheur de crépuscule
Te vient à chaque battement
Dont le coup prisonnier recule
L'horizon délicatement.

Vertige! voici que frissonne
L'espace comme un grand baiser
Qui, fou de naître pour personne,
Ne peut jaillir ni s'apaiser.

Sens-tu le paradis farouche
Ainsi qu'un rire enseveli
Se couler du coin de ta bouche
Au fond de l'unanime pli!

Le sceptre des rivages roses
Stagnants sur les soirs d'or, ce l'est,
Ce blanc vol fermé que tu poses
Contre le feu d'un bracelet.

Tombeau

Le noir roc courroucé que la bise le roule
Ne s'arrêtera ni sous de pieuses mains
Tâtant sa ressemblance avec les maux humains
Comme pour en bénir quelque funeste moule.

Phantom, durch eignen Glanz ein Opfer dieses Plans,
erstarrt er kalt zu Schlaf in der Verachtung Glaste,
der nun die Kleidung ist umsonst verbannten Schwans.

Fächer von Mademoiselle Mallarmé

O Träumerin, daß ich mich trüge
zur Wonne, die kein Weg je fand,
behalte du durch kühnste Lüge
nur meinen Flügel in der Hand.

Von einer Dämmerung die Kühle
hat jeder Schlag dir eingeflößt,
der mit gefangenem Gefühle,
die Weite sanft hinüberstößt.

Da schwindelt einem: sieh, nun wehen
die Räume wie ein großer Kuß,
der, toll, für keinen zu entstehen,
unhingenommen kommen muß.

Dir ist: ein Paradies verschlüge
dein Lächeln jäh zur Unterwelt,
daß es in unbeschränkte Züge
von deinem Mund hinüberfällt.

Das Szepter rosiger Gestade,
die spät im Gold erstarrn, das ist
der weiße Flug, der sich gerade
am Feuer eines Armbands schließt.

Tombeau

Der schwarze Block im Zorn, daß Wind ihn rolle,
hält sich nicht auf, selbst unter frommer Hand,
die tastend Menschenleid ihn ähnlich fand,
als ob sie arge Gußform segnen solle.

Ici presque toujours si le ramier roucoule
Cet immatériel deuil opprime de maints
Nubiles plis l'astre mûri des lendemains
Dont un scintillement argentera la foule.

Qui cherche, parcourant le solitaire bond
Tantôt extérieur de notre vagabond –
Verlaine? Il est caché parmi l'herbe, Verlaine

A ne surprendre que naïvement d'accord
La lèvre sans y boire ou tarir son haleine
Un peu profond ruisseau calomnié la mort.

Hier immer fast beim Gurrn des Taubers drückt
dies Trauern ohne Stoff mit manchem Falt
der Mannbarkeit den reifen Stern von bald,
des Schimmer einst die Menge silbern schmückt.

Wer sucht, den einsam er im Sprung gefunden,
im grad noch äußern, unsern Vagabunden –
Verlaine? Er ist im Gras versteckt, Verlaine,

um zu erspähn, verständigt, wie sichs bot,
am Mund, dem atemlos nicht trinkenden,
kaum tiefen Bach, verleumdeten, den Tod.

La Dormeuse

Quels secrets dans son cœur brûle ma jeune amie,
Ame par le doux masque aspirant une fleur?
De quels vains aliments sa naïve chaleur
Fait ce rayonnement d'une femme endormie?

Souffle, songes, silence, invincible accalmie,
Tu triomphes, ô paix plus puissante qu'un pleur,
Quand de ce plein sommeil l'onde grave et l'ampleur
Conspirent sur le sein d'une telle ennemie.

Dormeuse, amas doré d'ombres et d'abandons,
Ton repos redoutable est chargé de tels dons,
O biche avec langueur, longue auprès d'une grappe.

Que malgré l'âme absente, occupée aux enfers,
Ta forme au ventre pur qu'un bras fluide drape,
Veille; ta forme veille, et mes yeux sont ouverts.

Les Pas

Tes pas, enfants de mon silence,
Saintement, lentement placés,
Vers le lit de ma vigilance
Procèdent, muets et glacés.

Personne pure, ombre divine,
Qu'ils sont doux, tes pas retenus!
Dieux! ... tous les dons que je devine
Viennent à moi sur ces pieds nus!

Die Schläferin

Welches Geheimnis da in der jungen Freundin glüht
vor sich hin, –
Seele, die einer Blume Duft durch die sanfteste Maske
genießt?
Aus was für nichtiger Nahrung erschließt
ihre arglose Wärme das Schimmern der Schläferin?

Atem, Traum, Schweigen –, unbezwingliche Stille, drin
du den Sieg hast, Friede, der stärker als Weinen fließt,
wenn der volle Schlaf, der sich ernsthaft und breit ergießt, –
einer solchen Feindin bewältigt den Eigensinn.

Schläferin: Hingabe, Schatten und Goldes ein Hauf,
aber dein furchtbares Ruhn tut so große Begabungen auf,
langhin, o Hindin, bei einer Traube gestreckte,

daß, wird die Seele, dir fern, auch im Hades betroffen,
doch deine lautere Form, die ein Arm wie im Fließen
verdeckte,
wacht; sie wacht deine Form, und meine Augen sind offen.

Die Schritte

Deine Schritte, als meines Schweigens
Kinder, arglos und langsam gesetzt,
nahn sie dem Bette, wo ich mich eigens
wachsam halte, und frieren jetzt.

Göttlicher Schatten, du reine, du gute,
o deiner Schritte verhaltener Gruß!
Was ich, ihr Götter, an Gaben vermute,
kommt jetzt zu mir auf entkleidetem Fuß!

Si, de tes lèvres avancées,
Tu prépares pour l'apaiser,
A l'habitant de mes pensées
La nourriture d'un baiser,

Ne hâte pas cet acte tendre,
Douceur d'être et de n'être pas,
Car j'ai vécu de vous attendre,
Et mon cœur n'était que vos pas.

Wenn deine Lippen vielleicht schon vom Weiten
jenem, der in mir sich bergen muß,
seine unendliche Stillung bereiten
endlich in dem nährenden Kuß,

eile mir nicht zum Vollzuge, dem zarten,
Süße, drin Sein und Nichtsein stritt,
denn ich lebte vom Dich-Erwarten,
und mein Herz war nichts als dein Schritt.

DANTE ALIGHIERI

⟨Vita Nuova XL⟩

Deh peregrini che pensosi andate,
forse di cosa che non v'è presente,
venite voi da sì lontana gente,
com' a la vista voi ne dimostrate,
che non piangete quando voi passate
per lo suo mezzo la città dolente,
come quelle persone che neente
par che 'ntendesser la sua gravitate?
Se voi restate per volerlo audire,
certo lo cor de' sospiri mi dice
che lagrimando n'uscirete pui.
Ell' ha perduta la sua beatrice;
e le parole ch'om di lei pò dire
hanno vertù di far piangere altrui.

⟨*Vita Nuova XL*⟩

Ihr Pilger, die ihr wandelt, ganz den leisen
Gedanken an das Ferne hingegeben,
kommt ihr aus einem gar so fremden Leben
wie eure fremden Mienen mir beweisen,

daß ihr nicht weinen müßt im Weiterreisen
durch diese Stadt, erfüllt von bangem Beben, –
wie Menschen, welche nicht die Blicke heben
zum nahen Unheil aus den eignen Kreisen.

Und wenn euch meine armen Worte halten,
mein Herz verrät es mir: Aus ihren Toren
folgt euch noch weit ein Weinen in die Heide –

Denn ihre *Beatrice* ist verloren;
und sucht mein Sang sie wieder zu gestalten
macht er euch leiden, was ich selber leide ...

L'infinito

Sempre caro mi fu quest'ermo colle,
E questa siepe, che da tanta parte
Dell'ultimo orizzonte il guardo esclude.
Ma sedendo e mirando, interminati
Spazi di là da quella, e sovrumani
Silenzi, e profondissima quiete
Io nel pensier mi fingo; ove per poco
Il cor non si spaura. E come il vento
Odo stormir tra queste piante, io quello
Infinito silenzio a questa voce
Vo comparando: e mi sovvien l'eterno,
E le morte stagioni, e la presente
E viva, e il suon di lei. Così tra questa
Immensità s'annega il pensier mio:
E il naufragar m'è dolce in questo mare.

L'Infinito

Immer lieb war mir dieser einsame
Hügel und das Gehölz, das fast ringsum
ausschließt vom fernen Aufruhn der Himmel
den Blick. Sitzend und schauend bild ich unendliche
Räume jenseits mir ein und mehr als
menschliches Schweigen und Ruhe vom Grunde der Ruh.
Und über ein Kleines geht mein Herz ganz ohne
Furcht damit um. Und wenn in dem Buschwerk
aufrauscht der Wind, so überkommt es mich, daß ich
dieses Lautsein vergleiche mit jener endlosen Stillheit.
Und mir fällt das Ewige ein
und daneben die alten Jahreszeiten und diese
daseiende Zeit, die lebendige, tönende. Also
sinkt der Gedanke mir weg ins Übermaß. Unter-
gehen in diesem Meer ist inniger Schiffbruch.

Sonetto CCXXXVII

Nell' età sua più bella e più fiorita,
Quand' aver suole Amore in noi più forza,
Lasciando in terra la terrena scorza,
È Laura mia vital da me partita.

E viva e bella e nuda al Ciel salita,
Indi mi signoreggia, indi mi sforza.
Deh perchè me del mio mortal non scorza
L'ultimo dì, ch' è primo all' altra vita?

Chè come i miei pensier dietro a lei vanno,
Così leve espedita e lieta l'alma
La segua, ed io sia fuor di tanto affanno.

Ciò che s' indugia è proprio per mio danno,
Per far me stesso a me più grave salma.
O che bel morir era oggi è terz' anno!

Sonetto CCLIII

Soleasi nel mio cor star bella e viva,
Com' alta donna in loco umile e basso:
Or son fatt' io, per l' ultimo suo passo,
Non pur mortal ma morto; ed ella è diva.

L' alma d' ogni suo ben spogliata e priva,
Amor della sua luce ignudo e casso
Devrian della pietà romper un sasso:
Ma non è chi lor duol riconti o scriva;

Chè piangon dentro, ov' ogni orecchia è sorda,
Se non la mia, cui tanta doglia ingombra,
Ch' altro che sospirar nulla m' avanza.

Sonetto CCXXXVII

In ihres Alters blühendstem Beginn,
da Liebe Kraft gibt, daß man ganz empfinde,
der Erde lassend diese irdne Rinde,
schwand Laura, die Belebende, mir hin:

und stieg zum Himmel nackt und schön und lebend;
von dort beherrscht sie mich und drängt und quält.
Ach, daß sie mir aus Sterblichem nicht schält
den letzten Tag, zum ersten dort ihn hebend.

Wie die Gedanken stets Gefolg ihr waren,
so müßte nun die Seele hinterher
leicht, heiter, steigend, um mich zu bewahren

vor solcher Not. Das Warten hat Gefahren
und macht mich innen in mir selber schwer.
O wie war Sterben schön, heut vor drei Jahren.

Sonetto CCLIII

Schön stand sie in dem Herzen, das ich bot,
wie eine Hohe niederen Raum betritt:
nun wurde, über ihrem letzten Schritt,
sie – göttlich, ich nicht sterblich nur, nein, tot.

Die Seele plötzlich ganz beraubt, die Liebe
gebrochen und entblößt von ihrem Schein –
darüber spaltet sich selbst ein Stein:
doch keiner kommt, der ihren Gram beschriebe:

sie weinen drin, wo sie nicht Ohren hatten,
als höchstens meine; wessen Leid so schwierig,
dem steht allein der Seufzer Ausweg offen.

Veramente siam noi polvere ed ombra;
Veramente la voglia è cieca e 'ngorda;
Veramente fallace è la speranza.

Wahrhaftig sind wir nichts als Staub und Schatten,
wahrhaftig ist der Wille blind und gierig,
wahrhaftig trügerisch ist alles Hoffen.

Sopra la Notte del Buonarroto

DI GIOUANNJ STROZZI

La Notte, che tu uedi in si dolci attj
Dormir, fu da un Angelo scolpita
In questo sasso, et perche dorme, ha uita.
Destala, se nol credi, et parlerattj.

Rispota del Buonarroto

Caro m' è 'l sonno et piu l' esser di sasso,
Mentre che 'l danno et la uergogna dura.
Non ueder, non sentir m' è gran uentura;
Pero non mi destar, deh! parla basso.

Colui che fece et non di cosa alcuna
Il tempo, che non era anzi a nessuno,
Ne fe d' un due et die 'l sol alto all' uno,
All' altro assai piu presso die la luna.

Onde 'l caso, la sorte et la fortuna
In un momento nacquer di ciascuno;
Et a me consegnaro il tempo bruno
Come a simil nel parto et nella cuna.

Et come quel che contrafa se stesso,
Quando è ben notte, piu buio esser suole,
Ond' io di far ben mal m' affligo et lagno.

Pur mi consola assai l' esser concesso,
Far giorno chiar mia oscura notte al sole,
Che a uoi fu dato al nascer per compagno.

Auf die »Nacht« des Buonarroto

VON GIOVANNI STROZZI

Die Nacht, die du hier siehst, im Gleichgewicht
des schönen Schlafes, bildete im Stein
ein Engel. Schlaf heißt ihr Lebendigsein.
Wenn du's nicht glaubst, so weck sie auf: sie spricht.

Antwort des Buonarroto

Schlaf ist mir lieb, doch über alles preise
ich, Stein zu sein. Währt Schande und Zerstören,
nenn ich es Glück: nicht sehen und nicht hören.
Drum wage nicht zu wecken. Ach! Sprich leise.

Der, welcher, nicht aus irgend einem Dinge,
die Zeit erschuf, die vorher war für keinen,
teilte sie so, daß hier die Sonne ginge,
und nahe neben hat der Mond zu scheinen.

Sofort entstand, aus jedem Boden brechend,
Geschick und Zufall auf den beiden Seiten,
und mir bestimmte man die Dunkelheiten
meiner Geburt und Wiegenzeit entsprechend.

Und so wie einer, der sich selber äfft,
noch dunkler wird, wenn schon die Nacht genügte,
beklag ich noch mein schwärzliches Geschäft.

Doch ward mir Trost gewährt: es tagt mir heiter,
seit sich zu meiner Nacht die Sonne fügte,
die dir gegeben wurde zum Begleiter.

D’ altrui pietoso e sol di se spietato
Nascie un uil bruto, che con pena e doglia
L’ altrui man ueste e la suo scorza spoglia
E sol per morte si puo dir ben nato.

Cosi uolesse al mie signior mie fato
Vestir suo uiua di mie morta spoglia,
Che, come serpe al sasso si discoglia,
Pur per morte potria cangiar mie stato.

O fussi sol la mie l’ irsuta pelle,
Che del suo pel contesta, fa tal gonna,
Che con uentura stringe si bel seno,

Ch’ i’ l’ are’ pure il giorno; o le pianelle,
Che fanno a quel di lor basa e colonna,
Ch’ i’ pur ne porterei duo neie almeno.

O nott’, o dolce tempo, benche nero,
Con pac’ ogn’ opra sempr’ al fin assalta.
Ben ued’ e ben intende chi t’ exalta,
Et chi t’ honor’ ha l’ intellett’ intero.

Tu mozzi et tronchi ogni stanco pensiero,
Che l’ humid’ ombra et ogni quiet’ appalta,
Et dall’ infima parte alla piu alta
In sogno spesso porti, ou ire spero.

O ombra del morir, per cui si ferma
Ogni miseri’, a l’ alma, al cor nemica,
Ultimo delli afflitti et buon rimedio,

Tu rendi sana nostra carn’ inferma,
Rasciug’ i pianti et posi ogni fatica
Et furi a chi ben uiue ogn’ ir’ e tedio.

Gut zu den Andern, zu sich selber schlecht,
entsteht ein niedrer Wurm, der unter Qualen
die Hand uns kleiden kann mit seinen Schalen,
und erst sein Tod gibt seinem Dasein Recht.

Wollte doch so mein Schicksal meines Herrn
Lebendigkeit in mein Verbliebnes kleiden;
wie sich die Schlangen aus den Häuten scheiden,
verstürb ich und verwandelte mich gern.

O wäre meine Haut doch nicht zu hären,
Gewand zu sein, und zög sich selig zu
um diesen Busen, wenn ich erst vergehe;

dann hätt ich ihn bei Tage. Oder Schuh,
die Untersatz für ihn und Säulen wären:
so trüg ich wenigstens zwei reine Schneee.

O Nacht, zwar schwarze, aber linde Zeit,
mit Frieden überwindend jedes Streben,
wer recht sieht und versteht, muß dich erheben,
und wer dich ehrt, ist voll Verständigkeit.

Du brichst das matte Denken ab, zersägst
und nimmst es ein mit feuchter Ruh und Schwere,
während du mich, wohin ich oft begehre,
im Traum von unten ganz nach oben trägst.

Schatten des Sterbens, nur vor dir macht halt,
was Herz und Seele feind ist, immer wieder;
letzte, Bedrückten, gute Arzenei.

Du heilst die schwache fleischliche Gestalt,
machst Tränen trocknen, legst das Müde nieder,
und Zorn und Ekel geht durch dich vorbei.

Aus: Sonnets from the Portuguese

I

I thought once how Theocritus had sung
Of the sweet years, the dear and wished-for years,
Who each one in a gracious hand appears
To bear a gift for mortals, old or young:

And, as I mused it in his antique tongue,
I saw, in gradual vision through my tears,
The sweet, sad years, the melancholy years,
Those of my own life, who by turns had flung

A shadow across me. Straightway I was 'ware,
So weeping, how a mystic Shape did move
Behind me, and drew me backward by the hair,

And a voice said in mastery while I strove, ...
»Guess now who holds thee?« – »Death«, I said. But, there,
The silver answer rang, ... »Not Death, but Love«.

II

But only three in all God's universe
Have heard this word thou hast said, – Himself, beside
Thee speaking, and me listening! and replied
One of us ... *that* was God, ... and laid the curse

So darkly on my eyelids, as to amerce
My sight from seeing thee, – that if I had died,
The deathweights, placed there, would have signified
Less absolute exclusion. »Nay« is worse

Aus: Sonette aus dem Portugiesischen

I

Und es geschah mir einst, an Theokrit
zu denken, der von jenen süßen Jahren
gesungen hat und wie sie gütig waren
und gebend und geneigt bei jedem Schritt:

und wie ich saß, antikischem Gedicht
nachsinnend, sah ich durch mein Weinen leise
die süßen Jahre, wie sie sich im Kreise
aufstellten, traurig, diese von Verzicht

lichtlosen Jahre: meine Jahre. Da
stand plötzlich jemand hinter mir und riß
aus diesem Weinen mich an meinem Haar.

Und eine Stimme rief, die furchtbar war:
»Rate, wer hält dich so?« – »Der Tod gewiß«.
– »Die Liebe« – klang es wieder, sanft und nah.

II

Nur Drei jedoch in Gottes ganzem All
vernahmen es: Er selbst und du, der sprach,
und ich, die hörte. Und in diesem Fall
war Ers, der Antwort gab … um Ungemach

auf meinen Augenlidern aufzuschichten
so viel, daß nicht mit größeren Gewichten
der Tod sie hindern könnte, sich zu dir
noch einmal aufzuschlagen. Dieses hier,

From God than from all others, O my friend!
Men could not part us with their worldly jars,
Nor the seas change us, nor the tempests bend;

Our hands would touch for all the mountain-bars, –
And, heaven being rolled between us at the end,
We should but vow the faster for the stars.

III

Unlike are we, unlike, O princely Heart!
Unlike our uses and our destinies.
Our ministering two angels look surprise
On one another, as they strike athwart

Their wings in passing. Thou, bethink thee, art
A guest for queens to social pageantries,
With gages from a hundred brighter eyes
Than tears even can make mine, to play thy part

Of chief musician. What hast *thou* to do
With looking from the lattice-lights at me,
A poor, tired, wandering singer, … singing through

The dark, and leaning up a cypress tree?
The chrism is on thine head, – on mine, the dew, –
And Death must dig the level where these agree.

dies Nein von Gott, mein Freund, ist schwerer als
andere Nein. Wir dürften allenfalls
stehn, gegen Menschen, Meer und Sturm uns sträubend,

und durch Gebirge hin uns halten lernen;
und stürzten Himmel hier herein betäubend:
wir hielten uns noch fester zwischen Sternen.

III

Ungleiche sind wir, hohes Herz. Man kann
uns nicht zu Gleichem brauchen oder führen.
Wenn unsre Engel sich im Raum berühren,
so schauen sie einander staunend an.

Du bist, vergiß es nicht, geborner Gast
von Königinnen, welche dich verwöhnen;
meine vom Weinen schönen Augen, hast
du sie verglichen mit den wunderschönen,

die nach dir rufen? Glänzender, was trittst
du fort vom Feste; und dein Auge schaut
nach einem Spielmann aus, der unten neben

Zypressen müd, im Dunkel singend, sitzt?
Dein Haupt ist eingesalbt, meins ist betaut, –
und nur der Tod gräbt solches um und eben.

Sonett III

Look in thy glass, and tell the face thou viewest
Now is the time that face should form another;
Whose fresh repair if now thou not renewest,
Thou dost beguile the world, unbless some mother,

For where is she so fair whose unear'd womb
Disdains the tillage of thy husbandry?
Or who is he so fond will be the tomb
Of his self-love, to stop posterity?

Thou art thy mother's glass, and she in thee
Calls back the lovely April of her prime;
So thou through windows of thine age shalt see,
Despite of wrinkles, this thy golden time.

But if thou live, remember'd not to be,
Die single, and thine image dies with thee.

Sonett ⟨III⟩

Schau in den Spiegel. Siehe dies Gesicht.
Zeit ist, daß es ein anderes bereite.
Jetzt unterschlägst du Welt, wenn du es nicht
erneust. Und irgendwo kränkst du die ungefreite,

mögliche Mutter. Welcher neue Schoß,
der Schönsten selbst, verweigerte dem Pflug
Acker zu sein? Wer darf selbstsüchtig groß
Nachwelt verstelln, als wärs mit ihm genug?

Du warst der Mutter Spiegel; in dir sah
sie sich zurück; ihr Blühn war wieder da.
So dürftest du, alt und gefältelt einst,

wie durch ein Fenster sehn, wie schön du scheinst.
Doch wenn du lebst, versessen, nicht zu sein:
stirb einzig, und dein Bild geht mit dir ein.

Landskab

En vidtstrakt Hede med mossede Sten,
Lidt blinkende Vand i det fjærne,
En gulrød Stribe hvor Solen gik ned,
En eneste skælvende Stjærne.

Og sælsomt susende Aftenens Vind
Saa langeligt sukkende aander,
Som kæred' mindeligt i den en Sjæl
For jordiske Veer og Vaander.

Da Solen vaagned, vel tusende Haab
Strøg fremad paa dristige Vinger;
Hvem véd, om ikke den sukkende Vind
De Saare og Stækkede bringer?

Hvem véd, om ikke de samle sig her
Som Fugle ved Efteraarstrækket
Og prøve: haver end Vingerne Kraft
Mon, eller er evigt de stækket?

Og mange kende sig længst paa Gled
Ad Dødens forstummende Strømme;
De andre letter i Flok efter Flok
At læges i Menneskers Drømme.

Landschaft

Weithin eine Heide, bemoostes Gestein,
ein wenig Wasser glänzt ferne,
wo die Sonne sank, ein goldroter Schein,
vereinzelte bebende Sterne.

Und seltsam sausend im Abendwind
gestrecktes, geseufztes Hauchen,
als ginge in ihm eine Seele um,
in irdisches Elend zu tauchen.

Da die Sonne sich hob, hob tausendfach
sich Hoffnung auf mutigen Schwingen;
wer weiß, nun mag dieser seufzende Wind
Gestürzte und Wunde bringen.

Wer weiß, sie sammeln sich hier vielleicht
wie Vögel in herbstlichen Zügen
und versuchen: haben die Flügel noch Kraft
oder werden sie nie mehr genügen.

Und manche wissen sich längst unterwegs
stummströmendem Tode entgegen,
die andern flattern in Schwärmen auf
sich in Menschenträume zu legen.

Выхожу одинъ я на дорогу:
Сквозь туманъ кремнистый путь блеститъ;
Ночь тиха, пустыня внемлетъ Богу,
И звѣзда съ звѣздою говоритъ.

Въ небесахъ торжественно и чудно!
Спитъ земля въ сіяньи голубомъ …
Что же мнѣ такъ больно и такъ трудно:
Жду ль чего? жалѣю ли о чемъ?

Ужъ не жду отъ жизни ничего я,
И не жаль мнѣ прошлаго ничуть;
Я ищу свободы и покоя;
Я бъ хотѣлъ забыться и заснуть …

Но не тѣмъ холоднымъ сномъ могилы –
Я бъ желалъ навѣки такъ заснуть,
Чтобъ въ груди дрожали жизни силы,
Чтобъ, дыша, вздымадась тихо грудь;

Чтобъ всю ночь, весь день мой слухъ лелѣя,
Про любовь мнѣ сладкій голосъ пѣлъ;
Надо мной чтобъ, вѣчно зеленѣя,
Темный дубъ склонялся и шумѣлъ.

1841 г.

Einsam tret ich auf den Weg, den leeren,
der durch Nebel leise schimmernd bricht;
seh die Leere still mit Gott verkehren
und wie jeder Stern mit Sternen spricht.

Feierliches Wunder: hingeruhte
Erde in der Himmel Herrlichkeit …
Ach, warum ist mir so schwer zumute?
Was erwart ich denn? Was tut mir leid?

Nichts hab ich vom Leben zu verlangen,
und Vergangenes bereu ich nicht:
Freiheit soll und Friede mich umfangen
im Vergessen, das der Schlaf verspricht.

Aber nicht der kalte Schlaf im Grabe.
Schlafen möcht ich *so* jahrhundertlange,
daß ich alle Kräfte in mir habe
und in ruhiger Brust des Atems Gang.

Daß mir Tag und Nacht die süße, kühne
Stimme sänge, die aus Liebe steigt,
und ich wüßte, wie die immergrüne
Eiche flüstert, düster hergeneigt.

ANHANG

Zu dieser Ausgabe

Die Textfassungen der deutschsprachigen Lyrik und Prosa folgen der Ausgabe:
Rainer Maria Rilke: Werke. Kommentierte Ausgabe in 4 Bänden. Hg. von Manfred Engel u. a. Frankfurt a. M. und Leipzig: Insel Verlag 1996;
die französischen Gedichte der Ausgabe:
Rainer Maria Rilke: Poèmes français. Mit einem Vorwort von Karl Krolow. Frankfurt a. M.: Insel Verlag 1988;
die Übertragungen der Ausgabe:
Rainer Maria Rilke: Sämtliche Werke. 7. Band. Frankfurt a. M. und Leipzig: Insel Verlag 1997.

ANMERKUNGEN

Die folgenden Anmerkungen umfassen neben einleitenden Bemerkungen zur Entstehung und Veröffentlichung der einzelnen Werke vor allem Sacherklärungen, Erläuterungen zum sprachlichen Verständnis und Querverweise auf Motivähnlichkeiten innerhalb von Rilkes Werken. Auf die Darstellung von Interpretationsansätzen wurde fast gänzlich verzichtet. Die Anmerkungen sind in vieler Hinsicht den bereits vorliegenden Kommentaren und hierbei insbesondere der vierbändigen, von Manfred Engel und Ulrich Fülleborn herausgegebenen Ausgabe von Rilkes Werken (1996) verpflichtet.

Die Weise von Liebe und Tod des Cornets Christoph Rilke

Rilkes lyrische Erzählung entstand nach seinen eigenen Angaben in einer Herbstnacht 1899 in Berlin. Sie wurde ein erstes Mal im August 1904 in Schweden überarbeitet und erschien im Oktober 1904 in *Deutsche Arbeit. Monatsschrift für das geistige Leben der Deutschen in Böhmen* in Prag. Eine zweite Überarbeitung vom ersten Halbjahr 1906 in Paris wurde im selben Jahr bei Axel Juncker in Berlin veröffentlicht. Diese nun maßgeblichen Fassung wurde 1912 als erster Band der *Insel-Bücherei*, einer neu gegründeten Reihe preiswerter Einzelbändchen, im Insel-Verlag neu herausgebracht. Mit dieser Ausgabe begann der Bestsellererfolg des Buches: innerhalb des ersten Jahres wurden an die 30.000 Exemplare verkauft, 1934 waren es 500.000, 1959 eine Million. Den stofflich-historischen Hintergrund der Erzählung bildet der österr. Türkenkrieg von 1662–1664. Kaiser Leopold I. (1658–1705) versammelte ein aus verschiedenen Nationen bestehendes Heer, um die weit nach Ungarn vorgerückten Türken zurückzudrängen. Von der Sammlung der Truppen erzählt der erste Teil des *Cornet*. Die Türken wurden am 1. 8. 1664 in der Schlacht bei Mogersdorf und St. Gotthard an der Raab geschlagen.

5 *Cornet*: Bezeichnung für den als Fahnenträger voran reitenden jüngsten Offizier einer Schwadron (abgeleitet vom span. corneta = Reiterfahne).

7 *den 24. November … zurückkehrt*: die Notiz basiert auf einem Aktenauszug, den Rilkes Onkel Jaroslav anfertigen ließ, im Zuge seiner Bemühungen, die adlige Herkunft der Familie nachzuweisen. In dieser Form findet er sich erst in der dritten Fassung. Rilke kannte bei der Erstfassung das Dokument noch nicht.

Langenau: Stammsitz der Rilkes in Sachsen.

10 *Spork*: Reitergeneral Johann Reichsgraf von Spork (1601–1679).

15 *Bandelier*: als Waffengurt über die Schulter getragener Lederriemen.

17 *Freiherr von Pirovano*: Compagnie-Führer des Cornet Rilke.

eine alte Frau weinen sehen: In den beiden ersten Fassungen wird noch berichtet, daß die Gräfin aus dem brennenden Schloß gerettet wird und einen Sohn gebiert.

Frühe Lyrik

AUS: DAS STUNDEN-BUCH

Das Stunden-Buch besteht aus drei Teilen (*Das Buch vom mönchischen Leben, Das Buch von der Pilgerschaft, Das Buch von der Armut und vom Tode*). Es entstand 20. 9.–14. 10. 1899 in Berlin-Schmargendorf (Teil I), 18. 9.–25. 9. 1901 in Westerwede (Teil II), 13. 4.–20. 4. 1903 in Viareggio (Teil III) und wurde 24. 4.–16. 5. 1905 in Worpswede für den Druck überarbeitet. Der Erstdruck erschien im Insel-Verlag, Leipzig im Dezember 1905. Der Titel bezieht sich auf die seit dem 12. Jh. übliche Bezeichnung für Laienbreviere, in denen Gebete für verschiedene Tageszeiten zusammengestellt waren. Dem *Stunden-Buch*, insbesondere dem ersten Teil, liegt die Fiktion zugrunde, daß das lyrische Ich ein russischer Mönch ist, der sich auch als Dichter und Ikonenmaler betätigt, und daß die Gedichte als dessen Gebete zu verstehen sind.

21 *Denn, Herr, die großen Städte*
Erstlingsherde: In der bibl.-jüd. Tradition wurden die Erstgeborenen aller reinen Tiere Gott geopfert.

AUS: DAS BUCH DER BILDER

Die Gedichte der ersten Ausgabe des *Buchs der Bilder* entstanden 29. 9. 1898 – 7. 11. 1901. Der Erstdruck erfolgte 1902 bei Axel Juncker in Berlin. Eine zweite um 21 Gedichte und 2 Zyklen erweiterte Ausgabe erschien 1906 ebenfalls bei Axel Juncker. Die zusätzlichen Gedichte entstanden in der Zeit vom 11. 9. 1902 bis 12. 6. 1906. Das *Buch der Bilder* nimmt insofern eine Schwellenposition in Rilkes Werk ein, als die Gedichte der ersten Ausgabe parallel zu frühen Werken wie *Stunden-Buch* oder *Cornet* entstanden und die in der zweiten Ausgabe hinzugekommenen bereits in die Zeit der an Rodin geschulten neuen Poetik des *Malte* und der *Neuen Gedichte* gehören.

24 *Das Abendmahl*
Mögliche Vorlage: Leonardo da Vincis bekanntes gleichnamiges Fresko, auf dem die Aufregung der Jünger sich u. a. in den Gesten ihrer Hände ausdrückt.

25 *Herbsttag*
Mögliche Anregung durch Nietzsches Gedicht *Die Krähen schrei'n* (1884).

26 *Abend in Skåne*
Skåne: Landschaft in Süd-Schweden.

Die aus dem Hause Colonna
Colonna: röm. Adelsfamilie; vom 12. bis 16. Jahrhundert eine der einflußreichsten Familien, aus ihr gingen zahlreiche Kardinäle und Erzbischöfe sowie ein Papst (Martin V., Papst 1417–1431) hervor. Der ital. Dichter Francesco Petrarca (1304–1374) stand 1330–1347 im Dienst des Kardinals Giovanni Colonna.

27 *Der Lesende*
Vgl. das Gedicht *Der Leser* (S. 307), die 56. Aufz. im *Malte* (S. 452–456) und das Gedicht *Hebend die Blicke vom Buch* (S. 560)

Prosa 1898 bis 1908

⟨EWALD TRAGY⟩

Die Erzählung entstand vermutlich in der zweiten Jahreshälfte 1898. Sie wurde zuerst 1929 gedruckt. Die Geschichte hat stark autobiographische Züge (Darstellung der Familie, Übersiedlung von Prag nach München).

42 f. *Mascagni … Cavalleria*: Pietro Mascagnis (1863–1945) einaktige Oper *Cavalleria rusticana* (1890).

43 *Mikado*: die Operette *Der Mikado* (1885) von Arthur Sullivan (1842–1900).
Der Bettelstudent: Operette von Karl Millöcker (1842–1899) aus dem Jahre 1882.
Die Glocken von Corneville: Operette von Robert Planquette (1848–1903) aus dem Jahre 1877.
Est-ce que vous partirez, monsieur?: (franz.) Werden sie weggehen, mein Herr?

47 *wer meliert?*: nach franz. mêler (= mischen): Wer mischt?

Treff ist atout: in Anlehnung an das Franz.: Kreuz ist Trumpf.

56 *Wilhelm von Kranz*: Vorbild für diese Figur ist wohl der Schriftsteller Wilhelm von Scholz (1874–1965), mit dem Rilke in seiner Münchner Zeit befreundet war, der später Arbeiten von Rilke rezensierte und mit dem Rilke bis 1902 korrespondierte.

63 *Thalmann*: Vorbild für diese Figur ist vermutlich der Schriftsteller Jakob Wassermann (1873–1934), der zu Rilkes Münchner Bekanntenkreis zählte und die Novellensammlung *Am Leben hin* (1898) rezensierte. Rilke besprach später Wassermanns Roman *Der Moloch* (1903).

DIE TURNSTUNDE

Der Text entstand zwischen 1899 und 1901 im Zusammenhang mit Plänen zu einem »Militärroman«, die jedoch nie ausgeführt wurden. Erstdruck in der Zeitschrift *Die Zukunft* 1902.

AUGUSTE RODIN

Rilkes Monographie über Rodin (1840–1917) wurde von Mitte November bis 16. Dezember 1902 in Paris als Auftragsarbeit geschrieben. Der Erstdruck erschien bei Julius Bard in Berlin im Jahr 1903 als Band X der Reihe *Die Kunst. Sammlung illustrierter Monographien*, herausgegeben von Richard Muther. Der im folgenden abgedruckte Text wurde ab der dritten Auflage von 1907 durch einen zweiten Teil und einen Anhang mit Anmerkungen ergänzt. Dieser zweite Teil besteht aus Rilkes Rodin-Vortrag, den er im Mitte Oktober 1905 verfaßte und in den Jahren 1905/06 in Dresden, Prag, Elberfeld, Berlin und Hamburg hielt. Die dritte Auflage wurde ab 1913 vom Insel-Verlag übernommen. Rilkes Rodin-Monographie war zur Zeit des Erst-

drucks neben Georg Simmels Aufsatz *Rodins Plastik und die Geistesrichtung der Gegenwart* (1902), den Rilke kannte, die erste wichtige Arbeit über Rodin in Deutschland.
Rilke lernte Rodin im September 1902 im Zuge der Vorbereitungen für die Monographie kennen. Im September 1905 bot Rodin Rilke eine Stelle als Privat-Sekretär an, die er ihm jedoch am 10. 5. 1906 wegen einer Meinungsverschiedenheit wieder kündigte. Nach einer Versöhnung im Herbst 1907 bestand von 1908 bis 1913 eine für Rilke wichtige, jedoch nicht unproblematische Freundschaft. 1913 kam es erneut zu einer dann endgültigen Entfremdung. Für Rilkes Leben und Werk blieb die Begegnung mit Rodin von herausragender Bedeutung. Die Poetik des Schauens der *Neuen Gedichte* und die *Aufzeichnungen des Malte Laurids Brigge* können zu großen Teilen als das Ergebnis von Rilkes Auseinandersetzung mit dem Werk und der Ästhetik Rodins angesehen werden.

79 *Einer jungen Bildhauerin*: gemeint ist Rilkes Frau Clara geb. Westhoff (1878–1954).
De sculptura: Schrift des ital. Humanisten Pomponius Gauricus (1476–1543).
The hero … centered (Emerson): Den Satz (»Der Held ist derjenige, der unbeweglich in sich selbst ruht«) des amerik. Schriftstellers und Philosophen Ralph Waldo Emerson (1803–1882) zitiert Charles Baudelaire (1821–1867) in *L'Oeuvre et la Vie d'Eugène Delacroix* (1863), IV. Abschnitt. Baudelaire übersetzt: »Le héros est celui-là qui est immuablement concentré.« (Der Held ist derjenige, der unverrückbar konzentriert ist.).
80 *der heilige Augustinus … gegangen sein*: Anspielung auf eine Stelle in den *Confessiones* des lat. Kirchenvaters Augustinus (354–430).
Michel Colombe: franz. Bildhauer (ca. 1430–1512).
Travaille … choses: zitiert aus *Histoire des Sculpteurs Français* von Marquet de Vasselot, Paris 1888, S. 203 f.. »Arbeite, Kleiner, schau dir, so gut wie du kannst, den Kirchturm von Saint-Pol an und die schönen Werke

der Anderen, schau, liebe den lieben Gott und du wirst die Gnade der Großen Dinge haben.«

81 *Tiere, die auf den Kathedralen standen*: Vgl. die Gedichte *Das Portal* (S. 199) und *Das Kapitäl* (S. 201).

83 *fremde Flußgötter … des Blutes*: Vgl. die dritte *Duineser Elegie* (S. 592).

84 *Manufaktur von Sèvres*: Rodin war von 1864–1871 in der staatlichen Porzellan-Manufaktur in der Nähe von Paris angestellt.

Georges Rodenbach: belg., französischsprachiger Schriftsteller (1855–1898).

Damals kam der Krieg: der deutsch-französische Krieg von 1870/71.

Rodin ging nach Brüssel: Rodin wurde 1871 von Sèvres nach Brüssel geschickt, um bei der Verfertigung von Skulpturen an Häusern mitzuarbeiten.

88 *den weinenden Füßen Nikolaus des Dritten*: Bezug auf die Bestrafung des als Simonisten in die Hölle verbannten Papst Nikolaus III. (1210/20–1280, Papst seit 1277) in Dantes *Divina Commedia* (*Inferno*, 19. Gesang).

Endlich … verneinend: Rodins erste Bronze-Plastik *L'homme au nez cassé* (Vgl. S. 89) wurde 1864 vom Salon abgewiesen.

89 *Rude … Göttin des Aufruhrs*: Der Bildhauer François Rude (1784–1855) schuf eines der vier Sockel-Reliefs des Arc de Triomphe auf der Place de l'Étoile in Paris.

Barye: Der Bildhauer Antoine-Louis Barye (1796–1875) schuf Plastiken von angreifenden Wildtieren wie Tiger oder Löwe.

den ›Tanz‹ Carpeaux': Der Bildhauer Jean-Baptiste Carpeaux (1827–1875) schuf die Figurengruppe *Der Tanz* (1869) an der Hauptfassade der Pariser Oper.

91 *einen ruhig sitzenden Menschen*: Nach Rodins eigener Auskunft war ein Mann vom Pariser Pferdemarkt am Boulevard Saint-Marcel das Modell für den *Mann mit der zerbrochenen Nase*.

92 *Nike*: Nike von Samothrake, Skulptur der Siegesgöt-

tin, die Rilke im Louvre gesehen hat.

hieratisch: (griech.) priesterlich.

93 *Lionardo … Gioconda*: Leonardo da Vincis (1452–1519) berühmtes Gemälde *Mona Lisa* (1503–06).

sein Francesco Sforza: Das unvollendete Ton-Modell in Originalgröße zu einem Reiterdenkmal des Francesco Sforza (Condottiere und Herzog von Mailand 1401–1466) wurde 1499 zerstört.

Souverain tailleur d'ymaiges: (franz.) ungefähr: meisterlicher Bildhauer.

94 *jener Johannes*: die Bronze *Saint Jean-Baptiste prêchant* (Der Heilige Johannes der Täufer predigend) von 1878.

95 *Victor Hugo'scher Gesänge*: Victor Hugo (1802–1885), franz. Schriftsteller.

Duse … d'Annunzio's: Der ital. Dichter Gabriele d'Annunzio (1863–1938) widmete sein Drama *La Gioconda* (1898), in dem eine Frau ihre Hände verliert, der berühmten Schauspielerin Eleonora Duse (1858–1924). Vgl. zu E. Duse das Gedicht *Bildnis* (S. 285) und die Aufz. 65 des *Malte* (S. 476).

98 *Eugène Carrière*: mit Rodin befreundeter franz. Maler und Lithograph (1849–1906).

Purgatorio: (ital.) Fegefeuer; Bezeichnung des Mittelteils von Dantes *Divina Commedia*.

99 *Porte de l'Enfer*: (franz.) Höllenpforte; ein Lebenswerk Rodins (Bronzetür nach Motiven von Dantes *Divina Commedia*), an dem er von 1880–1916 immer wieder arbeitete, das er aber nie vollendete.

Ugolino: Vgl. die Aussagen über Ugolino della Gherardesca, den Stadtherrn von Pisa (gest. 1289), in Dantes *Divina Commedia* (*Inferno*, 33. Gesang).

Dante und Virgil aneinandergedrängt: Die Fiktion der *Divina Commedia* beinhaltet, daß Dante von dem röm. Dichter Vergil durch *Inferno* und *Purgatorio* geführt wird. Vgl. hierzu die Darstellung von Dante und Vergil auf Eugène Delacroix' (1798–1863) Gemälde *La barque de Dante* (1822).

102 *Lionardo … Weltuntergang*: Leonardo da Vincis um 1515 entstandene Serie apokalyptischer Studien.

110 *Die berühmte Büste des Luxembourg-Museums*: die Marmor-Büste *Madame Luisa Lynch de Morla Vicuña* von 1884.

112 *Dalou*: der franz. Bildhauer Jules Dalou (1838–1902).

Henri Rochefort: der franz. Schriftsteller und Politiker Victor Henri Marquis de Rochefort-Lucay (1830–1913).

Octave Mirbeau: franz. Schriftsteller (1848–1917), der zahlreiche Aufsätze über Rodin schrieb.

Puvis de Chavannes: der franz. Maler Pierre Puvis de Chavannes (1824–1898).

Jean-Paul Laurens: franz. Historienmaler und Radierer (1838–1921).

Bastien-Lepage: der franz. Maler Jules Bastien-Lepage (1848–1884).

113 *Claude Gelée*: der franz. Maler und Radierer Claude Lorrain (1600–1682).

Lynch: der chilen. General Patricio Lynch (geb. 1826).

Victor Hugo … Guernesey: Von Napoléon III. verbannt, lebte Hugo von 1855 bis 1870 auf Guernsey (franz. Guernesey), einer engl. Insel im Ärmelkanal.

114 *Hôtel Lusignan*: Hugos Wohnsitz in Paris.

Chronik des Froissart: *Les Chroniques de Sire Jean Froissart* (1835); für Rilke später eine wichtige Quelle für die historischen Gestalten im *Malte*.

116 *Gustave Geffroy*: franz. Schriftsteller und Kunstkritiker (1855–1926).

117 *Donatello*: Der florentiner Bildhauer (1386–1466) schuf u. a. die freistehende Skulpturen-Gruppe *Judith und Holofernes* (1455).

Claux Sluter … Chartreuse von Dijon: Claus Sluter (1355/60–1405/06), niederl. Bildhauer, der im Auftrag Philipps des Kühnen (Herzog von Burgund, 1363–1404) für das Kartäuserkloster in Champmol bei Dijon arbeitete.

119 *Der verlorene Sohn*: Vgl. die Gedichte *Vom verlorenen*

Sohn (S. 156), *Der Auszug des verlorenen Sohnes* (S. 193), *Der Fremde* (S. 299) und die Aufz. 71 im *Malte* (S. 487–494).

Prière: (franz.) Gebet.

Balzac: Rodin arbeitete von 1891 bis 1898 im Auftrag der *Société des Gens de Lettre* an einem Denkmal für den franz. Schriftsteller Honoré de Balzac (1799–1850). Die fertige Skulptur wurde von den Auftraggebern abgelehnt.

120 *Daguerreotypien*: von dem franz. Maler Louis Daguerre (1787–1851) 1837 erfundene Vorform der Fotografie.

Théophile Gautier's Worte: Der franz. Schriftsteller (1811–1872) veröffentlichte 1859 eine biographische Studie über Balzac.

Notizen der Goncourts: Aussagen über Balzac der Schriftsteller-Brüder Edmond de Goncourt (1822–1896) und Jules de Goncourt (1830–1870) in ihren Tagebüchern *Journal des Goncourt*.

Porträt … Lamartine: Aussagen des franz. Schriftstellers Alphonse de Lamartine (1790–1869) in seiner Serie *Cours Familiers de Littérature*.

David: der franz. Bildhauer Jean David d'Angers (1788–1856).

Louis Boulanger: franz. Maler und Lithograph (1807–1867).

121 *Nadar*: der franz. Schriftsteller, Karikaturist und Fotograf Paul Nadar (eigentlich Felix Tournachon, 1820–1910).

sagenhafte Silberminen: Balzacs Idee, in Silberminen aus röm. Zeit auf Sardinien graben zu lassen.

eine Fremde: die in Polen geborene, langjährige Freundin Balzacs Evelina von Hanska auf Wierzchownia (1801–1882), die er 1850 im Jahr seines Todes heiratete.

123 *Denkmal der Arbeit*: (auch *Tour du travail*) zur Weltausstellung 1900 geplante Großskulptur, die nie zur Ausfertigung kam.

Die unter dem Titel *Briefe über Cézanne* gesammelten Briefe an Clara Rilke entstanden von Juni bis November 1907. Der Anlaß der Briefe ist die Retrospektive für den 1906 im Alter von 67 Jahren verstorbenen Paul Cézanne im Grand Palais in Paris. Rilke besuchte vom 6. 10. bis 22. 10. 1907 die Ausstellung fast täglich. Seine Betrachtungen über die Kunst Cézannes und seine Versuche, diese zu verstehen, sind zum großen Teil zugleich Reflexionen über die eigenen ästhetischen und poetologischen Positionen. Rilke hegte lange Zeit den Plan, die Briefe in eine Art Monographie umzuarbeiten. Sie wurden jedoch erst von Clara Rilke 1952 im Insel-Verlag, Wiesbaden herausgegeben. Im vorliegenden Band wird nur eine Auswahl der Briefe präsentiert.

6. Oktober

126 *Salon d'Automne*: Herbstsalon; auf die Initiative der Maler Matisse, Bonnard und Marquet zurückgehende regelmäßige Kunstausstellung im Grand-Palais in Paris.

Berthe Morizot: die impressionistische Malerin Berthe Morisot (1841–1895), mit Édouard Manets Bruder Eugène verheiratet.

Eva Gonzalès: franz. Malerin (1849–1883).

Druetsche Photographien: Eugène Druet (1868–1916), bekannter Fotograf, der auch zahlreiche Fotos von Rodins Werken gemacht hat.

7. Oktober

126 *Meier-Graefe*: Julius Meier-Graefe (1867–1935), Kunstkritiker.

Graf Keßler: Harry Graf Kessler (1868–1937), Diplomat, Kunstkritiker, Schriftsteller, Mäzen, mit Rilke seit 1902 in Kontakt.

das neue Buch der Bilder: die zweite Ausgabe des *Buchs der Bilder* von 1906; vgl. S. 742.

8. Oktober

127 *Tintoretto*: der ital. Maler Jacopo Rubusti, genannt Tintoretto (1518–1594).

Tizian: der ital. Maler Tiziano Vecelli (1476/77 oder 1489/90–1576).

Guardi: der ital. Maler Francesco Guardi (1712–1793).

Tiepolo: der ital. Maler Giovanni Battista Tiepolo (1696–1770).

Rosalba Carriera: ital. Miniatur- und Pastellmalerin (1675–1757).

Watteau: der franz. Maler Jean-Antoine Watteau (1684–1721).

128 *La Tour*: der franz. Maler Maurice Quentin de La Tour (1704–1788).

Peronnet: wahrscheinlich der franz. Maler Jean Baptiste Perronneau (1715–1783).

Chardin: der franz. Maler Jean Baptiste Siméon Chardin (1699–1779). Das erwähnte Selbstbildnis befindet sich im Louvre.

9. Oktober

129 *Pissaro*: Camille Pissaro (1830–1903), impressionistischer Maler; Pissaro und Cézanne arbeiteten 1872–1874 gemeinsam in Pontoise.

La réalisation: (franz.) wörtlich Realisierung, Verwirklichung. Rilke übersetzt den Begriff im folgenden mit Dingwerdung.

130 *Berichterstatter*: Émile Bernard (1868–1941), franz. Maler und Schriftsteller.

Dieser Vater… malen zu können: Bei seinem Tod 1886 hinterließ der Vater von Cézanne 400.000 Francs.

sur le motif: (franz.) am Motiv.

131 *Zola … entworfen hatte*: Cézanne hatte sich in dem scheiternden Maler Claude Lantier, der Hauptfigur von Émile Zolas (1840–1902) Roman *L'Œuvre* (1896, *Das Werk*, Teil des Roman-Zyklus *Les Rougon-Macquart*), wiedererkannt und daraufhin Zola unter

dem Vorwurf des völligen Unverständnisses seiner künstlerischen Arbeit die Freundschaft gekündigt.
Travailler … fort: (franz.) Arbeiten, ohne sich um andere zu kümmern, und stark werden.
Frenhofer … Chef d'Œuvre inconnu: In seiner 1831 als Teil der *Comédie humaine* (Menschlichen Komödie) veröffentlichten Erzählung *Le Chef-d'œuvre inconnu* (*Das unbekannte Meiserwerk*) erzählt Balzac von dem Maler Frenhofer, der an dem Versuch, das vollkommene Gemälde zu schaffen, scheitert.
das Gebirge der Sainte Victoire: Gebirgszug in der Provence, Motiv zahlreicher Bilder von Cézanne.
plans: (franz.) wörtlich: Flächen.

132 *Ça … vie*: (franz.) Es geht schlecht … Das Leben ist fürchterlich!

10. Oktober

133 *Cassirer*: seit 1898 Kunsthandel und Verlag in Berlin.
Déjeuner sur l'herbe: berühmtes Bild (1863, *Frühstück im Freien*) von Édouard Manet.

12. Oktober

134 *Was so ein kleiner Mond alles vermag*: Vgl. die Aufz. 12 des *Malte* (S. 325).

13. Oktober

136 *Fragment von den Einsamen*: Frühester Versuch zum *Malte*, 1903/04 in Rom geschrieben.

137 *die ersten Korrekturen*: der *Neuen Gedichte*, die im Dezember 1907 im Insel-Verlag erschienen.

18. Oktober

137 *blauen Blätter*: Manuskript der *Neuen Gedichte* auf blauem Papier.

138 *Je ne donne … pauvre moi-même*: (franz.) Ich gebe den Armen nichts, weil ich selber ein Armer bin. Diese Notiz steht unter dem Titel *Mon Testament* (Mein Testament) in der Prosasammlung *Les mémoires d'un*

veuf (1886, Die Erinnerungen eines Witwers) von Paul Verlaine (1844–1896).

19. Oktober

139 *Stelle, … Aas*: Vgl. die Aufz. 22 im *Malte* (S. 364), in der das Gedicht *Une charogne* (Das Aas) aus *Les Fleurs du mal* von Baudelaire erwähnt wird.
Flaubert … Saint-Julien-l'Hospitalier: Die Erzählung *La Légende de Saint Julien l'Hospitalier* aus den *Trois Contes* (1877, Drei Geschichten) von Gustave Flaubert (1821–1880). Vgl. auch die Aufz. 22 im *Malte* (S. 364).

140 *Charles le Téméraire*: Karl der Kühne, Herzog von Burgund (1433–1477). Vgl. die Aufz. 55 im *Malte* (S. 447–452).
Hokusai: Vgl. das Gedicht *Der Berg* (S. 309).
Li Tai Pe: chin. Dichter (701–762).
Villon: François Villon (1431/32 – nach 1463), franz. Dichter, den Rilke übersetzte.
Verhaeren: wohl Émile Verhaeren (1855–1916), französischsprachiger belg. Schriftsteller, den Rilke übersetzte.
Tod des Kammerherrn: Vgl. Aufz. 8 im *Malte* (S. 319–323).
Raskolnikow: Hauptfigur des Romans *Schuld und Sühne* (1866) von Fjodor Dostojewski (1821–1881).

21. Oktober

141 *Van Goghs Briefe*: Vincent van Goghs (1853–1890) Briefe an seinen Bruder Theo (1857–1891), von denen einige 1895 in der Zeitschrift *Van Nu en Stracks* erschienen waren und die Theo van Goghs Frau Johanna 1914 in deutscher Übersetzung herausgab.

142 *Ein schreibender Maler*: Émile Bernard (s. S. 751).
L'humble et colossal Pissaro: (franz.) der bescheidene und gewaltige Pissaro.
Pictor: (lat.) Maler.
Je … études: (franz.) Ich setze also meine Studien fort.

Je … peignant: (franz.) Ich habe mir geschworen, während des Malens zu sterben.

143 *Osthaus*: der Kunstsammler und -historiker Karl Ernst Osthaus (1874–1921).

Dr. Elias: Julius Elias (1861–1927), Kunst- und Literaturhistoriker.

22. Oktober

143 *Frau im roten Fauteuil*: Portrait von Madame Cézanne (1877).

144 *Es ist … von allen*: Vgl. das Gedicht *Archaïscher Torso Apollos* (S. 245).

145 *Nenuphars*: (franz.) Seerosen.

24. Oktober

147 *Nature morte*: (franz.) Stilleben.

Gedichte 1906 bis 1908

151 AN KARL VON DER HEYDT

K. v. d. H. (s. die Anm. zu *Neue Gedichte*, S. 757) hatte Rilkes *Stunden-Buch* in den Preußischen Jahrbüchern (123) vom 4. 1. 1906 rezensiert.

SINNEND I UND II

Gedichte aus Anlaß des Todes der Gräfin Luise von Schwerin (24. 1. 1906). Vgl. *Todes-Erfahrung* (S. 214).

155 DER ENGEL

Sopraporten: (ital.) Wandstück über einer Tür und das dort angebrachte Gemälde oder Relief.

Areopag: westlich der Akropolis gelegener »Areshügel«, auf dem sich im antiken Athen der höchste Gerichtshof befand.

156 VOM VERLORENEN SOHN

Vgl. zum Motiv den Rodin-Aufsatz (S. 119), die Ge-

dichte *Der Auszug des verlorenen Sohnes* (S. 193), *Der Fremde* (S. 299) und die Aufz. 71 im *Malte* (S. 487–494).
Berillen: Beryll ist ein klares Mineral, dessen verschiedenfarbige Kristalle (Aquamarin, Smaragd) als Schmucksteine verwendet werden.

158 DA WECHSELT UM DIE ALTEN INSELRÄNDER
Auf Capri entstandenes Gedicht.

159 TÄGLICH STEHST DU MIR
Alaun: als Ätzmittel und blutstillendes Mittel verwendetes Salz.

162 KORE
Kore: (griech.) Mädchen; auch Bezeichnung für archaisch-griech., festlich gekleidete, stehende Mädchenstatuen.

AN DEN DICHTER: / VITA N:A
Vita N:A: Abkürzung für Dantes *Vita nuova*; vgl. Rilkes Übertragung aus der *Vita nuova* (S. 714).

163 MARIONETTEN-THEATER
Furnes: kleine Stadt in Belgien (Flandern). Rilke bereiste Belgien vom 29. 7. bis 16. 8. 1906.
Kermes: Kirmes, Volksfest.
Gehenke: Gehänge, Vorrichtung zum Einhängen.

164 SONNEN-UNTERGANG
Arene: Arena.
Pallas-Athene: Athene, Tochter des Zeus und Göttin des Krieges, der Weisheit und der Künste; für den Beinamen Pallas gibt es in der Mythologie verschiedene Erklärungen.

165 SKIZZE ZU EINEM SANKT GEORG
Vgl. das Gedicht *Sankt Georg* (S. 293).

Sankt Georg: christ. Märtyrer, der Legende nach Drachentöter.
Marie von Thurn und Taxis-Hohenlohe: s. Anmerkungen zu den *Duineser Elegien*.
Vordergebüge: Brustriemen für Pferde.
Zier: Verzierung an Waffen oder Helm.
Henzen: Handschuh.

166 DER DUFT
Das Gedicht schrieb Rilke Weihnachten 1908 in einen Band von *Der Neuen Gedichte anderer Teil* als Widmung für Lily Schalk, Frau des Intendanten der Wiener Staatsoper Franz Schalk. Laut Widmungstext stammt es aus dem ersten Manuskript des zweiten Teils der *Neuen Gedichte*.

168 DIE KARYATIDEN
Karyatiden: reich bekleidete weibliche Statuen, die anstelle von Säulen das Gebälk von griech. Tempeln tragen.
Gymnasten: nackte Athleten im antiken Griechenland.

169 REQUIEM. FÜR EINE FREUNDIN
Gedicht auf den Tod der Malerin Paula Modersohn-Becker (1876–1907). Rilke kannte sie aus seiner Zeit in Worpswede (vgl. die 1902 von Rilke verfaßte und 1903 erschienene Monographie *Worpswede*). Sie ist am 20. 11. 1907 im Kindbett gestorben. Vgl. auch das Gedicht *Die Genesende*.
Unruh: taktgebendes Drehpendel in einer Uhr.
Nike: geflügelte Siegesgöttin der griech. Mythologie.

177 REQUIEM. FÜR WOLF GRAF VON KALCKREUTH
Wolf Graf von Kalckreuth: Der Lyriker und Übersetzer (u. a. von Baudelaires *Les Fleurs du mal*) nahm sich am 9. 10. 1906 im Alter von 19 Jahren das Leben.
die Freude … Last: Das Bild erinnert an den Heiligen Christophorus.

Neue Gedichte und *Der Neuen Gedichte anderer Teil*

Die *Neuen Gedichte* sind in den Jahren 1902/03 bis 1907 hauptsächlich in Paris und Meudon entstanden und im Dezember 1907 im Insel-Verlag, Leipzig erschienen. *Der Neuen Gedichte anderer Teil* wurde vom 31. Juli 1907 bis zum 2. August 1908 ebenfalls in Paris geschrieben und erschien im November 1908 im Insel-Verlag, Leipzig. Der Titel *Neue Gedichte* geht auf Rilkes damalige Abneigung, »für Gedichtbücher Namen zu erfinden,« zurück (Brief an A. Kippenberg, 11. 3. 1907). Das Adjektiv *neu* bezieht sich vor allem auf den innovativen Charakter der Gedichte im Vergleich zu Rilkes früherer Lyrik. Grundlegend für die *Neuen Gedichte* sind die Poetik des »Schauens«, der »Dingwerdung« und des »sachlichen Sagens«, die Rilke wesentlich in Auseinandersetzung mit Rodin und Cézanne entwickelte. (Vgl. *Auguste Rodin* und *Briefe über Cézanne*). Die bevorzugte Form ist das Sonett, das Rilke allerdings in freier Weise handhabt.

Neue Gedichte

Widmung:
Karl und Elisabeth von der Heydt: Mit dem in Berlin lebenden Privatbankier Karl v. d. Heydt (1858–1922) und seiner Frau (geb. Wülfing) war Rilke seit 1905 befreundet. V. d. Heydt, der musisch interessiert, Kunstsammler und selbst Schriftsteller war, wurde Rilkes Mäzen.

185 FRÜHER APOLLO
Mögliche Vorlagen: Kopf eines unbekannten Jünglings aus Athen, um 530 v. Chr., oder Standbild »Apollon ou Couros Archaïque« aus Patros, beide im Pariser Louvre.
Apollo: griech. Gott, insbesondere der Künste.

186 ERANNA AN SAPPHO

Dieses und die beiden folgenden Sappho-Gedichte können in Bezug zu dem Gedicht *Lesbos* aus Baudelaires *Les Fleurs du mal* gelesen werden.

Eranna: möglicherweise die griech. Dichterin Erinna (um 300 v. Chr.), deren früher Tod in der Sage mit ihrer unerfüllten Liebe zu Sappho in Verbindung gebracht wird. Im Fragment 64 von Sappho wird eine Eranna erwähnt.

Sappho: griech. Dichterin adeliger Herkunft, um 600 v. Chr., leitete in Mytilene auf Lesbos einen Kreis zur Erziehung junger adliger Frauen vor ihrer Heirat. Zu Rilkes Verständnis von Sappho als große Liebende vgl. auch Aufz. 58 u. 68 im *Malte* (S. 458 u. 479–482).

schöne Göttin: Aphrodite.

187 SAPPHO AN ALKAÏOS

Die Quellen des Gedichts sind das Sappho-Fragment 149, dessen Wechselrede Sappho und Alkaïos zugeschrieben wird, und ein sizilianisches Gefäß, das Sappho und Alkaïos im Gespräch darstellt (Münchner Glyptothek).

Alkaïos: griech. Dichter, lebte als Zeitgenosse Sapphos in Mytilene auf Lesbos.

Fragment: der Untertitel verweist auf die Sappho-Vorlage, deren Fragment-Charakter am Ende des Gedichts nachgebildet wird.

188 GRABMAL EINES JUNGEN MÄDCHENS

jenes Gottes: wohl Eros.

189 ÖSTLICHES TAGLIED

Der Titel erinnert an die mittelalterliche Gedicht-Gattung Tagelied, in dem der Abschied der Liebenden am Morgen nach einer Liebesnacht gestaltet wird.

ABISAG I UND II

Quelle ist die Erwähnung von Abisag aus Sunem

im AT, 1 Könige 1,1–4. Das Mädchen Abisag soll dem hochbetagten König David, dem nicht mehr warm wird, dienen, ihn pflegen und an seiner Seite schlafen, um ihn zu wärmen. Er läßt sie jedoch unberührt.

190 DAVID SINGT VOR SAUL I–III
Quelle ist die bibl. Geschichte des Hirtenjungen David, der an König Sauls Hof geholt wird, um den bösen Geist, der Saul zuweilen quält, durch sein Harfenspiel zu vertreiben. (Insbes. AT, 1 Samuel 16,23). Mögliche Vorlage: Rembrandts *David singt vor Saul*.

192 JOSUAS LANDTAG
Quelle ist die letzte Versammlung der Stämme Israels durch Josua in Sichem, bei der Josua das Volk dazu bringt, den Bund mit Jahwe zu bekräftigen (AT, Josua 24).
an dem großen Tag vor Jericho: Vgl. AT, Josua 6.
zu Gibeon die Sonn anschrie: steh: Vgl. AT, Josua 10, 12–14.

193 DER AUSZUG DES VERLORENEN SOHNES
Quelle ist das Gleichnis vom verlorenen Sohn (NT, Lukas 15,11–23). Vgl. zu diesem Motiv auch den Rodin-Aufsatz (S. 119), die Gedichte *Vom verlorenen Sohn* (S. 156), *Der Fremde* (S. 299) und die Aufz. 71 im *Malte* (S. 487–494).

194 DER ÖLBAUM-GARTEN
Quelle ist Jesu Gebet am Ölberg, von dem in den drei synoptischen Evangelien berichtet wird: Matthäus 26, 36–46; Markus 14,32–42; Lukas 22,39–42 (nur hier wird die Erscheinung des Engels erwähnt). Mögliche Bildvorlagen: El Greco, *Christus am Ölberg*; I. Kramskoi, *Christus in der Wüste*.

195 PIETÀ
Pietà: traditionelle Darstellung der Gottesmutter, die den vom Kreuz abgenommenen Jesus beweint, zuweilen zusammen mit Maria Magdalena.
Quelle der ersten Strophe ist die im NT, Lukas 7,36–50 geschilderte Waschung und Salbung von Jesu Füßen durch die Sünderin, die in der Tradition gewöhnlich mit Maria Magdalena (NT, Markus 16,9 u. Lukas 8,2) gleichgesetzt wird.

196 DER TOD DES DICHTERS
Vorlage: Totenmaske des ukrain. Dichters Taras Schewtschenko (1814–1861).

197 BUDDHA
Vorlage ist wohl die Buddha-Figur in Rodins Garten. Erstes von drei Buddha-Gedichten (s. S. 222 und S. 311).

L'ANGE DU MÉRIDIEN
Vorlage: Darstellung eines Engels mit einer Sonnenuhr an der Südseite der Kathedrale von Chartres. Rilke und Rodin besichtigten zusammen Chartres am 25. 1. 1906.

198 DIE KATHEDRALE
Contreforts: Strebepfeiler.

201 DAS KAPITÄL
Kapitäl: altertümlich für Kapitell.

202 MORGUE
Morgue: Leichenschauhaus; auch Bezeichnung eines Saals für nicht identifizierte Leichen in Paris, den Rilke Anfang Juli 1906 besuchte.

203 DER GEFANGENE I UND II
schwäre: schmerzen, eitern.

204 DER PANTHER

Neben dem Panther des Jardin des Plantes gilt der Gipsabdruck einer kleinen antiken Tigerfigur aus Rodins Besitz als Vorlage des Gedichts. Vgl. *Auguste Rodin* (S. 103).

DIE GAZELLE

Gazella Dorcas: zoologische Bezeichnung einer in Nordafrika lebenden Gazellen-Art.
und alles … Liebeslieder: Vgl. Hohelied des AT, z. B. 2,17 und 4,5.

205 DAS EINHORN

Vorlage: die Tapisserie *La Dame à la licorne* (licorne = Einhorn) im Pariser Musée de Cluny.
Zum Motiv des Einhorns bei Rilke vgl. die Aufz. 38 im *Malte* (S. 403–405) und *Sonette an Orpheus* 2. Teil, IV (S. 632).
blauen Sagenkreis: Vgl. Aufz. 38 im *Malte* (S. 403–405).

SANKT SEBASTIAN

Mögliche Vorlage: Botticellis *Heiliger Sebastian.*
Sankt Sebastian: röm. Märtyrer (Anfang 4. Jh.), wurde nach der Legende mit Pfeilschüssen zu Tode gequält.

206 DER ENGEL

dich ringender zu prüfen: Anspielung auf den Jakobs Kampf mit Gott (AT, Genesis 32,25–33).

207 RÖMISCHE SARKOPHAGE

Sarkophag: Steinsarg; die ursprüngliche griech. Bedeutung »Fleischverzehrer« klingt in *ein langsam Aufgelöstes* an.
Vgl. auch *Römische Campagna* (S. 278) und *Sonette an Orpheus* 2. Teil, XV (S. 638).

DER SCHWAN

Das Gedicht weist Ähnlichkeiten mit Baudelaires *L'Albatros* aus *Les Fleurs du mal* auf.

208 KINDHEIT
Hirt: bei Rilke oft Symbol für Dichter; vgl. die Aufz. 71 im *Malte* (S. 487–494).

209 DIE SPITZE I–II
Zum Motiv der Spitzen vgl. die Aufz. 41 im *Malte* (S. 409–411).

210 DIE GENESENDE
Hand … Kinn: Bezug zu Paula Beckers *Selbstportrait mit der Hand am Kinn* von 1906; möglicherweise auch zu Rodins *Genesende*.

211 DIE ERWACHSENE
Bundeslade: zentrales Heiligtum des jüd. Volkes. In der aus Akazienholz gefertigten und nur mit zwei Cherubim-Figuren geschmückten, tragbaren Lade wurde die Bundesurkunde zwischen Jahwe und dem Volk Isreal aufbewahrt (Exodus 25).

TANAGRA
Tanagra: antike griech. Stadt in Boötien. Im 4. und 3. Jahrhundert v. Chr. Herstellungsort bemalter Terrakottastatuetten, die Mädchen in anmutiger Haltung darstellen (Tanagra-Figuren).
wie eine Hand ans Kinn: Vgl. die Anmerkung zu *Die Genesende*.

213 IN EINEM FREMDEN PARK
Borgeby-Gård: Gut in Südschweden, wo Rilke die Zeit von Ende Juni bis Anfang September 1904 als Gast Hanna Larssons und ihres späteren Ehemanns, des Malers und Dichters Ernst Norlind, verbrachte. Im Park des Gutes standen zwei Gedenksteine, die an die frühere Herrin von Borgeby-Gård Brite Sofie Hastfer erinnerten. Vgl. *Der Apfelgarten* (S. 307)

214 TODES-ERFAHRUNG
Geschrieben am 1. Todestag der am 24. 1. 1906 ver-

storbenen Gräfin Louise von Schwerin und ihrer Schwester zugeeignet.

215 BLAUE HORTENSIE
Vgl. das Gedicht *Rosa Hortensie* im zweiten Teil der *Neuen Gedichte* (S. 305). Rilke hatte überlegt, die beiden Gedichtbände der *Neuen Gedichte* nach den jeweils in ihnen vorkommenden Hortensien-Gedichten zu benennen.

VOR DEM SOMMERREGEN
Hieronymus: lat. Kirchenvater und Einsiedler (um 347–419/20), meist im Studierzimmer dargestellt, z. B. auf A. Dürers Kupferstich *Hieronymus im Gehäus* (1514).

216 IM SAAL
Jabots: Spitzenornament am Hemdkragen.
Bologneser: Kleinhunderasse mit langem weißen Haar.
Bibelots: kleine kunstgewerbliche Gegenstände.

LETZTER ABEND
Frau Nonna: Julie Freifrau von Nordeck zur Rabenau, zweite Frau des Adalbert Freiherr von Nordeck zur Rabenau, Stiefmutter der Gräfin Luise von Schwerin, wurde von Rilke Frau Nonna genannt. Ihr erster Mann fiel 31jährig bei Königgrätz.
Train: (militärisch) Versorgungs-Truppe, die der kämpfenden vorausgeschickt wird.
Tschako: ursprünglich aus Ungarn stammende militärische Kopfbedeckung.

217 JUGEND-BILDNIS MEINES VATERS
Möglicher Bezug: Tod des Vaters am 14. 3. 1906.
Daguerreotyp: s. die Anm. zu *Auguste Rodin* (S. 749).

SELBSTBILDNIS AUS DEM JAHRE 1906
adligen Geschlechts: Rilke versuchte lange Zeit, jedoch

ohne Erfolg, die adlige Herkunft seiner Familie nachzuweisen.

218 DER KÖNIG
Mögliche Vorlage: das Gemälde *Eduard VI. unterzeichnet ein Todesurteil* des engl. Malers John Pettie (1839–1893). Es zeigt den knabenhaften König, der wie abwesend an seinen greisen Beratern vorbeischaut, die ihm Blatt und Schreibfeder zuschieben.

219 DER FAHNENTRÄGER
Das Motiv gehört in den Umkreis des *Cornet*. Die Entstehung des Gedichts fällt in die Zeit der zweiten Überarbeitung des *Cornet*.

220 DER LETZTE GRAF VON BREDERODE ENTZIEHT SICH TÜRKISCHER GEFANGENSCHAFT
Graf von Brederode: möglicherweise Hendrik von Brederode (1531–1568), niederl. Adeliger und einer der Anführer im Kampf gegen die span. Regierung.

222 RÖMISCHE FONTÄNE
Borghese: Park der Villa Borghese in Rom.

223 DAS KARUSSELL
Jardin du Luxembourg: berühmter Park in Paris.

224 SPANISCHE TÄNZERIN
Wahrscheinliche Anregungen: Auftritt einer span. Tänzerin bei einer Tauffeier im Hause des span. Malers Ignacio Zuloaga (1870–1945) sowie Goyas Bild *La ballerina Carmen la gitana*.

DER TURM
Furnes: s. Anm. zu *Marionetten-Theater* (S. 755).
Patenier: Joachim Patinir (auch Patinier oder Patenier), niederl. Landschaftsmaler (um 1475/80–1524).

225 DER PLATZ

von dem Herzog … Burgund: gemeint ist wohl Herzog Karl der Kühne (1433–1477), der ein burgundisches Großreich errichten wollte. Vgl. die Aufz. 55 im *Malte* (S. 447–452).

226 QUAI DU ROSAIRE

Quai du Rosaire: Rosenkranz-Kai.

Verging nicht diese Stadt: Spätestens seit dem Roman *Bruges-la-Morte* (1892) des belg. Symbolisten Georges Rodenbach (1855–1898) ist der Verfall der mittelalterlichen Handelsmetropole Brügge mit der Versandung des natürlichen Meerzugangs im 17. Jh. zum literarischen Topos geworden (Vgl. auch die Erwähnung von Rodenbachs Roman bei der Beschreibung von Brügge in Rilkes Prosatext *Furnes*).

Estaminets: Kneipen, Wirtshäuser.

227 BÉGUINAGE

Béguinage: Beginenhof; Beginen: Frauen, die sich zu klosterähnlichen Lebensgemeinschaften zusammenschließen.

228 DIE MARIEN-PROZESSION

Chryselephantine: aus Gold (griech.: chrysos) und Elfenbein (elephas) gebildet.

231 HETÄREN-GRÄBER

Hetäre: in der griech. Antike vornehme, oftmals gebildete käufliche Geliebte.

Skarabäen: Der Skarabäus (auch Pillendreher) ist ein Blatthornkäfer; im alten Ägypten als Sonnengottgestalt verehrt und oft in Schmuckstücke eingefaßt.

233 ORPHEUS. EURYDIKE. HERMES

Mögliche Vorlage: Grabrelief aus Neapel, auf dem die Geschichte von Orpheus und Eurydike mit dem

Götterboten Hermes in Verbindung gebracht wird. Zum Orpheus-Mythos vgl. Anm. zu *Sonette an Orpheus* (S. 813)

236 ALKESTIS

Im griech. Mythos opfert sich Alkestis nach langjähriger Ehe, um das Leben ihres Mannes Admet zu verlängern, so z. B. in der gleichnamigen Tragödie des Euripides. Die Verlegung des Zeitpunkts des Opfertodes an den Hochzeitstag geht möglicherweise auf eine These des Philologen Ulrich Wilamowitz-Moellendorff (1848–1931) zurück, der in seiner Einleitung zu den von ihm übersetzten griech. Tragödien (1906) davon ausgeht, daß dieser Todes-Zeitpunkt einer Urform des Mythos entspricht.

238 DIE GEBURT DER VENUS

Quelle: Hesiods Version der Geburt der Venus (= Aphrodite), nach der Aphrodite aus dem Schaum entstieg, der sich um die von Kronos abgeschnittenen und ins Meer geworfenen Geschlechtsteile des Uranos bildete.

Delphin: Der Delphin kann im Griechischen sprachlich (*delphis* = Uterus) und thematisch (als Meeressäugetier) mit dem Uterus in Verbindung gebracht werden. Es ist zudem mythologisch das Tier, das Aphrodite nach ihrer Geburt an Land brachte.

Der Neuen Gedichte anderer Teil

245 ARCHAÏSCHER TORSO APOLLOS

Vorlage: Jünglingstorso aus Milet (6. Jh. v. Chr.), ausgestellt im Pariser Louvre. Die frühklassische Plastik wird von Rilke in der Überschrift, wohl in Entsprechung zum *Frühen Apoll* des ersten Teils, quasi in die archaische Zeit umdatiert. Zudem interessiert sich Rilke für das Fragmentarische, insbesondere vor dem

Hintergrund von Rodins als Torso konzipierten Skulpturen.
Kandelaber: mehrarmiger Ständer für Kerzen oder Lampen.
Sturz: waagerechter Abschluß einer Wandöffnung.

KRETISCHE ARTEMIS
Vorlage: die Artemis von Versailles (4. Jh. v. Chr.) im Pariser Louvre. Quelle: Mythos der Artemis als Göttin der Jagd und Zwillingsschwester Apollos. Der Bezug zu Kreta geht auf den *Artemis-Hymnus* des hellenistischen Dichters Kallimachos zurück.
angerufen … um Geburt: Artemis als Göttin der Fruchtbarkeit und Beschützerin der Neugeborenen.

246 LEDA
Eine mögliche Bildvorlage: Coreggios *Leda mit dem Schwan*. Quelle: Mythos, nach dem Zeus sich der Gattin des Königs von Sparta Tyndareus in Gestalt eines Schwans näherte.

DELPHINE
Vorlagen: Berninis *Fontana del Tritone* auf der Piazza Barberini in Rom; Ovids *Metamorphosen* (III, 582–641).
Tritonen: Der Triton ist eine mythische Gestalt (Sohn des Poseidon und der Amphitrite) mit Menschenkopf und -rumpf und Fischschwanz.
Trireme: (= Triere) Kriegsschiffe der Antike mit drei übereinander verlaufenden Ruderreihen.
Sternenjahr: Delphin als Sternbild des nördlichen Himmels.

247 DIE INSEL DER SIRENEN
Sirenen: mythische Frauengestalten mit Vogelleibern. Nach dem 12. Gesang von Homers *Odyssee* lockt ihr betörender Gesang die vorbeifahrenden Seefahrer in den Tod. Odysseus entgeht diesem Schicksal, indem er

sich an den Mast fesseln läßt und seinen Gefährten die Ohren mit Wachs verstopft.

248 KLAGE UM ANTINOUS
Antinous: Der aus Bythinien stammende Geliebte des röm. Kaisers Hadrian; er ertrank 130 n. Chr. im Nil. Hadrian gründete an dessen Todesort die Stadt Antinoupolis, ließ ihn durch Festspiele feiern und als Gott verehren.
daß ihr den Strom anfaßtet: möglicher Bezug zu einem altägypt. Märchen von einem Zauberer der das Wasser aufhält, um für den König ein verlorenes Schmuckstück vom Grund des Stroms heraufzuholen.

249 KLAGE UM JONATHAN
Quelle: Davids Klage um Saul und dessen Sohn Jonathan, die in der verlorenen Schlacht gegen die Philister umgekommen sind, in AT, 2 Samuel 1,17–27, insbesondere der Vers 26: »Weh ist mir um dich, mein Bruder Jonathan. Du warst mir sehr lieb. Wunderbarer war deine Liebe für mich als die Liebe der Frauen.«

250 TRÖSTUNG DES ELIA
Quelle: AT, 1 Könige 18–19. Die Verse 1–8 beziehen sich auf das Gottesurteil auf dem Karmel und die Tötung der Baalspriester (1 Könige 18), der Rest des Gedichts auf Elias Flucht und Erschöpfung sowie auf die Erscheinung Jahwes am Berg Horeb in einem sanften, leisen Säuseln (1 Könige 19,1–13).

251 SAUL UNTER DEN PROPHETEN
Quelle: AT, 1 Samuel 19,8–24 und 10,1–16.

252 SAMUELS ERSCHEINUNG VOR SAUL
Quelle: AT, 1 Samuel 28,3–25.

EIN PROPHET
Gemeint ist wahrscheinlich der alttestamentliche Pro-

phet Ezechiel, dem Gott in einer Feuerwolke erscheint und der die Droh- und Gerichtssprüche Gottes gegen das treulose Volk Israel verkündet (AT, Buch Ezechiel).

253 JEREMIA
Quelle: Buch Jeremia im AT über den früh berufenen Propheten, der erfolglos gegen heidnische Sitten predigte und von den Machthabern verfolgt wurde.

254 EINE SIBYLLE
Mögliche Vorlage: Michelangelos Fresken in der Sixtinischen Kapelle, wo Sibylle ebenfalls mit den alttestamentlichen Propheten in Verbindung gebracht wird.
Sibylle: antike Seherin.

ABSALOMS ABFALL
Quelle: Absaloms Aufstand gegen seinen Vater David und seine Ermordung durch Joab; AT, 2 Samuel 15–18.

255 ESTHER
Quelle: Das Buch Esther im AT (bes. Esther 5,1–2).

256 DER AUSSÄTZIGE KÖNIG
Quelle: AT, 2 Chronik 26,16–21. Als König Usija übermütig wird und eigenmächtig im Tempel die den Priestern vorbehaltenen Opfer darbringen will, bricht vor den Augen der Priester an seiner Stirn Aussatz hervor.

257 LEGENDE VON DEN DREI LEBENDIGEN UND DEN DREI TOTEN
Bildvorlage: *Triumph des Todes* von Francesco Traini, Campo Santo in Pisa.
Sturmbandlör: altertümlich für Riemen.

258 DER KÖNIG VON MÜNSTER
Der niederl. Wiedertäufer Jan Bockelson oder Johann von Leiden (1509–1536) errichtete als König von Zion in Münster eine Schreckensherrschaft, die zu einer Hungersnot führte (1534–35).

TOTEN-TANZ
Schauben: vorn offener Mantelrock (Mittelalter).

259 DIE VERSUCHUNG
Mögliche Bildvorlagen: Bilder von Hieronymus Bosch und Pieter Bruegel, Cézannes *Versuchung.*
Jäsen: gären.

262 DAS GOLD
Meroë: von ca. 500 v. Chr. bis 300 n. Chr. Hauptstadt des obernubischen Reiches Kusch (heute auf dem Gebiet des Sudan); im 19. Jh. wurde dort ein Goldschatz entdeckt.
verhehrt: Neubildung aus dem Adjektiv *hehr*.

DER STYLIT
Stylit: frühchristl. asketischer Mönch, der auf einer Säule lebt.

263 DIE ÄGYPTISCHE MARIA
Nach der Heiligenlegende war die ägypt. Maria eine Prostituierte aus Alexandria; durch ein Marienbild bekehrt, beendete sie ihr Leben als Büßerin in der Wüste und wurde von einem Mönch mit der Hilfe eines Löwen begraben.
Schelfe: Schale, Fruchthülse.

264 KREUZIGUNG
Quellen: NT, Matthäus 27,31–56 und Markus 15,20–41.
Selcher: Fleischer, Metzger

265 DER AUFERSTANDENE
Quelle: Auferstehungsberichte der Evangelien, insb. NT, Johannes 20,1–18.

MAGNIFICAT
Quelle: NT, Lukas 1,39–56.
Magnificat: Bezeichnung für den Lobgesang Mariens bei ihrem Eintreffen bei Elisabeth (Lukas 1,46–55) nach dem Anfangswort der lat. Fassung.

266 ADAM
Vorlage: zwei Skulpturen an der Hauptfront der Kathedrale Notre-Dame in Paris.

267 IRRE IM GARTEN
aufgegebene Kartause: ehemaliges Kloster Champmol in Dijon, später Anstalt für Geisteskranke.

270 EINE VON DEN ALTEN
Zum Motiv der Alten vgl. *Les Petites Vieilles* in Baudelaires *Les Fleurs du mal* und die Aufz. 16 im *Malte* (S. 341).

271 DER BLINDE
Zum Motiv vgl. *Les Aveugles* in Baudelaires *Les Fleurs du mal*.

273 DIE GRUPPE
Zum Motiv der Straßenakrobaten vgl. die fünfte *Duineser Elegie* (S. 597–600).

274 SCHWARZE KATZE
Zum Motiv vgl. *Les chats* in Baudelaires *Les Fleurs du mal*.
geel: altertümlich für *gelb*.
Amber: hier Synonym für Bernstein.

278 RÖMISCHE CAMPAGNA
Römische Campagna: Bezeichnung für die (mehr oder

weniger weit gefaßte) Umgebung Roms zwischen verschiedenen Bergketten und dem Thyrrenischen Meer. Entlang den aus Rom führenden antiken Straßen stehen Grabmäler, da Bestattungen innerhalb der Stadtmauern nach röm. Gesetz verboten waren. Bekannt ist insbesondere die nach Südosten verlaufende Via Appia, die u. a. durch die für ihre Fiebergefahr gefürchteten pontinischen Sümpfe führt.
Fermen: (franz.) Gehöft, Hof.

279 LIED VOM MEER
Piccola Marina: kleiner Strand an der Südküste Capris.

NÄCHTLICHE FAHRT
Orloff'schen Gestüt: Orlow hieß eine bekannte russ. Adelsfamilie.
Newa-Quais: Uferstraßen entlang des Flußes Newa, an dem Sankt Petersburg liegt.
Ljetnij-Ssad: Park in Sankt Petersburg.

280 PAPAGEIEN-PARK
Ara: Gattung großer, bunter, langschwänziger Papageien aus den Tropen.
duffen: (norddt.) glanzlos, matt.

281 DIE PARKE I–VII
Tapis-vert: (franz.) wörtlich Teppich-grün.
Avenün: nach franz. *avenue* = Allee.
Altanen: auf Säulen ruhende Balkone.
Dianen: Diana, röm. Göttin der Jagd.
Venerie: (franz.) Hetzjagd.
Najaden: Quellnymphen.

285 BILDNIS
Das Gedicht gilt als Huldigung an die Schauspielerin Eleonora Duse. Vgl. *Rodin* (S. 95) und Aufz. 65 im *Malte* (S. 476–477).

VENEZIANISCHER MORGEN

Richard Beer-Hofmann: öster. Dichter (1866–1945).
San Giorgio Maggiore: zu Venedig gehörende Insel mit gleichnamiger Klosterkirche.

286 SPÄTHERBST IN VENEDIG

der General des Meeres: der venez. Admiral Carlo Zeno (1334–1418).
Arsenal: Schiffswerft Venedigs.

SAN MARCO

San Marco: dem Evangelisten Markus geweihte byzantinische Basilika im Zentrum Venedigs.
Smalten: Kobaltschmelze
Viergespann: die vier über dem Hauptportal plazierten aus der Antike stammenden Bronzepferde.

287 EIN DOGE

Mögliche Vorlage: das Bild *Persische Gesandte vor dem Dogen Marino Grimani 1603* von Gabriele Caliari (1568–1631).
Signorie: 1310 als Überwachungsorgan in Venedig eingesetzter »Rat der Zehn«.

288 DIE LAUTE

Tullia: möglicherweise Tullia d'Aragona, eine bekannte Kurtisane und Dichterin im Renaissance-Italien.

DER ABENTEURER I UND II

Die Gedichte sind auf Casanova bzw. auf Don Juan beziehbar.

290 FALKEN-BEIZE

Möglicher Bezug: der staufische Kaiser Friedrich II. (1194–1250), der für sein Interesse an Mathematik, Naturwissenschaft, Philosophie und Kunst bekannt war und ein berühmtes Buch über die Jagd mit abgerichteten Falken verfaßt hat (*De arte venandi cum avibus*).

291 CORRIDA

Bildvorlage: Porträt des Toreros Francisco Montez von Eugenio Lucas dem Älteren (1824–1870).

Toril: (span.) Stierzwinger.

Picador: Reiter, der zu Beginn des Stierkampfs das Tier mit Lanzenstichen im Nacken reizt.

292 DON JUANS AUSWAHL

Heloïsen: Heloisa (1101–1164) und der Theologe Abaelardus (1079–1142) sind ein berühmtes, in der Weltliteratur oft dargestelltes unglückliches Liebespaar. Sie wurden vom Onkel der Heloise getrennt, lebten danach beide im Kloster und wurden durch ihren Briefwechsel berühmt.

293 SANKT GEORG

Vgl. das Gedicht *Skizze zu einem Sankt Georg* (S. 165).

Sankt Georg: christl. Märtyrer, der Legende nach Drachentöter.

Haubert: (franz.) Kettenhemd.

DAME AUF EINEM BALKON

Zum Motiv vgl. die *Portugiesischen Briefe* der Marianna Alcoforado (Vgl. Aufz. 65 im *Malte*).

Kamee: (franz.) Schmuckstein mit besonderer Reliefgravur.

294 DIE SCHWESTERN

Mögliche Bildvorlagen: *Die beiden Schwestern* von Théodore Chassériau (1819–1856) im Louvre, *Mädchen an der Seine* von Gustave Courbet (1819–1977) im Petit Palais, Paris.

297 DAMEN-BILDNIS AUS DEN ACHTZIGER-JAHREN

Mögliche Vorlage: Claude Monets Bild seiner Gattin *Camille* (1866).

298 DAME VOR DEM SPIEGEL
Mögliche Vorlage: Édouard Manets (1832–1883) Bild *Devant la Psyche*.

301 DIE SONNENUHR
Florentiner: Strohhut mit breitem Rand.

SCHLAF-MOHN
Kothurne: Fußbekleidung mit hohen Sohlen der Schauspieler in der antiken griech. Tragödie.
flasken: (franz.) schlaff.

302 DIE FLAMINGOS
Fragonard: der franz. Maler des Rokkoko Honoré Fragonard (1732–1806).
Phryne: griech. Hetäre, für ihre Schönheit berühmt.
Volière: großer Vogelkäfig.

PERSISCHES HELIOTROP
Persisches Heliotrop: feingliedrige Zierpflanze mit zumeist bläulich-violetten Blüten.
Bülbül: In der oriental. Poesie oft erwähnter Singvogel; Drosselart.

305 ROSA HORTENSIE
Vgl. *Blaue Hortensie* im ersten Teil der *Neuen Gedichte* (S. 215).

DAS WAPPEN
Die Begriffe *Schild*, *Helm* und *Flügel* sind in der Heraldik gebräuchliche Bezeichnungen für bestimmte Teile eines Wappens.

306 DER JUNGGESELLE
Pendüle: (franz.) Pendeluhr.

307 DER LESER
Vgl. das Gedicht *Der Lesende* (S. 27), die 56. Aufz. im

Malte (S. 452–456) und das Gedicht *Hebend die Blicke vom Buch* (S. 560)

307 DER APFELGARTEN
Borgeby-Gård: Vgl. *In einem fremden Park* (S. 213).

308 MOHAMMEDS BERUFUNG
Das Gedicht bezieht sich auf das Berufungserlebnis Mohammeds, bei dem er die in einem himmlischen Buch niedergeschriebene Offenbarung erfuhr.

309 DER BERG
sechsunddreißig Mal und hundert Mal: Die Zahlen beziehen sich auf das Werk des bekannten jap. Malers und Verfertigers von Farbholzschnitten Katsushika Hokusai (1760–1849), der zwei Zyklen von 36 bzw. 100 Bildern des heiligen Berges Fuji anfertigte.

311 DER KÄFERSTEIN
Käferstein: Schmuckstein in Form eines Skarabäus.
Karneolkern: Karneol ist ein gelb bis rötlicher Halbedelstein.

Die Aufzeichnungen des Malte Laurids Brigge

Die Aufzeichnungen des Malte Laurids Brigge entstanden in der Zeit zwischen dem 8. Februar 1904 (Tag des Beginns der Arbeit gemäß Rilkes Aussage in einem Brief an Lou Andreas-Salomé vom 15. 04. 1904) und dem 27. Januar 1910 (Abschluß des Diktats des Manuskripts gemäß Rilkes Aussage in einem Brief an Marie von Thurn und Taxis vom selben Tag) zumeist in von langen Zeiten des Wartens unterbrochenen kurzen Phasen der Produktivität und parallel zu den beiden Büchern der *Neuen Gedichte*. Man kann die Entstehung des *Malte* grob in fünf Arbeitsphasen gliedern: 1) Februar 1904 bis Mitte/Ende 1904 in Rom (bis Juni 1904) und Skandinavien, 2) Dezember 1906 bis

Oktober 1907 auf Capri (bis Mai 1907) und in Paris, 3) September 1908 bis Februar 1909 in Paris, 4) ab Mitte 1909 bis Januar 1910 hauptsächlich in Paris, 5) Diktat der letzten Fassung vom 12. bis 27. Januar 1910 in Leipzig. Die *Aufzeichnungen* erschienen im Mai 1910 im Insel-Verlag, Leipzig in zwei Bändchen. Rilke betrachtete seinen einzigen längeren Prosa-Text zeit seines Lebens als eines seiner wichtigsten Werke.

Die wichtigsten für den *Malte* benutzten Quellen: *Danske Malede Portraeter. En Beskrivende Katalog* [Dänische gemalte Portraits. Ein beschreibender Katalog] hg. v. E. F.S. Lund, 9 Bde., Kopenhagen 1895–1903 (Darstellungen von Persönlichkeiten der dänischen Geschichte mit biographischen Erläuterungen); die sogenannten *Reventlow-Papiere*, hg. v. L. Bobé, 7 Bde., 1895–1906 (eine Sammlung von Briefen und Tagebucheintragungen einer weitverzweigten dän.-deut. Familie am Übergang vom 18. zum 19. Jahrhundert); Jens Peter Jacobsens (1847–1885) historischer Roman *Frau Marie Grubbe* (1876); A.-G.-P. Brugière de Barante: *Histoire des Ducs de Bourgogne de la Maison de Valois 1364–1477*, 12 Bde., Paris 1825–26; C. Fleury: *Historie ecclésiastique*, 6 Bde., Paris 1840; *Les chroniques de Sire Jean Froissart*, hg. v. J. A. C. Buchon, 3 Bde., Paris 1835; Jean de Juvénal des Ursins: *Histoire de Charles VI, Roy de France*, in: Nouvelle Collection des Mémoires pour servir à l'histoire de France, Paris 1836, S. 333–569; J. S. Ersch/J. G. Gruber (Hgg): *Allgemeine Encyclopädie der Wissenschaften und Künste*, Leipzig 1818–1889.

1. AUFZ. (SO, ALSO HIERHER ...)

315 *rue Toullier*: Rilke wohnte nach seiner Ankunft in Paris von August bis Oktober 1902 in einem einfachen Hotel, 11, rue Toullier. Es befand sich wie die weiteren in dieser Aufzeichnung genannten Orte und Straßen im Pariser Quartier Latin.

Maison d'Accouchement: Entbindungsklinik. Es handelt sich um die Klinik in der ehemaligen Abtei von Port-Royal.

Val-de-grâce, Hôpital militaire: Die ehemalige Klosteranlage (franz.: Tal der Gnade) wird seit Ende des 18. Jh. als Militärhospital genutzt.
Asyle de nuit: (franz.) Nachtasyl; Übernachtungsmöglichkeit für Obdachlose.

2. AUFZ. (DAß ICH ES NICHT …)

316 *Ah tais-toi, je ne veux plus*: (franz.) Ach, sei still, ich will nicht mehr.

4. AUFZ. (ICH LERNE SEHEN. …)

Zur Zeit der Abfassung des *Malte* und der *Neuen Gedichte* wird »sehen« bzw. »schauen« zum Schlüsselwort der Poetik Rilkes. Zu diesem »sehen« gehört u. a. eine Konzentration auf das Außen, eine möglichst unmittelbare, nicht durch Begrifflichkeiten verstellte Wahrnehmung und ein wahlloses Schauen, das ohne Vorbehalte alle Aspekte der Wirklichkeit berücksichtigt bzw. zuläßt.

5. AUFZ. (HABE ICH ES SCHON GESAGT? …)

317 *wieviel Gesichter es giebt*: Die Problematik des Ausdrucks von Gesichtern ist ein durchgängiges Thema in Rilkes Werk. Vgl. z. B. das Gedicht *Täglich stehst du* (S. 159).

6. AUFZ. (ICH FÜRCHTE MICH. …)

318 *Hôtel-Dieu*: großes Krankenhaus im Zentrum von Paris (franz.: Hotel Gottes).
Herzog von Sagan: Charles-Guillaume-Boson de Talleyrand-Périgord (1837–1910), bekannte Pariser Persönlichkeit.
Madame Legrand: Legrand ist ein gängiger franz. Familienname.
brocanteuse: (franz.) Trödelfrau.

7. AUFZ. (DIESES AUSGEZEICHNETE HOTEL …)

König Chlodwig: Chlodwig II. (633–657), unter dem das Hôtel-Dieu gegründet wurde.

einen eigenen Tod: In Rilkes Konzept des »eigenen Todes« (die Formulierung stammt aus J. P. Jacobsens Roman *Marie Grubbe*) geht es darum, daß der jeweilige Tod als untrennbar verbunden mit dem Leben des einzelnen angesehen wird.

319 *Voilà votre mort, monsieur*: (franz.) Hier also ihr Tod, mein Herr.

8. AUFZ. (WENN ICH NACH HAUSE …)

Kammerherrn Brigge: Ein Vorbild war der Graf Christian Detlev Reventlow aus den Reventlow-Papieren.

320 *Sèvrestassen*: Sèvres war eine bekannte franz. Porzellanmanufaktur in der Nähe von Paris.

11. AUFZ. (HEUTE WAR EIN SCHÖNER …)

324 *Tuilerien*: Parkanlage am Louvre im Zentrum von Paris.

12. AUFZ. (WAS SO EIN KLEINER …)

Vgl. die Ähnlichkeiten mit Rilkes Brief an seine Frau Clara vom 12. 10. 1907. (s. *Cézanne-Briefe*, S. 134 f.)

325 *plans*: (franz.) Flächen.

Manetschen Bildnis: Édouard Manet, franz. impressionistischer Maler (1832–1883).

Bouquinisten am Quai: Buchhändler am Seine-Ufer.

14. AUFZ. (ICH GLAUBE, ICH …)

326 *Carpaccio*: Vittore Carpaccio (1455/65–1525/26) ital. Maler. Rilke plante eine Monographie über Carpaccio.

Verse … früh schreibt: eine Parallele zu Rilkes eigener Abwertung seiner frühen Gedichte.

15. AUFZ. (ZWÖLF JAHRE ODER …)

330 *Urnekloster*: Stammsitz der Brahes, der Familie von Maltes Mutter.

331 *malkontent*: (franz.) mißvergnügt.

Stockhause: altertümlich für Gefängnis.

333 *der kleine Erik*: Vorbild für diese Figur ist Rilkes Cousin Egon von Rilke (1872–1880), jüngstes Kind von Rilkes Onkel Jaroslav. Vgl. *Sonette an Orpheus* 2. Teil, VIII (S. 634) und die vierte *Duineser Elegie* Z. 35 (S. 595).

334 *Anna Sophie … zur linken Hand*: Anna Sophie Reventlow (1693–1743), Tochter von Conrad Reventlow (1644–1708), war in morganatischer Ehe mit dem dän. König Friedrich IV. verheiratet.
Roskilde: Der Dom der dän. Stadt Roskilde aus dem 13. Jahrhundert ist die Grabkirche des dän. Königshauses.

16. AUFZ. (ICH SITZE UND LESE…)

339 *Bibliothèque Nationale*: Nationalbibliothek in Paris, in der auch Rilke oft arbeitete.
lese einen Dichter: Nach den weiteren Angaben in dieser Aufzeichnung und einer brieflichen Aussage Rilkes (Brief an Anita Forrer, 19. 4. 1921) ist der franz. Schriftsteller Francis Jammes (1868–1938) gemeint.

341 *Was in aller Welt wollte diese Alte…*: Die folgenden Szenen sind bereits in dem Brief an Lou Andreas-Salomé vom 18. 8. 1903 beschrieben. Zum Motiv der Alten vgl. Baudelaires *Les Petites Vieilles* aus *Les Fleurs du mal* und Rilkes Gedicht *Eine von den Alten* (S. 270).

342 *Verlaine*: der franz. Symbolist Paul Verlaine (1844–1896), den Rilke übersetzt hat. Vgl. S. 700 f.
anderer Dichter … und Tod: F. Jammes lebte in den Pyrenäen. Die »Glocke reiner Luft« und die Thematik der »Mädchen« spielt auf Jammes' Gedichtband *De l'Angélus de l'Aube à l'Angélus du Soir* (*Vom Angelus am Morgen zum Angelus am Abend*) an.

18. AUFZ. (ES IST GUT …)

344 *Chou-fleur*: (franz.) Blumenkohl.

346 *Crémerie*: (franz.) Milchgeschäft, auch kleines, billiges Restaurant.

348 *têtes-de-moineau*: (franz.) Nußkohlen.
Duval: Restaurant, vom franz. Architekten Charles Duval (1800–1876) erbaut.

350 *es wird kein Wort auf dem anderen bleiben*: Vgl. Jesu Ankündigung der Zerstörung des Tempels u. a. in NT, Markus 13,2: Kein Stein wird auf dem anderen bleiben, alles wird niedergerissen.
Mécontent … méprise: Zitat aus dem Prosagedicht *A une heure du matin* aus den *Petits Poêmes en Prose* von Baudelaire: Unzufrieden mit allen und unzufrieden mit mir, wollte ich mich gerne entsühnen und meinen Stolz ein wenig aufrichten in der nächtlichen Stille und Einsamkeit. Ihr Seelen derer, die ich geliebt, ihr Seelen derer, die ich besungen habe, stärket mich, stützet mich, haltet die Lüge fern von mir und die verderblichen Dünste der Welt; und du, Herr meine Gott! gewähre mir die Gnade, einige schöne Verse hervorzubringen, die mir selber beweisen, daß ich nicht der letzte der Menschen bin, und daß ich nicht niedriger bin als jene, die ich verachte. (Übersetzung v. Friedhelm Kemp).

351 *Die Kinder … Weinen*: Zitat aus AT, Buch Hiob (30,8–31) nach der Luther-Bibel von 1770.

19. AUFZ. (DER ARZT HAT …)

Salpêtrière: großes Krankenhaus im 13. Bezirk von Paris in einem ehemaligen Arsenal; Salpêtrière – (franz.) wörtl. Salpeterwerk.

353 *Chapeau à huit reflets*: (franz.) achtfach glänzender Hut; modisch-eleganter Hut der Zeit.
s'il vous plaît: (franz.) bitte.

356 *Riez. Mais riez, riez*: (franz.) Lachen Sie. Lachen Sie doch, lachen Sie.
Dites-nous le mot: avant: (franz.) Sprechen Sie das Wort: vor.
On n'entend rien. Encore une fois: (franz.) Man kann nichts hören. Noch einmal.

21. AUFZ. (GESTERN WAR MEIN FIEBER …)

Die Krankheit des von Malte beobachtenden und verfolgten Passanten ist der sogenannte Veitstanz (Chorea).

360 *Kommis*: Handlungsgehilfe.

22. AUFZ. (ICH VERSUCHE ES, …)

363 **Ein Briefentwurf*: Anmerkung eines fiktiven Herausgebers der Aufzeichnungen.

weil ich die Heilige gesehen habe im Pantheon: Die Textstelle bezieht sich auf die Fresken des Malers Puvis de Chavannes (1824–98) im Pantheon, die die Legende von der heiligen Genoveva, Schutzpatronin der Stadt Paris, darstellen.

364 *Baudelaires unglaubliches Gedicht ›Une charogne‹*: Gedicht aus *Les Fleurs du mal*, das ein von Würmer zerfressenes Aas beschreibt. Vgl. *Cézanne-Briefe*, 19. 10. (S. 139).

Flaubert … Saint Julien-l'Hospitalier: von Flaubert 1877 in einer Erzählung der *Trois Contes* bearbeitete Legende vom Heiligen Julian, dem Gastfreundlichen, der sich zu einem Aussätzigen legt, um ihn zu wärmen (vgl. *Cézanne-Briefe*, 19. 10., S. 139)

23. AUFZ. (DIE EXISTENZ DES …)

366 *O Nacht ohne Gegenstände*: Vgl. zum folgenden auch S. 381 und S. 440 sowie die *Dritte Elegie* (S. 592).

Sieh, Könige liegen … ablenken: Anspielung auf die Rahmenerzählung aus *Tausendundeine Nacht*, wo der König durch die Geschichten der Erzählerin abgelenkt werden soll.

An den seligen Brüsten … lustlos: Vgl. im AT die Episode über Abisag, die König David wärmen soll, und hierzu die Gedichte *Abisag I und II* (S. 189).

24. AUFZ. (DER MOULEUR, AN DEM …)

367 *Mouleur*: (franz.) Formengießer; hier: jemand, der Gipsmasken anfertigt.

Morgue: (franz.) Leichenschauhaus; vgl. das Gedicht *Morgue* (S. 202).

sein wissendes Gesicht: Im folgenden wird deutlich, daß es sich hier um Beethoven handelt.

Diesen harten Knoten … wollender Musik: Vgl. zum Thema Musik auch Aufz. 37 (S. 401) sowie die Gedichte *An die Musik* (S. 578) und *Musik* (S. 657).

Thebaïs: Gegend um Theben in Ägypten; gemäß dem folgenden wohl das Tal der Könige am Nil.

Hetären und Anachoreten: Hetären – vgl. *Hetären-Gräber* (S. 231); Anachoreten – christ. Einsiedlermönche. Die Stelle spielt möglicherweise auf die Geschichte der ägypt. Maria an (vgl. das Gedicht *Die Ägyptische Maria*, S. 263).

368 *Samen Onans*: Von Onan wird berichtet, daß er seinen Samen auf die Erde fallen ließ (vgl. AT, Genesis 38,9).

25. AUFZ. (ICH UNTERSCHÄTZE ES NICHT. …)

Courage de luxe: (franz.) »erstklassiger« Mut.

369 *Schiffsfiguren in den kleinen Gärten*: Rilke berichtet, daß in Dänemark manche Schiffer alte Gallionsfiguren in ihrem Garten aufstellen. (Vgl. Brief an den poln. Übersetzer des *Malte* Witold Hulewicz vom 10. 11. 1925).

Mantille: Umhang, halblanger Damenmantel.

26. AUFZ. (DA SASS ICH …)

Die Aufzeichnung bezieht sich auf den norweg. Dramatiker Hendrik Ibsen (1828–1906). Rilke hatte 1906 in Paris *Die Wildente*, in Berlin *Romersholm* und *Gespenster* gesehen.

370 *Ruhm*: zum mehrfach angesprochenen Thema des Ruhms vgl. den Anfang von *Auguste Rodin* (S. 79).

371 *Geschehen kocht … Kolben im Feuerschein*: naturwissenschaftliche Metaphorik, die auf Ibsens Medizinstudium und seine Arbeit als Apotheker verweist.

ein Kaninchen … Unfaßlichen willen: Versatzstücke aus Ibsens Dramen: Kaninchen und Bodenraum aus *Die Wildente*, Brand vor den Fenstern und Sonne aus *Gespenster*, Kirche, Felsental und Lawine aus *Brand*.

28. AUFZ. (WENN SIE ABER …)

375 *Öllegaard Skeel*: Skeel ist eine Name der in den dän. Quellen vorkommt.

376 *Cavalier*: Ein Hund namens Cavalier kommt in Christina Ulfeldts *Jammers Minde* vor (s. Anm. zu Aufz. 34, S. 785).

29. AUFZ. (EINMAL, ALS ES …)

377 *nach der merkwürdigen Nacht*: Vgl. Aufz. 34, S. 392–396.

30. AUFZ. (UND DANN KAM EINE…)

381 *blauen Band des Elefanten*: Schärpe des dän. Elefantenordens.

31. AUFZ. (ABER WAS LANG WAR …)

383 *daß ich ein kleines Mädchen wäre*: Rilke wurde bis zu seinem 5. Lebensjahr von der Mutter (der zuvor eine Tochter gestorben war) gegen den Willen des Vaters als Mädchen erzogen und gekleidet. Kleine Jungen als Mädchen anzuziehen war allerdings in dieser Zeit nicht ungewöhnlich.

32. AUFZ. (WENN ICH DAS JETZT …)

384 *Admiral Juel*: der dän. Flottenchef Niels Juel (1629–1697).

385 *Dannebrog- und Elefantenorden*: dän. Orden.

386 *Bautta*: venez. Maske.
Dominos: venez. Maskenmantel.

33. AUFZ. (DIE ZEIT GING …)

389 *Dr. Jespersen*: Der Name Jespersen war Rilke aus dem Roman *Das weiße Haus* von des dän. Schriftstellers Herman Bang (1857–1912) bekannt.

390 *Rebekka*: Die zitierte Äußerung des Schweizer Philosophen, Theologen und Pfarrers Johann Kaspar Lavater (1741–1801) bezieht sich auf die Frau des Schriftstellers Matthias Claudius (1740–1815).
**Im Manuskript … geschrieben*: Fiktion eines Nachtrags

von Malte und eines diesen kommentierenden Herausgebers.

391 *Christian Brahe*: mögliches Vorbild ist der Graf Conrad Georg Reventlow (1749–1815) aus den Reventlow-Papieren. Vgl. *Der Abenteurer* (S. 288)

34. AUFZ. (MEHRERE JAHRE SPÄTER …)

Bei den Gestalten, deren Portraits Malte betrachtet, handelt es sich zum überwiegenden Teil um historisch verbürgte Persönlichkeiten: so z. B. der dän. König *Christian der Vierte* (1577–1648; die als *Cadenette* bezeichnete Haartracht ist ein nach dem Marschall Cadenet am Hofe Ludwig XIII. benannter geflochtener Zopf); seine zweite, nicht standesgemäße Ehefrau *Kristine Munk* (1598–1658); deren Mutter *Ellen Marsvin*; die Tochter Christians IV. und Kristine Munks Leonora Christine (1621–1698; *die ›unvergleichliche‹ Eleonore*), die den Grafen Corfitz Ulfeldt heiratete, über 20 Jahre im Gefängnis war (im Text als *Heimsuchung* erwähnt) und diese Erfahrung in ihrer autobiographischen Schrift *Jammers Minde* (›Elendsgedenken‹, 1869) verarbeitete; die Söhne Christians IV. *Hans Ulrik* und *Ulrik Christian* Gyldenlöve (die Familie Gyldenlöve spielt eine wichtige Rolle in Jacobsens *Frau Marie Grubbe*). Rilkes Quelle für die Ahnengalerie ist vor allem die *Danske Malede Portraeter*, daneben Leonora Christine Ulfeldts *Jammers Minde* und J. P. Jacobsens Roman *Frau Marie Grubbe*.

35. AUFZ. (LIEBER, LIEBER ERIK …)

396 *heliotropfarbenem*: Heliotrop ist eine Zierpflanze mit zumeist bläulich-violetten Blüten, vgl. *Persisches Heliotrop* (S. 302).

397 *den silbernen Pfahl im schwarzen Feld*: Wappen der Brahes.

Erik Brahe, der hingerichtet worden ist: historisch verbürgter schwed. Graf (1722–1756), der wegen seiner Teilnahme an einer Verschwörung hingerichtet wurde.

36. AUFZ. (WENN BESUCH DA WAR …)

398 *Felix Lichnowski*: Fürst (1814–1848), konservativer Abgeordneter der Frankfurter Nationalversammlung, während des September-Aufstands ermordet.

37. AUFZ. (ES WAR IN DEM JAHR …)

402 *Adels-Akademie … arge Zeit*: Den autobiographischen Hintergrund bildet Rilkes Zeit auf der Militärschule (1886–1891).

38. AUFZ. (ES GIBT TEPPICHE HIER …)

403 *sechs Teppiche*: Die Wandteppiche der *Dame à la licorne* (Dame mit dem Einhorn) aus dem 15. Jahrhundert, im Musée de Cluny in Paris ausgestellt. Fünf Teppiche stellen allegorisch die fünf Sinne, der sechste die Sehnsucht dar (In der Reihenfolge von Rilkes Beschreibungen: Geschmack, Geruch, Gehör, Sehnsucht, Gefühl, Sehen). Rilke scheint sie als Geschichte der Entwicklung einer »großen Liebenden« zu lesen (vgl. Aufz. 66). Vgl. das gleiche Motiv in *Das Einhorn* (S. 205) und *Sonette an Orpheus* 2. Teil, IV (S. 632).
Agraffe: (franz.) metallene Spange.

404 *A mon seul désir*: (franz.) Meinem einzigen Verlangen.

39. AUFZ. (NUN SIND AUCH DIE TEPPICHE …)

406 *Schloß von Boussac*: Dort wurden die Teppiche 1870 von George Sand wiederentdeckt.
Geschlecht der Delle Viste: Auf den Teppichen befindet sich das Wappen der Lyoneser Familie de Le Viste.
Pierre d'Aubusson: (1423–1503) Großmeister des Johanniterordens, galt zu Rilkes Zeit fälschlicherweise als möglicher Auftraggeber der Teppiche.

408 *Gaspara Stampa … die Portugiesin*: Die ital. Dichterin Gaspara Stampa (s. Anm. zu Aufz. 66) und die port. Nonne Marianna Alcoforado (s. Anm. zu Aufz. 65) sind zwei der von Rilke verehrten »großen Liebenden«. Vgl. die Aufz. 66 (S. 477–478).

298 *Greisinnen*: Vgl. das Gedicht *Die Greisin* (S. 298).

41. AUFZ. (NUN WEIß ICH AUCH …)

409 *Spitzenstücke*: Zum Motiv der Spitzen vgl. *Die Spitze I–II* (S. 209).

410 *Points d'Alençon*: nach der franz. Stadt Alençon benannte, genähte Spitzenart.

Valenciennes: nach der franz. Stadt benannte Klöppelspitze.

Binche: nach der gleichnamigen südbelg. Stadt benannte feine Spitze.

42. AUFZ. (OFT, WENN BESUCH DA WAR, …)

411 *Schloß war abgebrannt*: Zum Motiv des abgebrannten Hauses vgl. *Die Brandstätte* (S. 272).

412 *Wjera Schulin*: Die Figur hat eine gewisse Ähnlichkeit mit Rilkes Förderin Ellen Key, Wjeras Schwestern ähneln Keys Freundinnen.

44. AUFZ. (DASS MAN ERZÄHLTE …)

417 *Bredgade*: Straße (›breite Straße‹) im Zentrum von Kopenhagen.

418 *Swedenborg*: Emanuel Swedenborg (1688–1772), schwed. Mystiker und Theosoph.

419 *Saint-Germain … Marquis von Belmare*: Der Graf von Saint-Germain (1710–1784), der u.a. auch den Namen Marquis von Belmare benutzte, war ein bekannter Abenteurer. Er starb in Eckernförde. Rilkes Quelle für die Erzählung über den Grafen ist die *Allgemeine Encyclopädie*. Vgl. auch *Der Abenteurer I und II* (S. 288).

Landgraf: Landgraf Karl von Hessen, dän. Statthalter über Schleswig und Holstein, an dessen Hof Saint-Germain seine letzten Jahre verbrachte.

420 *Orientale*: bezieht sich auf Saint-Germains Freude am Fabulieren.

Jardin d'Acclimatation: zoologischer Garten mit exotischen Tieren.

Figuerie: Haus zum Züchten von Feigen (nach dem franz. *figue*).

421 *Bernstorffschen Kreis*: eine der Familien der Reventlow-Papiere.
Julie Reventlow: Gräfin Frederike Juliane Reventlow (1762–1816).
422 *Stigmata*: Wundmale, die den Kreuzigungswunden Christi entsprechen und als Zeichen für Heiligkeit gelten.

45. AUFZ. (NOCH VOR MEINES VATERS TOD ...)
423 *Herzstich*: Operation, die verhindern soll, daß jemand scheintod begraben wird – eine im 19. Jh. weit verbreitete Angst. Rilke hatte dieser Prozedur 1906 beim Tod seines Vaters in Prag beigewohnt.
425 *Helmzerbrechen*: In der *Encyclopädie* als Brauch beim Tod von Adligen, die die letzten ihrer Familie sind, beschrieben.

46. AUFZ. (ICH WEIß, DAß ....)
425f. *Langelinie ... Amaliengade ... Dronningens Tværgade*: Straßen im Zentrum Kopenhagens, in der Nähe des Hafens.
427 *Bügen*: Faltstellen.
Drei Stunden ... Döden: Vgl. die Schilderung des Todes des dän. Königs Christian IV. (1577–1648) in den *Danske Malede Portraeter*.

47. AUFZ. (SEITDEM HABE ICH VIEL ...)
Die Beschäftigung mit Tod und Todesfurcht ist eines der zentralen Themen nicht nur des *Malte*, sondern von Rilkes Dichtung überhaupt. Vgl. z. B. *Todeserfahrung* (S. 214), die zehnte *Duineser Elegie* (S. 609) oder *Komm du, du letzter* (S. 661).

48. AUFZ. (ICH BEGREIFE ÜBRIGENS ...)
430 *Felix Arvers*: franz. Schriftsteller (1806–1850).
431 *Jean de Dieu*: Juan de Dio (1495–1550), port. Prediger und Ordensstifter, 1690 heilig gesprochen.

49. AUFZ. (ES GIBT EIN WESEN ...)

432 *Puschkin und Nekrassow*: Rilke schätzte die russ. Schriftsteller Alexander S. Puschkin (1799–1837) und Nikolai A. Nekrasow (1821–1878).

52. AUFZ. (WIE BEGREIF ICH JETZT ...)

Mögliche Vorlagen sind die phantastischen Bilderwelten Hieronymus Boschs (um 1460–1516) und Pieter Bruegels d. J. (1564–1638) sowie Gustave Flauberts *La Tentation de Saint Antoine* (Die Versuchung des heiligen Antonius, 1874). Vgl. *Die Versuchung* (S. 259) und *Der Stylit* (S. 262).

hineinvomieren: sich übergeben.

54. AUFZ. (DIESE NACHT IST MIR ...)

445 *Grischa Otrepjow*: Dimitrij Iwanowitsch, der jüngste Sohn Iwans IV. (des Schrecklichen; 1530–1584) wurde 1591 im Alter von 10 Jahren ermordet. Nach dem Tod des Zaren Fjedor I. (1598) übernahm dessen Schwager Boris Godunow die Regierung. Er wurde deshalb verdächtigt, den Mord in Auftrag gegeben zu haben. Im Verlauf der Thronfolgestreitigkeiten tauchten nacheinander vier Männer auf, die behaupteten der doch gerettete Dimitrij zu sein. Der erste unter ihnen war Grischa Otrepjow, der sich mit poln. Hilfe zum Zaren ernannte, jedoch kurze Zeit später bei einem Aufstand getötet wurde (1606). Rilkes Quelle für die Geschichte ist die *Encyclopädie*.

Marie Nagoi: Mutter des ermordeten Zarensohnes Dimitrij.

446 *Marina Mniczek*: poln. Gattin des Grischa Otrepjow, die nach seinem Tod den zweiten angeblichen Dimitrij heiratete.

Strelitzen: Leibwache des Zaren.

Iwan Grosnij: Iwan der Schreckliche.

Schuiskij: Wassili Schuiskij, Anführer des Aufstandes.

55. AUFZ. (WENN ICHS NUN BEDENKE ...)

Der Gegenstand dieser Aufzeichnung ist, wie bereits in der

vorigen angekündigt, Karl der Kühne (1433–1477), ab 1467 Herzog von Burgund. Er führte das Herzogtum Burgund zum Höhepunkt seiner Macht. Der Niedergang begann jedoch 1476 mit den Niederlagen in den Schlachten von Granson und Murten. In der Schlacht bei Nancy um das Herzogtum Lothringen fiel Karl am 5. Januar 1477. Rilkes Hauptquelle ist die *Histoire des Ducs de Bourgogne* von Barante. Vgl. auch das Gedicht *Der Platz* (S. 225).

447 *halbportugiesische Blut*: Karl der Kühne war der Sohn des Burgunderherzogs Philipp der Gute und Isabellas von Portugal.

448 *den Prinzen von Tarent … Château-Guyon*: Gefolgsleute Karls.

Hörner von Uri: die Blashörner der in den Schlachten von Granson, Murten und Nancy gegen Karl kämpfenden Schweizer Truppen.

Der junge lothringische Fürst: der 25 Jahre alte Herzog René von Lothringen, der 1475 von Karl vertrieben wurde und aus der Schlacht von Nancy als Sieger hervorging.

449 *Graf von Campobasso*: einer der engsten Vertrauten Karls.

Louize-Onze: der Name des Narrs (wohl nach dem franz. König Louis XI. gewählt) sowie dessen Anwesenheit bei der Suche nach der Leiche Karls sind Erfindungen Rilkes.

450 *Olivier de la Marche*: Kammerherr Karls.

den Römer: Gian-Battista Colonna, der Page des Herzogs.

56. AUFZ. (MAN TUT GUT …)

452 *richtiger Leser*: Zum Thema des Lesens vgl. die Gedichte *Der Lesende* (S. 27), *Der Leser* (S. 307) und *Hebend die Blicke vom Buch* (S. 560).

454 *Baggesen, Öhlenschläger und Schack-Staffeldt*: die dän. Schriftsteller Jens Immanuel Baggesen (1764–1826), Adam Gottlob Öhlenschläger (1779–1850), Adolph Wilhelm Schack von Staffeldt (1769–1826).

Walter Scott: schott. Roman-Schriftsteller (1771–1832).
Calderon: der span. Dramatiker Calderon de la Barca (1600–1681).

456 *Bettinens Briefen*: Bettina von Arnims *Goethes Briefwechsel mit einem Kinde. Seinem Denkmal* (1835). Das nach Goethes Tod veröffentlichte Buch basiert auf Bettinas Briefwechsel mit Goethe, insbesondere auf ihren schwärmerischen Liebesbriefen. Rilke las es im August/September 1908.Vgl. auch Aufz. 66.

57. AUFZ. (DAS VERSPRECHEN ERFÜLLT SICH …)

457 *Johannes auf Patmos*: Johannes soll die Apokalypse des NT auf Patmos geschrieben haben. Das Bild des beidhändigen Schreibens entspringt Rilkes Deutung eines Johannes-Altars von Hans Memling (um 1435–1494), den er 1906 in Brügge gesehen hat.
»das Amt der Engel verrichtete«: nach Rilkes Auskunft in seinem Brief an Witold Hulewicz vom 10. 11. 1925 ein Zitat aus Bettines Buch (vgl. Anm. zu Aufz. 56).
der Wagen seiner feurigen Himmelfahrt: Anspielung auf die Himmelfahrt Elias in einem feurigen Wagen (AT, 2 Könige 2,11).

58. AUFZ. (DAS SCHICKSAL LIEBT ES …)

458 *Briefe Heloïsens*: Vgl. Anm. zu *Don Juans Auswahl* (S. 292).
Portugiesin: Marianna Alcoforado, vgl. Anm. zu Aufz. 65.
Sappho: s. Anm. zu *Eranna an Sappho* (S. 758).

59. AUFZ. (ICH HABE NIEMALS GEWAGT …)

460 *Saint-Sulpice*: Kirche in der Nähe des Jardin du Luxembourg.

60. AUFZ. (ES IST NICHT, DASS …)

Zum Thema der Armut vgl. den dritten Teil des Stunden-Buchs *Von der Armut und vom Tode.*

463 *kalten Lampe*: Anspielung auf das Gleichnis der törichten und klugen Jungfrauen (NT, Matthäus 25,1–13). Die Lampen der törichten Jungfrauen erlöschen, weil sie kein Öl mitnehmen.

61. AUFZ. (ICH WEISS, WENN ...)

Rilke bezieht sich in dieser Aufz. auf den franz. König Karl VI. oder Charles le Fou (1368–1422), der 1392 dem Wahnsinn verfiel und teilweise regierungsunfähig war, und auf Papst Johanns XXII. (1245–1334, Papst ab 1316), der zweite von sechs Päpsten, die während des sogenannten babylonischen Exils der Kirche auf Druck der franz. Könige in Avignon residierten. Quellen für die historischen Ereignisse sind Barante, Froissart, Juvénal, Fleury.

die Parke: Vgl. Die Gedichte *Die Parke* I–VII (S. 281).

Jean Charlier Gerson: (1363–1429), Theologieprofessor und Kanzler der Sorbonne; angespielt wird auf eine Rede aus dem Jahr 1405.

Das war damals ...: Juvénal berichtet vom desolaten Zustand des Körpers von Karl VI., der sich nur mit Gewalt waschen und umkleiden ließ. Zum Motiv vgl. das Gedicht *Der aussätzige König* (S. 256).

Barchent: linksseitig aufgerauhter Baumwollstoff.

parva regina: (lat.) kleine Königin; Odette de Champdivers, die man dem König als Konkubine zugeführt hatte.

464 *Juvenal*: Juvénal des Ursins (1369–1431), Staatsmann und Vertrauter Karls VI.

daß sein Bruder ermordet ... zu verzeihen: Der Bruder Karls, der Herzog von Orléans, wurde 1407 im Auftrag des Herzogs Johann von Burgund (Johann ohne Furcht, 1371–1419) ermordet. Seine Frau Valentina (Visconti) von Orléans war eine besondere Vertraute Karls und starb 1408. Der Theologe Jean Petit verteidigte und rechtfertigte 1408 in einer scholastischen Argumentation die Ermordung des Herzogs von Orléans gegen die Anklage der Herzogin.

Hôtels von Saint-Pol: königlicher Stadtpalast.

465 *der Tag von Roosbecke … verzweifelter Seelen*: 1382 besiegte der Herzog Philipp (der Kühne) von Burgund (1342–1404, ab 1363 Herzog) die Flamen bei Rosebecque. (Rilke verwechselt Philipp mit dem Herzog von Berry (1340–1416), Onkel und Vormund des jungen Karl.) Es wird berichtet, daß bei der Schlacht wenig Blut floß, weil viele Tote erdrückt oder erstickt wurden.

der Hirsch … im Wald von Senlis: Karl soll vor der Schlacht von Rosebecque von einem Hirsch geträumt haben.

466 *rue Saint-Denis … Passionsbrüderschaft*: Die 1402 gegründete Laienvereinigung, deren Ziel es war, Mysterienspiele mit bibl. Stoffen aufzuführen, wurde von Karl gefördert. Es wurde im Trinitätshospital, rue Saint Denis gespielt.

dem kleinen Buch: das Buch *Chemin de Long Estude* (1402) der Dichterin Christine de Pisan (1363–1430).

Cumäa: die im antiken Rom bekannte Seherin Sibylle von Cumae. Christine de Pisan erzählt in ihrem Buch einen Traum, in dem sie von Sibylle in den Himmel geleitet wird.

467 *Kaiser Wenzel*: Karl traf Wenzel 1397 um über das Schisma der Kirche zu beraten.

468 *die Tage jener avignonesischen Christenheit*: Von 1309 bis 1377 residierten die Päpste in Avignon, von 1378 bis 1417 (abendländisches Schisma) gab es gleichzeitig zwei Päpste, einer in Rom und einer in Avignon.

das Stück Einhorn war mißfarbig: Nach Rilkes Auskunft in seinem Brief an Witold Hulewicz vom 10. 11. 1925 soll es eine Probe gegeben haben, bei der ein Stück Einhorn-Gehörn in die Speisen oder Getränke getaucht wurde, und man glaubte, daß es sich verfärbe, wenn die Nahrung vergiftet sei.

Simulakern: (lat.) Bilder.

469 *das Angelus verschrieben*: Johannes XXII. institutionalisierte das Angelus-Läuten und das entsprechende Gebet (Angelus dominus).

kalmierend: (franz.) beruhigend.
Tisane: Kräutertee.
Das Kaisertum … fernen Osten: der deutsche Kaiser Ludwig der Bayer (1283–1347) hatte den Papst für abgesetzt erklärt; Russen und Armenier sollen vom Papst Hilfe gegen die Türken erbeten haben.
das Unglaubliche … und widerrief: Am 1. 11. 1331 hielt Johannes eine Predigt, in der er eine Gottesschau der toten Seelen vor dem jüngsten Gericht ausschloß. Er widerrrief diese Meinung am 3. 12. 1334.
Napoleon Orsini: Kardinal und Gegner des Papstes.
Jakob von Cahors: Johannes XXII. wurde als Jacques Duèse in Cahors geboren.
Sohn des Grafen von Ligny: Pierre de Luxembourg-Ligny (1369–1387) wird als ein schon in früher Kindheit heilig-mäßig lebender Christ beschrieben, der bereits mit 10 Jahren studierte, mit 17 Kardinal wurde und mit 18 starb.
470 *Scharlachküpe*: Kessel, in dem die Farbe gekocht wird.

62. AUFZ. (DA SITZE ICH …)

471 *der Kuß zweier … Kröte*: Versöhnungsgesten, die zwischen dem Herzog von Orléans und dem Herzog Philipp von Burgund bzw. dessen Sohn dem Herzog Johann (ohne Furcht) von Burgund ausgetauscht worden sind, bevor Johann den Herzog von Orléans umbringen ließ (vgl. Anm. zur Aufz. 61).
ein Bruder den Bruder: wohl die Grafen von Vendôme und la Marche.
472 *Graf von Foix, Gaston Phöbus*: Gaston Phöbus (1331–1391) ermordete seinen Vetter Ernault und tötete aus Versehen seinen Sohn.
Cölestinerkutte: Mönchsbekleidung des von Papst Cölestin V. (1215–1296) gegründeten Ordens.
Minstrel: Minnesänger.
473 *Tagliedern*: die mittelalterliche Gedicht-Gattung Tagelied. Vgl. *Östliches Taglied* (S. 189).

Diengedichten: Minnegedichte, mit dem Thema des der Frau dienenden Ritters.
Hände in dem silbernen Waschbecken: Anspielung auf den Tod von Gaston Phöbus beim Händewaschen.
Missionsbrüder: Vgl. Anm. zur Aufz. 61.
Monseigneur Sankt Michaël: der Erzengel Michael als Figur des Mysterienspiels.

64. AUFZ. (DAS WAR IM THEATER …)

474 *Theater zu Orange*: In der franz. Stadt im Rhône-Tal gibt es ein relativ gut erhaltenes Amphitheater aus dem 2. Jh. Rilke besuchte es im Herbst 1909.
Althaeabäume: Eibisch, Malvengewächs.

475 *Ikonwand*: eine mit Heiligenbildern verzierte Wand, die in griech.-orthodoxen Kirchen den Altar- vom Gemeinderaum trennt.

65. AUFZ. (HÄTTEN WIR EIN THEATER …)

Der Gegenstand dieser Aufzeichnung ist die international gefeierte ital. Schauspielerin Eleonora Duse (1858–1924). Rilke lernte sie allerdings erst 1912 persönlich kennen. Vgl. das Gedicht *Bildnis* (S. 285) und die Aussagen in *Auguste Rodin* (S. 95).

476 *Marianna Alcoforado*: Die port. Nonne Marianna Alcoforado (1640–1723), der (fälschlich) fünf Liebesbriefe an den Chevalier Noël Bouton de Chamilly zugeschrieben wurden. Rilke kennt die Briefe seit 1905, hat 1907 einen kleinen Aufsatz über sie geschrieben und sie 1913 übersetzt.

477 *ihr Leben zu ändern*: Vgl. letzte Zeile von *Archäischer Torso Apollos* (S. 245).

66. AUFZ. (SCHLECHT LEBEN DIE GELIEBTEN …)

Thema dieser Aufzeichnung ist das von Rilke mehrfach explizierte Konzept der intransitiven Liebe: die Liebe (einer Frau), die unabhängig von ihrem Gegenstand und von ihrer Erfüllung ist. Als Beispiele und Beweise der Möglichkeit einer solchen Liebe zählt Rilke immer wieder sogenannte ›große Liebende‹ auf, Frauengestalten aus der Mythologie, der Literatur oder der Geschichte, die den Geliebten auf die eine oder andere Art und Weise verloren haben, sich ihre Liebe jedoch bewahren oder sie sogar noch steigern konnten – nach Rilkes nicht immer den literarischen oder historischen Vorgaben entsprechenden Interpretationen.

477 *Byblis … Quelle*: Byblis liebt ihren Bruder Kaunos, der vor ihrer Liebe flieht. Die aus Kummer unablässig Weinende wird schließlich in eine Quelle verwandelt (vgl. Ovid: *Metamorphosen* IX, 454–665).

Portugiesin: Marianna Alcoforado, s. Anm. zu Aufz. 65 (S. 795).

Heloïse: Vgl. Anm. zu *Don Juans Auswahl* (S. 292).

Gaspara Stampa: venez. Dichterin (1523–1554), bekannt vor allem durch ihre petrarkistischen Sonette an den von ihr geliebten Grafen Collaltino di Collalto, der sie nach drei Jahren verlassen hatte.

Gräfin von Die: Béatrice von Die, franz. Dichterin des 12. Jhs, liebte den Troubadour Raimbaud d'Orange.

Clara d'Anduze: Provençal. Dichterin des 13. Jhs.

Louise Labbé: Louïze Labé, französ. Dichterin (1525–1566) aus der Nähe von Lyon. Rilke übersetzte ihre petrarkistischen Sonette (vgl. Übertragungen S. 696).

Marceline Desbordes: franz. Dichterin (1786–1859), die eine unerfüllte Liebe zu dem Schriftsteller Henri de Latouche hegte.

Elisa Mercœur: franz. Dichterin (1809–1835).

Aïssé: Charlotte Haydée (1694–1733). Vom franz. Botschafter im Alter von 4 Jahren auf dem Sklavenmarkt von Konstantinopel gekauft, wurde sie zu einer Berühmtheit der Pariser Salons. Sie verließ ihren Geliebten aus religiösen Gründen. Rilke las 1908 ihre 1787 erschienen Briefe.

Julie Lespinasse: (1732–1776), bekannt wegen ihrer Liebesbriefe an den Grafen Guibert.

Marie-Anne de Clermont: Marie-Anne de Bourbon-Condé, Prinzessin von Clermont (1697–1741), vgl.

den Roman *Mademoiselle de Clermont* (1802) der Comtesse de Genlis (1746–1830).

478 *Saffian*: Ziegenleder.

67. AUFZ. (BLÄTTERT ZURÜCK IN …)

479 *Clémence de Bourges*: (1535–1561), Freundin von Louïze Labé, die ihr ihre Werke widmete. Sie soll aus Kummer über den Tod ihres Verlobten gestorben sein.

68. AUFZ. (MÄDCHEN IN MEINER HEIMAT. …)

Die Aufzeichnung bezieht sich vorwiegend auf die griech. Lyrikerin Sappho, verstanden als »große Liebende«. Vgl. die Gedichte *Eranna an Sappho*, *Sappho an Eranna* und *Sappho an Alkaïos* (S. 186–188) und die Anm. dort.

479 *Jan des Tournes*: der Drucker Jan de Tournes (1504–1564) aus Lyon druckte die Sonette von Louïze Labé.
Dika, … Anaktoria, Gyrinno und Atthis: Schülerinnen von Sappho.
Ridingerstiche: der Grafiker und Maler Johann Elias Ridinger (1698–1767) ist für seine Tierbilder bekannt.
Equitation: (franz.) Reitkunst.

481 *Galiens Zeugnis*: Claudius Galenos, berühmter Arzt des 2. Jh. v. Chr.
den Tod derjenigen zuschrieb: Eranna, eine Schülerin Sapphos, soll aus Liebe zu ihr gestorben sein.

482 *firnen*: vorjährigen.

69. AUFZ. (EINMAL NOCH, ABELONE, …)

Vgl. zu Venedig auch *Venezianischer Morgen*, *Spätherbst in Venedig* und *San Marco* (S. 285–286).

484 *Benedicte von Qualen, die in Baggesens Leben eine Rolle spielt*: Der dän. Schriftsteller Jens Immanuel Baggesen (1764–1826) schrieb eine Reihe von Liebesbriefen an Benedicte von Qualen, spätere Reventlow. Die Briefe sind Teil der Reventlow-Papiere.

487 *Julie Reventlow*: s. Anm. zu Aufz. 44.
Mechthild: die Mystikerin Mechthild von Magdeburg (um 1210–1282/94).
Therese von Avila: span. Mystikerin (1515–1582).
Selige Rose von Lima: peruan. Mystikerin (1586–1617).
Fürstin Amalie von Galitzin: Amalie von Galizin (1748–1806) unterhielt in Münster einen bedeutenden Salon und setzte sich für die Erneuerung des Katholizismus in Westfalen ein. Sie hinterließ Tagebücher und Briefe.

71. AUFZ. (MAN WIRD MICH SCHWER ...)

Die Aufzeichnung ist eine Verarbeitung und Interpretation des gegenüber dem neutestamentlichen Original (Lukas 15,11–32) stark abgewandelten Gleichnisses vom verlorenen Sohn. Vgl. zum gleichen Motiv den Rodin-Aufsatz (S. 119) und die Gedichte *Vom verlorenen Sohn* (S. 156), *Der Auszug des verlorenen Sohnes* (S. 193), *Der Fremde* (S. 299).

488 *Bucanier ... Vera-Cruz*: Quelle hierfür ist der Artikel »Flibustier« der *Encyclopädie*. Dort wird von Seeräubern (boucaniers oder flibustiers) berichtet, die die vor Haiti gelegene Insel Tortuga und die mexikanische Stadt Campêche erobern; Vera Cruz wird jedoch nicht erwähnt. Allerdings wird festgestellt, daß die flibustiers, um unabhängig zu sein, weder Frauen noch Kinder hatten.
Deodat von Gozon ... Gehorsam: Johanniterritter, der trotz Verbots einen Drachen tötet und bestraft wird. Die Geschichte steht in der *Encyclopädie* und ist die Grundlage von Schillers Ballade *Der Kampf mit dem Drachen* (1798).

491 *Baux*: Les Baux ist eine Landschaft in der franz. Provence.
Orange ... Triumphtor: Triumphbogen aus dem Jahr 49. v. Chr. in Orange.
Allyscamps: antiker Friedhof bei Arles.

492 *sa patience de supporter une âme*: (franz.) seine Geduld, eine Seele zu unterstützen.

ÜBER DEN DICHTER

Entstanden 1912 in Duino (vgl. Anm. zu den *Duineser Elegien*, S. 807–808), Erstdruck in *Verse und Prosa aus dem Nachlaß*, Insel-Verlag, Leipzig 1929.

497 *Philae*: Nilinsel oberhalb von Assuan.
albere: altert. für albern.

ERLEBNIS

Entstanden 1913 in Ronda, Erstdruck des ersten Teils im *Insel-Almanach* auf das Jahr 1919, des zweiten Teils in *Briefe aus Muzot 1921–1926*, Insel-Verlag, Leipzig 1936.

500 *Garten des Schlosses*: Schloß Duino, vgl. Anm. zu *Duineser Elegien* (S. 807–808).

501 *Revenant*: (franz.) der wiederkehrende Geist eines Toten.
Polyxène oder Raimondine: Schwestern der Mutter von Marie von Thurn und Taxis-Hohenlohe, die früh verstorben waren.

502 *Vinca*: Immergrün, Stauden-Pflanze mit dunkelgrünen Blättern und blauen langstieligen Blüten.

ÜBER DEN JUNGEN DICHTER

Entstanden 1913, zuerst im Privatdruck 1931 in Hamburg, dann in einem Faksimiledruck einer überarbeiteten Fassung 1990 in Holland erschienen.

505 *Wolf Kalckreuth*: Vgl. *Requiem. Für Wolf Graf von Kalckreuth* (S. 177).
Georg Heym: deut. Schriftsteller (1887–1912) der Frühphase des Expressionismus.
Franz Werfel: Prager Schriftsteller (1890–1945).

506 *O ihr, Mütter*: Vgl. zur Rühmung der Mütter die sechste *Duineser Elegie*, V. 32–41 (S. 601).

507 *Dürfte doch ein Knabe … ein Hirte sein*: Vgl. zum Thema des Fortgehens und zum Bild des Hirten Rilkes Verarbeitungen des Gleichnisses vom verlorenen Sohn z. B. in den Gedichten *Vom verlorenen Sohn* (S. 156),

Der Auszug des verlorenen Sohnes (S. 193) und in der Aufz. 71 des *Malte* (S. 489–494).

509 *Danaë den ergossenen Zeus*: Zeus näherte sich der eingeschlossenen Danaë als Goldregen.

510 *gleich jenem Heiligen … unter der Treppe wohnend*: vgl. die Legende des heiligen Alexius, ein reicher Römer, der seine Familie verläßt, um in Armut zu leben, dann in sein Elternhaus zurückkehrt und bis zu seinem Tode unerkannt als Bettler unter der Treppe lebt.

Petrarca: der ital. Dichter Francesco Petrarca (1304–1374), der seine Besteigung des Mont Ventoux in der franz. Provence als Mahnung zur Besinnung auf sich selbst beschreibt.

die Erbauer der Kathedralen: Vgl. das Gedicht *Die Kathedrale* (S. 198).

DAS TESTAMENT

Enstanden im April 1921 auf Schloß Berg am Irschel (Schweiz), Erstdruck als Faksimile der Handschrift *Das Testament*, Insel-Verlag, Frankfurt 1974. Rilke hatte sich vorgenommen, im Winter 1920/21 die seit dem Krieg unterbrochene Arbeit an den *Duineser Elegien* fortzusetzen, und glaubte, in der Abgeschiedenheit von Schloß Berg den idealen Ort dafür gefunden zu haben. Am Ende des Winters mußte er feststellen, daß der Plan eines Arbeitswinters gescheitert war; zu diesem Zeitpunkt erschien ihm die Vollendung der Elegien grundsätzlich in Frage gestellt. Die Zusammenstellung von Prosastücken und Fragmenten in *Das Testament* stellt einen Versuch der Begründung und Verarbeitung dieses Scheiterns dar. Einer der Gründe war wohl Rilkes problematische Beziehung zu der Malerin Baladine Klossowska (1886–1969). Rilke kannte sie bereits aus Paris und sah sie 1919 in Genf wieder. Die schwierige Liebesbeziehung begann wahrscheinlich im Juli 1920. Teile der *Testament*-Fragmente sind an Baladine Klossowska gerichtet.

513 *Ausgang jenes Winters*: Beginn 1921.

jene unvergleichliche Stadt: Paris, wo Rilke seit 1902 die meiste Zeit gelebt hatte.

Wartezeit in einem Lande: Rilke befand sich bei Kriegsausbruch in Deutschland und mußte in München das Ende des Krieges abwarten.

jenen Freund: Dr. med. Wilhelm Schenk Freiherr von Stauffenberg (1879–1918).

514 *hülfreiches Land*: Schweiz.

515 *entlegener alter Herrensitz*: Schloß Berg am Irschel.

Charmillen: (franz.) Hagebuchenallee.

516 *älteren fürstlichen Schloß*: Duino, vgl. *Duineser Elegien*.

zwei berühmte Orte: Venedig und Paris.

517 *Andrang … zu lieben*: Rilkes heftige Liebesbeziehung zu Baladine Klossowska (s. o.).

518 *Mais … volonté*: (franz.) Ich klage jedoch vor allem denjenigen an, der sich gegen seinen eigenen Willen verhält. Zitat aus den *Stances* (1899–1901) von Jean Moréas (Drittes Buch, III).

Jean Moréas: in franz. Sprache schreibender griech. Schriftsteller (1856–1910).

519 *Götter, in den Verwandlungen*: Ovids *Metamorphosen*, vgl. Anm. zu *Sonette an Orpheus* (S. 813–814).

521 *da er nach Rußland kam*: Rilkes erste Rußland-Reise von April bis Juni 1899.

522 *in jenem gewissen Erlebnis … revenant*: Vgl. *Erlebnis* (S. 500–504).

Gugel-Augen: Gugel-Kapuze mit Augenschlitzen.

des heiligen Georg: Vgl. die Gedichte *Skizze zu einem Sankt Georg* (S. 165) und *Sankt Georg* (S. 293).

522 G.: Genf.

531 *Eine schwedische Freundin*: die schwed. Malerin Tora Vega Holmström (1880–1967).

533 *Leis*: eigentlich Bezeichnung für die ersten volkssprachlichen geistlichen Lieder, hier wohl eher für das franz. laisse, eine beliebig lange Strophe eines chanson de geste.

Girard de Roussillon: das chanson de geste (Heldenlied) *Girart de Roussillon* aus dem 12. Jh.

»Les guerres .. commencent.«: (franz.) Die Kriege sind zu Ende und die Werke beginnen.
Rimbaud: der franz. Dichter des Symbolismus Arthur Rimbaud (1854–1891).

534 *Jan von Eyck*: niederl. Maler (um 1390–1441).

535 *B….*: Schloß Berg.
französisch geschriebene Préface: Vorwort zu einem Band mit Tuschzeichnungen des jüngsten Sohnes von Baladine Klossowska.

Gedichte 1909–1922

539 ENDYMION
Endymion: Enkel des Zeus. Die Göttin des Mondes Selene verliebt sich in ihn und läßt ihn, da sie seinen Tod nicht hätte ertragen können, in ewigen Schlaf fallen, in dem er nicht altert.
Gewäfers: wäfern, nach Grimms Wörterbuch: lebhaft, regsam, geschäftig sein.

JUDITH'S RÜCKKEHR
Der Text ist Teil des für den Tänzer Vaclav Nijinsky (1890–1950) geschriebenen Ballett-Fragments *Figurines pour un ballet* (*Figuren für ein Ballett*). Quelle: das Buch Judith des AT, besonders Judith 13,1–17.

540 DIE SPANISCHE TRILOGIE I–III
Die drei Gedichte sind Teil der 22 Gedichte des Zyklus *Gedichte an die Nacht*, an dem Rilke parallel zu den *Duineser Elegien* gearbeitet hat, den er jedoch nie fertiggestellt hat.
Hirt: Zum Motiv des Hirten vgl. auch die Aufz. 71 im *Malte*.
Ruf des Vogels: vgl. *Sonette an Orpheus* 2. Teil, XXVI (S. 645).

542 HIMMELFAHRT MARIAE I UND II
Rilke verstand die beiden Gedichte als Ergänzung des 1912 parallel zu der Arbeit an der ersten *Duineser Elegie* in Duino entstandenen und 1913 im Insel-Verlag, Leipzig erschienen Gedicht-Zyklus *Das Marien-Leben*.
Vorlage: El Grecos *Himmelfahrt Mariae*.
Theorbe: Baßlaute.

544 AUFERWECKUNG DES LAZARUS
Quelle: NT, Johannes 11,1–45.

545 DER GEIST ARIEL
Vorlage: Das Drama *The Tempest* (1610/11) von William Shakespeare (1564–1616).
Zum Motiv des Jünglings vgl. *Über den jungen Dichter* (S. 505–512).

546 SO ANGESTRENGT
gohren: gärend.

548 EMMAUS
Quelle: NT, Lukas 24,13–35. Mögliche Bildvorlage: Rembrandts *Christus in Emmaus*.

549 NARZISS
Vgl. *Sonette an Orpheus* 2. Teil, III (S. 632).
Heliotrop: Vgl. *Persisches Heliotrop* (S. 302).

551 HINSCHWINDENDE GANZ LEICHT
Widmungsgedicht für die Herstellerin von Wachspuppen Lotte Pritzel (1887–1952) in ein Exemplar des *Insel-Almanachs*.

552 WINTERLICHE STANZEN
Stanzen: ital. Strophenform mit 8 weiblichen Elfsilbern und dem Reimschema abababcc; in Deutschland besonders zur Zeit der Romantik verwendet.

553 DASS ICH DEREINST, AN DEM AUSGANG

Das Gedicht wurde ursprünglich als Teil der zehnten *Duineser Elegie* geschrieben.

556 GEDANKEN, DER NACHT

Schwester in mir: Vgl. die Vorstellung vom »inneren Mädchen«, z. B. in *Sonette an Orpheus* 1. Teil, II (S. 617) und *Wendung* (S. 563).

559 ZU DER ZEICHNUNG, JOHN KEATS IM TODE DARSTELLEND

Vorlage: Zeichnung des engl. Maler John Severn (1793–1879), der den Dichter John Keats (1795–1821) in Rom bis zu dessen Tode gepflegt und ihn auf dem Sterbebett gezeichnet hat.

560 HEBEND DIE BLICKE VOM BUCH

Vgl. die Gedichte *Der Lesende* (S. 27), *Der Leser* (S. 307), die Aufz. 56 im *Malte* (S. 452–456).
Mögliche Vorlage: Beschreibung der Sonntags-Lektüre in Marcel Prousts *Du côté de chez Swann*, *Combray*, II (Pléiade-Ausgabe S. 83–87, dt. Ausgabe Frankfurt 1967 S. 114–121).

563 WENDUNG

Ursprünglich Teil des Gedichts *Waldteich*. Das Motto ist etwas variiert der Sammlung *Aus den Sätzen des Yogi* (1911) von Rudolf Kassner (Vgl. Anm. zur achten *Duineser Elegie*, S. 811 f.) entnommen.
daß es der Liebe nicht habe: vgl. NT, 1. Korinther 13,1.
dein inneres Mädchen: Vgl. *Sonette an Orpheus* 1. Teil, II (S. 617) und *Gedanken, der Nacht* (S. 556).

565 FÜNF GESÄNGE

Die Gesänge entstanden Anfang August 1914. Rilkes – allerdings nicht nationalistisch motivierter – Kriegsbegeisterung folgte schnell eine gründliche Ernüchterung, die ihn schließlich zum Kriegsgegner machte.

Wichtig für Rilkes *Fünf Gesänge* ist seine Lektüre von Hölderlin, vgl. *An Höderlin* (S. 572).

I

Wie so dicht … erwachsenes: Die Formulierung erinnert an den Mythos, nach dem Kadmos, der Begründer Thebens, auf Athenes Geheiß die Zähne des von ihm getöteten Drachens auf den Boden aussähte und daraus Krieger erwuchsen.

V

Schmerztuch … zusamm: Vgl. die Legende von der heiligen Veronika: auf ihrem Schweißtuch, mit dem Christus sich auf dem Weg zur Kreuzigung das Gesicht abtrocknete, waren seine Gesichtszüge zu erkennen.

570 ES WINKT ZU FÜHLUNG

umarmend und umarmt: möglicherweise Anspielung auf Goethes *Ganymed*.

Weltinnenraum: Für die Rezeption von Rilkes später Lyrik wichtig gewordenes Konzept, das eine Art existentielles bzw. poetologisches Ideal der Aufhebung der Grenzen zwischen Innen und Außen bezeichnet.

571 AUSGESETZT

Frühes Beispiel für Rilkes – vor allem im Spätwerk zu findende – Mythopoetik der »inneren Landschaft«.

SIND WIRS LULU, SIND WIRS?

Lulu: die Malerin Lou Albert-Lasard (1891–1969), mit der Rilke Ende 1914 ein kurze Beziehung hatte und die ihn 1916 porträtierte.

Gott mit den Flügeln an den Füßen: Hermes.

572 AN HÖLDERLIN

Seit 1910 beschäftigte sich Rilke vermehrt mit Hölderlin, dessen späte Dichtung zu einem Vorbild für seine eigene späte Schaffensperiode wurde. Rilkes Interesse für Höderlin wurde insbesondere durch die Bekanntschaft und Korrespondenz mit Norbert von Hellingrath (1888–1916) geweckt, der u. a. die in den Jahren 1913–1916 entstehenden Bände der von ihm besorgten ersten historisch-kritischen Ausgabe der Werke Hölderlins Rilke zusandte.

573 ODE AN BELLMAN

Bellman: der schwed. Dichter und Komponist Carl Michael Bellman (1740–1795), der in seinen Gesängen insbesondere dem sinnlichen Genuß des Augenblicks huldigte.

575 REQUIEM AUF DEN TOD EINES KNABEN

Anlaß für das Gedicht ist der Tod von Peter Jaffé, dem achtjährigen Sohn des mit Rilke bekannten Ehepaares Edgar und Else Jaffé, im Oktober 1915.

Vgl. zum Motiv des Kindertods auch die letzte Strophe der vierten *Duineser Elegie*, die kurze Zeit nach diesem Gedicht enstanden ist.

578 AN DIE MUSIK

Zu Rilkes Verhältnis zur Musik vgl. u. a. im *Malte* die Aufz. 24 und 37 und das Gedicht *Musik* (S. 657 f.).

580 NIKE

Nike: geflügelte Siegesgöttin der griech. Mythologie. Rilkes Beschreibung erinnert an die Bronze-Plastik *Der Mensch und sein Genius* von Rodin, die er im zweiten Teil seines Rodin-Buches erwähnt.

580 HAÏ-KAÏ

Haï-Kaï: Haiku ist ein jap. Kurzgedicht (17silbiger Dreizeiler), das Rilke durch franz. Übersetzungen in der *Nouvelle Revue Française* kennenlernte. Vgl. die beiden franz. *Haï-Kaï* (S. 682 u. 684).

581 BAUDELAIRE
Der franz. Lyriker und Mitbegründer der modernen Poesie Charles Baudelaire (1821–1867) gehört zu den wichtigsten Einflüssen insbesondere zur Zeit der *Neuen Gedichte* und des *Malte*. Rilke hat vor allem dessen Gedicht *La Charogne* (*Das Aas*) aus *Les Fleurs du mal* immer wieder erwähnt. Vgl. z. B. die Aufz. 22 des *Malte*; vgl. auch die Baudelaire-Übertragungen (S. 688–691).

582 SOLANG DU SELBSTGEWORFNES
Dieser Text gilt als Auftaktgedicht zu den Arbeiten an den *Duineser Elegien* und den *Sonetten an Orpheus* in Muzot.

GEGEN-STROPHEN
Ursprünglich vorgesehen als fünfte *Duineser Elegie*. *[Ihr, … Einhorns!]*: gestrichener Schluß, zu den Motiven vgl. *Sonette an Orpheus* 2. Teil, III u. IV (S. 632). *[Oh verwandelt … tut]*: gestrichener Entwurf einer zusätzlichen Strophe.

Duineser Elegien

Die Duineser Elegien entstanden in der Zeit vom 21. 1. 1912 (Niederschrift der *Ersten Elegie*) bis 26. 2. 1922 (Neufassung des Endes der *Siebten Elegie*). Die tatsächliche Werkgenese beschränkte sich jedoch vorwiegend auf sechs relativ kurze Produktivitätsphasen, von denen die erste und die letzte am wichtigsten waren: 1) 21. Januar – März 1912, Schloß Duino; 2) Januar/Februar 1913, Ronda (Spanien); 3) Herbst bis Jahresende 1913, Paris; 4) 22./23. 11. 1915, München; 5) 12. 11. 1920–10. 5. 1921, Schloß Berg; 6) 7. 2.–26. 2. 1922, Muzot (Schweiz). Der Erstdruck erschien 1923 im Insel-Verlag, Leipzig.
Titel: Die Elegien sind nach dem in der Nähe von Triest an der Adria gelegenen Schloß Duino benannt. Rilke lebte

dort vom 22. 10. 1911 bis 9. 5. 1912 als Gast von Marie von Thurn und Taxis-Hohenlohe. Hier entstanden ab Januar 1912 die erste und zweite Elegie sowie eine Reihe von Fragmenten, die später für die Elegien verwendet wurden. Der Umstand, daß das Schloß am Ende des 1. Weltkriegs völlig zerstört wurde, trug dazu bei, daß Rilke mit dem Titel seiner Elegien Duino in Erinnerung rufen und verewigen wollte.
Mit der Bezeichnung *Elegien* stellte Rilke seine Gedichte in die Tradition einer bis in die griech. Antike zurückverfolgbaren Lyrik-Gattung. Rilkes Elegien entsprechen inhaltlich der Gattungstradition, insofern sie im Grundton der Klage verfaßt sind, formal, insofern es sich um lange Gedichte im hohen Ton handelt. Das traditionelle formale Merkmal der Gliederung in Doppelverse ist nicht in allen Elegien präsent und bildet nur die Grundlage für Variationen. Daneben knüpfte Rilke sowohl formal als inhaltlich an die Tradition der Hymne in freien Rhythmen an, für die ihm besonders Hölderlin als Vorbild diente.
Widmung: Die Wendung *Aus dem Besitz* soll ausdrücken, daß die Elegien nach Rilkes Ansicht der Fürstin Marie von Thurn und Taxis immer schon gehörten und ihr deshalb nicht – wie bei Widmungen üblich – zugeeignet werden können.
Marie von Thurn und Taxis-Hohenlohe: Mit der fast zwanzig Jahre älteren Gräfin verband Rilke von 1910 bis zu seinem Tode eine intensive Freundschaft mit regem Briefwechsel. Sie stammte aus der Familie Hohenlohe und heiratete 1875 den Fürsten Alexander von Thurn und Taxis. Sie verbrachte den Großteil ihrer Jugend in Venedig, führte ein sehr aktives gesellschaftliches Leben und interessierte sich besonders für Kunst, Musik und Literatur.

587 DIE ERSTE ELEGIE

Gaspara Stampa: venez. Dichterin (vgl. *Malte* Anm. zu Aufz. 65), für Rilke eine der sogenannten »großen Liebenden« (vgl. *Malte* Anm. zu Aufz. 65)
Santa Maria Formosa: Kirche in Venedig.

Linos: Gestalt der griech. Mythologie; über sein Schicksal und seine Herkunft gibt es unterschiedliche Sagen, die jedoch darin übereinstimmen, daß er in jugendlichem Alter getötet wurde und daß daraufhin die sogenannten Linos-Lieder als Klagegesang eingeführt und gesungen wurden.

590 DIE ZWEITE ELEGIE

Tobiae: In der bibl. Geschichte wartet ein verkleideter Engel an der Tür, um Tobias auf seiner Reise zu begleiten (AT, Tobias 5, 5–6).

Gesichter schwangerer Frauen: Vgl. die Aufz. 8 und 9 im *Malte* (S. 322–324).

attische Stelen: antike griech. Grabsteine.

unseren Streifen Fruchtlands zwischen Strom und Gestein: Das Bild geht auf eine Beobachtung aus Ägypten zurück: ein fruchtbarer Landstrich zwischen Nil und Wüste.

592 DIE DRITTE ELEGIE

Fluß-Gott des Bluts: Vgl. eine ähnliche Formulierung in *Auguste Rodin* (S. 83).

Neptun: Meeresgott, dessen traditionelle Attribute Dreizack und Muschel sind.

Vieles verbargst … Nacht-Raum hinzu: Vgl. zu diesen Versen die Rolle der Mutter und die Beschreibung der nächtlichen Angst in den Aufz. 23 (S. 366), 30 (S. 381), 47 (S. 429), 50 (S. 440) des *Malte*.

595 DIE VIERTE ELEGIE

Zum Motivkomplex Tänzer, Puppe, Puppenspiel vgl. Kleists Schrift *Über das Marionettentheater* (1810).

Der bekannte Garten: möglicherweise das Paradies.

Balg: hier: Stoffhülle der Puppe.

der Knabe … mit dem braunen Schielaug: Vorbild ist Egon von Rilke, Rilkes jung verstorbener Cousin (1873–1880), der auch als Vorbild für die Figur des Erik Brahe im *Malte* gilt. Vgl. auch *Sonette an Orpheus* 2. Teil, VIII (S. 634).

Weltraum: bei Rilke eine zusätzliche Welt-Dimension, eine Art allgemeine, zeit- und ortlose Welt der Seele, quasi der Raum, in dem sich die Engel ›aufhalten‹.
Wer stellt es ins Gestirn: Vgl. *Sonette an Orpheus* 2. Teil, XX (S. 642).
Gröps: Kerngehäuse eines Apfels.

597 DIE FÜNFTE ELEGIE

Die fünfte Elegie ist eine von Rilkes Gestaltungen einer Familie von *saltimbanques*, d. h. von umherziehenden, auf offener Straße auftretenden Artisten: Vgl. das Gedicht *Die Gruppe* in den *Neuen Gedichten* (S. 273), das Prosagedicht *Vor dem Luxembourg* (das u. a. zu Baudelaires Prosagedicht *Le vieux saltimbanque* in Bezug gesetzt werden kann) und das in franz. Sprache verfaßte vierteilige Prosagedicht *Saltimbanques*. Anregungen zu diesen Texten waren Rilkes eigene Beobachtung von Straßenakrobaten (wohl am 14. 7. 1907) und Picassos Gemälde *La famille des saltimbanques* (1905). Ein weiterer Bezugspunkt ist möglicherweise die Seiltänzer-Episode zu Beginn von Nietzsches *Also sprach Zarathustra*.
Hertha Koenig: Schriftstellerin und Kunstsammlerin (1884–1976). Sie hatte, einem Rat Rilkes folgend 1914, das Bild von Picasso erworben. Rilke lebte und arbeitete vom 14. 6. bis 11. 10. 1915 in ihrer Münchener Wohnung, wo das Bild hing.
des Dastehns großer Anfangsbuchstab: diese Wendung ist möglicherweise dadurch angeregt, daß die Gruppierung der Figuren auf Picassos Bild ein D erkennen läßt.
August der Starke: Kurfürst Friedrich August von Sachsen (1670–1733). Er soll zur Unterhaltung seiner Gäste mit einer Hand zinnene Teller zerdrückt haben.
Subrisio Saltat.: Soll laut Rilke als Abkürzung für *Subrisio Saltatorum*, d. h. das Lächeln des Springers, verstanden werden (*Subrisio* – mittellat. Form von *riso*).

Madame Lamort: (franz.) wörtlich Frau Tod. Zur Personifizierung der Todes vgl. auch die Aufz. 6 des *Malte* (S. 318) und den ersten Teil der *Zehnten Elegie* (S. 609–610).
Kokarden: Zierabzeichen am Hut in Rosetteform.

600 DIE SECHSTE ELEGIE
wie der Gott in den Schwan: Anspielung auf den Leda-Mythos. Vgl. das Gedicht *Leda* in den *Neuen Gedichten* (S. 246) und die Anm. dort.
muldigen Bilder: Umschreibung für die in der ägypt. Kunst häufig verwendeten versenkten Reliefs.
Karnak: große Tempelanlage in Oberägypten.
Simson: Richter im AT. Seine Mutter galt bis zu seiner Geburt als unfruchtbar. (Vgl. AT, Richter 13–16, insbesondere 13,2–3).
o Mutter: Vgl. zur Rühmung der Mütter *Über den jungen Dichter* (S. 506).
wenn er Säulen zerstieß: Bezug auf Simsons letzte Tat, bei der er als Gefangener das Haus, in dem die Philister feiern, durch Brechen der Mittelsäulen zum Einsturz bringt und so für die Rache an den Philistern seinen eigenen Tod in Kauf nimmt (vgl. AT, Richter 16,26–30).

602 DIE SIEBENTE ELEGIE
Schwärende: eiternde, schmerzende.
Säulen ... Doms: Vgl. zu diesem Thema auch die Kathedralen-Gedichte in den *Neuen Gedichten* (S. 198–202) und *Sonette an Orpheus* 2. Teil, XXII (S. 643).
Pylone: sehr große Toranlagen ägypt. Tempel mit Türmen zu beiden Seiten des Tores.
Aber ein Turm: Vgl. *Der Turm* (S. 224).

605 DIE ACHTE ELEGIE
Vgl. zum diese Elegie bestimmenden Thema der Kritik des menschlichen Bewußtseins auch die *Vierte Elegie*. Wichtige Anregungen erhielt Rilke aus Lou

Andreas-Salomés *Drei Briefe an einen Knaben* (1918), deren Themen vor allem Liebe, Zeugung und Geburt sind, und aus Alfred Schulers Vortragsreihen über *Die ewige Stadt* (1915 und 1917/18, gedruckt in *Fragmente und Vorträge aus dem Nachlaß*. Hg. v. Ludwig Klages. Leipzig 1940). Schuler (1865–1923) war ein zivilisationsskeptischer Philosoph, der ein Ideal der ursprünglichen Einheit von Mensch und Kosmos propagierte.

Rudolf Kassner: Kulturphilosoph (1873–1959); mit Rilke seit 1907 befreundet.

das Offene: Konzept aus der Begriffswelt Schulers. Schuler spricht von einem »offenen« oder »geöffneten« Leben, bei dem durch ein Gefühl der Erfüllung, der Passivität und des Stillstands der Zeit eine Konzentration auf das Innenleben und eine Art Vereinigung mit dem grenzenlosen Universum erfolgt.

Brunnen: vgl. *Sonette an Orpheus* 2. Teil, XV (S. 638).

als wär … Deckel: auf dem Deckel etruskischer Sarkophage befindet sich ein Bild des Toten.

607 DIE NEUNTE ELEGIE

Vgl. zur Thematik der Verwandlung auch die *Siebente Elegie*.

Warum … als Lorbeer: Anspielung auf den antiken Mythos, nach dem Daphne vor den Nachstellungen Apollos durch Verwandlung in einen Lorbeerbaum gerettet wird. (Vgl. Ovid, *Metamorphosen* I, 452–567). Vgl. dasselbe Motiv auch in *Sonette an Orpheus* 2. Teil, XII (S. 637).

609 DIE ZEHNTE ELEGIE

In der zehnten Elegie werden mehrfach (insbesondere ab V. 54) Motive aufgegriffen, die auf Rilkes Ägypten-Reise (25. 11. 1910 – 25. 3. 1911) zurückgehen. Vereinzelte Anklänge an diese Motive finden sich auch in der ersten, sechsten, siebenten und neunten Elegie.

den klar geschlagenen Hämmern … Saiten: die Metapher leitet sich von der Technik des Klaviers her, bei der die Saiten durch Hämmerschläge zum Schwingen gebracht werden.
Sinngrün: Synonym für die Pflanze Immergrün.
Sibyllen: aus der antiken Mythologie stammende Bezeichnung für Frauen mit der Gabe der Weissagung.
Pschent: eigentlich die Doppelkrone Ober- und Unterägyptens, hier Bezeichnung für das Kopftuch des Sphinx.

Die Sonette an Orpheus

Der Gedichtzyklus *Die Sonette an Orpheus* besteht aus zwei Teilen. Der erste Teil entstand beinah vollständig und in der endgültigen Reihenfolge vom 2. bis 5. Februar 1922; den zweiten Teil schrieb Rilke vom 15. bis 23. Februar 1922. Beide Teile entstanden in Muzot (Schweiz) noch während der Arbeit an der Vollendung der Elegien. Die Gedichte erschienen unter dem Titel *Die Sonette an Orpheus. Geschrieben als ein Grab-Mal für Wera Ouckama Knoop* Ende März 1923 im Insel-Verlag, Leipzig.
Die traditionelle Form des Sonetts handhabt Rilke in Reim und Verslänge sehr frei. Motivisch legt er seinem Gedichtzyklus den Mythos von Orpheus, dem größten Sänger der griech. Mythologie, zugrunde. Orpheus, der Sohn des thrakischen Königs Oiagros (oder Apollons) und der Muse Kalliope, entzückt mit seinem Gesang nicht nur Menschen, sondern auch Tiere, Bäume und die ganze Natur. Besonders bekannt ist die Episode, in der sein Gesang die Herrscher der Unterwelt Hades und Persephone erweicht und sie seine durch einen Schlangenbiß getötete Frau Eurydike mit ihm ins Leben zurück ziehen lassen. Er verliert sie jedoch wieder, als er sich auf dem Weg aus der Unterwelt aus zu großer Liebe und gegen das ausdrückliche Verbot nach ihr umwendet. Er wird schließlich durch die thrakischen Mänaden, die sich von ihm verschmäht

fühlen, getötet und in Stücke zerrissen. (Vgl. Ovid, *Metamorphosen* X–XI). Baladine Klossowska (vgl. *Das Testament*) hatte Rilke zu Weihnachten 1920 eine lat.-franz. Ausgabe der *Metamorphosen* geschenkt und ihm im Winter 1921/22 eine Postkarte mit der Reproduktion einer Federzeichnung von Cima da Conegliano (um 1459–1518) gegenüber seinem Schreibtisch angebracht. Die Zeichnung zeigt Orpheus, wie er am Fuß eines Baumes spielt und von Tieren belauscht wird. Vgl. auch Rilkes Bearbeitung des Mythos in *Orpheus. Eurydike. Hermes* (S. 233). Durch den Untertitel werden die Sonette zur dichterischen Totenehrung für die Frühverstorbene Tänzerin Wera Ouckama Knoop (1900– 1919). Rilke hatte sie nur wenige Male gesehen, als sie noch ein Kind war; sie hatte ihn jedoch sehr beeindruckt. Einen Bericht über Weras Krankheit und Tod erhielt Rilke im Januar 1922 in einem Brief von ihrer Mutter Gertrud.

ERSTER TEIL

617 I

Hören: »Hören« ist das poetische Leitmotiv und Paradigma der *Sonette an Orpheus*.

617 II

Und fast ein Mädchen: Dies kann sich einerseits auf Wera Ouckama Knoop beziehen, andererseits auf das Konzept des »inneren Mädchens«, als weibliche Seite jedes kreativen Menschen. Die Vorstellung der Androgynie des schöpferischen Menschen kannte und schätzte Rilke spätestens, seit er 1915 die Vorträge Alfred Schulers gehört hatte (Vgl. Anm. zur *Achten Elegie*). Vgl. die Gedichte *Gedanken, der Nacht* (S. 556) und *Wendung* (S. 563).

618 III

nicht Begehr, nicht Werbung: Vgl. den Anfang der *Siebenten Elegie*.

IV
Bogen der Pfeile und Ziele von Pfeilen: Anspielung auf die Attribute Amors. Vgl. *Erste Elegie* (V. 50–53).

V
619 *Seine Metamorphose*: Anspielung auf die *Metamorphosen* des Ovid.

VI
620 *Erdrauch*: Unkraut (Mohngewächs), das nach Volksglauben die Geister der Toten sichtbar machen soll. *Raute*: starkduftende Holzpflanze mit öligen Blättern, im Altertum als Heilkraut angesehen, jedoch auch durch die Bezeichnung »Totenkraut« dem Bereich des Todes zugeordnet.

VIII
die Nymphe des geweinten Quells: Anspielung auf die Geschichte der Byblis; vgl. *Malte* Aufz. 66 und Anm. dort.

621 IX
mit Toten vom Mohn aß: Mohn, als die Pflanze aus der Opium gewonnen wird, wird mit Schlaf und Tod verbunden.

X
antikische Sarkophage: Vgl. *Römische Sarkophage* (S. 207).

623 XIII
Mögliche Vorlagen für die Motive dieses und der beiden folgenden Gedichte sind die Stilleben mit Früchten von Cézanne und Paula Modersohn-Becker.

624 XVI
Nach Rilkes eigenen Angaben ist das Sonett an einen Hund gerichtet (Brief an seine Frau Clara vom 23.4. 1923).

625 *Esau in seinem Fell*: Bezug auf die Erschleichung des Erstgeburtssegens, bei der Jakob sich ein Fell anlegt, um seinen blinden Vater Isaak glauben zu machen, er hätte den behaarten Esau vor sich (vgl. AT, Genesis 27).

629 XXV
Das Gedicht ist nach Rilkes Angaben an Wera Ouckama Knoop gerichtet. Ein zweites an Wera gerichtetes Gedicht steht im zweiten Teil ebenfalls an zweitletzter Stelle.

630 XXVI
Steine ... begabt mit Gehör: Vgl. Ovid, *Metamorphosen* XI, 10–14.

ZWEITER TEIL

632 III
Narziß: Nach dem Mythos erblickt der junge, wegen seiner Schönheit berühmte und geliebte Narcissus sein Spiegelbild in einer Quelle und verliebt sich in sich selbst. Er stirbt an dieser Liebe und wird in eine Blume verwandelt (vgl. Ovid, *Metamorphosen* III, 346–510). Vgl. die beiden *Narziß*-Gedichte (S. 549).

IV
Vgl. *Das Einhorn* (S. 205) und die Aufz. 38 im *Malte* (S. 403–405).

633 VI
Rose ... Rand: Die einfache, wilde Rose (Hagebuttenblüte) gilt Rilke als Rose der Antike.

634 VIII
In memoriam Egon von Rilke: Vgl. *Vierte Elegie* V. 35 (S. 595) und die Anm. dort.

636 XI

Das Sonett bezieht sich nach Rilkes Angaben auf eine Art der Taubenjagd, bei der diese aus ihren Höhlen aufgescheucht und beim Ausflug erlegt werden.

Karst: slowenische Hochlandschaft.

637 XII

Wer sich als Quelle ergießt: Anspielung auf Byblis, vgl. Sonett I,8.

Daphne: Vgl. Beginn der *Neunten Elegie* und die Anm. dort.

XIII

Zur Verbindung von Leben und Tod vgl. Aufz. 7 im *Malte* (S. 318 f.).

638 XV

Mögliches Vorbild: der Brunnen bei Santa Sabina in Rom.

640 XVIII

Vgl. Paul Valérys Dialog *L'âme et la danse* (Die Seele und der Tanz), den Rilke seit 1921 kannte.

642 XXI

Ispahan und Schiras: Ispahan (auch Isfahan) und Schiras (auch Shiraz) sind zwei wichtige alte persische Oasen-Städte.

643 XXII

Karnak: altägypt. Tempelanlage. Vgl. *Sechste* Elegie V. 19 und *Siebente Elegie* V. 73.

645 XXVI

Zum Motiv des (Vogel-)Schreis vgl. *Erste Elegie* V. 1 und *Siebente Elegie* V. 2.

XXVII
Demiurg: in der griech. Antike als Weltbaumeister Mittler zwischen Göttern und Menschen, später böser Schöpfer der Sinnenwelt.

Gedichte 1922–1926

651 SONETT
Ursprünglich als Sonett XXI des ersten Teils der *Sonette an Orpheus* vorgesehen.

652 ZUEIGNUNG AN M….
Das Gedicht wurde in eine Ausgabe der *Duineser Elegien* für Baladine Klossowska (s. Anm. zu *Das Testament*, S. 800) geschrieben, die Rilke auch Merline nannte.

653 DAS FÜLLHORN
Füllhorn: Attribut der Göttin Fortuna, Symbol des Reichtums und der Fülle.
Das Gedicht wurde als Widmungsgedicht in ein Exemplar der Duineser Elegien zum 50. Geburtstag des österr. Schriftstellers Hugo von Hofmannsthals (1874–1929) geschrieben. Am selben Tag (11. 2. 1924) entstand das franz. Gedicht *Corne d'Abondance* (S. 665).

654 DER MAGIER
Vgl. das franz. Gedicht *Le Magicien* (S. 682), das am selben Tag entstanden ist (12. 2. 1924).

656 HANDINNERES
Vgl. das franz. Gedicht *Paume* (S. 665).

ROSE, OH REINER WIDERSPRUCH
Rilke hat in seinem Testament diese Verse zu seiner Grabinschrift bestimmt. Sie stehen auf seinem Grabstein an der alten Kirche von Raron (Wallis, Schweiz).

657 MUSIK
Das Gedicht wurde als Widmung in das Exemplar der *Duineser Elegien* für den Berner Cellisten Lorenz Lehr geschrieben. Vgl. *An die Musik* (S. 578).

659 ELEGIE
Die Elegie vom 8. Juni 1826 ist an die russ. Dichterin Marina Zwetajewa-Efron (1892–1941) gerichtet, mit der Rilke durch die Vermittlung von Boris Pasternak von Mai bis September 1926 in einem leidenschaftlichen Briefwechsel verbunden war.

661 KOMM DU, DU LETZTER
Rilkes letztes Gedicht, wohl Mitte Dezember 1926 entstanden.
[Verzicht. … erstaunte]: diese Fortsetzung des Gedichts wurde im Manuskript wieder gestrichen.

Poèmes français

Rilke war durch seine Mutter von klein auf mit der franz. Sprache vertraut. Bereits 1899 hatte er sich an franz. Gedichten versucht. Erst im Herbst 1923 begann Rilke jedoch vermehrt Gedichte in franz. Sprache zu schreiben. Es entstanden zwischen 1923 und 1926 die Gedichtzyklen *Vergers. Suivis des Quatrains Valaisans* (im Juni 1926 in den *Éditions de la Nouvelle Revue Française* veröffentlicht), *Les Roses* (Anfang 1927 veröffentlicht), *Les Fenêtres* (Mitte 1927 veröffentlicht), die Sammlungen *Tendres Impôts à la France* und *Exercices et Évidences* sowie weitere Gedichte und Widmungen.

665 PAUME
Vgl. das Gedicht *Handinneres* (S. 656).

CORNE D'ABONDANCE
Vgl. das Gedicht *Das Füllhorn* (S. 653).

666 COMBIEN LE PAPE AU FOND DE SON FASTE
Tibre: Fluß durch Rom.
Je me rappelle … dédain: vgl. die Gedichte *L'Ange du Méridien* (S. 197) und *Die Kathedrale* (S. 198).

LA FONTAINE
Vgl. *Römische Fontäne* (S. 222).

667 VERGER
V
berger … je m'en vais: Vgl. zum Thema des Fortgehens und zum Bild des Hirten Rilkes Verarbeitungen des Gleichnisses vom verlorenen Sohn z. B. in den Gedichten *Vom verlorenen Sohn* (S. 156), *Der Auszug des verlorenen Sohnes* (S. 193) und in der Aufz. 71 des *Malte* (S. 487–494).

671 VUES DES ANGES
Vgl. die Gedichte *Der Engel* (S. 155 u. 206) und *An den Engel* (S. 543).

674 LA FENÊTRE
Zum Verhältnis zwischen Innen und Außen vgl. *Es winkt zu Fühlung* (S. 570).

676 LA DORMEUSE
Zum Motiv vgl. Valérys Gedicht gleichen Titels und Rilkes Übertragung (S. 710).

677 ROSE DE LUMIÈRE
Zum Motiv der Rose vgl. auch *Die Rosenschale* (S. 296), *Das Rosen-Innere* (S. 240) *Rose, oh reiner Widerspruch* (S. 656) und *Rose, venue très tard* (S. 679).
Proserpine: Proserpina, lat. Name der Persephone der griech. Mythologie. Die Tochter von Zeus und Demeter wird beim Blumenpflücken von Hades, dem Gott der Unterwelt, entführt. Auf die Klage der Mutter hin entscheidet Zeus, daß Persephone die Hälfte

des Jahres bei ihrer Mutter und die andere Hälfte bei ihrem Mann als Herrscherin der Unterwelt leben soll. (Vgl. Ovids *Metamorphosen* V, 385–571).

679 ROSE, VENUE TRÈS TARD
Vgl. *Rose de lumière* (S. 677).

680 FENÊTRE, QU'ON CHERCHE
Vgl. *La Fenêtre* (S. 674)

682 HAÏ-KAÏ
Vgl. das deutsche Gedicht *Haï-Kaï* (S. 580).

LE MAGICIEN
Vgl. *Der Magier* (S. 654).

683 NARCISSE
Vgl. die *Sonette an Orpheus* 2. Teil, III (S. 632) und die beiden Narziß-Gedichte (S. 549).

Übertragungen

Rilke hat zeit seines Lebens Texte, insbesondere Gedichte aus fremden Sprachen übertragen. Im folgenden wird nur eine sehr beschränkte Auswahl der Übertragungen Rilkes vorgestellt. Neben den aufgenommenen Übersetzungen gehören u. a. Ovid, Augustinus, Jean Moréas, Maurice Maeterlinck, André Gide, Sören Kierkegaard und Gabriele d'Annunzio zu den weiteren übersetzten Autoren. Die Liste der Sprachen, aus denen Rilke übersetzt hat, umfaßt neben dem Französischen, Englischen und Italienischen auch das Lateinische, Dänische, Schwedische, Flämische und Russische. Die folgenden Erläuterungen beschränken sich auf Angaben zum Quelltext, zur Entstehungszeit und zum Erstdruck, sofern er zu Lebzeiten Rilkes erfolgte.

686 FERNAND GREGH: LA BRISE EN LARMES

Entnommen aus *La Maison de l'enfance* (1896) des franz. Schriftstellers Fernand Gregh (1873–1960). Erstdruck in der *Wiener Rundschau* vom 15. 9. 1897. Rilkes erste Veröffentlichung einer Übertragung.

688 CHARLES BAUDELAIRE: LA GÉANTE, LA MORT DES PAUVRES, LES PLAINTES D'UN ICARE

Zu Baudelaire vgl. das Gedicht *Baudelaire* (S. 581). Die drei Gedichte sind *Les Fleurs du mal* (1861) entnommen. Entstehung der Übertragungen: *La Géante* wohl um 1900; *La Mort des pauvres* wohl 1915; *Les Plaintes d'un Icare* 1921 (Erstdruck: April 1921 in *Das Inselschiff*).

692 FRANÇOIS VILLON: BALLADE

Entnommen aus *Le Testament* (entstanden 1461–62), dem Hauptwerk des franz. Dichters François Villon (1431/32 – nach 1463). Übertragen wahrscheinlich 1908.

696 LOUÏZE LABÉ: SONETTE

Rilke hat den bekannten petrarkistischen Sonett-Zyklus (1555) der franz. Dichterin Louïze Labé (1524–1566) vollständig übersetzt. Entstehung: April/Mai 1913. Erstdruck: *Die Vierundzwanzig Sonette der Louïze Labé. Lyoneserin. 1555.* Übertragen von Rainer Maria Rilke. Insel-Verlag, Leipzig 1917. Vgl. zu Louïze Labé bei Rilke die Aufz. 66–68 des *Malte* (S. 477–482).

700 PAUL VERLAINE: LES MORTS QUE ...

Zu Verlaine vgl. Aufz. 16 des *Malte*. Entnommen aus *Parallèlement* (1889), übertragen wohl 1914.

702 ÉMILE VERHAEREN: LES MORTS

Zu Verhaeren vgl. *Cézanne-Briefe* 19. Oktober. Entnommen aus *Les Flammes hautes* (1917), übertragen

Anfang 1919, gedruckt im *Jahrbuch der literarischen Vereinigung Winterthur* 1920.

704 STÉPHANE MALLARMÉ: SONETTE, ÉVENTAIL DE MADEMOISELLE MALLARMÉ, TOMBEAU
Der franz. Dichter des Symbolismus (1842–1898) gehört zu den wichtigen Einflüssen auf Rilkes Spätwerk. Die vier Texte sind der Sammlung *Poésies* (1899) entnommen. Die beiden Sonette und *Éventail* wurden 1919 übertragen, *Tombeau* wurde im selben Jahr begonnen. Erstdrucke: *Éventail de Mademoiselle Mallarmé* in *Das Inselschiff*, Juni 1920; *Tombeau* in *Das Inselschiff*, April 1922.

710 PAUL VALÉRY: LA DORMEUSE, LES PAS
Die Werke des franz. Schriftstellers Paul Valéry (1871–1945), mit denen sich Rilke seit 1921 intensiv beschäftigte, sind wichtige Bezugspunkte seines Schaffens in den letzten Jahren. Beide Gedichte sind dem Gedichtband *Charmes* (1922) entnommen, den Rilke zwischen März 1921 bis Februar 1923 zur Gänze übersetzt hat. Erstdruck: *Paul Valéry. Gedichte.* Übertragen durch Rainer Maria Rilke, Insel-Verlag, Leipzig 1925.

714 DANTE ALIGHIERI: VITA NUOVA XL
Entnommen aus dem Frühwerk *La vita nuova* (1293) des ital. Dichters Dante Alighieri (1265–1321); die Übertragung findet sich im Brief an Wilhelm von Scholz vom 31. 1. 1898.

716 GIACOMO LEOPARDI: L'INFINITO
Entnommen aus der Gedichtsammlung *Canti* (1831) des ital. Schriftstellers Giacomo Leopardi (1798–1837); übertragen 1912.

718 FRANCESCO PETRARCA: SONETTE
Die beiden Sonette entsprechen den Sonetten 278

und 294 (nach der gängigen Zählung) aus dem unter dem Namen *Canzoniere* (entstanden 1336–1374) bekannten Gedichtzyklus des ital. Dichters Francesco Petrarca (1304–1374). Die Übertragungen entstanden wahrscheinlich im Sommer 1918. Erstdruck: Die Übertragungen des Sonetts CCXXVII wurde in Francesco Petrarca: *Sonette* (Nach den besten Übertragungen ausgewählt von Franz Spunda) Georg Müller Verlag, München 1919 veröffentlicht.

722 MICHELANGELO: SOPRA LA NOTTE DEL BUONARROTO, COLUI CHE FECE ET DI COSA ALCUNA, D'ALTRUI PIETOSO E SOL DI SE SPIETATO, O NOTT', O DOLCE TEMPO, BENCHE NERO

Rilke hat sich zwischen 1912 und 1923 immer wieder mit Übertragungen von Werken des ital. Universalkünstlers Michelangelo Buanarotti (1475–1564) befaßt und eine große Anzahl von dessen Gedichten übersetzt. Die Texte sind den posthum veröffentlichten *Rime* (zuerst 1623) in der Ausgabe von 1863 entnommen. Die genauen Entstehungsdaten der Übertragungen sind in vielen Fällen unklar. Erstveröffentlichung: *Der, welcher, nicht* in *Das Inselschiff*, Oktober 1921.

726 ELIZABETH BARRETT-BROWNING: SONNETS FROM THE PORTUGUESE

Rilke übersetzte die 44 *Sonnets from the Portuguese* (1847) der engl. Dichterin Elizabeth Barrett-Browning (1806–1861) im März/April 1907. Erstdruck: Elizabeth Barrett-Browning: *Sonette aus dem Portugiesischen*. Übertragen von Rainer Maria Rilke, Insel-Verlag, Leipzig 1908.

730 SHAKESPEARE: SONETT III

Rilke übersetzte die Sonette I und III des 154 Sonette umfassenden Gedichtzyklus *The Sonetts* (wohl um 1600 entstanden) des engl. Dichters William Shakespeare (1564–1616). Die Übertragungen entstanden wahrscheinlich 1911 oder 1912.

732 JENS PETER JABOBSEN: LANDSKAB

Zu Jens Peter Jacobsen vgl. die einleitenden Anm. zum *Malte*. Entnommen aus den posthum veröffentlichten Gedichten in *Digte og Ukast* von 1886; übertragen zwischen 1904 und 1913.

734 MICHAIL J. LERMONTOW: WYCHOSHU

Das Gedicht des russ. Schriftstellers Michail J. Lermontow (1814–1841) entstand 1841. Diese einzige Lermontow-Übertragung Rilkes stammt vom 20. 1. 1919.

Zeittafel

1875 René Karl Wilhelm Johann Josef Maria Rilke wird am 4. Dezember in Prag geboren. Vater: Josef Rilke (1838–1906), Eisenbahnbeamter. Mutter: Sophie Rilke (1851–1931), geb. Entz, Tochter des Fabrikanten und Kaiserlichen Rats Carl Entz.

1882 Eintritt in die deutsche Volksschule der Piaristen in Prag.

1884 Trennung der Eltern. Rilke bleibt bei der Mutter. Erste Gelegenheits-Gedichte.

1886 Eintritt in die Militär-Unterrealschule St. Pölten im Hinblick auf die angestrebte Offizierslaufbahn.

1890 Übertritt in die Militär-Oberrealschule Mährisch-Weißkirchen. Nach längeren Krankheitsphasen und Zweifeln an der Offizierslaufbahn vorzeitiges Ausscheiden im Juni 1891.

1891 Beginn eines 3jährigen Kurses an der Handelsakademie Linz. Vorzeitiges Ausscheiden im Mai 1892. Erste Gedichtveröffentlichung (*Die Schleppe* in *Das interessante Blatt*).

1892 Ab Herbst Privatunterricht als Vorbereitung auf das Abitur.

1894 November: Erste Veröffentlichung eines Gedichtbandes (*Leben und Lieder*)

1895 Abitur. Beginn des Studiums der Literatur, Kunstgeschichte und Philosophie an der deutschen Universität in Prag. Es erscheinen u. a. *Im Frühfrost* (Drama), *Larenopfer* (Gedichtband) und journalistische Arbeiten.

1896 September: Übersiedlung nach München und Fortsetzung des Studiums. Es erscheinen *Jetzt und in der Stunde unseres Absterbens* (Drama) und *Traumgekrönt* (Gedichtband).

1897 Bekanntschaft mit Jakob Wassermann (1873–1934).

Mai: erste Begegnung mit Lou Andreas-Salomé (1861–1937), Beginn einer 4jährigen Liebesbeziehung und lebenslangen Freundschaft. Juli: Änderung des Vornamens von René zu Rainer. Oktober: Übersiedlung nach Berlin. Begegnung mit Stefan George (1868–1933). Es erscheinen *Ohne Gegenwart* (Drama) und *Advent* (Gedichtband).

1898 Bekanntschaft mit Richard Dehmel (1863–1920), Heinrich Vogeler (1872–1942) und Detlev von Liliencron (1844–1909). April–Mai: Reise nach Florenz und Viarreggio. Dezember: Erster Besuch in Worpswede zusammen mit H. Vogeler. Es erscheint *Am Leben hin* (erste Novellensammlung).

1899 März: Bekanntschaft mit Arthur Schnitzler (1862–1931), Hugo von Hofmannsthal (1874–1929), Rudolf Kassner (1873–1959) in Wien. 25. 4.–18. 6.: Erste Rußlandreise zusammen mit Lou Andreas-Salomé und deren Mann. Begegnungen mit Leo Tolstoi (1828–1910), Ilja Repin (1844–1930), Leonid Pasternak (1862–1945). Es entstehen u. a. die erste Fassung von *Die Weise von Liebe und Tod des Cornets Christoph Rilke* und die erste Fassung des ersten Teils des späteren *Stunden-Buchs*. Es erscheinen *Mir zur Feier* (Gedichtband), *Zwei Prager Geschichten* (Novellen).

1900 7. 5.–24. 8.: Zweite Rußlandreise zusammen mit Lou Andreas-Salomé. Besuch bei Tolstoi, erste Begegnung mit Boris Pasternak (1890–1960). 7. 8.–5. 10: Aufenthalt bei Heinrich Vogeler in Worpswede. Bekanntschaft mit Paula Becker (1876–1907), Clara Westhoff (1878–1954), Otto Modersohn (1865–1943). Es erscheinen *Vom lieben Gott und anderes. An Große für Kinder erzählt.* (Novellensammlung, ab der 2. Aufl. von 1904 unter dem Titel: *Geschichten vom lieben Gott*), *Das tägliche Leben*, *Die weiße Fürstin* (Dramen).

1901 Bremen, 28. 4.: Heirat mit Clara Westhoff, ab Mai wohnen beide in Westerwede. 12. 12.: Geburt der

Tochter Ruth (1901–1972). Es erscheinen *Die Letzten* (Novellensammlung), *Waisenkinder* (Drama).

1902 Finanzielle Probleme, da die Unterstützung durch Rilkes Familie ausläuft. Es entstehen zahlreiche Rezensionen (u. a. für das *Bremer Tageblatt*) und die Monographie über Worpswede. Beginn der Arbeit an der Rodin-Monographie. 28. 8.: Übersiedlung nach Paris. 1. 9.: erster Besuch bei Auguste Rodin (1840–1917). *Das Buch der Bilder* (Erstfassung) erscheint.

1903 Beginn der Briefe an Franz Xaver Kappus (spätere *Briefe an einen jungen Dichter*), 23. 6.: Wiederaufnahme des Briefwechsels mit Lou Andreas-Salomé. 10. 9.–Ende Juni 1904: Rom-Reise mit Clara Rilke. Es erscheinen *Worpswede* und *Auguste Rodin* (Monographien).

1904 Februar: Beginn der Arbeit an den *Aufzeichnungen des Malte Laurids Brigge*. Erste Gedichte der späteren *Neuen Gedichte* entstehen. 25. 6.–2. 12.: Kopenhagen und Schweden (u. a. Borgeby-Gård). Winter 1904/1905 mit Clara und Ruth in Oberneuland bei Bremen. Es erscheint *Die Weise von Liebe und Tod des Cornets Christoph Rilke* (Zweitfassung).

1905 März/April: Kur in einem Sanatorium in Dresden. Bekanntschaft mit der Gräfin Louise von Schwerin, auf deren Schloß Friedelhausen Rilke Juli–September zu Gast ist. Bekanntschaft mit dem Ehepaar von der Heydt. Anfang der Bindung an den Insel-Verlag, Leipzig. September bis Juli 1906: Paris und Meudon, bis Mai Privat-Sekretär Rodins. Ab November Freundschaft mit Émile Verhaeren (1855–1916). Regelmäßige Arbeit an den *Neuen Gedichten*. Es erscheint *Das Stunden-Buch*.

1906 März: Rodin-Vortrag in Elberfeld, Hamburg und Berlin. 14. 3.: Tod des Vaters in Prag. 10. 5.: Rodin beendet die Zusammenarbeit. Juli/August: Reise durch Belgien. Oktober/November: Berlin. Es erscheinen *Die Weise von Liebe und Tod des Cornets Chri-*

stoph Rilke (Drittfassung), *Das Buch der Bilder* (Zweitfassung).

1907 4. 12. 1906–20. 5. 1907: Capri, als Gast von Alice Faehndrich. Besuch bei Maxim Gorki (1868–1936). Ab 31. 5.: Paris. Oktober: Cézanne-Retrospektive, darüber Briefe an Clara (spätere *Briefe über Cézanne*). November: Versöhnungsbrief von Rodin. Tod von Paula Modersohn-Becker. Es erscheint *Neue Gedichte.*

1908 Oberneuland bei Bremen, Capri, Paris. Intensive Arbeit am zweiten Teil der *Neuen Gedichte.* Es erscheinen *Der neuen Gedichte anderer Teil* und *Elizabeth Barrett-Browning: Sonette aus dem Portugiesischen* (Übertragung).

1909 Paris. Arbeit am *Malte.* Dezember: Erster Brief und erste Begegnung mit Marie von Thurn und Taxis-Hohenlohe (1855–1934), die Rilke zeit seines Lebens unterstützen wird. Es erscheinen *Mir zur Feier* (Zweitfassung) und *Requiem. Für eine Freundin/Für Wolf Graf von Kalckreuth.*

1910 12.–31. 1.: Diktat der letzten Fassung des *Malte* in Leipzig als Gast des Verlegerehepaares Anton und Katharina Kippenberg. Reisen: Rom, Duino, Böhmen; Nordafrika (Algier, Tunis, Kairouan). Es erscheint der Roman *Die Aufzeichnungen des Malte Laurids Brigge.*

1911 8. 1.–25. 3.: Ägypten-Reise mit Nilfahrt. Venedig. Paris. Arbeit an Übersetzungen (Maurice de Guérins *Le Centaure*, Sonette der Louïze Labé, *Confessiones* des Augustinus). München: Begegnungen mit Annette Kolb (1870–1967) und Ricarda Huch (1864–1947). Ab 22. 10. auf Schloß Duino als Gast von Marie von Thurn und Taxis-Hohenlohe.

1912 Januar/Februar: *Marien-Leben* und erste Arbeiten an den Elegien. Mai–September: Venedig; Begegnungen mit Eleonora Duse (1858–1924). 1. 11.–24. 2. 1913: Spanienreise (Toledo, Cordoba, ab Dezember Ronda).

1913 Paris. Endgültige Entfremdung von Rodin. 6. 6.–17. 10.: Reisen durch Deutschland. Begegnung mit Sigmund Freud (1856–1939). Die Schrift *Über den jungen Dichter* entsteht. April/Mai: Labé-Übertragungen. Korrespondenz und Begegnung mit Franz Werfel (1890–1945). Ab 18. 10. Arbeit an den Elegien in Paris. Es erscheint *Das Marien-Leben*.

1914 Proust-Lektüre. 26. 2.: Reise zu der Pianistin Magda von Hattingberg nach Berlin. Begegnung mit Robert Musil (1880–1942). Reisen mit Magda von Hattingberg, Trennung im Mai. Juni/Juli Paris. Beschäftigung mit Hölderlin. Rilke wird im August in München vom Kriegsausbruch überrascht und kann nicht nach Paris zurückkehren.

1915 Oktober/November: Phase produktiven Arbeitens (Gedichte, Elegien) unterbrochen durch Musterung am 24. 11. und Einberufung zum 4. 1. 1906 nach Nordböhmen. Versuche, die Einberufung abzuwenden, scheitern.

1916 4. 1.–6. 6.: Militärdienst in Wien, nach erneuter Musterung ab 27. 1 im Kriegsarchiv, in dem u. a. bereits Stefan Zweig (1881–1942) und Alfred Polgar (1875–1955) arbeiten. Begegnungen mit Karl Kraus (1874–1936) und Oskar Kokoschka (1886–1980). Ab 18. 7.wieder in München, Franz-Marc-Ausstellung. 27. 11.: Émile Verhaeren verunglückt tödlich.

1917 Arbeit an Michealangelo-Übersetzungen. Reisen nach Berlin und zu Hertha König (1884–1976) nach Westfalen. 17. 11.: Tod Rodins. Es erscheint *Die Vierundzwanzig Sonette der Louïze Labé. Lyoneserin. 1555* (Übertragung).

1918 Erkundigungen, um in die Schweiz oder nach Schweden auszureisen. Novemberrevolution in München: Beziehungen u. a. zu Kurt Eisner (1867–1919) und Ernst Toller (1893–1939), Begegnungen mit Claire Studer (1890–1977, spätere Claire Goll).

1919 Arbeit an Michelangelo- und Mallarmé-Übertragungen. Letzte Begegnungen mit Tochter Ruth und mit Lou Andreas-Salomés. Mai: Polizeiliche Wohnungsdurchsuchungen nach der Niederschlagung der Revolution. Juni: Abreise in die Schweiz. Begegnung mit Baladine Klossowska (1886–1969) in Genf. Winter (bis Februar 1920) in Locarno.

1920 Rilke sucht nach einem Ort, an dem er das Arbeiten wieder aufnehmen kann; zeitweise lebt er auf dem Gut Schönenberg bei Pratteln. Mai: Rilke wird tschechoslowakischer Staatsbürger. Juni/Juli: Venedig. Zurück in der Schweiz: Beginn der Liebesbeziehung zu Baladine Klossowska. Oktober: eine Woche Paris. 12. 11.–Mai 1921: Schloß Berg am Irchel. Intensiver Briefkontakt mit Baladine Klossowska, Rilke kommt nicht wie geplant zum intensiven Arbeiten.

1921 Rilke beginnt Valéry zu lesen, erste Übertragungen. *Das Testament* entsteht. 26. Juli: Einzug in das Château de Muzot (Wallis) als neuen Arbeitsort.

1922 Januar: Rilke erhält die Nachricht vom Tod Wera Ouckama Knoops. Februar: Es entstehen die *Sonette an Orpheus* und *Der Brief des jungen Arbeiters*. Die Arbeit an den *Duineser Elegien* wird beendet. Ab März Valéry-Übertragungen. Juni: Rilke liest Marie von Thurn und Taxis die *Elegien* und die *Sonette* vor. Juli–November: Besuch von B. Klossowska.

1923 Weitere Valéry-Übertragungen. Viele Gäste in Muzot. August/September: Sanatorium Schöneck (Vierwaldstätter See). Rilke schreibt vermehrt Gedichte in französischer Sprache. Ab 30. 12.: Klinik Val-Mont bei Montreux. Es erscheinen *Duineser Elegien* und *Die Sonette an Orpheus.*

1924 20. 1. Rückkehr nach Muzot. Es entstehen – zum Teil parallel – deutsche und französische Gedichte. 6. 4.: Erste Begegnung mit Valéry bei dessen Besuch in Muzot. Juni/Juli: Bad Ragaz. 24. 11–8. 1. 1925: Val-Mont.

1925 7. 1.–18. 8.: Paris. Mit Maurice Betz Arbeit an einer *Malte*-Übertragung. Begegnungen mit Paul Valéry,

André Gide, Claire Goll u. a. Juli: Pressekampagne in Deutschland gegen den französisch schreibenden Rilke. Ab 1. September zurück in Muzot. 20. 12–30. 5. 1926: Val-Mont. Es erscheint *Paul Valéry. Gedichte* (Übertragung).

1926 3. 5.–6. 9. Briefwechsel mit Marina Zwetajewa-Efron (1892–1941). Die französische Übersetzung des *Malte* erscheint. Juli/August: Bad Ragaz. Ab September: Muzot. Ab Anfang Dezember: Val-Mont. Es wird eine seltene Art der Leukämie diagnostiziert. Rilke stirbt am 29. Dezember. *Vergers. Suivis des Quatrains Valaisans* erscheint.

1927 Beisetzung am 2. Januar 1927 in Raron. Es erscheinen *Les Roses*, *Les Fenêtres* und *Gesammelte Werke* in sechs Bänden.

Nachwort

1. Rilke, ungereimt

Ist Rilke noch lesbar – mehr als 70 Jahre nach seinem Tod, am Ende eines Jahrhunderts, mit dessen Anfang sein Werk untrennbar verbunden scheint? Unbestritten gehört er zwar inzwischen zu den ›Klassikern der Moderne‹. Doch wirkt er, wie andere ›Klassiker‹ auch, schon durch die Kanonisierung entrückt und historisch. Manchem erscheint sein Werk außerdem im Abstand deutlich gealtert, ja veraltet und überholt – wenn nicht gar als ein Fall für Parodisten. Nachdem er, mit einem Wort Hans-Georg Gadamers, lange Zeit »von einer wachsenden Leserschaft des In- und Auslandes wie auf Händen getragen«[1] wurde, wird er heute gern auf den Arm genommen. Ernst Jandl etwa hat sich über den Dichter in seinem kleinen Zyklus »der gewöhnliche rilke« lustig gemacht. Eines seiner Gedichte heißt bezeichnenderweise »rilke, reimlos«: »rilke sagte er//dann sagte er gurke//leise dann wolke«[2]. Sich auf Rilke einen Reim zu machen scheint zunehmend schwerer zu werden. An die Stelle eines oft überschwänglichen Einverständnisses ist Verständnislosigkeit, ja Ablehnung getreten.

Vor allem über den Autor des »Stunden-Buchs« und des »Buchs der Bilder« zu spotten ist geradezu eine Pflicht-Übung für moderne Lyriker geworden. Bert Brecht hat in den 20er Jahren aus Anlaß einer Lektüre von »Herbsttag« bemerkt, er könne Rilke nicht mehr »ohne ein entstellendes Grinsen lesen«, weil sein Ausdruck, »wenn er sich mit

[1] Hans-Georg Gadamer: Gedicht und Gespräch. Essays. Frankfurt a. M. 1990, S. 89.

[2] Ernst Jandl: verstreute gedichte 5. der versteckte hirte. die bearbeitung der mütze. Hg. von Klaus Siblewski. München 1997, S. 68.

Gott befaßt, absolut schwul« sei[3]. Und Peter Rühmkorf hat, im Hinblick auf das »Stunden-Buch«, kritisiert, daß sich bei Rilke »die sexuell symbolisierten Interessen [...] unentwegt religiös ummänteln«, und hinzugefügt, »daß der Dichter gewiß gut daran getan hat, sich nicht in allzu enge Patientennähe zum ansonsten hochverehrten Freud zu begeben«[4].

Rilkes religiöse Lyrik insgesamt gilt seinen Kritikern als obsolet. Noch die »Duineser Elegien« bieten nach Walter Muschg »die ideale Unterlage für die dilettantischen pseudoreligiösen Bedürfnisse, die sich Rilkes bemächtigt und ihn zu einer Art lyrischen Rasputin verzerrt haben«[5]. Wohl auch unter dem Eindruck der existentialistischen Rilke-Exegesen hat Adorno dessen poetische Sprache dem »Jargon der Eigentlichkeit« zugerechnet und von »der kunstgewerblichen Religiosität des früheren Rilke, zumal des Stundenbuchs« gesprochen, »die mit theologischen Wendungen Psychologisches einer Art von Veredelungsverfahren unterwirft«[6]. Mit kaum unterdrücktem Abscheu verwarf Adorno den »Massenartikel Rilkescher Trostsprüche, von ›Bettler können dir Bruder sagen, und du kannst doch ein König sein‹ bis hinab zur berüchtigten Armut, dem großen Glanz aus Innen«.[7]

Scharfer Ideologiekritik ist nicht nur Rilkes Verklärung der Armut ausgesetzt. Schon 1965 hat Peter Demetz »von Rilkes törichten Äußerungen über die Leere und Einsamkeit der parlamentarischen Demokratie« gesprochen, »die er, fast an Ezra Pound oder den jungen Thomas Mann er-

[3] Bertolt Brecht: Gesammelte Werke in 20 Bänden. Hg. vom Surhkamp Verlag in Zusammenarbeit mit Elisabeth Hauptmann. Band 18. Frankfurt a. M. 1967, S. 60.

[4] Peter Rühmkorf: Strömungslehre 1. Poesie. Reinbek bei Hamburg 1978, S. 127 und 128.

[5] Walter Muschg: Die Zerstörung der deutschen Literatur. Bern 5. Aufl. 1983, S. 95.

[6] Theodor W. Adorno: Jargon der Eigentlichkeit. Zur deutschen Ideologie. Frankfurt a. M. 9. Auflage 1980, S. 73.

[7] Ebd., S. 63.

innernd, an die Herzogin Gallarati-Scotti richtete«[8]. Eine Äußerung über Mussolini aus einem anderen Brief an die Herzogin hat Egon Schwarz 1973 zum Anlaß genommen, Rilke sogar zu einem frühen Parteigänger des Duce, zu einem mehr oder weniger heimlichen Faschisten zu stempeln[9].

Kritiker Rilkes sind allerdings nicht allein im Lager seiner ideologischen Gegner zu finden. Als 1975 sein 100. Geburtstag gefeiert wurde, beschlichen sogar alte Anhänger Zweifel. Hans Egon Holthusen, der 1951 noch den späten Rilke als einen Mitarbeiter an der Rettung des Abendlandes gefeiert hatte, weil ihm »in der Kraft des Gesanges die Rettung aus der Unsicherheit und Wirklichkeitslosigkeit seiner Existenz« gelungen sei, die »mythische [...] Selbsterlösung des ästhetischen Menschen«[10] – Hans Egon Holthusen also mußte einräumen, daß es »schwer« sei, Rilke zu feiern. Seine Verse hätten an »Stimmkraft« und »Resonanzfähigkeit« verloren[11], statt »Vollkommenheit« mochte Holthusen ihnen nur »grenzenlose Virtuosität« und »technische Meisterschaft« zubilligen[12]; im Hinblick auf die »sprachlichen Fehlleistungen«[13] Rilkes sprach er sogar von einer »genialen Geschmacklosigkeit«[14].

Einer noch fundamentaleren Kritik hat Paul de Man das mittlere und späte Werk unterzogen. In seinem großangelegten Essay »Tropen« hat er versucht, Rilkes Anspruch auf den Titel eines metaphysischen Dichters zu dekonstruieren. Rilkes Werk wage »eine Form existentieller Rettung, die innerhalb und mit Hilfe der Dichtung stattfinden werde« – Rettung nämlich von der Entfremdung und

[8] Zit. nach Manfred Engel und Ulrich Fülleborn (Hgg.): Rilkes Duineser Elegien. Band 3: Rezeptionsgeschichte. Frankfurt a. M. 1982, S. 140.

[9] Vgl. dazu Egon Schwarz: ›Das verschluckte Schluchzen‹. Poesie und Politik bei Rainer Maria Rilke. Frankfurt a. M. 1973.

[10] Hans Egon Holthusen: Der unbehauste Mensch. Motive und Probleme der modernen Literatur. München 1951, S. 15.

[11] Hans Egon Holthusen: Kreisel-Kompaß. Kritische Versuche zur Literatur der Epoche. München, Zürich 1976, S. 138.

[12] Ebd., S. 149 und 150.

[13] Ebd., S. 151.

[14] Ebd., S. 153.

Inauthentizität modernen Lebens. Das Heils-Versprechen seiner Gedichte gründe jedoch »in einem Spiel der Sprache, das nur stattfinden kann, weil der Dichter auf jeden Anspruch außertextueller Autorität verzichtet hat« und seine Rhetorik daher »alle Wahrheitsansprüche«[15] ausschließe.

Wie immer man die selbst nicht unproblematische Argumentation de Mans beurteilen mag – die Verehrung, die Rilke vor allem in den 30er und 50er Jahren als metaphysischer Dichter erlangt hat, ist längst einer Skepsis gewichen. Auch die Philologen beurteilen inzwischen durchaus distanziert seinen Versuch, »mit rein poetischen Mitteln das Erbe der Metaphysik anzutreten, Kunstwerke zu schaffen, in denen die Totalität aller Erfahrungen sich zu einer Sinnfigur formt«[16].

Tatsächlich gibt es wohl keine ›Idee‹ Rilkes, die nicht mit guten Gründen kritisiert worden wäre. Sein Verständnis vom »Nachbar Gott« im »Stunden-Buch« z.B. hat schon Rudolf Kassner als »peinlich« bezeichnet[17]. Und den »Mythos der Dinge« in den »Sonetten an Orpheus« hat Peter Demetz bestimmt gesehen von einer »fast unqualifizierten Negation des neuen Maschinenwesens«, die auf einer »Abneigung gegen bestimmte Felder der Erfahrung«[18] beruhe.

2. Rilke, ein Anachronismus?

Liest man all die kritischen Einwände gegen Rilke, so kann man leicht den Eindruck gewinnen, er sei längst ein Anachronismus. Folgt man manchen seiner Kritiker, war er

15 Paul de Man: Allegorien des Lesens. Aus dem Amerikanischen von Werner Hamacher und Peter Krumme. Mit einer Einleitung von Werner Hamacher. Frankfurt a. M. 1988, S. 82.

16 Rainer Maria Rilke: Werke. Kommentierte Ausgabe in vier Bänden. Hg. von Manfred Engel, Ulrich Fülleborn, Horst Nalewski und August Stahl. Band 2, Frankfurt a. M. und Leipzig 1996, S. 417.

17 Rudolf Kassner: Rilke. Gesammelte Erinnerungen 1926–1956. Hg. von Klaus E. Bohnenkamp. Pfullingen 1976, S. 44.

18 Zit. nach Manfred Engel und Ulrich Fülleborn (Hgg.): Rilkes Duineser Elegien, Band 3, S. 140

sogar schon zu Lebzeiten literarisch überholt – und nicht erst durch Brecht[19]. Auf der Höhe der Zeit scheint er nach dieser Lesart nur vor dem 1. Weltkrieg gewesen zu sein, mit den »Neuen Gedichten« und seinem einzigen Roman, den »Aufzeichnungen des Malte Laurids Brigge«. Nach dessen Veröffentlichung verstummte er für mehr als ein Jahrzehnt. Zwischen 1910 und 1922 hat er, von dem kleinen Zyklus des »Marien-Lebens« abgesehen, kein Buch, nur vereinzelt Gedichte veröffentlicht.

Es war keineswegs eine Zeit allgemeiner poetischer Unfruchtbarkeit. Rilkes Krisen-Jahre sind für die Literaturhistoriker das ›expressionistische Jahrzehnt‹: die Dekade, in der u. a. Georg Heym und Ernst Stadler, Jakob van Hoddis und Alfred Ehrenstein von sich reden machten und Gottfried Benn zuerst auftrat. Bei allen Affinitäten zu den jungen Dichtern hat sich Rilke, am Ende des Jahrzehnts, doch entschieden von ihnen distanziert. Der Expressionist, schrieb er 1919, sei ein »explosiv gewordener Innenmensch, der die Lava seines kochenden Gemüts über alle Dinge gießt, um darauf zu bestehen, daß die zufällige Form, in der die Krusten erstarren, der neue, der künftige, der gültige Umriß des Daseins sei«[20].

Seine Vorbehalte galten dabei gleichermaßen der Literatur wie der Malerei des Expressionismus. Was nach Cézanne kam, Kubismus, Futurismus, auch die abstrakte Malerei eines Paul Klee, konnte er nicht mehr akzeptieren. Dagegen setzte er die Symboltechnik, die er schon in den »Neuen Gedichten« und im »Malte« erprobt hatte: den Versuch, für unsichtbar Inneres Sichtbares als äußere Entsprechung zu finden. Ob diese Suche nach poetischen Äquivalenten erfolgreich war, ist umstritten. Jürgen Söring etwa hat zu bedenken gegeben, ob »die zuletzt vielleicht

[19] Vgl. Jürgen Söring: Zu Rilkes poetischem Konzept im Abstraktionsprozeß der Moderne. In: Manfred Engel und Dieter Lamping (Hgg.): Rilke und die Weltliteratur. Düsseldorf, Zürich 1999, S. 191–213, hier S. 193.

[20] Rainer Maria Rilke: Briefe. Hg. vom Rilke-Archiv in Weimar. In Verbindung mit Ruth Sieber-Rilke besorgt durch Karl Altheim. Frankfurt a. M. 1980, S. 604 f.

doch vergebliche Suche nicht im Bann einer obsoleten Auffassung von Dichtung befangen« bleibe, »die unter allen Umständen am *Postulat der Anschaulichkeit*, an Vergleich und Metapher, d. h. an der Rede in Bildern, festhalten will, die das poetische Sprechen auch da noch auf ›Gegenständlichkeit‹ festlegt, wo sich die wesentlichen Bezüge längst ins Ungegenständliche aufgelöst haben«[21] – Rilke, ein durch den »Abstraktionsprozeß der Moderne« vollends überholter ›gegenständlicher Künstler‹.

3. Rilke, pro und contra

All diese Bedenken gegen Rilke, wie immer sie motiviert sein mögen, sind nicht einfach abzuweisen. Sie sind aber auch nicht einfach hinzunehmen. Jedem einzelnen von ihnen wären selbst wieder Einwände entgegenzusetzen: zu jedem Contra gibt es ein Pro. Gegen den Vorwurf der »genialen Geschmacklosigkeit« etwa wäre einzuwenden, daß es im Werk Rilkes eben auch eine geniale Genauigkeit gibt – einzigartige Formulierungen, die alle den berühmten Satz Malte Laurids Brigges bestätigen: »Er war ein Dichter und haßte das Ungefähre«. Jeder Rilke-Leser wird dafür zahlreiche Beispiele anführen können – Metaphern, Vergleiche oder ganze Verse wie »Du mußt dein Leben ändern«, den letzten des »Archaïschen Torso Apollos«, oder die Zeilen »Wir ordnens. Es zerfällt./ Wir ordnens wieder und zerfallen selbst« aus der 8. »Duineser Elegie«.

Gegen den Vorwurf, die poetischen Resultate seiner »Suche nach Entprechungen« seien oftmals »gesucht und gewaltsam, weil sie – wie schon im Symbolismus – in keinem natürlichen oder konventionellen Verweisungszusammenhang mehr stehen«[22], ließe sich vorbringen, daß es gerade die poetische Kühnheit ist, die Rilkes Rang als

[21] Jürgen Söring: Zu Rilkes poetischem Konzept im Abstraktionsprozeß der Moderne, S. 192/3.
[22] Ebd., S. 192.

Dichter ausmacht und die seinen Vergleichen und Metaphern bis heute ihre Unverbrauchtheit und Frische sichert.

Dem Vorwurf, er neige zu einer »Veredelung« von problematisch ›Psychologischem‹, könnte man entgegenhalten, daß Rilke, bei allem Narzißmus, »weniger an seiner eigenen Person interessiert« war, »als man seinem Ton und seinem Pathos entnehmen könnte«[23] – und je älter er wurde, umso weniger.

Gegen den Vorwurf, Rilkes Poetik der Anschaulichkeit, die im übrigen für das Spätwerk nicht mehr in derselben Weise Bestand hat, sei durch die Entwicklung der modernen Poesie überholt, ließe sich mit Auden geltend machen, daß die »Frage, wie abstrakte Ideen sich konkret ausdrücken lassen«, zu den »immer gleichbleibenden Problemen des Dichters« gehört[24]. Und daß der späte Rilke keineswegs schon anachronistisch war, hat Manfred Engel in seiner grundlegenden Untersuchung der »Duineser Elegien« nachgewiesen: »mit ihrem Übergang zu stärkerer Begrifflichkeit, ihrer Suche nach einer neuen Welt- und Wertorientierung und ihrem Rückgriff auf mythische Ausdrucksweise passen die ›Elegien‹ ganz gut in die 20er Jahre«[25] – nämlich zur »klassisch-modernen Fortsetzung des Symbolismus«[26].

Im übrigen liegt aller Kritik an dem ›anachronistischen Dichter‹ offensichtlich ein Begriff von Fortschritt zugrunde, der nicht Rilkes war. In seinem frühen Vortrag »Moderne Lyrik« von 1898 hat auch er zwar die Literatur auf einen Beitrag »zu dem großen Fortschritt« eingeschworen; doch hat er diesen Fortschritt nicht objektivistisch, sondern im individuellen Ausdruck eines »Nochniegesagten und Neuen« gesehen.

[23] Paul de Man: Allegorien des Lesens, S. 54.

[24] W. H. Auden. In: Manfred Engel und Ulrich Fülleborn (Hgg.): Rilkes Duineser Elegien, Band 3, S. 221.

[25] Manfred Engel: Rainer Maria Rilkes ›Duineser Elegien‹ und die moderne deutsche Lyrik. Zwischen Jahrhundertwende und Avantgarde. Stuttgart 1986, S. 220.

[26] Ebd., S. 221.

Was die politischen Verdächtigungen angeht, wäre zu bedenken, daß schon Kassner bemerkt hat, Rilke sei »jeglicher Sinn für Politik abgegangen«[27]. Literatur und Politik hat er streng getrennt. Nur eines seiner Werk könnte man als politisch bezeichnen: die »Fünf Gesänge«, die er bei Ausbruch des 1. Weltkriegs verfaßte und die ihm selbst schon bald zweifelhaft wurden. Gleichwohl bezeugen die von Joachim Storck herausgegebenen »Briefe zur Politik« über Jahre hinweg Interesse an politischen Fragen – und lange Zeit stabile Sympathien für demokratische, ja sozialistische Politiker. Kurt Eisner, den ersten sozialdemokratischen Ministerpräsidenten Bayerns, verehrte Rilke nicht weniger als den rebellischen Prinzen Alexander Hohenlohe, den Pazifisten und Gegner Wilhelms II. Wenn Walter Muschg einmal spottete, Rilke, dieser »Abgott einer Generation ohne Männer«, habe seine Briefe »mit violetter Tinte meist an Damen geschrieben«[28], dann ist auch das, wie so vieles, nur die halbe Wahrheit. Denn unter den Adressatinnen der Briefe waren nicht bloß Damen der bürgerlichen und adeligen Gesellschaft, sondern z. B. auch Sophie, die Frau Karl Liebknechts.

Gegen die vielfältige ideologische Kritik ließe sich schließlich insgesamt einwenden, daß die ›Ideen‹ eines Dichters noch nicht seine Dichtung sind – und daß, wie Rudolf Kassner als erster und wohl einziger erkannt hat, im Fall Rilkes (aber sicher nicht nur in seinem) auch »das Versagen der Lehre, die fallacy, Grund, Unterlage einer wundervollen Dichtung«[29] sein kann.

4. Rilke, ganz

All den kritischen Einwänden ist das eine gemeinsam, daß sie den ganzen Rilke kaum treffen. Das hat seinen guten Grund. Zu verschiedenartig, fast nicht vergleichbar er-

[27] Rudolf Kassner: Rilke, S. 74.

[28] Walter Muschg: Die Zerstörung der deutschen Literatur. Bern 2. Aufl. 1956, S. 94.

[29] Rudolf Kassner: Rilke, S. 61.

scheinen die einzelnen Teile seines Werks. Im Unterschied zu manch anderem ›Klassiker‹ hat Rilke kein in sich abgerundetes Œuvre hinterlassen. Sein Werk ist insgesamt durch überraschende Wendungen, ja Sprünge gekennzeichnet.

Wolfgang Leppmann hat bemerkt, kein anderer Dichter habe »so banal angefangen und so sublim aufgehört wie Rilke«[30]. Tatsächlich ist der Weg vom frühen zum späten Werk weit. Der junge Rilke war ein Epigone vieler Stile. Sein Frühwerk steht ganz im Zeichen von Ästhetizismus und Subjektivismus und ist im übrigen »Gründerzeit-Epigonalität, eklektische Vereinigung von Heine und Platen, Stimmungs- und Genrelyrik, durchsetzt mit gelegentlichen Anklängen an Liliencronschen Impressionismus und naturalistische Sozialkritik«[31].

Ein Dichter eigenen Rechts ist Rilke erst mit seinem mittleren Werk geworden: mit den »Neuen Gedichten« und den »Aufzeichnungen des Malte Laurids Brigge«. Doch schon diese beiden Werke haben wenig miteinander gemein, und von dem haltlos epigonalen Frühwerk unterscheiden sie sich ebenso deutlich wie von dem schwierigen Spätwerk. Mag sich Rilkes Poetik auch mit den Jahren nicht erheblich verändert haben, so sind doch seine Gedichte deutlichen Wandlungen unterworfen.

Solche Brüche verweisen allerdings nicht auf eine Schwäche, sondern auf die Stärke Rilkes. Sie verraten seine Fähigkeit, tiefe, sowohl poetische wie existentielle Krisen zu überwinden, und sein Verständnis von Dichtung als ständiger Verwandlung und Erneuerung. Nicht nur in einzelnen Texten, als Autor insgesamt verlangt er deshalb seinen Lesern viel ab. Diese Schwierigkeit hat die Rezeption seines Werks bis heute geprägt.

Wer Rilke liest, liest nicht unbedingt den ganzen Rilke. Seine Leser haben zumeist ihre entschiedenen Vorlieben. Verbinden die einen mit seinem Namen vor allem das

[30] Wolfgang Leppmann: Rainer Maria Rilke. Leben und Werk. München o.J (erste Auflage 1981), S. 6.

[31] Manfred Engel: Rainer Maria Rilkes ›Duineser Elegien‹ und die moderr deutsche Lyrik, S. 103.

»Stunden-Buch«, so ist er für die anderen zunächst der Verfasser der »Neuen Gedichte« und für einige wenige auch der Dichter der »Duineser Elegien« und der »Sonette an Orpheus«. Selten, daß einer, der das Spätwerk schätzt, genauso das mittlere oder frühe anerkennt.

Das Bild des Gesamtwerks bleibt dabei nicht selten unscharf, ja verzerrt. Rilke ist nicht auf einen Stil, ein Thema oder eine Gattung festzulegen – und sicher auch nicht auf eine ›Lehre‹. Manfred Engel und Ulrich Fülleborn haben in ihrem einleitenden Essay zur Kommentierten Ausgabe »Neue Möglichkeiten der Rilke-Lektüre« beschworen und für einen »unverbrauchte[n] Blick«[32] auf das Werk dieses dezidiert modernen Dichters plädiert. Doch was bleibt, wenn der religiöse und der metaphysische Dichter Rilke verabschiedet ist? Was in seinem Œuvre könnte denn »noch des Bedenkens wert sein«[33] und eine neuerliche Lektüre lohnen, wenn es nicht eine ›Lehre‹ ist?

5. Ein Dichter der Grenzüberschreitung

Modern und von unverminderter Bedeutung erscheint Rilke vor allem durch seine poetische Energie der Grenzüberschreitung, die vielleicht das einzig Beständige in allen seinen Wandlungen und Verwandlungen ist. In der deutschen Literatur des 20. Jahrhunderts ist er, George vielleicht ausgenommen, der erste Dichter gewesen, der die Grenzüberschreitung zu seinem Prinzip gemacht hat – ähnlich wie nach ihm etwa Paul Celan[34].

Ein grenzenüberschreitender Dichter war Rilke zunächst im nationalen Sinn. Rudolf Kassner hat ihn gelegentlich einen »Österreicher«[35] genannt. Doch mußte er einräumen, »daß Rilke in keinem ganz glücklichen Ver-

[32] Rainer Maria Rilke: Werke, Band 1, S. 592.

[33] Manfred Engel: Rainer Maria Rilkes ›Duineser Elegien‹ und die moderne deutsche Lyrik, S. 143.

[34] Vgl. dazu Jürgen Lehmann: »Dichten heißt immer unterwegs sein«. Literarische Grenzüberschreitungen am Beispiel Paul Celans. In: arcadia 28 (1993), S. 113–130.

[35] Rudolf Kassner: Rilke, S. 73.

hältnis zu […] Österreich gestanden hat«[36]. Kassner hat auch einmal bemerkt, Rilke sei »der Abstammung nach deutsch«[37] gewesen. Rilke selbst hat hingegen in einem Brief an Ilse Erdmann betont, daß er

> nicht ›deutsch‹ empfinde – in keiner Weise; ob ich gleich dem deutschen Wesen nicht fremd sein kann, da ich in seiner Sprache bis an die Wurzeln ausgebreitet bin, so hat mir doch seine gegenwärtige Anwendung und sein jetziges aufbegehrliches Bewußtsein, soweit ich denken kann, nur Befremdung und Kränkung bereitet; und vollends im Oesterreichischen, das durch die Zeiten ein oberflächlicher Kompromiß geblieben ist (die Unaufrichtigkeit als Staat), im Oesterreichischen ein Zu-hause zu haben, ist mir rein undenkbar und unausfühlbar! Wie soll ich da, ich, dem Rußland, Frankreich, Italien, Spanien, die Wüste und die Bibel das Herz gebildet haben, wie soll ich einen Anklang haben zu denen, die hier um mich großsprechen![37]

Rilke hat diesen Brief 1915 geschrieben, mitten im 1. Weltkrieg, der ihn zunehmend entsetzt hat. Seine Selbst-Beschreibung behält jedoch über diese Situation hinaus ihre Gültigkeit. Rilke war, wie wenige, ein ›exterritorialer‹ Schriftsteller[38].

Seine Heimatstadt Prag hat er früh verlassen und seither ein Leben auf Reisen geführt. Seine festen Wohnsitze waren nie sehr fest. Beständig unbeständig wechselte er die Städte und die Länder und von der Stadt aufs Land. Zwischen Spanien und Rußland, Schweden und Italien hat er fast alle Länder Europas bereist, ein umgetriebener Gast, der überall Gast blieb.

In drei europäischen Großstädten hat er später für längere Zeit gewohnt: in Berlin, wo er, mit kleineren und größeren Unterbrechungen, von Ende 1897 bis Anfang 1901 lebte; in Paris, wo er die Werke schrieb, die seinen Ruhm begründet haben; in München, wo er, widerwillig

[36] Ebd., S. 74.

[37] Rainer Maria Rilke: Briefe zur Politik. Hg. von Joachim Storck. Frankfurt a. M. und Leipzig 1992, S. 139.

[38] Zu diesem Begriff vgl. George Steiner: Exterritorial. Schriften zur Literatur und Sprachrevolution. Übers. von Michael Harro Siegel. Frankfurt a. M. 1974.

und zunehmend bedrückt, die Jahre des 1. Weltkriegs zubringen mußte. So wichtig wie Prag für sein frühes ist Paris für sein mittleres Werk geworden – vor allem als Ort der »Aufzeichnungen des Malte Laurids Brigge«. Nicht weniger als diese Wohnorte haben die Länder, die Rilke breiste, Spuren in seinen Werken hinterlassen: Rußland im »Buch der Bilder«, Dänemark im »Malte Laurids Brigge«, Italien in den »Neuen Gedichten«, Ägypten in den »Duineser Elegien«, schließlich das Wallis in »Vergers«.

Daß Rilke nicht national gedacht hat, ist dabei nicht verwunderlich. Sein »ständiges Wohnen im Ausland«[39] ist zweifellos auch Ausdruck eines »übernationalen Selbstverständnisses«[40]. Selbst seine vorübergehende Kriegsbegeisterung, wie sie 1914 in den »Fünf Gesängen« ihren Ausdruck fand, ist nicht nationalistisch motiviert. Mit Recht hat Joachim Storck Rilke aufgrund seiner »wahrhaft europäischen Erfahrungen«[41] und seiner politischen Sympathien als einen »Europäer« bezeichnet.

Rilkes »Vaterlandslosigkeit«[42] hat sein Werk über die Wahl bestimmter Themen hinaus geprägt. Ihn als einen wenn schon nicht deutschen, so doch zumindest deutschsprachigen Autor zu bezeichnen mag naheliegen, greift jedoch zu kurz. Tatsächlich hat Rilke ein Werk in drei Sprachen hinterlassen. Neben den Dramen, der Lyrik und der Prosa in deutscher Sprache umfaßt es eine Handvoll Gedichte in russischer und eine beträchtliche Anzahl Gedichte in französischer Sprache. Aufgrund der wenigen russischen Texte wird man kaum sagen können, daß Rilke auch ein russischer Dichter war – so wichtig Rußland für

39 Rainer Maria Rilke: Briefe, S. 770.

40 Joachim Storck: Rilke als Europäer. In: Peter Demetz, Joachim W. Storck und Hans Dieter Zimmermann (Hgg.): Rilke – ein europäischer Dichter aus Prag. Würzburg 1998, S. 211–221, hier 217.

41 Joachim Storck: Rilke als Europäer, S. 212.

42 Rainer Maria Rilke: Briefe zur Politik, S. 204. Vgl. dazu auch Joachim Storck: Rilkes »jubelnde Vaterlandslosigkeit«. In: Sigrid Bauschinger und Susan L. Cocalis (Hgg.): Rilke-Rezeptionen. Rilke Reconsidered. Tübingen und Basel 1995, S. 1–14.

ihn wurde[43]. Im Fall der französischen Gedichte ist das anders: Sie haben Rilke tatsächlich zu einem französischen Autor gemacht. Der Band: »Vergers/ suivis des Quatrains Valaisans« erschien in Rilkes letztem Lebensjahr 1926, zwei andere Zyklen, »Les Roses« und »Les Fenêtres«, hat er noch zum Druck vorbereitet. Chauvinisten auf beiden Seiten haben ihm das Dichten in einer fremden Sprache übel genommen[44], doch fand seine französische Dichtung in Paul Valéry einen einflußreichen Fürsprecher.

Das Schreiben in fremden Sprachen hat Rilke seit seinen literarischen Anfängen geübt. Die russischen Gedichte entstanden zumeist im Zusammenhang mit seiner Rußland-Reise 1900; die französischen vor allem in seinen letzten Lebensjahren, die er im Wallis verbrachte. Im Anfang seiner Schweizer Zeit scheint er sogar mit dem Gedanken gespielt zu haben, auch Gedichte auf Italienisch zu schreiben[45]. Über die Jahre hinweg hat er in Briefen das Schreiben in fremden Sprachen reflektiert, die Ausdrucksmöglichkeiten der einen gegen die der anderen abgewogen[46]. Tatsächlich war der Wechsel der Sprache auch mit einem Wechsel der literarischen Orientierung verbunden: zumal die auf Französisch geschriebenen späten Gedichte Rilkes weisen eine unübersehbare Nähe zum abstrakten Symbolismus Valérys auf.

Rilkes Mehrsprachigkeit hat in seinem Werk zahlreiche Spuren hinterlassen. Nicht nur Fremdworte, auch Worte und Namen aus anderen Sprachen kennzeichnen allenthalben seinen Stil – in einer Erzählung wie »Ewald Tragy« nicht weniger als in »Neuen Gedichten« wie »Im Saal« oder »Die Parke«. Auch manche Neologismen verweisen auf Rilkes intensiven Umgang mit anderen Sprachen – etwa

[43] Vgl. dazu Konstantin Asadowski (Hg.): Rilke und Rußland. Briefe, Erinnerungen, Gedichte. Aus dem Russischen von Ulrike Hirschberg. Frankfurt a. M. 1986.

[44] Vgl. Richard von Salis: Rilkes Schweizer Jahre. Ein Beitrag zur Biographie von Rilkes Spätzeit. Frankfurt a. M. 1975, S. 204.

[45] Vgl. ebd.

[46] Vgl. etwa Rainer Maria Rilke: Briefe zur Politik, S. 203.

das Adjektiv »flasken« (»das alles stockt in diesen flasken/ weichlichen Stengeln«) in »Schlaf-Mohn«.

Die andere Seite der literarischen Mehrsprachigkeit ist ein umfangreiches Übersetzungs-Werk. Rilke hat aus neun Sprachen übersetzt: aus dem Französischen, dem Italienischen, dem Russischen, dem Englischen, dem Lateinischen, dem Flämischen, dem Dänischen und dem Schwedischen – und ein Mal auch aus dem Griechischen. Unter den Dichtern und Dichterinnen, die er übertragen hat, sind zahlreiche Gestalten der Weltliteratur: etwa Ovid, Dante, Petrarca, Michelangelo, Leopardi, Shakespeare, Louize Labé, Baudelaire, Mallarmé, Verlaine, Valéry, Gide, Jens Peter Jacobsen.

Mit diesem ebenso umfangreichen wie vielfältigen Werk zählt Rilke zu den großen Übersetzern in der deutschen Literatur des 20. Jahrhunderts. Auch wenn es mitunter enge Verbindungen, ja Abhängigkeiten zwischen seinen Übersetzungen und seinem poetischen Werk gibt[47], hat Rilke doch auch immer wieder die Eigenständigkeit, das Eigenrecht der Übertragungen betont. Ellen Delp schrieb er 1922 über seine Michelangelo-Übersetzungen: »Nein, natürlich, spreche ich nicht Meiniges in ihnen aus«[48]. Unbestritten ist seine »Tätigkeit als Vermittler der französischen Literatur«[49], der nicht nur Valéry und Gide, Baudelaire und Mallarmé übersetzt, sondern auch schon früh für Saint-John Perse und Marcel Proust geworben hat.

Die Übersetzungen sind im übrigen nur ein Teil von Rilkes intensiver Auseinandersetzung mit anderen Autoren. Mit der Weltliteratur steht sein Werk in vielfältiger Beziehung. Allein in den »Neuen Gedichten« lassen sich intertextuelle Bezüge unterschiedlichster Art etwa zur Bibel, zumal zur hebräischen, zur antiken Literatur, vor allem zu Sappho und Alkaios, aber auch zu Marianna

[47] Vgl. dazu Verf.: Die Freiheit des Übersetzers. Zu Rilkes Übertragung der Sonette Louize Labés. In: Rilke heute. Der Ort des Dichters in der Moderne. Frankfurt a. M. 1997, S. 236–259.

[48] Rainer Maria Rilke: Briefe, S. 726.

[49] Wolfgang Leppmann: Rainer Maria Rilke, S. 432.

Alcoforado oder Charles Baudelaire finden[50]. Schon deshalb läßt sich die Eigenart Rilkes allein im Zusammenhang der deutschsprachigen Literatur kaum würdigen.

Ein Dichter der Grenzüberschreitung ist Rilke noch in einer weiteren Hinsicht. Wie er ein Autor zwischen den Sprachen und Literaturen war er auch ein Dichter zwischen den Künsten, der erklärtermaßen lange Zeit »Werk des Gesichts« getan hat, wie es in dem Gedicht »Wendung« heißt. Das Interesse dieses »völligen Augenmenschen«[51] für die bildende Kunst ist unübersehbar[52]. Er war mit der Bildhauerin Clara Westhoff verheiratet und mit der Malerin Paula Becker befreundet, über beide auch mit der Gruppe der Worpsweder Künstler um Otto Modersohn und Heinrich Vogeler verbunden. Neben Rodin wurde Cézanne für Rilke die wichtigste Orientierungsfigur in seiner mittleren Phase. Überdies hat er zwei große Künstler-Monographien geschrieben, die im Zentrum seiner essayistischen Schriften stehen: eine über die Worpsweder Maler-Kolonie und eine über Rodin. Seine »Neuen Gedichte« enthalten einige Texte über Gemälde und Skulpturen; das bis heute bekannteste ist sein »Archaïscher Torso Apollos«. Und schon seinem frühen »Stunden-Buch« liegt im ersten Teil eine Künstler-Fiktion zugrunde: das Ich dieser Rollen-Gedichte ist ein russischer Mönch und Ikonen-Maler. Wie sehr im übrigen seine Wahrnehmung durch die Malerei geprägt war, verrät bereits ein frühes Gedicht wie »Abend in Skåne«. Rilkes Interesse für Malerei und Bildhauerei ist nicht nur auf engste verknüpft mit seiner Poetik der Anschaulichkeit, sondern auch mit seiner »Beziehung zum Raum«, mit seiner »Art, alles in den Raum hineinzustellen und in Raumhaftes umzuwandeln«[53].

Wie die Grenzen zwischen den Sprachen und den Kün-

[50] Vgl. dazu ausführlicher Manfred Engel und Dieter Lamping (Hgg.): Rilke und die Weltliteratur.

[51] Rudolf Kassner: Rilke, S. 14.

[52] Vgl. dazu Gisela Götte und Jo-Anne Birnie Danzker (Hgg.): Rilke und die bildende Kunst seiner Zeit. München, New York 1996.

[53] Rudolf Kassner: Rilke, S. 16.

sten hat Rilke auch immer wieder versucht, die Grenzen zwischen den Geschlechtern zu überwinden. Manchen seiner Kritiker gilt er als Dichter für Damen – weich, unmännlich, manieriert. Frauen spielen in seinem Werk tatsächlich eine besondere Rolle – Gestalten wie die Sappho in den »Neuen Gedichten« oder Abelone, die Tante in den »Aufzeichnungen des Malte Laurids Brigge«. Frauen sind auch einige Werke gewidmet: Paula Modersohn-Becker etwa das »Requiem. Für eine Freundin«, Marie von Thurn und Taxis-Hohenlohe die »Duineser Elegien«, Wera Ouckama Knoop die »Sonette an Orpheus«. Drei Dichterinnen hat Rilke übersetzt: die »Sonette« Louize Labés, die »Portugiesischen Briefe« Marianna Alcoforados und Elizabeth Barrett-Brownings »Sonette aus dem Portugiesischen«. Alle drei verstand er als ›Liebende‹ im Unterschied zu ›Geliebten‹, alle erfüllt von der Idee der besitzlosen Liebe, wie er sie etwa in der 65. der »Aufzeichnungen des Malte Laurids Brigge« formuliert hat. Nicht nur Frauen und ihre Art zu lieben, Weiblichkeit hat Rilke fasziniert – gerade als Dichter. Die Vorstellung der Androgynie des schöpferischen Menschen hat ihn beschäftigt, seit er sie 1915 durch einen Vortrag Alfred Schulers kennenlernte. Sie ist in seine Idee des ›inneren Mädchens‹ eingegangen, wie er sie in zahlreichen späten Gedichten gestaltet hat – etwa in den »Gedichten an die Nacht«, in »Wendung« und »Es winkt zu Fühlung«, im zweiten der »Sonette an Orpheus« und in der achten »Duineser Elegie«. Den poetologischen Aspekt seines Interesses am weiblichen Geschlecht hat er schon 1904 in einem Brief an Emmi Hirschberg umschrieben: »das tiefste Erleben des Schaffenden ist weiblich –: denn es ist empfangendes und gebärendes Erleben«[54].

Rilkes vielfältiges Interesse an Grenzüberschreitungen hat seine Gedichte und seine Prosa bis in den Stil hinein geprägt. Seine poetische Sprache ist in hohem Maß unkonventionell. Die Metapher, wie sie das frühe, der Vergleich, wie er das mittlere, das Symbol, wie es das späte Werk

[54] Rainer Maria Rilke: Briefe, S. 104.

kennzeichnet, lassen sich alle als Figuren sprachlicher Normabweichung beschreiben. Wie die zahlreichen Neologismen, die sein ganzes Werk durchziehen, und die durchgängige Uneigentlichkeit des Sprechens stehen sie für den Versuch, neue, nie gebrauchte Formulierungen zu finden. Wie kaum ein anderer moderner Autor hat Rilke immer wieder das Klischee vermieden – und sich dabei mitunter dem anderen Extrem einer unerhörten Kühnheit genähert.

Jedenfalls erweist sich in den unterschiedlichen Formen der Grenzüberschreitung die Ablehnung und Überwindung von Konventionen als ein wesentliches Motiv seines Schreibens. Es gibt besonders seinen Gedichten oft ein Pathos von Aufbruch und Erneuerung – vielleicht nirgendwo so eindrucksvoll wie in »Der Auszug des verlorenen Sohnes«. Anders als das biblische Gleichnis handelt dieses Gedicht nicht von der Heimkehr, sondern vom Fortgehen – »Aus Drang, aus Artung/ aus Ungeduld, aus dunkler Erwartung,/ aus Unverständlichkeit und Unverstand«. Es ist ein ebenso notwendiges wie ungewisses Fortgehen, von dem es am Ende fragend heißt: »Ist das der Eingang eines neuen Lebens?«

Als ein Dichter der Grenzüberschreitung hat sich Rilke schließlich noch in seinem letzten Gedicht »Komm du, du letzter, den ich anerkenne« gezeigt, dem Gedicht über seine tödliche Krankheit. Das Sterben ist für Rilke vor allem eine Erfahrung des Schmerzes gewesen, den er nicht nur als »heillos«, sondern auch als sinnlos erlebt hat: das Ich verzehrend – eine radikale Selbstentfremdung, die nur auszuhalten ist. Das große Thema des Spätwerks, vor allem der »Duineser Elegien«, ist die Erfahrung der »Zeitlichkeit und Vergänglichkeit menschlichen Daseins«[55], nicht zuletzt als Gefährdung der eigenen Identität. Rilkes letztes, »vergeblich um Positivität ringendes Gedicht« könnte man, wie Manfred Engel bemerkt hat, anführen, »um zu zeigen, wie

[55] Manfred Engel: Rainer Maria Rilkes ›Duineser Elegien‹ und die moderne deutsche Lyrik, S. 127.

wenig durch Hermetik erkaufte ästhetische Lösungen wert sein können«[56]. Man kann in dem Gedicht aber auch einen Beweis für Rilkes Größe sehen: noch der letzten Lebens-Krise ein Gedicht abzugewinnen, das den eigenen Tod, jenseits aller narzißtischen Attitüden, als schmerzhaften Verlust des Ich begreift.

Das Gedicht belegt, in welcher Weise Rilke Dichtung zur Darstellung existentieller Grenzerfahrungen benutzt hat. Dichtung war für ihn nicht nur, wie jede künstlerische Tätigkeit, ein »letztes glaubwürdiges Residuum von Gestaltung und Sinngebung«[57]. Ähnlich wie für Kafka[58] war sie auch für ihn von existentieller Bedeutung: Ausdruck einer radikal subjektiven Weltsicht. Was er von Valéry gesagt hat: daß er ein Dichter gewesen sei, der aus allen Beschäftigungen »nur neue Maße und Präzisionen geholt zu haben scheint, um das Großartige seines Gefühlsraums und die Lage der darin erlebbaren Dinge unbestreitbar auszusprechen«[59] – das gilt genauso für ihn.

6. Zu dieser Ausgabe

Diese Auswahl aus Rilke Lyrik und Prosa konzentriert sich auf das mittlere und späte Werk. Rilke hat sich noch 1921 daran erinnert, daß George ihm vorgeworfen habe, daß er »zu früh veröffentlicht habe«, und hinzugefügt: »Wie sehr, wie sehr recht hatte er damit!«[60] Aus dem frühen Werk sind hier deshalb nur wenige Gedichte und zwei Erzählungen aufgenommen, kein Drama. Aus dem mittleren und dem späten Werk dagegen sind neben dem Roman und den großen Gedicht-Sammlungen der »Neuen Gedichte«, der »Duineser Elegien« und der »Sonette an Orpheus« auch einige einzelne Gedichte ausgewählt worden.

[56] Ebd., S. 224.
[57] Manfred Engel: Rainer Maria Rilkes ›Duineser Elegien‹ und die moderne deutsche Lyrik, S. 119.
[58] Vgl. dazu etwa Verf.: Von Kafka bis Celan. Jüdischer Diskurs in der deutschen Literatur des 20. Jahrhunderts. Göttingen 1998, S. 56.
[59] Rainer Maria Rilke: Briefe, S. 704.
[60] Rainer Maria Rilke: Briefe, S. 712.

Sein umfangreiches Brief-Werk, durchweg selbst Literatur, für eine Zeit auch seine wichtigste schriftstellerische Betätigung, ist hier durch eine Auswahl der Briefe über Cezanne repräsentiert. Für das umfangreiche Übersetzungs-Werk und die Gedichte in französischer Sprache können hier nur einige wenige Beispiele stehen. Die Texte sind insgesamt jeweils, zu größeren Werkgruppen zusammengefaßt, chronologisch angeordnet.

Dieter Lamping

Alphabetisches Verzeichnis der Gedichtanfänge und Überschriften

Poèmes francais

INHALT